国家社科基金重大项目“中国非虚构诗学的历史生成与当代传承研究”（19ZDA265）、国家社科基金重点项目“中国非虚构诗学研究”（17AZW001）研究成果

中国非虚构诗学研究

A Study on Chinese Nonfiction Poetics

王轻鸿◎著

人民出版社

目　　录

第四篇　中国非虚构诗学的学理逻辑

第五篇　中国非虚构诗学的当代形态

导　言

奉献在读者面前的这本书，探讨的是中国非虚构诗学的历史深层规律。这是我主持的国家社科基金重大项目“中国非虚构诗学的历史生成与当代传承研究”（19ZDA265）、国家社科基金重点项目“中国非虚构诗学研究”（17AZW001）的重要研究成果之一。

中国文学原本有古老的非虚构传统，即自先秦以来，除虚构作品外还将大量非虚构作品纳入文学范畴，其间蕴含着独具民族特色的文学观念，清末民初受西方“文学即虚构”的纯文学观念影响才出现断裂。20世纪下半叶以来，与纯文学式微形成鲜明对照的是，非虚构写作在欧美兴起后发展迅猛，不仅数量远超纯文学成为主潮，而且质量也被不断认可，诺贝尔文学奖桂冠也越来越青睐非虚构作家。海外汉学家十分注重开掘中国非虚构文学学术资源，试图利用他山之石来重建文论话语体系。在国内，新时期以来报告文学、传记文学、日记体、回忆录、新现实主义小说、历史小说等非虚构文学写作异军突起，特别是21世纪以来经《人民文学》《收获》等文学期刊大力倡导，非虚构写作这股潮流已成为当代文坛亮丽的风景。非虚构问题为文学批评和理论研究高度关注，《文艺研究》《文学评论》《文艺理论研究》《文艺理论与批评》《南方文坛》《文艺争鸣》《文艺评论》《文学自由谈》《当代文坛》《写作》《文艺报》等期刊纷纷载文展开研讨。可见，中国非虚构诗学是全球化时代文学理论研究十分重要的学术增长点。

现代以来，不少文学理论著作秉持西方话语来阐释中国传统文论，将中国传统文论作为一种异域珍稀，镶嵌在西方文论的整体框架中，使得西方文论熠熠生辉，这一学术理路多少遮蔽了中国文论独特的光芒。立足民族文化立场来研究中国非虚构诗学，力图逐步形成自己的一些观点，更重要的是提供一些研究的思路和方法，为中华民族特色鲜明的文论话语体系建构抛出一块小小的砖石，这是我多年来不断求索的目标，也是本书的由来。本书力图在几个关键点上向深处掘进，拟从以下几个维度展开。

第一，对话的维度。虚构话语来自西方文论，作为西方文学理论的核心范畴，奠定了西方纯文学理论的基础，20 世纪下半叶以来，海外汉学家提出非虚构的概念，意在阐明中国文论的不同特质。纯文学创作与研究日渐式微，德里达、米勒等学者提出“文学终结论”，昭示着虚构论呈现出“无可奈何花落去”的颓势。海外汉学家提出非虚构概念，目的是为西方陷入困境的“文学即虚构”文论寻求出路。在这一学术背景下，中外学者的中国非虚构诗学研究，多少忽略了中国文学与文化的复杂生态，明确这一局限性，是突出问题意识的需要。

现有研究在阐释对象和方法上存在疏漏。阐释对象的选定非常重要，有学者结合自己的研究曾经做过这样的反思：“曾经在相当长一段时间，笔者都全盘接受伽达默尔本体论阐释学倾向于读者中心论的基本思路，对阐释对象的确定性有所忽视。但是，在自己的阐释实践中，发现对阐释对象确定性的忽视是行不通的。”①不少学者将中国诗歌、小说、戏剧、散文定位为非虚构文体，如果用非虚构理论来阐释屈原、李白等人诗作以及《西游记》《红楼梦》等小说，就很难自圆其说；更重要的是，有意忽略了中国大量的非虚构文学现象和学术资源，中国古代文体分为几十种甚至上百种，大部分都不符合纯文学文体

① 朱立元：《关于阐释对象及相关问题的几点思考》，《学术研究》2021 年第 7 期。

规范，却符合中国文论中“文”的规定，这正是中国非虚构诗学研究应该予以特别关注的对象。另外，国内不少研究成果在运用西方现代、后现代等理论方法来解读中国非虚构诗学，文化自信不够，缺乏中国本土文学经验的总结以及文论的深度开掘。可见，迫切需要反思后“接着说”。

第二，历史的维度。中国非虚构诗学作为一种原创性的文论，是深深植根于本民族的文化土壤中的，从最初芽苞萌生，到不断枝繁叶茂，直至长成参天大树，汲取的是本土文化的养料，这一硕果归根结底是中国文化和文学实践的产物。中国传统文论散见于各种文献资料中，唯有通过史料和观点的相互影响、相互作用、相互征服、相互印证，才能厘清中国非虚构诗学的历史线索。

文体考察是追踪中国非虚构诗学的发展历程的有效方法和路径。从这一角度重新梳理非虚构诗学史，在观念上特别需要改进的是，与西方文体论侧重于语言、结构等形式不同，中国文体论同时十分关注与文体形式相适应的内容。著名文艺理论家童庆炳先生在《文体与文体的创造》一书导言中指出：“文体是作品的语言秩序、语言形式，从里层看，文体负载着社会的文化精神和作家、批评家的个体的人格内涵。”①从大量中国非虚构文体的命名，就可以看出其中所蕴含的内容的指向性、规定性，直接关联着一定历史时期文学所关注的社会现实，昭示了非虚构特征，是需要深度挖掘的要素。也就是说，历代文体论从内容和形式相统一的高度，折射出了中国非虚构文学观念在不同时代的变迁。

第三，逻辑的维度。中国非虚构诗学虽然有浓厚的“史”的意味，但是，不能满足于“史”的材料堆砌，不能满足于“史”的现象描述，迫切需要深化理论上的思辨。有关中国非虚构诗学的一些重要理论问题亟待廓清，在将国外非虚构写作普及到中国的彼得·海斯勒以及在国内大力倡导非虚构写作的《人民文学》主编李敬泽看来，究竟“何为非虚构”这样一些基本问题，目前还众说

① 童庆炳：《文体与文体的创造》，云南人民出版社 1994 年版，第 1 页。

纷纭莫衷一是，[①]理应引起文学理论界的反思。

中国非虚构诗学内涵丰富意蕴深刻，如果运用二元对立的思维方式进行一种理论的推演，仅从字面上来理解，认为与西方虚构文学相对，把中国文学看作是不虚构的、无虚构的，这些简单的做法将会使其价值意义迷失。如何建构中国文论的话语体系？有学者勾画了“文学理论之‘体’”的关系图，具体来说：“围绕着文学文本，以经验为媒介，形成了三种人的活动，即理论家、作家和批评家。作家创作文本，但他的创作又总是受一种互文状态的影响，通过文本表达意义，又感受着文本本身对意义生成的推动和文本经验本身所提供的快感。批评家通过生产批评性文字，把自己对文本的经验表述出来，同时也以影响文本的生产和文本的接受为目的。理论家以对文本的经验，对批评家文字的接受以及与作家的交往或对他们的理解，来形成自己的书写。”[②]概而言之，就是要求回到本土文学创作和批评，实现话语建构。具体而言，就是要沉潜到中华民族的美学、人学、语言学、叙事学等多重空间运思，辅之以文学文本细读，建立起关于中国非虚构诗学的学理贯通、逻辑自洽的整体性认知。

第四，当代的维度。如果说疏通固有血脉探索内在机理，是在还原中国非虚构诗学的本来面目，那么在当代重新建构，则使得这一诗学传统复活了起来。诚如有的学者所说：“文学传统的重建在肯定上述研究取向必要性的同时，必须实现研究基点和观念的转换，应立足于价值本位，更需要对现时主体给予足够的重视。”[③]可见，在与西方学界的充分交流中，联系世界文化和文学，进一步激发创造的活力，在信息时代发扬光大，也是中国非虚构诗学的应有之义。

具体来说，一方面，从宏大的文化背景角度，寻求中国非虚构诗学在信息时代实现转换的结合；另一方面，从具体的诗学变革角度，探索中国非虚构诗

---

① 参见王轻鸿：《非虚构与信息时代的文化逻辑》，《文艺研究》2016 年第 6 期。

② 高建平：《从当下实践出发建立文学研究的中国话语》，《中国社会科学》2015 年第 4 期。

③ 姚文放：《文学传统重建的现实价值本位》，《中国社会科学》2007 年第 6 期。

学在信息时代呈现出来的增长点。首先,从机械唯物论到信息全息论的哲学变迁角度,将“信息不是物质,信息不是能量”等信息哲学中的唯物主义新特征,与中国非虚构诗学所立足的哲学意义对照,揭示二者的汇通处;其次,从分析思维到综合思维的思维变迁角度,将信息时代消融虚拟世界和现实世界边界所获得的整体性效应,与中国非虚构诗学综合性思维方式对照,发掘二者的一致性;最后,从文字到图像的美学变迁角度,将电子媒介运用声、光、电等手段打造“虚拟现实”时语图共生、声情并茂的“身临其境”感受和体验,与中国非虚构诗学中所关注的“事象”“物象”等对照,寻求二者的相似点。

本书共分五篇,从不同角度考察中国非虚构诗学,力图形成一个彼此关联、有机统一的整体。总体框架为:第一篇,从反思的角度,强化中国非虚构诗学研究的问题意识。第二篇,从发生的角度,探讨中国非虚构诗学的发生语境。第三篇,从历时的角度,梳理中国非虚构诗学的发展历程。第四篇,从共时的角度,剖析中国非虚构诗学的学理逻辑。第五篇,从发展的角度,重构中国非虚构诗学的当代形态。

第一篇

中国非虚构诗学的研究视域

王国维在《人间词话》中谈到治学境界时说,“古今之成大事业、大学问者,必经过三种之境界”,即“‘昨夜西风凋碧树,独上高楼,望尽天涯路。’此第一境也。‘衣带渐宽终不悔,为伊消得人憔悴。’此第二境也。‘众里寻他千百度,回头蓦见,那人正在灯火阑珊处。’此第三境也”。[①] 这段话生动形象地阐释了治学过程中发现问题、分析问题和解决问题的三个不同阶段,立足高远而能将相关研究成果尽收眼底,抓住问题症结,找准突破方向,则是进行拓展研究非常关键的一步。

本篇追寻国内外有关中国非虚构诗学研究的视域,将相关学术成果的思想、方法予以归类概括,并试图于研究视域的迷茫处去发现问题,作为本书研究的学术起点。

① 王国维:《王国维文学论著三种》,商务印书馆2001年版,第35页。

第一章　中国非虚构诗学研究回顾

非虚构作为阐述中国文学、诗学的一种重要理论，是在现代以来西方文论的影响下逐渐浮出水面的。其实在中国文论中，与非虚构相关联、相对应的诗学思想是非常丰富的，只是沉潜在历史文化的深处而已。中国早期诗学无不是围绕着心灵与外物的关系展开的，历代诗学不断演绎，不断推进着文学理论的发展，也就是说，非虚构切入的是中国诗学思想的内核。因此，中国非虚构诗学研究的历史回顾，如果仅仅限于非虚构之类的术语去总结归纳，这一机械的简单的做法无异于按图索骥，迫切需要透过现象，从深层的学理的高度，对相关的研究成果进行条分缕析的梳理。

第一节　国内研究

非虚构被看作是中国文学与文论的显著标志，自然而然就成为当今时代中国文学理论研究一个绕不开的话题，是建构中国特色文学理论的重要基石，在文学特征论、转型论、文体论、文学史论、作品论等多个层面展开了深入研究。

一

非虚构与中国文学特征论。

虚构理论在西方有着悠久的历史，是建构现代纯文学体系的基石，韦勒克、沃伦的《文学理论》将“虚构性”推至极致，将之称作文学的“核心性质”。① 这本外国文学理论著作被中国教育部列为中文系学生值得阅读的100本推荐书目之一，不少高校中文专业将之作为教材，中国学者编写的文学理论教材深受影响，虚构论在现代以来的中国文学观念中深入人心，由此可见一斑。而提出用非虚构来概括中国文学的特征，则一反传统的文学特征论，颇有创新意味，当然，也引起了激烈争论。

（一）

通过对中国文学观念的追根溯源，来阐述文学的非虚构基本特点。新时期以来，特别是20世纪末期，“中国古代文论的现代转换”在中国文论界相当大的范围内形成共识，基本思路就是回到本土的文化语境中，寻找中国传统文论的前世和今生。将“文”的含义追溯至先秦时期，使得轴心时代的中国文论，由醇反杂，从而将“文”的现实意味浓厚的内在含义和表现形式充分挖掘出来，通过这种路径来突破虚构作为文学特征的藩篱。

首先，有学者将“文”与政教关联，认为中国早期文学的特征在于诗与政教融合，文学功能以政教为核心，张扬的是现实理性的精神。

文论界抛开了西方“文学即虚构”的观点，而从中国“文”的缘起阶段，发现了最为本色的政教特点。人们将“文”的含义渊源追溯至周代，认为“尚文”对中国文学观念的建立具有根本性的意义，主要就是形成了以政教为核心的中国文论传统，成为《周易》“人文化成”思想生成的本原，因此，“尚文”成为古代文学观念复杂化的历史依据。有学者甚至提出：“没有周代‘尚文’之风的滥觞，没有礼乐政教制度的建立，没有‘尚文’观念在诸子思想中的哲学升华，没有儒家在人文化成上的意义建构，就没有古人关于文学基本问题

① ［美］勒内·韦勒克、［美］奥斯汀·沃伦：《文学理论》，刘向愚、邢培明、李哲明译，文化艺术出版社2010年版，第16页。

的思考。”①有学者直接将这种关联,用“诗教”一词来概括,并且阐述了其中包含的道德、知识和艺术的多重含义,这样说道:“孔子在两千多年前就提出了‘诗教’的主张,并以其‘诗教’实践开了我国古代‘以诗为教’,用诗歌进行道德教育、知识教育和艺术教育的先河。”②还有学者用“教化”一词来概括,认为我国古代社会中的“教化”多强调其在国家政教风化、个人修身养性等方面的功能,其目的在于提高自身的仁德、礼义修养,忠君、报国、治天下等,并且强调:“透过文艺的生成与发展历史,我们可以清楚地看到,教化是文艺创作的使命之一,同时也是文艺的重要属性。”③

通过中西比较,则进一步彰显了中国传统诗学的政教特色。有学者发现:“与西方明显不同,古代中国文学从它诞生开始,便具有鲜明的政教性格,并且正是这种性格,奠定了以后文学传统的基础。”具体而言,“诗言志”这一中国诗学“开山纲领”就具有明确的政教目的,即“‘言志’是古代中国文学传统区别于西方文学传统的基本特征”。整体来看,能够发现:“中国古代文学无论是在创作、批评以及作家的人生追求方面,都鲜明地反映出一种对社会政教需求的自觉意识,并且这种意识始终主导着中国文学史的发展。”④也有学者借鉴西方形式主义批评、叙事学理论,从文学政治学的角度,提出“文学形式的政治说”。文学政治学与政教说有一定的相似之处,要义就是认为文学不是远离现实的虚幻呈现,在先秦时期就已经萌生,一直延续下来成为传统,但是不同的是,文本政治学主张文本形式与政治的有机结合,在这个结合过程中并非没有矛盾与冲突,而文学政治学则关注了二者存在的复杂关系。代表性的学者是刘锋杰,他认为:“政治可以隐身于叙事视点、叙事节奏或格雷马斯

---

① 夏静:《“尚文”与中国文论的教化传统》,《首都师范大学学报(社会科学版)》2012 年第 6 期。

② 吴子林:《“文以化成”:存在境域的提升——孔子审美教育思想诠论》,《文艺理论研究》2011 年第 4 期。

③ 丁国旗:《文艺的“教化”作用论纲》,《长江文艺评论》2016 年第 11 期。

④ 陆晓光:《略论中国文学的政教传统》,《文艺理论研究》1994 年第 4 期。

的语义矩阵之中，也可以转化为抒情文学的语气、格律、音调、意象、象征等等。”[①]上述政教说比较一致的是，都认同手段是文化、文学的，目的是政治教化的，这就是礼学语境中“文”论话语的根本特征。

其次，有学者将“文”与“乐”关联。“乐”的狭义指音乐，广义指艺术，基本特点指的是令人愉悦的感受。认为传统的中国文学与“乐”结合，现实理性精神与审美愉悦不仅不矛盾不对立，相反，是共存于一体相互激荡的。将周代浓郁的“尚文”风气与礼乐教化传统结合起来，将宗教、道德、社会、历史、文化、语言等诸多因素一起纳入文学的审美场域，成为后来“人文化成”思想阐发的重要根基之一。

“乐”唤起的是审美愉悦，但是中国传统文学的审美愉悦与西方远离现实的审美意味不同，是在与现实的交融中实现的。在人类学方法的引导下，这一传统的文论思想得到了更进一步的阐释。李泽厚 1981 年出版的《美的历程》，可谓较早从人类学本体论这个角度来阐释的，从“龙飞凤舞”的远古图腾开始讲起，揭示出中华民族艺术审美深厚的心理积淀和历史积淀，意在表明，中华民族的艺术观念是在现实的激发下诞生和发展的，在结语中反复强调中华民族的审美性“不应是主宰的神性”和“官能满足的兽性”，而是“个体中有社会”，特别是修订插图本再版时配以精美的出土文物和艺术插图，图文并茂，更为具体、直观地再现出了中国美的历程特点。[②] 通过文化人类学考察，人们发现文、乐与仪式相互关联，认为礼与乐密切结合起来是阐释先秦美学的一种重要路径，在张法看来：“文，本是仪式中文身之人（巫），由文身之巫引导着整个仪式，而巫身所文的图像又代表着仪式的本质，文就扩展为整个仪式的外观，从而扩展为整个仪式的代表”，“礼代表仪式的政治性规定，乐代表仪式的心理状态，文代表仪式的外观形象。礼乐文化就是通过一种规定的

① 刘锋杰：《“文学政治”及其存在形态——关于“文学政治学”的思考之五》，《学习与探索》2013 年第 1 期。

② 参见李泽厚：《美的历程》，天津社会科学院出版社 2001 年版。

朝廷/国/家的仪式形式（礼、乐、文）把文化本质化、定型化、审美化和整体化”。[①]

文化人类学批评作为对于纯文学研究的一种反拨，就是要将文学从虚构筑起的封闭疆界中拯救出来，置于更为广阔的社会视域中来考察，是20世纪西方文学研究的转型。这一理路也因此引发了中国学者关于整个现代以来审美话语的深刻反思，激发了中国学者重新审视民族性审美话语的动力和能量。有学者认为："中国古代文学美学一方面兼顾文学语言形音的审美功能，形成了以'格律诗色'说为代表的纯形式美论，另一方面有更加重视文学语言记物叙事、言志述情的'所指'，主张'言者所以在意，得意而忘言'（庄子），要求读者'披文以入情'（刘勰），最终'但见情性，不睹文字'（皎然），但见'所指'，不见'能指'，从而与西方现代文学美学呈现出一定的异同。"[②]人们发现，中国现代以来的审美话语受西方影响，发生了价值的倾斜，有学者指出："人类的美学进程的确值得反思，人们为了'美本身'而歧视'美的东西'，为了'理念'把感性贬为手段，为了'合目的性'而使审美判断力沦为连接自然概念领域和自由概念领域的媒介，这种出于在有限中获得无限的考虑自然无可厚非，但我们无法回避美学是感性学，人的感性只发生在生活的感受、体验和情感反应之中这样一个事实。"并特别强调解决途径是要看到这么一点："美学的真正家园是现实，是生活世界，是人的身体机能与日常生活之流激情相逢的张力。"[③]也就是说，审美是感性的，无法与现实的体验剥离开来，唯有回归到现实中，才可以抵达美学家园。

再次，有学者将"文"与"天"关联。"天"在西方被看作是遥远的、缥缈的"彼岸"，与人所处的现实是对立的，是对于现实的超越。但是中国古人在先

---

① 张法：《礼乐文化：理解先秦美学特色的一个路径》，《长沙理工大学学报（社会科学版）》2006年第4期。

② 祁志祥：《中国文学与美的关系的历时考察》，《人文杂志》2013年第8期。

③ 王确：《中国美学转型与生活美学新范式》，《哲学动态》2013年第1期。

秦时期就开始淡化其神秘的意味，代之而起的观点是，“天”代表的是自然、万物。中国学者认为文学的根源在于人道、天道、天理，认为“天文”与“人文”是统一的。

对此，童庆炳先生进行了详尽的论述，将之看作是中国文学本原的意义，他指出：“中华文论的文学本原论，是‘天人合一’式的，它不是孤立的‘感物’说，也不是孤立的‘言志’说，它还有超越这两个序列观念的第三序列，即‘天’‘道’‘天人合一’等。中华文论的文学本原论是三个序列观念的有机联系。在‘感物’和‘言志’的后面，还隐含一个十分重要的层次。这就是‘道’。就是说，虽然中国古代思想没有像西方的柏拉图那种艺术是不朽的灵魂对‘理式’的‘回忆’的说法，没有黑格尔的艺术是‘理念的感性显现’的说法，但中国儒家有‘天’的概念，道家有‘道’的概念。‘天’与‘道’都是带有形而上色彩的概念。文学‘感物’‘言志’之途最终通往‘天’或‘道’。‘天’‘道’‘天人合一’被视为具有终极性的本体规定。”①通过中西对比，强调中国文论中的“天”与“人”的结合，具有本体性意义。沿着这一方法和理论，不少学者进行了阐述，有学者认为：“中国‘天道’哲学对于中国‘文’学行为经验本质的规定，不仅将中国‘文’学与西方建立在柏拉图‘理念说’基础上的‘文学’区别开来，也形成了中国的‘文’学理论与西方的‘文学’理论的差异。中国的‘文’论，受‘道’‘文’一体思想的支配，总是将‘文’学的社会生活价值取向作为核心价值取向，由此而确立了中国‘文’论的范畴、价值取向等等。”②对于“天”“道”的理解离不开“人”，淡化了神灵的意味，有学者则直接认为人就是神灵，即：“先秦文学中确立的‘惟人万物之灵’的以人为本的思想传统在后世文学中得以传承和延续。”③“惟人万物之灵”就是人代替了神灵的位置，这样

① 童庆炳：《文学本原论》，《江海学刊》2002 年第 2 期。

② 赵辉：《中国“文”学行为经验本质的哲学本原》，《中南民族大学学报（人文社会科学版）》2018 年第 1 期。

③ 王秀臣：《灾难视野中的文学回响——先秦灾难的文学表现及其意义》，《湘潭大学学报（哲学社会科学版）》2012 年第 3 期。

就使得先秦文学形态逐渐淡化了神话色彩，人化色彩具有强烈的现实意义，因此，各类文学作品具有史学著作的真实性品格，甚至可以作为研究上古史的佐证材料。也就是说，“天”通过文学、诗学的形式得以表现，形成了中国求真求实的文学、文论传统。

最后，有学者将“文”与“人”关联。“文”所显现的上古道德传统与伦理精神，在文化理想与价值目标上，表现在中国古代社会的理想人格塑造、伦理规范与德性培养、日常生活之道彰显的诸多方面。

文学作为人学，那么，人是什么呢？自然而然就成为中西文论共同关注的话题。新时期以来人学视野的革新，拓展了中国新时期文学理论研究，这其中既包含对我国一段时期以来盛行的反映论和工具论范式文学理论研究的反思，也有对西方人学观念和语言观念的反思，汪正龙认为：“而超越两种范式的整合趋势的出现，说明我国学者意识到文学活动的多维构成超越了任何单一的视野和理论概括，需要从多个角度进行透视，这是新时期文学理论超越新中国成立头 30 年所取得的一个根本性的进步。”[①]的确如此。其中一个重要的方面，就是中国传统文学作者的人格重新发现，在李春青看来，“作为文学观念之理论化形态的文论话语乃是文人士大夫精神世界的直接体现”，这“与古代士人‘社会导师’的文化认同直接相关”，因为“在中国古代，文论或诗学话语、哲学或学术话语、文人士大夫文化人格三者之间存在着明显的同构关系，可以说是三位一体的”。[②]“社会导师”这一角色定位，凸显了中国古代作家和文学观念的“社会性”特点。先秦时期历经战乱、灾害等种种灾难，正所谓“国家不幸诗家幸”，使得这一时期的文学主体会更加关注现实苦难远离虚构，有学者认为：“经历灾难的人们会更加摒弃虚幻、关注现实，灾难主题加深了对生命、人性的思考，抒发了人类最真切的情感。关注生活、关爱生命的现

① 汪正龙：《人学与语言艺术：新时期两大文学理论范式的演进与汇通》，《思想战线》2010 年第 1 期。

② 李春青：《中国文论传统及其现代命运》，《学术月刊》2005 年第 9 期。

实主义精神成为后来中国文学的伟大传统,历久弥新,经久不衰。”①这些研究都远离了西方从抽象思辨把人神化的层面去理解人的路径,不是把人理解为远离现实的神、与世隔绝的天才,而是主张从现实人生的角度去理解创作主体,无疑就是在趋近中国文学观念的非虚构传统。

(二)

承认中国文学具有非虚构特点,但是不排斥虚构。强调文学的虚构须守“史”有责,受历史、现实等约束,主张虚构与非虚构并存于一体。

将非虚构这一观念的阐释,作为走出“强制阐释”的突破点。张江提出“强制阐释”这一概念,即“背离文本话语,消解文学指征,以前在立场和模式,对文本和文学作符合论者主观意图和结论的阐释”②。“前在”指向了西方文论,不是排斥西方文论,而是主张中西对话,反对用西方话语来强制阐释中国文论,这一观点在文学理论界引起较大反响。有学者认为:“到了 20 世纪 80 年代后期,中国现代文学研究却风向大变,随意用西方哲学去‘强制阐释’作家作品的社会乱象,也愈演愈烈、蔚然成风”,因此,理论和文本的关系不应颠倒:“理论是为解读文本而服务的,绝不能把文本变成求证理论正确性的辅助工具。”③有学者提出:“西方阐释学理论路径一个明显的特征是哲学化和美学化,这种过于哲学化和美学化的文本阐释不一定对中国当代文论中具体的文学问题研究奏效,过于哲学化和美学化的文本阐释在某种程度上正是在理论与实践的关系上走向了理论主义的误区。”④还有学者认为:“寻求适应中国文

① 王秀臣:《灾难视野中的文学回响——先秦灾难的文学表现及其意义》,《湘潭大学学报(哲学社会科学版)》2012 年第 3 期。

② 张江:《强制阐释论》,《文学评论》2014 年第 6 期。

③ 宋剑华:《“强制阐释”与“文学”的缺席——中国现代文学研究困境之反省》,《首都师范大学学报(社会科学版)》2018 年第 6 期。

④ 段吉方:《阐释的超越与回归——强制阐释论与中国当代文本阐释批评的理论拓展》,《学术研究》2016 年第 12 期。

论自身发展需要的阐释经验与立场”过程中,要看到:“中华文化博大精深,中国文学的历史悠久丰厚,中国传统美学文学理论有着自己的特点,如天人合一、情景合一,重视艺术创造与欣赏实践,具有人文情怀,审美趣味含蓄蕴藉,富于诗性体验,追求意象与意境美的创造,等等。这些都应该成为中国当代文学理论建构的宝贵资源。”①上述阐述,是在呼唤文学理论研究的学术范式的调整,具体到文学观念的阐释,其中“文学即虚构”这种西方现代以来流行开来的观念,遭受消解也就在所难免。依据虚构理论来研究中国文学的“强制阐释”,造成了中国文学文本意义的缺席。因此,有必要通过中西对话,回归到中国文学和文化的特点,来重新研究中国文学的特点。不少学者的论述中涉及中国文学特点,大体倾向于认为文学离不开虚构,不是纯粹的虚构,不能排除非虚构的成分。

一些学者从中国文学与历史的统一,即从文史互鉴的角度来阐释非虚构。文学固然不能没有虚构,但是“戏说”“穿越”“颠覆”等手法或方式的虚构,在当下历史题材电视剧中甚嚣尘上,似乎成为文学表现历史的圭臬,引起了文学评论界的深刻反思,《人民日报》2014 年 1 月 17 日刊发一组文章以正视听。张江认为:“主张用文学的方式描绘历史风云,并且尽可能地在这种描绘和展现中实现对历史规律的认识和把握,这是我们思考和处理文学与历史关系问题时应该持有的基本态度。”并鲜明地指出:“无论文学家们如何书写历史,历史都以自己的方式存在,不可改变。历史不是任人打扮的小姑娘,尊重历史,严肃地对待历史,这是文学面对历史的唯一选择,也是文学家的责任。”②陈众议提出:“就历史虚无主义‘艺术’表征而言,简而言之,一谓‘戏说’,二谓‘割裂’,三谓‘颠覆’。”我们需要认识到的是:“历史过程中充满了代表人民意志和历史发展要求的英雄人物及可歌可泣的动人事迹。”而值得警惕的是:“历

---

① 毛宣国:《西方文论的阐释经验与中国文论的阐释立场》,《社会科学辑刊》2017 年第 4 期。

② 张江、陈众议、朝戈金、党圣元、陆建德:《文学不能“虚无”历史》,《人民日报》2014 年 1 月 17 日。

史虚无主义在某些文艺作品中径直表现为对中华民族历史人物的嬉笑怒骂、颠倒黑白。”[①]就历史人物的文学表现而言，朝戈金认为：“以其自身的行为，早就写下了自己的历史。文学创作克服人物扁平化，并非是混淆甚至取消伟人与罪人、圣贤与恶徒、高尚与猥琐等评判标准之间的界限。”[②]党圣元亦认为：“如果丧失了历史真实这一基点，任由想象和虚构脱缰狂奔，想象和虚构即便再奇谲华丽，也是没有意义的，只能是更具诱惑力地将读者带入历史认知的误区”，“作家虽然不同于史家，拥有想象和虚构的权利，但是，这种想象和虚构不是无限的，更不是随意的”。[③] 涉及历史的文学，就功能而言是多维的，在陆建德看来：“从来不是单一的，它既有审美、娱乐功能，也有教育、认识功能。尤其是一旦涉及历史题材，其教育教化功能更为直接和显著”，“在大众传播发达进步的今天，文学家们用什么样的姿态面对历史，也就意味着把什么样的历史交付给受众，交付给未来。文学在具体的历史关系中展开，文学通过生动的叙述形象地建构历史，文史同一，文史互证”。[④] 不难看出，这些论述直接触及到了文史哲相通的中国文学传统。

中西文学观念交流和影响，不断拓展阐释非虚构的时空，为虚构与非虚构的交融互渗提供了契机，出现了“理论转场”现象。张政文指出：“历史的正反两方面的经验教训都生动地证明了一个事实，那就是理论转场的当下性是构建当代美学话语体系的现实路径。”[⑤]金惠敏在梳理世界主义与民族主义关系的基础上，进行了详细的论证，他提出：“中国学术是可以用外语讲授的。

---

① 张江、陈众议、朝戈金、党圣元、陆建德：《文学不能“虚无”历史》，《人民日报》2014 年 1 月 17 日。

② 张江、陈众议、朝戈金、党圣元、陆建德：《文学不能“虚无”历史》，《人民日报》2014 年 1 月 17 日。

③ 张江、陈众议、朝戈金、党圣元、陆建德：《文学不能“虚无”历史》，《人民日报》2014 年 1 月 17 日。

④ 张江、陈众议、朝戈金、党圣元、陆建德：《文学不能“虚无”历史》，《人民日报》2014 年 1 月 17 日。

⑤ 张政文：《理论转场与转场的本土化、当下化——构建当代美学理论话语体系的基本路径》，《天津社会科学》2016 年第 4 期。

外语讲授不是要替代中国学术,而是将中国学术带入与其他学术的关联之中,使中国学术成为世界学术的一个有机部分。中国人应该是尝到这种穿越性链接的甜头的:汉语翻译文学没有用汉语文学取代西方文学,而是将西方文学置于与中国文学的连接之中,从而催生了作为世界文学的中国现代文学。自汉唐以来的域外文学翻译史,其间自然包含着域外价值,但这些域外价值不是取代了中国价值,而是将中国价值带入与其他价值的互动之中,从而生产出满足中国人需要的新的价值。"①在这样的学术思维中,不同文化语境中生成的虚构与非虚构话语就不再是泾渭分明的,而交融渗透就顺理成章了。

于是,非虚构就不再是极度的张扬,而是更具有节制和约束了。有学者认为,非虚构作为文学观念的倡导,是对 20 世纪以来流行的虚构文学的反拨,包含了对于传统文学的一种精神回归,因此,这样认为,"而从人类书写历史的发展而言,虚构文学与非虚构文学经过长期的分野后重新走向合一,这是新世纪书写文化的一道标志性景观",需要警惕的是,"非虚构如果过分张扬,文学是否会滑入死亡一端? 毕竟,文学仅有真实性是远远不够的,与生活保持某种间离是文学审美的内在要求"。② 陈伯海将历时性的古今文学观念差异,与共时性的中西文学经验差异联系起来,认为:"古今文学观念上的差异一定程度上来自中西差异,近代的文学观念起于西方,而西方的文学经验和我们有别。比如说,在他们那里,叙事文学一向是大宗,于是形成西方人重视文学想象和虚构的职能,甚至有凭借艺术概括以超越历史实然性的见解,就跟我们民族的传统大异其趣。我国古代戏曲、小说发展迟晚,抒情诗是主流,情感的要素非常突出,想象和虚构则不占很重要的位置。至于与诗并列的各种文类中,更大

---

①　金惠敏:《价值星丛——超越中西二元对立思维的一种理论出路》,《探索与争鸣》2015 年第 7 期。

②　卢永和:《"非虚构"与文学观的转向》,《湖北大学学报(哲学社会科学版)》2011 年第 6 期。

多缺乏想象、虚构的成分。一味用西文观念整合我国的文学事象,必然会造成削足适履。”①非虚构文学观念的回归,实则超越了西方虚构论,张扬了一种新的写作伦理。

与此相关的是,非虚构包容、涵盖了虚构,弥合了边界,那么,“纯文学”这一概念在当前正面临被新的术语取代的种种可能。“杂文学”就是一个与“纯文学”相对的术语。清末民初就有学者提出了“杂文学”的概念,施蛰存在1937年初检视新文化运动20年来的得失时,提到“杂文学”的重要意义,他认为:“一个文学发达的国家,其杂文学成绩之丰富一定不亚于其纯文学……杂文学作品比之于纯文学作品更有社会的意义。”②当前,施蛰存的“杂文学”的概念再次被学界提及,不少学者认为,既然认为中国文学传统是虚构的,但是同时也不排除非虚构,理所当然那就属于虚构与非虚构并存的“杂文学”,认为这才是中国文学的真正传统特色。张少康解读《文心雕龙》,就是这样理解文类的,他说:“很细致地分析了各个不同文类的特点以及它们之间的异同,也清楚地看到了诗、赋这样的艺术文学的独有特征,但是他没有能明确地提出在这众多的文类中,实际上包括艺术文学和非艺术文学两大部分”,“这也许和他过于强调了‘人文’的共性有关,但也和文艺散文和非文艺散文之间的界限实在很难于区分有关”。③ 学界还从多个层面进行了更加深入的分析,认为中国特定的社会结构、哲学观念、思维方式和由此而形成的文化精神,决定了中国古代的文学观念的驳杂,在汪涌豪看来:“古代批评家对文学伦理品格的强调,对‘征圣’‘宗经’的文统观念和‘贵远贱近’的复古尚好,对‘文以行立,行以文传’的古训的遵循”,都与“特定的社会结构和与之相应的传统观念

---

① 陈伯海:《释“缘情绮靡”——兼论传统杂文学体制中的文学性标志》,《社会科学战线》2004年第6期。

② 施蛰存:《杂文学》,《新中华》1937年第7期。

③ 张少康:《刘勰的文学观念——兼论所谓杂文学观念》,《北京大学学报(哲学社会科学版)》2000年第4期。

有关。”①

现代文学研究领域的学者提出的“杂文学”概念是中国现代以来中西文学观念交汇的结果，古老的中国“文学”概念遇上西方现代意义的 literature，于是蜕变成了一个内涵全新的文学概念。“杂文学”是现代衍生的一种文学形式，在 20 世纪上半叶的中国学术史上已广泛使用，特指的是中国现代文学史上除了纯文学（美文学）或正规文学之外的文学。金宏宇认为：“它们是小说、诗歌、戏剧、美文之外的其他文类的总称，是带有实用性、非虚构性却依然兼有文学性的文学写作，是真正视野杂、笔法杂、文类杂、作品杂的‘杂’文学。”并进一步认为：“杂文学的非虚构性使其中的大多数文类都试图呈现历史真实，具有历史价值，是历史或其他学术门类取用的文献史料”，“对纯文学而言，杂文学还具有文学批评的价值”，“杂文学对纯文学还有互文性研究方面的价值”，“杂文学的批评价值还有助于‘本事’研究，即从虚构性的纯文学作品逆索其历史或现实真相”。② 可以看出，现代文学研究领域学者提出的这一概念，可谓中外古今文化碰撞的结果，是将之放在与纯文学互动共生的视域中来阐释的，这样，指称的对象与古代的“杂文学”完全不同，但是意义指向却是大体相同的，均指向了虚构与非虚构交织的文学。

也有学者提出中国文学属于“大文学”传统的概念，来取代“杂文学”的说法，要义差不多，也是主张虚构与非虚构并存的观念，才符合中国文学的实际。李怡在“现代大文学史观”的视野下，提出：“所谓‘大文学’就是突破对‘纯文学’、‘为艺术而艺术’的迷信，将文学的价值和意义定位在广泛的社会历史的联系当中，将文学的趣味的精神魅力与之承担的社会责任、历史使命有机结合。显然，在诸多社会问题亟待解决的现代中国，文学毫无疑问地承担了这样的义务，并且也在事实上以这样的塑造体现自己的历史形象，‘革命文

① 汪涌豪：《我国古文论杂文学体制原因探析》，《探索与争鸣》1987 年第 6 期。

② 金宏宇：《中国现代“杂”文学的价值重估》，《中山大学学报（社会科学版）》2019 年第 2 期。

学'更是如此。考察这样的文学现象，我们理应自觉地秉持'大文学'视野，以此为标准衡量文学的价值。"①从学术理路上来说，李怡认为"大文学"史观的提出意义重大："可以更宽阔地揭示现代中国文学的生态景观。可以更深入地挖掘现代中国作家精神中的现实与历史基因。可以更准确地把握中国文化传统之于现代问题创造的实际意义。可以更清晰地揭示现代中国作家文学观念的民族独创性。可以让我们对中国文学传统的传承和开拓有更为准确的梳理。可以重塑现代中国文学的艺术观。可以为阐释现代中国文学寻找更多的视角和向度。可以进一步反思、总结和提升中国文学的学术方式。"②

21世纪以来，与回归文学本位呼声相对应的，古代文学研究领域的创新追求呈现出向"大文学"理念回归的倾向，有学者认为："与时俱进的'大文学'研究趋势。与民间文学、比较文学等互动沟通，符合中国古代文学自身的观念、特点和性质。"③还有学者以王国维的"大文学"观为例，进行了解析，认为体现了"人生论美学追求审美艺术人生动态统一""人生论美学追求真善美合一的美情观与积极浪漫主义精神""人生论美学追求物我有无出入、个人追求与社会理想合一的诗性情怀"，认为"大文学"观的当代启示就是："真正的大艺术，须有明辨是非、超越功利的'诗人之眼'，才能在这个商业利益弥漫的社会，去抵制生活中的恶，弘扬人性中的善，才能真正将人性从'有我'提升到'无我'，进而达到艺术作品中审美关怀与人生关怀的统一。"同时，也是更为重要的是："大艺术不但要改造社会，而且要表达美好的理想与诗意的追求，因此，作品主人公不能只是一个社会公德的践行者，更应是一个拥有'美丽之心'的诗意引领者，唯其如此，艺术形象才能在物我有无出入、个人追求与社

---

① 李怡：《开拓中国"革命文学"研究的新空间——建构现代大文学史观》，《探索与争鸣》2015年第2期。

② 李怡：《"大文学"可以做哪些事？》，《当代文坛》2017年第4期。

③ 王立：《古代文学研究的"大文学"理念及学术史思考》，《广东社会科学》2018年第3期。

会理想的诗性交融中，成为万众景仰的审美标杆和现实标杆，引领我们走上通往现实世界和诗意世界合一的坦途。”①可见，“大文学”之“大”与“杂文学”之“杂”，确有相通之处。

还有学者提出了“泛文学”的观念。非虚构这种传统不仅是古代形成的，而且也是现代一直秉承的，在文学理论中有系统阐述。罗宗强先生指出：“我国古代的文学属泛文学性质。此种泛文学，乃在我国文化环境中产生，自其产生至整个发展过程，‘泛’的特色未曾中断。我们是否还可以接受这样一个传统？如果接受这样一个传统，那么我们对于什么是文学，就应该有一套与之相适应的说法。比如说，不以文体区分文学与非文学，而以另外的一些条件区分文学与非文学。这里可能会涉及当前以至未来时代诸种条件的变化，对文学提出的要求：例如网络文学会朝什么方向发展等等。对于什么是文学的问题，似乎有可能给出一个多侧面、多层次、更富弹性的界说。”②当然，用“泛”来作为文学的修饰和限定语，让人觉得文学缺乏了边界意识，因此，这一说法并不多见。

文学究竟是虚构还是非虚构的问题，也是当代作家谈论的热门话题。当代作家结合自身小说创作经历和体会，提出文学不能脱离虚构，但是必须直面现实、正视现实，这是作家履行的义务，也是中国文学的传统。莫言、李洱、贾平凹、阿来等一大批作家在发表创作谈或者接受访谈时，都谈到了作品中的虚构和非虚构的成分。王安忆 2011 年在复旦大学出版社出版了谈创作经验的论文集，书名就叫《虚构与非虚构》，她还在 1993 年发表过一篇题目叫《纪实与虚构》的长篇小说，足以看出虚构、非虚构的交融已经进入了她的文学写作意识，引起了理论的自觉思考。特别是以“非虚构”的名义写作而声名鹊起的作家梁鸿等人，也承认自己的写作中不乏虚构，并不是绝对的非虚构。这样一

① 朱鹏飞：《王国维“大文学”观的人生论美学意义及当代启示》，《学术界》2017 年第 9 期。

② 罗宗强：《工具角色与回归自我——中国古代文学思想的当代价值认同问题》，《文学评论》2007 年第 5 期。

来,文学理论界所关注的虚构与非虚构的边界问题,在当代文学创作实践中就模糊了起来。

（三）

有学者质疑中国非虚构文学传统这一说法。以中国经典的诗学以及作家作品作为例子,来说明中国诗学和文学不乏虚构,认为非虚构不能作为中国诗学的特点,并且命名上本身有问题,缺乏理论上的价值意义。

特别是在中国现代文学研究领域,基本格局就是在接受纯文学观念影响后确立的,形成了不同于传统的“现代”,顺理成章的是,对于非虚构持反对的态度,主张文学坚守虚构的立场。陈晓明著的《守望剩余的文学性》一书,就是从纯文学的立场来理解文学性的,直接认为:“虚构是文学的生命所在。”“文学虚构就是文学性本身。”[①]这话是针对《人民文学》《大家》等杂志倡导的“非虚构写作”而言的,直接亮明了自己坚守的立场观点。当代作家马原著的小说《虚构》,为陈晓明、曹文轩等学者从虚构层面进行分析提供了范本,似乎为陷入困境的文学找到了打开新局面的通途,曹文轩认为:“在勤于挖掘与耕作的先人们留下的窘境之中,现代的文艺学家越来越倾向于一个单词:虚构。”[②]高玉也持此类观点,强调的是:“文学最重要的特性就是‘文学性’,即泛审美性。”“无论是人性,还是思想,抑或情感,这一切都不能独立于文本和文学而存在,都必须通过审美方式来完成,否则它称不上文学,或者不成其为好的文学。”关于“重建中国当代文学的审美批评”的途径,他认为:“学习和借鉴古今中外文论的审美论”,并“在充分吸收的基础上融会贯通,建构中国当代文学审美批评一方面要整合各种审美批评的理论”,同时要“要发展,从而建构完整的、体系化的、具有操作性的批评理论与实践”,关注“文学的审美特征问题”“文学呈现方式问题”“文学技巧问题”“文体问题”“语言文字问题”

① 陈晓明:《守望剩余的文学性》,新星出版社2013年版,第59页。

② 曹文轩:《二十世纪末中国文学现象研究》,作家出版社2003年版,第83页。

等问题。[1] 不难看出，基本上是从纯文学、审美性、文学性等与虚构息息相关的角度来阐述的。

因此，坚守文学性，帮助虚构融入更强的活力，才是文学的未来。在文学审美遭遇消费社会的时代，图像化、数字化使得文学阅读进入到了窘迫的境地，在文学遭受严重挤压的情况下，陈晓明提出"剩余的文学性"这一命题，以虚构为特征文学性仍然被看作是一块必须坚守的阵地。陈晓明认为："文学代表了过去失去时代的文化及其记忆眷恋，它同样深植于人性的深处，它也是历史永存的线索，它从过去绵延至今，就有可能向前伸越——在抵抗吸取消费社会的审美霸权的应战中存留永远。"[2]西方学者关于"文学性的蔓延"的观点，引起了中国学者的关注，不仅认可，而且还做了进一步的阐释："对于德里达来说，他对文学类型的解构并不是抹去文学不存在，而是把文学性变成一种解构之阵，它甚至是普泛化的，文学性存在于任何文本中，正是如此，文学的类型没有边界，文学的法则无法界定。德里达读解的还主要是经典的文学观念和文学的经典时代。"那么，在信息化环境下，"网络把文学置于自身的无限多维的空域，既把它撕碎分解，又将其像种子一样撒向无边的虚无。这使我们面对那些写下的无穷无尽的文本时，把它认做'文学作品'时，或指认为文学时，它本来，或许它的面向并不是文学"。[3] 在非虚构写作洪流来临之际，不少学者倡导重新建构虚构诗学，以更大的气魄将非虚构揽入怀抱成为时代的中流砥柱，而不是随波逐流汇入非虚构的滚滚大潮中。段崇轩认为，"当下文学理论要做的是，既需要借非虚构文学潮流，更深入地研究文学的真实性问题；也需要反省当下文学的危机，更精准、透彻地探索文学的虚构性问题，以及真实

---

① 高玉：《重建当代文学审美批评》，《社会科学》2012 年第 1 期。

② 陈晓明：《挪用、反抗与重构——当代文学与消费社会的审美关联》，《文艺研究》2002 年第 3 期。

③ 陈晓明：《文学的类型、法律与女人——读解德里达的文学观》，《当代文坛》2006 年第 5 期。

性与虚构性的融合问题,推进文学理论和文学创作的发展”,要确立的是虚构文学的特点,包括“独创性特征”“强化诗意性品格”“突出理想性因素”“体现文学的‘总体性’特征”。[①]

有学者向古代做了进一步的延伸。中国古代叙事方式、叙事技巧在源远流长的历史叙事中不断走向完善,文学叙事能力逐渐走向成熟,在中国古代尽管遭受史实观的压抑和屏蔽,但是文学虚构观念还是活跃在中国传统叙事文学的创作意识中,只不过通过一些隐蔽的方式,逐渐清晰、成熟、完善,并终于成为中国文学创作活动中的主导性理念之一。因为中国古代文学观念看重文学文体的创造,要求在真人真事的基础上加工,对于写景、记事进行了审美化加工,有学者据此认为:“所以,对内容的关注主要是美感上的新奇,而不是所显示的普遍意义与内在本质,不是社会性和人性的内涵。这种情况要至明清时期才有所改变。”[②]张隆溪认为:“文学虚构虽然不是历史事实,但文学可以给人以现实感,在某种意义上可以比一般档案记录更贴近历史的总体和本质特征。……以为文学像镜子那样反映生活,当然是一种简单幼稚的看法,但以为文学纯粹是语言符号的游戏,与现实和历史记忆毫不相干,没有任何见证或再现人生的价值,那也是错误的观点。”[③]

最为典型的观点就是,认为非虚构论以偏概全,完全背离了中国文学与诗学的实际。中国文学不乏虚构作品这一事实,钱锺书、王元化等学者很早就在其著作中谈到过。中国非虚构诗学这一命题经海外汉学家提出后,很快就有学者持否定态度,理由就是中国不少作品比如《离骚》《西游记》等就是虚构作品,《文心雕龙·神思》中也不乏关于虚构的精彩论述,因此用非虚构来概括中国文学和诗学的特点,并不符合文学和文论实际。证伪是最能将理论置于

① 段崇轩:《重建文学的“虚构”诗学——兼谈“非虚构”思潮》,《扬子江评论》2019 年第 4 期。

② 彭亚非:《论中国叙事文学传统中虚构观念的形成》,《社会科学辑刊》2019 年第 4 期。

③ 张隆溪:《记忆、历史、文学》,《外国文学》2008 年第 1 期。

灰色地带的，在这些例证和说法面前，中国非虚构诗学确实显得有些黯然失色。将海外学者关于中国非虚构诗学研究相关的文献整理并介绍到国内的学者王晓路认为，虚与实在文学创作中是很难截然分开的，对诗歌表述的事实往往应被视为是人类情感和境况的真实，而非是字面的真实，具体以“比”这一重要的中国传统文论范畴为例进行了说明：“具体运用‘比’时可用多种手法以达到不同的目的。中国古典诗歌中这种例子及诗学中的论及，尤其是借景以引其情，借物以寓性情，是相当多的。倘若认定中国古典诗歌就只是‘历史体验的可靠再现’，而没有虚构或想象成分，亦是一种误导。”①

也有学者更进一步提出，非虚构这种命名的方式本身有问题，不值得倡导。有学者认为：“以否定‘虚构’作为文学创作本质属性的方式赋予这些表达行为正当性。这个否定性的命名很难说是一个有效的批评范畴，它无法在形式、技巧等层面形成有区别性的界定。”②不少学者认为，非虚构是一个意义含混和矛盾的说法，带来了意义不够明朗的困惑，还有学者认为这个说法是“作秀”的说法，没有什么实际的内涵，甚至有学者直接判定是个“伪命题”③。非虚构不仅给人一种不够明晰的感觉，最为重要的就是从命名看似乎抽空了虚构成分，存在明显的缺陷，这一命名制造了意义的混乱，带来了文学观念的迷茫，让人们无法接受。有学者认为，非虚构写作“呈现出从精英化走向平民化、从文学化走向日常化的趋势”，“对‘非虚构’信誉的滥用，导致非虚构写作的泛化与庸俗化”，并认为非虚构写作在现实认识上的“个人视野”“个人立场”“个人真实”的局限性，在许多地方导致了个人偏见、见识浅陋与视野狭窄现象，从而提出：“非虚构写作的对立面不一定是虚构文学、报告文学与纪实文学。实际上，任何时代的写作，包括非虚构写作，它们的对立面，一定是虚假写作，一定是错误、扭曲的现实与历史书写，违心、恶意的写作立场，肤浅、无能

---

① 王晓路：《西方汉学界的中国古代文论研究述评》，《文艺理论研究》1998 年第 4 期。

② 刘卓：《“非虚构”写作的特征及局限》，《文艺理论与批评》2018 年第 1 期。

③ 子干：《非虚构是个伪命题》，《文学自由谈》2016 年第 1 期。

的现实观察等。这样的写作,永远是写作的对立面。”①

有鉴于此,有学者提出用“报告文学”等概念来代替“非虚构”,觉得命名更为合适,更容易接受。报告文学这一文体现代以来创作比较活跃,不少名家名作为人们所熟知,理论上一般都认为报告文学是一种通过文学艺术的表达方式,来实现作家自己直面生活、参与现实,在社会环境下借用对各种真实事实的选取、表现和审视的写作,与虚构文学不同。因此,有学者认为,报告文学比非虚构文学的命名要合适,理由就是:“报告文学最为重要的特性就是要保持同社会现实生活的紧密联系,具有很强的现实社会性,不能够像小说那样,可以仅以作家自己的社会生活观察体验为基础进行现实和历史的虚构创作。报告文学的这种与社会现实生活的紧密联系特征,正是报告文学在复杂矛盾的社会真实现象面前及时介入、观察、判断、发声的要求和表现。报告文学是建立在真实事实基础上的文学表达,它可以也应该自觉满足和适应人们渴望真实洞悉社会生活现象内情,并理性正确地认识对待这些内情的需要。而这,也是人们在需要诗歌、小说等文学体裁之外还需要并喜欢报告文学的地方。”②然而,这一看似折中的说法,其实并没有完全得到学界的普遍认可。一方面因为非虚构写作在21世纪初期作为一股新的浪潮出现,就是针对现代以来的报告文学“先入为主”的创作理念的一种反拨而提出来的,在创作观念上报告文学与当今的非虚构文学潮流不可同日而语;另一方面也是更为重要的,非虚构写作包含的文体范围比较广,报告文学只是其中一类而已,非虚构写作可以追溯到古代诸多文体,比如古代的尺牍、墓志铭等,但是报告文学的出现只是现代的事情。

二

非虚构与中国文学转型论。

① 许道军:《非虚构写作的兴起、假想敌与对立面》,《当代文坛》2019年第4期。

② 李炳银:《阵地与陷阱——报告文学忧思记》,《文艺报》2013年2月25日。

1800 年斯达尔夫人提出将虚构作为区别法律、习俗等边界的一个重要术语，虚构由此成为现代以来文学的独特标志，开启了重视纯文学的时代。斯达尔夫人认为："想象的作品以两种方式对读者起作用：或者给他们提供一些足以使人产生喜悦的生动活泼的场面，或者激起他们内心的种种情感。"①清末民初纯文学观念传入中国，并且影响深远。而非虚构写作大潮的兴起，则被看作是中国文学、诗学在当代的一种转型。

（一）

非虚构作为一种文化转型，不仅为文学转型提供了背景，而且直接提供了强大的动力和丰厚的资源。西方后现代文化的重要特征就是消除了虚构与现实的距离，改变了对于现实的认知方式和态度，这种思想的横空出世被认为是非虚构小说出现的根源。也就是说，非虚构体现了中国文学的当代转型，从根本上来说，是现代向后现代的文化转型。

现代、后现代概念均源于西方，非虚构被看作是向后现代的文化转型，引起了中国学者的关注。外国文学研究专家聂珍钊较早就开始关注非虚构写作，在 1989 年撰文介绍美国黑人作家亚历克斯・哈利写作的一本被称为"超级畅销书"的非虚构小说《根》（*Roots*），通过梳理西方文学源流，他认为："非虚构小说的产生是与作家对传统的现实主义和反传统的现代主义的绝望联系在一起的。"②这里反现实主义和反现代主义的"反"，从根本上来看，就是反映了西方人文化变迁的心理，具有了后现代的意味，因此，具有划时代意义。有学者着眼于西方后现代的文学形式，来分析传记等非虚构写作，认为："传记作者们在创新的非线性思维指导下，放弃对传统、史诗般文体的刻意追求，大胆采用后现代主义反体裁、反英雄创作模式，以灵活多变的文学性开拓了反

① ［法］斯达尔夫人：《论文学（节译）》，徐继曾译，载中国社会科学院文学研究所编：《古典文艺理论译丛（卷一）》，知识产权出版社 2010 年版，第 287 页。

② 聂珍钊：《论非虚构小说》，《中南民族学院学报（哲学社会科学版）》1989 年第 6 期。

映信息时代的美英社会、文化、宗教、思维等相关因素之间互动关系的美英传记文学艺术新殿堂。”①有学者更为激进，考察了美国写实小说写作如何成为挣脱后现代主义并迎合商业文化的途径后，指出：“文学创作是一种精神商品，它必须在市场和消费中生存。我们无法想象，某一类小说在公众无法接受的情形下还能有旺盛的生命力。作家要达到赢得读者、‘促销’作品的目的，后现代主义的孤芳自赏或逃避现实倾向恰恰与之背道而驰，商品经济发达的美国更应当如此。所以，新写实便成为作家的必然选择。”②“元小说”与小说不同，其中包含了对于小说虚构的拆解，有学者从“元小说”的角度来探讨巴恩斯的后现代关系，并指出：“文学作品中对绘画或其他艺术门类进行‘描绘’的现象比比皆是，它从一个侧面说明了文学与其他艺术门类之间的紧密关系。”而“后现代的‘描绘’不再是让语言艺术与其他艺术类别相互媲美或一争高低，也不是借助语言艺术对其他艺术的本质或形式进行定义或描述，而是摇身一变成为一种跨艺术门类的批评手段，探讨和揭示视觉艺术与语言艺术之间相互开放、相互兼容、相互渗透的互文性关系”。③ 历史是非虚构文学特别关注的，关于历史小说观念，在后现代语境中也发生了变化。傅其林提出，借用赫勒的历史小说理论，可以在一定程度上推进理论思考与文学批评的后现代转型：“她对历史小说作品的选择主要考虑后现代哲学思想的适应性”，“她揭示的当代历史小说特征，大多为后现代主义小说所具备”，“是后现代人类存在条件所无法逾越的悖论”，只有这样，“才能更加清晰地窥见历史意识与审美形式的复杂机制”。④ 在20世纪的初期和末期，文学理论经历了两次大

① 何肖朗：《论后现代主义影响下美英非虚构文学创作风格的嬗变》，《武夷学院学报》2008年第1期。

② 韩明莲：《“后现代”之后的美国小说——谈美国当代写实小说的产生背景》，《东岳论丛》1999年第5期。

③ 张和龙：《鹦鹉、梅杜萨之筏与画像师的画——朱利安·巴恩斯的后现代小说艺术》，《外国文学》2009年第4期。

④ 傅其林：《后现代历史意识与审美形式》，《文学评论》2014年第6期。

的转型，一是从历史主义到形式主义的“向内转”，一是从形式主义到历史主义的“向外转”，姚文放不仅对这样一种现象进行了概括，还进行了深度的分析，认为就是从现代主义向后现代主义的转型，他认为：“福柯很少用‘现代性’这一说法，对什么是‘后现代性’也表示不解，但他的话语理论对于现代性和理性主义的拒斥，对于总体性、连续性的否定，对于目的论、中心论的消解，以及对于多元性、零散性、断裂性和边缘性的崇尚，使之被公认为后现代思想的一个主要来源。”①

将后现代主义观念引入中国，考察中国非虚构文学转折的文化意义，首先要考量的是，引入一种外来的理论来阐释本土的文学和文化现象，要解决的就是适用的合法性、合理性问题。中国的后现代主义概念是从西方引进的，但由于和其他一些成分混合在一起，问题就显得复杂了起来，中国的后现代主义甚至带有鲜明的中国式的现代主义特征，王宁指出：“这样，后现代性便带有了两个特征：与现代性的断裂和将其更新。我们今天所说的现代性在我们的理论争鸣和学术研究中仍然有着勃勃的生机，其原因恰在于它与时俱进，吸收了不少后现代的成分，使之更加适合用以解释当今的政治、经济、社会和文化现实。”并认为：“现代性就其本源而言是一个‘翻译’过来的理论概念，或者说是一个从西方引进的文化和文学话语，但它一进入中国就经历了某种形式的变形并受到不断的建构和重构。”②不少学者也沿着这一思路来解析非虚构产生的文化原因，将后现代看作是对现代性发展过程中形成并逐步被“定型化”了的“现代书写典范”的自我革新，普遍认为随着后现代主义的到来，包括文学在内的学科均受到了猛烈冲击。归根结底，试图通过反思和批判现代性，引入后现代话语，回到中国问题上来作具体研究。

从文化转型这个角度去考察中国非虚构文学的转型，目前已经形成多

---

① 姚文放：《话语转向：文学理论的历史主义归趋》，《文学评论》2014 年第 5 期。

② 王宁：《消解“单一的现代性”：重构中国的另类现代性》，《社会科学》2011 年第 9 期。

重的研究视角和路径。非虚构书写发生的转型,与现代语境中呈现出来的主客体关系不同,受到了学界的注意。有学者在甄别了主客体关系变迁之后发现,非虚构写作以其同步的即时性、事件及人物演进的多重可能性,以及在书写活动的召唤之下“本真自我”的现身“在场”,与传统的现代“纪实”书写形态,划分出了明确的界限,进而使其自身成为后现代书写的一种全新的文类。进而提出:“‘非虚构书写’不只是在尝试突破既有的‘现代书写’规范,在更深的层面上,此种书写更是在试图祛除‘现代性之魅’以揭示人类现实生存境遇的真正‘本相’,也即人类当下生存的即时性、不确定性及其对‘本真在场’的渴望。”同时由于“‘非虚构书写’并不渴求能够借助‘文体’的创新使自己也进入到‘经典链’以成为其中的一环,而仅仅只是希望通过这样的‘书写’行为来体察和确认自身及他者作为当下的‘存在者’的本真形态”,而且“‘非虚构书写’放弃了作为‘精英’的‘职业作家’的身份,因而使得‘书写’行为变成了人人皆可参与和体验的活动,更多的普通人能够以‘书写’来‘捕捉/把握/识别’自我‘本真性’的意义之所在”,所以“‘非虚构书写’与现代性境遇中‘主体’对‘客体对象’的认知与书写已经是完全不同的两种范畴了”。① 戏剧是西方文学中十分重要的文体样式,传统的古希腊悲剧到现代以来的荒诞派戏剧,昭示着戏剧观念的巨大变革。有学者受此启发,认为从中国当代话剧的发展趋势来看,伴随后现代文艺理论思潮的影响,戏剧的文学性概念内涵和作品的文学化程度也发生了变化。因此,要用变革的眼光审视戏剧和戏剧文学,现代意义上的话剧无论是纯文学文本,还是非文学文本即非虚构文学文本,都具有极重要的艺术价值,它是将零散的、以往不加注意的、难以纳入主流的片段用形象的舞台语汇表现出来,使个体的丰富经验、内心的动态变化以及边缘人物的隐秘找到相应的演绎手段。所以说,要正确看待话剧从“文学性”发展至“泛文学化”以及“去文学化”的

① 贺昌盛:《作为后现代策略的“非虚构书写”——误解、边界及其一般性理论定位》,《福建论坛(人文社会科学版)》2018 年第 2 期。

新趋向。①

特别是新时期以来国内学者译介了霍洛韦尔、格拉夫、伊瑟尔、费瑟斯通、米勒等人的虚构、非虚构理论，直接推进了国内关于非虚构后现代文化逻辑的研究。霍洛韦尔着重关注20世纪60年代美国的社会形态与非虚构文体变革之间的关系，认为："美国小说家对60年代所发生的冲击性和狂暴性事件的关心和关注，使他们把写小说的热情转移到写一种特殊的新闻报道上来。"②格拉夫认为，"现实"需要重新定义，就现在研究的状况而言："我们不得不面临这样的事实：'现实'本身日益成为一个令人困惑的概念。……区分真实和非真实已非易事，如果说以往曾经比较容易的话。现代现实无所不包，使对它进行理解、定义、解释、确切的阐述等所有的努力都变得荒谬，甚至那些试探性的方法也一样，有关理解、定义、解释，以至于'观点'这些词的含义，似乎都令人生疑，对时代潮流它们显示出一种刻板的无力。"③在后现代背景下，所谓虚构不再是纯粹的与现实的"二元对立"。伊瑟尔认为："我们最好还是抛弃那种将现实与虚构二者对立起来的旧观点，以一种'三元合一'的观点来代替二元对立的力量。我们所说的'三元'是指现实、虚构和想象。……现实、虚构与想象之三元合一的关系是文学文本存在的基础。"④这种说法就直接将虚构与现实的边界模糊了，具有了非虚构的色彩。波德里亚提出的仿像、超级现实主义等概念，实则将现实与符号的关系进行了重新的言说，他认为："今天的现实本身就是超级现实主义的。……政治、社会、历史、经济等全部日常现实都吸收了超级现实主义的仿真维度：我们到处都已经生活在现实的'美学'幻

① 周珉佳、张福贵：《中国当代话剧的文学性问题：从"泛文学化"到"去文学化"》，《华中师范大学学报（人文社会科学版）》2014年第4期。

② ［美］约翰·霍洛韦尔：《非虚构小说的写作》，仲大军、周友皋译，春风文艺出版社1988年版，第3页。

③ ［美］杰拉尔德·格拉夫：《自我作对的文学》，陈慧、徐秋红译，河北人民出版社2004年版，第9页。

④ ［德］沃尔夫冈·伊瑟尔：《虚构与想象——文学人类学疆界》，陈定家、汪正龙译，吉林人民出版社2011年版，第1—3页。

觉中了。”①随着符号、图像、消费品和经验的过度生产，费瑟斯通提醒人们去思考的是，是否正在迈入一个新的后现代的时期？他提出“日常生活的审美化”，②其实质就是说，后现代语境下，现实本身就具有了虚构、隐喻等文学性成分，似乎将现实与虚构之间的天堑变成了通途。

现代、后现代作为根植于西方文化土壤的概念，直接移植过来也可能产生水土不服的毛病，有学者对于借鉴西方后现代的视角来分析看待包括非虚构文学在内的中国文学现象，表示出谨慎的态度，有的甚至还发出了反对的声音。段吉方把“文学性”视为中国当代文学理论价值重建的可能途径，但是提醒人们要与西方后现代文化中消费文化、“日常生活审美化”等划清边界，认为：“中国当代文学经验中，关于‘文学性’理解的开放视野以及‘文学性’的文化转喻功能已经让‘文学性’问题保持了一种‘可生长性’……当代媒介与消费文化对‘文学性’问题的理解有着极强的影响力和辐射力，也为当代‘文学性’问题中各种异质文化因素的成长提供了可能，在这种‘可生长’的‘文学性’面前，我们应该警惕那种‘非理性主义’的娱乐冲动与消费趋向。文学接受、文学阅读与文化体验中的消费趋向缔造的也不一定就是日常生活的‘审美化’，很有可能也是日常生活的‘庸俗化’。”③在胡铁生看来，传统的文学审美在后现代阶段意义的消解，有其积极意义的一面，即这种消解是对传统上僵化保守、等级制度和话语戒律的否定，倡导一种异质多样化的文化意向，使其哲学思想基础和审美观念从形而上学的传统中解放出来，以便促成一种更加开放宽容的氛围，同时也表现出忧虑：“后现代主义思潮在对传统文学审美价值予以否定的同时，也否定了文学的整体价值，以其绝对的虚无主义摧毁了人类的精神结构，使真理、友善、正义等正价值的取向也被毫无意义的文本碎片

① ［法］波德里亚：《象征交换与死亡》，车槿山译，译林出版社 2012 年版，第 98 页。

② ［英］费瑟斯通、周敏：《走向消费伦理——致金惠敏（2007 年 9 月 21 日）》，《首都师范大学学报（社会科学版）》2008 年第 1 期。

③ 段吉方：《“文学性”与中国当代文学理论的价值重建》，《江西社会科学》2010 年第 9 期。

和图片式拼贴所替代。”①意在表明，后现代思潮对传统的消解应该是有限度的。有学者直接认为，中国作家后现代写作的历史，其实大都没有西方的后现代性，“为了弥补题材上的这种非‘后现代性’，作家们只能在文本上处心积虑地运用后现代主义的写作策略，一味在形式上追求‘后现代’。由于在文本形式上的追新求奇，过于激进，过于有意为之，过于不自然，许多‘后现代’作品严重地超出了读者的接受阈限。马原、洪峰、余华、格非、苏童、孙甘露的许多作品发表后，尽管批评家们卖力鼓吹，一般读者还是难以卒读，所以从热烈的开场走向了衰微，其中的不少人陆续转向了通俗小说写作。中国后现代主义文学在文本上的激进实验，最终使它背离了后现代主义美学的核心——努力适应读者、调动读者参与文本、消弭大众文学与纯文学之界限的‘接受美学’”。②

（二）

新媒介与印刷媒介不同，是媒介的巨大转型。

虚构文学的兴起，在西方学者看来与印刷文化有密切关系，中国学者受此启发，将明清小说兴盛与宋代以来印刷技术的兴盛联系起来考察。而中国当代摄影、电影、电视、网络、虚拟仿真、雕塑等图像产品流行消除了现实与虚构的距离，打造出的“虚拟现实”不同于印刷时代通过文字构筑的虚构世界，催生了不同于以虚构为特征的艺术样式，标志着文学的转型。从口头传播到印刷媒介再到新媒介传播，被称为人类传播史上的三次具有划时代意义的巨大变革，发生在中国文化文学实践活动的这一变革，同样也在引发文学理论从虚构向非虚构转型的思考。

关于媒介带来的文化转型，早在 20 世纪 70 年代，丹尼尔·贝尔在《资本主义文化矛盾》一书中提出电影、电视等新媒介引发的文化变革的问题，西方

① 胡铁生：《后现代文学的共生与反思——兼论中国当代文学的发展取向》，《学习与探索》2010 年第 2 期。

② 王向远：《后现代主义文化语境中的中国文学和日本文学》，《国外文学》1996 年第 1 期。

学者对此展开了深入的讨论，也极大地启发了中国学者。人们发现，以文字印刷为主的文学终结了，然而以新的媒体进行包装和表现的日常生活，具有了很多的审美因素，即新媒介带来的是“日常生活的审美化”。除了丹尼尔·贝尔的著作《资本主义文化矛盾》之外，艾尔雅维茨的《图像时代》①、米歇尔的《图像理论》②等著作相继译介到国内，成为中国学者考察文学转型的重要理论源泉。

20世纪90年代以来，随着互联网的兴起，国内学者开始更加关注新媒介的影响，在这一大的背景下促使人们思考美学理论、文学观念的转型问题。面对文学所面临的新的媒介环境，朱立元先生鲜明地指出：“借助于电视传播形象化、生活化手段，文学与电视联姻的方式也日趋多样”，“文学理论不能漠然置之，更不应该简单地抵制和排斥，而应该对大众喜爱的通俗文学热情地关注、大力地研究，给予公正的评价与正确的引导”。③ 召唤文艺理论对文学经典的看法与时俱进，将新媒介时代的经典纳入研究的视野，使得审美意义得到充分的现代性解读和创新性阐述。赵勇向前追溯到了20世纪80年代，认为：“思考中国知识分子与大众文化的矛盾根源须注意到80年代那个印刷文化系统和知识分子在这个系统中所形成的知识谱系。”因此，“被这样一种知识谱系构建出来的人文知识分子面对90年代出现的世俗性、他律性、平面化、感官化、宣扬享乐主义、弥漫着中产阶级趣味、被电子媒介催生和规范的大众文化如何能不生气、撮火?”同时，提出了更值得深思的问题：“知识分子尽管言辞激烈，但大众文化依然风风火火、我行我素，这是不是意味着知识分子的批判方式存在着问题，否定性的思维方式需要转换，精英化的心态和立场需要调整?”④上述关于媒介引发的文化转型，从深层次来说，引发的是关于以虚构、

① [斯洛文尼亚]阿莱斯·艾尔雅维茨：《图像时代》，胡菊兰、张云鹏译，吉林人民出版社2003年版。

② [美]W.J.T.米歇尔：《图像理论》，陈永国、胡文征译，北京大学出版社2006年版。

③ 朱立元：《关于当前文艺学学科反思和建设的几点思考》，《文学评论》2006年第3期。

④ 赵勇：《印刷媒介与中国大众文化批判》，《文艺理论研究》2001年第3期。

深刻为特征的纯文学与浅层的、愉悦感官的大众文学的关系重新调整的思考。

具体来说，媒介转型与非虚构写作结合起来论述，这本是一个系统的建构。非虚构写作、阅读、反馈等，需要媒介的不断刺激，才能产生一系列的连锁效应。刘大先对此十分关注，多次参加访谈，撰写了系列文章，分析比较全面，他认为："非虚构写作在中国文学界的兴起乃至兴旺固然有着文学自身发展到特定历史阶段的困境的自发反应，更直接的事件性因素则来源于体制内文学刊物（比如《人民文学》）的明确倡导，进而带来大众媒体的跟风和受众群体的扩大。因而，非虚构写作既是文学问题，也是媒体问题，当然更是社会文化整体性结构转型的问题，而它所应对的是中国当下经验的变革。"同时也清醒地认识到，"当代中国经验的这种内外挑战是非虚构写作产生的根本性原因。但这种经验还包括另一维度：它既有着中国特殊性的因素，也有着超出于'中国特殊'的普遍性层面的多重现实，即市场化、资本化、消费化和技术化的全球蔓延，构成了几乎每个当代中国人都身在其中的环境，它由直接经验、间接经验和虚拟经验的多重部分组成"，"非虚构写作还需要有反馈意识和行动自觉，如果无法直接反馈，至少有着留存与反哺的自觉"。① 从媒介现象延伸到深层的经验，召唤人们从不同的角度来阐述非虚构的转型。这一多维的分析非常有意义，拓展了研究向度和路径，事实上检视相关研究成果就不难看出，文学理论界已经从各个不同的角度展开了相应的论述。

从哲学的高度来看，这的确是一场革故鼎新的变迁。具体到非虚构写作而言，在中国兴起并呈现出来的特征，与媒介变革体现出的哲学思维方式的变革是一致的，并且激发了非虚构文体的自我革新。人们发现，虚拟网络空间改变了文学的存在形态，从总体上已经改变了文学的发展生态，期待从哲学范式转型的高度来重新厘清真实世界和可能世界的关系。比如赛博空间，值得人们关注的并非仅仅是标明为"文学"的写作，而是整个网络写作都发生了巨大

① 刘大先：《当代经验、民族志转向与非虚构写作》，《小说评论》2018 年第 5 期。

的变化，包括过去没有纳入文学范畴的非虚构写作都应该关注。有学者主张："在这一空间，除了人为设定，文学与非文学的界限已经被拆解……无论在文学网站或聊天室或即时帖，网络写作在本质上是无功利的自由的写作，是创造性的写作，是表现自我个性和抒发情感的写作，它和文学写作并无实质性区别。然而，也恰恰是在那些被传统观念认为是非文学的网络写作领域，极旺盛地滋生着新的语言现象，扩张乃至重新铸造着诗性语言。可以说，正是自由的网络写作决定着诗性语言的未来走向。"①在此基础上，写作也带领我们更深入地去思考"真实世界"与"可能世界"的关系，形成一种哲学上的重新认知。文学理论就是在借助可能世界理论来看待和理解文学，或者说，文学就是可能世界的显现，由作者想象的人物关系、构筑的故事情节等形成的虚构世界。可能世界理论在西方兴起，从哲学领域向文学领域迁移，为研究文学中真实与虚构的关系问题，重新看待文学的本质特征，提供了全新的视角和方法，特别是为建构可能世界叙述理论提供了坚实的理论依据，为中国学者高度关注，张瑜新著《可能世界理论与文学理论》②进行了认真的梳理，颇有学术价值。有学者认为："一方面，以真实世界与虚构世界的关系为焦点，我们可以利用可能世界理论中的可通达关系这个概念探讨虚构叙述世界与真实世界的远近距离和相似度，以此划分文学作品的类型，建构文类理论；另一方面，以虚构叙述世界的内部结构为研究点，我们可以利用可能世界模态理论把虚构叙述世界划分为文本真实世界和多个文本可能世界，以此为基础探讨不同次级可能世界之间的矛盾关系及其对情节发展的影响和作用，建立以冲突为动力的情节诗学。"③媒介在试图改变反映现实的方式，有学者将之命名为"媒介化文学"，将"媒介化文学"与之前的"本质化文学"区分开来，探讨了两类文学的不同本质，新媒介带来了生活的复制性，重新处理与现实关系，认为"媒介化文学疏

① 马大康：《虚拟网络空间的话语狂欢》，《浙江社会科学》2005年第4期。

② 张瑜：《可能世界理论与文学理论》，人民出版社2021年版。

③ 邱蓓：《可能世界理论》，《外国文学》2018年第2期。

远审美的精神性而亲近功利的制作性，这种制作性文学的传播功能和传播效果与普通媒介的传播功能和传播效果更加接近，即是说，在这样的情况下，媒介化文学与媒介间的界限正在被抹去”，而“由于普通媒介信息具有复制性，这使媒介控制下的生活也有复制性：媒介化生活具有公共性、模仿性、相似性甚至一致性，媒介化文学由此可能常常对相互复制的生活进行再复制，这个过程常常在丢失生活世界的意义，而文学本来要求以最可能的独立性去创造生活世界的意义”。①

从伦理的角度来说，新媒介反映出新的生活结构特征。在当今这个图像化时代，图像资源的迅猛膨胀日渐深入到人们的日常生活，成为人们无法逃避的符号追踪，而且成为当代人形成道德和伦理观念的主要资源。据此，有学者认为：“这种以图像为‘主因’的文化通过各种奇观影像和宏大场面，主宰人们的休闲时间、塑造政治观念和社会行为，不仅为创造认同性提供了种种材料，促进一种新的日常生活结构的形成，而且也通过提供象征、神话和资源等，参与形成某种今天世界上许多地方多数人所共享的全球性文化。这就是人们所称的‘视觉文化’。”但是，“随着大众传播媒介生产出来而影像之流遍布日常生活各个领域，也就是在所谓‘图像革命’的年代里，大多数形象散布于杂志的摄影、广告栏、电影、电视，以及其他大众生产和复制的技术之中，包括个人假日照片，和更为常见的数码摄像，更为重要的是传统的艺术品亦被新兴的图像技术大量复制、改编，甚至戏仿篡改，成为了大众媒介的‘殖民’产品”。②日常生活的各个领域在图像化时代，进入了“视觉文化”，挤兑了传统的艺术。有学者以媒介道德为视角进行传媒研究，试图重建媒介伦理，认为：“在大众传媒日渐普遍的现代社会中，人们在享受着现代传媒为生活提供的诸多便捷之余，也不可避免地深受诸多伦理冲突的影响与干扰。一方面，传媒的话语霸

---

① 徐肖楠：《在媒介化生活中寻视的文学差异——本质化文学原创与媒介化文学依附》，《文艺评论》2012年第7期。

② 肖伟胜：《图像的谱系与视觉文化研究》，《学术月刊》2012年第10期。

权窒息了公众的话语空间，致使相当一部分人在一定程度上丧失了独立思考的能力，沦为马尔库塞所描述的行走在单向度社会中的‘单向度的人’。另一方面，传媒所呈现出的诸多伦理冲突，也在很大程度上影响着现代人的理念和生活，造成整个社会层面的‘集体卷入’。”进而提出：“传媒伦理的建构应该以‘善’为出发点，并将‘美好生活’作为追求目标”，应“以‘实践智慧’作为传媒实践伦理的重要标准”，并“适当确立现代传媒伦理的具体‘德目’，比如准确、诚信与谨慎”。[①] 信息化时代的网络媒介的技术特点，造成了在传统介质上拥有话语领导权的文化精英们的文化资本迅速贬值，有学者认为：“其话语权威也由于距离的消失或用本雅明的术语灵氛(aura)的消失而摇摇欲坠。只要他们和别的网民一样进行网络上的话语实践，他们就不得不接受网络世界游戏规则的规训，换言之，不得不顺应商业化即娱乐化的叙事语法的路数。”由此逻辑展开，推导出了这样的结论：“折射着文化精英学术权力的专家批评与代表大众意志的媒介批评的楚河汉界，在此语境条件下可能只存在着虚假的对立，它们都可能被资本的逻辑所支配，在市场的权杖下它们共享着同一性。”[②] 值得注意的是，这里所说的“距离的消失”正是在表明，虚构文学成为正在消失的乌托邦，成为网络时代的媒介而具有超越虚构的意味。

从媒介变革的角度，引发了人们对于文学命运的思考。人们试图为新媒介时代的虚构文学的存在寻求安身之所，新媒介时代的纯文学不是将自己的创作沦为电影的底本，服从于电影表现的需要，而是努力将电影的技法融会贯通到语言文字的叙述过程中，即将电影文学化，试图通过收编电影电视的技法来重现霸主地位，从而实现一种更为深刻的真实性。在朱国华看来：“作为最古老媒介的语言，文学将其叙事功能让位于指涉自身的表达欲望。由于无论在真实性、当下性还是感官的直观性方面都无法与电影竞争，文学被迫疏离自

---

① 张永刚：《美德伦理与现代传媒伦理的建构》，《广东社会科学》2018 年第 1 期。

② 朱国华：《大众媒介时代艺术批评的困境：以“白韩之争”为例》，《艺术百家》2007 年第 3 期。

己原本最擅长的叙事热情,将那种屈服于电影叙事逻辑、沉湎于精心谋划故事情节的文本写作贬之为通俗文学,并以不断挑战文学常规、追求呈现文本的意义结构来彰显自己的先锋地位。文学以此方式证明了它仍然是比电影更深刻、更伟大、更具有理性内涵的艺术,通过拒绝大众的阅读可能来重新确认自己的精英地位,亦即重新确认自己的稀缺性。”①实际上,将电影的技法等融入文学中,只不过希望重现往日虚构文学的“深刻”和“伟大”。丁晓原在探讨报告文学时也赋予了这一使命:“报告文学作为叙事性非虚构写作方式,在全媒体时代,它已成为报告文学写作的一种主型。更重要的是,报告文学作家对此有了更为理性的自觉。这种自觉一方面来自全媒体时代特殊语境的外部激发,另一方面也导源于文体自身发展内生动力的激活。”特征之一就是:“进入21 世纪全媒体时代,报告文学的书写形态发生了重大的变化。尽管短、平、快的‘轻骑兵’式的写作,在数量上依然很多,但作为主型的则是具有文学‘重器’功能的长篇。”②然而,在新媒介的强大影响力之下,虚构的魅力难以再现辉煌。米勒把新媒介理解为不同于印刷媒介的其他媒介,追溯到了 19 世纪末期兴起的电话、电报等,当然他认为这些新媒介的作用并不是一样的,特别是网络媒介出现之后,才对于纯文学产生了更为猛烈的冲击,传统印刷文字的文学似乎到了岌岌可危的地步。据此,米勒对于新媒介时代的文学持一种悲观的态度,认为电影、电视特别是网络等新媒介带来了新的“虚拟现实”,取代了语言文学构筑的虚构世界,以虚构为特征的纯文学“电讯时代”面临终结的厄运,实际上就是指文学的转型。③ 最能体现米勒这一思想的著述《文学死了吗》④被译介到中国,加之他本人多次来中国发表演讲,“文学终结论”在中国文学理论引发了激烈的争论。

① 朱国华:《电影:文学的终结者?》,《文学评论》2003 年第 2 期。
② 丁晓原:《报告文学,作为叙事性非虚构写作方式》,《文艺理论研究》2020 年第 3 期。
③ 参见王轻鸿:《文学终结论》,《外国文学》2013 年第 3 期。
④ [美]希利斯·米勒:《文学死了吗》,秦立彦译,广西师范大学出版社 2007 年版。

从图像化的特点,来看待文学的形态变化。图像化是新媒介时代文学显现出来的重要转折,21世纪以来,文学与新媒介关系得到深入研究,改变了人们关于文学与现实关系的认识。2002年陶东风主编的《文化研究》辑刊开始介绍视觉文化,复旦大学2004年召开"视觉文化的理论与实践"学术研讨会,随后周宪的《视觉文化的转向》①、曾军的《观看的文化分析》②、路文彬的《视觉文化与中国文学的现代性失聪》③等著作相继问世,视觉文化逐渐成为文学理论研究的热点问题。语言文字为代表的文学在遭遇图像化的冲击之后,引发的是文学的转型。赵宪章先生在文学图像学研究基础之上,提出了"语图符号学",将文学与图像关系研究作为当前学术研究的重要方面,认为是现实语境造成了困惑,迫切需要破解,在他看来:"今天之所以需要对这一论域重新命名,一方面在于它所处理的题材已经大大拓展,绝非单纯的诗歌与绘画的关系;另一方面更在于它所面对的问题已经面目全非——'诗画一律''诗画唱和'这一古调雅韵,似乎已经演变为图像对文学的反刍或驱逐。而在这一现象的背后,则是整个人类在'图像时代'所遭遇的符号危机——图像正以前所未有的强势僭越本属于语言的表意领地。"④有学者从理论的层面探讨了图像化特征,认为:"无论是文学、绘画还是戏剧、电影等都有各自的特点,从各种角度在展示世界、表达人的存在,通过诗画关系的讨论我们不是要单纯地尊崇诗歌,也就是语言艺术,或者是单纯地尊崇绘画,而是要尊重二者的差异,尊重二者在反映自然与人的内在需要方面的各自优越性,同时看到二者所具有的局限,本质的问题不是视觉艺术与语言艺术之间孰高孰低的问题,而是将二者的差别如何融合在一起,形成一种互相交错的'总体艺术'的问题,是精彩的语言艺术如何与精美的视觉艺术完美结合的问题。"⑤总之,"由语到图"重

① 周宪:《视觉文化的转向》,北京大学出版社2008年版。

② 曾军:《观看的文化分析》,山东文艺出版社2008年版。

③ 路文彬:《视觉文化与中国文学的现代性失聪》,安徽教育出版社2008年版。

④ 赵宪章:《语图符号学研究大有可为》,《中国社会科学报》2015年10月8日。

⑤ 邹广胜:《谈文学与图像关系的三个基本理论问题》,《文艺理论研究》2011年第1期。

新言说了文学与现实的关系，语言的深刻性所带来的是虚构，而图像化的兴起则使得文学的表现方式、存在方式、生产方式都发生变化，虚构、想象的成分逐渐消退了，即“由传统文学创作主要依赖个体的独创性想象创造，转向更多依赖群体性的策划与合作，依赖技术性的制造、复制、包装和商业性的宣传、营销，这样便大大超越了个体生产的局限，文学生产与科技、资本、市场紧密连为一体，真正成为一种工业化生产（文化工业）”。①

当然，关于文学媒介的变化引发的从虚构向非虚构的一系列变革，也有学者从另外的层面进行了解读，认为新媒介不是对于印刷媒介的取代，而是融合。以积极的态度看待数字媒介影响下，非虚构叙事所能发挥的生产“另一种经典”的可能，试图重建文学的意义，延续文学的价值。刘浏、丁晓原在《媒介文化与“非虚构”写作》一文中认为：“媒介融合并不是取代纸质媒介，它只是一种‘非虚构’写作本事迁移方式，也是生产经典的另一种可能”，“媒介话语对非虚构‘商品’有增值意义，使得非虚构文化逐渐倚重视觉、依赖技术和消费，完成了从现代性向后现代的过渡，但这并不是终点。非虚构文化向图像转化不会对包括‘非虚构’写作在内的文学艺术发展的终点有明确指向性。说到底，它只能表示一段时间内文学的存在状态，这个状态恰好为人们提供了更多关于文学的思考空间”。②

（三）

从学科转型的角度来考察中国非虚构诗学。文学理论作为一门学科体系，是通过审美—艺术—文学这样的层级，建立起井然有序的知识体系的。文艺学、美学在西学现代建制中的精神建构及理论解体，昭示着文学学科的转型，在此背景下当代中国文艺学转型，就是要走出“纯文学”的狭小天地，在更

① 赖大仁：《全球化时代的文学与文论：何往与何为——全球化时代的文学与文论发展前景问题讨论述评》，《文艺评论》2004年第5期。

② 刘浏、丁晓原：《媒介文化与“非虚构”写作》，《文艺评论》2015年第7期。

加宽广的视域中,谋求新的突破口,为非虚构文学进入文艺学学科领地打开了通道。

文学理论体系、美学系统或者说学科体系,本身就是一个动态的、开放的系统,学科转型是在现实的、内在的发展需要的驱动下发生的。文学理论是关于文学的理论,而文学则是由诸多因素制约的,包括文学文本,但是不限于文学文本,还包括围绕着产生、传播文学文本的各种与人类生活相关的活动。文学活动一旦发生了重大的变化,文学理论一定在这种刺激下作出相应的反应。如高建平所说:“理论的研究要解决现实生活中的问题,文论的研究要解决当下文学中的问题。”①不同的文学生态下,学科理论不可能不作出相应的调整,马克思主义文论作为一门学科具有生命的活力,正是在现实语境下能够生生不息,不断发扬光大。张政文认为:“马克思通过对审美活动和文艺实践本质与规律的揭示,使马克思主义美学迄今具有强大的现实活力,成为理论转场具有当下性的光辉典范。”并指出:“理论转场是构建当代美学理论话语体系的基本路径,其内在要求在于场外理论必须身处当下审美文艺场中,面向现实审美活动,以其话语的本土化、当下化为其话语的合法性、现实性,才能真正建构能够总结中国审美经验、阐发中国文艺实践、具有强大信服力和现实影响力的当代美学理论话语体系。”②当前文学理论自主性的退场实质是传统美学视野的解体,而美学视野的解体意味着传统理论建构中学科式的乌托邦的消退和沉落。

对此,叶朗以柳宗元“美不自美,因人而彰”的命题进行了阐发,认为可以从三个层面来理解:“美不是天生自在的,美离不开观赏者,而任何观赏都带有创造性”,“美并不是对任何人都是一样的,同一外物在不同人的面前显示为不同的景象,生成不同的意蕴”,“美带有历史性,在不同的历史时代,在不

① 高建平:《从当下实践出发建立文学研究的中国话语》,《中国社会科学》2015 年第 4 期。

② 张政文:《理论转场与转场的本土化、当下化——构建当代美学理论话语体系的基本路径》,《天津社会科学》2016 年第 4 期。

同的民族,在不同的阶级,美一方面有共同性,另一方面又有差异性”。[①] 不仅美的意义在变化,美学范畴也是如此:“都有它自身发生、发展以及向别的范畴过渡、转化的历史,而且随着人类审美意识的发展,时代的变迁,整个范畴系统也在不断变化,从局部的调整、充实到一个系统被另一个系统所代替。”[②]上述关于美、美学范畴的变革的论述并不是空穴来风,其实就是在提示人们:关注现实和历史,是当今美学学科发展和转型的需要。从审美文化的历史来看,西方文化在现代以来发生了巨变,由于分工更加精细,审美与科学、伦理由合到分,定位更加明确,从服务于政治、法律、社会的功能中解放了出来,获得了自主性的自由。但是,审美文化从现代到后现代则发生了再一次的颠覆,后现代文化出现了去分化倾向,西方后现代派用“填平鸿沟”“跨越边界”等来形容,这对于现代以来分化愈来愈严重的现代文化起到了一定补救作用,无疑这是再一次审美的转型,那么,在全球化的今天,中国美学必须在时代语境中做出自己的回应。姚文放认为需要关注的是:“在参照全球化的前提下守持本土化,应当在一个相当长的时段内成为必然的选择、不变的主题。正是基于这一认识,对于审美文化中国经验的发现、发掘和发扬,应当成为审美文化学研究的一个用力之处和鲜明特色,例如对于中国语境与汉语系统中的‘审美’、‘文化’以及‘审美文化’概念的分析,对于中国雅俗文化之关系嬗变的梳理,对于中国审美文化历史演进的鸟瞰,都是富于挑战性、前沿性且具有开阔的伸展空间的重要课题。”[③]正是在这样一个大的时代背景下,吁求虚构论重释甚至消解,与非虚构论潜滋暗长,促使了美学、文学理论学科的转型。

首先,文化研究。

21 世纪初期,中国文学理论研究中出现的文化研究热潮,是文艺学学科

---

① 叶朗:《美是什么》,《社会科学战线》2008 年第 10 期。

② 彭修银:《美学范畴系统的逻辑发展》,《江海学刊》1994 年第 1 期。

③ 姚文放:《历史深度与中国经验:审美文化学研究的现代视野》,《天津社会科学》2010 年第 4 期。

的重要转型。文化研究对文艺学最直接、最重要的借鉴意义在于大众文化的研究,大众文化研究是文化研究的核心课题,其延续时间最长,影响也最大。高楠认为:“大众文化于20世纪90年代在中国迅速繁荣,形成巨大的社会冲击力。由于它是大众的,因此它涉及生活的方方面面,无所不到;又由于它是文化的,它便对既有文化形成解构性消解,从而使之获得大众属性。”①更加明确一点来说,大众文化解构的其实就是纯文学的理论范式。在陶东风看来,“文化研究作为一种研究的方法、路径、旨趣和立场其实已经渗透到了人文社会学科的各个领域,在很多并不以‘文化研究’冠名的学术研究中,其实都可以看到文化研究的影子、文化研究的果实”,并提出了决定是否为“文化研究的旨趣”的,就包括这样几个方面:“政治学的取向、跨学科的方法、边缘性的立场和批判性与介入性的倾向等等。”②也就是说,文化研究作为一种方法,就是跨学科的,不再局限于纯文学领域。

当下文学理论正被大众文化语境解构与重新建构,从而将这种语境的规定性转化为自己的理论建构,文学边界发生了变化,不再局限于纯文学的领域来研究,而是转向广场、广告、时装表演、房屋装修等日常生活,文学理论关注的焦点从虚构的乌托邦转移到了现实生活。“日常生活审美化”这一股潮流从西方东渐,在中国掀起了巨大的波澜,美学的兴起与对于日常生活的超越是联系在一起的,文学理论的自律就是依靠与现实的生活划清边界后建构起来的。然而,席卷而来的流行文化则一反陈规,日常生活中的种种现象,成为津津乐道的审美对象。特别是以电子传媒与图像为主要载体的流行文化,不再是曲高和寡,而是生产与传播过程更多地带有产业性、协作性、制作性,简而言之就是更多地受到集体性、制度性因素的制约。陶东风在分析了流行文化的

① 高楠:《当下中国社会转型中的理性批判与文论的新理性精神》,《文艺理论研究》2013年第3期。

② 陶东风:《文化研究在中国——一个非常个人化的思考》,《湖北大学学报(哲学社会科学版)》2008年第4期。

形成特点后说:“流行文化本质上是一种日常生活的文化,它并不遵守文艺的自律原则。对于流行文化的研究,如果真正要深入到它的内部而不是停留于简单的否定,也就应当相应地超越自律论话语并跨越文艺学与其他学科的学科分际。”从根本上来说,就对待文艺的态度而言,“在流行文化中,接受活动常常本身就是日常生活的一个部分,他们‘为我所用’地对待文本。各种各样的歌迷、影迷、球迷对于自己的偶像及其表演就不存在什么审美距离,更把大量的日常经验与生理经验带入接受过程中”,因此自律论文艺学难以担当起评判的重任,“评价与阐释的标准与尺度同样很难对流行文化的流行原因作出令人信服的阐释,因为大众选择自己喜爱的作品的标准并不是专家们解释与确立的文本质量标准,而是作品与自己的日常生活、社会经验的相关性程度”。① 追根溯源,其实就是社会发生了转型,金元浦认为:“造成了审美的日常生活化与文学性的社会化扩张的首先是社会形态的改变”,“另一个重要原因是当代世界的媒介革命”,“现代科技的发展,尤其是信息技术、传播技术、自动化技术等高科技已经全面地运用于各类文化艺术的创作与传播之中,并迅速地转化为生产力。这是当代文化艺术变革的一个不竭的动力源”。②

文学理论突破文学文本,更加关注与现实的联系,文化产业作为一个学科开始兴起,并呈现出强劲的发展态势。2005 年之后文化产业这个学科在高校悄然兴起,以北京大学、中国人民大学、中国传媒大学、上海交通大学为龙头,带动了文化产业学科的研究,很多学者都加入到了文化产业学科建设中来,其发展迅猛主要是应和了时代的要求,从文化产业学科的发展着眼,对接了高校的学科发展与社会的文化发展。蒋述卓对于这一现象进行了多维度分析:“高校之所以要为文化产业的创新作出贡献,这主要是由高校的角色和地位

① 陶东风:《流行文化呼唤新的研究范式——兼谈艺术的自主性问题》,《文艺研究》2001 年第 5 期。

② 金元浦:《别了,蛋糕上的酥皮——寻找当下审美性、文学性变革问题的答案》,《文艺争鸣》2003 年第 6 期。

决定的","随着现代知识经济时代的到来,本着与时俱进的理念,高校应该走出象牙塔,与社会联系更加紧密,尤其与文化产业学科的发展联系得更加紧密","文化产业学科是一个融合的学科,多种学科融合在一起,在方法上必须有跨越学科的研究方法"。① 从本质上看,文化产业就是提出了超越固有的纯文学研究的学科变革要求。李凤亮认为,通过文化产业提升文化软实力要做到这样一些方面:"在对传统文化想象力做到融会贯通的同时,文化产业界应着力寻找新的创意点","增强文化自信心,架设传统与现代对接的桥梁纽带","加强新技术新媒体在传统文化产业中的应用","借助科技力量,推动现代文化产业传播经营渠道的转型升级,为我国文化软实力注入新鲜血液"。② 文化创意时代的来临,不是孤立的现象,关联着有别于传统模拟信号技术的互联网数字化技术的广泛应用,以及全球文化市场的形成,整体上推动了创意经济、文化经济、数字经济等经济基础的变化,并且带来了全球经济发展格局的变革,为整个人文学科的变革奠定了基础。有学者指出:"数字人文、人工智能等都聚焦于文化创意,文化创意反映了一种知识共享思维,文化创意时代是人人都是文化生产者又都是文化价值消费者的时代,在这个时代,人们'观世界'的方式发生了变化。文化经济、创意经济、数字经济、智慧产业等成为时代的社会经济基础的组成部分,这些变化深刻影响了文化发展以及人文学术研究,带来人文学研究的范式革命,也带来重构美学研究范式的机缘。"③从价值论来看,有学者强调,"发展文化产业的根本目的,在于为社会提供丰富的文化产品与服务,满足公众的精神文化需求。这是一个指导性思想,属于方向性的问题","两种效益发生矛盾甚至冲突时,经济效益要服从社会效益",同时也要看到,"经济效益也是社会广义的社会效益",

---

① 蒋述卓:《高校理应要为文化产业的创新作贡献》,《深圳大学学报(人文社会科学版)》2010 年第 5 期。

② 李凤亮:《文化产业提升文化软实力的战略路径》,《南京社会科学》2011 年第 12 期。

③ 范玉刚:《文化转向与数字人文视域中的美学研究范式重构》,《中国高校社会科学》2020 年第 1 期。

“经济效益往往与受众需求直接相连”。①

不过,文化研究过于关注跨学科、越界等,淡化了虚构文学的边界,也引起了一些学者的忧虑,正所谓“日暮乡关何处是,烟波江上使人愁”。文学作为人类的精神栖息之所,是否就在大众文化的冲击下土崩瓦解?文学作为一门学科的边界是否就这样消失了?在朱立元先生看来,“文艺学对我国当代大众文化的重要组成部分通俗文学的关注和研究相对忽视,相当薄弱”,但并不同意将文艺学扩大为文化研究,同时认为:“西方的文化研究已经远离文学研究,过于泛滥,跨学科以至于无学科,面面俱到以至于缺乏基本理论,方法过多,过分随意以至于丧失了文化研究自己的方法。”②从这个意义来看,文化研究超越了虚构理论,但是与中国非虚构诗学并没有真正接轨。还有学者认为,文化研究与中国文论并不匹配,存在的问题是:“‘西方文化研究在中国’的话语模式与‘中国本土的文化研究的理论与方法’没能达到一种理论上、逻辑上乃至现实上的合和之处,两种话语模式在中国当代文学理论研究中仍然是‘两张皮’式的割裂的”,“当初坚决寻求从学院、学科、制度、规范中独立出来的文化研究,现在又面临着被再度学院化、学科化、制度化的危机”。③ 文化研究试图将文学从虚构的狭小天地中拯救出来,置于更加宽广的视域中来看待,然而,文学失去了自我特征,又陷入到了走投无路的困境。

其次,文化诗学。

中国学者提出文化诗学,目的在于调整文学研究的范围、对象,试图在更加宏大的背景下关注文学的基本特征,同时又聚焦文学的美学特点,在学科建设上显示出更为自觉的本土意识和创新意识。同样是强调文学理论关注现实,然而文化诗学与文化研究呈现出不完全一样的旨趣。

---

① 单世联:《论文化产业两种效益的逻辑与纵深》,《贵州社会科学》2021 年第 7 期。

② 朱立元:《关于当前文艺学学科反思和建设的几点思考》,《文学评论》2006 年第 3 期。

③ 段吉方:《反思批判与价值重构——文化研究语境下的中国当代文学理论及其范式构成》,《华南师范大学学报(社会科学版)》2012 年第 3 期。

文化诗学由北京师范大学文艺学中心资深教授童庆炳首倡,在他的文化诗学理论构想中,基本诉求包含三个方面,即:“文化诗学关怀文学的现实的存在状态,具有一种现实性的品格,它紧扣中国的市场化、产业化以及全球化,折射到文学艺术中出现的问题,要加以深刻的揭示”,“文化诗学开辟了文化的视野,揭示文学艺术作品的文化内涵,提炼出一种文化精神来”,“重视对作品的细读,通过作品的语言分析来寻找作品的意义”。① 意在说明,不仅强调文学的审美属性,同时要求在更加宽广的文化范畴内去理解和把握这一属性。北京师范大学李春青、程正民、赵勇等学者对此作了进一步的解读,试图阐明这一辩证关系:“不提以审美为中心,文学研究的基础就没了。所以,以审美为中心是很明确的,关键是要把文学的文本形式和社会文化语境融合在一起。”②

如果说文化研究带有更多的西方色彩的话,那么文化诗学则本土性色彩更加厚重。顾祖钊认为:“中国文化诗学,是按照中国学人自己的文学理念建构的新理论,民族性是它的立足之本。它与西方文化诗学、文化研究虽有某种联系,但已有本质的区别。形成这种区别的根本原因,便是它内在地发挥了中国文化的两大长处。一是有真切体验的马克思主义的理论遗产,如科学进步的世界观、文化观,‘世界文学’观念,正确的历史观等”,“二是对丰富的华夏文化文论的理论资源开发利用。这是中国文化诗学民族性体现最为鲜明的方面”。③ 在回顾21世纪头20年的文学理论发展,有学者认为:“文学作为一个学科发展到今天,已被严重知识化。远离了人的文学理论,就是僵化的知识,这也是造成文学理论困境的主要根由。”而“我们要建构的文化诗学理论,就是‘以人为本’的理论。建构这种理论,需要汲取古今中外关于人的知识,深

① 童庆炳:《“文化诗学”作为文学理论的新构想》,《陕西师范大学学报(哲学社会科学版)》2006年第1期。

② 李春青、程正民、赵勇:《中国“文化诗学”研究的来路与去向》,《河北学刊》2017年第2期。

③ 顾祖钊:《文学理论的未来与中国文化诗学》,《社会科学辑刊》2013年第4期。

刻、全面地理解当代中国人的生存现实。而能够把握当代中国人生活现实和精神状况的文学理论,不管其源头何在,都会转换为有生命力的、本土化的当代中国文论"。[①] 赵勇也指出了文化诗学的未来发展方向,即:"假如过分依赖艺术自主,文学固然获得了种种形式创新,甚至因此获得了一种纯棉裹铁般的艺术力量,但先锋的艺术形式很可能会对普罗大众构成一种拒绝。而一旦纯棉太厚,或者是形式革命最终变成了一种孤芳自赏,它也就失去了作用于世道人心的力量。假如完全借助于文学介入,文学可能拥有了快速出击的能力,进而赢得了广泛的受众,但'短平快'的操作方案,'稳准狠'的功利追求,很可能又会让文学速生速灭,成为过眼烟云。批判诗学所要做的一件事情是化解其矛盾,吸收其长处,努力在'亦此亦彼'而非'非此即彼'的辩证思维中寻找一条中间道路。因此,在'文学介入'和'艺术自主'之间,实际上就是在作家(学者)与知识分子的角色扮演之间保持一种平衡关系,在形式创新与通俗表达之间寻找一种磨合空间,在'内在批评'和'外部批判'之间追求一种张力结构。"[②]不难看出,所谓文化诗学的转型,其实体现的就是从传统诗学中寻求资源的意图,非虚构诗学获得了被开发利用的机遇。

当然,放眼比较文学与世界文学研究,纯文学研究和超越边界的研究如何协调,其实也是在不断探索的。以诺斯罗普·弗莱的学术研究为切入点,王宁分析了弗莱如何在纯文学研究和文化研究之间游刃有余的学术贡献,他认为:"当我们在当今的全球语境下纪念弗莱时,我们不得不重视他留给我们的文化遗产,其中之一就是他的跨边界文学研究(border—crossing studies of literature),这恰恰与总体上的文化研究比较接近,尽管他本人很少被人看作是当代文化研究和文化批评的先驱者之一","当我们欢呼新的比较文学学科诞

---

① 唐诗人、蒋述卓:《文学批评与思想生成——建构一种广阔的文化诗学理论》,《文艺研究》2019 年第 4 期。

② 赵勇:《从"审美中心论"到"审美/非审美"矛盾论——童庆炳文化诗学话语的反思与拓展》,《北京师范大学学报(社会科学版)》2017 年第 6 期。

生，并且呼唤文学研究与文化研究的交流和对话时，更应该不忘先驱者弗莱的奠基性贡献，他的著作不仅预示了这一趋势，而且其本身也为我们树立了一个典范”。[①] 不过，我们需要辨析的是，弗莱主要是从西方人类学学科的角度去拓宽文学研究这一学科的边界，将文学研究纳入文化人类学学科，与中国学者倡导的文化诗学的学术资源和方法是截然不同的。弗莱将文学边界拓展，从遥远的文化源头寻求资源，包括西方的宗教、神话等，与我们所说的非虚构资源不同；同时在方法上，试图去证明人类的需求不管在什么时候也不管在什么地方都是一致的，其实就是用这一文化心理模式来解释整个人类的文化心理模式，在实际的批评实践中以西律中的痕迹十分明显。

再次，文艺美学。

文艺美学是中国20世纪80年代以来，在外来文化影响下激发传统文化活力而产生的新学科，为文学理论突破纯虚构的领地奠定了基础。有学者从中华美学精神的角度评价开创文艺美学学科的意义，高度评价了文艺美学作为中国人原创学科的当代价值："文艺美学是20世纪中国学者所提出和创构的一门最具中华民族文化特色、最具中国学术原创性、最注重美学精神与艺术精神建构的人文学科，文艺美学是中国现当代美学文艺学学者对世界美学的一个重要贡献。文艺美学不同于一般的艺术理论乃至艺术哲学之处，正在于有人生本体论的支撑，正在于对艺术审美的精神家园的追求，文艺美学研究在传承和弘扬中华美学精神方面大有作为。"[②]

追根溯源，由于诗教传统是与整个汉语诗歌传统交织一体的，并且直接塑造了传统文人的精神文化品格，因此在现代中国语言文学学科中具有不可替代的重要地位和影响力。王一川对业师胡经之先生文艺美学思想的形

① 王宁：《诺斯罗普·弗莱新探：文学研究与文化研究的对话关系》，《外国文学研究》2013年第5期。

② 陶水平：《深化文艺美学研究　弘扬中华美学精神》，《江西师范大学学报（哲学社会科学版）》2015年第3期。

成，进行了分析，认为来自两个方面："古典诗教传统堪称现代文艺美学诞生的温床。而由深受古典诗教传统濡染的胡经之等学者出来为中国语言文学学科创设文艺美学，也就变得完全可以理解了。正是由于古典诗教传统的现代濡染，文艺美学的诞生才具有了充足的底气和底蕴。"而"来自西方的现代美学观对暂时沉潜的古典诗教观起到了一种开启或激活作用，两者有效地化合成一粒富有活力的种子，在'文革'后文艺学的变革及学科建设的土壤里，终究孕育出文艺美学这门新学科"。[①] 着眼未来，曾繁仁先生将文艺美学学科发展放在多重空间运思，认为文艺美学学科作为一门新兴学科兴起，在方法论上要着重探讨三个大的方面："在基本理论方面，着重探讨马克思主义及其美学、文艺学理论对文艺美学学科的指导作用；文艺美学的学科定位及其发展趋势，文艺美学与美学、文艺学、艺术学以及部门美学的关系；文艺美学的基本理论、范畴与体系建设。"在文艺美学史的研究方面，要着重探讨三个方面："中国文艺美学的发展历程；中国古代文艺美学的现代价值；西方美学与文艺学思想对中国文艺美学学科建设的影响。"在实践方面，要着重探讨三个方面："各艺术门类创作与接受实践同文艺美学学科建设的关系；文艺美学与中国当代文化产业及审美文化的关系；审美教育的当代意义及实践。"这一切促使文艺美学学科当前"由内向外"转向。[②] 概而言之，文艺美学在中国当代的兴起和发展，与中国本土的文化潜力的释放是密切联系在一起的。

文艺美学回归到传统，就是回到"前学科"。相对于现代学术体制的分科治学，中国原初的文学理论是包含广泛的范围的，回归到传统，可以有效突破现有的学科体制。有学者将庄子的那个时代定义为"前学科"时代，相对于"'百家往而不反（返）'的战国诸子，《天下篇》所描述的'古之所谓道术'又是前'诸子'（或前'百家'）时代，被称为'前学科'之'前学科'"，"在《天下篇》

① 王一川：《今日文艺美学的限度与开放》，《当代文坛》2006年第6期。

② 曾繁仁：《中国文艺美学学科的产生及其发展》，《文学评论》2001年第5期。

作者的眼中,儒家的经典(六经)和核心命题(内圣外王)是在‘方术’之前的”,“不惟‘内圣外王’,儒家六经中的诸多关键词,其生成、建构及演变,均体现出前学科时代的‘道术’特征”。《文心雕龙》《汉书·艺文志》等学术则“属于后道术时代的一方之术或一家之学,均不约而同地以‘谈天说易’的方式返回道术,返回前学科时代”。[1] 曾繁仁先生认为,“我国古代没有西方那样的‘纯美学’”,但是“从我国传统的‘天人合一’哲学思想出发,形成以‘致中和’为其核心的理论体系”,“充分继承中国古代‘中和论美学思想’的有价值成分”,更加关注社会现实,“立足于中国当代现实基础,逐步形成具有中国特色的当代美学思想体系”。[2] 因此,中国传统文学不是“分科之学”,而是庞杂的、斑斓的,除了现代意义上的纯文学,另外还包含了大量非虚构文学,是不能忽视的。

文艺美学学科的建立,是传统的,超越了纯粹的审美领域,这才是其内在发展逻辑。文艺美学研究及其理论建构,在实现对“政治范式”的替换、哲学思辨抽象性的突破之后,有学者认为:“文艺美学研究开始不再固守纯粹审美的本体自设,而是主动利用新近获得的文化视野,在一个更为广泛的领域里形成了一种‘泛文本化’审美批评的研究范式”,“不仅扩大了自身在当代文化语境中对于艺术活动本身的言说能力,同时也从艺术经验本身出发确立了自身对于整个文化领域的价值建设功能”。[3] 中国古代丰富的文学理论、美学理论学科都具有自己的特点,应当予以充分的关注,推动学科转型。有学者认为:“中国传统美学思想作为对中国古人审美活动规律的总结,其中必定包含着人类活动的普遍规律,乃至包含着西方美学思想中未能总结到的一些规律。这就不仅有益于中国现代的美学学科建设和审美实践,也会有益于世界的美

① 李建中:《前学科与后现代:关键词研究的前世今生》,《长江学术》2015 年第 4 期。

② 曾繁仁:《中国文艺美学学科的产生及其发展》,《文学评论》2001 年第 5 期。

③ 王德胜:《文艺美学:“双重变革”与“集体转向”》,《山东社会科学》2008 年第 11 期。

学学科建设和审美实践。”①继承中国古代文论，有学者提出两点主张：一是“对古文论中所体现的中国古典艺术美学规律的创造性继承，建构新古典主义或中国现代主义文论话语”，二是“对古文论美学特征美学精神的创造性汲取，建构新的‘中国特色’的人文文论话语”。② 说到底，中国古代的“文”与西方的虚构论不同，如何将中国传统超越虚构的诗学发扬光大，成为文艺美学建设的重要任务。

当然，文艺美学这一学科除了具有中国特色之外，还极具时代特色，柯汉琳直接宣称：“我们时代的美学就是文艺美学。”③文艺美学由胡经之率先提出，得到了美学界的高度认可，众多学者参与讨论，在建设中国特色文论体系方面，具有划时代的标志性意义。美学的转型就是突破传统的仅仅纯文学艺术的局限，回溯文艺美学发展历史，最早其实是局限在纯艺术领域，后来不断与文化生活沟通。有学者认为：“在胡经之先生那里，‘文艺美学’的初心其实是推进传统美学和文艺学融通中西，向文学艺术和文化生活的沟通，向现实世界和人文社群的拓展，向生态科技和自然媒介的开放。封闭自足的纯文学和审美主义并不可靠，所以，无论文学艺术活动的审美实践，还是研究活动及其彪炳影响，文艺美学要注意开放性的思想通串，面向现实，学育并举，从而实现自身的价值。”④有学者也探讨了在新的历史语境下，如何推动文艺美学发展的问题，指出：“文艺美学不应是一种封闭的体系，而应是活着的方法论，文艺美学的宗旨和任务，要能够解决现实中的文艺创作问题。当前文艺领域的一个突出问题在于，浮躁之风、机械化生产的艺术制作还是颇为普遍的，真正具有创新性质的作品还只是少数。要突破这个瓶颈，在创作实践和理论研究两

---

① 朱志荣：《论中国传统美学的现代性》，《文艺争鸣》2017 年第 7 期。

② 杨曾宪：《关于古文论“失语”、“复语”问题的冷思考》，《人文杂志》1999 年第 5 期。

③ 柯汉琳：《文艺美学的学科定位》，《文艺研究》2000 年第 1 期。

④ 陈雪虎：《试谈“文艺美学”的生成逻辑与当代问题》，《文艺争鸣》2017 年第 1 期。

个方面都要下很大功夫。”①也有学者提出了“大文本”的概念,实际上超越传统文学文本,与现实联系起来,推进文艺美学的建设,认为:“当代艺术形态和审美方式发生了深刻变化,一方面,由于技术和传播媒介的高度发达,出现了影视艺术、网络艺术等;另一方面,大众文化和文化工业的兴盛,又进一步导致了当代人类日常生活的审美化现实。文艺美学不仅要关注文艺的传统形态,更要关注当代审美文化的经验事实,从小文本的阐释转向大文本的阐释。”②

最后,生态美学。

众所周知,西方虚构美学是建立在主客二分的思维方式之上的。生态美学则主张通过审美的方式可以把握人与自然的生态整体性,中国式的对于自然的关注,不同于西方式的对于自然的超越,因此更具现实性,呈现的是非虚构的意味。汲取其中的有益成分,可以推进美学的当代转型。

生态美学改变了天人二分的思维方式,“天人合一”“空无”是中国古代特色鲜明的思维方式,而生态思维的整体性从中国传统诗学、美学中找到了根据。曾繁仁先生在论述生态存在论美学的视域时提出:“生态存在论美学的自然之美与中国古代‘天人相和’、‘天地之大德曰生’的‘中和论’与‘生命论’美学恰相契合。”并认为:“我们可以从‘中和之美’与‘生生之美’出发重写中国古代美学史。中国古典美学与西方认识论美学所谓‘感性认识的完善’是不同的,它是一种以‘中和’与‘生生’为主要线索的生态的、生命的美学。这种美学的旨归是为人提供一个宏观的美好家园,人的‘诗意栖居’之地。”③生态美学的兴起有许多的因素刺激,然而知识谱系与中国传统文化思想息息相关,在胡友峰看来:“中国的生态审美理论则直接地以‘生态美学’的形态发展起来”,“从外因上看,现象学等西方理论成果的引入、生态学等自然科学的发展为自然美问题的推进提供了新的思路,环境污染这一社会现实也

① 张晶:《新时代文艺美学的建构维度》,《现代传播(中国传媒大学学报)》2018 年第 2 期。

② 王德胜、肖寒:《文艺美学:理论建设及其当代问题》,《文艺争鸣》2007 年第 11 期。

③ 曾繁仁:《生态存在论美学视野中的自然之美》,《文艺研究》2011 年第 6 期。

引发了对生态之美进行思考。从内因上看，也正是因为中国传统哲学思维和丰富的生态观念与生态审美思维方式的契合，使得自然美学在中国合乎必然而又自然而然地步入一个生态美学的领域”。[①] 生态美学的兴起，引发了中国传统意象思维价值的重新探讨，在人与自然的关联中，非虚构诗学的活力被激发了出来。

三

非虚构与中国文学文体论。

“虚构”(fiction)一词，在英语中也指“小说”这一文体，西方文论依据这一观念，除了小说外，还将诗歌、散文、戏剧文体划入了文学范畴。中国文学文体论则不一样，大量文体属于非虚构范畴。

(一)

中国在先秦时期就已经有小说文体这一说法，但是与西方小说理论不一样的地方在于没有追求与现实世界完全隔绝的虚构世界，属于非虚构。

首先，中国受史传传统影响至深，因此认为中国古代没有西方那样的纯虚构小说文体。就文学世界而言，中国叙事文学作品所要表现或反映的世界，既不是客观世界，也不是作家心灵世界，而是历史撑起的天空，历史具有建构文学世界的特殊意义。有学者对此进行了多维的分析，认为：“在中国小说叙事中，一切哲学的、宗教的含义和心灵情感的表达，最终都要融化为历史本身，作者的寄托最终在历史，而不是想表达宗教情怀或者哲学思考。”就文学价值而言，“作家最根本的目标就是要进入历史，要成为历史，只要能被历史承认，就是最大的成就。所谓青史留名，所谓留取丹心照汗青，既是一般士大夫的理想，更是文人小说家的志向”。就文学形态而言，“文学中的历史只能有两个

---

① 胡友峰：《自然美“失语”的症结及其疗救》，《学术研究》2021 年第 10 期。

形态,过去的历史和今日的历史。前者导致史传文学的繁荣,后者导致报告文学纪实文学的出现,中国叙事很少有未来主义的展望”。就文学产生而言,中国小说叙事的出现是为了“表现儒家的历史精神”,进入到历史政治的领域获得价值意义。[①] 中国小说与西方小说不同,要警惕的是中国小说形成机理遁入他者的“他化论”,陈桐生主张:“应该以辩证的态度正确看待文学历史上曾经出现过的文学哲学化、宗教化、世俗化、神圣化、政治化、历史化等非文学去文学的文学他化现象,破解单一的文学审美向心主义、情感偏执主义及艺术形式主义的牢笼,跳脱文学独立自尊的天然合理思维,从开放的视角多元地考察文学现象。”[②]对此,李少雍认为:“论文学而及史传,说明在刘勰心目中,文与史关系密切,两者是相通或相包容的。”[③]经史子集中,往往认为文学文体只是体现在集里,其实文史是不分家的,谭帆认为:“‘子’、‘史’二部是中国小说之渊薮,也是中国小说之本源。”[④]当然,也不能完全混同起来,历史学家冯天瑜则认为:“‘文’与‘史’固然不可截然分家,但又不能混淆,文史各有职能,文学求美,史学求真,即使达成真美统一的上乘之作,文学与史学的主要功能也不能相互取代。”[⑤]就创作原则而言,古代小说并没有建立起真正的虚构世界,祝晓风认为:“古代小说家在小说开头喜欢开宗明义,结尾喜欢总结题旨。”“作者带着这样强硬的理念来奴役可能生成完美作品的小说要素,作者始终站在此岸而试图营建彼岸世界,虚构的进程时时被打断,虚构世界没有真正的基础,刚刚要建立就倒塌了。”[⑥]中国小说与西方纯虚构为特征的小说不同,中国人摆脱不了自己的文化基因,必须以自己的文化基因作为出发点开始变革,这

---

① 单正平:《晚清公羊学与现代小说的历史本根论》,《文学评论》2012 年第 3 期。

② 陈桐生:《文学的自化生成与他化遁逸——以中国史传文学为例》,《学术研究》2008 年第 6 期。

③ 李少雍:《中国古代的文史关系——史传文学概论》,《文学遗产》1996 年第 2 期。

④ 谭帆:《术语的解读:中国小说史研究的特殊理路》,《文艺研究》2011 年第 11 期。

⑤ 冯天瑜:《史传文学与信史的联系与区隔——以“三国”为例》,《华中师范大学学报(人文社会科学版)》2015 年第 6 期。

⑥ 祝晓风:《中国古典小说的非虚构化倾向》,《学术界》2011 年第 7 期。

就是中国现代文学总体结构发生变迁时的宿命。如在现代通俗小说研究中，也存在着文化转型期的精神选择。①

其次，不少学者认为，在理论上强调中国小说的虚构特征，只是近现代以来在西方影响下才出现的现象。中国小说的发展有千年以上的历史，然而直到20世纪初才在西洋小说的引进下发生质的进化，这不能不使人考虑到中国小说本身的问题，具体而言，就是从作品世界与现实世界的关系、接受程序化结局的审美心理等方面展开讨论。② 也有学者对于其中的原因做了深入的分析，提出："小说虚构性质在近代的被发现，是一系列社会文化因素综合作用的结果，这其中包括本土与外来小说互相作用下小说外延的变化，以及西学东渐背景下知识系统的转型等。小说虚构理论的出现，并不像有的批评史著作所描述的那样，是一个单纯的文学理论的事件，是人们对于小说这一文体的认识不断深化的结果，是小说克服外在的种种阻力努力实现自己本质的结果。虚构取代纪实以及说理，成为小说的根本的文体特征，是近代以来中国社会文化变革的一个表征。"③

对此，也有学者在时间问题上持不同观点，认为中国更早有了虚构。有学者勾勒了虚构性在小说创作中，逐渐被凸显的历史过程："汉魏六朝时期，作为'史之外乘'存在的小说，与史传存在着内在精神上的同质性与文化谱系上的相似性。小说作为文体，尚未获得存在的自信与独立"，"至唐代而发展为'传奇'，此即章学诚所谓的'二变'。至此，'小说'开始在文体上进入自觉状态。小说与史传的关系，开始作为专门的学术话语，进入人们的理论认知视野。在认知中，既有承前代创作实践而来的对小说的本体论探讨，又有对其虚构特征的着意开掘"，"宋元以降，出现了新的小说品类——白话小说，此即章

① 杨义：《以大文学观重开中国现代文学史写作的新局》，《湖北大学学报（哲学社会科学版）》2013年第3期。

② 祝晓风：《中国古典小说的非虚构化倾向》，《学术界》2011年第7期。

③ 吴泽泉：《小说虚构理论与近代小说及知识转型》，《云南社会科学》2013年第3期。

学诚所谓的‘三变’。白话小说以其通俗易懂的语言及生动形象的‘敷演’不仅让普通观众喜闻乐见,并最终赢得文人雅士的青睐。小说创作这一状况,促使人们对小说与史传关系的认知进入新的状态,以往的各种观点虽然继续存在,但人们更关注的则是小说与史传的本质不同。小说作为文体,其虚构的本质特征,愈来愈受到人们普遍的肯定”。①

再次,以莫言等当代作家创作为例,有学者认为非虚构是中国小说以民族化特色走向世界的有效路径。莫言获得诺贝尔文学奖之前以及获奖之后很长一段时间,在西方还存在较多的非议,以顾彬为首的汉学家认为莫言小说是在“讲故事”,缺乏虚构,因此作品没有“揭示”,不够深刻。莫言小说在国内一度也存在争议。莫言被冠以魔幻现实主义作家,他领奖时发表了“讲故事的人”的演讲,认为自己的小说就是承续了中国古代讲故事的传统。陈思和在读解莫言诺贝尔讲演《讲故事的人》时,特别提醒人们注意的是民间历史文化的意义:“理解莫言文学的理想倾向是来自生命血缘和生命本能以外,还必须注入第二种特质:民间性。这也是来自拉伯雷的传统,而莫言把这种传统与自身的血缘传统联系起来了。”②的确如此,莫言从蒲松龄讲故事的传统中受到极大影响,蒲松龄虽然写鬼写妖,但是都是从现实中汲取养料,甚至直接取材现实中发生的事件。

不少学者从这个层面进行了深入的研究,认为莫言就是因为对于历史、现实的高度关注,与高超的魔幻技法结合,坚守民族传统实现了中国小说走向世界的辉煌。张志忠认为:“莫言能够在盛誉和繁忙中推出具有探索性的新作并且保持相当的高度,其奥秘何在?这是基于他对高密东北乡文学领地现实与历史两个向度的坚守与拓展,对乡村今夕变化的敏锐感知。”③在莫言新作

---

① 何悦玲:《中国古代小说与史传关系认知的历史变迁》,《思想战线》2011 年第 1 期。

② 陈思和:《在讲故事背后——莫言〈讲故事的人〉读解》,《学术月刊》2013 年第 1 期。

③ 张志忠:《论莫言对现实与历史的双向拓展——以其新作〈故乡人事〉和〈锦衣〉为例》,《山东大学学报(哲学社会科学版)》2018 年第 3 期。

《等待摩西》中，毕光明看到的是："已经与童年记忆中的故乡和解了的莫言，晚近换了体察的眼光来看待东北乡的人事，他所属意的不是国民性的批判，而是对马秀美们奇特的精神现象进行文化的还原，用形象的实录保留住它的暧昧色彩与复杂性，留待读者去思考与理解。故事的讲述呈现为受限叙事，其效果是看似降低了叙述者的透视能力而实则满怀超越后的宽容和悲悯。"①在温儒敏等学者看来："忠实于自我生命感悟和艺术取向的莫言的确获得了书写的自由。莫言式的感觉、色彩、气味、语调、反讽乃至他的故事、人物、自然与超自然的奇幻世界都只属于莫言自己。他自由出入于历史与当下，将异域的魔幻现实与本土的神鬼志怪熔为一炉；他可以是一个善讲故事的说书人，在小说中复活章回演义与民间戏曲的无穷魅力，他又是一个不断创制新异小说结构的先锋派。"②温儒敏还认为，莫言获得诺贝尔文学奖，历史叙事的"野史化"与"重口味"是一个非常重要的原因。③

学术界在研究莫言对于历史的再现时，打开了另外一扇小说研究的窗口，即关注现实与心灵的交相掩映，关注中国小说中现实的存在方式。在南帆看来，历史叙述的众多成规在文学史上已经不少，种种政治学或者社会学的术语——诸如阶级、民族、社会制度、党派、政治运动、经济基础、生产方式都广泛应用，人们熟悉的历史故事得以有条不紊地运行，莫言的故事讲述最终回归到了现实的层面，他认为："莫言的魔幻修辞显示了强大的文学想象，这种想象可以轻而易举地衔接异于现实的神奇世界——这是文学对于神话时代的致敬；然而，莫言的魔幻叙事返回了人们栖身的现实，陌生、奇诡之间浮动着熟悉的气氛。尽管离奇的故事令人惊异，但是，所有的人都会及时意识到，这是一

① 毕光明：《还乡者的关切与悲悯——评莫言的〈等待摩西〉》，《扬子江文学评论》2021 年第 2 期。

② 温儒敏、叶诚生：《"写在历史边上"的故事——莫言小说的现代质》，《东岳论丛》2012 年第 12 期。

③ 温儒敏：《莫言历史叙事的"野史化"与"重口味"——兼说莫言获诺奖的七大原因》，《中国现代文学研究丛刊》2013 年第 4 期。

个现实的寓言。”①在20世纪文学史的回望中，刘勇等学者发现：“中国小说的发展演进，很早就表现出魔幻和现实之间的双重趋向。”莫言创造性地继承了这一传统：“对于古典小说包括新文学的资源进行反思的同时也有继承，这让他的小说呈现出生气淋漓的气息和场面，又能让人感受到同鲁迅一样对中国历史文化的自觉与自省，这一点，往往是作为历史中间物、带有某种‘鬼气’的作家自身难以意识到的。”②

除了莫言之外，从现实、历史与小说的层面来论述其他作家作品。李达认为：“王安忆对小说是心灵世界的见解和阐释，是她在对前人言论理解的基础之上，再结合自身创作经验而形成的，也是她对小说艺术的理论探索的重要研究结果。……心灵世界的建筑材料来自于客观的现实世界，而现实世界是真实存在的，所以说，构筑心灵世界的材料，也就是小说的材料是很真实的，关键在于小说家要在众多杂乱无章的材料中选择适合的材料，才能构筑一个高质量的心灵世界。”③阿来是新兴“民族秘史”的重要书写者。阿来将想象与纪实、史学与文学、宏大叙事与微观细节、虚构与非虚构等融通运用，达到了很高的成就，有学者认为：“在故事、历史、思想、诗意之间不断达到新的和谐，相得益彰，以小见大，好看而有韵味和深刻意蕴，正是阿来在民族秘史书写和人类情怀的个性化表达方面达到的新境界。”④此外，不少学者沿着这一理路来研究陈忠实、路遥、贾平凹、格非、冯骥才等诸多作家的小说。

回溯中国文学史的进程，人们发现文学当中的现实与魔幻手法运用，其实在中国现代文学中是具有深厚历史根基的，不少学者除了将之与寻根文学联系起来之外，还认为：“从鲁迅为代表的‘五四’新文学作家，到当代文坛莫言

① 南帆：《魔幻与现实的寓言》，《当代作家评论》2013年第1期。

② 刘勇、张弛：《20世纪中国文学现实与魔幻的交融——从莫言到鲁迅的文学史回望》，《北京联合大学学报（人文社会科学版）》2013年第1期。

③ 李达：《王安忆对小说艺术的理论探索》，河北大学2013年硕士学位论文，第5—8页。

④ 程金城、张璐：《民族历史和人类情怀的个性化表达——论阿来的长篇小说与“非虚构”文学》，《兰州大学学报（社会科学版）》2014年第5期。

等人的创作，都表现出了揭露现实和重构历史的双重取向，以及对于魔幻、想象等文学表现手法的多种探索，这一精神取向和艺术探索有着清晰可溯的历史脉络，伴随着整个 20 世纪中国文学的发展进程"，并认为："在处理魔幻与现实的问题上，莫言的小说与鲁迅为代表的新文学作家在精神内核上是相同的：将超越具体真实、充满想象力的艺术表现方式，与直逼历史、社会现实的思想指向相结合"。①

（二）

中国古代非虚构文体问题。中国学者突破西方文体"四分法"，将中国古代大量非虚构文体纳入文学范畴中研究。

在吴承学看来，在漫长的中国传统文体学发展史中，早期文体观念的发生、魏晋南北朝文体学的成熟与确立、宋代的转向与明清的极盛而集大成，是几个比较重要的发展与变化节点，但是总体上并没有发生革命性的变革。考察古代的文体，是理解文学观念的重要路径，他说："中国古代文体学之'体'，是一个典型的中国本土文学概念，具有极大的包涵性与模糊性，既指向体裁或文体类别，又指向体性、体貌风格；既有具体章法结构与表现形式之义，又有文章或文学本体之义，是具体与抽象、形而下与形而上的有机结合。文体学不仅是文学的体裁问题，更是中国古代文学的核心问题乃至文学本体性之所在。'文章以体制为先''文莫先于辨体''论诗文当以文体为先，警策为后'，这些基本观念都成为文学创作与文学批评的传统和基本原则。"②

与非虚构叙事研究密切相关的是，中国古代文体学的形成与发展，植根

---

① 刘勇、张弛：《20 世纪中国文学现实与魔幻的交融——从莫言到鲁迅的文学史回望》，《北京联合大学学报（人文社会科学版）》2013 年第 1 期。

② 吴承学：《中国文体学研究的百年之路》，《华东师范大学学报（哲学社会科学版）》2019 年第 4 期。

于传统政治制度、礼乐制度与实用性目的之上,因此产生了大量的非虚构文体。在有的学者看来,先秦时期各类文体主要是因典礼仪式、朝聘会盟及立言不朽等现实需要而发生的,特定文化语境下的言辞的结撰与发布活动,这些言辞已有独立的语体特征和文类特征,它们大多以被"引述"的方式,载录于经、史、子书之中,成为史家、卿大夫、诸子言说的公共素材。① 文体并称混杂在一起,揭示了上古时期文体内涵的复杂性和命名的多义性,反映了时人对文体内涵的多维认知,文体并称现象还体现了文体观念的泛化与初步的文体类聚观。②

有的学者主张将文体的研究与人学的研究结合。童庆炳先生指出:"文学史家面对的是一个活的、有生命的世界,是人类情感的表现形式,是有意味的时间和空间,这样文学史家就必须以自己的感情世界去体验作品的感情世界,甚至要在自己的心里设身处地'重演'作品所描绘的一切,这样你才能体会你的研究对象。"③这一说法,具有方法论意义。有学者以先秦诸子问题为例作了具体的阐释,不是把诸子文本当非思想的残骸,而是看作内含生机、有待激活的生命印迹,进而认为,"诸子之所以为独特,既在于面目各异的文体特色,亦在于机杼独出的概念、命题与思想",因此,"解读诸子,应该将诸子之文与诸子之人紧密地结合起来,从文本的还原到语义的疏解,从语境的重建到思想的分析,既措之以严谨周密的实证之功,又加之以明敏灵动的生命参验,使我们对诸子的研究和理解在视点互补与方法兼任中不断向宏博精深之境前进"。④

有的学者主张将文学的自觉与文体的自觉结合。赵敏俐认为:"在中国古代,本没有与我们现在所说的'文学'完全相对应的概念,只有明晰的文体

① 韩高年:《先秦文章文体研究的几个问题》,《复旦学报(社会科学版)》2016 年第 6 期。
② 李冠兰:《论先秦的文体并称与文体观念》,《文学遗产》2017 年第 3 期。
③ 童庆炳:《文学史建构的主体性问题》,《文学评论》1996 年第 2 期。
④ 沈立岩、陈洪:《诸子研究的理念与方法》,《文学评论》2012 年第 1 期。

观，却没有明晰的文学观”，“在中国文学史上即便是曾经有人倡导‘为艺术而艺术’，那也不是中国文学的主流。‘文以载道’是中国人对于文学的最基本要求”。[①] 意在表明，如果用纯文学的标准来衡量中国文学文体是不恰当的。也有学者认为，纯文学的自觉带来了文体的变革。“中国传统文学的自觉是一个持续的过程”，魏晋以前的文学包含了大量的非虚构文体，然而随着文学的自觉，非虚构文体淡出视野。汉末魏晋的文学自觉则主要表现为文体的自觉，“从先秦两汉时期的文用论发展到南朝的‘审美’论，汉末魏晋之际的文体自觉起到了关键作用”，而文体自觉也成为此期文学观的独特标志。文体的自觉与汉末魏晋个体生命的觉醒互为表里，“对不同文类特征的理解与尊重的背后是对不同个体生命特征的理解与尊重”。文体论直接促进了文学观念的高度分化，文章的审美特征逐渐被鲜明、集中地揭示出来，由此出现了所谓文学审美的自觉。[②]

中国古代有自己独具特色的文体，现实功用是文体的内在要求，只是到了清末民初时期才发生变革。吴承学指出：“中国文体学的革命性变革发生在清末及民国时期。这是中国政治、经济、社会制度、学术文化发生巨变的时期，也是文学思潮、文体形态与观念发生巨变的时期。在中西冲突交汇、古今变革嬗替、社会激变转型的文化背景下，传统文学渐趋萎缩，新文学不断壮大，西方大量的新文体与文体观念如潮水般涌入。在语言形态上，白话文代替文言文，文白的转型使传统文体学的生存语境发生根本变化。大量用于‘经国大业’或跻身仕途的实用文体，突然失去其实用价值，而新型的文学文体、公文文体、新闻文体、学术文体等则被大量引入和使用，文体观念遂发生翻天覆地的变化，整个文体及其价值谱系也被重新编订。晚清民国是中国传统文体学向现代文体学的转型期，是传统文学和新文学的分水岭。自古以来，文体

① 赵敏俐：《“魏晋文学自觉说”反思》，《中国社会科学》2005 年第 2 期。

② 姚爱斌：《文学的自觉抑或文体的自觉——文体论视野中的汉末魏晋文学观》，《文化与诗学》2009 年第 1 期。

之变莫大于此。”①这也代表了文学知识的转型，纯文学成为文学正宗，中国文学史研究受西方文体学影响最大的就是纯文学文体分类方法，即小说、戏剧、诗、散文的四分法，使得中国传统的文章文体分类法被边缘化。高玉则辩证地思考了中国文学的古今演变，强调了文体变革中的继承关系：“五四时期，新文学表现出某种激进性，维系了中国文明几千年的传统伦理道德与政治思想被否定和批判，而西方的科学、民主、自由、人权等思想得到褒扬和接受，表现在文学形式上，现代诗歌、小说、戏剧、散文取代了传统的诗、词、赋、小说、戏曲，而典型、形象、创作方法、表现与再现、内容与形式等西方话语成为我们谈论文学的主要话语方式。这种谈论不仅改变了我们对中国传统文学的看法，更深刻地影响了当时的文学创作，致使中国文学在现代时期发生了整体性的变化。但是，中国文学的传统并不是那么轻易就可以‘反’掉的，传统的观点可以被否定，传统的秩序可以被破坏，但传统不会因此而消失。就现代时期的中国文学来说，传统文学实际上以两种方式延传下来：一是传统文学以它固有的姿态存在于世，比如旧体诗词、章回体小说等就比较好地保持了中国古代文学的传统；二是传统文学以因素的方式融入到新文学中去，从而成为新文学的一个重要组成部分或因素。”②其实，在这里更多的还是在强调文学文体的变革，转换成为纯文学观念，论述的是中国现代以来的纯文学文体的承续问题。

（三）

中国现当代非虚构文学文体问题。以《冷血》为代表的美国非虚构文学浪潮席卷全球之势，对于中国现当代的非虚构写作观念产生巨大的冲击。新时期中国非虚构文学经受多重的洗礼，在多层次、“凤凰涅槃”式的蜕变之后，

---

① 吴承学：《中国文体学研究的百年之路》，《华东师范大学学报（哲学社会科学版）》2019年第4期。

② 高玉：《论中国文学“古今演变”研究的中西维度》，《河北学刊》2011年第2期。

终于进入了一个更深广、更多元化的艺术境地。传记文学、报告文学、纪实文学、历史文体、日记体、回忆录、新现实主义、口述实录、非虚构小说等非虚构文体被纳入文学范畴中研究。

现代以来,西方纯文学观念传入中国,非虚构与文学性之间出现了急需调和的矛盾。在非虚构诸种文体的阐释中,这一问题也十分棘手,真实性被认为是非虚构文体的最高准则,如何在这一要领下表现出文学的特点呢？这成为非虚构文体研究中的世纪难题。围绕着“纪实性”“客观性”“主体性”“启蒙性”“先入为主”“历史理性与人文关怀”“零度写作”“主体介入”等核心话语展开了拉锯式的讨论。

非虚构文学与虚构之间的关系,引起了高度的关注,既然是非虚构文体,那么重心偏向了客观真实性,但是如何调节虚构与非虚构的关系,还是存在不同意见。比如,传记文学的真实性,一般都是在强调传记的历史属性,而当代一些批评家运用的是纯文学的标准来衡量,刻意凸显传记文学作品的虚构性,目的就是希望把传记纳入文学的范畴。事实上,传记文学既不是单纯的历史书写,当然也不可能完全是文学性的虚构,历史性与文学性如水乳交融在一起,本应该是一种合理的调配,一种基于历史而臻于文的叙述。因此,在史与文之间,它不是一种顾此失彼或扬此抑彼的对峙,而是一种由此及彼、彼此共生的同构。正是沿着这样的学理逻辑,传记文学研究专家赵白生认为:“如果从虚构的性质入手,我们可能更容易找出传记与小说在虚构上的差异。小说性虚构基本上是想象的产物,遵守的是或然律,即不一定真实,但必须可信;而传记性虚构实际上属于修辞性和叙事性范畴,必须根植在历史性之上。”①报告文学是现代以来十分有影响的非虚构文体,其现实感召性成为这一文体的核心,有的学者对于虚构甚至采取了零容忍的态度。丁晓原指出:“报告文学作为非虚构文体,其客观真实性是这一文体独特价值生成的根

---

① 赵白生:《传记里的故事——试论传记的虚构性》,《国外文学》1997 年第 2 期。

本。抒情铺张会影响报告文学的非虚构性，而恣意论议有时难免造成价值判断失当，使作者陷于被动。同时价值多元时代，读者对于报告文学的接受也从激情思想型作品转向平和写实的作品，读者不再单纯地现成地依赖于作者解说性的叙事，而更愿意作为一个独立的接受主体，在进入作者给出的关于人物事件或现象问题的本真时空中作出自己的解读。”①也就是说，非虚构文学文体容许不容许虚构？需要怎样的虚构？似乎成为言人人殊的问题。

新时期以来，非虚构文学作为一种新的文体受到特别的关注，在于写作主体介入，非虚构文体的讨论在此聚焦。非虚构写作在增强了文化反思性的同时，叙事中的非虚构存在伦理的限度问题得以凸显，更多的学者在这个层面进行了思考，试图去解开这一难题。有学者提出：“在这个挑战迭起崇尚犯规的数字化、网络化、全球化时代，非此即彼、你死我活的单边思维和文化霸权完全不合时宜，养成亦此亦彼、开放兼容、互惠共生的文体观念至关重要且迫在眉睫。只有这样，才能给虚构和非虚构以存在、对话、交汇并持续深化的权利。只有虚构与非虚构并存，生活与文学融通，现实与想象竞放，文学的世界才分外精彩，人类的灵魂才如此丰沛！”②王晖认为：“纪实文学或曰非虚构文学，也是文学族群中不可忽视的重要的一支。它们有别于历史和新闻，有时又呈现出‘跨类性’，因而有着独特的文体美学风貌”，“如果说，‘非虚构性’是对纪实文学真实客观再现现实世界法则的奠定，那么，‘文化反思性’则是给予其写作主体的基本要求。纪实文学作家并非‘有闻必录’的记录员，或复印机和麦克风，只能复制或成为传声筒。在强调非虚构性的同时，纪实文学仍然需要表现出作家侧重于反思与批判的思想、情感或文化观念的独具特色的主体诉求，即作家可以出现在作品中”。③ 陈剑晖也强调非虚构写作的“介入”姿态：

---

① 丁晓原：《从激情书写到中和叙事——60 年报告文学叙事模式变化的一种观察》，《福建论坛（人文社会科学版）》2010 年第 1 期。

② 龚举善：《“非虚构”叙事的文学伦理及限度》，《文艺研究》2013 年第 5 期。

③ 王晖：《纪实文学的非虚构叙事及其主体诉求——以“故宫三部曲”为例》，《江苏社会科学》2016 年第 5 期。

"'非虚构写作'一方面注重'实录',重视田野调查和文献搜集;一方面又具有较强的'问题意识',它常常带着明确的主观意愿介入社会现实生活,对某一重要问题进行分析与思考。因此,'非虚构写作'既不是现实生活的表层化罗列,也不是一地鸡毛的碎片化书写,而是散文家对历史和现实的深度介入。"①也有学者认为,主体介入是开放式的,不同于一般意义上的文化反思,洪治纲认为:"作为一种介入性的写作,'非虚构写作'既不回避创作主体的主观意图,亦不掩饰作家自己的现场感受和体验,甚至对各种相互抵牾、前后矛盾的史料所作的判断和取舍,都进行如实的交代。"②因此判定,"非虚构写作"更加具有西方元小说的特点,这种开放性的介入式的写作姿态,已经不同于"文化反思性"的主体意义了。

就具体的文体而言,判定和辨认存在很大争议。21 世纪以来,非虚构写作在《人民文学》等文学期刊的倡导下,异军突起,《文学评论》《文艺研究》《当代文坛》《文学自由谈》等文学理论研究刊物开辟专栏讨论,有人主张以"完全非虚构"和"不完全非虚构"为标准,把报告文学、口述实录体同有所虚构的非虚构写作区分开来,这一做法无疑显得生硬,所谓"完全"与"不完全"的非虚构,事实上也很难确定。关于当代非虚构文体的归属问题也形成了不同的判断。有的学者将非虚构写作看作是报告文学的发展,丁晓原认为:"新时期以来的中国报告文学,大致可以分为三个阶段。第一个阶段是 20 世纪 70 年代后期到 20 世纪 80 年代这十多年的新时期,第二个阶段是 20 世纪 90 年代,第三个阶段是 21 世纪以来这近 20 年。从文体自身发展的角度而言,三个阶段的报告文学各具特质,第一个阶段的创作,是史与诗的结合,新闻信息与思想穿透的结合。第二个阶段则是在特殊背景下的盘整和调整,作品思想和激情让位于内敛与求真。第三个阶段总体特征是一方面是意识形态主题设

① 陈剑晖:《"非虚构写作"与散文的审美性》,《光明日报》2015 年 11 月 9 日。

② 洪治纲:《论非虚构写作》,《文学评论》2016 年第 3 期。

置的强化，另一方面是走向非虚构本体的叙事建构。”①即“报告文学”是“非虚构写作”类中的一种具体文体。有人认为非虚构文学属于散文。在陈剑晖看来：“‘非虚构写作’这一散文写作潮流的兴起，虽受到上世纪60年代风行于美国的‘非虚构文学’的启迪，但两者有着很大的不同。其一，‘非虚构文学’主要是针对小说的‘虚构性’而言，它的主要对象是小说而非散文，而‘非虚构写作’专属散文这种文体。其二，‘非虚构文学’强调将‘新闻性’渗透进文学创作中，而‘非虚构写作’恰恰相反，它力图去新闻化和意识形态化。”②新时期特别是21世纪以来，非虚构写作呈现出勃勃生机，多姿多彩，因此，将其不管是归入报告文学，还是归入散文，都存在以偏概全的不足和缺陷。

四

非虚构与中国文学史论。

中国文学史写作不过一百年的历史，文学史写作首先要确立的就是入选标准，实际上就是要解决文学观念的问题。早期的文学史写作一般直接在前言中首先亮明文学观念，20世纪80年代以来的几次“重写文学史”，增加了讨论、争鸣、对话的方式，其实就是文学观念的争论。泛文学、纯文学、大文学观念对于非虚构文学态度不同，呈现出不同的史识。

（一）

接受非虚构文学观念。在20世纪初期中国文学史肇始阶段，流行“泛文学”或称“杂文学”观念，主张将大量非虚构文学纳入文学史。这个时期的文学史，大多是把学者讲课的讲义整理而成的，文学史观念与当时的教育体制、授课内容、教学方式有关。总体来说，文学教育内容就是“杂”，经学、文献学、

① 丁晓原：《非虚构文学：时代与文体的“互文”》，《东吴学术》2018年第5期。

② 陈剑晖：《“非虚构写作”与散文的审美性》，《光明日报》2015年11月9日。

考古学、历史、哲学等多个学科的内容都整合在一起，因此，大量的非虚构作品自然也纳入其中。

章炳麟眼中的文学，几乎包含所有的文字作品。他认为："文学者，以有文字著于竹帛，故谓之文，论其法式，谓之文学。凡文理、文字、文辞，皆言文。言其采色发扬谓之彣；以作乐有阕，施之笔札谓之章。……夫命其形质约文，状其华美曰彣，指其起止曰章，道其素绚曰彰，凡彣者必皆成文，凡成文者不皆彣。是故推论文学，以文字为准，不以彣彰为准。……凡云文者，包络一切著于竹帛者而为言。"①

林传甲依据《奏定京师大学堂章程》著《中国文学史》，两者所依据的均为涵盖实用文体的杂文学观。黄人的《中国文学史》根据"文学者有关于历史、科学之事实"②，将朝廷文献、碑帖等实用文体一并纳入，并且认为："盖一代政治之盛衰，人事之得失，有文学以为之证佐，则情实愈显，故曰文胜则史。虽然，有具体必有抽象，有通力必有专行。文学之演进，诚散见于历史中，而历史只能吸收之，而不能包括之，且就一方面观，历史又仅为文学之一部分。故史之分类，有自然的，有精神的，前者为种族、地理、物产等，政治、宗教、经济、教育诸史，则属于后者，文学史亦其一也。文学之分类，有模范的，有叙述的，前者为文谱、文论等，而文学史则属于叙述。盖非是，将终身由之而不知其道，更不免数典忘祖之诮矣。"③

谢无量在《中国大文学史》中提出了自己对文学概念的困惑，主要是针对现代纯文学观念而言的，他说："自欧学东来，言文学者，或分知之文情之文二种，或用创作文学与评论文学对立，或以实用文学与美文学并举，顾文学之工，亦有主知而情深，利用而致美者。其区别至微，难以强定。"对于与"美"相对

① 参见章炳麟：《国故论衡·文学总略》，载徐中玉主编：《中国近代文学大系 1840—1919·第 1 集·第 1 卷·文学理论集一》，上海书店出版社 1994 年版，第 120—121、124 页。

② 黄人：《中国文学史》，杨旭辉点校，苏州大学出版社 2015 年版，第 59 页。

③ 黄人：《中国文学史》，杨旭辉点校，苏州大学出版社 2015 年版，第 2 页。

的“实用”并没有排斥出去，直接认为二者“并举”，不可区分。他虽然引用了英国学者庞科士（Pancoast）在《英国文学史》中所下的有关文学的定义：“文学有二义焉。（甲）兼包字义，统文书之属。……凡可写录，号称书籍，皆此类也，是谓广义。但有成书，靡不为文学矣。（乙）专为述作之殊名，惟宗主情感，以娱志为归者，乃足以当之。……知绘画音乐雕刻之为艺，则知文学矣。文学描写感情，不专主事实之知识。世之文书，名曰科学者，非其伦也。虽恒用历史科学之事实，然必足以导情陶性者而后采之。斥厥专知，撷其同味，有以挺不朽之盛美焉。此于文学谓之狭义。如诗歌、历史、传记、小说、评论等是也。”①然而，在自己的阐述中，不管是广义还是狭义的文学概念，都是超出了纯文学的范畴的，狭义文学概念中所包含的历史、传记等都可以看作是非虚构的文体，均被纳入“中国大文学史”。

（二）

排除非虚构文学。20 世纪 30 年代一直延续到 20 世纪 90 年代，非虚构文学常常被认为“宽泛”“陈腐”“百科全书式”，而淡出了中国文学史视野，将文学定位在虚构层面形成了较大范围较长时段的共识，唯有诗歌、美文、戏剧、小说符合虚构特征才被纳入中国文学史。排斥非虚构作品进入文学史，受西方纯文学观念影响的痕迹十分明显。

陈锺凡在《中国文学批评史》一书中说：“以远西学说，持较诸夏，知彼之所言感情、想象、思想、兴趣者，注重内涵。此之所谓采藻。声律者，注重法式。实则文贵情深而壮丽，故感情、采藻二者，两方皆所并重。特中国鲜纯粹记事之诗歌，故不言及想象；远西非单节语，不能准声遣字，使其修短适宜，故声律非所专尚。此东西文学义界之所以殊科也。今以文章之内涵，莫要于想象、感情、思想，而其法式则必藉辞藻、声律以组纂之也，姑妄定文学之义界

① 谢无量：《中国大文学史》，朝华出版社 2018 年版，第 4—6 页。

曰：'文学者，抒写人类之想象、感情、思想，整之以辞藻、声律，使读者感其兴趣洋溢之作品也。'"[①]直陈从渊源上与西方对接，以西方纯文学所看重的形式、虚构等特征为标准，来作为作品入选文学史的标准，以西释中的痕迹十分明显。

胡云翼对于泛文学、大文学观念下的文学史写作十分不满，要求以纯文学的眼光重新去发现"纯粹的文学"，只有"纯粹的文学"才能进入文学史，他在《新著中国文学史》一书中反复谈道："在最初期的几个文学史家，他们不幸都缺乏明确的文学观念，都误认文学的范畴可以概括一切学术，故他们竟把经学、文字学、诸子哲学、史学、理学等，都罗致在文学史里面，如谢无量、曾毅、顾实、葛遵礼、王梦曾、张之纯、汪剑如、蒋监璋、欧阳浦存诸人所编著的都是学术史，而不是纯文学史。并且，他们都缺乏现代文学批评的态度，只知摭拾古人的陈言以为定论，不仅无自获的见解，而且因袭人云亦云的谬误殊多。"同时，胡云翼还指出："我们认定只有诗歌、辞赋、词曲、小说及一部美的散文和游记等，才是纯粹的文学"，胡云翼还提醒读者特别注意的是："则我们不但说经学、史学、诸子哲学、理学等，压根儿不是文学；即《左传》、《史记》、《资治通鉴》中的文章，都不能说是文学；甚至于韩、柳、欧、苏、方、姚一派的所谓'载道'的古文，也不是纯粹的文学。"[②]

郑振铎要求对非文学进行清理，根据西方文学观念，结合中国的特点进行阐述，只是将纯文学的范围扩大了一些而已，其观念还是立足纯文学的核心。他在《插图本中国文学史》中提出："我们第一件事，便要先廓清了许多非文学的著作，而使之离开文学史的范围之内，回到'经学史'、'哲学史'或学术思想史的他们自己的领土中去。同时更重要的却是要把文学史中所应述的纯文学的范围放大，于诗歌中不仅包罗五七言古律诗，更要包罗着中世纪文学的精华——词与散曲；于散文中，不仅包罗着古文与骈文等等，也还要包罗着被骂

① 陈钟凡：《中国文学批评史》，中华书局1927年版，第5—6页。

② 胡云翼：《新著中国文学史》，北新书局1947年版，"自序"第3、5页。

为野狐禅等等的政论文学、策士文学与新闻文学之类；更重要的是，于诗歌、散文二大文体之外更要包罗着文学中最崇高的三大成就——戏剧、小说与‘变文’（即后来之弹词、宝卷）。这几种文体，在中国文坛的遭际，最为不幸。他们被压伏在正统派的作品之下，久不为人所重视；甚至为人所忘记，所蔑视。直到了最近数十年来方才有人在谈着。我们现在是要给他们以历来所未有的重视与详细的讲述的了！”①

刘经庵直接标榜自己的著述为“纯文学史”，试图去杂存精，在《中国纯文学史纲》中说：“本编有鉴于近今一般《中国文学史》的内容不是失于驳杂，便是失于简略。驳杂者，将文学的范畴扩大，侵入了哲学、经学和史学等的领域；简略者，对于文学的代表作品，不惟少有引证，即著名的文学家亦语焉不详。本编所注重的是中国的纯文学，除诗歌、词、曲及小说外，其他概付阙如。辞赋，除了汉朝及六朝的几篇，有文学价值者很少；至于散文——所谓古文——有传统的载道的思想，多失去文学的真面目，故均略而不论。——并注重历代文学家的生平及其代表作品，务期读者用较经济的时间，能明了中国纯文学的内幕，及其历代演进的线索。”②

新时期以来，《上海文论》杂志“重写文学史”专栏引起的一系列重写文学史的讨论，力图回归到久违了的纯文学的本位，重新撰写中国文学史，掀起了文学史重新写作的高潮。其中“国民性”和“纯文学”是讨论的两个关键词，这两个关键词都是在“五四”文学观念影响下的重新发现，如果说“国民性”更多的是侧重于思想内容的话，那么“纯文学”则是侧重于文学形式的。试图摆脱长期以来政治、阶级等外部因素对于文学的规定性，为文学研究史写作范式回归文学寻求合理合法的依据。

肇启于20世纪80年代的“重写文学史”，在文学观念更新的形势下不断探索。在成功摆脱一元化政治意识形态的藩篱之后，开启了文学史研究与书

① 郑振铎：《插图本中国文学史》，团结出版社2013年版，“绪论”第6页。
② 刘经庵：《中国纯文学史纲》，北平著者书店1935年版，“编者例言”第1页。

写的新局面。游国恩 1985 年主编的《中国文学史》作为高等学校中文专业通用的教材，影响非常大，秉持的就是纯文学观，当然，对于西方纯文学观有一定突破，在他看来："诗歌、辞赋、词曲、戏剧、小说应该算文学，应该在文学史上叙述，这是大家公认的，没有问题。但所要讨论的是先秦时代的诸子散文和历史散文要不要讲呢？我的答复是肯定的。一般说来，先秦诸子的著作都是有关哲学、政治的理论文，应该归入哲学范围。但那些理论文特别是庄子、孟子、荀子、韩非子诸家的散文都是各有其特点的。他们的著作中，有很大一部分都不是干巴巴的只有概念式的推理或说教的哲学论文和政治论文，而是极为生动、富有形象性的优秀的散文。……我们不能因为先秦诸子的散文其目的在于说理，就抹杀它们的艺术性，就不承认它们有文学价值。……像《左传》这样的历史散文也是不能不讲的。理由也还是一样。它不仅仅是历史事实的记录，而且是丰富多彩的文学作品，因为它的作者不但记载事实，还要描写事实，在我国历史上开始出现给历史叙述涂上了浓厚的文学的色彩。"①袁行霈主编的《中国文学史》是教育部认定的"面向 21 世纪课程教材"，亦主张纯文学观，他认为："把文学当成文学来研究，文学史著作应立足于文学本位，重视文学之所以成为文学并具有艺术感染力的特点及其审美价值。"②这一说法，就大体框定了所著《中国文学史》的研究对象。

新时期以来的中国纯文学史写作的讨论和实践，促进了文学观念的变革，启发人们回归到文学本身去总结文学的规律和历史，无疑这是具有重要意义的。然而，由于刚刚摆脱"文学为政治服务"的桎梏，情急之下斩断了文学外部研究的要素，从一个极端走向了另一个极端，加上纯文学理论本身的偏颇和贫乏，引入到中国文学史写作中不免捉襟见肘。20 世纪 80 年代的"重写文学史"运动，表现出来的革新愿望与最后的实际收效还是有出入的，用纯文学观

---

① 游国恩：《关于编写文学史的几点意见》，载许建平编：《二十世纪中国文学史论文精粹·文学史方法论卷》，河北教育出版社 2001 年版，第 200 页。

② 袁行霈主编：《中国文学史》第 1 卷，高等教育出版社 2014 年版，第 4 页。

念去描绘中国文学历史整体性风貌，这显然与中国文学发展史的事实真相存在一定的距离。

（三）

重纳非虚构文学。20世纪末，在反思基础上，倡导以“大文学”观念再来“重写文学史”，认为将非虚构文学作品纳入才能真正展现中国文学的原貌。

“大文学史”这一概念是舶来品，20世纪初日本学者的中国文学史著述中就使用了这个概念，1918年底谢无量出版《中国大文学史》，书名中再次用到“大文学史”。20世纪末期以来，不少学者试图回归到“大文学观”，来开拓文学史研究的新路子，试图在传统基础上建立一种新的“大文学史观”，经过近20年来的写作实践和理论总结，“大文学史观”已经作出了新的探索，并有了颇为可观的研究实绩。学术界创造性地运用“大文学史观”考察与总结中国古代文学史，推出了很有分量的著作，相继出版了《先秦大文学史》[①]《两汉大文学史》[②]《魏晋南北朝大文学史》[③]等古代文学史著作。在中国现当代文学史领域，涌现了很多推陈创新之作，不少著作直接以“大文学史”冠名来写作的民国文学史、沦陷区文学史、抗战文学史、敌后方文学史等问世，比如：《大文学评论1》[④]《大文学评论2》[⑤]《大文学评论3》[⑥]《大文学评论4》[⑦]《文史对话与大文学史观》[⑧]《大后方文学史》[⑨]等。

秉持“大文学史”观，为非虚构文学重返文学领地提供了契机。有学者指

① 赵明主编：《先秦大文学史》，吉林大学出版社1993年版。
② 赵明、杨树增、曲德来主编：《两汉大文学史》，吉林大学出版社1998年版。
③ 刘怀荣、张新科、冷卫国主编：《魏晋南北朝大文学史》，高等教育出版社2019年版。
④ 李怡主编：《大文学评论1》，花城出版社2015年版。
⑤ 李怡主编：《大文学评论2》，花城出版社2020年版。
⑥ 李怡主编：《大文学评论3》，巴蜀书社2021年版。
⑦ 李怡主编：《大文学评论4》，巴蜀书社2021年版。
⑧ 李怡：《文史对话与大文学史观》，花城出版社2019年版。
⑨ 吴野、文天行主编：《大后方文学史》，四川教育出版社1993年版。

出:20 世纪 40 年代文学在战时中国充满转折与流动的历史语境中,呈现出丰富驳杂的文学史面貌,在“大文学史”的研究视野之下,钱理群的研究以“历史交接期”与“多元化格局”的整体判断确立了 40 年代文学的总体构造以“战时知识分子的精神史”作为问题意识的核心,考察知识分子在转折时代的选择问题。① 钱理群等主编的《中国近代文学编年史:以文学广告为中心 1872—1914》②《中国现代文学编年史:以文学广告为中心 1915—1927》③《中国现代文学编年史:以文学广告为中心 1937—1949》④这套文学史三大卷,可谓视角独特,观念新颖,就像有的学者评述的那样:“特别是选取‘文学广告’为切入点,在文学生产与流通的过程中,纵横展开现代文学与时代政治、经济、思想、文化、教育、学术的多重关联,充分体现了近 30 年来中国现代文学学科转型带来的变化及活力,也将一种‘大文学史’的学术构想落到实处。”⑤李怡认为,战争时期的中国现代文学一般被置于“救亡压倒启蒙”的历史背景中加以叙述,并一度夸大了其中文学发展的种种不足,这都反映了我们对于“战争”本身的简单认识。要深入细致地梳理这些文学现象,就有必要在更为复杂的文化逻辑中予以辨析。战争虽然摧毁了已有的文化出版业,但却借由迁徙开拓出新的空间,文学精神也因战争的洗礼而获得新的品格;战争时期形成了中国文学的多重时空内涵,并开拓和深化了一系列文学固有的主题,战争时期的文学生态丰富而复杂,它不是简化恰恰是加强了中国作家精神世界的多样性。⑥

---

① 路杨:《玄黄时代的“大文学史”视野——钱理群 20 世纪 40 年代文学研究的方法与启示》,《汉语言文学研究》2019 年第 1 期。

② 袁进主编:《中国近代文学编年史:以文学广告为中心 1872—1914》,北京大学出版社 2013 年版。

③ 钱理群主编:《中国现代文学编年史:以文学广告为中心 1915—1927》,北京大学出版社 2013 年版。

④ 陈子善主编:《中国现代文学编年史:以文学广告为中心 1937—1949》,北京大学出版社 2013 年版。

⑤ 姜涛:《“大文学史”与历史分析视野的内在化》,《文学评论》2013 年第 6 期。

⑥ 李怡:《战时复杂生态与中国现代文学的成熟——现代大文学史观之一》,《北京师范大学学报(社会科学版)》2014 年第 3 期。

“大文学史”观念具有了方法论的意义。中国学者关于“失语症”的提出，就是希望中国文论具有鲜活的色彩，要从边缘走向中心，就文学史而言，“大文学”观念对于再度去重写文学史来说，是写作范围的重大调整，更是一种中国文论复活的策略和路径。对于一些作家作品，也只有从“大文学史”的视域中去考察，才能发现其被遮蔽了的价值意义。巴金在晚年所作的《随想录》中，提倡“说真话”“无技巧”“写作是为着同敌人战斗”等，被认为正体现了巴金自觉的“大文学”追求，李怡等学者认为：“只有运用大文学视野，我们才能读懂晚年巴金在《随想录》中倡导的‘真’的含义，‘无技巧’的选择，以及‘为了人生’的本质，才能看到《随想录》对于巴金研究和对于中国文学的意义。‘杂文学—大文学’是一种融历史记叙、个人见闻、思想笔记于一体的自由书写，是通过文学完成的对历史的记录和审判，作家有自觉的文献意识，以及对文学‘为了人生’原则的捍卫。这样的‘大文学’书写在中国现当代文学史上并不少见，而对‘大文学’的认可和发现，将有助于我们重新审视整个中国现当代文学，发现曾经被我们遮蔽的意义。”①有学者认为，《吴宓日记》《吴宓日记续编》这种文体不属于文学范畴，李怡认为这些日记恰恰是切入到作家心灵深处的有效路径，具有非凡的文学意义，他说：“《吴宓日记》，尤其是《吴宓日记续编》的写作，恰恰生动地体现了‘大文学’意义上的‘文学’追求，属于现代中国文学中的尚未引起足够重视的文类，而且就是在这样特别的文类写作中，现代中国知识分子的精神探求更为丰富和微妙的部分，获得了独特的呈现。”②也有学者撰文指出，将贾平凹放在时代的背景下研究，与“大文学史”联系起来，更能展现其文学意义：“自20世纪70年代初初入文坛，迄今已逾四十年，贾平凹属为数不多的与中国当代文学共同成长的作家。其风格之流变，

---

① 李怡、张雨童：《大文学视野下的巴金——重读〈随想录〉》，《西北师大学报（社会科学版）》2016年第1期。

② 李怡：《大文学视野下的〈吴宓日记〉》，《文学评论》2015年第3期。

既属个人心性及审美偏好之自然选择，亦与时代文学之风云际会关联甚深。”[①]鲁迅研究、郭沫若研究尽管过去有了很多的成果，但是在这样的“大文学史”观念下，因为视角和方法新颖，而创见迭出。

关于“大文学史”也有不少反思。早期文学史写作中所说的“大文学史”，虽然材料翔实，内容丰富，但是因过于驳杂而不可取，时至今日仍然遭到质疑，在所难免。“大文学史”固然是文学史草创时期的回归，同时又要超越，关键点就是发掘出非虚构作品的文学意义，彰显出审美特征。杨义认为：“文学的历史存在，是以无序隐含着有序，以芜杂隐藏着潜流，维度多端，色彩斑斓，众声喧哗，一切都处在纷繁复杂的动态之中。必须以大文学观，才能总览文学纷纭复杂的历史的、审美的文化存在，深入其牵系着人心与文化的内在本质，展示其广阔丰饶的文化地图，揭示其错综纷繁的精神谱系。”[②]有学者对“大文学史”的观念进行了回顾，提出了中国文学史研究的观念一系列问题，包括：“文学史，就其本质意义上说，到底如何归属？是历史学还是文学？还是两者兼而有之？我们应该向历史学科学习什么？我们又该怎样避免过分依赖历史学？”“文学史研究是有限的还是无限的？文学史研究如何拓展时间与空间的维度？如何关注文学家的物质生存环境、文学史的不同层次？另外，文学史研究如何更好地借鉴文化史研究的最新成果，包括宗教的、哲学的、社会学的研究成果？如何规避综合研究的风险与弊端？”“当文学史研究工作者厌倦了为其他学科打工的时候，是否该考虑回到自己的传统？回到自己的经典？”[③]其实，这里提出的核心问题，就是如何明确跨越传统的纯文学疆域的问题，防止出现将文学脱离社会现实进行研究的新思路。

---

① 杨辉：《贾平凹与“大文学史”》，《文艺争鸣》2017年第6期。

② 杨义：《以大文学观重开中国现代文学史写作的新局》，《湖北大学学报（哲学社会科学版）》2013年第3期。

③ 刘跃进：《文学史研究的多种可能性——“新世纪十年”论坛致辞》，《文学遗产》2011年第5期。

五

非虚构与中国文学作品论。

文学理论能够有效地解读作品，才能走出灰色地带，生命之树才能常青。关于中国非虚构文学作品研究，除了文学理论背景的学者外，还有不少学者来自中国古代文学、中国现当代文学、外国文学等不同阵营。众多学者在对于作品的解读中所彰显的文学观念，形成了众声喧哗之势。

（一）

依据中国传统的史传性特点阐释作品。

有学者从与历史事实互证出发，解析中国古代文学作品的基本特征。史传文学又称历史文学，就是兼具史学和文学两种属性的历史记载。李少雍认为："论文学而及史传，说明在刘勰心目中，文与史关系密切，两者是相通或相包容的。在《史传篇》里，著者不仅论列了《尚书》《春秋》《左传》《战国策》等古史及《史记》《汉书》《三国志》等史家杰作，而且对于陆贾的《楚汉春秋》，袁山松、张莹、薛莹、谢沈、司马彪、华峤的'后汉纪传'，鱼豢、孙盛、虞溥、张勃的'魏代三雄纪传'，陆机、王韶之、干宝、邓架的'晋代之书'等，都有所评述。当时的一切史籍，无疑都已被他纳入'文心'之内加以思考。"①运用大量事实根据雄辩地说明，史传结合是中国文学的传统。

史传文学的经典之作当推《史记》，鲁迅曾经作出了"史家之绝唱，无韵之离骚"的高度评价，而从非虚构传统来阐释《史记》的经典性，是一个需要继续深化的课题。沿着司马迁的视野，就会清晰地看到《史记》文学研究的基本思路，在张新科看来："借用司马迁当年创作《史记》时的话来说，首先是要'通古今之变'，以'通'的观念进行《史记》文学资料的整理和研究，古今打通，中外

---

① 李少雍：《中国古代的文史关系——史传文学概论》，《文学遗产》1996 年第 2 期。

打通;其次要‘成一家之言’,通过系统的整理,进行理论的升华,提出问题,解决问题,体现研究者的独特思想。”①并且,《史记》这一亦文亦史在中国不是一种孤立的现象,在后代作家作品那里得以传承和显现,即“汉魏六朝时期的史传和各种形式的杂传以及志人小说大都学习《史记》的写人方法,有些咏史诗创作也从《史记》中取材。评论方面,扬雄、桓谭、班氏父子、王充、葛洪、范晔、刘勰等人都对《史记》有所评论。既有史学的,也有文学的,也有综合性的”。②

古代史传文学的“文学性”如何体现出来,从中国小说理论中找到了答案。运用“以文运事”的理论来阐释古代小说,在结构上深受史学体例的影响。有学者提出:“中国古代小说叙事也多向史学叙事看齐,在故事结构上或采用以正史为线索、囊括野史杂记和民间传闻而形成的带有补史性质的讲史平话、历朝演义和笔记小说;或仿照史书的体例,以编年记史,以纪传写人,以纪事录事;纵然是《西游记》这样的神魔小说,也依然以纪传的形式‘录述’了唐三藏法师的身世渊源;乃至章回小说的开场诗和结场诗,如《聊斋志异》中的‘异史氏曰’等,都明显受到了《史记》中的‘太史公曰’的影响。”③其次,在古代小说的修辞叙事方面,要看到从道义到演义,史学修辞叙事与小说修辞叙事是有联系和相近的方面,这两者的修辞目的都是为了加强对人的伦理教育,但是更为重要的是要看到其中的区别:“演义小说中的修辞叙事采用了更加形象化和通俗化的方式潜移默化地影响人们去遵循忠孝礼义等礼节。”与此同时,“还需要意识到史学修辞叙事中的‘文以载道’功用、重史重实的传统以及叙事结构、叙述时间等方面的特质对中国古代小说‘以文运事’的制约”。④

① 张新科:《〈史记〉文学研究资料整理刍议》,《兰州大学学报(社会科学版)》2014 年第 4 期。

② 张新科:《〈史记〉文学研究资料整理刍议》,《兰州大学学报(社会科学版)》2014 年第 4 期。

③ 胡亚敏、刘知萌:《史学修辞叙事与小说修辞叙事——中国古代小说叙事修辞目的的史学渊源》,《湖南社会科学》2013 年第 3 期。

④ 胡亚敏、刘知萌:《史学修辞叙事与小说修辞叙事——中国古代小说叙事修辞目的的史学渊源》,《湖南社会科学》2013 年第 3 期。

另有学者从“论诗及事”来赏析古代诗词。首先，从价值意义说，现代以来“在阐释古诗时越来越偏爱或刻意突出审美性、理论性，或侧重古诗自身结构的内部分析，这就造成忽视古诗历史语境的去历史化理论分析倾向”，“造成很多鉴赏式的‘误读’”。[①] 古人倡导“论诗及事”有纠偏作用。值得注意的是，这里所说的“事”定位在非虚构或者说历史性层面上。其次，在内容来说，“‘论诗及事’诗话是见证者对自身遭遇的当下史记录”，“借助对细节的追忆，以引起人们对事件背后所隐藏历史事实的思考，有很强的‘非虚构’书写倾向”，“古诗创作者感于哀乐，缘事而发，而灵感的触发又有其特定的场域，通过具体作品进入古诗生产时的文学场，从而进入古诗产生时的历史时空，‘论诗及事’诗话能够为读者提供由其自身所在时空进入另一历史时空的便利”。[②]

（二）

比照西方理论和作品来阐释中国非虚构文学作品。

不少学者认为，非虚构本身就是舶来品，参照国外的理论方法来评价理所当然。有学者就这样认为：“‘非虚构’是一个外来的写作概念。20 世纪 60 年代，美国在经济、科技、政治和文化等社会各层面发生了一系列变革。古巴导弹危机、肯尼迪遇刺、越南战争、马丁 · 路德 · 金遇刺身亡、人类登月成功、水门事件等影响深远的政治和社会事件此起彼伏。过去认为只能在虚构和想象中发生的事，都真实地发生在现实中，颠覆了人们既有的认知，一时真假难辨。社会的动荡不安极大改变了人们的思想意识和价值观念，美国社会充斥着怀疑、惊奇、愤怒乃至对世界末日的恐惧等各种情绪。在这一背景下，传统的文

---

① 魏宏远：《非虚构性及历史性：“论诗及事”诗话的叙事考察》，《南京师大学报（社会科学版）》2017 年第 5 期。

② 魏宏远：《非虚构性及历史性：“论诗及事”诗话的叙事考察》，《南京师大学报（社会科学版）》2017 年第 5 期。

学样式小说和新闻报道两个领域不约而同地产生着相应的变革。”而同时又提醒人们需要注意的是：“国外非虚构文学的译介传播会影响本土非虚构文学乃至文学、文化的发展。非虚构文学的译介呈上涨趋势，有必要展开相应的译介研究，确保其翻译实践和理论研究健康发展，认识非虚构文学译介的一般规律，避免消极影响，强化积极影响。”①也有学者主张，通过比较美国“文学性新闻”同报告文学以及中文语境下的非虚构写作之间关于叙事手法间的异同，来重新认识报告文学，同时也重新认识非虚构写作及其渊源。②

解读作品最为重要的，是批评标准的确立，非虚构文学的批评的核心问题，就在于如何理解“真实”。有学者认为，以人类现有技术的发展态势来看，几乎可以颠覆人们对于真实的所有感知方式，“正是在这个意义上，非虚构写作对于真实的建构，才会不断地延伸到其他人文领域，成为大家共同关注的目标”，而“文学中的非虚构写作就不同了。它是一种充满了个人化、具象化和情感化的创作，不需要遵从严谨、科学和客观的写作规则，创作主体对事实的甄选和调配是多方位、多焦点、无处不在的，而且作者的主观情感全程参与对所有事实的过滤，甚至其情感参与的强度要远高于理性辨析。这既是文学属性使然，也是非虚构写作的特殊魅力所在”。③ 的确，对于“真实”的认知在不断变革，为非虚构文学的解读提供了新的参照。

西方叙事学、元小说理论，拓展了对于虚构与真实相互关系的认识。“非虚构小说”从命名上颠覆了小说的虚构本质，但在叙事模式上却呈现出典型虚构小说的文体特点。围绕这种跨界式的写作，学界一直争议不断，其中的核心问题在于非虚构小说如何以叙事的“虚构性”表达其主张的“真实”。“对非虚构小说而言，‘真实’是立足于客观真实基础的艺术真实。它不仅包括了叙

---

① 赵国月：《美国非虚构文学在中国的译介研究——以“国家图书奖”和“普利策文学奖”作品译介为例》，《中国翻译》2018 年第 3 期。

② 武晓慧：《中美“文学性新闻”文体特征及叙事手法对比研究》，北京外国语大学 2018 年硕士学位论文。

③ 洪治纲：《非虚构写作中的事实与观念》，《探索与争鸣》2021 年第 8 期。

述真实、情感真实、历史真实等多个维度,也是一种将不同历史背景下的社会、思想、经济、政治等因素纳入考量叙事真实与否的辩证思维方式。”①从可靠叙述到不可靠叙述,是一种巨大的转折。谭光辉从文学形式变革的角度提出:“由于元小说把注意力从故事层引向了叙述层,所以也就把我们对小说理解的意向性从情节中的故事引向情节本身的来源,它是小说内部认知转向的结果。”②中国当代作家阎连科认为:“元小说是关于小说的小说,关于叙述的小说叙述。——关于小说中,真正的虚构之呈现。换句通俗的话讲,就是让读者,走进作家的家里,看他的住房、起居、生活方式和那个把自己‘还原’为‘作家的人’的作家——作家在故事中向读者展示自己构思、写作的过程;向读者展示读者阅读的过程。并以此抵抗传统现实主义已成的习规,消解某种‘真实’的产生和产生的方式,揭示了现实主义规矩的虚假性与虚伪性。”③

的确如此,西方元小说理论对于虚构解构,被西方称为是阐释非虚构文学的一种理论资源,威廉·加斯、帕特里夏·沃芙、琳达·哈琴等人的元小说理论,极大地启发了中国学者的批评思路,有学者认为:“西方元小说传统激发了中国当代小说的元小说实验,推动了当代小说叙事观念的变革和小说艺术创新。同时,当代文学中的元小说叙事探索进一步瓦解了我国传统现实主义文学长期以来坚持的‘真实观’,彰显了当代小说对启蒙现代性的超越和对审美现代性批判价值的张扬。”④借用这一理论视角,中国学者很容易发现中国现当代作家的创作,颠覆了过去关于虚构与现实的关系的认识,揭示出当代作家作品的创造性。

与元小说理论输入一致的,还有西方非虚构文学作品评价的影响。纳博

---

① 周宁:《非虚构小说不可靠叙述探论》,《当代文坛》2019 年第 4 期。

② 谭光辉:《元小说的类型及小说的认知自觉》,《学术论坛》2016 年第 4 期。

③ 阎连科:《20 世纪文学写作:元小说——还原了写作与阅读的写作与阅读》,《扬子江评论》2017 年第 3 期。

④ 石冠辉:《元小说与中国当代小说发展》,《社会科学家》2015 年第 11 期。

科夫的《塞巴斯蒂安·奈特的真实生活》、库切的《慢人》、约瑟夫·康拉德的《在西方的眼睛下》、舍伍德·安德森的《林中之死》、约翰·福尔斯的《法国中尉的女人》、查尔斯·约翰逊的《中途》、萨尔曼·拉什迪的《午夜之子》、卡尔维诺的《寒冬夜行人》、罗伯特·库弗的《门》等元小说作品，被大量译介到中国，成为解读中国现当代非虚构文学作品特点的参照。当然，更为重要的参照，还有卡波特的《冷血》，以及诺贝尔文学奖得主阿列克谢耶维奇等作家的文学作品。

中国非虚构文学在当代的兴起，往往与卡波特的《冷血》联系起来考察，找出二者的渊源关系。国内学界借用西方叙事学、元小说理论或与西方《冷血》等非虚构作品比较，解读中国当代文坛非虚构现象，解读《中国在梁庄》《瞻对》等非虚构作品。关于中国非虚构作品的写作技巧，比如注重体验性、在场性、对话性以及材料的原始性等，与阿列克谢耶维奇、卡波特、昆德拉的创作联系起来进行阐释。在胡铁生看来，《酒国》是莫言借鉴西方文学元小说观念创作出来的作品，认为："莫言自己对元小说创作艺术的再创造，为中国当代语境下作家的个性化发展发挥了表率作用。莫言获奖的事实表明，作家善于吸收域外文学的最新成果，勇于在域外文学所形成的范式基础上进行创新。"①还有学者以孙甘露为例进行分析，认为："孙甘露在揭示传统小说虚构性的同时，想表明真实的现实更为复杂这一理念。……我们能在孙甘露创造出的敞开的虚构世界中，找到认识、创作小说的新角度。同时，通过不同于传统小说的多层次空间，我们能更好地认识、理解现实世界。在孙甘露的小说中，虚构世界恰恰成为通往现实的方法、角度，这是孙甘露小说的最大价值所在。"②还有学者以韩少功的《马桥词典》作为个案文本，来分析阐释作者

① 胡铁生、蒋帅：《莫言对域外元小说的接受与创新——以〈酒国〉为例》，《当代作家评论》2014 年第 4 期。

② 刘贵：《无限敞开的虚构世界——论孙甘露小说的元小说特点》，《延安职业技术学院学报》2017 年第 3 期。

如何探索集体传记文学的书写问题，认为："词典本身在解惑上是具有权威性的。韩少功却以小说为题材，以字典的形式来嘲讽字典的权威性或确切性。对他来说，只有小说或者更确切地说元小说才能表征传记中的虚构性。……自解其写作之谜，如实道出这部集体传记文学的'真实性'，可谓传记文学必须遵守的根本原则。它为继续研究传记文学事实理论和虚构原理提供了资源，同时，作为集体传记文学的元小说，《马桥字典》展示了中国文学的世界因素。"①有学者认为，叶兆言小说是通过"留白"艺术和"元小说"叙事进入历史，呈现出新的形态，指出："叶兆言小说颠覆了普通读者寻常小说观念。'反高潮'的情节处理，构成了叶兆言小说的召唤性……看上去似乎是很平易的小说，却是有着独特的创造：这种'元小说'的写法让读者运用生命体验和对历史现实的认识，参与到小说的创造中来。"②有学者认为，邓一光《深圳河有没有鱼》对遭污染的深圳河与昔日"大逃港"历史的反思以复调的对话形式进行，元小说的技法纯熟，写实见于虚构，打破了两者之间的藩篱。③ 有学者认为："经由对木心小说《空房》中元小说因素的分析可知，《空房》具备元小说人物的不确定性、周遭环境的模糊性等虚构性因素以及作者露迹、碎片化创作等暴露小说虚构性的创作技巧。"④

有的学者还将西方这种理论运用到中国古代文学阐释中去，重新勘测了虚构、非虚构的意义界定。刘俐俐认为："《游仙窟》的表演性，即是让读者意识到叙述者的存在，叙述者有特定的叙述姿态和叙述过程。提醒读者将虚构世界与现实世界相互穿插，感觉到叙述者和自己（观众/读者）对话、交流的现

① 孔英：《〈马桥词典〉：关于集体传记的元小说》，《文艺研究》2011年第8期。

② 郭名华：《通过"留白"艺术和"元小说"叙事进入历史——叶兆言小说形态论》，《中华文化论坛》2015年第4期。

③ 黎活仁：《打破写实与虚构藩篱的元小说——邓一光〈深圳河有没有鱼〉的分析》，《名作欣赏》2017年第31期。

④ 陈亚境：《试析木心〈空房〉中的元小说因素》，《华中师范大学研究生学报》2015年第1期。

场感，提示读者意识到小说是在‘假装’。读者处于这样的情境，即为‘虚构与真实的悖论性艺术情境’，只不过在《游仙窟》中是借助于表演性而达致。可以认为，唐人并不顺着单一虚构特性理解小说，而是注重现实与小说虚构之间相互交叉的艺术情境，他们这样理解小说，业已具有当代人所说的‘元小说’的观念。”①有学者发现：“先唐文体中有意虚构故事的是赋体……汉大赋对自身虚构性的自我指涉、戏仿手法的运用、双重审美快感的发生等方面，对后世小说影响深远。如果在古代小说史中丢了这一环，那么，就无法理解后世小说中何以会有一僧一道一术士等超情节人物，何以会有太虚幻境、海外奇国等超现实审美空间，作者何以会在小说最后将叙述意图和盘托出。因此，古代小说的演进，除了要关注其作为稗官者流记载的‘街谈巷语，道听途说’，而具有的‘丛残小语’‘粗陈梗概’等特征外，更要注意其受赋家者流影响的‘凭虚构象’‘曲终奏雅’等特征。可以说，稗体与赋体在汉代同一时空共存并进，共同构成后世小说的源头活水，二者缺一不可。”②在《红楼梦》第三十九回，曹雪芹借刘姥姥之口讲述了两个故事，即“雪下抽柴”与“观音送子”，宝玉对前者感兴趣，而贾母、王夫人被后者所感动。有学者通过这两个故事的讲述和听者的反应比较，指出：“曹雪芹用‘所见所闻’、‘搜寻些话’、‘想’、‘顺口胡诌’以及‘编’等词语，结合具体的语境，向我们昭示了小说创作、劝惩故事以及信口扯淡的关系”，并认为“曹雪芹是伟大的小说家，也有自己‘精辟’而‘创新’的理论见解。只是我们后人，囿于所见，而没有看到其理论上的‘国际地位’”。③ 通过作者、读者的关系的解析，意欲表达的是，元小说理论在曹雪芹那里就通过作品表现了出来。

在作品影响背后，更为深层的是机制影响。非虚构写作的叙事有自己的

① 刘俐俐：《从展示性与表演性看唐传奇的小说艺术观念——以张鷟〈游仙窟〉为中心》，《南开学报（哲学社会科学版）》2013 年第 5 期。

② 杨朝蕾：《汉大赋中的“元小说”质素论略》，《中国文学研究》2019 年第 2 期。

③ 王光福：《小说的作者、读者与元小说等——由刘姥姥讲故事看曹雪芹的小说理论》，《红楼梦学刊》2012 年第 3 期。

特点，要让这样的作品获得更高的声望和更大的影响，其中就有评奖机制的问题，美国的普利策奖对于推动非虚构文学精品的问世产生了强有力的推动作用。有学者认为："普利策特稿写作奖将'高度的文学性和创造性'作为评奖标准，故一直被人们视为实力派记者的标志"，在这样一种机制的影响下，"其获奖作品的叙事策略已经发展得十分丰富且成熟"。[①] 这对我国非虚构文学评价具有重要启示意义，我国非虚构写作要实现良性发展，充分发挥其文体特有的优势，不少学者认为从美国非虚构的经典作品中不断吸取有益的叙事策略十分必要，认为可以将非虚构写作纳入国内文学奖的评选范围，并将之作为评奖的根据。

（三）

反对以西释中。

有学者认为，中西在传统文化根基和当代文化背景等方面存在根本性差异，因此非虚构文学作品不可一概而论，隔岸观火、隔靴搔痒是不得要领的。

从内容上看，非虚构文学作品表现的是一个民族的秘史，借助他者的眼光无法领略其中的深邃。报告文学研究专家尹均生比较了中国的"纪实小说"和美国的"非虚构小说"，认为两者在"词义涵盖和内容的认知上有很大的差异"，表现的是不同的文化，具体以非虚构文学精品《瞻对》为例，认为："《瞻对》这部作品真实地报告了这个民族地区 200 年来，从蒙昧到文明的发展，从乱到治的过程，从民族对立到民族和谐的历程。"[②]如果运用西方非虚构理论来评价，则不得要领。贺绍俊也认为，《瞻对》表现的是民族的东西，国外的作品是无法比拟的："阿来的叙述是地道的非虚构叙述，而且证明非虚构叙述同样可以写得引人入胜"，"这也说明纪实文学的文学性是多方面的，但就是与

---

① 李薇、季水河：《普利策新闻特稿奖作品对我国新闻特稿叙事策略的启示》，《东岳论丛》2015 年第 10 期。

② 尹均生：《中国报告文学不是美国的"非虚构"写作》，《中华文化论坛》2015 年第 1 期。

虚构无关。最后，要说的是，叙述最终是为思想服务的。纪实文学的灵魂还在作家的思想。一部书写历史的纪实作品，重要的还不在于重现历史，而在于重新认识历史”。①

乡土表现是非虚构文学的重要阵地，在陈晓明看来：“乡愁是铭记历史的精神蕴藉。中国当代文学以乡土叙事为主导，广泛而深远地表现了20世纪中国乡村社会发展的深刻变动。莫言、贾平凹、陈忠实、张炜、铁凝、王安忆、刘震云、阿来等作家，或者以乡土叙事为主导，或者以不同的方式书写乡村，使20世纪中国社会的深刻变革、进步与转折留下了深挚的历史记忆。”②意在说明，乡愁与社会变革的关联，因此运用国外的理论是无法敞开乡土文学的价值意义的。外国作家即使同是在中国生活和写作，但是因为不同的文化传统影响，也会导致非虚构写作理念的差异，其作品的表现和对于中国的理解也不可同日而语。沈闪认为：“同是记录急速变动之中的乡土中国，《江城》更多的是细节经验或瞬间场景的‘显示’，《中国在梁庄》则更多的是写作主体饱含深情的‘讲述’。……《中国在梁庄》与《江城》，分别从内部和外部建构了两个不同的乡土中国图景。此后，梁鸿最终选择回归书斋、逃离故土；而彼得·海斯勒则反复强调江城是自己在中国的‘老家’，祈愿再次重返。”③也就是说，同样是在写乡土中国，但是在中西作家笔下，作品表现出来的归宿感是完全不同的，因此，作品评价不可同日而语。

追根溯源，就在于中西虽然都有非虚构作品，但是文学传统不一样，审美形式也不一样，因此也不可互释。中国的亚纪实，是在纪实的材料上进行部分的虚构描写，而西方的非虚构小说则在真实新闻事件中进行合乎情理的创作。亚纪实与非虚构小说两者的指向是一致的，那就是在真实与虚构之间完成一种过渡，通过叙述使读者自如地、真实地进入一个作家营构的世界中，但是中

① 贺绍俊：《〈瞻对〉：真正非虚构的叙述》，《文艺报》2014年3月28日。
② 陈晓明：《守望中国人的精神家园：文学里的乡愁》，《光明日报》2016年7月7日。
③ 沈闪：《从涪陵到梁庄：比较视野下的“非虚构”中国叙事》，《文学评论》2019年第4期。

西文体观念、叙事观念则是不同的,作品不能等量齐观。美国学者吴琦幸对此作了分析比较:“而这两种文体的不同主要来自于东西方文化传统的不同。亚纪实来自中国传统的史书的纪实结构,而非虚构小说则来自西方的新闻写作的方式,或在事实的基础上进行加工,夹进文学成分,或在小说的基础上秉笔直书,运用真实的笔法、用文学的技巧来进行写作。”①毕竟非虚构写作在国外已经取得了辉煌的成就,固然不可忽略,但是不能用国外的技法来替代传统的特色,有学者认为:“应该坚守中国报告文学的优良传统,进一步发挥中国报告文学的艺术特色,创造出具有中国特色,为广大人民喜爱的报告文学作品;同时也不拒绝吸收外国纪实性文学,包括美国的‘非虚构文学作品’和欧洲当代报告文学、新闻小说、纪实小说的有益经验。”但是,特别强调的是:“完全没有必要用美国的‘非虚构’来规范甚至取代中国的报告文学。”②

与此主张一致的是,探索用中国传统的理论话语来分析评价中国非虚构文学作品。有学者用中国传统艺术理论中的“散点透视”来研究中国非虚构文学作品,发现在“梁庄系列”作品里,作者梁鸿没有为具体的视域所限,而是借由群体视角和自身的主客位视角,将梁庄内外的个体生存状况细致无遗地展现出来,实现了对梁庄的散点透视。在此叙事策略下,众多人物、众多事件散而不乱,连缀成一个有机整体,在展开宏大社会画面的同时,共同构成众声喧哗的民间话语狂欢。③ 也有学者用孔子所说的“绘事后素”,来分析梁鸿系列非虚构作品的基本特点。④

第二节　海外研究

非虚构作为一个文论话语,本来就是西方学者提出来的,西方学者以此作

① 吴琦幸:《论亚纪实传统和非虚构小说》,《文艺理论研究》2010 年第 6 期。

② 尹均生:《中国报告文学不是美国的“非虚构”写作》,《中华文化论坛》2015 年第 1 期。

③ 邹建军、胡忠青:《“梁庄系列”中的“散点透视”》,《当代文坛》2019 年第 4 期。

④ 潘瑶菁:《绘事后素——“文学阅读与写作”的另类尝试》,《语文学习》2018 年第 7 期。

为中国文学和文论的基本特点，就是要将之与西方文学和文论区别开来。西方汉学界的中国文论研究，呈现出蓬勃的生机和活力，他们大都围绕虚构、非虚构问题展开，与西方文论体系有直接关系。王晓路所著《西方汉学界的中国文论研究》①一书，有非常详细、全面的梳理和评价，围绕着非虚构问题也有较为集中的讨论。对于西方汉学家非虚构诗学思想的解读，成为中国当今文论研究的学术热点。② 本节在这些研究成果基础上进行学术史梳理。海外学者的中国非虚构诗学研究，是在跨文化背景下进行的，中西比较是基本的思路和方法，本节将从中西文论关键词、哲学范式、思维方式、语言形式等几个方面的比较，来梳理海外的中国非虚构诗学研究。

一

中西文论关键词比较。

术语是学术研究的基础，一个意义明确的术语是学术研究特别是西方学术研究追求科学严谨十分强调的方面。关键词批评经雷蒙·威廉斯倡导，术语阐释作为一种重要的研究方法为西方学者所常用，汉学家在中国非虚构诗学研究中也广泛地运用，试图通过中西比较，来寻求跨文化的文学规律。

（一）

“非虚构”术语的缘起。“非虚构”即英语中的“nonfiction”，最初用来指称美国作家杜鲁门·卡波特（Truman Capote）1966 年创作的《冷血》（*In Cold*

① 参见王晓路：《西方汉学界的中国文论研究》，巴蜀书社 2003 年版。

② 参见王晓路：《论费维廉的中国文论观》，《湖南师范大学社会科学学报》2003 年第 5 期；陈小亮：《论海外中国非虚构诗学命题研究的源与流》，《暨南学报（哲学社会科学版）》2006 年第 1 期；沈一帆：《宇宙与诗学：宇文所安“非虚构传统”的形上解读》，《暨南学报（哲学社会科学版）》2012 年第 4 期；韩振华：《哲学翻译与汉学研究中的“语言学转向”》，《华东师范大学学报（哲学社会科学报版）》2016 年第 5 期；徐志啸：《美国学者中国古代诗学研究特点评析》，《古代文学理论研究》（第二十九辑）；张妍、史冬冬、孙莉、邱霞等人的博硕论文。

Blood)这部作品,也称为“新新闻体”(new journalism)。卡波特用“非虚构小说”这一概念来区别于以往的“虚构小说”。新闻记者出身的卡波特擅长新闻的报道与写作,而面对传统新闻报道的核心特征——客观真实,他则独具匠心地开创了另一条道路,在保持新闻报道的严肃与真实的同时,将小说的艺术表达融入其中。卡波特创造的这种别具一格的文体,不仅在新闻界引起了广泛关注,文学界也注意到了其独特性,此后的一批作家和记者均深受其影响。尽管非虚构小说被正式命名是在 20 世纪 60 年代,但早在 19 世纪后半叶,法国自然主义学派就强调在文学创作中引入科学的方法,在文学再现中追求绝对的真实和精确的还原,著名自然主义作家左拉正是其中的代表人物。后世的现实主义写作手法正是受了这种创作的主张与写实的方法的极大影响。之后,美国作家菲利普·罗斯(Philip Milton Roth)提出了“事实与虚构混淆不清”的理论,成为非虚构小说的理论基础。① 而被后世誉为非虚构写作先驱之一的新闻记者汤姆·沃尔夫(Tom Wolfe)在 20 世纪 60 年代出版的三部报告文学中就可以看到非虚构小说的影子,他还出版了《新新闻报道》,从文学理论与创作实务上论述了非虚构小说的艺术特征,书中集结了琼·狄台翁、盖伊·萨森、诺曼·梅勒等人的相关作品,汤姆·沃尔夫指出:“当代严肃的纯文学的小说家们已经不再能够创作出伟大的作品,需要非虚构小说的作家来接替其位置。”并且,他将这些新新闻主义的作家的艺术方法概括为四点:首先,一个场景接一个场景的结构,以生动的形象反映事实;其次,以“第三者的观点”观察人物的思想感情,深入人物的内心世界,跟人物一道体验在现场的思想感情;再次,精辟的对话;最后,像巴尔扎克一样匠心独运的细节描写。②

“非虚构”通常被海外汉学家认为是中国传统文论的凸显特征,日本汉学

① Philip Roth,“Writing American Fiction”,in *Commentary*,Vol.31,No.3(1961),p.223.

② Tom W.,Johnson E.W.,“The New Journalism”,in *The New Journalism*,New York:Harper and Row,1973,pp.1-52.

家吉川幸次郎率先将之用来概括中国文学传统。他早在1966年发表于《中国文学论集》上的《中国文学史的一种理解》一文中就提出了“中国非虚构”问题，用来描述中国非虚构文学现象。认为与西洋文学以虚构发端不同，在中国以虚构、想象为特征的文学产生非常晚。《诗经》在内容上与西方的《荷马史诗》大不相同，《诗经》的素材来自日常生活，未出现大量英雄人物。最初的各国民谣，即十五《国风》，均以日常生活中的悲欢离合为中心，其中表现的大抵是对村女的赞美、因不见爱人而心生哀怨之类的恋歌和归家战士的喜悦之歌、非难好战的政治家之歌等等，均为大地之上平凡人的日常生活。在中国，想象的文学不太发达，取材于日常经验的诗、文，则作为文学的主流而得以繁荣兴旺。①

吉川幸次郎围绕“中国非虚构”这一概念进行了多维的阐释。首先，认为是民族性格的体现。中国人的现实性格首先体现在文学取材时，中国人认为“美”之物，只存在于现实世界中。而唯有能够在现实中通过感官实在地掌握的东西，才是实在的；而且还体现在文学的表现方式上，正如中国文学一向要求描写的明晰性，与日本文学差别甚大。其次，认为是表现的文体。主要是抒情诗和散文，认为以诗人自身的个人性质的经验（尤其是日常生活里的经验，或许也包括围绕在人们日常生活四周的自然界中的经验）为素材的抒情诗为其主流，以特异人物的特异生活为素材，从而必须从事虚构的叙事诗的传统在这个国家里是缺乏的；散文也是以叙述实在事件的历史散文或将身边的日常事情作为素材的随笔式的散文为中心而发展下来的。② 再次，认为是语言特点的显现。不同于素材取自日常经验，文学的语言却是“远离日常”的特殊语言。③ 最后，时间分期问题。直到文学革命，中国文学才实行了尊重虚构之

① ［日］吉川幸次郎：《一つの中国文学史》，载《中国文学論集》，新潮社1966年版，第5—20页。

② ［日］吉川幸次郎：《中国诗史》，章培恒、骆玉明等译，复旦大学出版社2001年版，第13—45页。

③ ［日］吉川幸次郎：《中国诗史》，章培恒、骆玉明等译，复旦大学出版社2001年版，第13—45页。

作，普遍使用口语这样的巨大变革，对中国诗歌“非虚构”传统的见解主要基于创作素材的日常性及抒情诗与叙事诗文类的区分，笼统地指代文学革命前的中国古代文学传统。① 除此之外，还分析了原因，即与作家的非职业化有关。② 中国古代知识分子有参与政治、哲学和文学创作三位一体的要求，“文章者，经国之大业，不朽之盛事”，因此，跟其他地域的任何文学相比，恐都更加细心周到地凝视着并非由于虚构的、人间的事实，更加精细地挖掘着日常事实所含有的意义。③

吉川幸次郎采用了比较的文学方法，从多角度来阐释其关于中国诗学非虚构传统的理解或设想，尽管他未深入、系统展开论证，但这样的言说方式使得海外汉学家们深受启发，进而深刻影响了“中国非虚构诗学”这一传统命题在西方汉学中的建构。其中最有影响力的代表人物便是美国汉学家宇文所安。宇文所安受吉川幸次郎的影响，通过中西文论对照对中国诗学“非虚构”这一概念的意义进行了系统阐释，加之中国妻子田晓菲及时翻译成为汉语出版，并常受邀到中国讲学、交流，因此，在中国学术界产生了巨大反响。

在《中国传统诗歌与诗学（世界的征象）》（*Traditional Chinese Poetry and Poetics*：*Omen of the World*）一书中，宇文所安提出，在中国文学传统中，诗歌通常被假设为非虚构的文体，即诗是一种历史经验的真实记录，和普通日记不同之处在于张力（intensity）和即时性（immediacy），相同之处就是它记录了真实的时间、地点和情境关系。④ 所以，在中国传统文学中，诗歌的伟大不在于它

---

① ［日］吉川幸次郎：《中国诗史》，章培恒、骆玉明等译，复旦大学出版社 2001 年版，第 13—45 页。

② ［日］吉川幸次郎：《一つの中国文学史》，载《中国文学論集》，新潮社 1966 年版，第 5—20 页。

③ ［日］吉川幸次郎：《中国诗史》，章培恒、骆玉明等译，复旦大学出版社 2001 年版，第 13—45 页。

④ Stephen Owen，*Traditional Chinese Poetry and Poetics*：*Omen of the World*，Madison Wis.：University of Wisconsin Press，1985，pp.78-107.

的创新，而在于它是诗人与此时此景的真实相遇，宇文所安把中国诗歌显著的经验性、字面性和历史性命名为“非虚构”（nonfiction）。[①] 亦即，非虚构在宇文所安的概念系统中被定义为是一种诗人内在经验的“透明”呈现。通过与西方文学的比较，宇文所安系统阐释了中国的“非虚构传统”这一术语含义的阐释向度。由此以论证中国诗学的“非虚构传统”与西方“想象的”“隐喻的”“创造的”“虚构”诗歌之间存在根本性差异。首先，从内容上看，中国文学是一种历史经验的真实记录，这种内在经验论与西方文学的虚构观念相比，显然是另外一个思路；其次，从技法来看，认为陆机的《文赋》和大多数传统中国文学理论在理论前提下与西方诗学的技法有明显差别，传统中国文论描述创作的“实现”过程，而非“制作者”和“制作物”的关系；最后，也没有西方文论那种对组成部分的分析。[②]

宇文所安被称为是“为唐诗而生”“把唐诗真正读懂了”的人，也令在中国出生且少年时代就出版过个人诗集《写在叶片上的诗》的妻子田晓菲十分崇拜。宇文所安的中国非虚构诗学研究的一大特色就是，不仅只是理论阐述、总结非虚构的内涵，影响更大的还是对中国文学作品的解读，彰显其深意。他选取杜甫与华兹华斯（William Wordsworth）两位诗人，分别以《旅夜书怀》和《在西敏寺桥上》两首诗进行比较和分析。《在西敏寺桥上》是华兹华斯在 1802 年 9 月 3 日黎明从西敏寺桥头所见来描写伦敦的，诗中包括了具体的时间、地点以及伦敦城的船舶、高塔、园屋顶、剧院、教堂等等。[③] 在宇文所安看来，诗人是否写出了他在特别时间与特别地点的所见无关紧要，对情景的关注和兴趣于诗歌而言不是本质性的，华兹华斯无论是看到，还是依稀记得，抑或在想

---

① Stephen Owen, *Traditional Chinese Poetry and Poetics: Omen of the World*, Madison Wis.: University of Wisconsin Press, 1985, pp.78–107.

② Stephen Owen, *Readings in Chinese Literary Thought*, Cambridge, MA: Harvard University Press, 1992, pp.73–182.

③ Stephen Owen, *Traditional Chinese Poetry and Poetics: Omen of the World*, Madison Wis.: University of Wisconsin Press, 1985, pp.78–107.

象中构造了这一情景都是无关紧要的，这首诗的词语并不以其非限定的特殊性指向历史的伦敦，而是将人们引向词语的言外之意，在这一意义中，泰晤士河上的船只数是完全无关大局的。[1] 这种文本之外的意义是隐约而细微的，永远无法企及。因此，在西方文学传统中，叙述背后总是存在一个最终的意义指向，这个意义指向既超越了具体的字面意义，又超越了具体的语境，具有普遍性。这个指向是西方文学的创作者及读者最终追求的目标，诗歌在其中起到了表征的作用，其本身仅作为抽象意义的临时表述者和象征物所存在。相比较而言，宇文所安认为，诗中景物的罗列表明了某种有意义的样式，这种样式与诗人当时的心理状态有一种自然而微妙的联系，正如诗句“细草微风岸”，这的确是诗人看到的景象，而诗人对于景象的描写止于现实世界，不再指向此外的抽象概念和意义，因而，杜甫的诗则兼具历史性和真实性。因此，当杜甫吟诵“星垂平野阔，月涌大江流”，感叹“飘飘何所似，天地一沙鸥”的时候，并非虚构而是对历史时间内的体验，对与世界遭遇、并作出解释和反应的人类意识所作出的独特的、事实性的描述。[2]

宇文所安对中国文学非虚构属性的阐释产生了巨大反响，随后林理彰、余宝琳、欧阳桢、费维廉、弗朗索瓦·于连、苏源熙等汉学家从不同层面阐述其内涵。

加拿大汉学家林理彰（Richard Lynn）在《新普林斯顿诗歌与诗学百科全书》中不是用的“中国非虚构”这样的概念，而是用了“中国诗学”这一概念，但是其内涵就是“非虚构”。他认为中国诗歌不是西方式的“模仿”，而是诗人与现实世界遭遇的经验的表达，他援引艾布拉姆斯对模仿的论述，认为“模仿”实质上作为仿效宇宙各个方面的技艺，而在中国诗歌理论中用它来描述作品

① Stephen Owen, *Traditional Chinese Poetry and Poetics: Omen of the World*, Madison Wis.: University of Wisconsin Press, 1985, pp.78-107.

② Stephen Owen, *Traditional Chinese Poetry and Poetics: Omen of the World*, Madison Wis.: University of Wisconsin Press, 1985, pp.78-107.

与宇宙之间的关系似乎并不恰当,因为中国的传统不像亚里士多德及其后来的继承者那样,主要把诗歌看作一种“制作”(making)的过程,而是将它看作一个“知”(knowing)与“行”(action)的过程,这样诗歌就不是模仿现实某一方面的客体,而成为表达诗人与现实相遇时体验的记录。①

美国汉学家余宝琳(Pauling Yu)则从中国诗歌中诗性情感机制入手,定义中国的非虚构诗学传统。她认为中国诗歌中的诗性情感是由与世界的接触所引发,并援引《文赋》中的“遵四时以叹逝,瞻万物而思纷;悲落叶于劲秋,喜柔条于芳春”,以及《文心雕龙·明诗》中的“人察七情,应物斯感,感物吟志,莫非自然”,《物色》篇中的“物色之动,心亦摇焉”来说明中国诗学的“刺激—反应”这一写作模式。② 余宝琳明确区分了中西方“浑然一体”与“间隔”两种不同的表达效果,着重强调了中国诗学中由“刺激—反应”写作模式带来的文学作品与具体现实的统一与融合。③ 间隔确立了生成的可能性、虚构性以及诗人对上帝创造行为的复制,而对于中国诗歌的读者来说,不仅不存在上帝,而且抒情和经验的自我也完全是一回事。④

法国汉学家弗朗索瓦·于连(Francois Jullien)从《文心雕龙》入手,强调中国“文”的观念与宇宙自然的关系。于连认为刘勰的讨论充分肯定了文学之文的具体性,但也很自觉地叙述了天文与人文先后生成的关系,并由此凸显出把文学作品与宇宙生成联系起来那种有效的互补性。通过强调中国的文与宇宙自然的关联,来凸显中国传统诗学的非虚构特征。

美国汉学家欧阳桢(Eugene Eoyang)则针对中西方文学传统提出了两种

---

① [加]林理彰:《中国诗学》,祝远德译,《东方丛刊》2004 年第 3 期。

② Pauline Yu,“Formal Distinctions in Chinese Literary Theory”, in *Theories of the Arts in China*, Susan Bush and Chiristian Murck(eds), Princeton University Press, 1985, pp.27-56.

③ Pauline Yu,“Formal Distinctions in Chinese Literary Theory”, in *Theories of the Arts in China*, Susan Bush and Chiristian Murck(eds), Princeton University Press, 1985, pp.27-56.

④ Pauline Yu, *The Reading of Imagery in the Chinese Poetic Tradition*, Princeton: Princeton University Pressm, 1987, pp.44-83.

并行的诗学假说，即对应诗学（a poetics of correspondence）和共鸣诗学（a poetics of resonance）：前者指西方的诗学传统，后者指中国的诗学传统。[①] 在第一种诗学里，诗歌证明一条真理是通过对具体细节做或寓言的、或象征的、或隐喻式的描述来实现的，诗中所描绘并保留下来的经验总是别有所指——可以是道德真理，可以是艺术的美，也可以是浪漫情愫；而中国诗歌无论在柏拉图的意义上还是在亚里士多德的意义上，都不是一种模仿，既不是对隔了两层的理念现实的模仿，也不是想象力的创造，而是对一个陈述时刻（an indictive moment）的记录和再现，是这一时刻在文字里的体现，因此，中国诗歌没有西方诗歌那样的超越，因而也就不能像西方诗歌那样在中国诗歌中寻求意义。[②]

另有汉学家们立足于中西方文学批评的差异性展开论述，美国当代汉学家费维廉（Craig Fisk）便是其中的代表人物。他认为在中国，表现的对象是某时某地的心境，以及这种心境与外部环境状态之间的联系，虚构性并不关注在实质上相类似的理性，尽管中国文学中存在着离奇、想象和拟人化的东西，但是批评家通常将文学作品理解为是个人的历史。[③]

还有的汉学家则质疑对于文化间差异的解释的合理性。苏源熙（Haun Saussy）是其中的代表。他在《中国美学问题》（*The Problem of A Chinese Aesthetic*）中提出，正是由于文化相对主义的诗学，使得西方汉学家们面对样貌丰富的中国文学，不约而同地给出了“非虚构”的界定，他们的主要目的是预设和论证中西文化及文学间存在的“根本差异性”。因而研究者通常给出的种种解释，并不具有普遍解释意义，大部分情况下，他们仅仅是重新命名了某一

---

① Eoyang E.C., *The Transparent Eye: Reflections on Translation, Chinese Literature, and Comparative Poetics*, Honoluu: University of Hawaii Press, 1993, pp.238-270.

② Eoyang E.C., *The Transparent Eye: Reflections on Translation, Chinese Literature, and Comparative Poetics*, Honoluu: University of Hawaii Press, 1993, pp.238-270.

③ Fisk C., "Literary Criticism", in *The Indiana Companion to Traditional Chinese Literature*, Nienhauser W.H.(eds.), Bloomington: Indiana University Press, 1986, pp.49-58.

差异性，便宣称自己寻找到了根本之别。抑或挑选出一种差异，因果倒置，将其作为普遍差异的解释成因。与此，苏源熙提出两点怀疑：其一，对于从哲学理念中寻求文学阐释的做法，其理由并不充足；其二，用以解释文化间差异的参照系值得怀疑。①

（二）

中国文论中相应的术语。将非虚构与中国诗学中“类”“比”“兴”“意象”“文”等术语比较，遵循西方关键词批评理论和方法，阐发中国非虚构诗学内涵。

宇文所安特别强调研究中国非虚构诗学术语的重要性。在《中国文学思想读本》中曾就术语问题进行了如下的深入探讨：“一种文学思想的传统在很多方式上是由一套词汇、一套术语组成，这些术语拥有自身的发展过程、复杂的涉及面、联想（resonance）和穿透力（force）。这些词汇并不构成一系列自动的意义载体，而是一种相互界定的系统的一部分。这一系统逐步发展起来并与人类其他领域的概念词汇相关。这些术语不仅以相互关系获得意义，而且每一术语都含载了在某一理论文本的前期得以使用的发展历程，每一术语的功效都由于与文学文本的某一现象的联结而不断得到加强；更有甚者，每一术语均拥有某种变化的自由度以及特有的再界定的可能性。”②宇文所安反复强调了术语在文学思想以及文学发展中的重要性，他告诫西方读者，一种术语绝不是可以用西方语言对应的简单的东西，因为简单化的处理所产生的结果，即对术语理解的差异和误读会产生对该文学思想的偏差和误读。③ 亦即，面对一个文学术语，不能仅从单一角度对其进行剖析，因为术语形成的过程本身极

---

① Saussy H., *The Problem of a Chinese Aesthetic*, Redwood City: Stanford University Press, 1993, pp.183–190.

② Stephen Owen, *Readings in Chinese Literary Thought*, Cambridge, MA: Harvard University Asia Center, 1996, pp.73–182.

③ Stephen Owen, *Traditional Chinese Poetry and Poetics: Omen of the World*, Madison Wis.: University of Wisconsin Press, 1985, pp.78–107.

为复杂难解，充满偶然与不确定性，且当术语形成后，它的内涵与外延并非永远固定不变，而是随着时间和语境的变化不断产生变化，不同的文学批评家在不同时期均会对一个术语进行再阐释。因此，倘若无视术语的形成过程，而仅从某一立场对文学术语进行分析，则易陷入主观臆断之中；同样地，若是无视术语本身的复杂性，而仅从某一特定角度或某一释义来断定其真实含义，就会丧失准确性，缺乏解释力。

宇文所安还阐述了中国非虚构诗学的术语特点，并寻求相应的术语来阐释。认为相比于西方文论术语界定明确、易于操作的特点，中国文论术语的构成本身犹如其文学作品和文学理论一样，大多由“非确定”的词汇构成。如“风骨”“神韵”等，人们对哲学术语所涉及的丰富含义本身也难以用清晰的语言说明。就西方读者所认定的“情节”“悲剧”“模仿”“表现”而言，中国读者未必能讲明“虚”“文”“志”是什么，然而一读到就会明白。① 其差异是，西方传统一方面总是力求定义的精确，而另一方面又力求文学术语得以“共振”或“联想”（即将文学术语运用于各种参照系中，而这又与精确定义的目标相左），两者之间存在张力。② 宇文所安试图在此理论预设之下阐释中国文学批评，在对《文赋》的解读中，他指出，汉语中的“作”与西方的“poiêses”完全不同，在汉语的“作”中，从来没有“虚构”这一意象存在。而与此相对的是，自中世纪后期和文艺复兴时期以来，西方人开始拿上帝创造世界的模式来比拟诗歌创作，认为诗歌创造了另一个世界。③

余宝琳则将论述重点放在文论关键词的对比上。尽管在《隐喻与中国诗》中，她得出中国诗歌不存在西方的“隐喻”的结论，但她仍然强调，中国诗

① Stephen Owen, *Readings in Chinese Literary Thought*, Cambridge, MA: Harvard University Asia Center, 1996, pp.73-182.

② Stephen Owen, *Readings in Chinese Literary Thought*, Cambridge, MA: Harvard University Asia Center, 1996, pp.73-182.

③ Stephen Owen, *Readings in Chinese Literary Thought*, Cambridge, MA: Harvard University Asia Center, 1996, pp.73-182.

中并非没有类似于西方隐喻的修辞手法,例如“比”和“兴”就承担了一部分类比的作用,可以称之为与西方隐喻相对照的修辞模式。在《中国诗歌传统中意象的读法》一书中,余宝琳指出:从《诗经》《离骚》《古诗十九首》至唐代中国诗歌意象,都与传统的历史文化息息相关,不管诗人如何别出心裁,总难突破“引譬连类”的形式规范,于比兴、物色、写情图貌时,除了讲究巧构形似的艺术模拟,仍以情景交融的美学效果为大端。1987 年在《中国诗歌传统中意象的读法》一书中探讨了《诗经》至唐代诗歌的有关意象理论、成规和诠释的问题,立足比、兴与隐喻的对比,阐发中国“非虚构”诗学。① 她指出:“中国的诗歌意象有别于西方的隐喻,并非关涉与具体世界根本不同的另一世界,或者在可感之物和超验之物中间重新建立对应关系,这些关联已经存在,它们被人所发现,而非创造。中国传统诗观相信诗歌可作为一种经验的记录,一种受到外在世界刺激而产生的非虚构性反应(a nonfictional response to an experienced stimulus),是应物斯感后的呈现。”②余宝琳以《诗经》中最广为人知的《关雎》一诗为例,重点探讨了作为修辞手法的隐喻和“比”(comparison)、“兴”(stimulus)间的区别问题。然后,她通过梳理中国历代文论家对《关雎》一诗的不同阐释,对比、兴两种修辞手法也作了明确的区分,比和兴都指两物之关联,其中一物属于自然世界,另一物属于人类世界。在“比”中,两物的比较是明显的、有逻辑关系的,因而易掌握,并且它总是偏重于具体的事物或特性,这可能反映了诗人在为两物建立关联时的兴趣;“兴”中的比较是隐晦的,只以两物并举,因此读者的感受变得更重要。“兴”中的关联更微妙、更难看穿,也更有感发力,不管这是因其更重感性而非理性,还有因其寄托于人事而非具体事物。

相较于“比”和“兴”两种修辞与隐喻间的区别,余宝琳更关注“比”和

① Pauline Yu, *The Reading of Imagery in the Chinese Poetic Tradition*, Princeton: Princeton University Press, 1987, pp.44-83.

② Pauline Yu, *The Reading of Imagery in the Chinese Poetic Tradition*, Princeton: Princeton University Press, 1987, pp.44-83.

“兴”背后的诗学基础。她认为,中国诗歌的“类比修辞手法”是依靠“比”和“兴”所建构的。具体理由如下:首先,它们体现了早期中国诗学解释诗歌中自我和世界关系的努力,这在文学批评传统中一直处于核心地位,被许多学者从不同角度讨论,并演变成情景、意境等不同概念。其次,“比”“兴”从一开始就被认为要比“赋”更具有诗意,因而赋受到的关注很少。再次,比喻中的人类世界和自然世界,都是现实世界的一部分,而不是超越感官之外的世界。最后,“比”“兴”的阐释都被导向文本之外,被当作历史事件的道德评价。诗中的事物,并不单单指事物本身,而是指向自身之外的另一物,但是这一物也是属于现实世界,是现实世界的一部分,所以两者的差别并不是亚里士多德所说的那种本体差别,在中国诗学中绝对找不到西方传统中的那种渴望超越感官世界的“隐喻的形而上学”。①

刘若愚则在论及中国古代文论的术语问题时指出:“尽管中文没有与‘非确定性’相同的术语,然而这一现象在中国诗歌中确实普遍存在的。中国诗人常用‘花’、‘鸟’,而不具体指出其色彩和形状等。他们对诗性详尽的表现并不感兴趣,而是竭力把握诗性世界最根本的‘神’、‘趣’以及‘韵’等。”②在1975年出版的《中国文学理论》中,刘若愚曾指出:在中国批评论著中,同一术语,即便是同一作者所使用,也往往含有不同的概念,而且不同的术语事实上又可能是指涉同一概念。当然这并非是中文独有的现象:试想一下英文中诸如“风格”(style)和“形式”(form)这些词。③

于连认为不能用典型的西方模式考察中国诗学,而应该推行比较文学中的“差异性比较”。换言之,倘若无视中国诗学的固有体系,生硬套用西方诗学理论,在中国诗学概念中寻找可以附和西方诗学理论中某个类似的概念,或

① 参见余宝琳、张万民、张楣楣:《隐喻与中国诗》,载《古代文学理论研究(第三十三辑):中国文论的经典与文体》,华东师范大学出版社2011年版。

② J.J.Y. Liu, *Language—paradox—poetics*, Princeton : Princeton University Press, 2014, pp. 3-37.

③ J.J.Y.Liu, *Chinese Theories of Literature*, Chicago: University of Chicago Press, 1975, pp.1-15.

者干脆直接套用西方诗学理论，为中国传统诗学批评定下西方理论这一前置框架，都会使中国诗学面目全非，因此，中西诗学研究的目标不是比较，也不是翻译，或者阐释，而是从中国思想的内部出发，去归纳中国文论话语的言说范畴和意义生成方式。这样才能梳理出中国思想原生态的意义网络和运行机制。于连在《迂回与进入》中强调，由于中国在语言和历史上与西方根本不同，所以它可以提供一个案例，使我们得以从外部来考虑西方思想，并使我们摆脱我们的返祖现象。于连提出，中国“至少是非我的他者”。他详述中国人对含蓄的偏好，尤其讨论诗之兴，指明用兴这种手法时，由于情感的作用，言之此与意之彼相隔甚遥，因为动机强烈，言辞便产生出无尽的言外之意，这也是兴之所以含蓄的缘故。

正如前文所述，不少西方汉学家显然已经意识到，倘若生硬套用西方文学概念和阐释框架对中国文学进行解释，将会导致术语对中国文本的阐释缺乏有效性，反之亦然。诚如余宝琳所指出的：“在受到西方学术训练的中国文学专家中，很少有人能避免不采用从欧洲文学研究中发展起来的术语。人们毕竟要从某种词汇开始。然而只是在过去的几年中，人们才对那些最明显不过的中性术语的文化界限本质有所意识。正如刘若愚告诫的那样，不能将西方文学批评的方法和标准套用到中国文学中去；我本人也曾尝试力图表明，中国诗词中被称为隐喻与寓言的东西所基于的一整套话语，与欧洲传统中所产生的术语所基于的假定是完全不同的。”①

二

中西哲学范式比较。

这一研究视角与西方文论注重哲学思辨的文化传统密切有关，西方文学

① Pauline Yu, “Alienation Effects: Comparative Literature and the Chinese Tradition”, in *The Comparative Perspective on Literature*, C. Koelb and S. Noakes (eds), Ithaca: Cornell University Press, 2019, pp.162-179.

理论脱胎于哲学美学并且不断分化为不同的学派，是按照美学—艺术—文学这样的层级来建构文学理论的，文学理论从根本上来说受制于哲学。

（一）

中国哲学与西方基督教世界观不同。从中国文人不认同基督教文明中与物质相异的精神实体出发，以刘勰《文心雕龙》、唐诗等为例，系统阐述中国文人把文学的发端成功地融合在整个宇宙生成过程中的特点。

吉川幸次郎提出“非虚构”这一概念的时候，就从哲学的角度进行了简明的阐释。认为这种尊重日常生活的文学原则与中国哲学对现实的关注精神息息相关，像这样对于非虚构的素材的尊重，对语言表现得特别尊重，可以被认为是中国文学史的两大特长，这两者共同说明了中国文明的普遍性的方向——以物为中心……中国的哲学也同样地是以物为中心的，抑制对于神和超自然之物的关心，而把视线集中于地上。① 正如中国人被誉为现实的国民那样，在中国，被现实地、感觉地把握的是客观实在，只有在现实世界中，而不是在空想中，才有陶冶人情操的美好事物，这样的哲学决定了将平凡人日常生活中所表现的事作为素材的文学，并以此作为其文学传统。② 这一哲学阐释很清晰，引发了后来者的不断思考。

宇文所安认为，中国在宇宙生成论上的独特性使中国诗学有着不同于西方诗学传统的特征。“在被创造的世界中，作为一个次级‘造物者’，诗人肩负着与世界原初造物者之间的奇特的联系，他们在人类中的独特性类似于神的唯一性。（在中国）不存在与之相应的造物之神，中国诗人并不扮演次级造物者的角色，他们只是参与到这个自成的世界之中，因此，他们缺乏造物诗人的

① ［日］吉川幸次郎：《中国诗史》，章培恒、骆玉明等译，复旦大学出版社 2001 年版，第 13—45 页。

② ［日］吉川幸次郎：《中国诗史》，章培恒、骆玉明等译，复旦大学出版社 2001 年版，第 13—45 页。

那种独有的光晕(aura)。《诗大序》代表了一种普遍的、符合人类特征的记录模式,而非一种神秘的、独特的创造过程。"①正如宇文所安在《淮南子·天文训》中所找到的宇宙初始形成过程,一个本体自发地分化为相生相克的二元,并且不断如此反复,不断形成新的二元,最终实现了宇宙的多样性。② 宇文所安将西方诗歌的"制作"(making poetry)特征与中国古典诗歌的陈述(shih)特征进行比较,认为正是这种世界生成观上的不同,导致了二者诗歌本质上的差异。

而法国汉学家弗朗索瓦·于连则把中国的"文"视为自身符号,拿它与西方作为自然之模仿的文学相对比,并且在《文心雕龙》中寻找依据。于连认为,刘勰能成功把文字和文学的发端融合在整个宇宙生成或显现的过程中,全在他利用了文这个字丰富的多义性:文不独指人为的设计,而指首先在自然中展现的形图案。刘勰的讨论充分肯定了文学之文的具体性,但也很自觉地叙述了天文与人文先后生成的关系,并由此凸显出把文学作品与宇宙自然地联系起来那种有效的互补性。③ 他在《含蓄的价值》一书中,将刘勰阐发的中国"文"的观念与希腊的再现或模仿观念相对比,认为这两个传统各自做出了不同的选择,古典西方的诗歌"模仿"自然,通过模仿"回归"那个与独特的艺术相对立的世界,即艺术将自然秩序作为客体,于是艺术一出现就与自然分离开来;而中国传统则是自然秩序本身已经是"艺术",并由此为文学作品的独特发展提供先例。所以,在中国传统里,人与自然融合成一个完整的象征网络,文学作品也就不是人为的独创而与自然秩序相分离。④ 亦即,中国文学是自然不可分割的一部分,抑或自然展现的

---

① Stephen Owen, *Traditional Chinese Poetry and Poetics: Omen of the World*, Madison Wis.: University of Wisconsin Press, 1985, pp.78-107.

② Stephen Owen, *Traditional Chinese Poetry and Poetics: Omen of the World*, Madison Wis.: University of Wisconsin Press, 1985, pp.78-107.

③ Francois Jullien, *Le détour et l'accès: Stratégies du sens en Chine, en Grèce*, Paris: Seuil, 1989.

④ Francois Jullien, *La Valeur allusive: Des categories originales de l'interprétation poétique dans la tradition chinoise*, Paris: Ecole française d 'Extrême-Orient, 1985.

一个过程,它并非经人类之手刻意创造而成。因此,无须强调诗人的主观意识,中国诗歌已在自然中自我展现,这也说明了中西方的模仿观具有不同的哲学基础。

费维廉也持相似的观点,1986 年在《印第安纳中国古代文学指南》中对“中国文学批评”的性质和特点是这样阐述的:“从总体上看,中国文学批评与西方文论的一般性差异在于三类主要的关注点上:模仿(imitation)、虚构性(fictionality)与类型(genre)。在中国并没有与亚里士多德模仿论(mimesis)或基督表象(christian figura)相类似的概念,这两个概念均与最终行为再现密切相关。在中国,表现的对象是某时某地的心境,以及这种心境与外部环境状态之间的联系。尽管中国文学存在离奇、想象和拟人化的东西,但是批评家通常将文学作品理解为是个人的历史。”①费维廉以《左传》《论语》等文献来证实中国早期的哲学概念对中国文论的影响,即形成了早期的诗学社会功用观,并由此认为,儒家的入世思想对于文学中的虚构起到了相当的阻碍作用,在中国批评论著中,最重要的就是文学文献反映出了产生它们的时代特征,文学、文化、文本、模式以及我们所意谓的“形式”,在这里都是相互关联的,儒家思想的一个中心原则,即文化的作用使人与社会的基本实质得以规范并形成。②以文学批评的术语来说,儒家思想既对文学语言的人为性加以证实,同时也对为艺术而艺术的观点随时加以批判,儒家对于超自然和虚构的厌恶,在中国阻止虚构作品的合法化起到了不小的作用。③

谢和耐则认为早期汉学家对于中国传统文化的研究方式有待商榷,他在

---

① Fisk C.,“Literary Criticism”, in *The Indiana Companion to Traditional Chinese Literature*, Nienhauser W.H.(eds.), Bloomington: Indiana University Press, 1986, pp.49-58.

② Van Zoeren S.,“Chinese Theory and Criticism”, in *The Johns Hopkins Guide to Literary Theory and Criticism*, Michael Groden and Martin Kreiswirth(eds.), Baltimore: The Johns Hopkins UP, 1994, pp.146-148.

③ Fisk C.,“Literary Criticism”, in *The Indiana Companion to Traditional Chinese Literature*, Nienhauser W.H.(eds.), Bloomington: Indiana University Press, 1986, pp.49-58.

研究基督教在中国传教史的著作中，批评利玛窦和其他传教士在中国儒家经典里寻找符合基督教观念的成分，实在是误解非西方文化。谢和耐将与儒家文化影响下的中国文化和西方文化之间的差异，从根本上归结于语言和思维方式的层次，进而认为，这不仅是不同知识传统的差异，而且更是不同思想范畴和思维模式的差异，思维模式是由语言表现出来的，所以中西文化的差异归根到底便是中西语言上的差异，尤其可以归结为中文在表达抽象概念以及超越性和精神性范畴的困难。[①]

（二）

中国哲学没有超越意识。中国诗人常常把自我看作是自然和宇宙的一部分，只以日常生活中的自身经验为素材，故“讽喻”“个人”“自我”等西方虚构理论中的种种趣味在中国传统文学观念中并不存在。

在中西宇宙论的比较中，宇文所安通过对是否存在造物主和原型的比较，着重强调了时刻处于变化中的、非创造的世界和被创造的世界，这二者之间不可调和的差异。[②] 宇文所安在其诗学理论著作《传统中国诗歌与诗学：世界的征兆》中提出中国诗歌的非虚构传统。以《文心雕龙》《原道》篇为据，宇文所安指出：不仅一部特定的文学作品是从世界某一面与某种特定的人类意识联结中自然产生，而且联结借助呈现的书写之文本身也是自然的。书写并非是由任意的符号构成，而是由历史演进或神圣权威所创造；书写是从观察世界而得来，如果文学之文就是对先前未加认识的模式的圆满实现，如果书写之文不是一种符号而是图式，那么就不存在（西方传统的文学与原型）对支配的竞争，文的每一层次，世界与诗歌的层次均只是在其自身相关的领域中才有效；

① Jacques Gernet, *A History of Chinese Civilization*, New York: Cambridge University Press, 1996, pp.27-34.

② Stephen Owen, *Traditional Chinese Poetry and Poetics: Omen of the World*, Madison Wis.: University of Wisconsin Press, 1985, pp.78-107.

而诗歌,这一最终外在的形式则是圆满的阶段,显示的过程必须从外部世界开始,它有着无须首要地位的优先。① 鉴于潜在的模式是追随其固有的安排得以显示,通过世界到心灵,到文学,一种“同情的共鸣”(sympathetic resonance)由此产生;世界—心灵—文学,不存在超越也就不需要虚构和隐喻,一切都是自然的,它们之间通过“类”而相应和,这里所指的“类”不同于西方的类比,它是自然的类(natural category):它们的交互作用不是一种类比的意志行为,而不如说是自行发生的,因为它们的属性本质上属于同一类。②

吉川幸次郎在《中国诗史》中提出,像中国这种只注目于现实世界,只注目于人,而抑制对神的关心的文学,在其他文明领域确实是无与伦比的。吉川幸次郎提出,在中国哲学中,始终没有把世界二元化为现象世界和本体世界这两个世界,中国哲学就其主流来说,所关注的主要是现实世界的问题。中国神话、宗教和哲学的不发达,都说明了这一点。吉川幸次郎认为:“对于汉民族来说,有价值者是从感觉世界带来的既存事实,汉民族是从来不将其信赖建立在不能从感觉世界中带来的空想,诸如他民族的神之上的。正如中国人被誉为现实的国民那样,被现实地感觉地把握的是客观实在,只有在现实世界中,而不是在空想中,才有陶冶人情操的美好之物。正因如此,这种哲学决定了将平凡人日常生活中所表现的事作为素材的文学,并以此作为其文学传统。”③也正因如此,中国诗人也就更重视表现日常世界的抒情诗,而不是表现超凡越俗世界的史诗。

谢和耐认为,在中国传统哲学中,本体存在的观念是缺位的,而这正是由于中文体现出中国思维模式缺乏超越和精神的范畴。因此,他提出:“中文里没有一个字可以表达存在的意思,没有任何词汇可以传达存在或本质的概念,

---

① Stephen Owen, *Traditional Chinese Poetry and Poetics*: *Omen of the World*, Madison Wis.: University of Wisconsin Press, 1985, pp.78-107.

② Stephen Owen, *Traditional Chinese Poetry and Poetics*: *Omen of the World*, Madison Wis.: University of Wisconsin Press, 1985, pp.78-107.

③ [日]吉川幸次郎:《中国文学史》,陈顺智、徐少舟译,新星出版社 2022 年版,第 9—28 页。

而这在希腊文里用名词“ousia”或中性的“toon”就表达得很清楚。因此，存在的概念，那种超越现象而永恒不变的实在意义上的存在，也许在中国人就是比较难以构想的。”[①]正是因为中文中没有表示存在的动词，所以那种作为稳定的、永久的和超越了可见事实的“存在”观念在中国是不为人所知的。[②] 正如斯洛伐克汉学家马立安·高利克（Marian Galik）所指出的那样，基督教与中国人对于“创造”“天”等概念的不同理解，同样也表现在对“上帝”的阐释上，在涉及罗马天主教有关“新约”的某些教义理解时，情况更糟；中国人无法理解或很难接受基督“道成肉身”的教义，而在某种意义上，基督教和天主教正是奠定在这一信条上，如果说中国人亦认可这个信条，那只不过是个人的信仰，绝不会让它出现在自己的文学或哲学著作中。[③] 对此，谢和耐也曾指出过这一点，认为17世纪的中国基督徒从未在他们的论著中对耶稣做出论述，而仅限于对最高主宰者表示敬意。

（三）

中国哲学有超越意识，但存在局限。中国一元宇宙论虽然也存在超越，但是超越不在事物之外而在事物之中，因此以“物”为中心促成了注重自然和现实的文学意象论的生成。

与宇文所安提出的中国没有超越意识不同，对于中西宇宙论的差别这个问题，余宝琳并未从超越的角度进行论证，她仅将其概述为一元宇宙论和二元宇宙论的差异。认为中国古代哲学并没有从现实世界分离出一个理念的王国，形成西方式的向上超越，它是一种内在的超越，中国一元宇宙论同样存在超越任何个人现象的宇宙原理，但它的超越不在事物之外而在事物之中，真实

---

① Jacques Gernet, *China and the Christian Impact*, Cambridge University Press, 1985.

② Jacques Gernet, *China and the Christian Impact*, Cambridge University Press, 1985.

③ ［斯洛伐克］Marian Galik：《翻译与影响〈圣经〉与中国现代文学》，刘燕译，社会科学文献出版社2018年版，第11—31页。

的现实并非是超凡的，而是此地此时，道不同于超验世界，但道无处不在，一元宇宙论虽表明这就是一个世界，仍存在天文与人文的区分，在宇宙模式（文）及过程和人类文化模式及过程之间存在着某种基本的一致性。① 由于这种一元论的宇宙观以及自然之文与人为之文的一致性，就使得诗歌不需要超越，只需表现此时此地，此时此地即是真实的道，因为一元论决定了真实现实与具体现实之间，具体现实与诗歌之间并非二项对立，而是融为一体。②

需要指出的是，余宝琳提出的"一元论"并非西方哲学意义上的一元论，而是指中国哲学的一元观，因为西方哲学一元论（monism）虽主张世界的本原只有一个，但它分为物质的本原与精神的本原两个互不兼容的一元；而中国哲学的一元观却主要指宇宙混沌未开的原始状态和天地万物的本原。③ 因此，余宝琳提出，内在的（情感）会自然找到某种外在的相应形式或行为，诗歌能够自发的（spontaneously）反映、影响并同时作用于政治和宇宙秩序，换言之，这种个人与世界天衣无缝的一致性（seamless connection），使得诗歌得以立即揭示情感，提供某种政治稳定性的尺度，并且还可作为一种实现的说教工具。④

刘若愚同样认为，中国哲学并非没有超越意识，而是具有不同的超越方式。在《语言・诗学・悖论》一书中，刘若愚提出，尽管中国诗学在很大程度上受到"诗言志"这一诗歌表现论的支配，但许多诗人和批评家事实上却强调非个人的东西，即与宇宙之道一致的东西，或至少提出"情"与"境"的结合，或"物"与"我"的融合。"无我之境"应被理解为自我之超越而非自我废除。对

---

① Pauline Yu, "Formal Distinctions in Chinese Literary Theory", in *Theories of the Arts in China*, Susan Bush and Chiristian Murck (eds.), Princeton University Press, 1985, pp.27-56.

② Pauline Yu, "Formal Distinctions in Chinese Literary Theory", in *Theories of the Arts in China*, Susan Bush and Chiristian Murck (eds.), Princeton University Press, 1985, pp.27-56.

③ Pauline Yu, "Formal Distinctions in Chinese Literary Theory", in *Theories of the Arts in China*, Susan Bush and Chiristian Murck (eds.), Princeton University Press, 1985, pp.27-56.

④ Pauline Yu, "Formal Distinctions in Chinese Literary Theory", in *Theories of the Arts in China*, Susan Bush and Chiristian Murck (eds.), Princeton University Press, 1985, pp.27-56.

“个人的超越”是刘若愚多次提及的，他认为这是中国哲学“有为”和“无为”观在文论家身上的反映。①

三

中西思维方式比较。

思维方式被看作是一个民族最基本的特征，比起饮食、服饰等更能展现出民族文化的内蕴，因此是中西诗学比较研究的一个重要方面。

（一）

中国缺乏“隐喻思维”。致力于中国科技史研究的英国学者李约瑟在《中国科学技术史》中将中西分为“联想”思维和“从属”思维，汉学家将之运用到诗学中，认为中国诗歌的“类”思维即“联想”思维与西方诗歌的“隐喻”思维即“从属”思维相对，“隐喻”思维拉开了与现实的距离促成了虚构文学，“类”思维涉及的只是“自然的范畴”，促成了非虚构文学。

宇文所安对中国“类”思维有多维的阐释。首先，“类”思维的来源。他将李约瑟对中西思维方式联想的思维与从属的思维的划分沿用至诗歌，用中国诗歌的“类”与西方诗歌的“隐喻”相对，而“类”正是中国传统的类比联想，这里的“类”，即“自然的范畴”，和西方的“隐喻”，都是建立在“类似”的基础之上，然而“隐喻”是虚构的，包括真正的替代者；而“类”，则是一种以世界秩序为基础的“绝对真实”的共享的范畴。② 宇文所安曾在《透明：解读唐代抒情诗》一文中明确提出，诗是历史经验的实录式呈现，是中国诗歌接受传统的假设，所以诗不被当作隐喻，而是客观世界的直接展示。其次，“类”思维的特点。宇文所安在《中国传统诗歌与诗学：世界的征象》中提出：“自然宇宙是一

---

① J.J.Y.Liu, *The art of Chinese Poetry*, Chicago: University of Chicago Press, 1983, pp.3–62.

② Stephen Owen, *Traditional Chinese Poetry and Poetics: Omen of the World*, Madison Wis.: University of Wisconsin Press, 1985, pp.78–107.

个过程、事物和关系的系统，其社会的投射即历史王国。在系统之间，相互关系由一个原则制定，可称为类比，如果类比不假定一些基本区别，在汉语中最贴近的词是'类'，即'自然的范畴'，这些范畴之间的相互关系不是一种类比的意志行为，而是自行发生的，因为它们的基本要素在很多重要的方面都属'同一种类'。"①最后，"类"思维与"隐喻"思维的区别。宇文所安界定"类"为"自然的范畴"，理由是类比的两者之间不存在一些基本区别，不是西方从属的思维方式，类比的意志行为，作为修辞模式的隐喻，他承认真正的、对意义的隐喻手法的确存在，但无论是整首诗还是诗中的隐喻都倾向于次文类的应用和为先前的使用传统支持，回避隐喻性解读与中国传统中读者对大多数《诗经》之类的作品的非虚构理解相关。② 他以高友工和梅祖麟的《唐诗的语意、隐喻与典故》、余宝琳的《隐喻和中国诗》两篇文章为例进行了具体分析，其中"隐喻"这个永远灵活的术语，都被延伸用来说明中国诗歌语意的精确表现手法，对此，他更倾向将隐喻保留在一个替代的比喻（a substitution trope）的传统，不是只作为两个词间的联系，而是作为一种从属的指射，其中第一个词只在那种从属的关系中才能存在。③

1987 年叶奚密在《隐喻与比：中西诗学比较》一文中比较西方隐喻的概念与中国诗学中的"比""类"概念发现，建立在内在有机世界观基础上的中国诗学的"比""类"强调相似、兼容性，而西方隐喻更强调张力、分化、不可比性，所以在中国诗学中找不到相当于隐喻的概念。④

刘若愚则从中西方文学中不同的情感投射、展现模式出发，论述二者的区

---

① Stephen Owen, *Traditional Chinese Poetry and Poetics: Omen of the World*, Madison Wis.: University of Wisconsin Press, 1985, pp.78-107.

② Stephen Owen, *Traditional Chinese Poetry and Poetics: Omen of the World*, Madison Wis.: University of Wisconsin Press, 1985, pp.78-107.

③ Stephen Owen, *Traditional Chinese Poetry and Poetics: Omen of the World*, Madison Wis.: University of Wisconsin Press, 1985, pp.78-107.

④ Yeh M., "Metaphor and Bi: Western and Chinese Poetics", in *Comparative Literature*, 1987, 39(3): 237-254.

别。在《中国文学理论》一书中，刘若愚提到，关于宇宙、作家和文学作品间的相互关系，在西方的模仿理论中，诗人或被认为有意识地模仿自然或人类社会，如亚里士多德派和新古典派的理论，或被认为是神灵附体，而不自觉地吐出神谕；可是在中国，诗人被认为既非有意识地模仿自然，亦非以纯粹无意识的方式反映“道”。好像他是被他所不知而又无力控制的某种超自然的力量所驱使的一个被动的、巫师般的工具。在他所达到的主客观的区别已不存在的“化境”中，自然地显示出“道”，①此过程与西方的表现理论中，以想象或情感移入为代表的投射（projection）、交感（reciprocity）大相径庭，西方的表现理论认为，诗人将他本身的感情投射到外界事物上，或与之相互作用。而在中国，作家与宇宙的关系是“道”的直觉合一。诗人“虚”“静”其心灵，以便容受“道”，这是一个容受过程（reception）。因此，以模仿为基础的隐喻概念在中国文学批评中，并没有构成任何重要文学理论的基础。②

（二）

中国缺乏逻辑思维。将中国与古希腊以及后来在西方影响深远的基督教思维方式进行比较，发现中国传统思维中缺乏西方式逻辑思维，无法从具体现实中抽象出来，认为这是中国传统文学缺乏虚构的根源。

西方基督教文明在唐朝时期就曾经传入中国，被称为“景教”，被看作是异端而被禁止传播，后代也曾几度传入，其落地生根也十分艰难。谢和耐在《中国与基督教》中通过对西方传教士们在华传教活动的详细论述，提出：“基督教在中国不可能成功，在最根本的意义上，可以归结为中文在表达抽象概念上的困难，即把希腊、拉丁或梵文这类有变化的语言所形成的概念翻译成中文时，必不可免令人尴尬的失败。”③谢和耐往往把中国与希腊思想相比较，作出

① J.J.Y.Liu, *Chinese Theories of Literature*, Chicago: University of Chicago Press, 1975, pp.1-15.

② 参见［美］刘若愚：《中国文学理论》，杜国清译，江苏教育出版社 2006 年版。

③ Jacques Gernet, *Chine et Christianisme: action et réaction*, Ed. Gallimard, 1982, pp.322-334.

二者彼此对立的结论。他认为不仅中文没有语法，而且中国思维也缺少逻辑，因为逻辑来自于希腊的逻各斯。① 而经过这样中西语言对比，谢和耐得出了如下的结论："印欧语言的结构帮助希腊世界—后来则帮助基督教的世界—建立起超越性永恒现实的概念，而这和那仅仅由感官感知的、瞬息即逝的现实是完全不同的。"②

于连则以"迂回"为关键词，来概述中国的思维方式的特点，他认为，中国注重关系型的认知模式和"象数"型的思维模式，避免直接进入，而是以一种委婉的、曲折的、含蓄的言说方式，以此来构成中国的价值体系、伦理观念、理论话语和意义生成模式，这与西方的抽象思维是截然不同的，西方在"逻各斯"语言中心主义的影响下，往往追求"是"和"有"的逻辑样式。但是，中国思想中"目击道存"其实在否定"是"，而是在探索"在"和"无"。用不做出任何判断的形式来与世界共在。中国的语言在意义的生成模式上，没有从精确性和直接性入手，而是强调含蓄蕴藉、温柔敦厚，西方诗学话语强调的是哲学性，不管是"形式""叙述"，还是"再现""合适"，它所根循的乃是哲学本体论、二元论、逻各斯中心主义，而中国的诗学话语强调的是智慧性，这个智慧性体现在它重在构筑符号事实与想象事实之间的这样的一个关联环节，诸如意象、形象、意境等等。这些关联环节没有把意义推向某一个固定的方向，而使之处于生生不息的意义运作之中。③

于连继而认为，西方人能够直接表达，是因为他们被"直线的感情"所引导，中国人受迂回表达的局限，没有人"愿意"简单表达东西。在话语表达层面，西方人推崇直接性。然而，这样的思维方式在中国却行不通。在于连看来，中国的话语规则和意义生成方式是别具一格的，这主要体现在，在中国，语言并不作为一个科学的手段被用于直接到达真理，中国并没有形成西方意义

---

① Jacques Gernet, *Chine et Christianisme: action et réaction*, Ed.Gallimard, 1982, pp.322-334.

② Jacques Gernet, *Chine et Christianisme: action et réaction*, Ed.Gallimard, 1982, pp.322-334.

③ Francois Jullien, *Le détour et l'accès: Stratégies du sens en Chine, en Grèce*, Paris: Seuil, 1989.

上的语言学，因为语言在中国并没有展现为一个抽象的认知系统，是以话语而不是语言学的形式呈现的，而根据当代的话语分析理论（discourse analysis theory）的界定，话语（discourse）专指建构文化意义的法则。因此，中国话语是未完成性的、片段式的，或者说是迂回式的，它并不按照一个逻辑方式去规律性地展开，它提供的只是暗示性的成分，然后需要从这些未完成的话语开始去进行推断、解读。①

中国迂回的思维模式要求始终与对象要保持着某种距离关系，而逻各斯的本质就是在最近处把握对象。在西方，逻各斯是一个终极本源，它处于核心位置，可以被言说清楚，也可以通过语言被认识到，被阐释清楚，因此，通过语言的概念、判断和推理，通过逻辑、哲学、数学等话语形式可以通向逻各斯，逻各斯的位置是确定的，它始终维持着它的中心地位，且逻各斯要求从最近处把握对象，而任何迂回都是偏离真理的。在中国，作为终极真理的道与西方的逻各斯存在着一个最根本的差异，那就是道本身就不是这样一个可以确定和言说之物，它自本自根又无象无形、不可言说又不可明确，而逻各斯始终处于一个中心和起源的位置，它是意义之终极本体。真道无须言说，也不可能言说清楚。那么，中国话语的间接迂回是必然的，它只能绕行、避开与真理的直接对撞，朝着另外的意义领域发散、延异。

四

中西语言形式比较。

文学作为艺术之一种，在西方通过表现形式进行了进一步细分，文学是通过语言来表现的，将文学与绘画、音乐、雕塑等区别开来了，与绘画通过色彩和构图、音乐通过音符和节奏、雕塑通过造型来表现截然不同。文学被称为语言的艺术，虚构文学与语言的“陌生化”等特征结合在一起，形成了虚构理论的

① Francois Jullien, *Le détour et l'accès: Stratégies du sens en Chine, en Grèce*, Paris: Seuil, 1989.

语言学知识谱系，而汉语语言则不一样，在中西语言观念的比较中折射出文学观念的差异。

（一）

字形。汉字是象形文字，其具体物质性反映的是大自然的行为与过程，与西方文字表达抽象的观念不同。

美国汉学家费诺罗萨（Ernest Fenollosa）从汉字的形象角度，研究其语言的关系，最终探讨汉字与诗学间蕴含的关系。他认为，汉字从单字到句子，无处不是形象化的因素，无处不是活生生的意象，它们是运动或动作的速记图画，可以模拟连续的动作，可以表现自然中的每一变动，而这最接近自然的本来面貌，因而也最富有诗的意味——因为诗歌应该逼真地反映大自然中的静中之动和动中之静，用汉字作描述和表现，最为形象贴切。费诺罗萨更指出：汉字还能传达隐藏在人和事物背后的东西，这就是所谓的从“视见之物”过渡到“未见之物”，语法现象上将其称之为“隐喻”，也即利用物质的意象暗示非物质的关系，在他看来，语言思维全部微妙的要旨就是建立在隐喻的基础之上，隐喻是诗歌的本质，也是诗歌的主要表现手法，它既是自然的本质，又是语言的本质，而汉字语言不仅吸收了大自然的诗歌特质，还建立了隐喻的框架，它的生机和活力，远远超过了世上任何表音的语言。[①]

费诺罗萨在《汉字作为诗媒》一文中首先提出的是字法自然说。他认为，中国人的造字方法遵循了大自然给予的暗示，汉字不是约定俗成的任意符号，它的构形基础是生动描绘自然运行的速记图形。[②] 据此，费诺罗萨曾为汉字总结了两个特征：第一，汉字是通过具有象形性部首间的相互作用来表现一组整体概念的；第二，这种部首间的相互作用赋予汉字以“动的过程”（process of

① 周发祥：《西方文论与中国文学》，江苏教育出版社 1997 年版，第 69—90 页。

② Ernest F. Fenollosa, *The Chinese Written Language as a Medium for Poetry*, NY: Fordham University Press, 1987, pp.75-104.

action)，而词义则产生于这种“动感”(kinaesthesia)，这和靠自形变化派生词义及概念的语音(如英、法、德俄语等)中武断的约定俗成迥然不同。[①] 因此，汉字在费诺罗萨的眼里不是字，而是诗，他把造字的中国古人称为“史前诗人”，因为中国人原来是用如诗如画的文字来进行交流和思维的，汉字不仅体现了人与自然之间的关系，而且还保留了诗性思维方式和表达方式，它的动态感、灵活性以及天然具有的绘画艺术特征使费诺罗萨认为其具有天然的反映自然的属性。[②] 尽管费诺罗萨的汉字诗学缺乏严谨的逻辑链和扎实的论证基础，但也有其独到之处。

谢和耐认为，中国至今实际上仍是唯一使用无字母或音节字型的国家，在后来这种文字多少借用语音，但没有扩大到改变中国字的原则，中国文字没有发展成拼音文字，其原因是字体的符号还保留它最早的魅力，甚至要用音标代替文字成为不可能的事。[③] 因此，他断言，世界上唯一的一种未曾使用一种印欧类语言的文明即中国文明，但人们无法想象出一种比中国模式与希腊文、拉丁文或梵文更不同的语言模式了，[④]它以其词法而系统地有别于他者。中文中没有表示存在的动词，所以那种作为稳定的、永久的和超越了可见事实的“存在”观念在中国是不为人所知的。[⑤]

(二)

语义。汉语只能指向语言符号所指的东西，而不能超出字面指向另一层意义，因此中国文学与西方凭借虚构和想象的文学相反。

宇文所安也曾试图通过语言来认识不同历史传统的文论之源。他认为

---

① 周发祥：《西方文论与中国文学》，江苏教育出版社1997年版，第69—90页。

② Ernest F.Fenollosa, *The Chinese Written Language as a Medium for Poetry*, NY: Fordham University Press, 1987, pp.75—104.

③ [法]谢和耐：《中国人的智慧》，何高济译，上海古籍出版社2004年版，第191—200页。

④ Jacques Gernet, *Chine et Christianisme: Action et Réaction*, Ed.Gallimard, 1982, pp.322-334.

⑤ Jacques Gernet, *Chine et Christianisme: Action et Réaction*, Ed.Gallimard, 1982, pp.322-334.

“印欧语言以其前缀、后缀和语音变化产生了难以控制的语义多义性，这些语义往往使人们很快忘记了这些表达的词源性。而中国的情况则不同，其组合形式成为更为持续性的过程，这使得新的语义单位不断被创造出来。其语义单位体现了具有诸种含义的，更为古老的单音节形式。中国的‘文学’这一术语，既可是文学或文章，也可是其组成部分的‘文’，即书面语。”①

宇文所安试图通过语言来认识和定义不同传统关于“自然”“世界”“宇宙”之生成及组织原则的基本假定，对此，他认为存在两种语言与自然的关系。其一，自然在语言之外（nature—beyond—language），即认为语言是认识自己的障碍，道家语言观便是中国文化传统中“自然在语言之外”的代表，它与现代语言学实属同类，视语言为一种讲述意识和知识的自治系统；其二，自然在语言之中”（nature—in—language），即认为语言与外在自然的关系是一一对应的事实联系，在这一关系中，人们相信自然可以通过语言而被认识，语言所制造的差别，正是那个可感的自然世界中真实存在的差别，由于在传统中国人的知识体系中，关于自然现象的客观描述并不多见，而关注的中心往往来自基于经验推导的类比的分类，因而，一个符号的意义则是关联性的，不诉诸一个共同分有的本质或是自然的种类，而是借助于独特的个别者之间所持有的功能的相似性或关系，中国人从具体的感性经验出发，将看似毫无逻辑联系的词整合为一个序列，从中推导出某种共通的结构或功能的对应。这就是中国式的“类”，亦可称之为自然的分类（natural category）。②

刘若愚同宇文所安一样，在《语言·悖论·诗学：一种中国观》一书中将中文与西方语言截然分开，并赞许费诺罗萨和庞德直觉到中国的文字在西方逻各斯中心主义之外，提供了另一种选择。刘若愚认为，西方批评家一般拥有

---

① Stephen Owen, *Traditional Chinese Poetry and Poetics: Omen of the World*, Madison Wis.: University of Wisconsin Press, 1985, pp.78-107.

② Stephen Owen, *Traditional Chinese Poetry and Poetics: Omen of the World*, Madison Wis.: University of Wisconsin Press, 1985, pp.78-107.

语言模仿观,而受到道家和佛家影响的中国语言观则是直指观(deictic conception)。前者将语言视为是表现现实的,而后者将语言视为是直指现实的,这是诗学语言观的基本差异。①

在《中国诗歌艺术》中,刘若愚指出了中文诗歌语言的两个特征,即没有数和时态指称。正如中文并不需要数的表指,诗人并不关心这种不相关的细节,因此可以集中呈现山中春天静谧的精神,此外,中文没有时态,诗人不必从特定的时间、而几乎从永恒的视角来呈现景物,诗人并非在呈现某个特殊的人在特定的时间观赏某个特定的春夜,而是在感觉春夜的本质。② 因此,刘若愚断言:中文使用最少词语表达思想和情感的可能性成为现实。诗人可以用一个词表达几种不同的意思,读者不得不选择最可能与诗人所想相一致的意思,以及可能沉淀的意义,同时指出该词可能适合别的场合但在此处并不相关的意思。这当然在英文中也时有发生,但绝没有达到中文的程度,在这方面,中文是最适于写诗的。③

拉斯洛·格列芬(Laszlo K.Géfin)则认为,庞德无意识地在推广费诺罗萨的汉字观的过程中起到了重要的作用。经庞德编辑和出版的费诺罗萨的遗稿《作为诗歌媒介的汉字》,使这种表意文字为"现代主义的核心方法和主要形式"奠定了基础。格列芬在其《意符:一种诗歌方法的历史》一书中将庞德的"意符诗法"描述为"把貌似互不相干的个别事物并置在一起通过它们的关系来暗示思想和观念"。然而据格列芬所述"这种方法的诞生"与"庞德对费诺罗萨在演讲笔记中所举之例的善意误解"不无联系。④

欧阳桢则在论及翻译与诗学的关系时,在其著作《The Transparent Eye:Reflections on Translation》中也表达了类似的观点:中西语言观有着根本的差

① J.J.Y.Liu,*Language-paradox-poetics*,Princeton :Princeton University Press,2014,pp.3-37.

② J.J.Y.Liu,*The art of Chinese poetry*,Chicago:University of Chicago Press,1966,pp.3-62.

③ J.J.Y.Liu,*The art of Chinese poetry*,Chicago:University of Chicago Press,1966,pp.3-62.

④ Laszlo K.Géfin,*Ideogram*:*History of a Poetic Method*,Austin:University of Texas Press,1982.

异。《易经》强调意义的不可言喻性(ineffability)和体验的本质(quiddity),而亚里士多德则强调意义的表述性(expressibility),意义通过符号的抽象性(abstract ability)。中国观是具体的,希腊观是抽象的。①

(三)

语法。因为汉语缺乏语法观念,所以中国仅建立起由感官感知瞬息即逝的现实世界。而隶属印欧语言体系的文明则建立起超越现实的永恒性概念。

谢和耐在其代表性著作《中国与基督教》中,以新教传教士将基督教论点译成汉文时遇到的困难为起点,将邦文尼斯特(Emile Benveniste)对语言与思想关系的理论普遍化,由汉语与印欧语系(他的论述包括梵文、拉丁文和希腊文)的差异点来讨论中国思想与希腊思想、印度思想之间的差异。他认为:"中国人拒绝设想一种完全独立于现象世界的永恒真理范畴,拒绝划清理性与感知的界限,之所以如此,则与汉语的语言特质有着密切关系。汉语没有通过形态学系统区分的语法范畴,也就是说,名词没有性、数、格,动词没有变位(时态、语态)等变化;而且,汉语中没有标示存在(being)的字眼,没有可用来传递存在或本质(essence)概念的东西。另外,汉语是非变化语言,意义生自词语的组织方式,这导致中国人的相反相成和相辅相成概念,这与西方哲学传统依靠的被认为是一般概念的范畴和关注稳定性的抽象观念形成了鲜明对照。"②

谢和耐认为:"由印欧语系在其词法、主语和动词补语中以及在主动态和被动态中所表现出来的文明可能更为适宜于发展行为的施动者和对象的对立,形成一种更为明确的人格和文明力量的思想,发展出对于人格神(上帝)

① Eoyang E.C.,"Polar Paradigms in Poetics:Chinese and Western Literary Premises",*Comparative Literature East and West:Traditions and Trends*,Honolulu:University of Hawaii Press,1989,pp. 11-21.

② Jacques Gernet,*Chine et Christianisme:Action et Réaction*,Ed.Gallimard,1982,pp.322-334.

的信仰;而由于汉语缺乏词形变化,难以体验‘体的抽象概念’,且在中国人看来,自立者(实体)和依赖者(次要的事实)的区别,完全是无根据和人为制造的,因为语言丝毫不会使人联想到这一切,正是由于汉语缺乏精密的语法,在古汉语文献中,都有一种无人称的基本语气,所以中国人的天不是西方人格化的上帝,自然的行为是非人格的和公正的。”①

概言之,谢和耐认为,全世界所有语言里,中国语言格外特别,既没有按照词法来加以系统区分的语法范畴,也没有任何东西来把动词区别于形容词,把副词区别于补语,把主语区别于定语。② 他认为这反映出中国思维模式缺乏超越和精神的范畴,所以中国哲学也相应地缺少本体存在的观念。所以,语言把中国和西方思想导向了不同的方向。以谢和耐为代表的欧美“语言决定论”派汉学家们倾向于从某个国家、民族的语言中寻找一些线索并将其普遍化,建构理论框架,用以概括该国家、民族的伦理学。然而,在德国著名汉学家罗哲海(Heiner Roetz)看来,这种研究倾向的背后是一种经由语言学主义、道德相对主义以及具体情境论所混杂而成的风潮,依循这样的研究路径得出的研究结论会产生简化问题、混淆范畴等不当之处,最终陷入相对主义的偏见之中。③

(四)

翻译。西方传教士认为,“真理”“希望”“人”等抽象的东西,在中国语言中只是指十分具体的事物,因此即使翻译成汉语,也不可能产生西方文学的虚构效果。

在《中国语言与外国思想》一文中,汉学家芮沃寿(Arthur Wright)讨论了

① Jacques Gernet, *Chine et Christianisme: Action et Réaction*, Ed.Gallimard, 1982, pp.322-334.

② Jacques Gernet, *Chine et Christianisme: Action et Réaction*, Ed.Gallimard, 1982, pp.322-334.

③ Heiner Roetz, *Confucian Ethics of the Axial Age*, NY: State University of New York Press, 1993, pp.1-22.

传教士在语言和翻译方面遇到的困难,认为究其原因,乃是"在表达抽象概念和一般类别或性质这方面,中国人的资源相对贫乏","真理"(truth)往往变成"某一真的事物"。"人"(man)往往被理解为非抽象的、一般的、普遍意义上的人。而"希望"(hope)也局限于特定的、具体的某个目标或欲望、追求,很难从具体的指涉中将其抽象出来,形成一种理论建构。芮沃寿指出:外国思想的倡导者,无论是中国人还是外国人,都认为汉语是一个难以表达其思想的充满障碍的媒介,多数人感觉到由于汉语的属性与结构,在表达外国思想时,这些思想往往被歪曲或发生变形。①

① Arthur F.Wright,"The Chinese Language and Foreign Ideas",in *Studies in Chinese Thought*, Arthur F.Wright (eds.),Chicago:University of Chicago Press,1987,pp.286-301.

第二章　中国非虚构诗学研究反思

如前所述,针对中国非虚构诗学等方面的文献研究,国内外学者的研究与探索已经取得了丰硕的研究成果,为对中国非虚构诗学进行更为科学、深入的研究,打下了良好的学术基础。当然,也留下了有待进一步拓展的空间。

第一节　问题意识

一

中国非虚构诗学研究取得的成就是多方面的,主要体现在以下三个方面。

首先,中国非虚构诗学研究具有强烈的问题导向。由文献检索可知,国内外学者对于中国非虚构诗学的研究不是就事论事,而是从非虚构涉及的人的精神世界与物质世界的关系问题上探讨,这个方面较为丰富的研究成果,触及的是人类在一定的发展阶段所要面临所要思考的重大问题,回应了信息时代的社会文化、文艺发展的学术潮流。国内外学者对于从虚构向非虚构这种观念转换的研究,分别细化为中国非虚构诗学是如何形成的,具有什么本质特点和独创性,对当代文论创新具有什么价值意义等具体问题,是对于现代以来流行的“文学即虚构”文学本质论的重新思考,具有一定的划时代意义。概而言之，非虚构这一问题的探究从根本上来说，抓住的其实是当前文学理论创新发展的核心问题，对于整个的文学研究都有着极为重要的提纲挈领、纲举目张的意义。相关成果这样一种强烈的学术创新的导向，为进一步研究提供了基础。

其次，中国非虚构诗学研究形成了理论阐释的多维性。由文献检索可知，国内外学者对于中国非虚构诗学的研究已经由过去的较为单一的研究、一般性研究，正在转向文学理论综合创新的深度思考，中国非虚构诗学作为民族文化的瑰宝，已经置于当前全球化时代的文学理论创新的总体格局中来研究，是新时期文学理论最为重要的学术增长点。守古人之衣钵，食古不化；拾洋人之牙慧，以西释中，已经被学术界否定，中国非虚构诗学研究正在呼唤、践行一种沟通古今、融汇中西的学术研究范式。研究者除了文学理论学者之外，还有来自中国古典文学、中国现当代文学、外国文学等学者，以及哲学、语言学、社会学、历史学、人类学、心理学、新闻传播学等不同学科阵营的学者，从文化哲学、文字学、文化人类学、阐释学、东方主义、精神分析学、结构主义、后现代文化等各个角度和层面进行研究，内容非常广泛。相关研究成果为多学科综合性和交叉性研究奠定了基础。

最后，中国非虚构文学作品研究为理论探讨奠定了厚实的基础。由文献检索可知，古今中外大量的非虚构作品被纳入研究者视野。其中不乏对于《冷血》《史记》《中国在梁庄》这样一些古今中外经典之作的充分解读，也包含了对于相关著名作家的研究，以及非虚构写作现象的高度关注，为理论研究与作家作品现象分析相互印证，提供了大量可供参考的例证。非虚构诗学的范畴、原理等不可能凭空产生，文学批评与文学理论结合，相关研究可以有效避免文学理论研究误入当前普遍存在的远离文学创作实际、不接地气、玄虚蹈空的歧途。也就是说，相关研究成果为当代正在努力建设"有文学"的文学理论创造了条件。

二

然而,总体上看,中国非虚构诗学研究,还处在探索时期,尚缺乏相应的成熟的理论体系,具体表现在以下四个方面。

首先,国外研究方法存在巨大不足。海外汉学家研究,目的是为西方“文学即虚构”文论寻求出路,是为了比较而比较,主要是站在西方文化立场从二元对立出发进行理论推演,将中国诗歌、小说和戏剧定位在非虚构,认为中国文学完全没有虚构,这样就陷入了新的二元对立的窠臼,这显然与中国文化和诗学的整体性思维不符。这样来阐释非虚构,也导致中国非虚构诗学理论与文学事实抵牾,不管是中国文学作品,还是中国传统诗学论述,都不是将虚构完全排斥在外的。国外学者通过这种方法建构的中国非虚构诗学话语理论,主要还是停留在异国想象的层面,还没有具体落实到中国诗学建构和文学创作的实际,难免有隔靴搔痒、郢书燕说之不足。

其次,国外研究对象存在严重偏差。西方文学理论将西方的诗歌、散文、戏剧、小说作为文学的体裁,认为形成了以虚构为标志的纯文学传统。根据这种逻辑,西方学者还是仅限于纯文学范畴内,来研究中国非虚构诗学,仅仅关注中国传统的有关诗歌、戏剧、小说、散文的创作和理论,以此来说明中国非虚构文学和诗学的特点。其实,中国古代大量的作品在今天如果按照西方的观点来看都不是文学,但是都列入了古代中国文学的范畴,并且关于诗歌、戏剧、小说、散文的理论也与西方纯文学的建构存在不一致的地方,这正是文学观念的巨大差异。可见,西方学者的这一做法实际上就是对中国丰富的非虚构文学现象和学术资源的“视而不见”,这种有意忽视必然会造成中国非虚构诗学理论建构上的盲点。

再次,国内研究文化自信不够。非虚构写作在西方有其特定的后现代文化背景,被看作是对现代性推进过程中形成并逐步定型化了的现代文化和文学的挑战,看作是后现代书写的一个全新的文类,这符合西方的文化转型特点，对于我们理解非虚构有一定借鉴意义。但是，不同国家、民族由于历史发展和生活实践不同，文化、文学和诗学本来就具有异质性特征，这些异质性直接关系到中国非虚构诗学的建构，假若不回到中国的历史文化语境中去，所作的考察和阐述肯定会有不当之处，中国非虚构诗学的特质和价值会被遮蔽。关于非虚构作为一个诗学术语的意义阐释，以及对于具体的非虚构作品的文学性解析的理论依据，还不同程度地存在着以西方虚构理论为圭臬来评判的不足。对于中国非虚构文学以及理论的缘起的研究，不少人还是以美国20世纪中期兴起的非虚构作品《冷血》和非虚构写作、新新闻小说等理论为参照等等，对于中国非虚构诗学丰富的资源，只是用来佐证西方学者的观点。总之，整体的学术框架还缺乏建构中国特色话语体系的自觉。

最后，整体而言理论研究系统性不足。第一，现有成果局部研究的多，整体性研究的少，由于视角不同，侧重点不一样，文献综述中的古代文学、现当代文学、外国文学研究中许多研究成果只是涉及非虚构问题，中国非虚构诗学问题只是作为一个隐含的问题存在的，没有充分展开论述；第二，概念是学术体系建构的基石，在将非虚构写作普及到中国的彼得·海斯勒看来，甚至连非虚构这个名称也显得不伦不类，大力倡导非虚构写作的《人民文学》主编李敬泽在卷首语中多次表示："何为'非虚构'？一定要我们说，还真说不清楚。"在中国非虚构诗学研究中对于这个概念的理解偏差太大，需要进一步探究；第三，中国非虚构诗学的缘起、发展线索等"源""流"，还没有完全梳理清晰，非虚构诗学在当代的结合部和增长点，还缺乏学理上的有力揭示；第四，规律、特点即"质"，还没有形成共识，现有成果不乏矛盾和抵牾之处，对于一些作品和现象批评的理论尺度和标准也还很不一致，非虚构写作还缺乏相应的理论支持和指导。也就是说，中国非虚构诗学这一重大问题还没有得到系统性的有效阐释。

三

有待进一步探讨、发展或突破的空间，主要有以下几点。

（一）

如何进一步创建中国非虚构诗学的话语体系？中国非虚构诗学研究本来是一个很宏大的题目，要研究的问题很多，现有的成果也不少，然而，中国非虚构诗学的话语体系建构方面是一个重大的核心的问题，十分有必要进一步探讨。虽然有浓厚的“史”的意味，但是，不满足于“史”的材料堆砌，不满足于“史”的现象描述，更多的还是要进行理论上的论证，在关键点的理论阐释上下功夫。虚构、非虚构话语来自西方文论，论证不是从既有的观点出发，去寻求佐证的材料来充实他者言说的论据，主要是通过材料和观点的相互影响、相互作用、相互征服、相互阐释，对于中国非虚构诗学要义去重新发现和探索，真正做到历史的、逻辑的统一，为建构中华民族特色鲜明的话语体系做出我们的一分努力。这是总目标、总任务，是需要实现的最大突破。

（二）

如何进一步明确中国非虚构诗学的逻辑起点？发生学作为观念与方法，早已超出生物学研究领域，在人文科学研究范畴的运用也日渐频繁和广泛，然而，一些研究者在使用这一概念时存在着误解，最常见的是将中国非虚构的发生理解为起源，缺乏对其内在结构的解析，因此存在较大的争议。关于中国非虚构文学的发生，有人认为是20世纪中叶兴起之后，有人认为是20世纪80年代兴起的报告文学兴起之后，有人认为是汉代《史记》兴起之后，有人认为是先秦时期的《诗经》、历史散文兴起之后等，可谓众讼纷纭，有待进一步辨析。运用发生学研究关于非虚构知识结构的解释，就是要说明在非虚构这种观念的主观生成，而起源学研究非虚构诗学在历史中的客观出现；研究非虚构发生是逻辑概念，寻求内在关联才可以达到，而研究非虚构起源是历史概念，找到确凿例证就可以实现，前者是理论的深究，后者是现象的罗列。因此，有待于运用发生学的理论方法来探讨中国非虚构诗学的发生语境，从确立的起点中寻求能够遗传下来、不断显现的一般特征，来实现中国非虚构诗学的“源”的研究的突破。

（三）

如何进一步梳理中国非虚构诗学的发展线索？关于中国非虚构诗学在各个历史阶段的研究，已经有了丰富的成果，但是还处在孤立、零散的状态，有待进一步整合。“结构”在长时段理论中是一个核心的词汇，著名历史学家布罗代尔认为“长时段”就是各种稳定的结构和结构群组合在一起，起到的是组织、凝聚和延续的作用。就中国非虚构诗学的历史发展而言，紧扣“文学”这一结构，将有关“文”以及与之密切相关的术语集合起来，以此为轴心展开搜索，从这些文献中进行分析，非虚构诗学在各个历史阶段是如何呈现出来的，追问各个历史时期有哪些重要的与之相近的范畴，各个时代有哪些典型的文体，对这些对象进行解析、归纳，史料统一在这一内在的结构中，集中呈现出质的统一性和规定性，从而实现中国非虚构诗学“流”的研究的突破。

（四）

如何进一步总结中国非虚构诗学的审美特点？关于中国非虚构诗学的审美特点有许多阐释话语，然而关于非虚构的定义、规律等还存在很多不同甚至矛盾的地方，有人认为非虚构就是不虚构、无虚构，这都有待于进一步探讨。所谓话语，一般指的是特定社会语境中人与人之间从事沟通的具体言语行为，即一定的说话人与受话人之间在特定社会语境中通过文本而展开的沟通活动，包括说话人、受话人、文本、沟通、语境等要素，因此还原论者言说时的语境，寻求内在的逻辑，才能对话。站在民族文化的立场上来阐述非虚构诗学话语，通过抽象、概括和比较来彰显中国非虚构诗学的内在规定性，从中国传统哲学的、美学的、人学的、语言学的层面逐层有序展开，使得中国非虚构诗学的真面目显露出来，从而实现中国非虚构诗学“质”的研究的突破。

（五）

如何进一步揭示中国非虚构诗学的转型契机？信息时代以虚构为特征的纯文学陷入困境，呈现“无可奈何花落去”的命运，这一显著变化趋势引起了学术界的高度关注，所谓“文学终结论”并不是文学的死亡，其实就是文学的转型，从虚构向非虚构的转换，仅仅停留在现象的描述还是不够的，其深层的转换机制还值得进一步探讨。从印刷时代到信息时代，是人类文明史上一场深刻的变革，有必要从哲学的变革、人学的变革、媒介的变革方面去寻找结合部，寻求变革的深层机制，形成逻辑自洽的体系，为中国传统的非虚构诗学的现代转换研究寻求突破的空间。

（六）

如何进一步重建中国非虚构诗学的当代形态？非虚构文学创作在当前呈现出欣欣向荣的景象，然而，非虚构写作在理论上的总结概括还显得滞后，不少学者甚至还在依据以虚构为特征的纯文学的原则、规律去评判和要求非虚构写作，非虚构诗学的当代形态有待于进一步发展。从虚构到非虚构，这是文学理论革故鼎新的变化，文学特征论、文学价值论、文学创作论、文学主体论、文学语言论等一系列重大的文学理论问题，迫切需要面向新的时代要求去重新建构，中国非虚构诗学呈现出巨大的阐释空间，可以建立起新的思路与框架体系，实现文论形态新的突破。

四

本书拟解决的关键性问题就是，如何立足本土文化的根基，同时不排斥与外来文化文论的对话，为建立起具有鲜明的中国特色又具有世界意义和时代意义的非虚构诗学话语体系打下坚实基础？这一强烈的问题意识，具体包括以下三个方面。

首先,如何站在历史唯物主义立场上阐释中国非虚构诗学的历史生成?中国非虚构诗学理论中的不少研究还是借助于一种理论的推演,在概念、术语的层面上玩着游戏,将非虚构看作无虚构、不虚构的代名词,从字面上去解释,这些无益于增进我们对非虚构诗学的理解。按照发生学的观点,在事物的发生中就包含了事物的结构,体现了本质特点,在发展的过程中内在的结构得到显现、强化。在考察非虚构诗学发生发展的过程中,不是现象罗列,而是理论探究,其中主要包含对于非虚构内在特征探微的导向。那么,如何阐释中国非虚构诗学发生的文化语境?如何梳理中国非虚构诗学的发展线索?这就是需要解决的关键问题之一。

虽然古人的非虚构文学观念只能存在于古人的头脑中,早已时过境迁,不能够用今人的观念去臆测,但是,古人关于文学的所思所想,会通过遗留下来的信息、文化符号表达出来,对于这些信息符号进行解码,把结论还原到当时的社会文化环境中去检验,然后可以揭示出来。因此,通过扎实的文献梳理,还原具体的、复杂的、原始的"历史语境",对文化活动、文化主体、文化产品、文化传播等进行"处境分析",不断去发现非虚构基因组合的内在结构,才能有力推进对于中国非虚构诗学观念的认识和把握,否则就是非历史唯物主义的立场。非虚构诗学的发生研究,要让材料说话,不是依据现有的观点去钻故纸堆找依据,如何真正做到论从史出,史论结合?这是需要解决的重点问题。

中国非虚构诗学研究要想突破套用西方话语阐释的瓶颈,相关资料整理是当务之急。现代以来受西方纯文学观念影响对于中国非虚构诗学资料重视不够,已有的文献集成大都是按照纯文学体系形成的,因此资料收集需要另辟蹊径,突破过去的框框,整理工作量大,同时需要甄别相关性,挑选出有价值意义的材料,没有这些扎实的史料和文献作为基础,研究很难有大的突破。这是最为基础性的又是最为艰巨的任务之一,因此成为难点问题。

其次,如何从逻辑的角度阐述非虚构文学的审美特征?历史的观点和逻辑的观点统一,是马克思主义的基本观点。在中国古代非虚构诗学发展史的具体语境中,一方面要展示出丰富的材料,呈现原初意义的形貌,另一方面,也不能停留在史料的堆砌上,而要在此基础上对于其蕴含的意义进行归纳、提炼,进行理论上的有力论证,进行既符合逻辑又不悖于历史的阐释,并力图在阐释中形成非虚构诗学体系。因此,如何从逻辑的角度总结出中国非虚构文学的审美特点?这就构成了需要解决的另一个关键问题。

从逻辑的高度来探讨中国非虚构诗学,建立起话语体系,需要从理清“固有之血脉”出发,去提炼在中国现代仍然具有活力、对于异域文化文学阐释中具有普适性的审美特点。关于非虚构诗学的审美特点所作的总结,能够消解古代与现代的疏离、中国与西方的隔膜,具有巨大的包容性和亲和力,由中国文化、文学时间和理论生发出来的文论话语,为世界各个民族的文论话语建构和创新,提供富于活力和深刻洞见的精神文化资源。只有这样,中国非虚构诗学才能呈现出理论价值意义,显示出旺盛的生命力。这是需要解决的重点问题。

中国非虚构诗学研究要力避以西绳中的全盘西化,也不能陷入民族主义的泥淖,需要中国智慧显示出中国的特色,同时又要能够胸怀世界;要尊重文化传统,又不能食古不化。做好这些平衡和协调,对于非虚构诗学的美学特征的阐释才会有说服力有价值意义,这需要较大的理论格局和较强的创新勇气。如何确立非虚构诗学的审美价值尺度、评价标准,并能够做出相应的合理的总结、概括?这是需要解决的难点问题。

最后,如何站在发展的高度将中国非虚构诗学在当代的文化语境中发扬光大?20 世纪 90 年代以来,“中国传统文论的现代转换”成为文学理论创新的一个重要的突破口,应该说取得了很大的成绩,但是同时也还存在一定的问题,更为重要的是,这是一个没有完成的工程。就中国非虚构诗学而言,是西方学者试图解决西方当代文论危机提出来的,是对中国传统文论的“误读”,在中国文学理论界非虚构阐释存在着古代与当代割裂开来的情况,有学者甚至将非虚构嫁接到西方文化语境中的非虚构小说、元小说理论等,有学者阐述中国非虚构诗学体系时只是引用古代非虚构理论的只言片语来作为佐证，这些做法都会使得中国非虚构诗学缺乏生气的关注和活力的涌现。因此，如何站在发展的高度将中国非虚构诗学在当代的文化语境中发扬光大？是需要解决的又一关键性问题。

将非虚构的“中国经验”置于当代语境考虑，关键是从文化对接的宏观层面上寻求结合部，从诗学建构的具体层面寻求增长点。从宏观层面上，要寻求中国非虚构诗学与信息时代的哲学观念、人学观念、媒介观念等方面的契合点，夯实当代转型的基础。从具体层面，紧扣信息时代新的契机，激活中国传统非虚构诗学的活力，来把握中国非虚构诗学的学术增长点，从文学特征论、价值论、主体论、创作论、接受论等多维的层面，实现中国非虚构诗学的当代形态的系统性重构。这是需要解决的重点问题。

关于当今时代精神文化的理解，是一个复杂的、宏大的问题，信息科学、媒介技术对于社会的影响是深刻的，但是如果生搬硬套来阐释与非虚构诗学的关联，容易陷入“科学主义”“媒介决定论”的泥淖，因此，如何准确把握时代特点寻求到契合点？这是需要解决的难点问题。同时，当代非虚构诗学资料，不少都只通过网络呈现，存在于各大文艺网站的书评区、专业评论网站，还有的存在于自媒体平台和自由讨论空间，收集不及时就会永久消失，资料收集整理时间紧迫，同时资料浩如烟海，整理起来工作量很大。这也是需要解决的难点问题。

第二节　突破路径

一

首先，必须进一步拓展中国非虚构诗学研究的思路。

中国非虚构诗学研究目前比较常见的思路是，以西方非虚构诗学的基本观点和理论为圭臬，去中国传统文论、文学中寻找论据，扩大、加深对于非虚构现有理论成果的理解，这种研究已经有了不少的学术成果，但是并没有推进非虚构学术思想理论走向成熟、完善的体系建构。有鉴于此，本书的总体思路是：以马克思主义为指导，坚持历史的观点和逻辑的观点相统一的理论方法，来研究中国非虚构诗学从发生到发展的深层理论，立足中国文化和文学实际，根据中国社会历史语境的特殊情况、特殊问题，尽可能收集中国非虚构诗学的相关信息，通过发掘本土资料，重新确立研究对象，力争做到所有的事实材料要有话语结构分析，所有的论点要有事实材料佐证，弘扬中国学术研究的优良传统，为创建中国特色的非虚构诗学话语体系奠定一定的基础。

（一）

遵循提出问题、分析问题和解决问题的一般规律，做强、做实这些环节，通过深入研究不断创新，形成学术思想理论的深刻性、系统性，实现创建中国非虚构诗学体系的总体思路。本书的总体思路将通过以下三个环节展开。

首先，凸显问题意识。中国非虚构诗学之所以会受到关注，是因为现代以来的纯文学观念受到了严峻的挑战。在西方，将虚构看作是文学艺术的内在规定性由来已久，古希腊时期柏拉图、亚里士多德提出的模仿说中就可以看作是虚构的同义语，1800 年斯达尔夫人率先将虚构和想象看作是文学的标志，从而将文学与法律、习俗等区别开来，赋予了文学现代意义。后起的俄国形式主义、英美新批评、法国结构主义等作了进一步的阐述，虚构被看作是文学的核心性质。这一文学观念，在世界范围内产生了广泛的影响，建构起理解文学最基本的认识框架。然而，20 世纪中期以来，纯文学和文学研究日渐式微，特别是电子信息技术迅猛发展的当今时代，德里达、米勒等学者提出的“文学终结论”为文学敲响了丧钟，虚构论呈现出“无可奈何花落去”的颓势。

可见，中国非虚构诗学研究的意义在于，通过焕发出中国文论的生机和活力，开启一种迥异于“文学即虚构”文学观念的重新思考，提出的是后理论时代文论话语体系重建的重大问题。本着这样的问题意识，中国非虚构诗学研究就不能只是对于虚构文论表面上的修修补补，而是要进行内在的脱胎换骨。说到底，就是要极力避免落入西方文化和文论的窠臼，迫切需要中国学者自觉地以中华文明再创造的姿态在与西方学界的对话中开展研究，形成全球化时代文学理论研究十分重要的学术增长点。

其次，辨析文化语境。海外汉学家关于中国非虚构诗学的研究，主要是立足中西哲学观念、思维方式、语言形式的比较。基本的观点就是，中国文人不认同基督教文明中与物质相异的精神实体，缺乏超越意识，缺乏西方式的逻辑思维和抽象观念，因此，中国文学缺乏虚构性而呈现出非虚构的特点。他们的目的是为西方陷入困境的“文学即虚构”文论寻求出路，站在西方文化立场从二元对立出发进行理论推演。西方学者对于从虚构向非虚构的转型，置于从现代向后现代的文化转型的语境中来研究，符合西方的文化逻辑。

由于忽略了中国文化、文论和文学的复杂生态环境，形成的研究成果不乏不实之处，造成了对中国非虚构诗学的误解。海外汉学家将中国诗歌、小说和戏剧均定位在非虚构，直接导致了中国非虚构诗学理论与文学事实抵牾，如果用非虚构来阐释屈原、李白等人的诗作以及《西游记》《红楼梦》等小说，自然而然就缺乏说服力，难以自圆其说，形成了文论建构的灰色地带。同时，仅限于纯文学范畴内来研究非虚构诗学，忽略了中国大量丰富的非虚构文学现象和学术资源，比如中国古代文论中的文体很多，大部分都不属于纯文学的范畴，但是都符合中国古代文论中文学的基本特点，因此，缺少了中国非虚构诗学的源头活水，将会造成非虚构理论的枯竭。

中国学者中不少人借用西方叙事学、元小说理论来阐述中国非虚构诗学，来印证中国史传文学的非虚构特征，或与西方《冷血》等非虚构作品进行比较，来解读《中国在梁庄》《瞻对》等非虚构作品，这些做法都是从他者的眼光来观照本土的非虚构文学，拓宽了研究的视野，固然也不失为一种阐释。不过需要注意的是，西方文论从虚构向非虚构的转型，只是符合从现代向后现代的文化逻辑，只有在西方文化语境中，西方非虚构话语理论是自洽的。可见，将中国非虚构诗学与之混装在一起，将异域珍稀作为一种佐证或参照来建构中国非虚构诗学，则是不恰当的，难以形成有机的统一体。

最后，寻求本土路径。最为重要的，就是要立足本土的文化立场来总结非虚构诗学的"中国经验"，需要从历史的和逻辑的向度有序展开，从不同路径考察非虚构文学与文化元素，从整体上构建中国非虚构诗学话语体系。既要进行纵向的历史梳理，又要进行横向的抽象概括，做到材料、方法和观念的统一。

（二）

本书通过本土路径要达到两个目的。一是关于中国非虚构诗学的发生研究要立足真实可靠的材料，呈现出非虚构文学在先秦时期发生的复杂性、原始性，尽可能还原其发生语境，让原貌尽可能呈现，在对于这些信息符号的解读中，揭示出非虚构的结构意义。二是在不违背原始语境和语义的基础上，阐释其现代意义，积极与西方文化对话，进行合乎逻辑的话语建构，让中华民族的精神遗产成为当今世界的文化瑰宝。

中国非虚构诗学是民族文化的瑰宝，迫切需要中国学者反思西方学者论述的不足，重视民族文化传统立足民族文化立场，又要具有国际视野，以中华文明再创造的姿态，在与西方学界的对话中开展研究。

首先，反思眼光。中国非虚构诗学研究这一命题最早是西方学者提出来的，目的是为西方纯文学陷入困顿后寻求一条解救自我的路径，希望文学突破虚构的藩篱汲取非虚构因素，从中国文学和诗学中找到了根据。将中国文学中的诗歌、小说、戏剧、散文等定位为非虚构，与虚构对立起来，是为了西方学者理论建构的需要，并不符合中国文学和中国文化的实际，中国非虚构诗学的本来面目没有得到"正视"。同时，仅仅关注中国纯文学文体，也造成了大量丰富的非虚构文学的遗漏，这种有意的"忽视"需引起反思。

其次，民族视角。中国非虚构诗学必须回到中国文化语境中重新“审视”，进行重新的阐释。关注点是中国非虚构诗学的诞生与中国早期的社会实践活动的密切关联，注重从具体的精神活动中去发现中国非虚构诗学最为原始的文化基因；通过历代文论的梳理，呈现出中国非虚构诗学的基本风貌。

最后，国际视野。通过中西比较，在全球化语境中彰显非虚构的独特魅力。切入到民族文化的核心即思维方式进行有力的阐释；结合文学最基本的表达方式即汉语特征进行深入的剖析；结合中国非虚构文学作家作品，进行逼近的勘察；联系信息时代的哲学观念、思维方式、语言媒介变革的特点，寻求到与中国非虚构诗学的联系，激活中国非虚构诗学当代创新的活力。

二

如何推进中国非虚构诗学的话语体系的建构？

（一）

本着上述问题意识，拟从以下三个方面突破，来推进话语体系的建构。

首先，打通中国非虚构诗学在古代与现代沟通的通道，试图为推进中国非虚构诗学话语的系统建构奠定基础。现有成果关于当代非虚构形态问题的研究，主要聚焦在对非虚构现象的评述，缺乏的是非虚构传统诗学的有力支撑和非虚构在信息时代勃兴缘由的深度把握，因此对于这些现象的分析容易陷入就事论事的困境。现有的关于中国非虚构诗学的一些研究成果，主要聚焦在对于中国传统的文学和诗学方面的讨论，只是将之看作是中国的一种传统，缺乏当代意义的探究，因此缺乏生机和活力。本书则敏锐地抓住了信息时代的哲学观念、思维方式、媒介语言变革与中国传统的非虚构诗学的关联，实现古今融通、现代转换，从中国非虚构诗学的发生、发展、转型的层面进行整体的系统的研究，试图为中国非虚构诗学话语系统的建构奠定基础。

其次，积极推进中国非虚构诗学与西方文论的对话，试图为文艺学发展提供新的学术增长点。长期以来,受西方文学理论的影响,文学即虚构,以为虚构文学没落了,就认为整个时代的文学就终结了。文学消亡了吗?这一问题成为新世纪以来的文学理论争论最为激烈的焦点。西方学者提出中国非虚构诗学这一命题是有意义的,只是站在西方的文化立场进行阐释,造成了"误读",中国学者立足本土文化立场,就是要探求中国非虚构诗学原始风貌和内在机理,使之在当今更具创造的活力和能量。本书关于非虚构诗学的研究,拓展了关于文学观念的认识,不是停留在一般意义上的讨论,而是从深层次在回答文学是否消亡的问题,更新了关于信息时代文学趋向的阐释向度。也就是说,本书"中国非虚构诗学研究"提出的是当前陷入"终结"困境的文学和文学研究如何实现突破的重大问题。

最后,注重非虚构诗学研究与文学作家作品批评结合,回应的是社会现实文化发展的需要。当前文学理论研究非常突出的问题是缺乏对于文学作品的关注,也不能有效解读作品,建构的是没有"文学"的文学理论,2019 年 7 月在上海召开的学术研讨会上,王安忆、贾平凹等著名作家和张江、程光炜等著名学者就此展开专门的对话。从本书前面部分提到的研究背景可知,中国非虚构诗学研究要回应的是当前方兴未艾的非虚构文学潮流。坚持理论联系实际,提出中国非虚构诗学这一重大理论问题,主张理论研究与作家作品解读相互印证,在深化非虚构诗学理论研究的同时,为现实的非虚构文学发展和批评提供理论依据。

(二)

建构中华民族特色的话语体系,是中国学者从事人文社会科学研究的指南,也是本书不断努力的方向,拟在以下两个方面努力做一些尝试。

首先,体系的新颖性。本书不是将非虚构只是作为一种文体或者写作技巧来看待,而是率先将其发生、发展、特征等与中华民族的生命意识、文化信仰等精神活动综合起来考察,全面探究非虚构发生的文化渊源、知识结构、思维方式、言说方式、价值取向等，去探寻中国非虚构文学观念的丰富内涵。在题材、主题方面显示出来的精神气质在体裁、语言、结构等形式中得到了生动的体现，精神活动是表现形式的主导，表现形式是精神活动的外化，二者相互支撑、相互融合。以非虚构为轴心，重新论述文学特征、文学价值、文学主体、文学作品、文学接受等，架构起迥异于纯文学"虚构即文学"的话语体系的雏形。

其次，体系的规范化。本书综合运用文献法、关键词批评、比较法、阐释学等方法理论，中外对话，古今沟通，对于非虚构的内涵、研究对象、发生发展、美学特点等做较为严谨的论述，力求形成较为清晰的逻辑关联和学术互补。这种学术研究的规范性，为中国非虚构诗学话语体系的进一步完善打下了基础。

（三）

希望能够在已有研究的基础上，在以下几个方面创新。

首先，本书不是将非虚构只是作为一种文体或者写作技巧来看待，而是率先将其发生、发展、特征等与中华民族的生命意识、文化信仰等精神活动综合起来考察。本书认为，中国非虚构文学内容在题材上，古代以"戎""祀"等现实生活中发生的"大事"为主，现代以核战争、生态、"三农"、地震、雪灾等"大事"为主，在主题上追求"理""道""趣"等，还有的题材注重身边的琐事，注重事件的真实性，情感的真挚性，认知上的真理性，因此，对于这些现实重大问题和身边小事的共同关注，成为中华民族精神文化方面形成的命运共同体。

其次，本书认为汉语的文化特征为非虚构的诗性存在奠定了基础。倘若把文学自觉的内涵仅限于对西方文学审美特征的认识，以虚构作为文学的特征来判定文学和文论的缘起，有意无意地将文学史上对文学的文化特征和社会功能的认识排除在"文学自觉"之外，这显然是一种非历史的观点，并不符合中国文学和文论的实际。汉语与西方语系的重大区别在于文字，从外在形态上看，汉字产生于与天地自然的感应，具有"观物取象"的象形特点，与此相对应的是，中国非虚构文学与自然物象密切关联，具有生动、丰富的感性力量；

从内在意义来看，以象表意为汉语的意义表达留下了不断衍生的空间，中国非虚构文学从具体生动的意象出发去探询形而上意义，融合了独特的审美发现；从心理机制来看，汉语是感悟式，非虚构文学感于物而"兴"更具有审美体验的心理特点。从根本上来说，中国非虚构文学不能套用西方的陌生化、结构、叙事等话语来研究。

再次，本书梳理了从虚构到非虚构的来龙去脉，从时代语境、思维方式和理论视域变革等层面阐述非虚构的要义。本书认为，非虚构破除了虚构论的二元对立思维，并不是"不虚构"和"无虚构"的代名词，而是要求在现实的基础上激发人的想象和情感活动，其间也包括虚构活动。其实，非虚构话语是在信息时代诞生的，与虚构所处的印刷时代文化语境不同；信息时代的整体性思维破除了虚构与现实的二元对立，成为非虚构的逻辑起点；非虚构不是把"现实"作为一种先验的存在，而是将其与包括虚构在内的人的具体体验融合，拓展了信息时代诗学的视域。

最后，本书认为信息时代文学研究范式的转型，表现在对于以虚构为特征的纯文学向以非虚构为特征的文学研究范式的变革。本书认为，在知识层面上，信息科学改变了关于文学语言的认识，文学语言的特殊用法变成了语言的一般用法，为非虚构文学研究理论的建构开掘出了理论资源；在思想层面上，信息科学更新了局限于协调内部要素的系统思想，而强调系统的整体性、开放性，为非虚构文学研究在更为广泛的精神文化领域探求，夯实了美学思想的根基；在哲学层面上，信息科学关于非物质、非能量的阐述，为非虚构文学研究信奉的有关"现实"的本质论提供了哲学依据。

第二篇

中国非虚构诗学的发生语境

发生学作为一种新观念与新方法，在人文学科领域运用逐渐广泛。发生学不同于起源学，前者指的是观念的发生，作用于人的主观世界，显现出文化心理的结构性特点，而后者指的是事件的发生，表现为历史的客观现象。而人类主观认识的范式从一个阶段向另一个阶段转型，总是以文化心理结构的突变为标志的。从这个意义上说，关于中国非虚构诗学发生语境的讨论，不仅是在描画中国非虚构诗学的外在形貌，同时更是在触及中国非虚构诗学的内在机理。

本篇要解决的主要问题，就是中国非虚构文学观念发生的文化语境的辨析。具体来说，就是以先秦的文献资料为主要依据，追溯中国非虚构诗学观念发生的文化源头，解释中国非虚构诗学观念在其发生阶段究竟是以什么样的面貌呈现出来，承载着哪些重要的文化信息，在当时的精神文化整体结构中占据什么样的位置等。

第三章　中国非虚构诗学孕育的文化基因

公元前 8 世纪到前 2 世纪是整个人类文化创造的伟大时期，在世界范围内人的自我意识和对于世界的理解开始觉醒，整个人类的精神家园得到修缮，一大批先贤圣哲诞生，一大批文化元典问世，被称为人类文明的轴心时代。古希腊文明的光芒照耀了西方的整个历史，如果说卫城神殿、帕特农神庙将人们带入了超越现实的神国，那么荷马史诗、希腊神话等作品营构了光怪陆离色彩斑斓的虚幻世界，柏拉图、亚里士多德等哲人提出的迷狂说、模仿说则为虚构文论的建构铺垫了厚重的基石。

中国非虚构诗学文学观念的发生是一个逐渐积累的过程，有其自身规律的发生发展过程，由不同时代关于文学不同层面性质的认识共同构成。周代以前包含了一些非虚构诗学观念的因素，但是，这些因素还只是依附在其他更为重要的占据核心地位的精神文化系统中，对于“天”“神”“鬼”的敬畏充满了虚无缥缈的玄幻感。轴心时代的“不语怪力乱神”“敬德保民”等思想的横空出世，孕育出了中国非虚构诗学这一宁馨儿，为后代不同历史时期提供了大体可以共同接受的遗传基因，形成了较为稳固的关于非虚构文学的认知结构，在后代影响深远并提供了不断衍生的精神动力，堪称具有发生学意义的文化源头。

第一节 “礼”与中国非虚构论

中国早期文化活动的焦点,从殷商时代关注“事鬼敬神”,到春秋战国时代转变为关注“祀”“戎”“教化”等“国之大事”。周人在总结殷商灭亡的教训时,深刻认识到“天不可信”“天命靡常”,认为只有“敬德”“保民”,才能国泰民安,提出用“行为史观”代替殷人的“神权史观”,实现了从“观乎天文”到“观乎人文”的重大转折。这种重大转折体现在当时社会文化生活的方方面面,从现有文献可知,这种社会文化的重大转型通过“礼”充分显现了出来,奠定了中国非虚构诗学思想基础。

“礼”显现出超强的无与伦比的意识形态功能。孔子曰:“不学诗,无以言。不学礼,无以立。”(《论语·尧曰》)阐述了“诗”强大的社会功用,告诉人们如果不学习“诗”,一个人连话都说不了,语言的交际功能都将无法实现;不过,“礼”则在更高的层面上规范着人之为人的基本准则,告诉人们如果不学习“礼”,一个人则简直举步维艰甚至寸步难行。可见,此时“诗”并未脱离“礼”而独立,单纯的文学观念也未能产生,却仍然受制于或者说服务于“礼”。下面通过轴心时代礼教对精神文化影响最大的实践活动入手,就如何从关注天神到关注现实的文化思想转变,来作深入探究。

一

何为“礼”?

享誉海内外的著名学者楼宇烈先生在《中国文化的根本精神》开篇,就讲到了中国人对于礼教的一种误读现象,他说:“一谈到礼教,首先冒出来的想法是什么呢? 礼教吃人。近代以来,这种习惯性的思维太深入人心了。对于礼教,说它吃人之外,还给它扣上一顶封建的帽子,礼教被习惯性地表述为封建的、吃人的。”[①]可见，唯有拂去“礼教吃人”这层尘埃之后，中国文化的根本精神才会熠熠生辉。

“礼”在中国传统文化中具有多重含义，作为一个原发性的文化术语，其意义衍生到了诸多范畴。《说文解字》解释说：“礼，履也，所以事神致福也。”礼系由初民社会的各种宗教巫术、生活习俗发展而来，在演化过程中融入了上古先民的风俗习惯、人伦感情、价值观念，再经过统治阶级的加工整理，最终形成一个整合了行为规范、制度、伦理、价值观的文化体系。著名礼学专家沈文倬先生指出：“凡政教刑法、朝章国典，统统称之为礼。”[②]当然这主要是就先秦而言的。先秦时代的“礼”，绝不仅仅指日常生活中文明行为的规范，同时也包括了体现“尊尊亲亲”“忠信孝悌仁义廉耻”的伦理准则和价值观念，以及与之相适应的制度建构。对此学术界早有共识，如李学勤先生说：“古代所谓礼，不仅是社会生活中的规定和仪式，还包括国家政治上的制度在内。”[③]丁鼎先生认为：“实际上，‘礼’不仅包含了我国古代社会生活各个领域的制度和规范，而且还包容了与这些制度和规范相适应的系统的思想观念。”[④]李衡眉先生也总结说：“从先秦历史看，礼仪可以说是无所不包的社会生活的总规范，融习俗、道德、政治经济制度、婚姻制度、思想准则为一体。它渗透到整个社会机体的各个方面，渗入到每个人的血液中。”[⑤]

可见，先秦的“礼”是多个文化层面的复合体，奠定了核心的文化价值观念，成为孕育中国非虚构诗学的文化基因。大略言之，有礼义、礼物、礼仪、礼

---

① 楼宇烈：《百年来对传统文化的误读》，载《中国文化的根本精神》，中华书局 2016 年版，第 3 页。

② 沈文倬：《古代的“五礼”包括哪些主要内容》，载上海古籍出版社编：《中国文化史三百题》，上海古籍出版社 1987 年版，第 357 页。

③ 李学勤：《古代的礼制和宗法》，载王力等：《中国古代文化史讲座》，中央广播电视大学出版社 1984 年版，第 125 页。

④ 丁鼎：《礼：中国传统文化的核心》，载浙江大学古籍出版社编：《礼学与中国传统文化——庆祝沈文倬先生九十华诞国际学术研讨会论文集》，中华书局 2006 年版，第 1 页。

⑤ 李衡眉：《先秦史论集》，齐鲁书社 1999 年版，第 70 页。

制等四个层面。

（一）

“礼义”，是在伦理、观念层面作出的道德规定，如忠、孝、仁、义、敬、慈、惠、恭、良等道德范畴。据《礼记·礼运》，周礼有十义之说：“父慈、子孝、兄良、弟弟、夫义、妇听、长惠、幼顺、君仁、臣忠十者，谓之人义。”其实质是根据个人或集团在社会生活中所处的地位和角色，制定出各自所应遵循的道德准则和行为规范。在先秦等级社会，“尊尊亲亲”和“贵贱有等”是礼义中最基本的准则，是故《礼记·乐记》曰：“礼义立，则贵贱等矣。”《礼记·曲礼上》：“夫礼者所以定亲疏，决嫌疑，别同异，明是非也。”礼不仅适用于个人，也适用于国家。在《左传·昭公三十年》中郑游吉提到郑、晋两国关系时说：“礼也者，小事大，大字小之谓。事大在共其时命，字小在恤其所无。”可见，在列国交往中，“礼”是必须遵循的基本原则，带有国际法的性质。[①]

（二）

“礼物”，包括行礼过程中使用的器物和体现名位、等级尊卑的各种名物，诸如衣服、车马、宫室、音乐、歌舞等。例如《礼记》《公羊传》等所载鼎制：天子九鼎八簋，诸侯七鼎六簋，大夫五鼎四簋，士三鼎二簋，西周出土鼎簋的情况与之大体符合。春秋中后期，“礼乐征伐自大夫出”（《论语·季氏》），卿大夫擅权现象严重，在礼物上的僭越之举层出不穷。如《论语·八佾》载：“邦君树塞门，管氏亦树塞门。邦君为两君之好有反坫，管氏亦有反坫。管氏而知礼，孰不知礼？”管仲在门前修筑的屏墙，与两楹之间的反坫，参照了国君的制度，受到孔子的批评。《论语·八佾》又载：“孔子谓季氏‘八佾舞于庭，是可忍也，孰不可忍也？’”佾，乐舞的行列，一佾八人。据《周礼》规定，唯周天子能用八佾，

① 参见晁福林：《春秋时期礼的发展与社会观念的变迁》，《北京师范大学学报》1994 年第 5 期。

诸侯用六佾，卿大夫用四佾。季孙氏作为卿大夫而僭用天子之礼，是对周礼的粗暴践踏，引起了孔子的极大愤慨。

（三）

“礼仪”，是各种具体的典礼和仪节。礼仪不能孤立存在，必须在仪式中体现尊尊亲亲等“礼义”，即所谓“夫名以制义，义以出礼”（《左传·桓公二年》）。西周春秋时期各种礼仪的举行相当频繁，诸如盟会、朝聘、丧祭、蒐狩、致师、献捷、飨燕、昏娶、立储、冠礼等，都在列国普遍实行。可以说，在社会生活的方方面面，都有礼仪在实行。杨向奎指出：“‘礼’是当时统治阶级的规范行为。行动举止，待人接物，都必须规范化。”[①]对于贵族来说，礼仪则是一门必不可少的功课，“不学礼，无以立”（《论语·季氏》）。是否合乎礼仪，也成了判断是非的依据。不合礼仪，轻则削官降爵，重则招致杀身之祸，甚或成为战争的导火线。如《左传·僖公二十四年》载，郑子臧因“好聚鹬冠”，违背了冠服之礼，为郑文公所杀，就是因为非礼而遭受横祸的一个生动的例子。《左传·宣公十七年》载，晋郤克在会见齐顷公时为妇人所辱，导致齐晋鞌之战的爆发，也可以看出缺乏了礼仪，天下就会不太平。

（四）

“礼制”，是体现礼的尊尊亲亲原则的各种制度规定，主要包括封建制度、爵命制度、宗法制度、婚姻制度、朝觐制度等。《礼记·明堂位》：“成王幼弱，周公践天子之位……制礼作乐。”明确地交代了周公“制礼作乐”的时间，是在周夺取殷商政权以后，其目的就是要建立以礼为核心的等级制度。尤其是宗法制度，在礼制中处于核心的地位，在宗法制度下，“敬宗”和“尊祖”成为基本

① 陈成国：《中国礼制史·先秦卷》，湖南教育出版社 1991 年版。

信条，人与人之间按照血缘的亲疏、嫡庶和长幼等关系确定尊卑、贵贱、上下，并以此确立继承、统属关系。吴浩坤说："宗法制的实质，就在于男性族长对宗族的政治、经济、宗教祭祀等各方面有绝对的支配权，亦即对整个宗族成员实行家长制的统治。而这种权力是可以由父系世代相传的。"①李学勤说："宗法制的规定是整个礼制的核心……各等级间的隶属关系，无不是宗法制的体现。"②其说至允。比如葬礼，作为中国的一种礼仪，与西方不同，作为一种基本的制度具有强大的约束力。从先秦就已经产生，历代相传，保持了礼的影响力。从明清及近代各地方志看，民间葬礼用挽歌者仍很普遍。如乾隆二十八年（1763）刻本湖南《清泉县志》有曰：舁柩者或多至三十六人，下至十有六人，舁者作邪许声，有词唱相导，盖古《薤露》《蒿里》之遗。③ 又如光绪十年（1884）刻本江苏《六合县志》亦云：发引日，用僧乐、挽歌以导輀车，亦有陈列纸帛人物、祭章、亭幔及用方弼方相者。④

以上分为四个层面是基于论述方便的考虑。实际上，在具体礼典的实施中，这些层面的内涵往往融为一体，不可截然分割。沈文倬先生曾考证每一礼典举行时，参加者各按其等级身份使用着不同的器物（或同一器物而加以不同的装饰），同时表演着与等级相适应的仪容动作，差别极为森严，丝毫不容差忒；只有人们自觉地遵守这种差别，才有利于统治阶级内部各个等级在对天命的信仰中组织起来，使这种差别趋于巩固。⑤

"礼"作为当时社会生活的指导原则和总规范，其内容包罗万象，门类繁多，就其外在形式即"礼仪"而言，古代礼书一般分为吉、凶、军、宾、嘉五大类，细分开来，则有所谓"经礼三百，曲礼三千"（《礼记·礼器》）之说。而关于

---

① 吴浩坤：《西周和春秋时代宗法制度的几个问题》，《复旦学报》1984年第1期。

② 《当代学者自选文库·李学勤卷》，安徽教育出版社1998年版，第65页。

③ 《中国地方志民俗资料汇编》（中南卷），北京图书馆出版社1991年版，第547页。

④ 《中国地方志民俗资料汇编》（华东卷），书目文献出版社1992年版，第365页。

⑤ 沈文倬：《略论礼典的实行和〈仪礼〉书本的撰作》，载《宗周礼乐文明考论》（增补本），浙江大学出版社2006年版，第4页。

"礼"的作用,可参看《礼记·曲礼上》一段扼要而全面的论述:

> 道德仁义,非礼不成,教训正俗,非礼不备。分争辨讼,非礼不决。君臣上下父子兄弟,非礼不定。宦学事师,非礼不亲。班朝治军,莅官行法,非礼威严不行。祷祠祭祀,供给鬼神,非礼不诚不庄。是以君子恭敬撙节退让以明礼。

小到家庭生活、狱讼纷争,大到宗庙祭祀、军队建设、朝廷吏治、国家管理,处处离不开"礼"。就影响社会生活之广度与深度而言,"礼"的确是当之无愧的思想文化之轴心。有学者说:"从根本上说,周文化就是礼乐文化。"①其实并无夸大之嫌。李学勤甚至认为:"礼是传统文化内涵的中心部分。"②

综上所述,"礼"在先秦思想观念中,有着举足轻重的地位。而所谓"礼教",即"以礼为教",克制个人的私欲服从于"礼"在调节人伦关系方面的规定性,则逐渐发展成为中国古代社会的主流意识形态。无论是"礼"还是"礼教",对早期"诗可以群"文学思维的形成,都起了关键性的作用。早期的文学作品,包括《尚书》《周易》《诗经》和诸子作品,都是以关注现实的群体的生存,国家社会的治理为主要内容的。注重人伦关系,不是以凸显个人为特点。章培恒、骆玉明指出,上古时期的文学作品《诗经》,个体意识尚未充分觉醒,人们所有的只是个人的朴素的需要和对群体的关心。在涉及前一点时,感情往往是委婉的、收敛的,别说是关系到个体与群体的矛盾,即使是纯粹的个人间的矛盾,也绝不出以剧烈的抗争。在涉及后一点时,虽然也有感情愤激的,但一般是出于对现体制和秩序的爱护,而不是相反。所以,重群体而轻个体的倾向很鲜明。另外,老子、孔子、墨子等精英阶层的代表人物,似乎有些总是以群体的指导者自居的特点,但他们的主张都是重群体而抑个体的,所以他们并不是把个体凌驾于群体之上或将两者加以割裂,也没有把个体作为群体基础

---

① 杨朝明:《鲁文化史》,齐鲁书社2001年版,第7页。

② 邹昌林:《中国礼文化》,社会科学文献出版社2000年版。

的意思;他们至多不过把自己视为群体中最优秀的一分子,含有显示个体的生命力的要求而已。[①] 这一论述具有很强的说服力。注重个性化,与现实对立起来,将文学看作天才的艺术,是虚构文学得以形成和发展的特点,而“礼”重群体轻个体的倾向,则为中国非虚构诗学的诞生奠定了基础。

二

“礼”的基本特征。

据前引《礼记・曲礼上》对礼之用的论述,周代的礼广泛应用于祭祀、教育、诉讼、家庭、朝廷、军事等生活领域,以维系秩序井然的人际关系为目的;即便是祭祀活动,也主要用于宣示君权、族权的合法合理性。这一切,与西方宗教醉心于“来世”形成鲜明的对比。

为何“周礼”与西方宗教同样发源于祭祀、巫术等活动,却呈现出迥然不同的价值追求呢?我们认为,可从以下四个方面加以理解。

(一)

从“礼”的起源看。以许慎为代表的学者将“礼”字的本义解释为祭祀活动,《说文解字・示部》:“礼,履也,所以事神致福也。从示从豊。”段玉裁注:“豊者,行礼之器也。”[②]虽说祭祀可以在一定程度上解释甲骨文中“礼”字造字的根据,但不可否认,文字的意义并非一成不变,而且从人类学的研究看,“礼”的起源可以上溯到殷商以前更古远的时代。从“礼”的起源看,祭祀也不过是诸多源头之一。其他可能的源头尚有:

1. 习俗说。刘师培、吕思勉、杨宽、常金仓等学者,都提出了“礼”起源于

---

① 章培恒、骆玉明:《中国文学史新著》(增订本第二版),复旦大学出版社 2020 年版,第 6—7 页。

② 参见段玉裁:《说文解字注》,上海古籍出版社 1988 年版,第 2 页;王国维、郭沫若均力主礼起于祭祀说,参见王国维:《观堂集林》第一册,中华书局 1999 年版,第 291 页。

习俗的观点。例如刘师培认为:“上古之时,礼源于俗。”[①]杨宽认为:“礼起源于氏族社会的传统习惯、习俗和种种以实物及象征性动作构成的仪式。”在国家出现后,贵族阶级就利用其中某些习惯加以改变和发展,逐渐形成各种礼。[②] 常金仓认为礼仪的形成应分为两个阶段:“第一阶段是原始社会的礼。它完全是史前初民处理生活中各种关系的一些习惯性行为,通常也叫风俗习惯。不过它不是风俗习惯的全部,而只是风俗习惯中有固定仪式的部分。第二阶段是文明时代的礼。它源于原始礼仪,而原始礼仪则源于原始民族中习见的手势动作。”[③]

2. 人性说。从人性的角度解释礼的产生,认为“礼”是符合人性要求的东西,出自人性的固有需求,也是人类社会对于人的一种基本要求,有如将“礼”看作是人与动物的一种区别一样。如《礼记·坊记》:“礼者,因人之情而为之节文,以为民坊也。”司马迁《史记·礼书》亦云:“缘人情而制礼,依人性而作仪。”宋代郑樵在《礼经奥旨》中也认为:“礼本于人情,情生而礼随之。”

3. 制欲治乱说。《荀子·礼论》曰:“礼起于何也? 曰:人生而有欲;欲而不得,则不能无求;求而无度量分界,则不能不争。争则乱,乱则穷。先王恶其乱也,故制礼义以分之,以养人之欲,给人之求,使欲必不穷乎物,物必不屈于欲,两者相持而长,是礼之所起也。”荀子主张“性恶论”,认为人的本性、先天的特征就是“恶”,如何调节、制止这种恶的外溢呢? 他指出“礼”之所以产生,就是欲望和物质条件二者矛盾的结果。具体来说,是为了克制欲望的泛滥而制定“度量分界”的限制,以避免人欲无度而导致的争端,从而在一定程度上保证满足人得以生存的合理需求,符合事物发展的内在逻辑,有一定道理。除《荀子》外,《墨子》《商君书》《吕氏春秋》均持类似观点。

---

① 刘师培:《古政原始论》,载《刘申叔遗书》,江苏古籍出版社 1997 年版,第 683 页。

② 杨宽:《古史新探》,中华书局 1965 年版,第 234 页。

③ 常金仓:《手势语言与原始礼仪》,《陕西师范大学学报(哲学社会科学版)》1996 年第 1 期。

4. 源于上古饮食习惯说。这种观点认为，饮食不仅只是满足果腹之欲而已，随着人类文明程度的提高，饮食之行为规范与准则开始出现，通过饮食表达出礼仪规范，在古代就有"仓廪实而知礼节"的说法。古人云："民以食为天"，其实，不仅普通民众注重饮食，贵族阶层更是如此，《左传·庄公十年》云："肉食者鄙。"肉食显然是当时贵族所享用的食物，以来代指贵族和官员，通过饮食可以代表身份和地位，显示出尊卑之别。古代饮食座次排列非常讲究，南向面作为尊位，显示出主客之别等，同时地位低下的人、年纪轻的人向身份高贵的人、年纪大的人进献饮食，以表示自己的尊敬。同时，敬酒的顺序、上菜的顺序等都非常考究。讲究尊卑有别、长幼有序的行为规范和基本原则，就是最古老的"礼"。清人孙希旦云："礼经纬万端，无乎不在，而饮食所以养生，人既生则有所以养之，故礼制始此焉。"①今人刘泽华亦持此说，称"礼"出于饮食之道。②

5. 源于交易行为说。作为实际的具有一定价值意义的交换的物质，不少学者进行了考证，杨堃认为："礼"的来源应当上溯到原始社会的礼品交换。③杨向奎也说："在原始社会，礼尚往来中的礼品交换实际上是货物的交易行为。""从原始的交易行为看，原始社会的氏族部落之间已经出现了聘礼、婚礼的萌芽。"④时至今日，"聘礼"的说法还存在，意思还是向女方家奉送一定的财物。

以上诸说各执一端，虽不无偏颇，但各有一定道理，合起来看，实则正好说明"礼"之起源的多元性。"礼"作为一种社会规范体系，总体上说是一种约定俗成又历代相继的产物，所以孔子说："殷因于夏礼，所损益，可知也；周因于殷礼，所损益，可知也。其或继周者，虽百世，可知也。"（《论语·为政》）既然

---

① （清）孙希旦：《礼记集解》，中华书局 1989 年版，第 839 页。

② 参见刘泽华：《先秦礼学初探》，《中国文化研究集刊》，复旦大学出版社 1987 年版。

③ 参见杨堃：《民族学概论》，中国社会科学出版社 1984 年版。

④ 杨向奎：《礼的起源》，《孔子研究》1986 年第 1 期。

是历代相承,必然与各种民俗、习惯之间存在着千丝万缕的联系,不会只是单一的祭祀活动发展的产物。那种把祭祀看作“礼”的唯一或主要源头的观点,存在较大的片面性。

当然,从早期的自然宗教演变成伦理化的“礼”,不能仅仅归因于殷商文化的铺垫,或者说,不完全是自然的、随意演变的结果。在演变过程中,以周公为代表的文化精英及统治阶级成员,也起了举足轻重的作用。正如杨向奎所言:“没有周公就不会有传世的礼乐文明,没有周公就没有儒家的历史渊源,没有儒家中国传统的文明可能是另一种精神状态。”“以德、礼为主的周公之道,世世相传春秋末期遂有孔子以仁、礼为内容的儒家思想。”[①]这也可以解释何以孔子对周公念念不忘、倾心仰慕。正是以周公旦为代表的文化精英的礼制实践,为西周以来的礼文化全面繁荣打开了局面。

另外,我们也不认同“礼”的前身即宗教巫术的观点。部分学者考证上古帝王为“群巫之首”,作为政治领袖的“王”兼为最大的“巫”,来沟通神界与人世,[②]现在看来这些观点不仅缺乏确凿的文献依据,也把“礼”的内涵狭隘化了。

(二)

从“礼”的用途看。虽然《礼记·祭统》云“礼有五经,莫重于祭”,吉、凶、宾、军、嘉五礼,吉礼(祭祀)列于首位,但是这一点并不能说明,周礼延续了原始的巫术思维。恰恰相反,周代大部分礼典,已被证明并非超现实的巫术仪式,而是基于现实生活的需要而制订。先秦不同时期的学者,将其分为不同的类型。如《尚书·尧典》所云:“有能典朕三礼”,郑玄认为是“天事、地事、人事

---

① 杨向奎:《宗周社会与礼乐文明》,人民出版社 1992 年版,第 136、279 页。

② 陈梦家认为王者为“群巫首”,见陈梦家:《商代的神话与巫术》,《燕京学报》1936 年第 20 期;张光直认为,巫通天人,王为首巫,见张光直:《美术、神话与祭祀》,生活·读书·新知三联书店 2003 年版,第 45 页。

之礼也”。《礼记·昏义》分为冠、昏、丧、祭、朝、聘、射、乡八礼。《大戴礼·本命》分为冠、昏、朝、聘、丧、祭、宾主、乡饮、军旅九礼。邹昌林曾将《仪礼》《周礼》《礼记》中的成套的礼仪加以梳理，近 90 项，分为人生礼仪、生产礼仪、交接礼仪（即宾礼与嘉礼）、祭祀礼仪、凶礼、军礼、杂项等七大类。① 除去祭礼一项外，其他六大类均服务于生产、生活、经济、政治、军事，与宗教巫术并无明显的联系。

沈文倬先生也指出：“礼”是为现实生活而设置，并非超现实的事物：“在古代历史上，很大一部分制度规程就是‘礼’。具体地说，就是根据政教、外事、兵戎、农耕、狩猎、宗族、文化等方面的实际需要，逐渐形成各个门类如朝觐、盟会、锡命、军旅、祭祷、藉蜡、丧葬、搜阅、射御、宾客、学校、选举、婚配、冠笄等礼典。礼不是超现实的东西，无论哪一种礼典，其具体仪式都是从统治阶级的现实生活中提炼出来的，只不过被加以装潢和粉饰，成为一幕幕庄严肃穆、令人敬畏的场面而已。”②

同样，在先秦学者的论述中，关注更多的是“礼”对现实政治的指导意义。春秋时期一些社会威望高、学识修养高的人，对正在实行的礼典都曾经高度关注并且加以评论，一致强调礼在政治教化方面所起到的主导作用。例如：

（君子曰）礼，经国家，定社稷，序民人，利后嗣者也。（《左传·隐公十一年》）

（晋师服曰）夫名以制义，义以出礼，礼以体政，政以正民，是以政成而民听。（《左传·桓公二年》）

（周内史过曰）礼，国之干也。敬，礼之舆也。不敬则礼不行，礼不行则上下昏，何以长世？（《左传·僖公十一年》）

---

① 参见邹昌林：《中国古礼研究》第三章，载《大陆地区博士论文丛刊》，文津出版社 1992 年版。

② 沈文倬：《略论礼典的实行和〈仪礼〉书本的撰作》，载《宗周礼乐文明考论》（增补本），浙江大学出版社 2006 年版，第 3 页。

(晋叔向曰)礼,政之舆也;政,身之守也。怠礼失政,失政不立,是以乱也。(《左传·襄公二十一年》)

(卫宁庄子曰)夫礼,国之纪也……国无纪不可以终。(《国语·晋语四》)

夫礼,所以正民也。(《国语·鲁语》)

时代稍晚的孔子及其后学,更是大张旗鼓地提出:“为国以礼。”(《论语·先进》)“治人之道,莫急于礼。”(《礼记·祭统》)“治国不以礼,犹无耜而耕也。”(《礼记·礼运》)并要求以“礼”的精神对士大夫们进行修身、齐家、治国等方面的教育,把建设一个礼治社会作为自己的政治理想。在后学的《礼记·曲礼》篇中,“礼”甚至成为万金油式的通用于社会生活各个领域的总规范,须臾不可或缺。

综合以上评论,不难看出,春秋时人把“礼”看作治人、治国的根本方针。在他们看来,“礼”是政治的体器(“礼以体政”),是政治得以运行的载体(“礼,政之舆”),是国家的支柱(“礼,国之干”)和纲纪(“礼,国之纪”),也是治理民众的主要手段(“礼,所以正民”)。这种“礼政合一”的观念,集中体现了“礼”在春秋政治生活中的核心地位。正如杨师群所说,周代国家的统治模式就是如此,即:“在自然经济基础上的以礼治为核心的宗法君主制社会统治秩序。”①

(三)

从周礼的文化理性看。周代礼制所体现的理性的早熟性,以往常为学者所忽略。陈来曾对儒家思想的源头进行分析,得出的结论是:宗教的伦理化在西周初即已完成,而整个中国的轴心时代,如果从公元前 800 年算起,并不是因为认识到自身的局限而转向超越的无限存在,理性的发展不是向神话的诸

① 参见杨师群:《东周秦汉社会转型研究·前言》,上海古籍出版社 2003 年版。

神进行伦理的反抗,更未导致唯一神论的信仰。在中国的这一过程里,更多的似乎是认识到神与神性的局限性,而更多地趋向此世和“人间性”,对于它来说,与其说是“超越的”突破,毋宁说是“人文的”转向。①

这一研究揭示了周文化的理性早熟,乃是基于一种人文主义精神的文化转向。

与理性早熟相一致的,是民族的精神气质。近几十年的文化人类学著作中出现了一个高频词“ethos”,国内学术界有将其译为“精神气质”,或音译为“意索”,或译为“民族精神”“文化精神”者。② 也有国外学者直接描述为民族的“基本人格”。③ 其所指大致相同,指族群生活的一种风气、特征、品性,其道理与审美的基调,以及此族群对他们自己和他们所处世界的根本态度。④

虽然夏、商、周文化模式有所差别,如夏人“事鬼敬神而远之,近人而忠”,殷人“尊神,率民以事神,先鬼而后礼”,周人“尊礼尚施,事鬼敬神而远之,近人而忠”(《礼记·表记》),以西方人类学的标准,殷文化因其对祭祀的狂热近似于酒神狄奥尼索斯那样一种类型,周人近于日神阿波罗那样一种类型。表面上看各有千秋,但究其实质,三代以来也发展着一种连续性的气质。这种气质在西周开始定型,经过轴心时代的发展,演变成为中国文化的基本人格,注重人伦关系,这种文化气质集中表现为重孝,重孝不仅体现为殷商的繁盛的祖先祭祀、在周代礼乐文化中更强烈表现出对宗族成员的亲和情感,对人间生活和人际关系的热爱,对家族家庭的义务和依赖。⑤ 而且这种气质与那种生为纯粹幻觉,追求超自然的满足的取向有很大不同,更倾向于“积极的、社会性

① 陈来:《古代宗教与伦理——儒家思想的根源》,生活·读书·新知三联书店 2009 年版,第 7 页。

② 庄锡昌等编:《文化人类学的理论框架》,浙江人民出版社 1988 年版,第 88—89 页。

③ 庄锡昌等编:《文化人类学的理论框架》,浙江人民出版社 1988 年版,第 119 页。

④ Clifford Creertz,*The Interpretation of Culture*,Basic Books,1973,pp.126-127.

⑤ 陈来:《古代宗教与伦理——儒家思想的根源》,生活·读书·新知三联书店 2009 年版,第 7 页。

的”“热忱而人道的”价值取向。①

（四）

从周礼的本质特征来看。从根本上说，周礼是一种伦理文化体系，价值观中最突出的是对德的重视。周礼所体现的政治文化可以概括为“崇德贵民”，是一种典型的“德感文化”。王国维早已提出：“周之制度、典礼，乃道德之器械，而尊尊、亲亲、贤贤、男女有别四者之结体也。”他以《召诰》为例，指出：“《康诰》以下九篇，周之经纶天下之道胥在焉，其书以皆以民为言。《召诰》一篇，言之尤为反覆详尽，曰命、曰天、曰民、曰德，四者一以贯之。……且其所谓德者，又非徒仁民之谓，必天子自纳于德而使民则之……故知周之制度典礼，实皆为道德而设。”②

在陈来的研究中，得出了相似的结论，认为中国文化是一种伦理类型的文化，就其主导的精神气质而言，中华文明最突出的成就与最明显的局限都与它的作为主导倾向的伦理品格有关。在中国上古时代已经显露出文化的这种偏好，正是基于这种偏好而发展为文化精神。中国文化在西周时期已形成“德感”的基因，在大传统的形态上，对事物的道德评价格外重视，显示出德感文化的醒目色彩。以周公为卓越代表的西周思想，其核心观念可以概括为三条：第一，天命无常；第二，天命惟德；第三，天意在民。③

不难看出，“礼以体政”，而适应于国家治理、民众生活需要的各种礼典，必然是具体而可操作的基本规范和准则。④

总而言之，在先秦文化语境中，“礼”是一个最基本、最广泛的范畴。“礼”

---

① 许烺光：《宗族、种姓、俱乐部》，华夏出版社1990年版，第250页。

② 王国维：《殷周制度论》，载《观堂集林》上册，中华书局1959年版，第477页。

③ 陈来：《古代宗教与伦理——儒家思想的根源》，生活·读书·新知三联书店2009年版，第8页。

④ 沈文倬：《略论礼典的实行和〈仪礼〉书本的撰作》，载《宗周礼乐文明考论》（增补本），浙江大学出版社2006年版，第2页。

孕育自中国早期文化土壤，在周代得到充分发展，臻于繁盛并大行于天下。后世中国乃至东亚文化圈都深受其影响。而形成于中国先秦时期的“礼教”，虽与西方宗教有着某些相似的起源，但在发展过程中，走向了迥然不同的路径——前者关注此岸世界即现实世界，后者关注超现实的彼岸世界；前者服务于现实的秩序，后者则着眼于灵魂的救赎，谋求来世永生的幸福。明了这两者的差异，是探究中西文化思维差异的一把钥匙，是探究中国非虚构诗学发生的一条通道。

三

“礼”对现实的制约作用是明显的，涉及国家和上层社会的影响和作用是全方位的，所谓“不学礼，无以立”就已经把“礼”的位置凸显了出来。这也就解释了为何中国传统文化关注现实世界而不是彼岸世界，而不具有超越现实功能的总体的价值取向。因此，关于先秦文学观念的理解，必须置于这样一个宏大的、总体的背景下，才能解析其基本意义。也就是说，“礼”内化为一种文学精神，一种执着的现实理性精神在文学观念中得到了强化，“礼”的文学观念呈现，社会性、现实性成为一种基本的要求。

孔子时代就是将“礼”与“文”结合起来，二者是可以互释的。孔门师徒十分注重“博文约礼”，“博文约礼”这一句话孔子和其高足颜渊都谈到了，孔子描述了“礼”与“文”不可分离的实际状况：“子曰：‘君子博学于文，约之以礼，亦可以弗畔矣夫！’”（《论语·颜渊》）颜渊深得老师教诲的旨意，是这样理解的：“夫子循循然善诱人，博我以文，约我以礼。”（《论语·子罕》）在这两句话里，孔子说“博学于文，约之以礼”，而颜渊说“博我以文，约我以礼”，由此可见，他们都以“博文约礼”作为对于“文”的最好的解释，概括了当时孔门师徒对于“文”的理解的精髓。荀子曾说：“虽王公士大夫之子孙也，不能属于礼义，则归之庶人。虽庶人之子孙也，积文学，正身行，能属于礼义，则归之卿相士大夫。”（《荀子·王制》）这里的“文学”一词，与今天所说的“文学”的意义不完全相同,主要指儒家的伦理道德和文化学术,主要着眼于现实生活中的个人修养,说到底就是“礼”的体现,通过“礼”来提升自己的人生境界,即所谓“人之于文学也,犹玉之于琢磨也”(《荀子·大略》)。由此可见,唯有与“礼”结合,超越虚构,才能理解“文”“文学”在轴心时代的固有的深层的意义。

有鉴于此,有学者提出来,文学观念的正式提出发生在春秋末年绝不是偶然的,与“礼”有着不可分割的关系,这是非常有道理的。比如“诗言志”在《尚书·尧典》中所表达的意义,就其发生而言,最初是作为原始乐教礼仪的一部分,具体就是巫史占卜祭祀时向神灵的祷辞告语,即“指向神明昭告”。尽管它只是沟通神人的一部分,却为诗歌的政教功能发生奠定了基础。自周公“制礼作乐”后,“采诗”“献诗”礼仪与政教系统和文化制度紧密结合了起来,开启了教化的作用。有学者认为:“关于‘克己复礼’、‘兴灭国,继绝世,举逸民’的呼吁,正是对‘礼制’被彻底破坏、‘礼教’被束之高阁的社会思潮的反拨。而到了战国时期,则已无复‘礼教’之可言。春秋中后期兴起的‘诗教’已然成为主流社会意识形态也是可以成立的。‘诗言志’和文学的观念正是在这社会思想文化的大变局中发生着根本性的改变,实现了质的飞跃。”①在这篇文章里,将“诗言志”这一命题作为一个标本,置于“礼”的文化背景,进行了颇有说服力的解析,其实带有广泛的代表性。

“礼”,作为儒家学说中最有影响力的文化基因,在后代得以显现了出来。“礼”所代表的现实理性精神,内化为后代文人的精神文化结构,对于中国非虚构文学观念产生了广泛的影响。下面我们以礼制衍生出文学文体之一——挽歌为例,略作说明。

孔子虽“不语怪力乱神”,但却很崇尚丧礼。他在《论语·为政》中说:“生,事之以礼;死,葬之以礼,祭之以礼。”对于祭奠死者的挽歌,在先秦就是“礼”的观念的文学性体现。《左传·哀公十一年》载,公孙夏曰:“二子必

① 王齐洲:《“诗言志”:中国古代文学观念发生的一个标本》,《清华大学学报(哲学社会科学版)》2010 年第 1 期。

死。”将战，公孙夏命其徒歌《虞殡》。杜注：《虞殡》即送葬之挽歌，唱之以示必死。“陈子行命其徒具含玉”，含玉以明将帅有必死之志的寓意：“天子含实以珠，诸侯以玉，大夫以玑，士以贝，庶人以谷实。”①战争最需要砥砺士气同仇敌忾，激发起全体将士慷慨激昂舍生忘死之志，故公孙夏命其徒所歌之《虞殡》，必是激励鼓舞士气之歌，表达视死如归的悲壮情怀，具有强烈的现实意义。

有人认为，挽歌起源于汉代田横后人，晋干宝《搜神记》云：“挽歌者，丧家之乐，执绋相和之声也。挽歌辞有《薤露》、《蒿里》二章，汉田横门人作。”其实不然，这种观点自隋唐以后学者即多所怀疑。如唐代学者李匡义《资暇集·挽歌》云：“代云挽歌始自田横门人，非也。《左传》曰：‘鲁哀公会吴伐齐，将战，齐将公孙夏令歌《虞殡》。’杜注：‘《虞殡》，送葬歌也。’如是，则已有久矣。”宋代王应麟《困学纪闻》亦云：“《左传》有《虞殡》，《庄子》有《绋讴》，挽歌非始于田横之客。”清代学者何倬《义门读书记》卷四十七也说：“谓挽歌始于田横宾客恐亦不然。”这些学者继承前人成果，肯定地提出了挽歌缘起于先秦丧礼的观点。

挽歌只能说是在汉代进一步发展了，还是与“礼”结合在一起的。根据有的学者的考证，汉代挽歌被确定为乐府曲调后，按照逝者等级分门别类来使用，渐成为丧葬礼仪的一部分。汉初田横事件发生，其门人借丧歌表达哀思，《薤露》《蒿里》就这样流传了开来。② 只是此时汉高祖刚刚平定天下，还无暇顾及治礼作乐，此时《薤露》《蒿里》流传的范围有限，主要还是在民间流传。汉武帝时期则有了很大的变化，挽歌流传从民间转向了朝廷，据记载：“定郊祀之礼……立乐府，采诗夜诵，有赵代秦楚之讴。以李延年为协律都尉……略论律吕，以合八音之调。”（《汉书·礼乐志》）《薤露》《蒿里》这两首曲子经李延年润色修改之后，还并配上乐器演唱，形式上更加精致，已经由俗到雅，成为朝廷丧葬礼仪的一部分。但其用于挽柩者歌之，仍是强调主悲情调。也就是

① （汉）刘向撰：《说苑校正》卷十九，中华书局1987年版，第493页。

② 孙立涛：《〈挽歌〉源流考》，《中国诗歌研究》2014年第10辑。

说，挽歌从民间礼仪变成了官方礼仪，但是基调没有改变。

挽歌被朝廷采纳作为礼制，出现在东汉明帝刘庄母亲阴太后的葬礼上，据历史记载：

永平七年，阴太后崩，晏驾诏曰："柩将发于殿，群臣百官陪位，黄门鼓吹三通，鸣钟鼓，天子举哀。女侍史官三百人皆著素，参以白素，引棺挽歌，下殿就车，黄门宦者引以出宫省。太后魂车，鸾路，青羽盖，驷马，龙旗九旒，前有方相，凤皇车，大将军妻参乘，太仆妻御，女骑夹毂悉道。公卿百官如天子郊卤簿仪。"后和熹邓后葬，案以为仪，自此皆降损于前事也。①

可以看出，"礼"作为社会的基本规范，虽然可以在部分细节和环节做些调整和更改，但是其最为基本的规范性和所具有的社会属性是不能随意改变的，显示出"礼"作为中国文化的核心、决定作用。这也直接影响了挽歌的文学特征的内在规定性，是丝毫不能脱离"礼"的向心力的。

从史料记载来看，在魏晋南北朝时期，皇室男性或朝廷达官显贵的葬礼上，挽歌演奏和表演是必不可少的仪式。《晋书》卷九十八《桓温传》记载：

桓温葬礼曰皇太后与帝临于朝堂三日，诏赐九命衮冕之服，又朝服一具，衣一袭，东园秘器，钱二百万，布二千匹，腊五百斤，以供丧事。及葬，一依太宰安平献王、汉大将军霍光故事，赐九旒鸾辂，黄屋左纛，辒掠车，挽歌二部，羽葆鼓吹，武贲班剑百人，优册即前南郡公增七千五百户，进地方三百里，赐钱五千万，绢二万匹，布十万匹，追赠垂相《文选》卷二十八《乐府挽歌》。

李善注引进周《法训》曰："挽歌者，高帝召田横，至尸乡自杀。从者不敢哭，而不胜哀，故为此歌，以寄哀音焉。"晋崔豹《古今注·音乐第三》曰："《薤露》《蒿里》，并丧歌也。出田横门人，横自杀，门人伤之，为之悲歌……至汉孝

---

① （南朝宋）范晔：《后汉书》志第六，中华书局 1965 年版，第 3151 页。

武时，李延年乃分为二曲。《薤露》送王公贵人，《蒿里》送士大夫庶人。使挽柩者歌之，世呼为挽歌。”这一时期，挽歌的礼制更进一步精细化了，“王公贵人”“士大夫庶人”都有了区分。

挽歌按照既定的基调，沿袭“礼”的规范，不断发展和完善。据《宋书》卷五十一《宗室传》记载：“祭礼依晋太宰安平王故事，鸾辂九旒，黄屋左纛，辒辌，挽歌二部，前后部羽葆，鼓吹，虎贲班剑百人。”可以看出，这个时期的挽歌的声势浩大，应用范围和场合不断扩大。当然，挽歌作为一种礼仪的规定性是不能突破的，否则就失礼，有伤风化。根据《宋书》卷六十九《范晔传》记载：

> 元嘉元年冬，彭城太妃薨，将葬，祖夕，僚故并集东府。晔弟广渊，时为司徒祭酒，其日在直。晔与司徒左西属王深宿广渊许，夜中酣饮，开北牖听挽歌为乐。义康大怒，左迁晔宣城太守。

彭城太妃薨时用上挽歌，本来挽歌是用于哀悼的场合来表达悲情的，而此时却去“开北牖听挽歌为乐”，楚悲的情调没有了，则是僭礼的行为了，因此不被认可，惹得龙颜大怒，进而被贬，就不难理解了。

可见，挽歌的生成和发展，受到“礼”的制约，现实社会制度人伦关系的制约性等方面，发挥重要的影响作用。

第二节 “仪式”与西方虚构论

“仪式”（ritual）源于西方文化理论。其意义从本源上来说，试图作为体现一个民族共同理念的具体行为方式，既涵盖从现实的实践行为和生活的细枝末节出发的形而下考察，也包括从世界观和人生观思辨出发的形而上论述。在不同时期意义指向不同，早期的剑桥学派试图回到原始文化语境中来阐述仪式的含义，被看作是原始宗教信仰外化的形式，奠定的是西方文学理论在轴心时代以虚构为特征的基础。20世纪初期功能主义学派则延伸了仪式的社会意义，被置于现实生活的语境中阐释，象征主义文化学派又主张从主体的虚构和想象中重新建构仪式的意义。

关于仪式这一术语的解释,有影响的说法达一百多种,形成了一个巨大的话语场,是了解西方文化内蕴极其重要的窗口之一,仪式阐释的不同视角和立场折射出西方精神文化、文学缘起和变迁的特征。本节着重辨析并且力图说明的是,仪式在早期与西方宗教文化密切相关,夯实了西方虚构论的文化根基,与中华民族以“礼”为核心的传统文化呈现出完全不同的风采。

一

首先,我们探讨的是仪式诞生的原始文化语境。

仪式作为一种社会活动在远古时代就已经产生,指的是与宗教相关的具体行为,1771 年第一版《不列颠百科全书》(*Encyclopedia Britannica*)将之定义为“一本指导秩序和方式的书,它见之于正在特定的教会、教区或相似地点举行的庆典和礼拜”。但是,仪式作为专门性的术语受到文化学界关注则始于 19 世纪,与人类学的兴起有密切的关联。如果说哥伦布当初到达闭塞、荒蛮之地,完成的是地理意义上的大发现的话,那么,人类学家则在这片未开化的地盘上完成了文化意义上的大发现,仪式作为文化遗传最为原始的基因,受到了特别关注。

在西方,宗教是对于人的心灵影响最为悠远和深广的原始文化形态,它作为精神性本体,必须通过一定的行为方式才能表现出来,那么,与信仰水乳交融的表现形式就具有了仪式的意味。比如,基督教中的圣餐起源于耶稣与门徒的最后的晚餐,耶稣将面饼和酒分给门徒的时候曾经说,“这是我的身体”“这是我的血”,后来基督教教徒就认为,面饼和酒就是耶稣的身体和血液,具有了宗教般的神圣意义。在人类学家看来,圣餐形式演绎了人神关系,强化了信徒和神的联系,这种作为宗教信仰的载体就是仪式。当然,宗教信仰与仪式的出现孰先孰后,在学术界还存在不同的意见,有人将之比作是先有鸡还是先有蛋的问题,这充分反映了信仰与仪式相互转换的特点。一方面,仪式作为反复的、经常的实践方式，在操演中可以促进共同信仰的强化和稳固；另一方面，存在于人的意识深处的信仰，也会为具体的行为方式增添神圣的色彩，影响人们的价值判断和行为选择。正是因为看到了仪式与宗教信仰存在紧密的联系，不少学者将仪式与信仰当作原生性的共存体来看待，仪式阐释的基本指向由此确立。

英国人类学家泰勒（Edward Burnett Tylor）多次奔赴美洲大陆，搜集了大量民族学、考古学的第一手资料，是较早从原始文化的角度对于仪式作出界定的学者。他发表的《阿瓦纳克人——古代和现代的墨西哥和墨西哥人》《人类古代史和文明发展的研究》《蒙昧人的宗教》《史前种族的生活方式》等论文，力图回归到原始语境中来建立文化的基本框架，他在 1992 年出版的《原始文化》一书中给文化下了这样一个颇具经典意味的定义："文化或文明，就其广泛的民族学意义来说，是包括全部的知识、信仰、艺术、道德、法律、风俗以及作为社会成员的人所掌握和接受的任何其他的才能和习惯的复合体。"[1]这个文化定义曾经被认为过于宽泛而饱受诟病，但是其新意并不能磨灭，与当时流行的"理性""文明""启蒙"等现代意义浓厚的文化定位截然不同的是，它开始关注古朴、原始文化的独特内涵，这一学术视野为仪式进入文化领域打开了一条通道。

泰勒从原始宗教的角度来阐释仪式的思想遗泽深远。弗雷泽（Sir James George Frazer）一生都是以泰勒的研究法为手段从事文化研究，唯一不同的是他没有去实地调查，而是坐在书斋的摇椅上探究古籍中的仪式，最初为《大英百科全书》撰写宗教学中的"禁忌"（Taboo）词条而收集了大量的宗教方面的文字材料，激发了他对于宗教仪式的深入研究，其代表作《金枝》就是对内密狄安娜宗教崇拜说中祭司继任古代"杀王"仪式进行解释。美国人类学家摩尔根（Lewis Henry Morgan）研究印第安人部族易洛魁人的原始宗教习俗，不仅

① ［英］泰勒：《原始文化》，连树声译，上海文艺出版社 1992 年版，第 2 页。

探究宗教中的仪式，并且还效仿其行为方式，更为可贵的是，他作为一名白人律师，为印第安人争取合法的权益进行了激烈的辩护，最后还被印第安人收为养子，可见，他是全身心沉浸到宗教文化的情境中来研究仪式的。

仪式研究对于原始宗教情有独钟，是希望立足源头来探寻文化的基本规律，总体来看，遵循的是进化论的思维。泰勒、摩尔根被称为“古典进化论”和“单线进化论”的代表，他们主要运用比较法和统计法，试图证明人类的需求、愿望不管在何时何地都是大体相似的，具有跨越时空的特点，只是阶段的差别或程度的不同而已。如今这些进化论观念已经被后人超越，其学术思想的局限性也是明显的，但是，他们对于原始文化景观的高度关注，还是启人心智的，20 世纪以来关于仪式特征的阐述，仍然汲取了其中的合理成分。

20 世纪关于仪式最著名的定义是特纳（Victor Turner）提出来的，他将仪式看作是用于特定场合的一套规定好了的正式行为，这种正式行为虽然没有放弃技术惯例，却是对于神秘存在或力量的信仰，这些存在或力量被看作所有结果的第一位和终极的原因。特纳的这一思想师承涂尔干（Émile Durkheim），出身于犹太家庭的涂尔干将仪式看作是宗教生活的基本形式，把信仰看作是舆论的状态，是由各种表现构成的，仪式则是某些明确的方式，信仰与仪式的不同就如同思想之于行为的不同，虽然有区别但是也是不可分离的。① 他反复阐述了原始宗教信仰与仪式的相互联系，认为“宗教是一种与既与众不同、又不可冒犯的神圣事物有关的信仰与仪轨所组成的统一体系，这些信仰与仪轨将所有信奉它们的人结合在一个被称为‘教会’的道德共同体之内”②。

除了宗教之外，巫术作为更为原始的文化形态，自然而然也成为仪式研究

---

① Durkheim, Emile, *The Elementary Forms of the Religious Life*, Trans. Swain, J.W., New York: Free Press, 1965, p.51.

② Durkheim, Emile, “Ritual, Magic, and the Sacred”, *Readings in Ritual Studies*, Ed. Ronald L. Grimes, New Jersey: Prentice—Hall, 1996, p.193.

的学术资源。所谓巫术,就是相信人可以利用外在力量为自己带来利益的活动,其发生的年代要早于宗教。弗雷泽认为人类文化是按照巫术—宗教—科学这种顺序演进的,他从巫术中找到了信仰和仪式的存在方式,其《金枝》的副标题即为"巫术与宗教之研究"。他通过研究发现,远古时期人们相信人类的婚媾行为方式可以促进动物的繁衍、植物的生长,人与物之间存在神秘的感应即体现了互渗律思维,而人类的行为方式不断重现,就具有了仪式的基本特点。

随着人类认识能力的增长,巫术思维逐渐淡化,人类的想象主要靠神来操纵,在从巫术向宗教过渡的阶段产生了神话,神话在仪式阐释中备受青睐。卡西尔(Ernst Cassirer)对于宗教与神话的关系有过精彩的论述,他在《人论》中说:"宗教在它的整个历史过程中始终不可分解地与神话的成分相联系,并且渗透了神话的内容。另一方面,神话甚至在其最原始最粗糙的形式中,也包含了一些在某种意义上已经预示了较高较晚的宗教理想的主旨。神话一开始就是潜在的宗教。"①

与此相应的是,泰勒把神话当作"遗留物"(survivals),认为这些文化仪式分布在进化的不同阶段,弗雷泽把仪式与神话看作是相互依赖不可分割的共同体。总体来看,他们的考察和论证还不够系统和缜密,过分强调仪式与神话的一一对应关系更显得武断,出现了与事实并不相符的例证,比如在因纽特人那里,狩猎仪式、禁忌仪式的确与神话对应,而在印第安人的部落里创世神话无法在仪式中找到影子,但是,他们的著述还是具有十分重要的开拓意义的,为寻求神话与仪式之间的关联奠定了厚实的基础。19世纪末至20世纪初,人类学研究特别关注神话与仪式之间的渊源关系,神话研究得以深化,取得了令人瞩目的成就,形成了以神话—仪式研究(Myth and Ritual School)为标志的"剑桥学派",在全球范围内产生了广泛的影响。

---

① [德]卡西尔:《人论》,甘阳译,上海译文出版社1985年版,第112页。

回归到原始的文化语境，为遥望文学艺术的源头打开了一扇天窗。远古时期的诗乐舞是三位一体的形式，舞蹈、音乐中表现出来的程式化行为具有宗教仪式的基本特征，在西方学者看来，主要服从于宗教信仰的目的。泰勒通过考察指出："跳舞对我们新时代的人来说可能是一种轻率的娱乐，但是，在文化的童年时期舞蹈却饱含着热情和庄严的意义，蒙昧人和野蛮人用舞蹈作为自己的愉快和悲伤、热爱和暴怒的表现甚至作为魔法和宗教的手段。"①在"蒙昧人和野蛮人"的意念中，伴随着说和唱的舞蹈实现了人与图腾神或鬼神的沟通，从而具有了奇特的魔力，可以帮助人们消除危险和灾难，甚至可以解除死亡的威胁。珍尼·哈里森(Jane Ellen Harrison)、尼采等也一致认为，古希腊戏剧起源于表现狄奥尼索斯的受难与死亡的祭祷仪式。

二

我们再来看看，仪式内涵由神圣化向世俗化演化的情况。

1910年《不列颠百科全书》第十一版问世时，仪式这个条目被解释为规范化的社会行为的一个类型，认为仪式表现了某种东西，而且由此与社会组织形成了千丝万缕的联系。仪式被置于更广阔的现实社会文化背景下重新诠释，标志着现代意义上的定义问世。

以马林诺夫斯基(Malinowski Bronislaw Kaspar)、布朗(Alfred Radcliffe Brown)、涂尔干为代表的功能主义学派，对于机械、静态地看待原始文化和仪式的关系的做法提出质疑，并不赞同仪式与原始文化的渊源关系一旦形成就亘古不变，力图矫正对仪式的当代社会中的功能和意义方面缺乏关注的毛病。他们主要考察仪式在整个社会结构中的作用和地位，认为仪式实现了个人对于社会、族群的认同，增强了人们的集体意识。具体来说，仪式就是将人生的重要活动形式公开化、标准化，赋予与人生相关的各个环节包括怀孕、新生、青

① ［英］泰勒：《人类学：人及其文化研究》，连树声译，上海文艺出版社1993年版，第269页。

春期、成年、死亡等神圣、庄严的意义,唤起人们对于当下现实处境的敬畏感,也可以说,正是因为人们面临的处境不同,才有不同的需求,产生了各种各样的仪式。说到底,仪式用来满足人们的各种不同需要。对于后世影响深远的涂尔干分析了仪式中的成员"集体欢腾"的心理状态,强调仪式的意义就在于维系、延续社会,使特定集体成为一个道德共同体,能够"激发、维持和重塑"群体生活,能够使得"每个集体成员都能感受到,他们有着共同的信念,他们可以借这个信念团结起来"。①

在仪式研究中追随功能主义研究思路的不乏其人。特纳在对恩丹布部族的仪式进行考察后认为,对仪式的研究的确为解释文化的社会功能提供了一把钥匙。他明确指出:"仪式能够在最深的层次揭示价值之所在……人们在仪式中所表达出来的,是他们最为感动的东西,而正因为表达是囿于传统和形式的,所以仪式所揭示的实际上是一个群体的价值。我发现了理解人类社会基本构成的关键所在:对仪式的研究。"②

阿诺德·范·盖内普(Arnold Van Gennep)、克里夫·吉尔兹(Clifford Geertz)、克洛德·列维·斯特劳斯(Claude Lévi Strauss)等人也用仪式分析、解释社会现象,在仪式与社会结构之间架起了一座桥梁,虽然他们的理论有许多的不同之处,但从社会结构及其功能的角度解释仪式的社会学方法大体是一致的。

仪式阐释从关注宗教、神话、巫术等仪式起源问题,到跨越传统的神圣与世俗、宗教与非宗教的边界,对于现代以来兴起的工业社会予以高度的关注,将之纳入仪式阐释的视野,显示了仪式意义指向的重大变迁。将仪式作为具体的社会行为来分析,赋予了现实生活的仪式意味,也可以说,在现实生活中,

---

① Durkheim, Emile, "Ritual, Magic, and the Sacred", *Readings in Ritual Studies*, Ed. Ronald L. Grimes, New Jersey: Prentice—Hall, 1996, p.8.

② [美]特纳:《戏剧、场景及隐喻:人类社会的象征性行为》,刘珩等译,民族出版社2007年版,第15页。

仪式无时无处不在。

政治作为现实生活中权利的分配、维持、斗争的集中体现，合法性、权威性等是政治学研究和关注的核心内容，诚如埃里克·沃尔夫（Eric Wolf）说的那样："当我们看待历史的不同阶段时，我们必须首先立足于更为广泛的社会政治领域以及其中的权力分配。这些领域不仅生产民族和国家、政治程序和政策，也生产差异性的世界观和统治性的社会关系。"①而政治是可以通过仪式来体现和捍卫的，比如，爱德华·希尔斯（Edward Shils）从涂尔干的社会学理论出发，曾经对 1952 年 6 月 2 日英国伊丽莎白女王二世的加冕仪式作过研究，认为加冕仪式中的宣誓、接受《圣经》等行为方式，强化了英国公民的集体观念和道德意识，增进了民族团结的意识。的确如此，有的人现场见证了加冕仪式，更多的人则是通过媒体报道了解了这一盛况，在英国引起强烈反响，而在这一天矛盾冲突和寻衅滋事等不良行为大为减少，仪式的社会功能由此可见一斑。在政治活动中，对于仪式的理解，固然要进行内在的结构分析来追溯原始的意义，更需要将视野延伸到当代的文化语境中挖掘更深层次的现实意义，格尔茨（Clifford Geertz）据此提出，仪式的功能"具有宗教与政治双重意义，被同时赋予宗教与世俗的双重重要性"②。

传播媒介在仪式中是离不开的，按照功能主义的逻辑，仪式要激发和体验共同的信仰，必须通过模式化的、有秩序的话语等媒介来完成。在神圣仪式中，祭师本身就是媒介，以特殊的身份充当人与神沟通的中介，其行为方式起到的是传播媒介作用，是仪式的体现。将传播媒介看作仪式是与时俱进的，黑格尔将读报行为看作是现代人晨间祈祷的代用品，这种媒介传播具有仪式作用，安德森则视大众传播及其现代传媒为能"重现民族"这个"想象共同体"的"群众仪式"。而到了当代，罗森布尔（Eric W.Rothenbuhler）将仪式与传播结

---

① Wolf, Eric R., *Pathways of Power: Building an Anthropology of The Modern World*, California: U of California Press, 2001, p.64.

② Geertz, Clifford, *The Interpretation of Culture*, New York: Basic Books, 1973, p.119.

合起来考察，进行了更加系统的阐释，他所提出的“作为传播现象的仪式”(ritual as a communicative phenomenon)，指具有传播特性的仪式活动，包括社会生活中的正式仪式(如宗教仪式、婚礼等)和日常生活中的非正式仪式(如见面握手、分别说再见等)。在他看来，一方面仪式传播普遍存在，宗教的、世俗的仪式活动都具有传播特性，甚至是一种强有效的传播机制；另一方面传播活动也可以仪式化，比如大众媒介报道的事件等，他主要从社会和谐的角度来探讨仪式传播，认为仪式是维护社会秩序最文雅、最适用的方式，仪式传播是人类和谐的合理的、必要的手段(preface)。美国著名新闻学家凯瑞(James Carey)在1975年第2期《传播》杂志上发表《传播的文化研究取向》一文，首次提出“传播的仪式观”(a ritual view of communication)，以区分于传统传播学研究中占主导地位的“传播的传递观”(a transmission view of communication)，认为“传播的传递观”是一种单纯的信息传递，意味着一种权利的控制，而“传播的仪式观”则是与分享、参与、共同信仰等相关，通过传播形成共同的文化的仪式，只有上升到仪式的层面才能发挥传播的社会功能，既包含大众传播，也包含人际关系，既指涉宗教仪式，也指涉现实生活。① 特别指出：“传播的仪式观并非直指讯息在空中的扩散，而是指在时间上对一个社会的维系，不是指分享信息的行为，而是共享信息的表征；传播的起源及最高境界，并不是指智力信息的传递，而是建构并维系一个有秩序、有意义、能够用来支配和容纳人类行为的文化世界。”②

体育作为一种仪式，最早是被看作宗教活动的一种方式。古代幼发拉底河和底格里斯河一带，人们经常举行宗教性活动来祭奠诸神，活动包括赛跑、投掷、打斗等运动形式，成为接近神的一种仪式。奥林匹克运动就是为了祭祀万神之祖宙斯而兴起的体育活动，在供奉有敬神祭品的场所进行，圣火和橄榄枝编制的桂冠都有神话传说，体育运动直接成为宗教信仰的一种体现方式。

---

① ［美］凯瑞：《作为文化的传播》，丁未译，华夏出版社2005年版，第9—10页。

② ［美］凯瑞：《作为文化的传播》，丁未译，华夏出版社2005年版，第7页。

而在现代,奥运会则被认为是展现文化内涵凝练文化精神的一种仪式,圣火传递、运动员和裁判员宣誓、颁奖等仪式彰显了符合现代文明的道德精神,倡导和平、环保等现代社会关注的主题渗透其间。特别是隆重而热烈的开幕式具有最为鲜明的仪式功能,有人甚至说开幕式成功了,奥运会就成功了一半,从开幕式的社会影响力来看,这话自然有一定的道理。比如,2008 年北京奥运会的开幕式,通过击缶、朗诵古诗词等,展示了中华民族博大精深的文化底蕴,激发的是民族的自豪感和凝聚力。

将旅游作为一种仪式看待,凸显的就是世俗化的文化特征。纳尔什·格雷本(Nelson H.H.Graburn)认为:“旅游甚至于追逐阳光、大海与体育的休闲旅游,是一种来自个人或社会的仪式性表达,它被深深地植入与健康、自由、自然、自我完善相关的价值观念,成为一种再创造的仪式,堪与朝圣及更具传统意味、更弥漫着宗教气氛之社会的那些仪式相提并论。”①显然,这是从广义上来理解仪式的,他把所有由传统习俗相关的按照一定的程序进行的、并且被当今人们所普遍接受的活动方式,都看作了表达信仰、情感和价值观念的符号行动,因此都可以统称为仪式。他正是立足这种视角,提出了著名的“旅游仪式论”,即“最好将旅游理解为一种仪式,一种与日常家居生活、工作形成强烈反差的,集休闲、旅游于一体的特殊仪式”②。

强调仪式与现实的关联,并不是对于传统的完全摒弃,而是主张二者一脉相承,仪式由原始的宗教范畴泛化到世俗社会的领域,成为一种包容性极强的概念。受其影响,在文学研究领域则开始重新考察艺术诞生的问题,认为宗教仪式从全员参与到分化出演员和观众,从敬神的祭坛过渡到舞台等,才具有真正的艺术品格,同时要求文学批评在回眸悠远的文化景观的同时,也要对当下

---

① Graburn, Nelson, “The Anthropology of Tourism”, *Annals of Tourism Research* 10 (1983): 9-33.

② Graburn, Nelson, *Secular Ritual: A General Theory of Tourism*, London: Cognizant Communications, 2001, p.47.

现实加以关注。加拿大文学批评家诺斯洛普·弗莱(Northrop Frye)受哈里森的影响,一方面认为一切艺术来源于仪式,二者同源,在《批评的解剖》(1957年)中反复阐述的就是“戏剧与仪式相似”“文学中的戏剧像宗教中的仪式”等观点,另一方面,在具体的批评实践中,力图发现反映现实生活的文学作品中反复出现的各种意象、叙事结构和人物类型等仪式因素,深化了主人公命运、文学主题的意蕴,开辟了文学研究新的空间,将剑桥学派开创的神话——仪式批评推到了一个新的阶段。

三

接着,再来分析仪式阐释的主体性转向。

20世纪中期之后,受后现代主义的影响,在对于传统的知识体系和人类行为规范进行反思和批判的语境中,仪式这一术语的边界得到了进一步的拓展。不管是早期的神话——仪式学派,还是后起的功能主义学派,都将仪式看作一种客体来加以认识,然而却忽略了仪式主体的创造性和能动性。主体性被不断强化,被称为是对于传统仪式研究的超越,或者说是颠覆。

到了20世纪60年代,一些师承功能主义的仪式研究者发现了其内在的不可调和的矛盾,主张着眼点转向了对仪式动态过程的考察。列维·斯特劳斯的结构主义试图建立起“关于人的普遍科学”,呈现出明显的普世化的特点,受到了玛丽·道格拉斯(Mary Douglas)等人的批判和修正。玛丽·道格拉斯在1966年出版的《纯净与危险:对污染与禁忌等观念的分析》(*Purity and Danger*:*An Analysis of Concepts of Pollution and Taboo*)中,将田野中莱勒人的祭礼、卫生观进行了系统分析,认为所有仪式的功能都不能孤立地看待,需要将之置于主客体相互关联的整体性框架中考察。这一观念最初来源于作者与丈夫相处的顿悟,作者在与丈夫共同生活时发现,每个人的卫生观即对于肮脏的认定和可接受阈限是存在差异的,不同的民族、文化对于洁净与肮脏的看法也是不同的,也就是说,所谓洁净和肮脏,是因人而异的。曾经使得很多人类学家困惑的是,在一些情况下被认为是肮脏的或者说属于禁忌的东西,为什么在某些仪式中却能够成为洁净的、神圣的象征？在他们看来,神圣的物品和场所是受到保护的,不能被弄脏、不能被亵渎的,即洁净与肮脏是完全对立的。玛丽·道格拉斯结合个人体验,通过进一步考察和研究,解答了这一问题,认为肮脏与洁净不是绝对的,只是相对的,与主体有关,她说:“对符号的结构分析要义它与角色结构的联系为前提。”因为“趋向和关联发生于个性的象征系统和社会系统之间”。①

20世纪70年代以后,学术界直接把仪式看作是一种象征(symbol),通过探讨仪式的功能性、符号性等,对仪式象征意义进行深入挖掘。遵循象征主义的意义生成特征,刻意去召唤主体心灵发出声音,唤起主体意识的强大功能,在社会情境中去赋予仪式的意义。对于仪式的想象性的解读,于是就成为理解社会内部结构的重要途径,丹尼尔·贝尔(Daniel Bell)将仪式看作是文化的一种形式,文化通过仪式意欲实现的是:“以想象的表现方法诠释世界的意义。”②也就是说,仪式不只是通过不断重复来传达简单的固定的信息,更加重要的是要激起仪式参与者的热情,观念与情绪相互激荡,使得仪式意义不断衍生和嬗变。

在对于仪式的具体阐释的过程中,人们用“实践”“表演”取代了“结构”,更加突出了象征主义的主体性特征。布尔迪厄(Pierre Bourdieu)倡导“实践理论”(theory of practice),认为“历史”和“结构”根本就不存在,除非将之纳入人的再生产和实践中去研究行为本身,才有价值意义,根据这一思路提出的“制度化仪式”这一概念,其内在的核心观念,就是将教育体系中一些具有权力塑造功能的特殊行为看作是制度化的仪式,认为人的行为创造性地赋予了

---

① Douglas, Mary, *Purity and Danger: An Analysis of Concepts of Pollution and Taboo*, Harmondsworth: Penguin Books, 1966, p.12.

② [美]贝尔:《资本主义文化矛盾》,赵一凡等译,生活·读书·新知三联书店1989年版,第30页。

仪式新的含义。简单来说,就是将教育看作是一种仪式操演。在仪式中使用的物品、参与者身体的姿势、说唱词等都具有丰富的象征意义,创设的是一个特定的情境和时空,深化了这些具体事物和行为本身的意义,参与者体验到了独特的意义,仪式的“表演”帮助人们改变了价值评判方式和标准。同时,对于象征的理解、阐释和修订是一种交流的过程,研究者在对于仪式的理解不断加深、拓宽的过程中,也成为表演者,“研究者作为观众成为仪式研究的一个部分,和表演者的文化表演、表演者对自身文化的理解存在于一个整体之中”①。格尔兹引用韦伯的说法,认为任何一项文化事件不单只是存在、发生,它们还具有意义并因这意义而衍生,并就仪式的意义生成作了进一步的拓展,认为仪式世界是现实的,也是想象的,二者交融在一起,说到底,其实就是同一个世界,基于这样的理解,他把仪式称作是一种“文化表演”(cultural performances),即“一个完整公开的群体仪式总是在特定的时间、特定的环境和场景中一系列行为的综合展现,是形象化的实现”②。

特别是“戏剧”概念引入仪式的论述中之后,进一步张扬了仪式的主体性功能。特纳认为戏剧源于仪式,戏剧是社会的隐喻,并且由于戏剧与仪式之间的共性,使得社会具有了仪式的结构特征,于是将那些重大的纪念意义和祭祀性的仪式都统称为“社会戏剧”(social drama)。③ 社会关系是不易分辨的,当人们通过仪式聚集在一起,并通过戏剧化这一形式来表现出来的时候,其间不免会融入个人的体验和感受,从而达到了对社会关系的独特的个性化的理解,与人们所耳熟能详的社会结构大相径庭。比如,在恩登布人就职仪式中有很多的表演,很多地方甚至出现了反社会结构的意味,由此,特纳概括出了仪式的个性化特征:“阈限的实质是被法律、习俗、集会和庆典所安排和配置的。

---

① Bell, Catherine, *Ritual Theory, Ritual Practice*, New York : Oxford UP, 1992, pp.38-40.

② Bell, Catherine, *Ritual Theory, Ritual Practice*, New York : Oxford UP, 1992, p.113.

③ [美]特纳:《戏剧、场景及隐喻:人类社会的象征性行为》,刘珩等译,民族出版社2007年版,第11页。

所以它们的不确定的、含糊的属性，在许多社会中由那些将社会和文化的过度仪式化的极其丰富多样的象征表现出来。因此，阈限常常被比喻为死亡、生命的孕育、看不见的事物、黑暗、双性、荒野、日食或者月食。”①

戈夫曼（Goffman）提出“人生如戏”（life as theatre），这一命题在突出仪式的表演色彩时，主体意识得到了高扬。戈夫曼认为，人类的生存和生活免不了各种各样的社会交往，在交往过程中，人们表现出一系列行为、一整套言语的和非言语的行动模式，通过这些行为和行动模式，个人可以表达出他们对于情境的看法以及他们对情境的参与者，尤其是对他们自己的评价，仪式仿佛成了一个舞台，不同的社会角色都会参与到表演中去，表演者通过表演的行为穿梭往来于“前台”和“后台”，而表演本身建立在三个不同角色即演员、观众、局外者的关系功能之上。② 承认仪式是一种社会戏剧，就是在召唤对于仪式进行多元的、去中心化的结构阐释，就是承认在仪式场景中各种角色都遵循着一定的原则在进行表演的同时，其实也在注入新意。通俗一点说，如果把仪式比作“旧瓶”的话，戏剧化则是在“装新酒”，使其具有了别样的意味。

仪式理论诞生之后就与文学研究结下了不解之缘。20 世纪初期人类学家宣称进入了人类学的时代，将仪式理论引入文学研究中形成的神话——仪式批评模式拓展了文学研究的视域，为西方虚构文学阐释添砖加瓦，曾经与马克思主义文艺批评、心理批评一起被称为西方文艺批评中的“三足鼎立”。问题在于立足仪式的研究视角，把文学还原为神话——仪式，使得文学的灵动飘逸的神韵丧失了，因此 20 世纪中期之后渐渐丧失了在文学研究中的地位。20 世纪中期以来，主体性渗透到仪式研究中，强化的是人的想象、虚构的作用，激荡的是人的情感的力量，实际上就是西方文论中“文学性”的蔓延，仪式的神圣光环消退了，甚至可以说仪式本身也遭遇到了解构。仪式研究与文学研究

---

① ［美］特纳：《戏剧、场景及隐喻：人类社会的象征性行为》，刘珩等译，民族出版社 2007 年版，第 95 页。

② Goffman, E., *The Presentation of Self in Everyday Life*, New York: Anchor, 1959, pp.144-145.

在一个世纪以来可谓相克相生，这种张力呈现出巨大的理论空间，期待着被赋予新的意义。

通过比较，我们可以清晰看出中国的“礼”与西方的仪式理论的分野，在文化源头上，中西存在不同的论述，不同的文化基因分别孕育出迥然不同的非虚构和虚构的文学、诗学的宁馨儿。

第四章　中国非虚构诗学诞生的文化场域

场域是法国学者皮埃尔·布迪厄(Pierre Bourdieu)借助于自然科学理论提出的用以研究社会实践的概念。在他看来,主要要素包括场域、惯习和资本三大方面,其中场域制约着惯习的运行,为新惯习的孕育提供孵化条件;但是惯习又反作用于场域,为新场域的形成提供支撑力量;在一定场域下,资本的有效运作可以帮助破除落后的惯习,而新惯习的形成又有助于积极资本的集聚。他站在分析的角度进行了总结:“一个场域(field)可以被定义为在各种位置之间存在的客观关系的一个网络(network),或一个构型(configuration)。”[①]概而言之,场域在本质上是一种由不同要素形成的结构性、关系性的社会空间网络,其中包含着各种力量的争斗、博弈和共生,存在复杂的内在逻辑和运作规则。

这一社会实践理论,在当前与文化分析结合比较紧密,特别是在阐述文化嬗变时常常借助这个概念,试图进行复杂的文化动因综合考察,形成了文化场域的概念。所谓文化场域“是一个区域或地域的人们在认识自然和改造自然的过程中,在多个文化持有者之间形成的既相互独立又相互影响的综合场或

① [法]布迪厄等:《实践与反思:反思社会学导引》,李猛、李康译,中央编译出版社 2004 年版,第 133—134 页。

文化存在形态”①。文化场域这一概念,启迪我们需要从更为多元的角度来揭示中国非虚构诗学的发生。如果说,“礼”是为中国非虚构诗学提供了遗传的文化基因的话,那么文化场域则是为中国非虚构诗学的诞生提供了分娩的温床,具体来说,文化场域包括文化活动、文化主体、文化传播等,从不同层面为非虚构诗学观念的生成提供了具体的文化因素。

第一节　文化活动

从现有文献可知,中国古代文学观念滥觞于殷商时期,这个时期的所谓“观乎天文”,将“天”与“文”联系在一起,就是要求包括文学在内的文化活动,承担起从内容到形式都为巫觋们的“通天”事务服务的功能,这一文化活动为中华民族初始阶段的文学烙下了神性的印记。在殷被灭之后,引起了周人反思,周代用“行为史观”代替了殷商时期的“神权史观”,提出“天不可信”“天命靡常”“敬德”“保民”等现实理性精神浓厚的思想,来维护国家长治久安,重建精神家园。

人的思想观念的形成,是从实践活动中获得契机的,体现在当时社会文化生活的方方面面,当然,对精神文化影响最大的实践活动是最值得关注的。“国之大事,在祀与戎。”(《左传·成公十三年》)从殷商时代关注“事鬼敬神”到春秋战国时代关注“祀”“戎”等“国之大事”,实现了从“观乎天文”到“关乎人文”的文化转型。“天文”与“人文”是《周易》中的重要术语,儒家与道家、玄学等都对其进行了不同层面的阐释,二者之间的关系极为微妙,代表着不同的价值取向。

① 张曼:《文化场域视角下湘西少数民族地区特色小镇旅游发展策略研究》,四川大学出版社 2019 年版,第 56 页。

一

“祀”指的就是祭祀。祭祀是早期人们十分重要的文化活动,祭祀之礼即基本的仪式活动规范着人类社会早期进行的行为,世界各民族历史上大都曾经出现过,在人的精神世界中影响巨大。

中国先秦时期祭祀之礼的含义和形式是复杂的。中国古代宇宙观最基本的三要素是天、地、人,均构成祭祀之礼的内容,《礼记·礼运》称:“夫礼,必本于天,殽于地,列于鬼神。”《周礼·春官》记载,周代最高神职“大宗伯”主要执掌的是“掌建邦之天神、人鬼、地示之礼”。万物有灵形成多神崇拜,也使人们的祭祀对象繁多,《史记·礼书》也说:“上事天,下事地,尊先祖而隆君师,是礼之三本也。”有学者对于《说文解字》中所收的“示”部字作了统计,共有60多个,包括示、祜、礼、禧、祯、祀、祭、祡、禷、禬、祓、祖等等,根据意义指向大致可以划分为:祭祀目的类、祭祀神灵类、祭祀先祖类、祭祀活动和方式类、祭祀时间类、以心致福类字、祭祀人物器物类、神灵名称类、描述类还有其他类,且每个字不重复,据此认为:“从先人对神灵崇敬的祭祀活动可以看出祭祀文化的发展,而这种祭祀文化在《说文·示部》字中也得到了鲜明的体现。”[①]的确如此,通过这个小小的窗口,我们可以窥见,中国古代祭祀种类多么繁多,程序多么复杂,场面多么壮观。

与夏商时期比较,周代的祭祀活动发生了质的变化。周人初步从原始的神灵崇拜中解放出来,把目光转向了“德”与“民”。周代以前被顶礼膜拜的所谓“天”“帝”“神”等,尽管在周人那里还具有一定的心理启示功能,但是地位早已不如从前。这一根本性的改变,就是以周公为首的西周大奴隶主阶级,为了治理的需要,采取了一系列“制礼作乐”的政治措施,致使祭祀的含义发生了逆转。《礼记·表记》云:“殷人尊神,率民以事神,先鬼而后礼。”“周人尊礼

① 姜玉梅:《从〈说文〉示部字看中国的祭祀文化》,《华夏文化》2009年第1期。

而尚施，事鬼神而远之。”正道出了殷周祭祀文化活动的分野。

首先，周代以前，祭祀的主要对象是“天”。远古时代对祭祀活动之所以非常重视，是因为人们觉得祭祀对人类的生存有着重要影响。在原始初民时代，生产力低下，对于自然的认识十分有限，人们常常感到大自然的不可抗拒不可控制的威力，把人类视为自然界中渺小的一部分。正是因为觉得人类自身脆弱，于是对于自然万物非常虔诚，所以非常容易产生将天地万物等视为自然神灵一样的崇拜，于是万物为神的观念油然而生。也就是说，原始信仰中对神灵的祭祀是出于生存和生活的需要，是为了解决基本的生存需要和生活中所面临的难题而开展的重要文化活动。

具体到先秦时期，采摘、种植等是最基本的生产形式。在当时生产力水平还十分低下的情况下，春种秋收等农业生产对自然条件的依赖性强，很大程度上都是在靠天吃饭，祈求风调雨顺五谷丰登，形成各种各样的祭祀方式，都是不难理解的。夏朝的祭祀文化由于文献和考古资料的欠缺，学术界谈论起来还缺乏依据，但是商代是一个迷信色彩浓厚的时期，从甲骨卜辞中得到了印证，这已经是学术界大体已经形成的共识。那个时代的人十分迷信，通过祭祀活动来祈求神灵攘除灾祸，甲骨文作为刻在龟甲、兽骨上的文字，内容大多是占卜的语辞，所以也称其为甲骨卜辞。卜问吉凶是常事也是大事，上至天子决定国家大事，大都要依赖于甲骨卜辞，此所谓“天断”，下至平民百姓日常生活中的春耕秋收乃至人生重大的婚丧嫁娶等行为，也都要占卜来决定，占卜风气盛行，几乎已达到遇事必卜的地步，保留的大量有关吉凶的占卜语辞，表明商代通过占卜来卜问吉凶已经成为一种风气。总之，殷商时期人们试图通过祭祀活动，虔诚而严谨地来实现与超自然力量的“天”的交流，祈求神灵的保护，可以说，对于神灵的崇拜达到了近乎迷狂的地步。

但是，周代与殷商时期的祭祀不同。标志性的变革就是祭祀的对象由神灵转向了人，具体而言，就是转向了对于祖先的崇拜，这一变革成为中华民族文化发展史上的分水岭。荀子有一段非常精当而详细的阐述：

天行有常，不为尧存，不为桀亡。应之以治则吉，应之以乱则凶。强本而节用，则天不能贫；养备而动时，则天不能病；修道而不贰，则天不能祸。故水旱不能使之饥渴，寒暑不能使之疾，祆怪不能使之凶。本荒而用侈，则天不能使之富；养略而动罕，则天不能使之全；倍道而妄行，则天不能使之吉。故水旱未至而饥，寒暑未薄而疾，祆怪未至而凶。受时与治世同，而殃祸与治世异，不可以怨天，其道然也。故明于天人之分，则可谓至人矣。不为而成，不求而得，夫是之谓天职。如是者虽深，其人不加虑焉，虽大不加能焉，虽精不加察焉，夫是之谓不与天争职。天有其时，地有其财，人有其治，夫是之谓能参。舍其所以参而愿其所参，则惑矣。（《荀子·天论》）

在荀子看来，天地人各有自己的职责和运行规则，天不再被看作是可以护佑人的神灵，不再是人们盲目崇拜的对象。荀子的这一论述，无疑就极为有利于破除巫术占卜过程中的迷信思想。

当然，从现存的甲骨卜辞所载的祭祀活动中，可以说对于祖先的祭祀已经出现了，将祖先与天神一样供奉，是殷商时期所表现出来的这一趋向，已经为后来的祖先崇拜开了先河，周代因此可以形成浩荡之势。就像陈梦家分析的那样："祖先崇拜的隆重，祖先崇拜与天神崇拜的逐渐接近、混合，已为殷以后的中国宗教树立了规范，即祖先崇拜压倒了天神崇拜。"①一定意义上来说，周代虽然接受了商代的祭祀文化的基本仪式，但是祭祀的意义却发生了很大的变化，通过更加健全和系统的祭祀机制，将祖先崇拜置于了精神崇拜的核心地位。《礼记·祭法》曰："周人禘喾而郊稷，祖文王而宗武王。"这段话特别强调了祖先祭祀的重要意义，指出了在维护社会等级秩序和保障国家长治久安方面发挥的重要作用。《礼记·祭统》说："凡治人之道，莫急于礼。礼有五经，莫重于祭。"也是将祖先祭祀看作成为治国安邦的重要法宝，具有重要的现实

① 陈梦家：《殷墟卜辞综述》，中华书局1988年版，第561—562页。

意义和社会功能。如果说殷商时期只是祖先与神灵能够并置在一起的话，那么周代则将祖先崇拜抬到了至高无上的地位。或者说，殷商时期只是量变，周代发生的则是质变。

从根本上来说，祖先崇拜不同于神灵崇拜。根据有的学者的文化考证，帝喾为远古“五帝”之一，相传后稷为帝喾元妃所生，后稷的突出成就是发明了庄稼的种植，直接造福于人类，与现实的人类社会发生了密切联系，所以被视为周人的始祖。在后稷与文王之间，还有公刘等十余位祖先，不过在周人的祭祖活动中，他们并没有获得特别的重视。为什么呢？就在于祭祀规制中具有了浓厚的现实因素。历史学家张岂之对此有详尽的阐述：“因为周人有自己特殊的祖先祭祀原则。儒家经典《礼记》将这个原则表述得很清楚。它说，人们祭祀祖先，不只是祭祀自己的血缘祖先，特别要祭祀那些在宗族文明发展史上做出了重大贡献的祖先们。如‘法施于民’，指国家治理有成的人；‘以死勤事’，因公殉职的人；‘以劳定国’，对于社会政治稳定做出了特殊贡献的人；等等。此外，人们不只祭祀那些生前‘有功烈于民’的祖先，而且要祭祀那些能对人们生存、发展有利的自然物，如日月星辰、山林川谷等。帝喾、后稷有始祖的地位，后稷还有发展农业的功劳，文王、武王则有开国之功，在周人的祖先祭祀中他们被特别重视，符合上述的祭祀原则。”①关于周代祭祀的这一特点，傅斯年、王国维、郭沫若、翦伯赞等学者都曾予以高度的重视和缜密的论证，一致认为将祭祀对象从神到人，更加具有实践理性精神，直接将之看作是了解从殷商到周的朝代更替中文化变革的一个重要方面。

对于祭祀活动的历时性考察，就是要梳理其从对于神灵的顶礼膜拜转向对于祖先的无限崇敬的过程，说明“不语怪力乱神”这一转变的巨大意义，即非虚构思想逐渐占据人的精神世界主体地位，是一个标志性的文化活动。后面还将以“兴”为例，更加具体地系统地阐释先秦诗学范畴的意义生成与祭祀

① 张岂之：《略论我国古代祭祀文化的特点》，《华夏文化》2007 年第 2 期。

的密切关联。

从横向比较的角度来看,这与西方的轴心时代的文化意义也是完全不同的。众所周知,西方虚构说具有浓厚的宗教文化背景,甚至可以说直接源于这一亘古以来的文化根源。恩格斯在《路德维希·费尔巴哈和德国古典哲学的终结》一文中也指出:“宗教是在最原始的时代从人们关于他们本身和周围的外部自然界的错误的、最原始的观念中产生的。”①在宗教观念影响下,弃绝了现实,人的存在观念发生了变异,马克思在《〈黑格尔法哲学批判〉导言》中指出:“人创造了宗教,而不是宗教创造了人……宗教是人的本质在幻想中的实现,因为人的本质不具有真正的现实性。”②“幻想”与“真实”,正道出了宗教的虚幻性与人的现实性的巨大差异。周代祭祀文化活动作为催生中国非虚构诗学诞生的文化语境,表现出来的则是与西方宗教文化完全不同的人文意义的追寻。西方的虚构说是与神、“迷狂”等联系在一起的,是以俯视现实世界的芸芸众生的姿态出现的,即使涉及人,也是“宗教创造”的,没有了马克思所说“真实的现实性”特点。

周代注重对于祖先的崇拜,这种转变是革命性的,也是结构性的,对于中华民族思想的影响深远。充满人文精神探求的祭祀礼仪,在形式和内容两个方面一直延续下来,并且不断衍生,显示出旺盛的生命力。

其一,就形式而言,对于祖先的崇拜可谓连绵不断。祖先崇拜形成了稳固的宗法思想,在姓名形式上就体现了这一特点。几千年来,中国人的姓氏起源甚早,家庙、祠堂与族谱学发达,正是得力于传统的祭祀文化支撑,可以说,正是祭祀表现出来的对于祖先的崇拜,催生了民族特色鲜明的氏姓学、谱牒学,直到今天我们中国人还经常说“行不更名坐不改姓”,就是这个传统文化的现

① 恩格斯:《路德维希·费尔巴哈和德国古典哲学的终结》,载《马克思恩格斯选集》第4卷,人民出版社1995年版,第254页。

② 马克思:《〈黑格尔法哲学批判〉导言》,载《马克思恩格斯选集》第1卷,人民出版社1995年版,第1—2页。

代承续。而西方社会则不一样，对于姓氏大多不是很重视，在历史上很长一段时间，他们只有名，而没有姓，16 世纪欧洲农奴制时期，只有少数贵族有姓。其实，日本在古代也不重视姓，明治维新之后才改变这一状况，就是现在仍然有些东南亚国家还没有姓。西方人宁愿改姓而不愿意改名，与文化传统不无关系，折射出不同的文化信仰，具体而言，与西方宗教文化有关。就如同有的学者总结的那样："基督教是西方特有的一种宗教，它渗透到社会生活、风俗习惯和文化艺术的各个领域，形成社会的主流文化，人们视其为自身的灵物和精神寄托，宗教主宰人们的思想，统治人们的精神世界，甚至影响到姓氏的发展。"①的确如此，在西方人看来，是上帝创造了人，因此，父母子女之间只是外在的联系。基督教的这一生命意识与中国祭祀文化中对于祖先的崇拜、对于血缘关系的看重很不一样，在形式上也表现了出来。

其二，就内容而言，祭祀中培育了家国情怀，形成了中华民族文化精神的集体意识。强调以血缘宗法关系来维系家族秩序，以同根同源的祖先崇拜为支点，承担起增强民族认同感之大任，其影响力一直流传至今。家族祭祀是以家、同一姓氏为单位来进行的，各自自成体系，每个家族不一样，增强了家族的凝聚力和向心力。我们常说，家是一个民族一个国家的细胞，一个小家族和民族国家大家族是整体关联的。因此，仅有家族对于列祖列宗的祭祀，就是一个个独立的家族，很可能会造成文化割裂开来，不成整体而显得碎片化。因此，《三礼》在家族血缘祭祀之外，还有系统是专门祭祀超越血缘关系的共同的祖先的，包括黄帝、炎帝、孔子、孟子等圣人，此外还有对先农、先医、先灶、先蚕等不知其名的人物祭祀。②《周礼》将三代以来的祭祀对象系统化了，隋唐以后，成为国家祭典的依据、前后相承的祭祀仪式。黄帝作为中华民族的人文始祖，在当今时代受到公祭，表现出对于祖先的敬仰。如此，形成了不同家族乃至民族之间的文化认同，共同建构起属于民族国家共有的精神家园。

---

① 常雁：《中西姓氏对比及民族文化心理的特质剖析》，《学术交流》2010 年第 2 期。

② 彭林：《中国祭祀文化简论》，《华夏文化》2012 年第 2 期。

以上关于祭祀的阐释,是就中国早期文化的主流而言的。客观来说,殷商时期流行的信鬼信神的祭祀习俗,在后代并没有完全消失,不承认这一点,则无法解释中国纷繁多姿的文化、文学形态,对于非虚构诗学的理解也会走入偏执的死胡同。

事实上,东周以来巫风的流风余韵并没有完全消歇。如果说现实理性是在中原大地表现了出来的话,而楚国则"本信巫",巫风在楚国呈现出强劲的势头,民间素有大量祭祀鬼神的风俗习惯,祭祀仪式上讲述神仙故事,也会纳入到唱祭祀之歌的范畴,占据主导位置。相传屈原所作《九歌》,即为楚地祭歌中的代表之作,汉代学者王逸云:

> 《九歌》者,屈原之所作也。昔楚国南郢之邑,沅、湘之间,其俗信鬼而好祠。其祠,必作歌乐鼓舞以乐诸神。屈原放逐,窜伏其域,怀忧苦毒,愁思沸郁。出见俗人祭祀之礼,歌舞之乐,其词鄙陋。因为作《九歌》之曲,上陈事神之敬,下见己之冤结,托之以风谏。故其文意不同,章句杂错,而广异义焉。①

《楚辞》中有很多的内容是可以从文学神话学的角度去观察的,可以看出与祭祀神灵的关系,比如《楚辞》中的《九歌》被称为"天乐""神话的九歌",就足以说明了这一点。闻一多在《神话与诗》中做过考证,认为《九歌》韶舞是夏人的盛乐,或许至祭祀上帝时方能使用。据《山海经·大荒西经》记载,《九歌》是夏启得自于天,因此,原始的《九歌》与夏时的祭天活动相关,被认为是祭祀歌谣,其中《东皇太一》《东君》是祭太阳神的,《云中君》是祭云雨神的,《湘君》《湘夫人》《山鬼》三篇是有关男神、女神和鬼神的。《九歌》本是在夏代就已经出现并流传下来的原始歌谣,屈原沿袭了古代乐歌形式,记写了关于云神、山神、湘水神、河神、太阳神等众多神话故事的内容。《九歌》实际上是屈原在民间祀神乐歌、楚地巫风的基础上整理、加工后创作的,成为楚国贵族

① (宋)洪兴祖:《楚辞补注》卷二《九歌章句第二》,中华书局1983年版,第55页。

阶层的祭祀宝典，就整部《楚辞》而言，作为战国时期南方楚地特有的文化产物，蕴含着浓郁的巫风俗文化的内涵，这一点在学术界得到公认。概而言之，《楚辞》具有独特的艺术性，其中不乏大量的神话传说、丰富的想象、奇特的夸张，绽放出绚丽色彩，展现出虚构文学的魅力，因此，中国非虚构诗学将之纳入其中进行阐释，是不恰当的。

需要补充说明的是，在历史的长河里，对于神灵的崇拜只能算作一股支流，可谓蜿蜒曲折的溪流，只是时而也会汹涌澎湃而已，所泛起的浪花朵朵，激发出来的是中国虚构文学和诗学的神韵。这一奇葩与蔚为壮观的非虚构文学、诗学一起，共同装点了中国文学、诗学画卷多姿多彩的壮丽风景。

二

所谓“戎”即战争，是先秦时期影响精神文化的另一“国之大事”。

春秋战国时期经济大繁荣、社会大发展、政治大变革，也是中国历史上战乱频繁的一个时期。这一时期战争方式主要有车战，徒兵、骑兵的野战和包围战，舟师的水战以及水攻、火攻、穴攻、动物助战等，杀伤力大大提升；战事频繁，可谓烽火连年，爆发了不下千次的较大规模的战争，根据现有的历史文献和考古材料可以统计出来的，这一时期有影响的战争就达 710 次。①

春秋战国时期冶铁技术的发展，为战争升级进一步推波助澜。根据历史记载，中国的冶铁技术较其他几个文明古国要晚一些，两河流域早在四千年前就开始“块炼铁”，古希腊在前 16 世纪至前 12 世纪就从西亚地区学会了制作铁器的技艺，印度人开始大量运用铁器是在前 9 世纪至前 8 世纪，而中国的铁器时代，则开始于春秋时候，即前 8 世纪以后。尽管中国的冶铁技术起步晚，却进步神速，仅用了二三百年的时间，冶铁技术就发展到了欧洲人世纪才具有的水平。② 冶铁技术的发展，一方面在铁农具普遍使用方面发挥了重要作用，

---

① 参见中国军事博物馆编著：《中国古代战争辞典》（上），解放军出版社 1994 年版。

② 参见杨蓉：《春秋战国时期先进的冶铁技术》，《学科教育》1993 年第 3 期。

工具的改善极大地促进了生产效率的提高，促进了社会经济的繁荣，而正是因为积聚了大量的财富，成为了掠夺战争的诱因；另一方面，也促进了军事装备的极大改善，杀伤力、防御力以及整个的战斗力明显提升。我们今天讲“和平是打出来的”，其实，这一智慧在先秦时期就已经萌发，各国为了增强抵御能力，求得领土财产不被掠夺，都力图通过富国强兵来实现捍卫和平的愿景。

战争成为春秋战国时代人们关注的焦点，深刻影响当时人们的思想文化的形成和发展。关于战争的议论，致使思想方面层面的不同学派不断兴起。主战、反战、慎战等各家学说的观点不一，诸子百家展开了唇枪舌剑百家争鸣的论战，各派学说林立针锋相对，可谓百花齐放争芳斗艳，或通过叙述刀光剑影鼓角铮鸣场面来抒发两强相遇勇者胜的豪情，或通过分析人心向背来阐述得人心者得天下的义理，或通过运用外交辞令来彰显化干戈为玉帛的智慧等等。总之，这一时期战争成为人们争相谈论的主导话语，形成了诸子百家思想文化的核心内容。忠实记录战争状况，详细记写风云人物，摆事实，讲道理，考虑人心的向背等，都可以说是现实因素，这些无疑都体现了中国非虚构文学、诗学的核心要素。

其实，春秋之前也发生了不少的战争，但是关注点不同。从关注“神”的意志到关注“人”的存在，是春秋前后战争引发的最为重要的文化变革。

春秋之前，“天神”被看作是决定发动战争的依据，人们对于战争的过程安排，甚至战争的胜负等都认为要体现“天神”的意志。具体来说，发动战争首先就要体现天意，这样才能获得各个方面的拥护和支持；开战前人们都通过占卜的方式向天帝请示各种事项，求得神灵的指引和帮助；交战时才能借助神灵的力量去逢凶化吉左右逢源；获得胜利后要举行隆重的仪式，来感谢天神的护佑。总而言之，关于战争的文化记忆是十分神秘的。有学者将春秋前后的战争观概括为“天命战争观”到“民本战争观”的转变，[①]当然，将春秋战国时

① 程远：《先秦战争观的发展》，《西北大学学报》2008 年第 1 期。

期的战争观用民本来概括,简单了一些,因为兵家、法家的战争观难以包含进去。但是,从这一"天"到"人"的概括中,揭示了从神秘虚幻到现实理性的逻辑转换,却是非常符合实际的。

在春秋战国时期,的确是人的因素逐渐占据了主导地位,更加关注的是"敬德保民",具体而言,更加关注战争中人的生存状态。《左传·庄公三十二年》曰:"国将兴,听于民;将亡,听于神。"[①]由此看出,国家的兴旺发达,与神的庇佑其实关系不大,关键在于民。"仁者,人也。"(《礼记·中庸》)孔子从"仁"的角度出发,认为战争造成人员死伤,因此反对战争,与"文明以止,人文也"的思想一致;从维护人的生命财产安全的角度出发,孔子也支持通过战争来制止暴乱,帮助社会建立公序良俗。孟子以是否符合"仁政"为标准,来判定战争是否正义,对于正义战争是支持的。荀子的"礼战"思想,提倡"仁义之战""仁义之师",就是希望通过"礼"、仁义等道德手段来化解战争,当然,荀子的"礼战"概念中也有对统治者通过战争王天下的肯定的意义。道家的代表作《老子》认为,战争之所以发生,是由于人的私欲膨胀引起的,消灭战争的唯一途径就是回到"少私寡欲""小国寡民"的时代。墨家则主张"兼爱",就是增加人的爱心,以此来消灭战争。墨家把战争分为"攻"和"诛"两种类型,认为"攻"是非正义的战争,必须反对,"诛"是正义的战争,应该支持。总体而言,为什么会有战争,是否发动战争,如何打赢战争等,都是由人的因素来决定的。

当然,这一时期战争中的功利理性追求,也在滋生和蔓延。以孙子为代表的兵家提出了"兵以利动"的战争原则,法家则直言不讳,把对利益的追求看成是进行战争的主要目的。这些带有负面性质的现实功利思想与"以民为本"不可同日而语,但是也要承认的是,这些思想与春秋之前"天神"论的战争思维彻底划清了界限。

---

① 杨伯峻:《春秋左传注》,中华书局2009年版,第252页。

需要补充说明的是，“戎”和“祀”的文化意义是密切相关相互缠绕的，从大的方面来看，都属于“礼”的范围。就“国之大事，在祀与戎”的出处就可以说明这一点。此话是刘康公在鲁成公十三年（公元前578年）三月，在晋国主导下的诸国会盟攻秦的背景下说的。当时刘康公、成肃公作为周天子代表参与诸侯伐秦，出兵前行祭祖、祭社之礼，祭毕受脤，分享祭品，此时却发生了成肃公“受脤于社，不敬”[①]一事。这种不敬的态度，不利于伐秦行动，刘康公于是对成肃公提出了严厉的批评：

> 吾闻之，民受天地之中以生，所谓命也。是以有动作礼义威仪之则，以定命也。能者养之以福，不能者败以取祸。是故君子勤礼，小人尽力，勤礼莫如致敬，尽力莫如敦笃。敬在养神，笃在守业。国之大事，在祀与戎，祀有执膰，戎有受脤，神之大节也。今成子惰，弃其命矣，其不反乎？[②]

“戎”成为祭祀的核心内容，在已有的文献中，关于春秋战国时期的军事相关的祭祀记载很多，类型众多，仪式繁复，可以说贯穿于战争的全过程，从军事祭祀的时间上来划分，可以分为出征前祭祀、临战祭祀和战后祭祀，军事祭祀起到了振奋军心、鼓舞斗志、悼念逝者、同仇敌忾等作用。足以说明，“戎”和“祀”是两件密不可分的“国之大事”。我们在这里分列出来，只是为了表述的方便。

三

下面我们来看看关于“祀”“戎”的文学记忆。

从西周开始，由祭祀和战争引发的文化活动，在现存的先秦文化经典中不乏记载，如《诗经》《礼记》《左传》《论语》《孟子》《道德经》《庄子》等经典著作中“祀”“戎”以及与之相关联的词语频频出现，并且都有较为翔实的记录。这

---

① 杨伯峻：《春秋左传注》，中华书局1981年版，第860页。

② 杨伯峻：《春秋左传注》，中华书局1981年版，第860—861页。

些记录逐渐增加了人文因素和理性因素，而且具有深刻的理论思维，成为中国非虚构文学写作的源头活水。

《诗经》是我国最早的一部诗歌总集，包含风、雅、颂三个方面的内容，其中颂诗包括《周颂》《鲁颂》《商颂》，而有关祭祀的诗歌主要集中在《周颂》和《商颂》中，共计22篇。其中祭祀祖先的有18首，祭祀天地山河的有4首。按照诗之功用来看，还可以有更为精细的分类，将在正祭场合演唱的诗歌归为祀典诗，分舞诗和歌诗两类。周公制礼作乐、以史为鉴、以民为上作为进行制度文化建设的基本原则，在传为周公等人所作的周初诰令，即所谓《尚书》八诰，以及和《诗经》中的《周颂》以及大、小《雅》中得到有力证明。之所以以祭祀、歌颂祖先为主，以歌功颂德之作居多，主要就是以此来建立起集体的共同的行为准则和思想纲领。比如，《天作》记写的是周公、成王时祭先王先公，《维天之命》记写的周公制礼时祭祀文王，《清庙》记写的是周公祭文王，《昊天有成命》记写的是祭周成王，《时迈》记写的是武王周公巡守祭山川百神，《维清》记写的是周公作乐时祭文王，《思文》记写的是周公祭周始祖后稷，《我将》记写的是周公成王祭文王于明堂，《般》记写的是周成王祭武王巡狩祀河岳，《桓》记写的是周成王祭武王，《丝衣》记写的是周成王主持的祭祀仪式，《良耜》《载芟》记写的是在祖先祭祀中的祈求风调雨顺的愿望，《载见》记写的是周成王祭武王，《雝》记写的是武王祭文王的乐歌，《潜》记写的是周春冬献鱼祭祖，《有瞽》记写的是周成王始作乐祭祀，《玄鸟》记写的是殷商后代祭殷高宗，《殷武》记写的是禘祭祭殷高宗，《长发》《那》记写的是祭成汤天乙，《采蘩》记写的是女子采蘩参加贵族祭祀，《鹿鸣之什 · 天保》记写的是春夏秋冬不同时节对君主的祭祀，《文王之什 · 文王》记写的是祭文王，《生民之什 · 生民》记写的是祭后稷。其他篇章还有不少是关于祭祀仪式的记载，祖宗崇拜之风日盛，从上述保存在《大雅》和《商颂》《周颂》及《鲁颂》中的祭祀诗中可以清楚看出。

不少典籍记载了不少春祈求报的农耕仪式，表达了敬天祭地的崇拜和信仰。《吕氏春秋·古乐》云:“昔葛天氏之乐,三人操牛尾,投足以歌八阕:一曰《载民》,二曰《玄鸟》,三曰《遂草木》,四曰《奋五谷》,五曰《敬天常》,六曰《达帝功》,七曰《依地德》,八曰《总禽兽之极》。”记载了一首葛天氏在初民时期操牛尾舞蹈而祈求农牧丰收的古乐,展示的是祭祀仪式的具体场景和活动形式。所谓“遂草木”,就是希望草木繁茂,所谓“奋五谷”,就是希望农作物蓬勃生长收获满满,这一切都是用“操牛尾”等祭祀礼仪的形式,来表达原始先民祈求大自然赐福的美好愿望和虔诚心理。

《道德经》对于祭祀文化十分认同。老子是把祭祀活动作为一种客观的文化现象来看待的,他说:“善建者不拔,善抱者不脱,子孙以祭祀不辍。”(《道德经》第五十四章)老子明确表达的是,祭祀这样的文化形式在历史延续和文化传承中具有重要作用,可以在子孙万代连绵不断。《道德经》不仅记载了大量的具体的祭祀文化现象,而且还通过“道”“观”等概念,对于祭祀文化加以提升和凝练,显示出其非凡的超拔之处。道教敬奉老子为先祖,以《道德经》为底本,将老子“大音希声”的和谐圆融精神和大道至简的人生智慧,融合于具体的斋醮礼仪之中来传道。由于民族文化精神的作用,道教秉持了敬祖宗、礼神明的传统文化思想,倡导通过斋醮礼仪来实现净化人的心灵、涵养人的德行的目标,从而培养高尚的人格修养,在后世产生了广泛而深远的影响。

战争引发的文学创作,历史源远流长,成为春秋战国时期文献典籍的重要组成部分,特别是形成的文学记忆十分深刻,对于后代叙事文学的影响尤为深远。刘知几在总结《左传》的叙事艺术特点时说:

> 左氏之叙事也,述行师则簿领盈视,哤聒沸腾;论备火则区分在目,修饰峻整。言胜捷则收获都尽;记奔败则披靡横前。申盟誓则慷慨有余;称谲诈则欺诬可见。谈恩惠则煦如春日;纪严切则凛若秋霜。叙兴邦则滋味无量;陈亡国则凄凉可悯。……若斯才者,殆将工侔造化,思涉鬼神,著述罕闻,古今卓绝。(《史通·杂说上》)

此言不虚,以《左传》为代表的先秦典籍,以高超的技巧,将决定重要战争的各种现实要素和执着的历史理性精神凸显了出来，成为了战争题材的非虚构文学滥觞。

比如僖公二十八年发生的晋楚城濮之战，根据《左传》记载，把战事叙述的重心放在交战双方主帅阵营是否同心同德上，将团结与否看成了决定战事成败的关键。楚军将帅围绕着是否撤回围宋之师的问题，意见不能统一，甚至可以说在进退的问题上存在着严重的分歧。楚成王内心本来就无心恋战，不太愿意与晋作战，子玉却恃兵而傲，一意孤行，由于这两人的想法和做法不一致，从而导致在是否出兵问题上众说纷纭；晋文公则不一样，不仅善于听取群臣意见，而且和颜悦色，与其臣子子犯等和睦相处，内部意见统一，君臣关系和谐，同时重视外围力量，团结齐、秦、宋各国，获得了制胜的法宝。通过比较可以看出，正是因为交战两方人事上的明显差距，战争的胜负就已经昭然若揭，最终以晋军的胜利而告终就在意料之中。又比如僖公三十三年记载的崤之战，叙述的是秦军师出无名而遭受重创的事情。蹇叔反对以疲惫之师远袭对方，而对方却是以逸待劳，更为重要的是，秦攻打别人属于侵略性质，发动的是不义之战，通过蹇叔哭师这一细节，预示了秦军必将惨败的命运。

《左传》记写战争过程更是扣人心弦，虽然硝烟已经散尽，但是透过文字记载，当年的激战场景却历历在目。如成公二年鞌之战的记写，大体分为三个场景，首先，晋主帅郤克中箭后血流到鞋上，虽然疼痛难忍，但是作为主帅没有丝毫的退却的想法，坚持指挥作战；其次，他的驭手解张随后也中了箭，伤势严重，折断箭杆继续赶车；再次，他的车右郑丘缓在十分危急的情境中，奋不顾身挺身而出，继续推车前行。结局就在情理之中了，正是因为主帅的坚忍不拔，激励了士兵勇往直前，终于取得了战争的胜利。

总体来看，《左传》关于战争的描写是以现实社会中的人为本位的，突出的是人的力量，关注的是人的生存，而不是以神为中心的。

与此完全不同的是，古希腊战争的文学书写，呈现的是浓厚的虚构色彩。关于战争书写最为著名的则是《荷马史诗》，在历史学家看来，荷马本人有没有经历过特洛伊战争，甚至有没有这个人等等，都还是一个个悬而未决的问题。在特殊的文化语境下，诞生的《荷马史诗》这么一部流传千古的不朽作品，并不一定是实际的战争叙事，换一句话来说，荷马对特洛伊战争的记写，是在他所处古希腊时期的文化感召下的一种虚构和想象而已，就像有的学者评判的那样："有一件事却是肯定的。不管荷马是在公元前八世纪、九世纪或十世纪创作了他的史诗，但他总使用了一大堆从遥远的过去流传下来的古老素材——神话、传说和民间故事。"①诗中这样写道：

歌唱吧，女神！歌唱裴琉斯之子阿基琉斯的愤怒，

他的暴怒招致了这场凶险的灾祸，给阿开亚人带来了受之不尽的苦难，

将许多豪杰强健的魂魄打入了哀地斯，

而把他们的躯体，作为美食，扔给了狗和兀鸟，

从而实践了宙斯的意志，

从初时的一场争执开始。

不难看出，诗歌中的主人公是神，字字句句中体现的是"神谕"，虚构的色彩十分浓厚。以上就是古希腊时期关于战争的文学记忆的一个缩影，回顾远古历史的一个镜头，却具有十分典型的意义。希罗多德对此有深刻的阐述："青铜将和青铜撞击，那赫然震怒的战神，命令用血染红四海。但是洞察一切的克洛诺斯之子宙斯和女王尼凯将把自由的曙光赐给希腊。看到这样的事情又听到巴奇司说得如此清楚明白，则我既不敢在神托的事情上反对他，又不能认可别人的反对论调了。"②

史诗成为西方文学的巅峰，充分汲取了西方轴心时代宗教文化活动的精华，神的活动所发出的力量震撼人心，超越了现实生活中芸芸众生的一切行

① ［英］列昂纳德·科特勒尔：《爱琴文明探源》，卢剑波译，四川人民出版社1985年版，第17页。

② ［古希腊］希罗多德：《历史》，王以铸译，商务印书馆1979年版，第8页。

为,因此被认为具有净化人的心灵、提升人的境界的深刻和崇高。史诗受到后代顶礼膜拜,以至于现代以来诞生的诺贝尔文学奖,对于获奖作品的高度礼赞就是与古希腊时代的悲剧史诗相提并论。

第二节 文化主体

当我们把西方文学发展历程作一整体性扫描时不难发现,西方社会在轴心时代是从古老的神话、传说、歌谣等巫官文化母体中孕育出了史诗、悲剧、喜剧、抒情诗等文学形式。柏拉图的"迷狂说""灵感说"以及"诗人是仗着羽翼的神"等说法就是这一层意义。但是,中国巫官文化没落之后,代之而起的是无所不包影响甚大的史官文化和士文化。从殷商"巫""觋"到春秋战国时代贵族阶级即史官以及士的变迁,可以看出轴心时代中国文化主体身份变迁后的特殊性。文化主体身份在西周时期的特殊性,既不同于殷商时期,也不同于古希腊时期,成为促成中国非虚构诗学形成的文化使者。

一

从巫觋到史官和士,是中国文化主体在西周时期的历史转折。

在殷商时期,巫觋是神职一样的职官,是那个时代的文化主体。殷商是一个巫术思想占主要地位的时代,"鬼治主义"是其社会治理的基本模式,所谓"通神""神人以和",说到底就是要达到服务于"鬼神""上天"的目的。我们从《说文解字》对"巫"的阐释就可以约略获得这一印象:"巫祝也。女能事无形,以舞降神者也。"特别是大量的文物出土和文献资料被发掘出来后,这一结论得到了印证,有学者在对巫觋的职责、特点进行了考证后,提出:"巫也者,处乎人神之间,而求以人之道通于神明者也。"①意在说明,巫觋的角色定

① 瞿兑之:《释巫》,《燕京学报》1930年第7期。

位就是人神交接，颇具神秘色彩。

殷商时期的巫觋中虽然也有史官，但是更多的还是在承担巫的职责。上古时期，我们的祖先在进行重要活动之前都要进行占卜，巫觋作为工作人员在行使沟通天人且通晓文字擅长记录的职责，就是史官的前身。史官的最早出现，一般认为是黄帝轩辕氏时代，具体就是指仓颉、沮诵二人，后代也有了继承者，夏代由太史终古担任史官，商代由太史向挚担任史官。殷墟甲骨卜辞上出现的贞人，按照学术界观点，是目前所能确知的史官雏形。史官所尽职责主要包括两个方面：第一是尽天道，就是为巩固统治政权服务，配合政权统治者进行神权思想和天命观念的宣讲，如祈祷、占卜、祭祀等，这些都是早期史官从事的最为重要的日常工作；第二是尽人事，史官是我国最原始的书籍甲骨之书的主要制作者、使用者，他们要从事文字工作，为政权统治者服务，包括保管典籍、记录时事、起草文书、宣达王命、献书规谏、讲领史事等工作内容。不难看出，这一时期的史官主要工作与占卜等巫术活动高度结合，既要参与整个占卜过程，又要负责记录整个占卜过程，承担的是双重职责。

必须承认的是，先秦时期文章与“巫”与“文”存在一定的关联。据《周礼·春官·占人》记载：“凡卜筮，君占体，大夫占色，史占墨，卜人占坼。”不难看出，在整个的祭祀礼仪中分工不同，史是其中一类人员。可能巫和史本是一类人，最早只是从事同一种工种的人，巫中能够认识文字和写作文字的人，则谓之史。史是巫群体中掌握文字的职官，由于世袭的身份，他们拥有较好的家学渊源，且由于长期积累的经验和知识，使得他们在复杂的祭祀仪式下进行操作时运用自如，于是出现了阶层的分化。刘勰早有这个方面的论述：

> 天地定位，祀遍群神。六宗既禋，三望咸秩，甘雨和风，是生黍稷，兆民所仰，美报兴焉。牺盛惟馨，本于明德；祝史陈信，资乎文辞。昔伊耆始蜡，以祭八神。其辞云：“土反其宅，水归其壑，昆虫毋作，草木归其泽。”则上皇祝文，爰在兹矣。(《文心雕龙·祝盟》)

鲁迅也揭示出了早期巫与史之间的联系，他在《门外文谈》中说：

> 原始社会里，大约先前只有巫，待到渐次进化，事情繁复了，有些事情，如祭祀，狩猎，战争……之类，渐有记住的必要，巫就只好在他那本职的“降神”之外，一面也想法子来记事，这就是“史”的开头。况且“升中于天”，他在本职上，也得将记载酋长和他的治下的大事的册子，烧给上帝看，因此一样的要做文章——虽然这大约是后起的事。再后来，职掌分得更清楚了，于是就有专门记事的史官。文字就是史官必要的工具，古人说：“仓颉，黄帝史。”第一句未可信，但指出了史和文字的关系，却是很有意思的。①

按照这一意思，巫是史之源，最初巫与史实际上就是一体的，即“巫史不分”，此时的史官需要承担巫承担的事，以后分工进一步明确了职责，出现了史官，也就是说，巫与后代专门记载史事、编著史书的史官的职责有所不同。

的确如此，到了春秋战国时期，史官逐渐取代了巫觋，且职责发生了巨大变化，逐渐占据了文化的主体位置。周代史官分工细致，包括大史、小史、内史、外史、御史等，这不过只是周王室的史官分类。至于诸侯国的史官分类，就更加繁复了，《左传》和《史记》中有这些方面的记录，如鲁国太史、郑国太史、齐国太史和南史、楚国左史、秦国和赵国的御史等。《左传》以其张扬的理性精神，昭示着春秋时期史官文化的发展与进步。史官文化脱胎于巫官文化这一母体，当然保持了一些对鬼神的尊敬态度，《左传》中记载的大量卜筮现象，就说明了这一点，但是史官文化注重的是对人事的重视，更是说明史官文化最终覆盖了巫官文化，成为中华民族传统文化的基础。

具体来说，史官的具体职能最能体现出身份的重要特征。要了解史官的职能，必须了解什么是“史”，有关“史”字的解释，说法很多，最早对“史”阐释且影响深远的是东汉许慎，据《说文解字》解释：“史，记事者也，从又持中，中，中正也。”所谓史官，就是负责如实记载已经发生事情的工作人员。古代的巫

① 鲁迅：《且介亭杂文·门外文谈》，载《鲁迅全集》第6卷，人民文学出版社1979年版，第88页。

身兼数职，文字产生流通之后，卜筮的巫需要掌握文字来记录占卜的日期、经过以及结果，这些精通文字能够记载事件的巫的工作就更加专业化了，成为最早的一批史官。商代的贞人、作册就被认为是既能够卜筮又能书写的巫，就是史的雏形。春秋战国时期各国史官具体职能主要有这么三点：首先是记言记行，左、右史分别记录行和言；其次是长官典籍，整理档案资料；最后是参政议政，建言献策，周代史官还要口头形式讲解历史，希望君王吸取经验教训，建言献策成为其承担职能的重要内容。可见，史官们承担着诸多方面的职责，他们所承担的主要职责的中心已经转移，更多的是在从事“人事”，与先前巫、祝、卜的“天事”职责虽还有一定的联系，但也有了根本区别。

春秋战国时期文人不少具有史官身份。《汉书·艺文志》说：“道家者流，盖出于史官。”据有的学者考证，道家学派的创始人老子就是史官，属于世袭，《左传》《国语》中记载历史的不少言论受其影响，所以说：“老聃学说的来历，大约是因为做周史的缘故。”①作为中国早期史官的代表人物，老子更大的影响还在历史观念上，致力于探究天人关系，推天道以明人事，这种整体性思维方式对后世史家影响深远，成为后世史家了解历史、编著史书的一个重要原则。《道德经》二十八章言：“朴散则为器，圣人用之，则为官长。故大制不割。”所谓“朴”，即未经雕琢的原初状态，老子抱朴守诚，也成为史家坚持求实求真的思想源泉之一。孔子也是史官，恢复周礼的主张是与他撰修鲁史《春秋》密切联系在一起的，通过私家修史达到“法先王”的政教效果，他说：“大哉尧之为君也！巍巍乎！唯天为大，唯尧则之。荡荡乎，民无能名焉。巍巍乎其有成功也，焕乎其有文章！”（《论语·泰伯》）尧舜本来是神话传说中的人物，孔子将他们与古史联系在一起，作为真实的历史人物再现出来，并且将周文王视为与这些圣王比肩的巨人，神化作了人，带来了神话传说的历史化效果。儒道代表人物皆为史家出身，不仅实现了中国春秋时期文化转型，并且奠定了文

① 金德建：《老聃学说出于史官考》，《求是学刊》1980 年第 3 期。

化发展的基本格局，诚如梁启超在论述中国文化思想的特点时所说："吾中华既天祖并重，而天志则祝司之，祖法则史掌之。史与祝同权，实吾华独有之特色也。重实际故重经验，重经验故重先例，于是史职遂为学术思想之所荟萃。《周礼》有大史、小史、左史、右史、内史、外史，六经之中，若《诗》、若《书》、若《春秋》，皆史官之所职也，若《礼》、若《乐》，亦史官之支裔也。故欲求学者，不可不于史官。周之周任、史佚也，楚之左史倚相也，老聃之为柱下史也，孔子适周而观史记也，就鲁史而作《春秋》也，盖道术之源泉，皆在于史。"①

春秋末年，史官文化走向衰落，文化不断下移，学术逐步解放，士成为新兴文化学术的主体悄然兴起，在史官文化内部，启动了向士文化转变的机制。到了战国时期，士阶层更新了史官身份特征，更加强调历史为现实政治服务的功能，希望以史为鉴达到治理社会的目标，进一步开拓了史官文化的新局面。总体来看，从史官到士，虽然角色发生了一些变化，但是史官职能却有了传承和新的发展。

孔子师徒在由周史官文化向战国士文化转变过程中起到了承上启下的作用。孔子师徒以及再传弟子维护的是"道"，力图挽救礼崩乐坏的颓势，他们将以仁为核心的治理天下之"道"从身居庙堂之高的史官转移到了身处江湖之远的士手中。特别是孔子，以拯救乱世匡扶正义为己任，常年周游列国四处奔走呼号，在精神文化上为战国时代士之群体树立了偶像，同时开门讲学授徒，为战国士文化兴盛创造了物质条件，为士文化持续发展打下了经济基础。以孔子为代表的儒家，特别重视西周以来的人文传统和文化典籍，以人文教化为基本内容的文学观念才得以产生出来。他们把神农、黄帝等神话传说人物列为古史，可谓用心良苦。《淮南子·修务训》有言："世俗之人，多尊古而贱今，故为道者必托之于神农、黄帝，而后能入说。乱世暗主，高远其所从来，因而贵之。"一语道破了士刻意建立或者说发展新型史官文化的路径，很显然主

① 梁启超：《论中国学术思想变迁之大势》，上海古籍出版社2001年版，第14—15页。

要是为了服务于当下的现实,士才将古史神话传说写入历史,目的就在于观往者得失,借古以论今。可见,士文化洋溢着更加浓郁的现实理性精神,这一点是毋庸置疑的。

史官与士存在联系,也存在区别,学术界进行了深入探讨。据余英时先生的分析,士最初是周代社会中一种等级较低的世袭身份,拥有一定的不动产和仆隶,但在春秋末战国初逐渐演变成为一种特殊的社会群体,摆脱了它原来对奴隶政权的人身依附关系,完全不受国家、宗教、经济地位和政治地位的限制,只以自己的知识技能和论辩才能作为其谋生的基本手段。① 战国时期的史官文化的不断蜕化,实际上是史官文化制度形式的衍生,而非史官文化传统的断裂,甚至可以说是史官文化传统获得了更新。主要的表现在于,一方面它作为一种文化心理的泛化,从贵族阶层普及到了普通庶众,另一方面在士文化冲击下,艺术在这一空间获得了自由发展的巨大潜力,文史合一的观念深入人心,直接影响着中国叙事文学的民族风格和民族特色。

综上所述,商周之交的史官还依附于巫官,还处于巫史合一的状态。不过到了春秋战国时期,史官文化则表现出脱离巫官文化的价值指向,产生了积极效应,改变了已经形成的史官文化的固有结构。由士阶层为主体建立的新型史官文化,在一定程度上改变了现存社会秩序和文化秩序。

二

我们将要进一步探讨的是“化巫为史”的实质。

虽然说史官源于巫,但是在春秋时期的史官身份却有了很大的转变。西周以来,礼乐文化的变革以及春秋时期社会阶层的变动,促成了中国早期知识分子群体的诞生。商代巫与史的交替,是祭祀已日益程序化和经验化的必然结果。但是,在祭祀文明的演进过程中,随着仪式、仪规日渐完善,作为一个混

① 参见余英时:《士与中国文化》,上海人民出版社1987年版。

杂着不同身份的巫群体逐渐被更为专业化的史官群体所替代。更为实质性的影响在于，处于信仰失范和制度创新的历史转型期的史官身份的转变，就是为了宣传文化主张、引导社会舆论、重建政治秩序、树立精神权威，这才是史官文化引发的深层次的变化。

在《国语·楚语下》中，楚昭王向观射父询问有关《周书》所载"绝地天通"之事，观射父回答称：

> 古者民神不杂。民之精爽不携贰者，而又能齐肃衷正，其智能上下比义，其圣能光远宣朗，其明能光照之，其聪能听彻之，如是则明神降之，在男曰觋，在女曰巫。……于是乎有天地神民类物之官，是谓五官，各司其序，不相乱也。民是以能有忠信，神是以能有明德，民神异业，敬而不渎，故神降之嘉生，民以物享，祸灾不至，求用不匮。及少皞之衰也，九黎乱德，民神杂糅，不可方物。夫人作享，家为巫史，无有要质。民匮于祀，而不知其福。烝享无度，民神同位。民渎齐盟，无有严威。神狎民则，不蠲其为。嘉生不降，无物以享。祸灾荐臻，莫尽其气。颛顼受之，乃命南正重司天以属神，命火正黎司地以属民，使复旧常，无相侵渎，是谓绝地天通。

可见，在西周已经将"天""神"看作了人的德、礼等理性化力量的化身。葛兆光先生称这一变化的时间实际上是在殷商西周之际，他同时也指出："其实颛顼也罢，周公也罢，不必特意考证文明是否这些传说中的人物的成就，他们都是人间秩序的象征，他们在文献中的意义就是告诉后人，在某一个时代，中国思想史上形成了一种理性的秩序，而代表秩序的就是一批懂得'礼'的文化人和一套代表'礼'的仪式。"①

巫觋在后代发展为史官，不仅是名义上的变化，核心在于性质发生了重要的改变。李泽厚认为："史"是对"巫"的发展，是"'巫'的理性化的新形态和

① 葛兆光：《中国思想史》第1卷，复旦大学出版社2001年版，第50页。

新阶段。”①用理性化来作为史官文化的性质，抓住了要点。如果进一步探究，道德理性、历史理性则是其中理性精神的两种具体体现。

道德理性在周代得到了高度的重视，西周非常重视人间世务，加强礼乐文化建设，明确提出“敬德保民”，人文精神得到高扬，政治教化得以实现。“诗”成为天子听政以“补察其政”的政教工具，文学观念在潜滋暗长。周代史官不仅参与了礼仪的策划，还是礼仪的管理者和执行者。服从于周礼的需要，新型史官出现了，带来的是观念的革命性的变化。陈来认为：“商周世界观的根本区别，是商人对‘帝’或‘天’的信仰中并无伦理的内容在其中，总体上还不能达到伦理宗教的水平。而周人的理解中，‘天’与‘天命’已经有了确定的道德内涵，这种道德内涵是以‘敬德’和‘保民’为主要特征的。”②

这一说法很有影响，另有学者也指出：“殷人迷信天命，以为天命不可移易，而与人事无关；相反，周人把‘德’的观念引入了天命论之中，认为天命随着德的盛衰而转移，所谓‘敬德’尤其重视人世间的政治表现，因而‘德’的观念与话语里面隐含了人道主义、人文理性的萌动和崛起。”③

春秋时期，由于周王室的不断衰微和溃败，诸侯各国在盘算着如何称雄争霸。这一格局致使社会各阶层发生了急剧的变动，史官记载历史事实阐发盛衰之道，弘扬历史理性精神，成为主要职能。比如，“礼乐征伐自天子出”演变为“礼乐征伐自诸侯出”（《论语·季氏》），礼乐为什么发生如此重大变革呢？史官就有许多真实的记载：公元前 707 年周桓王率陈、蔡、卫三国之师伐郑时，不仅兵败，还肩部中箭（《左传·桓公五年》）。诸侯国国君更是屡屡遭弑，据有的学者统计大体有：郑国公子归生弑郑灵公、卫国州吁弑卫桓公、宋国华督

① 李泽厚：《说巫史传统》，上海译文出版社 2012 年版，第 23 页。

② 陈来：《古代宗教与伦理：儒家思想的根源》，生活·读书·新知三联书店 1996 年版，第 168 页。

③ 郑开：《德礼之间：前诸子时期的思想史》，生活·读书·新知三联书店 2009 年版，第 4 页。

弑宋殇公、晋国栾书弑晋厉公、陈国夏征舒弑陈灵公、鲁国公子翚弑鲁隐公、秦国三父等人弑秦出公、齐国陈恒弑齐简公、楚国商臣弑楚成王、蔡国太子般弑蔡景侯、吴国公子光弑吴王僚、曹国姬通弑曹声公等。[①] 这些两千多年前的史实,之所以能流传千古,历史人物之所以能青史留名,主要依靠的就是史书的记录,史官留下了最原始最直接的资料。

可见,通过“化巫为礼”“化巫为史”的历史阶段的划分,这也恰恰是中国文明的特质所在,史官身份的改变,开辟的是中华民族新的文化发展时代。

三

下面我们要讨论的是,文化主体变革所彰显的非虚构特征。

“六经皆史”是一种流传甚广的观点。“六经”是指经过孔子整理而传授的六部先秦古籍,包括《诗经》《书经》(即《尚书》)《仪礼》《易经》(即《周易》)《乐经》《春秋》,“皆史”即指这些经典都可以看作是历史,都可以归入到历史学科中去,显示出历史在包括文学在内的文化经典建构中的主体作用。“六经皆史”一般认为是清代史学大师章学诚在《文史通义·易教上》中提出的一种创见。20世纪已有不少人提出了新的观点,有人认为是明代王阳明所首倡,有人认为元代的郝经更早更明确地提出了这一观点,有人认为最早应渊源于汉代刘向、刘歆父子之《别录》《七略》。与此相似的还有“古学出于史官”学术命题,在近代学术史上具有相当的影响力。刘师培对此有系统的阐释,认为“古学”的特点是:“三代之学,史实系之。”(《左盦外集》卷八)“古学”形成于一个以原始宗教文化为背景、以“王官”为主体的礼制文化传统,是否为宗教文化背景还值得进一步商榷,但是,指出“古学”与王官中的史官关系尤为密切,则是颇有见地的,史官文化的确是古代学术的渊薮,该命题的学术渊源可追溯到《汉书·艺文志》、章学诚、龚自珍以及刘师培的祖父刘毓崧。

① 参见芦笛:《春秋时期史官之精神》,《华夏文化》2013年第6期。

必须承认的是,关于“六经皆史”“古学出于史官”的发起者是谁?目前还存在争论,这毕竟是后人的一种总结和概括,这个是需要发掘证据从学理的层面进一步探究的问题。但是,这一现象从另外一个方面说明:不同时代的学者对于春秋战国时期史官撰写的、后世奉为经典的“六经”,存在大体相同的认识和评判。的确如此,史官、士文化主体的出现,对于先秦时期的文化、文学观念的历史化影响,则是客观存在的,并且在后世不断发扬光大。

“史”与“传”不可分离。到春秋时,“史”用来指史书,《论语·卫灵公》曰:“吾犹及史阙文也。”①其中“史”即取此义。有学者指出,先秦时期的《尚书》《国语》《左传》《战国策》和汉代《史记》等,从根本上说都是史的范畴,而从文体上说都是叙事的文学文体。“史传”也即“史”与“传”的合称。司马迁对前代的这些叙事文体进行总结,创造出新的叙事文体,被称为“列传”。班固将之称为“传”,如此说来,“史”与“传”就本质而言是相通的。并进一步认为,“传”是中国古代的一个文体概念,这个文体概念包含着两种不同的文体形态:其一,解经之“传”,如《春秋左氏传》《公羊传》《穀梁传》《韩诗外传》等;其二,叙事之“传”,如《史记》《汉书》中的人物“传”、陶渊明的《五柳先生传》、唐传奇中的《柳毅传》《莺莺传》《长恨歌传》等。对于“传”这一文体概念,前人多有探讨。刘勰《文心雕龙》又有《史传》一章,且在论述中将“史”“传”二字通用,可见刘勰已经意识到了“史”“传”的相通关系。刘勰确立了“史传”的遴选标准,认为史传的特点是:“必贯乎百氏,被之千载,表征盛衰,殷鉴兴废,使一代之制,共日月而长存,王霸之迹,并天地而久长。”并制定了史传的典范,认为应当遵循这样的原则:“辞宗邱明,直归南董。”②由此看来,“史传”更加强调的是其写实性和实用性。也即突出作为“史”的基本性质,这里的“传”只是依附性的、延伸性的,只是强调为了增强审美性,增强叙事的效果,使得文学的意味更加浓厚,到了后来演化为了传记文学这一新的文学文体。

---

① (宋)朱熹:《四书章句集注》,中华书局2012年版,第167页。

② 范文澜:《文心雕龙注》,人民文学出版社1958年版,第286、288页。

文化主体变革带来的非虚构意义主要表现为：

首先,事实性。以“事”言“道”,是对于“六经皆史”的准确解释。六经之所以能够明道,能够在帝王将相和黎民百姓中产生巨大影响力和感召力,恰恰是奠基于它的史、器的基本属性,即具有这样的特征:“上观尚古,删拾《春秋》,集六国时事。”(《史记·十二诸侯年表》)到了战国时代,伴随着殷周以降的史官文化制度的解体,其实异军突起的是士文化主体,这一新陈代谢并不是史官文化的中断,相反是另一种形式的发展,先秦史学典籍如《左传》《国语》《战国策》等都诞生在这个特殊的时代,足以说明了这一点。章学诚在阐释“六经皆史”时,提出所谓“古人未尝离事而言理”,说的正是因为史官、士的诞生,言理不是空谈,开启了让事实说话的非虚构文化传统。所谓事实性,具有以下特点:

所记之“事”多为先王之事,即“大事”。韩非说孔子、墨子:“俱道尧舜,而取舍不同,皆自谓真尧舜。”(《韩非子·显学》)在韩非子看来,春秋战国时代的孔、墨诸子以“道尧舜”,来获得更大的话语权和影响力,其他诸子也莫不如此。孟子亦以“法先王”为己任,他说:“遵先王之法而过者,未之有也。”(《孟子·离娄上》)与“道尧舜”一致的贵古贱今思潮,只是把范围进一步扩大了而已,代表了春秋战国时期的这样一种文化心理:“世俗之人,多尊古而贱今,故为道者必托之于神农、黄帝,而后能入说。乱世暗主,高远其所从来,因而贵之。”(《淮南子·修务训》)道家的托古涉及未曾见过的先王,甚至把对象指向了神农、黄帝这些神话人物,乃至更古的神话人物,以至直及“浑沌”。即使到了战国后期,虽然已经开始否定先王传统制度,甚至标榜“不期修古,不法常可”的法家韩非,也还是特别强调这么一点:“观往者得失之变。”(《史记·老子韩非列传》)也就是说,要达到借古以论今的目的,总是围绕着叱咤风云的历史人物这个中心来做文章,记写的都是能够让人“忽魂悸以魄动”的重大事件。

所记之“事”是已经发生的事,即“真事”。从先秦时期的许多资料中可知,“事”是具体的真实事件,史官、士能够识字写字,还具有较高的文化素养,具备政治、地理、天文、历法等方面的知识,往往能够引经据典口若悬河,十分注重贯通古今,用具体可靠的事实来说话来言理,以此来增强说服力。对于历史十分精通,了解十分精准,引用十分合理,显示出史家的博闻强记的身份特点。

同时更加应该注意的是,史官、士求“真”务“实”的角色定位,与这一群体的文化品位和人格追求更是联系在一起的。比如,齐庄公因霸占大臣崔杼的妻子而为崔氏所杀,齐太史秉笔直书不隐其恶行,如实记载了这一真实事件,后来虽然引来了杀身之祸,但是后人并没有丝毫畏惧,也没有半步退缩,而是铁肩担道义,笔墨写春秋。据《左传・襄公二十五年》记载:“崔杼弑其君。”“崔子杀之,其弟嗣书而死者二人,其弟又书,乃舍之。南史闻太史尽死,执简以往,闻既书矣,乃还。”从这些记载来看,史官坚持实事求是,客观记录历史事件,已经成为当时这一群体所共同恪守的职业操守,这一优良的修史传统也为后代的史官所认同和承传。司马迁对于《春秋》十分称道:“上明三王之道,下辨人事之纪,别嫌疑,明是非,定犹豫,善善恶恶,贤贤贱不肖,存亡国,继绝世,补敝起废,王道之大者也。”(《史记・太史公自序》)他正是依照《春秋》的这一原则来写作《史记》,身体虽然遭受酷刑,精神遭受摧残,但是追求“真”的痴心没有任何改变。

其次,议论性。要发挥好干预现实的作用,就要能击中时弊,匡扶正义,凸显出强烈的意识形态色彩。史官文化由巫文化发展而来,并逐步代替了巫文化,史官是上层统治阶级的代言人,强调现实的、道德的理性精神是史官文化的基本特点,以现实和历史记载为基础,注重“隆礼”“敬德”。史官文化以维护社会政教人伦为己任,极力维护的是立德保民的治理原则,从而使得在价值导向上规定了中国文学特别注重政治教化的这一功能,因此,史籍具有十分鲜明的史官文化心态特征,包括寓劝惩、尊正统、宗经等政治教化的内容。也就是说,史传就是要记载一代王朝的历史史实,但是不是就事论事,而是要揭示历史发展的规律,总结经验教训等,早期文学的特征就是这样显现了出来。

比如,儒家学派创始人孔子在晚年整理的《诗》《书》《礼》《易》《乐》《春秋》,之所以被后人奉为经典,就在于能让人从中获得教益,受到启迪。在《礼记·经解》中,提到了《六经》的作用,孔子曰:

> 入其国,其教可知也。其为人也,温柔敦厚,诗教也。疏通知远,书教也。广博易良,乐教也。洁静精微,易教也。恭俭庄敬,礼教也。属辞比事,春秋教也。故诗之失,愚。书之失,诬。乐之失,奢。易之失,贼。礼之失,烦。春秋之失,乱。其为人也,温柔敦厚而不愚,则深于诗者也。疏通知远而不诬,则深于书者也。广博易良而不奢,则深于乐者也。洁静精微而不贼,则深于易者也。恭俭庄敬而不烦,则深于礼者也。属辞比事而不乱,则深于春秋者也。

也就是说,一切都人性化,服从于现实教化需要,这是其特点和价值。特别是春秋后期孔子编《春秋》,更是如此,如《左传·成公十四年》所说:"《春秋》之称,微而显,志而晦,婉而成章,尽而不汙,惩恶而劝善,非圣人谁能修之。"《孟子·滕文公下》也说:"世衰道微,邪说暴行有作,臣弑其君者有之,子弑其父者有之。孔子惧,作《春秋》……孔子成《春秋》而乱臣贼子惧。"《春秋》记事十分简略,往往一句话记载一件事情,但它却具有无比的力量,之所以能使乱臣贼子畏惧,就在于包含其中的道德评判,起到了强大的威慑作用。

中国古代文论中,文学叙事遵从的是历史的写法,议论和叙事如水乳交融一般,这一特点为历代文论家所重视,并且得到不断阐发。刘勰在《文心雕龙》中做了精当的总结:"必贯乎百氏,被之千载,表征盛衰,殷鉴兴废,使一代之制,共日月而长存;王霸之迹,并天地而久大。"①之所以是经典,就在于具有厚重的历史意味,才可供今人了解古人,认识古代社会形态和发展规律的特点。"居今识古","言经则《尚书》,事经则《春秋》……举得失以表黜陟,征存

① 范文澜:《文心雕龙注》,人民文学出版社1958年版,第286页。

亡以标劝诫”。[①] 史传可以体现其原道、征圣、宗经的思想。“立义选言，宜依经以树则；劝诫与夺，必附圣以居宗。”[②]就是说，史传乃秉承圣人与经书的思想，探原道之本体，而指示人世之行事，劝诫与夺，以期符合道之本体与圣人之旨。唐李肇在《唐国史补·自序》说：“予自开元至长庆撰《国史补》，虑史氏或阙则补之意，续传记而有不为。言报应，叙鬼神，徵梦卜，近帷箔，悉去之；纪事实，探物理，辨疑惑，示劝诫，采风俗，助谈笑，则书之。”宋代真德秀虽重视辞命和议论文字，但对叙事之文并不忽略，因为在现实政治生活中，叙事文体同样是不可缺少的，他说：

> 按叙事起于古史官，其体有二：有纪一代之始终者，《书》之《尧典》《舜典》与《春秋》之经是也，后世本纪似之。有纪一事之始终者，《禹贡》《武成》《金縢》《顾命》是也，后世志记之属似之。又有纪一人之始终者，则先秦盖未之有，而昉于汉司马氏，后之碑志、事状之属似之。今于《书》之诸篇与史之纪传，皆不复录，独取《左氏》《史》《汉》叙事之尤可喜者，与后世记、序、传、志之典则简严者，以为作文之式。若夫有志于史笔者，自当深求《春秋》大义，而参之以迁、固诸书，非此所能该也。[③]

清代学者章学诚认为：“古文必推叙事，叙事实出史学”。[④] 强调文章要像历史一样实录。“实录”这一概念首次出现于班固的《汉书·司马迁传》，是班固赞司马迁之语，此后，它成为史传叙事的基本品格。

史官文化的历史观念，还促成了中国文学所特有的文学批评模式的生成，即将文学作品置于一定的历史和时代背景下考察，形成了“知人论世”的文学

---

① 范文澜：《文心雕龙注》，人民文学出版社 1958 年版，第 284 页。

② 范文澜：《文心雕龙注》，人民文学出版社 1958 年版，第 286 页。

③ （宋）真德秀：《文章正宗纲目》，《景印文渊阁四库全书》，第 1355 册，台湾商务印书馆 2008 年版，第 6 页。

④ （清）章学诚：《章氏遗书补遗》，文物出版社 1982 年版，第 128 页。

作品批评方法。将文学的历史发展与同时代的政治文化密切联系起来分析，同作家的身世结合起来，对于作品进行解读，并且从时代政教需要出发不断调整文学政治教化的价值取向。可以说，中国早期的文学观念，无不显现着史官文化这一理性精神的影响和滋润。

概而言之，我国古代长期处在宗法式农业经济的社会形态里，对于祖先的崇拜形成了大体相同的认识，史官文化主体的影响可谓遗泽深远，对中国非虚构文学的基本性质的形成起到了重要的作用。史官、士文化主体发出的“不语怪力乱神”“黜玄想”等，催生出中国的正统文学观念的核心内容，形成了中国古代文学非虚构的时代特色和民族特色。

四

把中西方文学发展历程进行比较时就会发现，中西方文学主体由非独立趋向独立的进程，是两条完全不同的轨迹。在文化主体的作用下，呈现出不同的文学观念。

在西方，柏拉图的“迷狂说”“灵感说”以及“诗人是仗着羽翼的神”等说法，就是这种文化主体的描述，这一最初的形态后来演化为虚构文学，文化主体成为遗世独立与现实隔绝开来的个体，我们将之称为“小我”。但是，中国巫官文化没落的时候，代之而起的是无所不包的史官文化和士文化，与西方处在不同的发展轨迹上，中国文化主体显现出的是一种新的气象，是一个与历史、社会、政治、文化等密切关联的个体，是一切社会关系汇聚在一起的这样一种个体，我们将之称为“大我”。这一传统在历代文论中得到了显现，呈现出历时性延续的特点。

史官文化主体呈现的姿态，在司马迁《报任安书》中得到了具体体现和生动阐释，已经受到学术界的关注。他所强调的“究天人之际，通古今之变，成一家之言”揭示出创作《史记》主要动机。通观《史记》创作的意旨：实际体现了他三种不同的职责使命与人生追求。“究天人之际”意欲承继家族传统，以沟通天地为本职，重视天地沟通，履行史官原始职责，承继巫史同源时期的神圣使命。“通古今之变”意欲承继史官的职责传统，尽心史职，“罔罗天下放失旧闻，王迹所兴，原始察终，见盛观”。“成一家之言”意欲承继孔子私家著述的传统，立言以不朽，发愤而著书。三者实际上囊括了巫、史、士三代知识分子的职责与使命。独特的家世、独特的时代、独特的个性，司马迁成为身兼巫、史、士三代知识分子缩影的唯一幸运者。①

《史记》的创作学习了大赋创作主体“控引天地，错综古今”和“苞括宇宙，总览人物”（《西京杂记》卷二）的恢宏气势，借鉴了大赋有系统地归类式描述结构的做法。涉及对汉赋的创作要求时，刘勰对汉赋的过于追求华丽辞藻等的批判，可谓是不遗余力。“然逐末之俦，蔑弃其本，虽读千赋，愈惑体要；遂使繁华损枝，膏腴害骨，无贵风轨，莫益劝戒，此扬子所以追悔于雕虫，贻诮于雾縠者也。”②“诸子之徒，心非郁陶，苟驰夸饰，鬻声钓世，此为文而造情也。故为情者要约而写真，为文者淫丽而烦滥。”③“及长卿之徒，诡势瑰声，模山范水，字必鱼贯，所谓诗人丽则而约言，辞人丽淫而繁句也。”④“相如好书，师范屈宋，洞入夸艳，致名辞宗。然覈取精意，理不胜辞，故扬子以为‘文丽用寡者长卿’，诚哉是也！”⑤这些都是从创作要求方面，指出了汉赋作者过分追求铺排与雕饰文辞的毛病，忽视了作品以一种恢宏的视野去审视历史和现实的创作倾向，从根本上说，缺乏以一种“大我”的姿态去看待历史风云事件和人物，因此不符合“文心”的要义。

史官主体的“大我”，是以具体的史实为依据的，呈现出弘通的大格局。从“文”之体的历史演进来看，“文”的历史意义与“史”体本身的文学性相关，在后代文论中得到了进一步的阐述。如刘知几论仲尼“文胜质则史”时云：

① 钟书林：《〈史记〉“究天人之际”与史官传统》，《信阳师范学院学报》2004年第1期。

② 周振甫：《文心雕龙今译》，中华书局1986年版，第81页。

③ 周振甫：《文心雕龙今译》，中华书局1986年版，第289页。

④ 周振甫：《文心雕龙今译》，中华书局1986年版，第415页。

⑤ 周振甫：《文心雕龙今译》，中华书局1986年版，第571页。

“盖史者当时之文也。”(《史通·内篇》卷九)意谓“史”即是“文”，文史互通。孔子是从二者的相通处来定义文学，民族特色的这一传统为后代高度关注。清钱谦益亦认为，“史”法、“文”法可合二为一，即“由二史而求之，千古之史法在焉，千古之文法在焉。”①章学诚指出：“良史莫不工文。”②又云：“史之赖于文也，犹衣之需乎采，食之需乎味也。”③由此看来，“史”是“文”追求的一种境界，以“文”观“史”，以“史”法而入“文”法，二者是可以打通的，史对于文的影响最为明显的是写作境界的影响，是纵横捭阖融通古今的魄力。明凌约言曰：

> 六经而下近古而闳丽者，左丘明、庄周、司马迁、班固四巨公，具有成书，其文章卓卓乎擅大家也……子长之文如豪如老将用兵，纵骋不可羁，而自中于律，孟坚之文整方之武事，其游奇布列，不爽尺寸而部勒雍容可观，殆有儒将之风焉，虽诸家机轴变幻不同，然要皆文章之绝技也。(朱子蕃汇辑：《百大家评注史记》)

这里就具体分析了史家写作文章所具有的气魄，谈笑历史间，现出书生意气。历史书写主要还是要以身体力行的调研为基础，呈现民间性、实践性的价值取向，更进一步增强真实的色彩。有学者认为：“从孔子到司马迁，对文献小传统之外的大传统文化信息的关注和收集采纳，使得《史记》开篇讲述的‘五帝本纪’成为可能”，具体以司马迁为例，“从司马迁的写史经验可以看出，对于以‘读万卷书’为荣的中国知识人来说，‘行万里路’的民间调研功夫，是摆脱小传统书本主义知识观限制，多少能够洞悉小传统之前的大传统的关键”④。在当代，也有学者以蒋蓝所著长篇历史散文《一个晚清提督的踪迹

---

① (清)钱谦益：《牧斋有学集》卷三八《再答苍略书》，上海古籍出版社1996年版，第1310页。

② (清)章学诚：《文史通义》，中华书局1985年版，第220页。

③ (清)章学诚：《文史通义》，中华书局1985年版，第221页。

④ 叶舒宪：《探寻中国文化的大传统——四重证据法与人文创新》，《社会科学家》2011年第11期。

史——唐友耕与石达开、骆秉章、王闿运、丁宝桢交错的历史》为思考基点，认为该书叙述思维的穿透性与叙述话语延展性结构出了宽广的历史情境，引发的是历史意识的转型："把对世界的历时性观察与共时性分析有效整合，观察唐友耕一定历史条件下形成的动态的社会关系和生活结构，把历史性的思考、逻辑关系的探知与系统价值观念结合成一个观察历史现实的交叉点"，"以理性的历史观、自由的价值观与飞翔的语言完成了一场史学与文学的邂逅，提供的不是历史的凝固碑刻，而是更为宽广的意识空间"。① 足以看出，中国文学在历史叙述中主体的"大我"特征。

非虚构文学对于"人"的聚焦，使得文学价值不再空泛、无边，显示出独特性的"大我"风范。在中国古代，"大我"的观念在史传文学中得到了充分的表现。可以看到，"大我"是非虚构写作集体的发声，是对非虚构文学价值的重新确立的呼唤。史传与纯文学文论不同，非虚构文学的价值不是局限在封闭的自我的感性的范畴之内，而是处在不断拓展的社会文化过程中。虚构文学陷入困境，就在于作家沉浸在"小我"之中，疏离了现实。纯文学强调虚构，被当作是作家个人才情的显现，作者作为天才或者精英出现，将读者当作被动的接受者，由此造成了文学与现实、作者与读者的疏离。考德威尔说："诗在技巧上达到了空前的高水准；它越来越脱离现实世界；越来越成功地坚持个人对生活的感知与个人的感觉，以致完全脱离社会生活，直至先是感知然后是感觉都全然不存在了。大多数人不再读诗，不再觉得需要诗，不再懂得诗，因为诗随着它的技巧的发展，脱离了具体的生活。"②

在西方虚构文学理论中，诗与历史不同。前者被认为"是可能发生的事"，呈现的是脱离了具体的事件的形而上意义的抽象概括，拉开了与现实的

① 转引自于昊燕：《历史的箭镞——〈一个晚清提督的踪迹史〉与非虚构写作》，《青海师范大学学报（哲学社会科学版）》2015 年第 6 期。

② ［英］考德威尔：《考德威尔文学论文集》下，陆建德等译，百花洲文艺出版社 2010 年版，第 290 页。

距离，被西方叙事学直接看作是虚构；后者被认为是已经发生的具体的历史事件。这一不同之处，从亚里士多德时代就将二者区别了开来。但是，中国先秦时期历史叙事与文学叙事，其实并非泾渭分明，井水不犯河水，文学叙事依附于历史，二者唇齿相依而共存。

可见，在中国文学传统中，与纯文学文论不同，非虚构文学价值不是局限在封闭的“向内”的范畴之内，而是在“向外”不断拓展的过程中。“大我”衍生到了历史、政治、经济、伦理等现实语境中，成为“大我”的基本含义，所形成人类文化的价值系统，奠定了中国非虚构诗学传统的基础。

第三节　文化传播

文化传播活动不仅仅传承了文化的内容，同时它还更新了文化的内涵，文化在传播过程中生生不息。春秋战国时代是中国传统文化的成型期，文化形成与文化传播是密切联系的，其实也成为文化传播活动的高潮。具体而言，春秋战国时期史官文化向普及型、开放型文化发生了重要的转折。传播方式主要有文字记载、学校教育、游说诸侯等形式，为非虚构诗学的历史生成起到了推波助澜的作用。

一

首先，文字记载的兴起。

夏商西周三代时期，用文字记载的典册不断出现。史官制度的逐步确立，巫史职责的逐渐分野，我国丰富而连续的历史记载不断出现，扩大了传播的覆盖面，延长了传播的时效性。史官编修史书，其实主要的职责就是记事。如果说记载历史上已经发生的重大事件是编修史书的基础工作，那么，作为编修史书工作的延伸和结果，就是史官们编纂了不少国史。他们不仅编著大量图书典籍，还是王室图书馆、档案馆的管理工作人员。他们不仅是图书的编撰者，更是文化的传播者，为文化产品的价值赋能做出了重要的贡献。

殷商时期的甲骨文，主要是占卜的需要。殷商时期人们把“帝”“天”当作自然界和人类社会的最高主宰，成为人们顶礼膜拜的对象，同时，统治者为了强化自己地位的合理性合法性，都为自己披上一层神秘的外衣。统治者大搞占卜迷信活动，国家大事还是生活琐事无不通过占卜来请示神灵判断吉凶，几乎是遇到事情一定要通过占卜来解决。在商代统治约五百年时间里，出土有十五万片甲骨，据此推算，则可知道当时几乎每日必卜，甚至一日数卜。根据有的学者的考察，殷商统治者占卜所涉及的内容十分广泛，包括农业收成、畜牧业生产、战争、俘虏、奴隶、祭祀活动，以及天文、历法、地理，等等。① 从记载下来并刻在甲骨上的可知卜辞进而指出，甲骨之书本身就是因迷信意识而兴起，目的是预测吉凶，虚幻色彩十分浓厚，因而，其内容毕竟受到一定程度的局限性。这一判断是很有道理、很有说服力的。

而春秋战国时期文字有了大篆，金石竹帛成为工具，传播方式便捷了不少。书面文化的主要传播方式就是通过著书立说，来传播文化思想。春秋战国时期的文化传播，开创了书籍编纂体例，积累了不少书籍编纂经验，形成了图书传播理论。西周以后，经济、文化不断发展，书籍从最原始刻在龟甲和兽骨上的甲骨之书，开始向写在竹片和帛上的竹帛之书转型。史官在此后从甲骨之书向竹帛之书的转变过程中，主要内容就是记言记事。竹帛之书是写在竹片或丝帛上的还可以编连为册简的书籍，与甲骨之书相比较，所用的材料方便获取，书写更为简易、阅读起来更为舒适。据《周礼·天官冢宰》记载：“史掌官书以赞治。”又据《周礼·春官宗伯》记载：“大史掌建邦之六典”、“小史掌邦国之志”、“外史掌书外令，掌四方之志，掌三皇五帝之书，掌达书名于四方，若以书使于四方。则书其令。”也就是说，史官就是根据史实来编撰我们今天所说的经典之作的。在竹帛之书中，表达内容更加广泛，这样，无论是在

① 参见林晓平：《略论先秦士官与中国古代图书典籍的关系》，《甘肃教育学院学报》2004年第2期。

书写材料、书写方式抑或是在书写内容方面，都使得我国早期文化传播跃上了更高的层次。作为记载中国历史文化的重要形式，竹简在当代的每一次新发现，都可以让我们更能够真正了解中国传统的文化，具有非凡的文化价值。

要传播久远，必须与恰当的表达方式结合起来。先秦时期主张“言之无文，行而不远”。（《左传·襄公二十五年》）就是说语言表达如果不重修辞艺术，没有文采，就不会传播到远方，难以流传到后世。“文”固然指文字传播的文采，但是同时也在强调，必须与充实的内容结合，才能够发挥好作用。文字传播带来了语言的精美效果，礼仪则以其特有的言语方式承担着这一教化功能，在春秋战国文化的宏大叙述中，言辞从来不是言辞本身，而是另有深意，语言的形式美感服务于整个社会的建设，服务于社会的现实意味浓厚。

要完善人格，就必须将语言与品性修炼结合起来。“言语”作为孔门四科之一，在孔子弟子中，以“宰我、子贡”为“言语”科的代表性人物。孔子说的“不言，谁知其志”，其实就是语言与志向的联系。文字的极大魅力在于，“立言”可以同“立功”“立德”一起，成为超越时间空间而具有永恒价值意义的“三不朽”。言辞不当后果不堪设想，所谓“乱之所生也，则言语以为阶。”（《周易·系辞上》）意即一场动乱的产生，经常是源于言语不慎引起的。正是由于看到了言语符号在传播中的重要作用，孔子一再强调“君子慎言”，君子就是指有崇高境界的人，他们都是注重自己的语言的。可见，语言传播不是神谕的体现，而是现实生活中的人格塑造的一种方式，是实现个人价值服务社会的一种需要。

要成就大业，就必须将语言与治国兴邦结合起来。在《礼记·哀公问于孔子》中有这样的记述：孔子侍坐于哀公，哀公曰：“敢问人道谁为大？”孔子愀然作色而对曰：“君之及此言也，百姓之德也！固臣敢无辞而对？人道政为大。”孔子赞扬哀公之问，认为这是“百姓之德”，充分说明孔子特别善于从言语中观察人的精神世界，“言为心声”就是此意，实质上正是通过言语就推测到了传播最后达到的效果。孔子认为：“有德者必有言。”（《论语·宪问》）有高尚道德的人一定有美好言辞的表达能力，哀公这样能关注人道，从语言中则可以想见其后必将为百姓带来福祉。《论语·子路》中有“一言而可以兴邦”的说法，意义与此相通。

轴心时代的语言文学观念，直接启发了后代文论。《文心雕龙·原道》在追溯了从伏羲画卦到仲尼翼易的华夏文明史之后，给出了关于“文学”的经典定义：“心生而言立，言立而文明，自然之道也。”刘勰沿着心——言——文的路径，理清了文学与语言的关系，并阐明了语言的意义指向。与“文”相关的有“文章”“文法”等大量语汇，其中都包含了大量的有关非虚构文学的论述。汉语具有很强的生成、繁衍能力，呈现出词语的“家族相似”特点，就“文”而言，也是如此，我们在梳理的时候要将这种现象纳入其中。

先秦时期文字记载的历史著作，纳入到了文学的范畴，已经奠定了非虚构的文学观念，后代不断发展和延伸。司马迁在《史记·太史公自序》中说：“汉兴，萧何次律令，韩信申军法，张苍为章程，叔孙通定礼仪，则文学彬彬稍进。”“文学”这一概念包含了各种典章制度，其实就是泛文学的观念。金圣叹在《水浒传》评点的序言和《西厢记》评点中，就是把《论语》《周易》《诗经》之类的六经、《庄子》之类的诸子著作、《公羊传》《穀梁传》之类的理论著作、《离骚》之类的抒情文学、《战国策》《史记》之类的历史著作，都归为“文章”。而且一再强调，在“文法”方面，这些著作与《水浒传》这样的小说和《西厢记》这样的戏曲是完全一样的规则，就是说都归入到了文学的类别。叶燮《原诗》曰：“以发为文章，形为诗赋，其道万千。余得以三语蔽之：曰理、曰事、曰情。”[①]有学者认为，金圣叹所说的“因文生事”，就是指凭借“文（文字）”来“生事”，是“事”随文（文字）生的过程，也是为“文（文本）”而“生事”，是为了创作小说而虚构和想象“事”的过程。正是在文生事、事生文这样一个文事互生的过程中，小说得以完成，小说成其为小说。由此“因文生事”之“因文”的小

① （清）叶燮：《原诗》，人民文学出版社 1979 年版，第 25 页。

说文体从其体式、体制、体势上规定与规范“生事”的小说叙事方式与小说叙述内容。所谓“生事”之“生”为小说虚构、想象、模拟、创造之“生”，并非史传之记录、记载、记事之“运事”。[①] 其实，不论是虚构，还是非虚构的，金圣叹都纳入到了“文”的范畴，与先秦时期的文学观念是一致的，后面我们还将就此展开论述。

二

其次，就是教育教学的传播方式。

“教”“学”本来在古代有宗教意味的，有学者曾经做过考证，判定商代教学与宗教祭祀活动相关。那时“教”与“学”是混用的，教学作为一种观念符号的最初意义应该具有三个要素：与宗教祭祀占卜等有关的活动；这种活动应在较为固定的建筑物内进行；这种活动是一种传授与仿效同时进行的活动。[②]

但是，到了春秋时期，教育内容的神秘色彩大大淡化了。史官最初的工作只是为了资料的保存，向统治者提供国情咨询等，简而言之，只是一种著述行为。随着“学在官府”“官师合一”的教育体制兴起，也使史官在学校中传授历史知识、进行历史教育，成为一种经常性的活动和任务，文化传播功能大大增强。西周时期“学在官府”，虽然只有贵族才有受教育的权利，文化为贵族所垄断，是在一个小众的群体中传播，史官著述的辐射能力有限，但是毕竟开了历史文化传播的先河。从史官文化的著述行为到文化传播行为，就是一个从封闭型文化向开放型文化的转型。

当时官学之内容，据《周礼 · 地官》记载：“一曰五礼，二曰六乐，三曰五射，四曰五驭，五曰六书，六曰九数。”可以看出，学校教育中包括的内容较杂，其中也包括了礼教在内的诸多内容。文学与礼教二者相辅相成，形成春秋时

---

① 周淑婷：《金圣叹“因文生事”说的理论构成及其叙事学意义》，《学习与探索》2015 年第 4 期。

② 参见王齐洲：《中国文学观念的符号学探原》，《中国社会科学》1999 年第 1 期。

代的诗教传统，为非虚构文学观念的形成奠定了基础。孔子说的“志于道，据于德，依于仁，游于艺”就是要培养志向高远、品德高尚、仁慈友善的人，凭借在于仁，活动在于六艺（礼、乐、射、御、书、数），只有这样才能真正地做人。孔子未直接使用艺术这一概念，只用“艺”和与之相近或相关的概念来表达关于艺术的思想，与“道”“德”“仁”处在不同的层面，主要是因为与现实的关联度的不同。

殷周以来，教育基本上都由官府所垄断，所谓“学在官府”就决定了接受教育和影响的对象是贵族子弟，而平民没有受教育的机会。由于面向的只是少数的阶层，所以文化传播影响力受限。直到孔子倡导“有教无类”，不同阶层的人才都有了接受教育的机会，与“学在官府”的时代相比，接受教育的面更加宽广了。教育的体制在发生变化，但是，教育服务于现实社会的目标并没有改变。与之相应的，文学观念的核心还是体现在个人的文化修养和社会的文治教化上。孔子最看重《诗》的教化作用，以其作为获得文学的基础和起点，并明确提出“兴于诗，立于礼，成于乐”的主张，认为“诗可以兴，可以观，可以群，可以怨；迩之事父，远之事君，多识于鸟兽草木之名。”充分肯定了《诗》的社会功能，阐发了文学在社会教化、人文知识教育、人格精神培养方面的作用，彰显文学意义的重大而深远。对于“诗可以兴”这一命题，后面还将作具体的论述。

以史为鉴，加强历史文献教育，是孔子文学教育教学的一个重要特点，也是孔子阐释文学特征的重要视角。孔子曾说：“夏礼吾能言之，杞不足征也；殷礼吾能言之，宋不足征也。文献不足故也，足则吾能征之矣。”（《论语·八佾》）孔门四教之“文”的意思与历史相关，即“谓先王之遗文”（《论语正义》卷七），对于“文”的理解正是从这一角度着眼的。孔子之所以以这些“先王之遗文”为教学内容，不仅仅因为它们是用文字记载下来的历史，学生因此能获得许多文化知识，更重要的是这些文献体现了西周以来不断高涨的现实理性精神，与西方的虚构色彩不同。殷人信神敬鬼，极端迷信，而西周统治者开始懂得“天命靡常”，注重“敬德保民”，人文精神得到张扬。所以孔子说：“周监于二代，郁郁乎文哉！吾从周。”（《论语·八佾》）由此看来，孔子要求弟子学习这些历史文献，不仅可以熟悉和了解周代礼乐典章制度，而且可以借鉴历史经验教训，养成良好道德人格，为将来出仕实现个人理想做好准备，所谓“博学于文，约之以礼，亦可以弗畔矣夫”（《论语·雍也》），表达的即是这个意思。①

荀子在《劝学篇》中，确立《诗》《书》《礼》《乐》《春秋》等五部著作为经典，这些是要求学生必须阅读的教育内容，其内容如下：“学恶乎始，恶乎终，曰其数则始乎诵经……故书者政事之纪也，诗者中声之所止也，礼者法之大分，类之纲纪也，故学至乎礼而止矣，夫是之谓道德之极，礼之敬文也，乐之中和也，诗书之博也，春秋之微也，在天地之间者毕矣。”荀子列举的五部经典与孔子的教学科目相差不多，但值得我们注意的是，荀子突出了《礼》在五经中所处的重要位置，《礼》是统领别的经典著作的一种终极科目。

三

最后，游说诸侯是不可忽视的传播方式。

春秋战国时期，不少王室诸侯为扩大土地面积和势力范围，而疲于应对战争，无暇顾及学校教育质量提升问题，加之当时奴隶主贵族子弟中的不少人沉溺于奢侈的享乐生活，官府中的学子逐渐丧失了进取精神和学习志趣，官学或者说史官文化因此开始走向衰落。官学的式微，为私学的勃兴提供了机遇，私人讲学如雨后春笋兴起，遍及四方各地，史官制度的崩溃与学术下移，为文化的普及与开放创造了良好的条件，开辟了教育进一步发展的新途径。加之代表中央王朝的周室逐渐衰退，与此相应的是四方诸侯势力日益强大，进入到了群雄争霸的时代，因此，传统的制度规范和文化习俗要接受新的考验，整个社会面临着大动荡和大变革。这种局面的形成，带来了文化传播深刻的变化。

---

① 参见王齐洲：《论孔子的文学观念——兼释孔门四科与孔门四教》，《孔子研究》1998 年第 1 期。

士作为一个新兴阶层迅速崛起，打造了战国时代文化传播规模庞大影响深远的队伍。战国时代的士作为一个新兴的阶层，有其自身的特点，他们是拥有较强的语言文字功底和一定学术水平且非官府的人员，是学术从官府下移后兴起的文人群体。士拥有深厚的传统的学术修养，逐渐加入到了修史行列，也曾经从事史官的工作，但是作为新兴的阶层，又有很大的开放性和自由度，与传统的史官专注于著书立说又有所不同。如果说传统的史官是通过文字传播的方式陈述已见的话，那么士则是通过游说诸侯来表达自己的思想见解。士周游列国时，向各国统治者通过口头的形式向诸侯各国君王陈说和剖析天下大势，极力宣扬自己有关政治、军事、外交等方向的真知灼见，形成了先秦时期涌现出来的一种特有的文化传播方式。使文化普及与开放得以实现，这一阶层的口头传播，为了吸引更多的听众，在内容和形式上有了变革，才得以增强传播力。

士游说的内容必须更进一步贴近现实，要能直击现实中的实际问题，才有说服力和感召力。士人游说诸侯可谓英雄辈出，各显神通本身有一个发生发展的演化过程，春秋时期如孔子、墨子、管子等人都曾经四处游说，但是侧重在宣传自己的思想主张，属于自说自话，言语中充满强烈的自我意识，带有说教式的特点；但是，到战国时期则不一样了，孟子、荀子、苏秦、张仪、李斯等人，就不再是以自我为中心了，而是比较注重沟通和对话艺术了，重点从“说”转向了“听”，如何影响对方并且让对方能较快地接受自己的观点，成为游说成功的关键。特别是战国后期，追求高超的论辩艺术，几乎成为这一时代游说追求的境界。① 那么，在内容上就必须让听者有兴趣，才是非常重要的目标。

密切结合现实，就是非常重要的价值取向，因为人们都是关心自己身边的事情，考虑与自己相关的问题。正因为如此，结合现实的论辩，解决实际问题的论辩，才具有说服力。在兵荒马乱群雄争霸的战国时代，孟子所鼓吹的仁治

---

① 参见陈水云：《“士”与战国时期的传播艺术》，《中南民族学院学报（人文社科版）》2001年第1期。

思想尽管是美好的愿望，但是解决不了当下现实社会的各种纷争，因此成为行不通的虚妄之言，没有被太多理睬。正是因为言谈和主张不合时宜，孟子虽然竭尽全力去游说诸侯，但是由于不解决实际问题，不合诸侯君王口味，最后的结局只能十分落寞和孤寂。如何通过强权政治和武装力量，来收拾分崩离析的残局，则成为人们普遍关心的问题，法家、兵家及纵横家，主张用武力去抗衡，鼓吹霸王之道或推行强国之术，在这一特殊时期取得了游说的巨大成功。商鞅游说就是这样的一个过程，他开始也是以传统的以仁为本作为帝王之道，向秦孝公游说，没有得到重视和采纳，这一思维与孝公强国兴秦的急切愿望背道而驰，也不符合打破分崩离析旧格局造就一统天下新局面的现实要求，后来进言希望以强国之术达到雄霸天下的目的，应和了时代的呼唤，于是得到重用。由此可见，游说者针对的问题以及提出的一系列主张，能否有针对性地破解现实社会中存在的疑难杂症，是决定游说行为成败的关键因素。

游说的形式必须特别注重策略，十分讲究技巧，否则再好的高见都会胎死腹中，而事实胜于雄辩，摆事实讲道理，则是制胜的法宝。所有的形式必须和事实结合起来分析，是论辩获取胜利的关键。孟子以孔子的仁学为底本游说于诸侯各国，除了内容上不合时宜之外，形式上也是不得要领的，策士盛行百家争鸣的战国时代，就不能像孔子那样和颜悦色、慢条斯理、直陈己见，如果只是简洁、直接地陈述自己的观点，根本就打动不了对方。游说诸侯讲究游说艺术，要想取得先声夺人、掷地有声的效果，刻意运用类推、比喻、排比等修辞手法，把事实和道理讲透彻。运用这些手法时，首先，他们必须摆出某种事实，然后，才可以从不同的角度大力渲染，从更多的层面突显事实、事理，在气势上征服对方，从而达到说服对方的目的。与其说是士在说话，不如说是在让事实、事理说话。《战国策》记载“苏秦以连横说秦惠王”事件就是一个经典的案例，苏秦游说秦惠王，首先打算从“地利”这一方面分析秦国称霸诸侯的有利条件，使用了大量排比句，让陈述的事实有如如雷贯耳：

大王之国，西有巴、蜀、汉中之利，北有胡貉、代马之用，南有巫山、黔中之限，东有肴、函之固。田肥美，民殷富，战车万乘，奋击百万，沃野千里，蓄积饶多，地势形便，此所谓天府，天下之雄国也。以大王之贤，士民之众，车骑之用，兵法之教，可以并诸侯，吞天下，称帝而治。愿大王少留意，臣请奏其效。（《战国策·秦策一》）

所言皆是事实的呈现，因为内容的真实，说话才具有底气，这一系列的铺排才爆发出雷霆万钧之力，在形式上增强了语言的表达效果，这种极尽铺张之能事的表现手法，具有极强的说服力，后来发展为汉赋常用的铺陈风格，成为讽谏君王接纳己见的主要手段。从修辞手法的运用来讲，通常采用的是打比方、类比法、寓言法等，主要是将某一人生智慧、生活哲理寓于生动形象的事例之中，让人豁然开朗接受己见。为了劝说秦王开战，苏秦列举了一连串的事实：

昔者神农伐补遂，黄帝伐涿鹿而禽蚩尤，尧伐驩兜，舜伐三苗，禹伐共工，汤伐有夏，文王伐崇，武王伐纣，齐桓任战而伯天下。由此观之，恶有不战者乎？（《战国策·秦策一》）

苏秦在这里大量列举事实，就是为了增强说话的分量，让人觉得似乎不战就说不过去了。士人在游说诸侯的过程中，经常碰到各种各样的实际困难，他们主要是从传者与受众这两个角度来总结论辩艺术的，要求自己对之作详尽的利弊分析，提出解决现实问题的应对措施，说到底就是运用论辩技巧让对方接受自己的意见，因势利导因地制宜，合为事合时宜是最高的技巧。这是游说的基本策略，也是最终目标。

可见，士游说诸侯的文化传播特点并不是玄虚蹈空巧舌如簧，而是将现实理性的文化品格进一步提升了。

总之，上述对春秋战国时期的文化传播方式进行了梳理，大体分为了三个阶段的文化传播。首先，语言文字的传播活动是传递文化、传承文明的重要形式，而且还推动了非虚构文化、文学的建构，史官文化的文字记载储存了鲜活的历史记忆，逐步脱离了神灵怪异的文化。其次，以孔子为代表的学人创办私学，主张有教无类的学校教育教学思想，使得礼学思想得以传承。最后，当学在官府的格局被改变之后，士阶层作为新兴阶层出现，游走在各诸侯国间，力图以自己的真知灼见实现治国安邦的政治抱负，传播活动可谓盛况空前。这种传播活动的迭代更替，使得非虚构的诗学理念扩散了开来。

最后特别需要说明的是，这些文化因素不是单一，而是糅合在一起的，相互交织，相互印证的。换言之，这些文化要素共同阐释着中国非虚构诗学的发生，只是为了论述的方便才分述的。人的重要的社会活动被关注，纳入文化视野，源于中国史官文化，萌发于殷末形成于西周时期，“治教无二，官师合一”和“巫史合一，瞽史合一”是其两大特征，文学与史学的相互依附关系，又促进了史学本身的文学化。春秋时代出现了文化下移的现象，儒家的经典之作有了更为广泛的影响力，一方面使原有的史官文化从制度化逐步走向经典化、系统化，另一方面则通过形式化和主体性，又推进了史学的文学化。百家争鸣的战国时代，进一步推进了一统天下的史官文化变革，与此同时，作为文化载体的文学形式也迅速成熟起来并获得了相对的独立，但史官文化作为一种历史积淀却仍然制约着中国文学的创作和发展。中国早期的非虚构文学观念的建构，正是在这里找到了具体行进的路径。

第五章　中国非虚构诗学呈现的基本雏形

中国非虚构诗学的发生，必须在中国的文化语境中通过具体的命题的阐释才能确立。如果按照西方“文学即虚构”的观念，则经常有人说中国文学观念在先秦时期还处于不自觉时期，从而把中国文学观念的自觉形成定格在汉代、魏晋时期，把小说观念的自觉形成定格在明清时期等。这其实是对早期中国文学观念的一种误解。若从非虚构的层面来看，则无论是抒情，还是叙事，这一时期都呈现出了文学观念的基本雏形。

第一节　“诗可以兴”

“诗可以兴”出自《论语·阳货》：“子曰：‘小子何莫学夫诗？诗可以兴，可以观，可以群，可以怨。迩之事父，远之事君，多识于鸟兽草木之名。’”只有回到“兴”的滥觞之处，才能解读出作为一个非虚构诗学命题的内涵。“诗可以兴”是孔子对于我国第一部诗歌总集《诗经》功能的阐释，这是中国诗学的开端，历代诗论对之进行了阐发，本节在与西方文论比较的视域中，探讨孔子诗论中“诗可以兴”的非虚构意义。

一

首先,需要阐明的是“兴”与“祀”的关联。

着眼于探讨人类整体经验的文学人类学批评,就是要力图从悠远的历史文化现象中寻求超越时代和地域的共同的精神文化模式。宗教在西方传统的文学人类学批评中是备受关注的,从宗教中获取资源来探求人类性,这与西方的整个文化背景有关,形成了西方文学人类学批评的基本特点。就“原型”一词而言,荣格是从奥古斯丁那里借来的,就其内容而言,荣格认为它与亚历山大城的斐洛所说的“体现在人身上的神的形象”以及柏拉图的“理念”、黑格尔的“理式”十分相近,柏拉图在其著名的“迷狂”说中干脆把诗人与巫师、占卜士等同起来,把艺术与占卜预言联系起来,在黑格尔的学术思想中,“理念”是作为尚未分化的伦理实体出现的,又直接将之称为“神性”,甚至认为艺术首先要把神性的东西当作它的表现中心。

“兴”正是中华民族在原始时期寻求集体经验和体验的精神模式的真实写照。据罗振玉考证,甲骨文中“兴”字的本意是众力协作托起盘子齐声喊叫,盘在古代是一种礼器,运用于祭祀活动,也有杨树达等学者认为众人托起的是“凡”,通古“帆”字,甲骨卜辞中常用“兴”某人来指称祭祀某人,足以说明众力托起的不管为何物,都离不开祭祀这一活动方式。周人重礼,“吉、凶、军、宾、嘉”五礼中,丧葬之事甚被看重。厚葬在上层阶级或富贵阶层往往流行,棺椁则相当沉重,十数人或上百人执绋引柩乃属常见。故《礼记·曲礼》有“助葬必执绋”。郑玄注云:“绋,引车索。”何东山云:“天子千人,诸侯五百人,大夫三百人,士五十人。”在这样的情况下,就有同声协力的必要。《庄子》曰:“绋讴所生,必于斥苦。”(《困学纪闻》卷十引《庄子》逸文)正是指出了挽歌用以齐众力的功用。对于“兴”所代表的祭祀活动的盛大场面,有的学者作了这样的描述:“‘兴’所指代的祭祀,便可能是一种歌乐舞合一的活动,或持盘而舞,或围绕盛物的承盘而乐舞,或是敲着盘而歌舞。较广义地看，不必都要用承盘，大凡执持或陈列某种器物以作展览的乐舞礼仪，都可以认为有类似‘兴’的性质。”①祭祀活动是凝聚中华民族的原始先民集体经验的主要实践活动之一，“国之大事，在祀在戎”。（《左传・成公十三年》）有关祭祀活动的记载在先秦时期的文化典籍中比比皆是，从殷商王朝所遗留的断简残编甲骨文，一直到《诗》《书》《礼》《国语》《左传》，除了记载日祭、月祭、时享、岁谛等例祭之外，还有大量的禳灾、祈雨、祈祷疾病等特祭的记载。②

原始人的力量是很单薄的，个人的力量只有汇聚到集体之中，才能够产生效力和能量，各个民族都以独特的方式来实现精神心理的整合。祭祀活动是中华民族的先民将单个人的精神心理整合起来的仪式，“同”就是“兴”原始意义的核心，“兴”也就引申为共同、同心、同力、齐心合力。“兴”的原始意义与精神文化原型有明显的联系，与荣格心理学中所说的“集体无意识”概念有相通之处。王一川对于“兴”的心理状态进行分析后作了十分精当的总结：“人们把‘同’置于‘兴’的中心，置于舞人们中心，是为了凸现它，这就表明‘同’已经成为一种心理范型，或者说心理动力定型，它凝聚着人们关于大同生活的愿望、观念，它是原始人最高理想——关于美的观念——的物态化（即心理范型外化凝定在文字符号中）。”③孔子对于人类社会的普遍性和共通性因素的探求是十分自觉的，当他“以天下为己任”，站在整个人类的高度来思考人的存在方式的时候，则通过祭祀活动来引发对于“天下大同”的和谐社会的想象。据记载：“昔者仲尼与于蜡宾，事毕，出游于观之上，喟然而叹。仲尼之叹，盖叹鲁也。”蜡宾就是指年终的祭祀，参加祭祀活动后唤起的是他对于“天下大同”的憧憬：“大道之行也，天下为公。选贤与能，讲信修睦。故人不独亲其亲，不独子其子，使老有所终，壮有所用，幼有所长……是谓大同。”（《礼运・大同》）

在孔子提出“诗可以兴”这个诗学命题之前，《诗经》作为祭祀礼仪，是很

① 周策纵：《古巫医与六诗考》，台北联经出版社 1986 年版，第 217 页。
② 参见丁山：《中国古代宗教与神话考》，上海龙门联合书局 1961 年版。
③ 王一川：《审美体验论》，百花文艺出版社 1992 年版，第 237 页。

普遍的文化现象。《诗经》是周代礼乐制度的直接产物，是祭祀的重要组成部分。神圣的宗庙祭坛必须要有诗歌，诗、歌、舞三位一体，烘托出场面的庄严和隆重，《诗经》中的“颂”“雅”即为宗庙祭祀的乐歌。“雅”本是对于周代君主和国家的赞颂；“颂”的原始含义和用途，也和祖先祭祀相关，这一点从后代对之的阐释不难看出，郑樵认为：“宗庙之音曰颂。”（《通志·昆虫草木略序》）“陈三颂之者，所以侑祭也。”（《通志·乐略》）《毛诗序》这样阐释“颂”：“颂者美盛德之形容，以其成功告于神明者也。”《周礼·大师》说：“大祭祀，率瞽登歌。”贾疏云：“言率瞽登歌者，谓下神合乐，皆升歌《清庙》。”然而，自康王始，礼崩乐坏，大量的风诗出现，违背了雅、颂弘扬的主旋律，带来了不协调的杂音，用孔子的话就是“恶郑声之乱雅也。”（《论语·阳货》）孔子自卫返鲁正乐，正的就是风诗，以此来维护三代以来的礼乐的纯正，把“雅”“颂”当作《诗经》的正宗，作为正乐的标准。据《史记·孔子世家》记载，孔子正乐后，“三百五篇皆弦歌之。以求合《韶》、《武》、《雅》、《颂》之音。礼乐自此可得而述，以备王道，成六艺”。可见，正乐是为了“《雅》、《颂》各得其所”，就是使《诗经》回到“兴”的本位中去，不要受到风诗的浸润。

孔子生活在“民散久矣”的氏族制度崩溃的春秋时期，面对“礼崩乐坏”的局面，孔子提出“诗可以兴”，就是把《诗经》的功能与祭祀的作用相提并论，通过唤起对于祖先的敬仰和追忆，实现人的精神心理的整合和统一。在“兴观群怨”说中，“兴”处于主导地位，具有统摄作用，象征性寻找“父亲”成为精神文化理想，“诗可以兴”的功能归结到了“迩之事父”“远之事君”的宗旨上。蔡斯评价麦尔维尔神话时说：“神话也是一种象征性的寻找父亲的努力，这个父亲不是宗教中的上帝，而是一种文化理想。这个神话有两个中心主题：堕落与探索，所要探索的恰恰是在堕落中失去的东西，堕落是麦尔维尔从象征的命运和自己的命运中获得的一个本能的意象。”①

① 转引自叶舒宪等编：《神话——原型批评》，陕西师范大学出版社1987年版，第21页。

作为一个诗学命题,“兴”代表的是艺术激发起来的人类精神文化心理的集体性、共同性,“兴”追求精神文化心理的沟通、交汇,唤起共同的心灵体验,是精神文化心理中的大同模式的占有和置换,具有和西方的宗教、神话同等的原型功能。

孔子不是从原始的神话、宗教中来寻求作为支撑人的共同的精神文化心理的支柱。对于神的敬畏是人类社会的早期的文化现象,在中国古代,殷人最重神,孔子懂得殷礼,但是,孔子“不语怪力乱神”,所倡导的不是祭祀神灵的礼,更加重视人道的内容,他对学生就是这样教诲的:“未能事人,焉能事鬼?”(《论语·先进》)中国是一个缺乏宗教信仰的国度,对宗教的狂热被对传统的虔诚所置换,形成了本民族传统的文化秩序或价值结构,杜维明通过对比得出了这样一个结论:自从古希腊和古希伯来时代以来,西方的文化秩序——价值结构及其超越途径一般表现为“存在的断裂”,即神圣世界与世俗世界的宗教性划分,此岸世界的终极价值由彼岸世界(上帝)提供;而中国古代的文化秩序的价值结构及其超越途径表现为“存在的连续”,即神圣世界与世俗世界被置于历史性的时间两端,现代世界的终极价值是由先贤圣哲提供的,是祖先崇拜而非上帝信仰构成了中国式准宗教的价值结构以及对于价值本体的“史学式”体认方式。① 孔子提出“诗可以兴”,把象征性寻找“父亲”作为诗歌的功能,确立了中国诗学寻求精神文化原型的方向。

二

其次,我们要讨论的是“兴”与“礼”的关系。

“文学是人学”作为文学的经典定义被广泛接受,可见,文学与人学有天然的联系,西方文学人类学批评以跨学科的名义在更为广阔的背景中来探索

① 参见杜维明:《生存的连续性:中国人的自然观》,载《儒家思想新论——创造转换的自我》,江苏人民出版社1996年版。

人作为“类”的存在方式，拓宽了文学研究的路径。西方精神文化原型立足于宗教，原始的精神文化原型意义带有明显的非理性色彩。维柯1725年完成的《新科学》对于原始文化作了深入的考察，试图在诗和神话中去探索古代人的智慧，开启了文学人类学批评的先河。到了19世纪后期，西方科技的发展、工具理性的膨胀使得人的心灵世界失去了丰富性和生动性，人们对人性的扭曲和异化表示出深重的忧虑和强烈的不满，于是一股与科学主义相对的人本主义思潮便应运而生，涌现了一批返观人的初始状态的文化人类学研究成果，泰勒的《原始文化》（1871年）、摩尔根的《古代社会》（1877年）、弗雷泽的《金枝》（1890年）等堪称文化人类学的经典作品，到了20世纪，经过荣格、列维-斯特劳斯、弗莱等学者的多维建构，形成了从人的原始自由状态中探寻被人们不断重温的记忆的文学人类学批评模式。那么，“兴”代表了人类一种什么样的存在方式呢？

“兴”作为祭祀祖先的仪式，服从“礼”的需要，本身就是“礼”的体现，“礼”规定了“兴”的内涵。据王国维考证：“礼，履也，所以事神致福也。从示，从豊，豊亦声”，即“盛玉以奉神人之器。”①这是远古时期对于神灵敬畏的表现。作为祖先崇拜的“礼”，沟通了现实的人伦情感，已经滤尽了原始的神秘、迷狂的气息。“礼，宗庙之主，以木为之，长尺二寸，以象先祖，孝子入庙，主心事之，虽然木主非亲，亦当孝敬，有所主事。土龙与木之间，虽知非真，亦当感动，立意于象。”（《论衡·乱龙》）周公“制礼作乐”，礼乐由原始巫术文化演变为政教伦理文化，西周以具体而复杂的礼乐体制，实现了真正意义上的思想统一。鲁国是为西周制定典章制度的周公的后代的国家，保留了周礼，在《左传》中有不少记载：“周礼尽在鲁矣。”（《左传·昭公二年》）鲁国“犹秉周礼”。（《左传·闵公元年》）据《史记·鲁周公世家》记载：“鲁有天子礼乐者，以褒周公之德也。”《论语》中不乏孔子重视周礼的记载：“子入太庙，

① 姚淦铭、王燕编：《王国维文集》第1卷，中国文史出版社1997年版，第308页。

每事问。”(《论语·八佾》),孔子到了周公庙,关于祭祀的每一件事情都要发问,在他看来,这就是“礼”。他十分讲究祭祀的规范,比如,“帝祭”本来是极为隆重的大祭,只有天子才能举行,周成王曾因为周公旦对周朝有特殊贡献,特许他举行帝祭,孔子认为以后鲁国举行帝祭是不恰当的,称之为“僭礼”。

周礼从现实的人伦关系出发,依靠理性精神的勃发来实现人格的完善,引发了孔子无限的钦羡之情。孔子希望通过恢复“礼”,实现小康:“大人世及以为礼,城郭沟池以为固,礼义以为纪,以正君臣,以笃父子,以睦兄弟,以和夫妇,以设制度,以立田里,以贤勇知,以功为己,故谋用是作,而兵由此起。”(《礼运·大同》)周礼作为人格规范,以此来协调各种人际关系,并不是要求回到人的原始自由状态,恰恰相反,只有克制自己的原欲,约束自己的行为,才能回复到礼制范围,完成人生境界的升华和展开,实现社会的和谐和稳定,用孔子的话来说就是:“克己以复礼。”(《论语·颜渊》)孔子反复强调人的生命状态与动物的原始野性的区别:“鸟兽不可与同群,吾非斯人之徒与而谁与?”(《论语·微子》)“子游问孝。子曰:‘今之孝者,是谓能养。至于犬马,皆有所养;不敬,何以别乎?’”(《论语·为政》)“礼”正是孔子对于人格状态的基本要求,关系到人的本质和现实存在的问题。

将《诗经》与“礼”结合,在孔子的著述中有多处论及:“不能诗,于礼谬。”(《孔子家语·论礼》)“志之所至,诗亦至焉;诗之所至,礼亦至焉;礼之所至,乐亦至焉。”(《礼记·孔子闲居》)“兴于诗,立于礼,成于乐。”(《论语·泰伯》)据《史记·孔子世家》记载:“古者诗三千余篇,及至孔子去其重,取可施于礼义。”所谓“施于礼义”,就是从修身立人的角度来阐释《诗经》,将之作为君子的必修教材,来协调人与人之间的关系,成为内在情感延伸的外在规范,实现达到人格的完善。精神文化原型的内在意义不是回复到人的自由原始状态,而表现为理性精神的勃发,这正是孔子留给中国诗学思想最深的烙印。

文学是表现人的情感的,孔子认为情感发自人的本性,是“素”的底色,而底色是要绘的,人的情感抒发必须有所节制,要求文学在表达情感的时候要符合理性规范。《礼记·经解》记载了孔子的话:“入其国,其教可知也,其为人也温柔敦厚,诗教也。”孔子强调文学为人的道德修养,被儒家后学概括成“诗教”说。他把《诗经》里的诗歌,当作“礼”的范本,让它在广泛的社会生活领域发挥其积极的作用,强调个体与群体的和谐共存,显示出符合“礼”的修养。他对自己的儿子就是这样教诲的:“陈亢问于伯鱼曰:‘子亦有异闻乎?’对曰:‘未也。’尝独立,鲤趋而过庭。曰:‘学《诗》乎?’对曰:‘未也。’‘不学《诗》,无以言。’鲤退而学《诗》。”(《论语·季氏》)。孔子是从维护“礼”的目的出发,用《诗经》里的诗句来教育学生。“子夏问曰:‘巧笑倩兮,美目盼兮,素以为绚兮。’何谓也?子曰:‘绘事后素。’曰:‘礼后乎?’子曰:‘起予者,商也,始可与言《诗》已矣!’”(《论语·八佾》)因为子夏从中领悟到了“礼”,深得孔子赞赏。据《论语·学而》记载,子贡以“贫而无谄,富而无骄”去向孔子请教,孔子以“未若贫而乐,富而好礼者也”来作答,子贡即引用“如切如磋,如琢如磨”来印证,得到了孔子的赞扬。在一般人看来,“巧笑倩兮,美目盼兮,素以为绚兮”和“如切如磋,如琢如磨”,都只是极其普通的日常生活现象的描述,可是到了孔子的眼里,就被赋予了浓厚的“礼”的色彩,他的那些得意门生,也能够心领神会,从普通的诗句里挖掘出了“礼”的深刻内涵,显示了孔门诗教的特征。

“兴”的内在意义在于“复礼”,用这种人文理性精神来协调人伦关系,是极具价值意义的。汤一介先生说过:“人类社会要合理健康地发展就必须‘和平共处’,因此就要调整人与人之间的关系,具体地说就是要调整好国家与国家,民族与民族,地域与地域之间的关系,在这方面儒家思想可以为人类提供有价值的资源。”[①]据说,1988 年 1 月几十位诺贝尔奖获得者聚会巴黎,在会后

---

① 许抗生:《老子评传·序》,广西教育出版社 1996 年版,第 2 页。

发表的联合公报中称，21 世纪要回到“孔子时代”寻求人的发展，这是西方学者对于非理性文化泛滥造成的人的生存危机的一次深刻反思。

三

最后，我们试图阐释的是“兴”与“托事于物”的联系。

精神文化原型要通过一定的外在形式表现出来，西方的文学原型论将之称为“意象”，弗莱就把反复出现的意象看作是原型，荣格将原型看作是原始意象。西方的原型是叙事性的，原型是对叙事神话和宗教的情节演绎，意象就是为神寻找的对应物。荣格认为神就是集体无意识的人格化，所归纳出的原型有十字架、羔羊、上帝、神童、人格面具等，这些意象无不与神密切关联。原型探索变成了宗教、神话的考古，完全忽略了精神文化原型建构中人的情感因素，因而审美性缺失一直被认为是西方文学人类学批评的缺陷，成了困扰文学人类学批评发展的巨大障碍。“兴”的形式特征不能不引起我们对于文学人类学批评审美性探求的重新思考。

“兴”作为原始时期的祭祀礼仪，是必须要托起物件来边歌边舞的，作为一种祖先崇拜的礼仪也是不能离开具体的物象的：“夫画布为熊、麋之象，名布为侯，礼贵意象，示义取象也。”（《论衡・乱龙》）段玉裁对“兴”的解释也表达了这个特点：“兴者，托事于物。”（《说文解字注》）孔子提出《诗经》可以“兴”，并且和“多识于鸟兽草木之名”联系起来，并不是在单纯地揭示《诗经》的认识功能，而是涉及“兴”的形式问题，把精神文化原型与鸟兽草木等具体的物象相关联，对于后代诗学是很有启发的，后代很多学者从“托物起兴”这个思路来理解“兴”。“兴者，先言他物，以引起所咏之词也。”（朱熹《诗集传》）鸟兽草木先说出来，实则是载体，引出要表达的精神文化原型的意义。孔颖达《毛诗正义》中说：“兴者，起也。取譬引类，起发己心，《诗》文诸举草木鸟兽以见意者，皆兴辞也。”皎然《诗式》中说：“凡禽兽草木人物名数万象之中，义类同者，尽入比兴。”闻一多说：“《易》中的象与《诗》中的兴，上文说过，本是一回事。所以后世批评家也称《诗》中的兴为兴象。”[①]可以看出,尽管人们对于“兴”的阐释不尽相同,但是对于“兴”的形式特点的揭示还是比较一致的,鸟兽草木等具体的物象具有了原型的形式功能。

有学者颇有见地地指出:“象是中国的概念,但通观世界各个民族,在文化中总存在着一种‘意象’类的东西,只是有的民族用八卦式的符号,有的民族用神话故事的形式而已。”[②]《易经》中取象源自观物,与西方原型论的意象源自宗教神话不同。荣格在阐述“集体无意识”时,看到了东方文化的特殊意义,他说:“我知道我们的无意识中尽是东方的象征,东方精神确实就在我们的前面。因此,在我看来,对道的追求,对生活意义的追求,在追求者中间似乎已成了一种集体现象,其范围远远超过了人们通常所意识到的。”具体来说,《易经》观物取象的思维使得荣格惊叹不已:“《易经》中的科学根据的不是因果原理,而是一种我们不熟悉因而迄今尚未命名的原理,我曾试图把它命名为同步原理(Synchronistic Principle),对无意识心理过程的研究,早就迫使我到处来找另一种解释原则,因为在我看来,因果原理似乎不足以解释某些重要的无意识现象。”[③]司马迁《史记》卷四十七记载:“孔子晚而喜《易》,……读《易》,韦编三绝。”孔子读《易》非常勤奋,把一部编书简的皮绳子都弄断了好多次,甚至到了“居则在席,行则在囊”的地步。孔子说:“加我数年!五十以学《易》,可以无大过矣。”(《论语·述而》)“五十知天命”,他认为这个年龄有了生活的阅历和感悟,才能读懂《易经》。可见,孔子的“兴”中的物象与西方的原型论中的意象立足于不同的文化基础。

从纵向上来梳理“象”的历史性分野。“象”在殷时代与“神”相关,“龟象”是充满了神秘色彩的,依靠“象”来“绝地天通”,是巫术文化的显现。西周

---

① 闻一多:《闻一多全集》第1卷,生活·读书·新知三联书店1982年版,第118页。

② 顾晓鸥:《有形与无形:文化寻踪》,上海人民出版社1989年版,第112页。

③ [瑞士]荣格:《心理学与文学》,冯川、苏克译,生活·读书·新知三联书店1987年版,第251页。

以后，礼制文化诞生之后，“尚象”具有了符号系统的意义，在易象中具有了人文的因素和现实的意义，“观物取象”成为中国最为典型的思维方式，老庄的“大象”等具有的非虚构特征，开启了非虚构的先河，后代在“物象”、“事象”等的阐述中具有非虚构的特点。

《周易》首倡天、地、人三才之说，虽然《尚书》中也多次提到“天”，但是真正将天与地和人结合起来进行系统阐释的还是《周易》，《周易·说卦》中说：“立天之道曰阴与阳，立地之道曰柔与刚，立人之道曰仁与义。兼三才而两之，故《易》六画而成卦。”“昔者圣人作《易》也，将以顺性命之理。是以立天之道曰阴与阳，立地之道曰柔与刚，立人之道曰仁与义。”天道、地道、人道具有内在的统一性，将人类精神与天地精神统一了起来。孔子和子贡展开了一场关于《周易》的争论，孔子认为：“《易》道明君不时不宿，不日不月，不卜不筮而知吉与凶，顺之于天地心，此谓《易》道。故《易》有天道焉，而不可以日月星辰尽称也，故为之阴阳；有地道焉，不可以水火土木尽称也，故律之以柔刚；有人道焉，不可以父子、君臣、夫妇先后尽称也，故为之以上下；有四时之变焉，不可以万物尽称也，故为之八卦。”①将人道与天道、地道联系了起来，深得《周易》天、地、人三才之说要义。据《论语·季氏》记载：“孔子曰：‘君子有三畏：畏天命，畏大人，畏圣人之言。小人不知天命而不畏也。’”在孔子的著述中，也是把知天畏命看作是君子才具备的美德，将人的精神和天地精神沟通。

“兴”作为原始祭祀的歌舞活动，结果就是由原始祭祀礼仪的歌舞引发的物我同一与天地共生的体验境界，突出的是诗性的智慧。孔子强调“兴”，想要证明的是，“兴”对于人的规范意义源自天地自然，“兴”所营造的社会结构秩序是合理合法的，所规定的人伦关系是自然生成的。孔子对《诗经》的“兴”进行了理论总结，使精神文化原型的表现形式自然化，“诗可以兴”作为诗学命题，与“多识于鸟兽草木之名”联系起来，就是以草木虫鱼这些原始农耕时

① 任俊华：《易学与儒学》，中国书店 2001 年版，第 78 页。

代所常见的物象来表现精神文化理想,物象成为中华民族精神文化原型的基本形态,其间承载着对于自然的体察,这就是将人类的精神文化原型融入宇宙万物,与物合一,实现天人会通,人格与天地自然是异质而同构的,是息息相通的。在“兴”中,对于天地自然的感悟使得人的情感得以激活,在自然物象构成的精神文化原型中,凝结着人的情思、义理,洋溢着浓厚的审美气息。郭店简中载有孔子“道生于情”“礼作乎情”的说法,在上博简中,孔子以情说诗是非常突出的:“《宛丘》曰:‘询有情,而无望。’吾善之。”“《燕燕》之情,以其独也。”诗歌不只是表达个人之情,由于其发自天性,就更为渊深宏通。“诗可以兴”,要观物来起“兴”,融历史与现实,理性与直观,认识与体验于一体,聚合成为人们的共同的心理范型,这是对于中华民族的抒情文学传统的精当阐释,也揭示了中国文学原型的审美思维方式。

将一切人文现象追溯到天地自然这一最高的范畴,在自然中寻求人的存在,成为孔子诗学的文化视野。乐源自天地境界,“乐者,天地之和也。”“圣人作乐以应天。”(《礼记·乐记》)《礼记·礼运》载孔子语:“夫礼,先王以承天之道,以制人之情。”人是乐的制造者、宣扬者和体现者,礼是根据人情制作出来的,乐是人抒发感情的方式,“兴”“礼”“乐”具有内在的统一性。孔子一生都在努力恢复诗乐一体化,并且从音乐的角度来论《诗经》,比如,“师挚之始,《关雎》之乱,洋洋乎盈耳哉。”(《论语·泰伯》)诗歌固然像音乐一样讲究节奏、韵律等外在形式特征,但是,孔子更看重的是内在精神的沟通。诚如宗白华所说:“孔子是替中国社会奠定了‘礼’的生活的。然而孔子更进一步求‘礼之本’。礼之本在仁,在于音乐精神。理想的人格,应该是一个‘音乐的灵魂’。”①作为代表着精神文化原型的“兴”的内在意义就是“礼”,是天地自然精神的显现,自然物象与人的情感的共振、和鸣,具备艺术的境界,其间不乏醇厚的审美意味。

① 宗白华:《美学与意境》,人民出版社1987年版,第239—240页。

概而言之,“兴”的本义是祭祀礼仪,孔子首次提出“诗可以兴”这个诗学命题,是将《诗经》的功能与祭祀作用相提并论,不是在宗教的迷狂中而是从对祖先的崇拜中寻求精神文化原型;“兴”的内在意义就是“复礼”,精神文化原型不是回归到人的原始自由状态,而是呼唤人的理性精神的勃发;“兴”在形式上“托物于事”“草木鸟兽”等自然物象作为精神文化原型的外在形式,不是泯灭人的情感成为精神考古,而是在与人的情感的会通中形成的,具有审美特质。“诗可以兴”作为人类“轴心时代”所创造的诗学范式,开创了中国非虚构诗学的先河。

“兴”的多重诗学意义是相互联系的,体现的是政教与审美的融合,符合先秦美学、文学的基本理路。儒家以为,礼以维护秩序,那么,对于违礼制行为,就必须要“非礼勿视,非礼勿听”。乐以教化人心:“移风易俗,莫善于乐。安上治民,莫善于礼。”(《孝经》)“故乐行而志清,礼修而行成。耳目聪明,血气平和,移风易俗,天下皆宁,美善相乐”。(《荀子・乐论》)儒家的乐论有着极强的社会功利性:“礼者,殊事合敬者也。乐者,异文合爱者也。礼乐之情同,故明王以相沿也。故事与时并,名与功偕。”(《礼记・乐记》)乐,更多的是以一种令人愉悦的形式让人更容易接受,“凡音之起,由人心生也。人心之动,物使之然也。感于物而动,故形于声。声相应,故生变,变成方,谓之音。比音而乐之,及干戚羽旄,谓之乐”。(《礼记・乐记》)“感于物而动”与“托事于物”一样,都是生动的、感性的形象呈现。

第二节　“以象言事”

如果说,“诗可以兴”中蕴含的非虚构思想,主要针对的是以诗歌为主的抒情文学的话,那么,“以象言事”中蕴含的非虚构诗学思想,则主要针对的是叙事为主形态的文学观念,这一形态特点在先秦时期就已经露出了端倪。

一

语言发挥交际沟通作用，离不开叙事，按照历史学、语言学界的观点，文字记事早于记言。有学者认为："文字的发展却远远落后于语言的发展，所以当日的文字，只能记事，不便于记言。可是当日的重要的语言也会有一部分流传下来，又经过了不少的年岁，文字更加丰富，才达到可以详细记录语言的阶段。"[①]文字记录说的话，是后期的，记录已经发生的事即故事是最初的任务。我们从文字草创时期的情况来作具体分析。

许慎对汉字源起的总结，遵循《周易》言—象—意的理论逻辑，来说明其象形表意的特点，从汉字的发生来看，离不开通过事象来表达意义。按照许慎的说法，在仓颉造字之前还有神农氏"结绳为治，而统其事"，在发展的过程中，也没有脱离"事"，"仓颉之初作书也，盖依类象形，故谓之文。其后形声相益，即谓之字。文者，物象之本；字者，言孳乳而寖多也。"（《说文解字·叙》）许慎言："指事者，视而可识，察而见意，上下是也。"（《说文解字·叙》）说明了"指事字"往往是在"象形"基础上有所指向而来。许慎言："会意者，比类合谊，以见指撝，武信是也。"（《说文解字·叙》）说明了"会意字"是通过组合来表达新意的特征。徐锴注："会意者，人事也，无形无势，取义垂训，故作会意。"[②]许慎言："形声者，以事为名，取譬相成。"（《说文解字·叙》）

在汉字中故事的诗学意义衍生出来，唯有从象形表意的角度来阐释故事，才符合汉语的特点。申小龙在《汉字思维·总序》中将汉字称为中国的"文化元编码"，这样论述道："汉字成为一种文化又因为汉字构形体现了汉民族的文化心理，其结构规则甚至带有文化元编码性质，这种元编码成为中国人各种文化行为的精神理据。汉字在表意的过程中，自觉地对事象进行分析，根据事象的特点和意义要素的组合，设计汉字的结构。每一个字的构形，都是造字者

① 徐旭生：《中国古史的传说时代》，文物出版社1985年版，第19页。

② （宋）徐锴：《说文解字系传》，中华书局1987年版，第331页。

看待事象的一种样式，或者说是造字者对事象内在逻辑的一种理解，而这种样式的理解，基本上是以二合为基础的。"①

这一阐述十分精当，尽管当今时代汉字的形态经过多年的简化和演化，已经不同于古代时期的形态特点，但是从对于事象进行分析来理解意义的思维方式，还是一以贯之的。

汉字所记录的"事"，可以理解为人的活动行为："事者，为也。"（《韩非子·喻老》）这一意义上的"事"，与"自然"相对，是人的自觉行为的体现。当中国人运用文字记录下来记忆中的东西，讲述已经过去的事即故事来表达意义，构成的是自觉的文化行为，形成叙事阐释的逻辑起点。一个汉字是一种单纯的语素，更为重要的是一有效的意义单元，就是在讲述一个故事，说到底就是一种文化的显现，用陈寅恪先生的话来说就是："凡解释一字即是作一部文化史。"②朱光潜先生也认为，汉字作为极少数由先民创造而且至今仍在使用的象形系统文字，是研究中国古代美学的重要资料，在《中国古代美学简介》一文中指出：汉字是中国美学研究的一个重要课题，以许慎《说文解字》为核心的古代字词典、辞书、韵书中所蕴含的审美意蕴与审美资源非常值得关注。③ 单个字是在讲故事，扩充开来，词、词组包括典故、成语、熟语很多都是浓缩的故事，句子、段落、篇章等都是在不同的层面上讲故事，都是需要表意。

如果西方的故事阐释要探究的是结构、形式，那么中国故事就是要表达意义，成为阐释故事建构故事诗学的起点。"史，记事者也。"④"事"在多种文体中叙写着，戏曲就是"纪事"，史传是"记事"，小说作为"稗史"也是"记事"。"寓言稗史亦史也。夫古者史以记事，今稗史所记何事？殆记一百八人之事

---

① 申小龙：《汉字思维·总序》，山东教育出版社 2014 年版，第 2 页。

② 陈寅恪：《书信集》，生活·读书·新知三联书店 2001 年版，第 172 页。

③ 朱光潜：《中国古代美学简介》，载蒋孔阳编：《中国古代美学艺术论文集》，上海古籍出版社 1981 年版，第 1 页。

④ 许慎：《说文解字》，中华书局影印 1964 年版，第 65 页。

也。记一百八人之事,而亦居然谓之史也何居?从来庶人之议皆史也。"[①]即"纪者,记也。本其事而记之。"(《〈史记·五帝本纪〉司马贞索隐》)王阳明在论说"五经皆史"时指出:"以道言谓之经,事即道,道即事。"这里的要义在于"道"与"事"的沟通,亦即从"事"出发理解"道"。[②] 故事通过象形来呈现出丰富的意义。在谈到"心"与"事"时,程颐这样说道:"夫事外无心,心外无事。"(《二程集》)意在表明,心与事之间存在密不可分的关联。从本质上来说,"事"是"心"言说的依托和基础,表现为"心"的生成和表达无法离开"事"而去言说。泰州学派的创始人王艮已指出:"即事是学,即事是道。"[③]戏曲"纪事"与小说、史传"记事"本质一致,在中国文论中就是强调通过已经发生的事情,来表达意义的,即便是叙写男女性爱的事,也并非就事论事,而是强调"意",这才是"文"的显现:"但作品意不在事,故不避鄙秽;意在于文,故吾真不曾见其鄙秽。"(《水浒传·序三》)"借家家家中之事,写吾一人手下之文者,意在于文,意不在于事也。"(《西厢记·酬简》批)就是说意义并不是拘泥于事情本身。《文心雕龙·事类》对此有精当的总结论述:"用事如斯,可称理得而义要矣。故事得其要,虽小成绩,譬寸辖制轮,尺枢运关止也。"就是说,要从所记之事中觅得义、理等。

任何文字都有一定的表情达意的功能,但是西方文字是理性化了的产物,而汉语则是保持了象形的感性特点,从而使得故事的意义更加生动、丰富。汉字所表达的意与拼音文字不同,就在于前者是通过具象思维来表达的。而后者则更多地依靠抽象思维来表达。用《周易·系辞传》中的话来说就是:"立象已尽意""故立象以尽意,而象可忘也。"(《王弼集校释》)庄子曰:"得鱼而忘荃""得意而忘言"。(《庄子·外物》)王弼提出:"得意在忘象,得象在忘言。"(《周易·明象》)都体现着中国传统思维从言到象、从象到意的逻辑转

① 林乾:《金圣叹评点才子全集》第3卷,光明日报出版社1997年版,第46—47页。

② (明)王守仁:《传习录上》,载《王阳明全集》,上海古籍出版社1992年版,第10页。

③ (明)王艮:《王心斋全集》,江苏教育出版社2001年版,第13页。

换,由此把握事物内在的、深层的意义。因此形成了“书不尽言,言不尽意”“只可意会,不可言传”的美学精神。因此文字的象形,增添了意义的丰富和生动。

作为群经之首的《周易》强调“大道流变”,强调意义的不断生成和建构,与西方存在本源性的差异。在象形基础之上产生的汉字,除了具有记录的工具性特点外,还使得故事的意义变得更加醇厚、生动,令人玩味不已。象形文字增添的就是感官感受,这一观点受到学界高度关注,在维柯看来:“由于学者们对语言和文字的起源绝对无知,他们就不懂得最初各民族都用诗性文字来思想,用寓言来说话,用象形文字来书写。而这三项原应是哲学在研究人类思想,语言学在研究人类文字之中都应运用的一些在本质上就是确实可凭的原则。”①现代以来,西方学者对于表音文字过于理性化的反思,往往与对中国的文字和文学的推崇,是联系在一起的。开西方现代派之先河的象征主义诗派,认为汉字就是诗性的,对于中国古典诗人推崇备至,认为用象形方式构成的中文永远是诗,令人情不自禁地感受到诗意,相反一大行的英语文字却不易成为诗。西方解构主义理论认为,汉字以其构形力量、驱动力量直接呈现在观照者眼前,弥补了西方语言过于理性化的缺陷,对于汉字的推崇就是希望起到清淤的作用,将之纳入到了解构逻各斯中心论的理论版图中。

首先,视觉感受。

汉字表意是通过象形来实现的,要追随的就是故事蕴含的意义。西方表音文字的出现推动了从口头向书写的转换,表音文字在视觉上激发起的是理性因素,为柏拉图所看重,在《理想国》中将诗人从理想国驱逐了出来。麦克卢汉指出了西方口头传播和文字传播的巨大差异:“《荷马史诗》是听觉智慧的组成部分,文字文化把荷马一笔勾销。在此之前,听觉智慧就是希腊的教育体制,有教养的希腊人就是能够记住《荷马史诗》并且能够在竖琴的伴奏中吟诵《荷马史诗》的人。表音文字诞生以后,柏拉图立即抓住它并且说,‘让我们

① ［意］维柯:《新科学》,朱光潜译,人民文学出版社2008年版,第187页。

抛弃荷马，追求理性的教育’。可以说，柏拉图对诗人的战争，不是对个人的宣战，而是对教育中口头传统的宣战。”①

而汉字的视觉效果则不一样，是通过象来表达意义。形成了中国文字的感性特点，激发的是关于故事的感性，灵动飘逸，通过象形的形式来表达，唤起的是感性的感受。《说文解字》是一部以解释说明汉字的工具书，许慎对所收录汉字的阐释，都是将音形义结合起来分析，象形视觉感受强化，这一解字理念、思路与方法，影响着规范着分析汉字和文化的特点。许慎在《说文解字·叙》中明确表达了汉字对《周易》象的继承的观点。汉字源于图画，段玉裁认为：“古画图与文字非有二事。”②臧克和在《说文解字的文化说解》一书中以汉字为例列举了十六种意象，对于汉字的构型进行了分类分析，每一个构型就是一个意象，意象的分析大多与人的故事相联系，汉字不是在单纯追求形似，而是在追求意趣。

语言文字烙下的印记，作为一种民族文化和文学的标志，在现代还是隐约可见的。沈从文以讲故事的高手著称，他的高足汪曾祺认为《边城》就是一幅幅画。在汪曾祺看来，中国现代小说的语言和中国画，特别是唐宋以后的文人画的关系是非常密切的。中国文人画是写意的。现代中国小说也是写意的多。文人画讲究“笔墨情趣”，就是说“笔墨”本身是目的，物象是次要的。这就回到我们最初谈到的一个命题：“他的文字不仅是表现思想的工具，似乎也是一种目的。”③

中国故事与物的比类在于，“物”的价值意义之生成，难以与“事”相分。《易传》“开物成务”这一表述，也可以看到将“物”置于“事”（人的活动）中加以理解的特点，这一说法影响深远。郑玄对“物”的诠释便体现了这一观点，

① ［加拿大］麦克卢汉：《麦克卢汉如是说》，何道宽译，中国人民大学出版社 2006 年版，第 155 页。

② （清）段玉裁：《说文解字注》，清嘉庆二十年经韵楼刻本，第 763 页。

③ 汪曾祺：《汪曾祺文集》，江苏文艺出版社 1994 年版，第 30 页。

在他看来:“物,犹事也。”(《礼记注·大学》)“物”就是“事”,因为人的活动,使得“物”具有了人的因素的渗透,具有了特殊的意义。在有的学者看来,以煤、石油等“物”而言,其本然的形态主要表现为某种物理、化学的结构,然而,在人类作用于对象的活动过程中,煤、石油不仅呈现了可燃的属性,而且被赋予能源的意义,这种意义不仅有认知层面的事实面向,而且也有评价层面的价值意味,前者主要敞开其自身的自然属性,后者则展现了它对人类生活的意义。人所作之“事”本身总是处于发展的过程中,生成于“事”的“物”之意义,同样非凝固不变。正是在人做事的过程中,本来与人无涉的“物”,开始成为人作用的对象,并由此参与现实世界的形成过程。进而认为,中国传统文化中在“事”之外,“物”固然存在,但其意义却隐而不显,唯有在做事中,“物”的不同意义才可能逐渐敞开。[①] 此说甚为有理有据。关于“事”与“物”的关系,在中国传统文化中其实存在不同的理解路径,就是以“事”释“物”,这一哲学命题更是深刻的诗学命题。女娲炼石补天是一个事件,石头就不是一种简单的物质存在,而是具有了事件的意义,正是因为这样,曹雪芹写作的《红楼梦》又名《石头记》,让人感觉别有一番滋味在心头,后者的命名更加为学者所认同,就在于石头有了特殊意义的文化内涵,即“物”中有“事”。而中国诗词曲赋中的竹子、杨柳、夕阳等,无不与一定的事关联,物中是在表达一种情感,成为言事表情的一种意会方式。

其次,听觉感受。

故事一般认为是讲听模式,除了视觉上的感性之外,还有听觉上的感性,通过讲述来赋予故事丰富的意义。“心声”一词,在中国古已有之,扬雄《法言·问神》中说:“言,心声也;书,心画也。”章太炎说:“夫字失其音,则荧魂丧而精气萎,形体虽存,徒糟粕也,义训虽在,犹盲动也。”[②]形声字的形在表意

---

① 参见杨国荣:《心物、知行之辨:以“事”为视域》,《哲学研究》2018 年第 4 期。

② 章太炎:《论汉字统一会》,载上海人民出版社编:《章太炎全集·太炎文录初编》,上海人民出版社 2014 年版,第 335 页。

义,其实声也是表故事的意义。如判。“判”字语源就是“半”,《说文·刀部》:“判,分也。从刀,半声。”而“半”取象于“牛之分”。故从“半”得声的一类字,均含有“半”义,如“畔”,水与陆或地与地之半分者;“叛”,人与人之相分离者,《说文解字·半部》:“叛,半也。”《周礼·秋官司寇·朝士》:“凡有责者,有判书以治则听。”郑玄注:“判,半分而合者。”《公羊传·定公八年》:“璋判白。”何休注:“判,半也。”然而说“分”是先含有“合”、说“半”是先含有整体在,故划分此疆彼界曰“判若泾渭”,一刀两半,即为“判分”也。而男女配偶,二姓合为一体,亦得曰“判”:《周礼·地官·媒氏》:“掌万民之判。”郑玄注:“判,半也,得偶而合。主合其半成夫妇也。”《说文解字·系部》:“绊,马絷也。从系,半声。”字亦作“靽”,《释名》仍以“半”释之,实取义于羁绊牵连之象。①传统文字学认为:“凡字声之所在,即是义之所在;无论什么字,但举右旁的声,懂音韵的人,可以因声以知义;因声是义的根本。”②《说文解字》保留的就是汉字声和形的联系,激发的是感性经验和具体体验,来阐释字的意义。由此可见,由于汉字是一种集“形”“声”“义”三位一体的“多媒体”,其实提供了故事研究的新起点,启发我们去开拓更为深广的学术空间,包括“象形”“形声”“音韵”“训诂”“转注”“假借”等,可以帮助我们综合考察其诗学意义,建立中国特色的文学理论话语与体系。

中国故事具有“讲”的传统。代表中央王朝的周室逐渐衰微,史官制度的崩溃与学术下移,从而为文化的普及与开放,创造了良好的条件。士阶层的迅速崛起,为文化传播造就了规模庞大的生力军,口头传播,有了更多的听众。特别是聚徒讲学、有教无类等口头传播,使得从史官文化到从独占性、封闭性文化向普及型、开放型文化发展的转化过程,为小说的产生创造了条件。小说一词见于《庄子》,班固形容为“街谈巷语,道听途说”,也就是说,是与听说模式相关的,每一次的讲述都会努力增加一些自己的意图,都是意义的增删和更

① 臧克和:《说文解字的文化说解》,湖北人民出版社1994年版,第275页。

② 胡朴安:《文字学常识》,中华书局2010年版,第14页。

替。中国古代小说常常被称为“话本小说”，就是适合说书人口头表达的小说文本。中国文学叙事注重“声”的这一特点在后代屡屡提及，郑振铎在《中国小说的分类及其演化的趋势》中总结白话小说的特点就是：“在讲述而不在于著作。”①

听觉激发起感观感受。在汪曾祺看来，桐城派说的“音节者，神气之迹也。字句者，音节之矩也。神气不可见，于音节见之；音节无可准，以字句准之。”“凡行文多寡短长，抑扬高下，无一定之律，而有一定之妙，可以意会而不可以言传。学者求神气而得之于音节，求音节而得之于字句，则思过半矣。”如何以字句准音节？他说得非常具体。“一句之中，或多一字，或少一字；一字之中，或用平声，或用仄声；同一平字仄字，或用阴平阳平上声去声入声，则音节迥异。”这样重视字句的声音，以为这是文学语言的精髓，是中国文论的一个很独特的见解。别的国家的文艺学里也有涉及语言的声音的，但都没有提到这样的高度，也说不到这样的精辟。韩愈所说的“气盛言宜”，“言宜”就包括“言之长短”和“声之高下”。不过到了桐城派就更清楚地意识到这一点，发挥得也更完备了。② 直至今天，故事的讲述特点并没有消失。阿来出生在一个藏人聚居的偏僻山村，村里只有一所讲授汉文的小学，没有获得文学阅读的基础和条件，但是人们口头讲述的故事很多，给作家留下了深刻印象。莫言也曾回顾说，自己在童年时“用耳朵阅读”，那时村子里的人大部分是文盲，但其中有很多人出口成章、妙语连珠，满肚子都是神神鬼鬼的故事，他的爷爷、奶奶、父亲都是很会讲故事的人，特别是他的爷爷的哥哥即他的大爷爷，更是一个讲故事大王。

“口头传统”这一概念在当下受到学术界特别关注，主要是因为对于故事诗学的研究范式的革新具有摧枯拉朽之势。讲——听模式摆脱了文字阅读的写——看模式，口头传统关注的并非是文本问题而是不同主体之间交流的过

① 郑振铎：《郑振铎古典文学论文集》，上海古籍出版社1984年版，第333页。

② 汪曾祺：《汪曾祺文集》，江苏文艺出版社1994年版，第27页。

程，打破了故事固定的意义认知模式，意义服从于讲述者和听者的共同营构，更具灵活性和创造性。讲述的过程就是让不同的个体发生互动、交流和对话，分享着个人的经验，实现着不同主体之间的沟通与认同，实现着文化经验的传承。对于讲故事的人而言，讲述日常生活之中已经发生的故事的意义，并不局限于最后已经形成语言文字凝定的故事文本，而是在于通过故事的口头讲述，与听众分享着自己的情感与价值，滋生出丰厚的意义。对于听故事的人来说，并不是被动地接受信息，而是从自己非常熟悉的生活中去理解和感悟，接受实际上是参与创造文本的过程。从这个意义上说，讲述本身才是故事的生命。同时在讲述的过程中不断拓展文本，肢体的语言、口气的转换、应景的描述甚至插科打诨等，使得故事的意义不断增删。

而西方对于口头传统的理解，则纳入到了形式、结构的范畴进行研究。受民歌研究的启发，帕里将荷马史诗纳入“口头传统”的理论框架中来进行阐述时，只是认为远古时期的口传诗人主要是通过“主题”与“套语系统”的组合来创作史诗，并不是在意义的生成，更加关注的是程式化，将反复出现不断重复的语言看作是验证某一文本是否具有口头性传播可能的核心要素。这套理论被应用于不同语言的史诗、叙事诗研究中，傅汉思通过对《孔雀东南飞》中“套语”频次的考察验证了这一理论在长篇佚名乐府叙事诗研究中，王靖献则将其引入《诗经》这一早期抒情诗的研究中。①

最后，综合感官感受。

叙事给人的不是单一的感官感受，就像有的学者描述的那样：“你在讲述的时候，听众大约只能听见15%的词汇。他们会从其他方面接受足够多的信息。比如你的表情、姿势、着装、眼神、语气、步调等，甚至会从你自己不会注意到的细节上细读到一些信息，比如你所使用的笔、你的发型等。”②王国维提出

① 参阅王靖献：《钟与鼓：〈诗经〉的套语及其创作方式》，谢谦译，四川人民出版社1990年版。

② ［美］安妮特·西蒙斯：《故事思维》，俞沈彧译，江西人民出版社2017年版，第93页。

关于戏曲的定义:“戏曲者,谓以歌舞演故事也。”“不过因金元人音乐上之嗜好,而且益发达耳。”①“宋之小说,则不以著述为事,而以讲演为事。”②也是认为中国故事讲述,其实包含了多种的感官感受,似乎回到了中国古代艺术诗歌舞三位一体的境况。

在汪曾祺看来,古人的记叙虽可资借鉴,主要还得靠本人亲自去感受,养成对于形体、颜色、声音乃至气味的敏感,并有一种特殊的记忆力,能把各种印象保存在记忆里,要用时即可移到纸上。特别提到了沈从文先生,他从小就爱各处去看、去听、去闻嗅,他说:“我的心总很为一种新鲜声音、新鲜颜色、新鲜气味而跳。”③将故事看作是调动各种感官感受的一种表演非常有意义,丰富了或者说改写了故事文本的意义。按照西方现代文论的观点,从把表演作为一种交流实践的模式这一视角来看,其实就是一种文学创造,每一位表演者都必须重新为一段口头表达(utterance)赋予新的形式,产生新的意义。如此一来,文本性就不仅仅是封闭自足的,不仅仅是一段再三重复的口头文学的预先包装(packaging),而且是一次话语或者讲述使得重新创造的目标得以实现,这一过程其实就是一个将一段口头表达展演——包括再生产——为文本的实际过程,这就是“文本化”(entextualization)繁衍的复杂过程。④

调动人的感官感受意义重大,马克思在其《1844年经济学哲学手稿》中对创造具有全部丰富感官的人的理论做了系统阐述:“人以一种全面的方式,也就是说,作为一个完整的人,占有自己的全面的本质。人同世界的任何一种人的关系——视觉、听觉、嗅觉、味觉、触觉、思维、直观、感觉、愿望、活动、爱,——总之,他的个体的一切器官,正象在形式上直接是社会的器官的那些

① 姚淦铭、王燕编:《王国维文集》第1卷,中国文史出版社2007年版,第425页。

② 姚淦铭、王燕编:《王国维文集》第1卷,中国文史出版社2007年版,第331页。

③ 汪曾祺:《从文传》,载《汪曾祺文集》,江苏文艺出版社1994年版,第89页。

④ [美]理查德·鲍曼:《表演中的文本与语境:文本化与语境化》,杨利慧译,《西北民族研究》2015年第4期。

器官一样，通过自己的对象性关系，即通过自己同对象的关系而占有对象”。“同样，已经产生的社会，创造着具有人的本质的这种全部丰富性的人，创造着具有丰富的、全面而深刻的感觉的人作为这个社会的恒久的现实。”①语言就是要调动人们的感官感受，去领略其中的意蕴，王蒙认为《红楼梦》的语言表达技巧充分体现了汉语的特点，也具有本体的意味：“它反映的是宇宙、人生的本体，生活的本身，但它又充满了文学的技巧，它不是职业小说家的小说技巧，但作为中国一位很有才气的文人来说，他文学的技巧、语言的技巧用尽了：谐音、双声、叠韵、谜语、对联、双关、字谜、影射、暗示、各种文字游戏，他把汉语汉字的使用推向了极致。”②故事就是通过各种感官去感受，文字唤醒的是音乐、绘画的感受。在当代作家余华看来：“人们为什么如此迷恋往事？因为消失的一切都会获得归来的权利。在文学和音乐的叙述里，在绘画和摄影的镜框里，在生活的回忆和梦境的闪现里，它们随时都会突然回来。于是艺术家们，尤其是诗人热衷于到消失的世界里去寻找题材，然后在吟唱中让它们归来。”③中国故事要唤起的，就是各种感官感受。

“象”作为中国美学研究的核心范畴，关注的是汉字背后的意义，推衍到关注故事背后的意义。汉字蕴含着丰富的文化内涵，不少学者从文化学的角度来解读《说文解字》，令人耳目一新。前面谈过，臧克和的《说文解字的文化说解》进行了象的分类，加深了我们对于汉字特点的理解。陈独秀晚年所著的《小学识字教本》也为当今学术界关注，他在《说文解字》和“段注”的基础上，依据汉字之“象”将汉字细分为“象数、象天、象地、象草木、象人身体……”等十大“象”之谱系，以此还原汉字图像，探究汉字本义及同源字之关系、孳乳衍生之规律，努力去除附着汉字上的种种遮蔽，让儿童感受汉字最为本真的状态，将人类童年时期的文字创造特点凸显出来，符合童年时代的学生接受和认

① 《马克思恩格斯全集》第42卷，人民出版社1979年版，第123—124、126—127页。

② 崔建飞选编：《王蒙谈小说》，江西高校出版社2003年版，第313页。

③ 余华：《消失的意义》，载《音乐影响了我的写作》，上海文艺出版社2004年版，第113页。

知特点。汉字的美学意义在于,不是像“语言学转向”那样注重语法、结构、形式、逻辑等,去分析“文学话语”与“美学话语”的建构作用,也不像“视觉转向”那样立足于当前的视觉文化与消费社会,考察当下日常生活中图像霸权、视觉符号、虚拟现实等新的理论问题。汉字保持了自身的图像特点,其实传统文字学所谈及的构形、构意思想,特别是形成符号能指的过程本身,就已经包含着一种思想意识,说到底这种建构过程背后积淀着深厚的审美意识。[①] 对于汉字这一独特的美学特点,应该进一步挖掘。在有的学者看来,正是基于字形是最初始、最重要的因素,在某种意义上,汉字是中国文化的“地图”。有了“地图”,我们永远不会迷失,可以回归中国文化原来的“家”。[②] 就是在当代,也是非常有意义的。

中国故事的意义不再是抽象的,与中国文字注重以象言事有关,国外学者从这里找到了领略中国文化、文学和文字特点的有效路径。瑞典汉学家林西莉写作《汉字王国》,在扉页上说:“讲述中国人和她们的汉字故事”,通过这种方式来介绍中国文化,翻译成为英文、芬兰文、德文和法文。作者在引言中说:“本书的中心是讲述一个‘故事’,这就是在汉字的起源及其发展中的中国文化史。我选择了使用自己的话讲述这个‘故事’,而不采用学究式的论文体,它是我个人经验、经历和观点的一部分。”[③]该书讲述的是 1000 个汉字的故事,运用一字一图的形式来进行字形分析,图文并茂,解说生动,意趣横生。日本美学家笠原仲二借助《说文解字》等工具书,则是通过对“美”及与“美”有关的文字字形的考察、分析,来研究中国古人的审美意识。[④] 这一理论方法把握住了中国文化之精髓特点。

---

① 参见位俊达:《汉字美学:理论源起、研究视角与价值意蕴》,《宁夏大学学报(人文社会科学版)》2021 年第 4 期。

② 骆冬青:《论汉字美学的逻辑起点》,《江海学刊》2016 年第 1 期。

③ 参见[瑞典]林西莉:《汉字王国》,李之义译,生活·读书·新知三联书店 2017 年版。

④ 参见[日]笠原仲二:《古代中国人的美意识》,魏常海译,北京大学出版社 1987 年版。

二

回归到汉语语境阐释“以象言事”的诗学意义，需要更加深入地切入到语言背后蕴含的思维方式，规范思想发展的路径，把握理解世界的方式，来探索其中叙事的奥秘。

那么，单个的汉字是象形的，象与象之间是如何联系的呢？张东荪在《思想言语与文化》中指出：“中国文字是象形文字，这一点不仅影响及于中国人的言语构造并且影响及于中国人的思想（即哲学思想）。……西方人的哲学总是直问一物的背后；而中国人则只讲一个象与其他象之间的互相关系。例如一阴一阳与一阖一辟。总之，西方人是直穿入的，而中国人是横牵连的。……中国自来就不注重于万物有无本质这个问题。……中国人的思想只以为有象以及象与象之间有相关的变化就够了。”①

也就是说，象思维不是在追求本质性的阐述，这与西方文化语境中关于故事的思维方式完全不一样，在西方学者看来，故事强调的是线性的发展逻辑，主张“有因果关系时才有故事的存在”。②《易经》观物取象的思维使荣格惊叹不已，李约瑟把中国传统的思维方式称为“关联式的思考”，与欧洲的“从属式的思考”不同，后者是一种因果关系，而前者是平等并置的。③ 荣格则说：“《易经》中的科学根据的不是因果原理，而是一种我们不熟悉因而迄今尚未命名的原理，我曾试图把它命名为同步原理（Synchronistic Principle），对无意识心理过程的研究，早就迫使我到处来找另一种解释原则，因为在我看来，因果原理似乎不足以解释某些重要的无意识现象。”④

① 张东荪：《理性与良知——张东荪文选》，张汝伦编选，上海远东出版社 1995 年版，第 368—369 页。

② ［美］伊恩·里德：《短篇小说》，王思涵等译，北方文艺出版社 1988 年版，第 8 页。

③ ［英］李约瑟：《中国古代科学思想史》，陈立夫等译，江西人民出版社 1999 年版，第 364 页。

④ ［瑞士］荣格：《心理学与文学》，冯川、苏克译，生活·读书·新知三联书店 1987 年版，第 251 页。

事象体现出汉语的一种思维，就是一象与另一象并列，意识到是两个象属于同类。“木”字，本来是一个树木形状的象形字，古人在其根部加一横，告诉人们去关注领会这一横标在这一地方的意义，其实就是一个指事符号，就造成为了一个新的字，即指向“树根”意的指事字“本”字。《文王》出自《诗经·大雅》首篇，通篇歌颂的是周王朝的奠基者文王姬昌，开篇即言：“亹亹文王，令闻不已。陈锡哉周，侯文王孙子。文王孙子，本支百世，凡周之士，不显亦世。”通过将“文王”与“本”即“树根”相提并论，实则告诉人们，文王和他的子孙如同一棵枝繁叶茂的大树，文王就是“本”，就是作为这棵大树的根本，固其根本才能茁壮成长，作为开拓者的“本”功德无量荫及子孙，他的后代才可以“绿树成荫子满枝”。指事字与会意字的造字思维，体现的就是“彼物比此物”的思维方式。虽然会意字显现出的新意程度更多并且更抽象，但是其意义产生的过程，不难发现还是具有明显的“比况”的印记。从象形到指事、会意，是汉字的一次飞跃，只是因为象形还处于表形阶段而已，指事则趋于表形向表意的过渡，会意则成熟了很多，开始了汉字的表意阶段。这正像诗经六义之“赋”，是在单纯说事明理，而转而进化后，成为连类比物的“比”，极大地扩宽了审美表达的口径。①

汉字思维体现了中国传统象思维的特点。凡事之始，即为事之法，“类”较早出现在墨子的范畴中，“以类取，以类予”（《墨子·小取》），属于从个别到个别的思维方式，是中国人借助于类比人事世界的策略，适用于沟通天人之际的语境中。《易经》的“观物取象”“立象尽意”，就是通过类比的方式，引导人们去理解事物之间的联系。《易·系辞传》曰：“夫象，圣人有以见天下之赜，而拟诸其形容，象其物宜，是故谓之象。”圣人就是通过这样一种思维方式上知天文下知地理，达到对于事物的理解的。《易传》曰：“方以类聚，物以群分”，就是把同一类的组合在一起，就是比。这一思维方式，强调了事与事的

---

① 董孝一：《“赋比兴”与“六书”——关于“诗性汉字”之再认识》，《贵州师范大学学报（人文社会科学版）》2014 年第 3 期。

关联，成为中国文学理论本源性的思想资源。

类比思维，充分体现了中国人讲述故事的智慧，中国故事的重要意义在于，对于事的认知服从于古今类比的思维方式。《论语·为政》曰："温故而知新，可以为师矣。"一方面要温习典章故事，另一方面从过去的事情中受到启发，获得对于当下的认识，这才是值得称道的。《论语·子张》曰："卫公孙朝问于子贡曰：仲尼焉学？子贡曰：文武之道，未坠于地，在人。贤者识其大者，不贤者识其小者，莫不有文武之道焉。"孔子的学问是从何处学来的呢？子贡回答说：周文王和武王的教化成就，并没有完全失传，而是散布于世间，其实就是要求后学从先贤的事迹中撷取智慧，然后通过类比的方式，来看待、分析当今时代的事情。中国习惯于把古代的事情拿来作比，甚至具有经典的意味，与现今发生联系，因此类似于寻章摘句、用事用典的做法，被西方一些学者誉为世界之最："可以有把握地说，世上没有哪一个文明比中国更具有书卷气息，也没有哪一个文明更加尊崇其古代典籍，惯于从传统的乃至现代的文学书本中寻章摘句，为其日常事务寻求指南。"①

在先秦文学中，这一思维就有了具体的体现，人们从类比的角度对于象思维进行了多方位的阐释。比类作为一种艺术思维，与诗经的赋比兴有相通之处。在《周礼》中就已经出现，即"六诗"，东汉郑玄对之作注："比见今之失，不敢斥言，取比类以言之。……比者，比方于物。"《毛诗序》又提出六义说，孔颖达把赋比兴作为"三用"（《毛诗正义》），强调政教风化美刺讽喻作用。过去对于比的理解大都是景物与人的情感的类比，其实还有就是事与物的类比。类比其实在故事的讲述中，是一种普遍的现象，六经作为孔子教育学生的教材，《礼记·经解》引孔子言："属辞比事，《春秋》教也。"也就是说，《春秋》记事用比高超，堪称教科书。汉代郑玄注《周礼·大师》曰："兴者，托事于物。"也是将事与物类比，是"兴"的应有之义，本书前面已经专门作过分析。王逸

① ［美］瑞克特：《中国的文学批评法：从孔子到梁启超》，载《诗经的文化阐释》，湖北人民出版社1996年版，第423页。

认为《楚辞》继承了《诗经》的“引类譬喻”，朱自清在《诗言志辨》中认为，《楚辞》的“引类譬喻”形成了后世的“比”，将“比体”分为四大类：咏史、游仙、艳情、咏物，四体的源头都在《楚辞》里，无非就是古比今、仙比俗、男女比君臣、物比人。[①] 这一论述是对于抒情文学而言的，讲故事则主要体现为古比今，人事比物。

这一艺术思维在历代文论中得到了进一步的阐发。李泽厚认为，就天人同构产生根源而言，源于早期原始人与人天之间的素朴比附关系，而《易经》舍弃了初始人类对天人关系神秘、宗教性的阐释，而将其生活化、理性化，由此形成了天人相通的宇宙观念。之后，经由汉代阴阳家的诠释，逐渐丰富、发展，“成为一个完整的宇宙论系统，它以突出的形态表现在董仲舒的哲学中”[②]。的确如此，古今之事的类比，更加具有现实意义，类比本来是“此物”比况于“彼物”的思维方式，揭示出同类事物的联系，兴的托事于物则是通过心灵的作用，将表面上没有联系的意象联系起来。

刘勰《文心雕龙·比兴》则将“比兴”做了这样一个比较：“故比者，附也；性者，起也。附理者切类以指事，起情者依微以拟议。”“且何谓为比？盖写物以附意，言以切事者也。”刘勰《文心雕龙·比兴》言：“比显而兴隐。”说的正是区别二者的关键之处，比是明显的现象的联系，兴则是曲折的、隐晦的关联。刘勰超越前人的地方还在于，就事的类比作了专门的论述，刘勰《文心雕龙·事类》曰：“事类者，盖文章之外，据事以类义，援古以证今者也。”刘勰对于“比”的意义有明确的阐释，可以与事联系：“‘比’之为义，取类不常：或喻于声，或方于貌，或拟于心，或譬于事。”[③]援古论今，通过事象类比，使得言事的艺术思维方式得以确立。

中国传统文论就此展开了不少论说。挚虞在《文章流别论》中说：“比者，

---

① 《朱自清全集》第6卷，江苏教育出版社1990年版，第214—216页。

② 李泽厚：《美学三书》，安徽文艺出版社1999年版，第284页。

③ 周振甫：《文心雕龙今译》，中华书局1986年版，第323页。

喻类之言也。”钟嵘认为:“因物喻志,比也。”[1]白居易以“六义”为标准,提出“文章合为时而做,歌诗合为事而作”的主张。(《与元九书》)皎然说:“取象曰比,取义曰兴,义即象下之义。”(《诗式》)朱熹提出:“比者,以彼物比此物也。”(《诗集传》)清代李重华说:“比,不但物理,凡引一古人,用一故事,俱是比。”(《贞一斋诗说》)也就是说,“比”就是讲故事。在章学诚看来:“物相杂而为之文,事得比而有其类。知事物名义之杂出而比处也,非文不足以达之,非类不足以通之;六艺之文,可以一言尽也。夫象欤,兴欤,例欤,官欤,风马牛之不相及也,其辞可谓文矣,其理则不过曰通于类也。故学者之要,贵乎知类。”[2]也就是说,事的类比在中国传统故事学中占有重要的意义,从类比出发,要比诉诸原理、规律等抽象术语,更能揭示中国思想中的丰富内涵。

孟浩然诗《与诸子登岘山》云:“人事有代谢,往来成古今。”已经发生的事,通过类比的方式显示出意义,切中的正是故事思维的价值意义,与中国故事诗学中的类比思维互通共生。故事一词,在先秦时期就已经出现,屡屡见载历代典籍,只是因为不符合现代以来西方的故事规范,才被排除在故事诗学之外。仔细甄别,我们会发现,在古籍中多作先例、旧制、故业、历史事件解的故事一词,在政治、军事、礼仪、法律等多个领域广泛使用,体现的就是类比思维。

礼仪。在中国传统文化中强调“以为先制”,礼仪中一般都是讲述文王、武王、周公等先贤圣哲开疆拓土筚路蓝缕的故事,也有讲述本朝先王求实创新励精图治的故事的,故事就是让后人景仰和崇拜,从而达到让当代人效仿的目的,故事的意义所彰显的价值取向形成民族文化的凝聚力。故事在魏晋南北朝时礼仪实践中应用相当广泛,据《晋书》卷十九《礼志上》记载:“故事,祀皋陶于廷尉寺,新礼移祀于律署,以同祭先圣于太学也。故事,祀以社日,新礼改以孟秋之月,以应秋政。”这里的“故事”就是一种礼仪,是指有关祭先圣先师

---

① 陈延杰:《诗品注》,人民文学出版社 1961 年版,第 2 页。

② (清)章学诚:《文史通义·易教下》,叶瑛校注本,中华书局 1985 年版,第 18 页。

之礼，是以礼仪制度当作故事来看待的。皇帝祭告天地行郊祀之礼时常常援引故事，举行祭祀之礼，都是按照故事（时间、地点、参加人员、过程等）的要求来进行的。《晋书》卷二十一《礼志下》载：西晋“武帝泰始十年，将聘拜三夫人、九嫔。有司奏：‘礼，皇后聘以谷珪，无妾媵礼贽之制。’诏曰：‘拜授可依魏氏故事。’”这里所要参考的“魏氏故事”，就是指曹魏聘拜后宫三夫人、九嫔等人的相关礼仪，晋武帝诏就是要求这个礼仪拜授三夫人、九嫔。需要说明的是，旧事并不都是故事，如果没有为后人援引，则不能称为故事，简而言之，没有古今类比的显现，则不能称为故事。如西晋时，“宣帝予自于首阳山为土藏，不坟不树，作顾命终制，敛以时服，不设明器”的旧事，到景帝崩，才称“丧事制度又依宣帝故事。”（《晋书》卷二十《礼志中》）意思就是说，并不是所有皇帝的言语行为均可成为故事，有时皇帝经历的事并一定愿意为后人效法，这时则明确表示“不得以为比”。《礼记·王制》郑玄注云：“已行故事曰比。”“不得以为比。”即不得以为故事，有点像我们今天所说的“下不为例”，是防止后代还以此作为一种规范，继续按照这一规则行事，防止援引。可见，礼仪被称为故事，最为突出的是要古今类比的思维方式。

战争。引用故事可以在战争中为进退自如找到依据，或者化干戈为玉帛，或者为彰显正义大战一场。

用故事作比，制止不义之战。在孟子看来，“春秋无义战”（《孟子·尽心下》）。战争的不义在于掠夺他国土地和财产，造成大量人员死伤。“季氏将有事于颛臾”中的所谓“事”就是战事，国之大事指的就是祀和戎，“有事”在这里就是指发动战争。孔子的理想是：“远人不服，则修文德以来之。既来之，则安之。”（《论语·季氏》）试图通过故事可以制止战争，即实现“文明以止，人文也”（《易·贲卦·彖传》）的宏愿。如《左传·僖公十九年》记载：宋人围曹，计不服也。子鱼言于宋公曰：“文王闻崇德乱而伐之，军三旬而不降。退修教而复伐之，因垒而降。《诗》曰：‘刑于寡妻，至于兄弟，以御于家邦。’今君德无乃犹有所阙，而以伐人，若之何？盍姑内省德乎！无阙而后动。”子鱼是宋国有名的贤臣，与宋公即宋襄公是同父异母的兄弟。曹是一个小国，与宋国相邻，只是因为一些事情没有完全顺从宋国的意愿，宋襄公心生不满，就包围了曹国。这个时候，子鱼就用当年周文王攻打崇国的事情，来劝诫、说服宋襄公，希望宋襄公退兵，回去修德行仁。所谓"刑于寡妻，至于兄弟，以御于家邦"本是《诗经·大雅·思齐》中的诗句，讲述的是周文王的故事，先给自己的妻子做出表率，"刑"通"型"，示范之义，"御"即治理的意思，意思就是希望进一步再给自己的兄弟做出表率，对他们一视同仁，并且以此作为治理家族国家的基本原则。子鱼征引这几句诗所述之事，就是想告诉宋襄公这么一点：与文王的故事相比，您的德行还是有欠缺的，如果去攻打曹国，能把它怎么样呢？

当然，战争是捍卫和平保家卫国的一种方式，彰显正义的战争是必须要打的，先秦时期也往往通过故事类比，来增强说服力。如《左传·闵公元年》记载："狄人伐邢。管敬仲言于齐侯曰：'戎狄豺狼，不可厌也；诸夏亲昵，不可弃也；宴安鸩毒，不可怀也。《诗》云："岂不怀归，畏此简书。"简书，同恶相恤之谓也。请救邢以从简书。'"

当时北方强敌狄族进犯邢国，为了说服齐桓公出兵救邢，管仲（"敬"是谥）引用了《诗经·小雅·出车》中的"岂不怀归，畏此简书"两句来说明自己的意见。《出车》讲述的是周宣王时大将南仲率军平定猃狁、西戎的故事，管仲征引这两句诗来讲述这一故事，要告诉齐桓公的是：若要维护天子名望、团结诸夏、不废兵事，退狄救邢正是绝佳时机。齐侯正是听了这个故事后，觉得有理，于是马上同意出兵，以古类今体现的就是援引故事的要义。

法律。作为法典的故事一词，据《唐六典》记载，本来就是源于先秦时期的制诏。原始的道德律就是古代人最初法的观念。例如《尚书·盘庚》云："盘庚于民，由乃在位，以常旧服，正法度。"《传》云："教人使用汝在位之命，用常故事，正其法度。"孔颖达疏云："盘庚先教于民云：汝等当用汝在位之命，用旧常故事，正其法度。欲令民徙从其臣言也。民从上命，即是常事法度也。"《尚书·康诰》载周公既诛"三监"之后，以殷遗民封康叔，并不断告诫他："外事,汝陈时臬司师,兹殷罚有伦。”孔颖达正义:“既卫居殷墟,又周承于殷后,刑书相因,故兼用其有理者。谓当时刑书或无正条,而殷有故事可兼用,若今律无条求故事之比也。”“汝陈时臬事,罚蔽殷彝。”孔安国传:“陈是法事,其刑罚断狱,用殷家常法,谓典刑故事。”①周公要求康叔采用殷商时的事例以裁断今天发生的案件,进行类比。《荀子·大略》和《荀子·王制》说的“有法者以法行,无法者以类举”,也是同样的意思,就是有明确的制度固定照章办事。通过类比的思维方式,将儒家道德规范趋于法典化,断案时往往以儒家伦理为标准,以之前的故事,来评定行为的危害,给予相应的处罚。

秦汉时期出现了近似于先秦“故事”的新型法律形式即廷行事,就是通过先前的故事来判定现今发生事件的性质。西汉经学大师董仲舒深谙《春秋》之道,首倡“春秋决狱”,并作《春秋决狱》二百三十二事。《春秋》是儒家经典,又是类比用的最好的经典,所谓“春秋决狱”就是依据经典事例作为判案的依据,通过类比解决当下的案件判决的问题。故事在汉代发挥着重要的作用,形成“以故事决疑断狱”②。魏晋南北朝故事应用更为流行,《魏书》卷一百一十一《刑罚志七》:“高祖驭宇,留心刑法。故事,斩者皆裸形伏质,入死者绞,虽有律,未之行也。”这里所说的“故事”,指“斩者皆裸形伏质,入死者绞”的法令制度,使典型的法令制度成为故事。唐代“身”“言”“书”“判”作为科举考试的重要内容,所谓“判”就是以一定的历史故事为案例,进行分析,写出判词,考查应试者的思维能力和综合素养。故事是关键,因此不少应试者会特意准备很多以前发生的故事,便于古今类比来分析当下的案件。现存唐代拟判资料丰富,引发了文学研究者的关注,最有争议的有张鷟《龙筋凤髓判》和白居易《百道判》,两人写作风格不同。前者的判书历来被直接列入集部,历来对于两人的判书评价有所不同。在唐代张鷟的判文是非常有名的,所谓“青钱学士”之誉,其实就是对其判文的赞誉,《旧唐书·张荐传》曰:“凡四参

① 黄怀信整理:《尚书正义》,上海古籍出版社2007年版,第538—539页。

② 参见阎晓君:《两汉“故事”考》,《中国史研究》2000年第1期。

选，判策为铨府之最。员外郎员半千谓人之文如青钱，万简万中，未闻退时。”当然，过于堆砌故事也是不当的，“百判纯是当时文格，全类俳体，但知堆垛故事，而于蔽罪议法处不能深切，殆是无一篇可读，一联可味。如白乐天《甲乙判》则读之愈多，使人不厌……不背人情，合于法意，援经引史，比喻甚明，非青钱学士所能及也。”（《容斋随笔》卷十二）认为张鷟只是有故事而不切事理，白居易也是引用了故事，对于历史典故的熟悉和引用得当。《文体明辩》认为唐判的缺点就是“堆垛故事，不切于蔽罪；拈弄辞华，不归于律格，为可惜耳”。拟判与案判不同，案判是指当时官员在处理案件或公务中的实际写作，可以说，唐判的文学价值与本身的缺陷都反映在拟判之中，[①]与故事运用关系重大。

政令。古代发布的政令体现出故事思维。《论衡·程材》说：“五曹自有条品，簿书自有故事”，五曹工作即在簿书，成文的法式是日常工作的准则，还有一些是没有规定的言行举止，就要依靠惯例即故事来作为依据了。以《史记》和《汉书》为例，表示先例、旧制，如：“是时，宣帝循武帝故事，招选名儒俊才置左右。”[②]又：“（孝平帝）其出媵妾，皆归家得嫁，如孝文时故事。”[③]颜师古注称：“故事者，言旧制如此也。”[④]这是“二十四史”中“故事”一词最常见的用法。此观点可以从“故事”的历史发展和晋“故事”佚文得到印证。据《唐六典·尚书刑部》所载“晋贾充等撰律令，兼删定当时制诏之条为故事三十卷，与律令并行”，是来源于“制诏之条”。东晋“王敦之乱”时，司空王导王敦从弟“率群从诣阙请罪”，并请周顗为其说情。周顗在面见元帝时为王导求情，然后“又上表明导，言甚切至。”到了动乱平定后，“导后料检中书故事，见顗表救己，殷勤款至。”王导“料检”的这些包括周顗的表在内的“中书故事”，显然都

① 参见《文体明辩》，《四库全书存目丛书》集部第311册，齐鲁书社1995年版，第453页。

② （汉）班固：《汉书》卷36，中华书局1962年版，第1928页。

③ （汉）班固：《汉书》卷12，中华书局1962年版，第360页。

④ （汉）班固：《汉书》卷80，中华书局1962年版，第3318页。

是成文的规定。(《晋书》卷六十九)故事的形成除了出于皇帝的言行之外,还有很多源自百官的章奏或行事。“(裴)秀创制朝仪,广陈刑政,朝廷多遵用之,以为故事。”(《晋书》卷三十五)不仅皇帝的行为成为故事可供效仿,其所下诏书也是故事的来源之一,作为一种处理事务的依据。如《晋书》卷二十《礼志中》载:及西晋武帝咸宁二年十一月,诏“诸王公大臣薨,应三朝发哀者,逾月举乐,其一朝发哀者,三日不举乐也”。元帝姨广昌乡君丧,未葬,中丞熊远表云……诏以远表示贺循,又曰“咸宁二年武皇帝故事云‘王公大臣薨,三朝发哀,逾月举乐,其一朝发哀,三日不举乐’,此旧事明文”。贺循答曰“……咸宁诏书虽不会经典,然随时立宜,以为定制,诚非群下所得称论。”所谓“咸宁二年武皇帝故事”,就是咸宁二年十一月晋武帝颁布的有关王公大臣丧礼的诏书,即贺循所说的“咸宁诏书”。又《唐六典》卷六《刑部尚书》注:“贾充等撰律、令,兼删定当时制诏之条为故事三十卷。”所谓“制诏之条”,就是指皇帝下发的包括诏书在内的有关文书,这些文书在西晋初修律时被贾充等人编为故事一类。① 由此可见,“制诏之条”也是故事的重要来源之一。

历史。司马迁评价屈原的时候说:“其称文小而其指极大,举类迩而见义远。”(《史记·屈原贾生列传》)古今的事情的类比显示出深意。表示历史事件,如:“余所谓述故事,整齐其世传,非所谓作也,而君比之于《春秋》,谬矣。”②有人将“述故事”比之于《春秋》,说明故事就是记事,只不过《春秋》是记录,司马迁是整理。其实就是以过去的事,作为今天的比照,体现的是类比思维。《史记·屈原贾生列传》曰:“吾将以为类。”《正义》曰:“类,例也。”典籍中的“故事”可以理解为一个历史概念,即“前人做过的事情”或“前人定下的先例、规矩”。所以,《隋书·经籍志》将《汉武帝故事》等 10 种后缀为“故事”的图书均归入“史部·旧事篇”。③《旧唐书·经籍志》《新唐书·艺文志》

① 参见李秀芳:《魏晋南北朝“故事”考述》,郑州大学 2006 年硕士学位论文。
② (汉)司马迁:《史记》卷 130,中华书局 1982 年版,第 3299 页。
③ (唐)魏徵、令狐德棻:《隋书》卷 33,中华书局 1973 年版,第 967 页。

则直接设有“故事类”，归在“乙部史录”麾下，其中“旧事篇”共收25种，“故事”占其中10种。

中国古代倡导以史为鉴来明得失，就是要作为今天的一种借鉴。所谓历史，发生在过去，实际的存在又是在当代的理解中，正如历史学家所说：“对于过去的探究，是由现实利益、价值体系所引起和确定方向的。”①克罗齐说“一切真历史都是当代史”，过于夸大了阐释主体的作用和地位，忽略了历史的客观性，有些偏颇，但是强调历史是在当代的讲述中存活下去，还是很有见地的。司马迁所谓“通古今之变”，就是以把握历史衍化过程为指向，贯通古今之事来作比。历史是在当代人的讲述中呈现出来的，我们总是站在今天的立场去理解历史，站在今天的立场去运用历史。说到底，历史就是在当代活动中的一种复活、一种类比，才显示出历史的意义。

故事就是在中国传统的文化生活中占据重要的意义，故事不断被讲述，与当下的结合则传达出不同的意义，充分显示出中国故事思维的基本特征。郑樵、顾炎武、姚际恒等古代学者，也都先后发现了孟姜女故事在各个不同时期版本不同，甚至大相径庭，但是，他们以经史的眼光来考据故事的真伪，从故事的演变中发现这是一出“无稽之谈”，因此不以为然。1924年11月23日顾颉刚在《歌谣周刊》发表《孟姜女故事的转变》，认为不是一成不变的，而是与时俱进，不断变异的，这才是故事的眼光，故事的体就表现在前后左右的种种变化之上，模仿“变”的历史演进法以探讨故事变异、风俗变迁的论文成为民俗学的主流研究范式。也就是说，顾颉刚抛弃了经史的眼光，而以故事的眼光看故事，却从故事的演变中发现了“无稽的法则”的合理性、学理性，由此创立了一门全新的民间故事学科。钟敬文说：“在中国现代民俗学史和民间文学运动史上最有分量的文章之一，是顾颉刚先生写于1924年的《孟姜女故事的研究》。但它不是抄人类学或其它学派的什么东西，而是中国学者自己的创造。

---

① ［法］雷蒙·阿隆：《历史哲学》，载田汝康、金重远选编：《现代西方史学流派文选》，王造时译，上海人民出版社1982年版，第102页。

在这篇论文中，顾先生第一次使用了历史地理的方法，研究中国的民间传说故事，提出了自成体系的理论。”①

这里所说的“自成体系的理论”即“历史演变法”，是顾颉刚借鉴芬兰历史地理学派方法，并且结合中国民间故事特点提出来的。顾颉刚把从战国到北宋时期的有关孟姜女故事的材料做了梳理，不难发现，各个时段讲述的都不一样，他是这样解释的：“战国时，齐都中盛行哭调，需要悲剧的材料，杞梁战死而妻迎柩是一个很好的题目，所以就采了过去。西汉时，天人感应之说成为一种普遍的信仰……杞妻的哭，到这时便成了崩城和坏山的感应，以致避兵而回，因渴泉涌。六朝、隋唐间，人民苦于长期战争中的徭役……于是把杞梁的崩城变成了崩长城，杞梁的战死便成了逃役而被打杀了。同时，乐府中又有捣衣，送衣之曲，于是她又作送寒衣的长征了。”这一故事究竟孰是孰非？其实并没有答案，也不需要答案，是在讲述中不断滋生的。不难看出，顾颉刚不是从史实准确与否的角度来考察，而是以演化的视角来看待，从而做出更为精当的解析和结论。正如他自己所解释的那样：“我的唯一宗旨，是要依据了各时代的时势来解释各时代的传说中的古史。”②

传统的故事思维，在当代也不乏回声。前事不忘后事之师，故事必须援引、讲述，才有价值意义，体现的是故事思维。李敬泽认为，莫言的《檀香刑》是一部伟大的作品，体现了中国文学的故事传统特点，他说：“《檀香刑》标志着一个重大转向，同样是在全球背景下，我们要接续我们的根，重构起我们的传统，确立我们不可泯灭的文化特性。”这个“伟大性”就在于：“它如此强大有力地讲述了中国现代史，即‘历史’恰恰是必须言喻的，不被说出的一切就不是历史。正是通过‘说’，我们才会确定和皈依某种历史理性。”③当代学者兼作家曹文轩在《小说门》里，在界定什么是小说故事时，曾经举过车祸的例子：

① 钟敬文：《建立中国民俗学派论纲》，《广西民族学院学报》2000 年第 1 期。

② 顾颉刚：《自序》，《古史辨》第 1 册，上海古籍出版社 1982 年版，第 65 页。

③ 李敬泽：《莫言与中国精神》，《小说评论》2003 年第 1 期。

本事与故事不同,但本事变成故事,只需一瞬。一辆车所撞,亡于路上,你当时在场,是一个目击者,眼看到了这一事件的发生。但当你一转身离开了这个现场,后去对他人复述这一事件的时候,你实际上已经在讲述故事。因为,你只是凭一种记忆、一种印象在呈现这一事,而你的记忆或印象,是根本无法做到与本事完全重叠的,已经不自觉地在对本事作一种强调或者一种弱化处理。①他由自己的创作上升到理论的高度,对于故事的阐述,最终对接的是中国传统的故事思维。

三

首先必须承认,故事在明清时期有虚构,主要是受到了西方的影响。但是,如果完全用虚构来作为汉语故事的特点,则未必能够涵盖。甚至可以说,中国故事的魅力与非虚构的特征结下了不解之缘。

法律、礼仪、外交、历史等文体,在中国古代都属于“文”的范畴。《全唐文》和《文苑英华》两总集中判的数量达到 1200 多道。宋代罗烨《醉翁谈录》首次将判列入小说类别中,将“公案”作为小说的一个类型。《文苑英华》卷五〇三至卷五五二共 50 卷收录判文,宋人也是如此,郑樵在《通志》中,将之作为一种独立的文体,在卷七〇“艺文八”专门设立“案判”一类。② 按照对故事的界定来理解中国传统的故事,中国古典史、传、记这类讲述历史故事的文体,如《尚书》《左传》《逸周书》《史记》《吴越春秋》《汉书》《后汉书》《三国志》等也是伟大的传统。也就是说,由史文替代西方史诗而肇始的中国的故事传统,同样也具备了文学的诸种要素。但是,浦安迪则认为,文人小说出自怀才不遇的才子,这与西方“天才说”有一定关系,他说:“相信明清章回小说作为一种新兴的长篇虚构文体,是文人小说。”③这与中国故事的实际情形是不相符的。

---

① 参见曹文轩:《小说门》,人民文学出版社 2010 年版。

② (南宋)郑樵:《通志》卷七〇,中华书局 1987 年版,第 827 页。

③ [美]浦安迪:《中国叙事学》,北京大学出版社 1996 年版,第 22 页。

有人对于汉代的故事作了专门的考证和研究，汉代统治者特别注重文学教化，自汉武帝以来，统治者选择儒家学说作为主导思想后，更是经常诏儒生讲《五经》并著书立说，教化大众。汉章帝诏一些官员和儒生聚集于白虎观，讲《五经》异同，皇帝亲临观看，作《白虎通》，可见皇帝对文学传播的重视。据史料记载，汉章帝是依据"宣帝故事"而作《白虎通》，此"宣帝故事"指的是汉宣帝甘露三年，诏诸儒生在石渠阁讲论"五经"异同。汉宣帝亲临现场裁定评判，作《石渠论》。而宣帝是遵"武帝故事"而将文化传承发扬光大，文学教化功能逐渐渗透于社会生活中。①

不仅是归入了文的类别，而且对于这些历史故事，都是以文的标准来要求的。孔子对此有明确的阐释，据《左传・襄公二十年》记载："仲尼曰：'志有之，言以足志，文以足言。不言谁知其志？言而无文，行而不远。'"刘知几亦曰："史之为务，必藉于文。"②中国文学尽管有"史传"与"诗骚"两种传统，然而并不是割裂的而是融合在一起的。《史记》是文学的历史，也是历史的文学，是文学与史学的高度统一，即鲁迅所说的"史家之绝唱，无韵之离骚"。《史记》《汉书》《后汉书》《三国志》中都记载了汉代不少的故事，这些故事不是陈旧的，而是承载了鲜活的时代记忆。《史记・太史公自序》中记载："余所谓述故事，整齐其世传，非所谓作也，而君比之于春秋，谬矣。"③根据史料中对汉代"故事"的记载，学术界对其进行了不同层次的研究。金圣叹比较《史记》与《水浒传》，认为《史记》是"以文运事"，即"是先有事生成如此如此，却要算计出一篇文字来"。④ 认为作为史传文学，着眼于历史上的"实事"，而"文"则服务于记"事"。因而要尊重客观历史事实，按照历史本来面目来反映。金圣叹的超拔之处就在于，既认识到了《史记》与《水浒传》之间的差异，又特别突

① 参见苏一博：《汉代"故事"考论》，河南财经政法大学 2020 年博士学位论文。

② （清）浦起龙：《史通通释》卷六《内篇・叙事》，香港太平书局 1964 年版，第 22 页。

③ （汉）司马迁：《史记・太史公自序》，中华书局 1982 年版，第 405 页。

④ 参见朱立元：《美学大辞典》，上海辞书出版社 2010 年版。

出了它们在文学意味上的一致——“为文计”“不为事”，而将《史记》与《离骚》《庄子》《杜诗》《水浒传》《西厢记》并置。[1] 所谓“以文运事”，“是先有事生成如此如此，却要算计出一篇文字来，虽是史公高才，也毕竟是吃苦事。因文生事即不然，只是顺着笔性去，削高补低都由我。”[2]小说创作“因文生事”，也就是要求凭借语言来讲述故事。在这里文与事互动共生，凭文而生出事，事因文而生成，文因事而诞生，文事本来就是一体化的，并不存在高下优劣的区别。“因文生事”的“文”，指文体、文字、文本以及小说写作过程中作者做出的种种安排和布局，是心灵化的产物；“事”则是指事件、故事、情节，也指与事相关的人物、环境等，但是，都是以文作为根本，服从文的要求。金圣叹认识到，不仅小说和史传的区别是文学内部的区别，诗歌、史传、戏曲、小说与子书之间的区别，也只是文学文体内部的区别而已。在金圣叹看来：“史记则不然，它与水浒传都是为文计，不为事计，而能出其珠玉锦绣之心！自成一篇绝世奇文。”“心以为经，手以为纬，踌躇变化，务撰而成绝世奇文焉。”（《金圣叹批评本水浒传》）历史和文学都包含有心灵的作用，所以具有文的特征。根据文字学研究专家的考证，在金文中相当一部分的“文”就是由心符构成的。[3] 中国古代强调心灵作用，来突出文的意义。

文的含义就是人文的含义，具有意识形态的意义。文学就是与人的追求有关。据甲骨文专家的意见，“文”字“象正立之人形，胸部有刻画之纹饰，故以纹身之纹为文。”[4]根据有的学者的统计，《尚书》的“文”指称文王的就有44例。“文”已不再是对体格硕大的文身之人的形象描摹，而是对有道德修养和德治仁政的人的赞美，描摹胸部文身错画到内在的意识形态。仅《论语》一书使用“文”字即达31例，而直接指称周文王的却只有1例，另有作为社会政治

---

① 吴子林：《叙事历史还是小说——金圣叹“以文运事”“因文生事”辨析》，《浙江社会科学》2003年第1期。

② 林乾：《金圣叹评点才子全集》第3卷，光明日报出版社1997年版，第19页。

③ 臧克和：《说文解字的文化说解》，湖北人民出版社1994年版，第250页。

④ 参见徐中舒主编：《甲骨文字典》卷九，四川辞书出版社1988年版。

抽象的“文武之道”2例，没有用于文身之文即“文”的本义的例句。就“文”的内涵而言，孔子主要使用它的衍生义，这些意义包括：将文字、文辞这些人类创造的观念符号称作“文”，如“吾犹及史之阙文也”（《论语·卫灵公》）；将记录人类生活和文化活动的历史文献称作“文”，如“君子博学于文，约之以礼，亦可以弗畔矣夫”（《论语·雍也》），与质对言，指文采或有文采，如“质胜文则野，文胜质则史。文质彬彬，然后君子”（《论语·雍也》）；与武对言，指政治伦理道德，如“夫如是，故远人不服，则修文德以来之”（《论语·季氏》）；个人的道德人格修养高可以谓之“文”，如孔子解释说孔文子“敏而好学，不耻下问，是以谓之文也”（《论语·公冶长》）；社会的礼乐制度完善也可以谓之“文”，如孔子所说“周监于二代，郁郁乎文哉，吾从周”（《论语·八佾》）等等。① 司马迁的总结则简洁、明了，他说：“夏之政，忠；忠之极，小人以野，故殷人承之以敬；敬之极，小人以鬼，故周人承之以文。”（《史记·高祖本纪》）夏代社会质朴无文，尚处于相当原始落后的状态，用“野”来概括这一时期的社会文化特点是准确的。也就是说，周代这个时候的“文”的意思就是关乎人的内外兼修的品格的。

周代的文的出现，就是以“不语怪力乱神”为标志的，通过讲“过去的事情”通达人的境界，就是非虚构的体现。在孟子“必有事焉”的表述中，这一点得到了比较明确的阐述。《孟子》中记载：“‘敢问夫子恶乎长？’曰：‘我知言，我善养吾浩然之气。’‘敢问何谓浩然之气？’曰：‘难言也。其为气也，至大至刚；以直养而无害，则塞于天地之间。其为气也，配义与道；无是，馁矣。是集义所生者，非义袭而取之也。行有不慊于心，则馁矣。我故曰：告子未尝知义，以其外之也。必有事焉，而勿正，心勿忘，勿助长也。’”（《孟子·公孙丑上》）

这里所说的“浩然之气”，是人内心充实的一种表现，表现为一种内在的精神形态，呈现为人所具有的品格和德性。对孟子而言，表现出“浩然之气”

① 参见王齐洲：《中国文学观念的符号学探原》，《中国社会科学》1999年第1期。

的文化品格,不是一种空谈,而强调离不开"事",所谓"必有事焉"即特别强调这一点。与此类似的论述,还有中国哲学强调的"道不远人"(《中庸·第十三章》)。

掌故一般和故事联系起来。汉武帝之后,皇帝决策常在内朝,用有关故事时,常常只能询问内朝的尚书,外朝掌故无法顾及,因此故事就由尚书来掌管。汇编故事,特别需要专职人员甚至专门的机构,汉代为此专门设有掌故一职,主要就是"主故事"。颜师古引应劭注《汉书》"掌故"称:"掌故,百石吏,主故事者。"[①]他自己也有进一步说明:"掌故,太史官属,主故事者。"[②]《史记·袁盎晁错列传》载晁错"以文学为太常掌故",裴骃集解引应劭曰:"掌故,百石吏,主故事。"司马贞索隐引《汉旧仪》云:"太常博士弟子试射策,中甲科补郎中,乙科补掌故也。"从《汉书·晁错传》《汉书·兒宽传》《汉书·匡衡传》《汉书·房凤传》中可以看出,《汉书》列入列传的人物曾担任掌故者,有晁错、兒宽、匡衡、房凤等人。也就是说,太史官中有掌故一职,专司故事。在一定程度上显示出了"故事"强大的社会意识的功能。后世统治者将一些"故事"编辑成册,晋编定《故事》三十卷,唐代又将"故事"上升为格。许多"故事"依然保持着不成文习惯的这一特质。《七录》中第一次设"旧事"部,两唐书沿袭《七录》;宋代《宋史》中将"旧事"改为"故事",与"仪注""刑法"并列;《明史》沿袭《宋史》;清朝《四库全书总目》中,将"旧事"与"仪注""刑法"合并为"政书"类。综上所述,汉代以后的封建王朝对"故事"依旧非常重视。[③] 清代钱大昕的《元史艺文志》、魏源的《元史新编》均设有"故事类",将其置于"史类""志"的大目之下。近代丁传靖的《宋人轶事汇编》中设有故事类编,但他对"故事"的解释是:"事无主名,不能以人系者,辑为故事、杂事两门,统朝野记

① (汉)班固:《汉书》卷49,中华书局1962年版,第2277页。
② (汉)班固:《汉书》卷57,中华书局1962年版,第2606页。
③ 苏一博:《汉代"故事"考论》,郑州大学2020年博士学位论文。

之。常然者入故事,偶然者入杂事。”[1]有学者认为,说白了,故事就是尚未写入正史的潜规则、日常琐事,这算是传统故事观的一种解读。[2]

如果将这里的故事直接当作文学的同义语,无疑显得有些牵强。而这一意识形态功能,则在一定程度上赋予了文学意义和文学色彩,需要从非虚构的视域去考察。所谓“史传”,《文心雕龙·史传》有言:“史者,使也,执笔左右,使之记也。古者,左史记事者,右史记言著。言经则《尚书》,事经则《春秋》也。”关于“传”,刘勰说:“昔者夫子闵王道之缺,伤斯文之坠,静居以叹凤,临衢而泣麟,于是就太师以正《雅》《颂》,因鲁史以修《春秋》。举得失以表黜陟、征存亡以标劝戒;褒见一字,贵逾轩冕;贬在片言,诛深斧钺。”(《文心雕龙·史传》)

在刘勰看来,“史传”作为一种文体,意义非常重大,关系到朝代兴衰,王道存废,关系到是非善恶,人间正义,因为对于社会有重大影响,具有强大的意识形态功能,因此具有“文心”。

商代甲骨文呈现出来的对于神的崇拜与对于祖先的崇拜祭祀是联系在一起的,所谓神,在《说文解字·示部》是这样解释的:“神,天神引出万物者也。”黄帝、伏羲、女娲等不是作为神,而是作为自己的祖先来看待的。神农就是祖先,对于祖先的崇拜取代了对于神灵的崇拜。中国传统的故事,已经超越了西方的虚构理论。与西方的故事不同,西方本来是在讲述上帝、天使、替罪羔羊等的故事,与宗教相关,而中国的女娲补天、后羿射日、鲧禹治水等,都是具有人间英雄的伟大人格,反映的是不同的文化差异。中国古代的神话与古希腊的神话不同,不是高踞天庭俯视人间的诸神,这些神的故事都是人间性的,巢氏、燧人氏、神农氏等发明了筑室居住、钻木取火、种植技术等,都不是人类的异己力量。这些故事具有了浓厚的人本精神,充满了对于现实人的关注。

① 丁传靖:《宋人轶事汇编》,中华书局 2003 年版,第 1085 页。

② 施爱东:《故事概念的转变与中国故事学的建立》,《民族艺术》2020 年第 1 期。

《尚书·泰誓上》曰:“惟人,万物之灵”,确立了人在整个宇宙的位置,先秦诸子围绕人展开论述,直接孕育了文学观念。

然而,西方的故事则是对于现实社会的超越,故事与神话传说意义相通,“这个大故事[或神话(muthos),这是希腊语中对应故事的词]为西方的基督教文明提供了思想基础以及历史推动力。”①西方故事津津乐道所讲述的都是遥远的事情,虚构的意味十分突出。雷蒙·威廉斯在《关键词》中指出:英文中 history 与 story 源于同一词根,前者指对过去一个真实事件的记载,后者表示非正式纪录与想象性事件。故事则淡化了小说叙事的理性色彩,故事在英语中为“story”,出自中古英语“storie”,作为文学术语指文艺复兴以前的口头叙事形式,而小说叙事的传达媒介则是书面语。在 15 世纪末,history 指的就是“关于过去的有系统的知识”。将事神圣化的过程,则根源于宗教信仰,根源于从神学、从上帝角度解释人类的诞生和发展,维护人类的最高信仰。《古兰经》和《圣经》之所以被奉为西方文学史最高叙事典范,就在于这两部宗教典所叙述的故事都是十分神圣的。在《理想国》中,诸神是一切美好事物的起源,诸神的故事是诗的主体,而且它们所讲的是“最大的、宇宙中最重要的事情”,为了使理想城邦的护卫者追求德性,因而城邦必须对诗人创作与故事讲述进行严格限定,诗人创作必须遵循“神论模式”。② 古希腊亚里士多德《诗学》认为,诗按照可然律或者必然律描述的事情更具普遍意义,历史相对而言仅仅叙述已发生的个别事情,然而:“写诗这种活动比写历史更富于哲学意味”,因为前者具有更为明显的“普遍性”③。虚构的本质是世俗对于神圣的模仿,是时间对于永恒的僭越,虚构所催生的小说从根本上来说就是类圣经书写。在西方文论中,宗教和艺术的共同特质就是,只有通过虚拟的天国和虚构的世界才能获得心灵的寄托。现代主义文学的故事,被看作是说谎的艺术,并

① [英]唐·库比特:《新的大故事》,王志成译,浙江大学出版社 2013 年版,第 4 页。
② 参见[古希腊]柏拉图:《理想国》,郭斌和、张竹明译,商务印书馆 2002 年版。
③ [古希腊]亚里士多德:《诗学》,罗念生译,人民文学出版社 1962 年版,第 29 页。

不是完全没有故事，只是故事的形态发生了变化。唯美主义代表人物王尔德认为，古老的说谎艺术已经衰落了，在当代应该恢复，发出了这样的慨叹："最后的启示是，撒谎——讲述美而不真实的故事，乃是艺术的真正目的。"①

由此看来，中国故事在礼仪、法律、历史等多重领域得到了彰显，呈现出非虚构特点。斯达尔夫人在 1800 年出版的《从文学与社会制度的关系论文学》的《序言》中说，"考察宗教、风俗和法律对文学的影响，反过来，也考察后者对前者的影响"是该书写作的任务。她本人就是将文学与法律、风俗等区别开来，率先提出纯文学的概念的，强化了文学的虚构特点。施爱东认为，中国在唐代接受佛教影响，对于故事产生了影响，明清时期才接受虚构理论。他说："故事成为通行文类概念，与外来宗教的传教策略有关。外来宗教传入中国，在传教策略上有许多相似之处。比如佛教进入中国的时候，大量借助变文、说唱等通俗文学进行宗教宣传。基督教进入中国之后，一样要向潜在的信众讲述一些通俗易懂、便于传播的宗教事迹。这些与神及其信徒相关的神异事迹，他们称为'故事'。"②

其实，这一思想是在借助西方的文论思想来衡量中国故事。民间故事研究方面颇有建树的刘守华近年来十分关注故事诗学，提出建构中国的故事诗学，却主张仍然以虚构作为本质特征。③ 在笔者看来，这些提法一定程度上忽略了中国的文化和文学语境，对民族的生命力关注不够。

四

"小说"一词，在先秦时期就已经出现，作为一种文体属于叙事的范畴。不可否认，中国的故事中，也有虚构的部分。但是，非虚构与虚构的互渗，在中

① ［英］王尔德：《谎言的衰朽》，杨恒达译，载赵澧、徐京安主编：《唯美主义》，中国人民大学出版社 1988 年版，第 144 页。

② 施爱东：《故事概念的转变与中国故事学的建立》，《故事学研究》2020 年第 1 期。

③ 刘守华：《走向故事诗学》，《湖北大学学报》2020 年第 5 期。

国文学古今演变的过程中,本来就是并行不悖的。

完全否定中国小说的虚构,是不符合实际的。唐代佛教经为了让更多的人容易接受,就变成故事形式,虚构的故事很快传播开来,唐代传奇、宋代话本小说、元明清戏曲小说得以兴旺发达,虚构都是讲好故事吸引人很重要的元素。《醒世恒言》中故事的内涵不断发生变化,虚构文学的意味更加浓烈,如:"方才说吕洞宾的故事,因为那僧人舍不得这一车子钱,把个活神仙,当面错过。"(《一文钱小隙造奇冤》)"若有别桩希奇故事,异样话文,再讲回出来。"(《徐老仆义愤成家》)"我又闻得一个故事。"(《大树坡义虎送亲》)可见所谓故事,就是道听途说,不断演绎,不断发挥。明末清初杭州遗民艾衲居士,其《豆棚闲话》之"闲话"即是故事,"在下幼年不曾读书,也是道听途说。远年故事,其间朝代、官衔、地名、称呼,不过随口揪着,只要一时大家耳朵里轰轰的好听,若比那寻了几个难字,——盘驳乡馆先生,明日便不敢来奉教了"①。这些陈年旧事,很大程度上都无据可查,呈现出虚构的色彩。

然而,如果用虚构来界定中国小说,也是不得要领的。"虚构"一词"fiction",在英语中也指"小说"这一文体,二者是密切联系在一起的。小说作为一种叙事文体,在中国传统文化和文论中的意义不一样。诚如夏志清在《中国古典小说导论》中说的那样:"在中国的明清时代,作者与读者对小说里的事实都比对小说本身更感兴趣……他们不信任虚构的故事表示他们相信小说不能仅当作艺术品而存在,不论怎样伪装上寓言的外衣,它们只可当作真情实事,才有存在的价值。它们得负起像史书一样化民成俗的责任。"②

这一说法反映出明清时期人们的审美特点,记事是小说,还是从非虚构的角度即当作"真情实事"去欣赏。

一方面,虚构与非虚构的文体地位不一样。从中国传统的文学观念来看,

---

① (清)艾衲居士:《豆棚闲话》,上海古籍出版社1983年版,第35页。

② [美]夏志清:《中国古典小说导论》,载刘世德编:《中国古代小说研究——台湾香港论文选辑》,上海古籍出版社1993年版,第17—45页。

史传纳入到文学文体中并享有较高地位，诗文长期处于正宗地位，因为诗文注重写实，这一观念根深蒂固。受其影响，小说戏曲要想提升在文学中的地位，也必须注重真实。虚构小说，在文学类别中地位极低，可以说不如文学之流，在《文心雕龙》里连次等文类中都没有提及。中国文学传统中，“说”很早就是一种文体，“小说”作为一种文体，是有其特定的内涵的。《庄子·杂篇·外物》提及的“小说”，今天不少人往往认为是与今天的小说完全不一样的，这在很大程度上是按照西方小说即虚构的观点去衡量的。其实，所谓“饰小说以干县令，其与大达亦远矣”，就是指小说这种文体与其他的文体的差异。“说”指一种文体形式，本来属于先秦诸子说体文的范畴。前面谈过，史官、士在战国时代所运用的“说”文体，具有较高的价值，在于政教效果，在于非虚构，因此可以达到“大道”。二十五史《艺文志》著录的小说，通称子部小说。按照班固的说法，小说家者流仅仅指是“街谈巷语”“道听途说”的编造或者说而已，虽然会有一点小小的作用和价值，但用来做大事说明大道理是不行的，“是以君子弗为也”，品格很高的人就不屑于这个小说了。以虚构为特征的小说不被重视而被列为“小道末技”“逸典”“君子弗为”“优伶遇之”，原因就在这里。《汉书·艺文志》将小说家作为诸子百家之一著录于《诸子略》，与其他诸子比较起来，除了属于道听途说之外，还由于“小说家出于稗官”的缘故，直接阐明了小说与历史的关系，就是从史的高度来衡量这一文体的，因为出自不可靠的野史，所以对之不以为然。有鉴于此，有学者指出，庄子所云“小说”决非“与后来所谓小说者固不同”，实则具有中国古代“小说”概念的创始意义。① 此说颇有见地，很有说服力。

而另一方面，不少看似虚构的小说，实则离不开非虚构。“以事实为因由”“化实为虚”“因文生事”“以文运事”等说法，强调虚构的基础是“实”，都包含了非虚构元素。宋代的史学发展很快，笔记小说繁荣起来，与史书的影响有很大关系。小说虽然有一些虚构，但是作为“补史之阙”的观念，就是可以

① 参见王齐洲：《论庄子的小说观念》，《三峡大学学报》2012 年第 2 期。

强调了小说的纪实性。宋代笔记小说的代表作是洪迈的《夷坚志》,《夷坚乙志序》中说该书所记"耳目相接,皆表表有据依者"①。从元末明初的《三国演义》开始,到后来的很多的长篇小说,借助文学的形式,演绎历史人物和历史故事,历史小说是十分重要的类别。按照中国小说理论,史诗不是小说创作追求的理念,而是更加注重历史的因素。中国的叙事理论与西方不一样,叙事就成为讲故事的技巧,即叙事就是讲故事。清人章学诚在《丙辰札记》中将之归为三类:凡演义之事,如《列国志》《东西汉》《说唐》及《南北宋》,多纪实事;《西游记》《金瓶梅》之类,全凭虚构;《三国演义》则七分事实,三分虚构。小说从不受重视的"小道",变为可以"补史"的重要文献资料,提高了小说在整个文化领域中的地位,奠定了小说作为文学文体在文学序列中地位提升的基础。近代以来,梁启超对于小说大力提倡,更是希望提升政治功能来提升其文体地位,非虚构因素的渗入和强化提升了小说的地位。

以《聊斋志异》为例,可以看出这部小说敞开的是虚构与非虚构二者的关系,既是对立的,又是统一、共存一体的复杂关系。《聊斋志异》俗名《鬼狐传》或《鬼狐史》,写的是花妖狐鬼,似乎都是现实中根本不存在的,通常被看作是虚构小说的典型代表,鲁迅《中国小说史略》云:"《聊斋志异》虽亦如当时同类之书,不外记神仙狐鬼精魅故事。"②揭示的是其虚构的特点。然而《聊斋志异》中的《李司鉴》篇末写道"邸抄",所谓邸抄,即邸报,又名"朝报""条报""杂报"等,是中国古代官方用来告示天下的新闻体,类似于我们今天所说的公告通告之类的。对于这部小说也有不少人从非虚构的角度来理解,具有史书的特点,清人冯镇峦评论《聊斋志异》说:"此书即史家列传体也,以班、马之笔,降格而通其例于小说。"③将之与史家的列传体等同。围绕《聊斋志异》的

① 丁锡根编:《中国历代小说序跋集》,人民文学出版社 1996 年版,第 94 页。

② 鲁迅:《中国小说史略》,载《鲁迅全集》第 9 卷,人民文学出版社 2005 年版,第 216 页。

③ (清)蒲松龄:《聊斋志异(会校会注会评本)》,张友鹤辑校,上海古籍出版社 1983 年版,第 14 页。

评论，就是将虚构与非虚构缠绕在一起的。

《聊斋志异》的叙事方式明显仿照了史书体例，而作者蒲松龄直接以“异史氏”自称，亮明了自己作为一个善于忠实记录事实的史家的角色，作品中不乏“异史氏曰”，如同《左传》“君子曰”、《史记》“太史公曰”、《三国志》“评曰”等一样，这一表达方式明显是继承了史传文学的评论传统。蒲松龄同乡孙锡嘏认为：“文理从《左》《国》《史》《汉》《庄》《列》《荀》《扬》得来。而窥其大旨要皆本《春秋》彰善瘅恶，期有功于名教而正，并非抱不羁之才，而第以鬼狐仙怪，自抒其悲愤已也。”①也就是说，《聊斋志异》的写作肌理与史传是一脉相承的，那么去写鬼写妖，其实只是为了表达自己的悲愤心情罢了。

古代的小说家们普遍深受史传论赞的影响，这一表达方式很普遍，如《搜神记》中的“说曰”、《拾遗记》中的“录曰”、唐传奇中的“赞曰”“叹曰”等都属于此类表达方式，清代文言小说中这种形式更加盛行。《隋书·经籍志》首次确立了图书的四部分类法——经、史、子、集。有学者敏锐地发现，现代人视为早期笔记小说的两部代表作——干宝的《搜神记》和刘义庆的《世说新语》被列入不同的类属，前者属史部的“杂传”类，后者属子部的“小说”类，但是，它们对于纪实的追求却是一致的。干宝在《搜神记》的自序中强调了所记之事都是有事实依据的，或者“考先志于载籍”，或者“采访近世之事”。② “曰”就是一种议论，是中国非虚构文学文体的特点，后面我们还将展开。

---

① 朱一玄：《聊斋志异资料汇编》，南开大学出版社 2002 年版，第 495 页。

② 丁锡根编：《中国历代小说序跋集》，人民文学出版社 1996 年版，第 49 页。

第三篇

中国非虚构诗学的历史发展

中国传统文化和文学思想的探究，历来注重同源同根的联系。《周易·系辞上》中的"探颐索隐，钩深致远"、《论语》中的"慎终追远，民德归焉"、曹丕《典论·论文》中的"夫文本同而末异"、挚虞《文章流别论》中的"原始以要终，体本以正末"、陆机《文赋》中的"因枝以振叶，或沿波而讨源"、刘勰《文心雕龙》中的"披文以入情，沿波讨源""观澜而溯源""振叶以寻根"等说法，都一致表明：任何的文化和文学思想都不是无本之木、无源之水，而是一脉相承的。具有悠久文明历史的中华民族的这种"崇经述古"的思维模式，实际上就是希望通过追根溯源，串联起民族思想文化发展的各个阶段，并凸显出各个阶段的不同特征。不难发现，这样一种基本立场和方法，蕴含着醇厚的马克思主义"历史的观点"的意味。

本篇从纵向上梳理中国非虚构诗学的发展线索，主要以历代列入"文"以及与之相近范畴的文论文献资料为依据，梳理中国非虚构诗学观念从先秦至清末民初的发展脉络。中国非虚构诗学资料浩如烟海，需要着重解决的问题就是，如何才能清晰地呈现出历史的发展风貌，深刻地揭示出内在的发展机理？

第六章　中国非虚构诗学历时性考察路径

中国非虚构诗学在轴心时代发生，对于后代诗学产生了重大影响。通过在历史上的不断积淀，中国非虚构诗学显示出博大精深的内涵。中国非虚构诗学被不断发扬光大，显示出其旺盛的生命活力，古朴风貌历久弥新，业已成为中国文化和文论的瑰宝。

所谓“历史的观点”，首先面临最为重要的问题，就是如何处理材料和论点的关系。20世纪的史学研究曾经出现过两种极端，新中国成立前曾出现过过分倚重材料甚至堆砌材料的现象，出现了“史料即史学”，“一分材料出一分货，十分材料出十分货，没有材料便不出货”等说法。新中国成立后，又出现了另一种极端，即“以论代史”，不是从材料出发而是从“论”出发，材料仅仅是已有论点的佐证和附庸。那么，如何做到“史”与“论”相互印证和支撑，则是当今史学界正在积极探索的。“史”和“论”的关系问题，就是中国非虚构诗学发展论首先要解决的核心问题。

第一节　“史”“论”结合

对于中国非虚构诗学资料的梳理，就是对于列入“文”以及与之相近范畴的历代文献资料进行归类整理,清理其中包含的非虚构因素,让这样一幅历史的长卷直观地呈现出中国非虚构诗学的事实,是紧扣“文”这一要义展开的,也体现了梳理的目标指向性。具体而言,涉及资料的收集整理与论述这两个重要的问题。

一

首先,“史”为基础。

对中国非虚构诗学作历史性考察,首先需要思考历代非虚构诗学资料如何收集的问题。过去我们只是在关注纯文学观念的资料,到目前为止,还没有一部有关中国非虚构诗学的资料汇编。我们在力求全面占有材料的过程中,力求真实、客观、完整再现中国非虚构诗学的面貌,追求资料的丰富性。

中国非虚构诗学存在的方式多样,“杂陈”是目前史料存在的状态,也就是说,大量非虚构诗学资料都是零星地、错乱地混杂在形形色色的文献中。自近代西学东渐以来,对于中国文论“泛文论”“杂文论”进行了清理,以西方的纯文学观念为圭臬,形成了文论体系,西方中心主义范式的痕迹清晰可见。受制于西方所谓纯文学观念,人们习惯于从一个狭隘的文学边界去理解文学观念,中国的非虚构文学观念遭受冷遇。对于非虚构诗学资料的存在方式的认知,必须立足我们自己的文化和文论传统,唯有不断调整我们的视野,才能慧眼识珠、艺海拾贝。

(一)

首先,分布类别。

中国古代注重图书分类,可以帮助我们明确查找资料的范围。“七略法”即辑略、六艺略、诸子略、诗赋略、兵书略、术数略、方技略,据有关资料记载,相传是刘歆所创立,并见于《汉书·艺文志》的分类方法,现在已经亡佚。流传开来影响最大的则是“经、史、子、集”的分类方法,隋代就将图书明确分为

“经、史、子、集”四部，唐朝魏征主持编纂的《隋书·经籍志》就是按照这种分类来编撰的，此后从唐代到清代一直沿用这种分类方法，乾隆年间修编《四库全书》，就是以“经、史、子、集”为四大类往下再分若干子目录的。

所谓经，是指儒家经典，具体而言是儒家的“十三经”及其注疏，在中国传统文化中奉为经典的“六经”或者说“六书”，经过历代的不断传承和阐释，其意义不断增嬗。在中国古代有“文源五经”的说法，这让我们看到中国古人面对前人著述时所秉持的继承、对话的态度，比如扬雄在《法言·吾子》中鲜明地指出，“舍五经而济乎道者，末矣。”[①]班固在《汉书·扬雄传赞》中赞赏扬雄这种态度，“以为经莫大于《易》，故作《太玄》；传莫大于《论语》，作《法言》”[②]。后世历代文论也都将文体溯源，不少都归结到了五经。刘勰《文心雕龙》有《原道》《宗经》《征圣》篇，告诉我们的是，古人的文学观念是不能与经书剥离开来的。当然，这里所说的文学不是纯文学的，其间包含大量非虚构诗学思想。

所谓史，就是指史书类著作，包括官方的二十四史、通鉴、纪年史等，总计十三类，《四库全书》把历史著作分为正史、编年、纪事本末、别史、杂史、诏令奏议、传记、史钞、载记、时令、地理、职官、经书、目录、史评十五类。文史一家、文史同源是中国文论的传统，对于历史的阐释是理解汉语语境中的“文”的含义的重要方面，史传文学纳入到了文学的范畴，超出了虚构的范围。西方文论也是从文学与历史的关系展开的，通过中西比较，可以去发现中国非虚构诗学的独到之处。

所谓子，是指先秦诸子百家及佛家、道家的书籍，儒家的作品被纳入到了经。班固《汉书·艺文志·诸子略》中的诸子共189家。《四库全书总目》将“子书”分为儒家、兵家、法家、农家、医家、小说家、释家、道家等14类。从中国历史来看，产生持久、深入影响的主要是儒家、道家等思想流派。儒家、道家

---

① （汉）扬雄：《法言》，载《诸子集成》第7册，李轨注，上海书店出版社1986年版，第5页。

② （汉）班固：《汉书》，中华书局1998年版，第1176页。

在先秦社会动荡时期，提出了诸多解决社会问题、人生问题的主张，在中国以致周边国家都产生了巨大的影响。诸子的论述密切结合现实，四处游说，为了扩大影响力，十分注重“文”的因素，形成的著作不少是影响中国非虚构文论生成的经典之作。

所谓集，一般是指个人文集等，我们现在所说的很多文学作品一般是包括在这里头，主要分楚辞、别集、总集、诗文评、词曲五类，包含《楚辞》《昭明文选》《文心雕龙》等，集中除了海量的文学文本，还有大量诗文评类文献，为文学批评提供了理论、方法及范例。这些在我们以前的文论史中大都涉猎，为中国古代批评史、文论史高度关注。需要注意的是，集中虽然富含非虚构诗学的元素，但是有关小说、戏曲、诗歌、散文的论述中，也有不少有关虚构的文论，因此需要通过辨析才能将非虚构文论剥离出来。

由此可见，对于非虚构诗学资料的收集整理，经、史、子是亟待开采的新的宝藏。这一开拓，同时也是在催生一种新的判断，彰显出鲜明的特征，关键在于事实和判断之间如何保持相互支持、相互印证，做到观点和材料的协调一致。如何在经史子集的知识学谱系与中国非虚构诗学之阐释学理论的深度关联的基础上，重新清理其基本形态，需要破旧立新的智慧。唯有这样，非虚构诗学资料整理才会从故纸堆里走出来，显现出特有的生机和活力，才能为话语体系的建构奠定厚实的根基。

（二）

其次，表达形式。

中国非虚构文论的表达文体有较为典型的论说文形式，这种表达形式有理有据逻辑性强，符合当今时代的学理论述方式，让人们容易理解和接受，自然也能得到特别的关注。比如《文心雕龙》，这是我国古代最著名的一部文学理论著作，从各个角度系统论述了有关文学文体、创作和鉴赏的问题，不少就是关于非虚构的理论阐述。

但是,中国古代文论中也不乏文学文体的表达方式,往往容易为今天的学者所忽略。在诗歌、赋、骈文等文体中,常常通过形象生动的形式表达出文论思想,虽然缺乏理论著作的严谨,但是增添了理论的生机和活力。汉代赋论中蕴含丰富的非虚构思想,后文将作具体分析,其中有不少涉及阔大雄奇的景象,用“雄浑”这一理论范畴来概括比较恰当。唐代诗人司空图编撰的《二十四诗品》,就是由二十四首四言诗组成的阐述中国古代诗歌理论的著作,第一首“雄浑”就是这样阐述的:“大用外腓,真体内充。反虚入浑,积健为雄。具备万物,横绝太空。荒荒油云,寥寥长风。超以象外,得其环中。持之匪强,来之无穷。”这里运用大量的比兴手法,构筑起生动的意象,句式工稳又音韵和谐,形象地揭示出“雄浑”的美学意蕴。这些表达方式的资料都应该纳入到非虚构诗学的视野。

除了有着文学文体的表达方式之外,中国古代文论还包含大量的书信、序跋、笔记等应用性文体,这些也不是很符合当今文论的表达方式,但是也能传达出非虚构的诗学思想。比如《与元九书》就是白居易写给元稹的一篇书信体文章,白居易在总结创作经验时,特别谈到文学创作与现实的密切关系,从非虚构的层面提出了“文章合为时而著,歌诗合为事而作”这一重要的命题。可见,唯有关注不拘一格的表达形式,才能获取有价值意义的非虚构诗学的资料。

(三)

最后,著述形态。

首先,中国古代文论中体系严整的著述与西方的话语体系较为接近,符合著作的标准,自然不容忽视。中国非虚构诗学有像《文心雕龙》那样“体大虑周”的文本,其中不乏关于非虚构的论述。中国古代很多的文学选本,往往会在前言部分阐明选文的标准等,其实就是文学观念的呈现,属于论述较为透彻的专论。但是,在中国古代符合著作体系的文论并不多见。与体系严整的现代文学理论著作相比，胡适就认为中国古代真正的文学理论“著作”乏善可陈，他说：“这两千年中只有七八部精心结构，可以称做‘著作’的书，——如《文心雕龙》，《史通》，《文史通义》等，——其余的只是结集，只是语录，只是稿本，但不是著作。”①茅盾也认为，中国古代的文学批评缺乏客观性、思辨性，提出：“中国一向没有正式的什么文学批评论；有的几部古书如《诗品》、《文心雕龙》之类，其实不是文学批评论，只是诗赋、词赞……等等文体的主观的定义罢了。所以我们现在讲文学批评，无非是把西洋的学说搬过来，向民众宣传。”②其实，我们仔细甄别，中国著述体系的模糊性、整体性、感悟性，与西方文论的精确性、系统性、科学性还是不同的，大量的非虚构文献就是这种形态，不能够运用西方标准将之裁减掉。

其次，还有大量不成体系的片言只语，往往是篇幅短小，随感而发。如诸子的论说、笔记、话体（诗话、词话、文话、曲话、赋话），这些著述形态在中国古代是高度发展的、成熟的，是中国古人讨论文学、谈论人生甚至议论社会现象的重要途径，也具有鲜明的非虚构特征。比如诗话，在中国有悠久的历史，且数量众多，对于了解中国文论的状况非常重要。先秦时期就已经具备雏形，就已经将大量关于非虚构的论述囊括其中，清代著名的诗话研究专家何文焕在《历代诗话》的序言中指出：“诗话于何昉乎？赓歌纪于《虞书》，六义详于古序，孔孟论言，别申远旨，《春秋》赋答，都属断章。三代尚已！汉魏而降，作者渐多，遂成一家言。洵是骚人之利器，艺苑之轮扁也。以《虞书》之纪‘赓歌’，《诗大序》之详‘六义’、孔孟论文艺之片言只语为论据，认为诗话之体始于三代。”③

将孔子、孟子的论言以及《春秋》赋答都归于“诗话”，值得注意的是，这里

① 胡适：《五十年来中国之文学》，载《胡适文集》第3卷，北京大学出版社1998年版，第228页。

② 茅盾：《“文学批评”管见一》，载《茅盾全集》第18卷，人民文学出版社1989年版，第254页。

③ （清）何文焕辑：《历代诗话》，中华书局1981年版，序言。

的诗不是今天所说的纯文学范畴的诗，其间包含大量的非虚构诗学的论述，比如孔子的“兴观群怨”说就是如此，“兴”的非虚构思想在前面已经专节论述过。清人姜曾在《三家诗话序》中亦云：“或谓自钟嵘《诗品》而后，诗话充栋，大都妄下雌黄，无裨诗教。然观吴札观乐，不废美讥；子夏序《诗》，并论哀乐，即诗话之滥觞也。”[①]历代诗话偏重记录“诗人逸事”，也习惯“论诗及事”，即以纪事为主。比如欧阳修《六一诗话》中的很多记述，就可以与诗歌本事对应起来。可见，这些资料对于了解诗歌创作与现实、与作家身世的联系，是非常重要的线索。再比如词话。王济民认为：“现在看到的最早的词话是南宋杨湜的《古今词话》。它主要记载五代以来一些词人的作词事迹及词作。”[②]此后，还出现了元代《吴礼部词话》、明代《渚山堂词话》、清代《人间词话》等词话著作。文话后来发展起来，与诗话、词话并列，清人李元度着手整理《古文话》，目的在于“凡论诗、论四六者皆当勾而出之，专以论古文为主”[③]。该书从宗经、考史、征子、衡集、辨体、问涂、辑评、操选、纠谬、摭谈等十个方面切入对古文的论述、分析，其间包含大量非虚构诗学史料，显而易见。

除此之外，还有大量经典注释和评点，在形态上颇具民族特色。注释和评点是对已经出现的作品的一种阐释和评价，具有较强的理论性，非虚构诗学同样需要高度关注。儒家十三经、《道德经》《庄子》等的注释，就是古代非虚构文论的常见形态。比如《左传》，历代评点者通过分析左氏行文中的虚实之妙，既展现了《左传》作者高妙的行文技巧，也揭示了这些思想方法在古文创作中的普遍规律，对丰富我国传统文论、构建富有民族特色的非虚构诗学体系，具有重要意义。评点也是一种富有中国特色的文学批评样式和文论形态，在黄霖先生看来：“其渊源可上溯到秦汉的经史之学。如《易》之有系辞、说卦，《诗》之有《毛传》、《郑笺》，乃至司马迁的‘太史公曰’，《楚辞章句》每篇

---

① 郭绍虞、富寿荪：《清诗话续编》第4册，上海古籍出版社1983年版，第1919页。

② 王济民编著：《中国古代文论陈述》，华中师范大学出版社2002年版，第121页。

③ （清）李元度：《天岳山馆文钞》卷26，岳麓书社2009年版，第563—564页。

前的小序等等,均可视之为评点的滥觞。以后再加上看书时根据自己的体悟而略作‘钩识’、‘朱墨别异’、‘丹铅点勘’等,就形成了一套有圈点、有批语的评点模式,并逐步完善化。宋中叶以后,始有刻本。至明代,由于社会经济的发展,板刻事业的进步,作者、读者、出版商从各自的立场上分别认识到评点的价值,于是刊刻评点文学作品之风大盛。正是在文学评点繁盛的基础上,产生了一些有别于一个个评家单独批点的‘集评’、‘评林’、‘合评’类作品。”①

这些评点影响深远,其间包含丰富的非虚构文论思想,迫切需要加以系统整理。

其次,历代非虚构诗学资料如何甄别?

不同学科关于非虚构诗学资料汇聚起来,对于重要的内容要进行地毯式搜查,尽可能多占有,这只是资料整理的第一步。需要更进一步做的是去伪存真、去粗存精。中国诗学中有关于虚构的,也有属于非虚构的,与之相应的是,各种文学观念在不同的时段也是并存的,不可以偏概全,将中国诗学资料统统纳入到非虚构诗学的范畴。中国非虚构诗学本身混杂存在于各种文献中,相关的非虚构的资料汇集起来数量庞大,可谓浩如烟海,选取具有代表性的资料作为考察的对象,对于阐释中国非虚构诗学才有建构的意义。

前面说过,非虚构这一说法源于海外汉学家,最初是用来概括中国诗学和文学的特点的,用来区别西方文论和文学。宇文所安提出中国文学非虚构的传统,在《中国传统诗歌与诗学》一书中,对中国古代文论中除了进行历时性研究之外,还以一种跨文化的视野,从哲学范式的高度进行中西方对比论证,对于中国的文学观念进行了解析。在他看来:“在中国文学传统中,一首诗通常被认为是非虚构的:诗的陈述被认为是完全真实的。诗歌的意义并不是通

① 黄霖:《中国文学名著汇评本的价值》,《复旦大学学报》2012 年第 2 期。

过隐喻来发现的，在隐喻中文本中的字词会指向‘言外之意’。相反，经验世界组成了诗歌，而诗歌让事件显现。”①

宇文所安的这一观点具有广泛的代表性，译介到中国文学理论界，形成了学术争鸣的热点。应该说，这些阐述具有一定的启发意义，然而这一说法，实则是过分强调非虚构的意义，将中国文学和文论全部纳入到非虚构的范畴，有矫枉过正之嫌，其实就是不加辨析的“混装”，立足这样基础之上的理论建构，受到质疑在所难免。

以唐代诗歌和诗学为例，可以看出中国文论中关于虚构与非虚构的驳杂特点。既有杜甫、白居易那样忧国忧民直面现实问题的诗人，也有李白、李贺那样放浪形骸不拘一格直抒胸臆的诗人，还有王维那样皈依佛教寄情山水追逐自我的诗人，创作风格的迥异为诗学的多元发展奠定了基础。前面谈到白居易的《与元九书》，提出文学应该及时地反映社会现象、参与社会现实，继承“风”“雅”的特点，美刺、讽喻、变风、变雅，不仅是为了表达美刺比兴诗旨，更重要的是借此实现其身居庙堂的“兼济之志”，提出“救济人病，裨补时阙”，认为文学应积极地干预生活，所以他强调“多询时务”，即关心时事或现实人生。在这篇文章中提出了最具纲领性创作宗旨：“文章合为时而著，歌诗合为事而作”，成为白居易贴近现实的文学观点的集中体现。司空图早年仕途顺利，担任过中侍御史、礼部员外郎、中书舍人等职，适值唐朝末年战乱不止，加之自己后来宦海几度沉浮，逐渐放弃了儒家的入世思想，开始逃避现实，辞官返乡后隐居在河中中条山王官谷，追求一种放弃社会现实关怀而寻找内心怡然自乐的境界。其诗学著作《二十四诗品》中不少范畴就是侧重于化实为虚，比如“清奇”：“娟娟群松，下有漪流。晴雪满竹，隔溪渔舟。可人如玉，步屧寻幽。载瞻载止，空碧悠悠。神出古异，淡不可收。如月之曙，如气之秋。”一个“神出古异”的“如玉可人”出现，使整个的意境蒙上了一层淡淡的神秘的面纱，描

① Stephen Owen, *Traditional Chinese Poetry and Poetics*, Madison: University of Wisconsin Press, 1985, p.34.

摹出超玄之态,出世之致,呈现出一种秀朗如玉的风神,清淡如月的神韵。这一理论阐述则是王维这类诗人创作的理论总结。李白则代表了中国诗人追求自由、驰骋想象的浪漫主义风格,具有超现实的意味,虚构的意味非常明显。贺知章见到李白《蜀道难》,惊叹道:"子,谪仙人也!"[①]由于贺知章的赞叹,李白"谪仙人"称号,开始广为流传。杜甫在《寄李十二白二十韵》中,也提到了李白的这个称号,"昔年有狂客,号尔谪仙人。笔落惊风雨,诗成泣鬼神"[②]。从这些评价中就可以看出,具有仙风道骨的李白,与杜甫、白居易具有完全不同的风格特点,围绕着他们的论述,不能以虚构或者非虚构一概而论。

其实,中国文论对于唐代文学创作有非常细致的分辨,清人王士禛辨析了唐人的众多诗歌创作风格,认为:

> 尝戏论唐人诗:王维,佛语;孟浩然,菩萨语;刘昚虚、韦应物,祖师语;柳宗元,声闻辟支语;李白、常建,飞仙语;杜甫,圣语;陈子昂,真灵语;张九龄,典午名士语;岑参,剑仙语;韩愈,英雄语;李贺,才鬼语;卢仝,巫觋语;李商隐、韩偓,儿女语;苏轼有菩萨语,有剑仙语,有英雄语。独不能作佛语、圣语耳。[③]

当然,这些论述显得有些琐细、繁复,不一定科学、恰当。我们在此只是想表达的是,中国传统的文学和文学观念是复杂的,交织在一起的,对于中国非虚构诗学资料的收集整理,需要一双慧眼,认真加以分辨。

二

"论"为纲领。

中国非虚构诗学发展史,绝对不是将相关的中国非虚构资料积聚在一起,

---

① (宋)欧阳修:《新唐书·文艺中·李白传》,载《二十五史》第六册,上海古籍出版社、上海书店1986年版,第615页。

② 萧涤非:《杜甫全集校注》,人民文学出版社2014年版,第2614页。

③ (清)王士禛:《居易录》卷五,文渊阁四库全书本。

按照时间顺序进行简单的“编年式”汇编，就算已经大功告成。因为仅仅停留在资料的收集罗列层面，并不可能显现出清晰的脉络。需要进一步探究的是，按照非虚构诗学发展的规律找准关键点，进行分类梳理，达到揭示其内在脉络的目的。也就是说，发展线索的梳理不仅仅只是资料的堆积，历史风貌必须是在事实为根据的基础上形成，珠子要有一根红线来串联起来。这一根红线就是“论”，彰显内在的结构特点，便于掌握非虚构诗学发展的特征。

史论离不开纵向的比较。中国非虚构诗学是古人对于文学的认识，这种观念发生在一定的历史时空中。随着时空的变换，这种观念自然不是一成不变的，同样也会不断革新，形成一个个标志性的节点。从长时段的角度来看，这种标志性的节点就是在扩大对于传统的非虚构诗学观念的理解，真正显示出中国非虚构诗学观念的“通古今之变”。

关于“通”，郭绍虞先生十分看重，认为理想的学术境界在于“通”，具体包括三个层面上的“通”：

> 一是文辞上的通，文法有不顺，语词有未当，这是不通。一是知识上的通，知其一不知其二，明其正不明其变，这是不通。又一是思想上的通，以今日之我反对昔日之我，矛盾自陷，漫无准的，这也是不通。唐人之学重在文辞上的通……汉人之学重在知识上的通……宋人之学重在思想上的通，所以以为要贯通万事而无碍。这是思想上的一种进步。文学批评家的思想，也必须如此有中心、成体系，然后才可以论述，而此种情形，在南宋以后始见发展。①

中国非虚构诗学思想的“通”，就是要运用“长时段”的学术视野，去考察个体的诗学资料，包括文字疏通和意义表达，然后，推断出它在非虚构诗学思想史建构的链条上增加了什么环节。

以经书的阐释为例，前面谈过经书是中国非虚构诗学的重要学术资源，白

① 郭绍虞：《中国文学批评史》下册，商务印书馆2010年版，第3—4页。

居易在《与元九书》中说:“夫文,尚矣,三才各有文。天之文三光首之;地之文五材首之;人之文《六经》首之。就《六经》言,《诗》又首之。何者? 圣人感人心而天下和平。”作为中国“文”的一个重要渊源,在不同的时代则有不同的阐释侧重点,形成了不同的意义指向。在汉代独尊儒学,训诂章句成为潮流,成为汉学一大特色;在唐代从文辞格律等方面阐释,注重文字推敲,形成唐代独到的文学认识;宋代注重发掘其义理和道学,儒家礼法、伦理为核心,但是因为融入了佛道思想,由此彰显出宋学独有的特点;明清以来“六经皆史”之说,则不绝如缕,形成了从历史的层面来阐释经书的新格局,明宋濂、王守仁诸家,王世贞以后,又有明李贽的《经史相为表里说》,清袁枚在《随园随笔》也提出“六经自有史耳”,清代章学诚在《文史通义 · 内篇 · 易教上》也提出:“六经皆史也。”他认为六经就是夏、商、周典章政教的历史记录而已，并非圣人为垂教立言而作,他提出“六经皆史”“六经皆器”等命题,反对“离器言道”。近人龚自珍、章炳麟等亦倡此说。① 正是因为不同的历史阶段对于经的特征不同层面的显现,才真正展现了其历时性的发展脉络。

“史论”除了纵向的比较之外,还可以进一步通过横向的比较,来彰显中国非虚构文论话语的民族特征。人类社会的各个阶段,每个民族都有自己独特的文化,在这个大花园中,各个民族就是一朵朵奇葩,争奇斗艳,异彩纷呈。

比如,中西文论中都十分重视“人”的发现,都主张打通文学与人学的通道,为文学阐释找到重要支点,但是,旨趣却不完全相同。中国文化和文论在先秦时期就开始把追求理想人格、修身养性置于文学思想之上,钱锺书认为,中国古代传统的文学批评的特点就是“把文章统盘的人化或生命化”,形成的是中国传统文化所强调的“文如其人”观念。② 中国文论中的“人”是置身于现实关系网络的人,是社会关系的体现,非虚构诗学阐释需要与中国人的精神、生命等文化意识结合起来考察。因此,中国文论中的“修辞立其诚”“文质

① 参见(清)龚自珍《古史钩沉论二》、章炳麟《国故论衡 · 原经》。

② 钱锺书:《中国固有的文学批评的一个特点》,《文学杂志》1937 年第 4 期。

彬彬”“思无邪”“知人论世”“知言养气”“文德说”“文气说”“疾虚妄说”“情采说”“风骨说”“文如其人”“诗品出于人品”等，其中包含的非虚构内涵，都应该是这种文化折射出的意蕴。而与西方主张的“天才论”有着明显的区别，在古希腊时期，就认为诗歌的创作是因为诗人“得到灵感，有神力凭附着”。[①] 作家在创作时的“灵感”，古希腊文的原意为“神的气息”，也就是说，人上升到神的高度才能创作出作品。柏拉图在《文艺对话录》的《伊安》篇中直接说：“不得到灵感，不失去平常理智而陷入迷狂，就没有能力创造，就不能做诗或代神说话。”[②]“天才”创作时心理状态的神秘特点显露了出来，具有超越现实的虚构意味。“天才说”经过贺拉斯、阿奎拉、朗吉努斯、康德、歌德、尼采、叔本华等西方美学家不断发挥，成为西方文论中的人学的底色。可见，在与西方文论的比较中，人学意义更加彰显出中国非虚构诗学特征。

再比如，关于“现实”的意义，在中西文论中也是呈现出不同的意义指向。中国文论中，尽管也一定程度上接受虚构的创作方法，但是，更为注重把握虚构的限度，十分强调现实的地位，将之作为文学创作之源来看待，相较而言，虚构就只是看作文学创作具体手段。这一点尤其体现在大量的非虚构文论上。相反，西方文论家也承认现实在创作中的作用，但是却认为超越了现实，到达了虚构的境界才可以说是文学的境界，将超越现实的虚构与文学的根本特性挂钩。古希腊时期的模仿说成了虚构理论的源头活水。模仿在现代西方文论中被置换成虚构以后，与现实对立的特征被推到了极致，成为阐述文学本质的关键词。其次，中西文论关于现实的另一个重要差别在于二者的理论渊源不同。中国古代文论中的虚构，是依附于对现实的再现的，是更好地再现现实的技术手段。在西方，对虚构的解释，触及的是关于现实、存在的问题，是运用主观、客观、唯心、唯物等概念来言说的，从根本上说是哲学思想的反映。将虚构

① ［古希腊］柏拉图：《柏拉图文艺对话集》，朱光潜译，人民文学出版社 1963 年版，第 8 页。
② ［古希腊］柏拉图：《柏拉图文艺对话集》，朱光潜译，人民文学出版社 1963 年版，第 8 页。

与现实严格区别开来，作为二元对立的两极，源于西方人把世界视为实体的传统认知模式。

最后，需要说明的是，“史”“论”不是分离的，而是紧密结合在一起的。按照皮亚杰的发生认识论，必须从历史或历史批判中获得认识的高度、广度和深度。也就是说，在掌握大量史料的基础上，具体描述其发展历程，科学地归纳和总结各个历史时期的独有特征。一般意义上来说，“史”“论”被看作是考察历史发展的基本技能和技巧，“史”“论”结合从哲学思维的高度来看，则属于方法论问题，是解决历史复杂问题的最佳方式，是阐释历史重要问题的理性表达，是彰显历史思维品质的集中呈现。

关于中国非虚构诗学历史发展文献梳理，就是要通过“史实”形成“史识”，符合“史论”的要求，寻求中国非虚构诗学内在的关联，突出发展的规律。具体而言，就是要使得中国非虚构诗学的面目清晰起来，形成史料和史识的结合。主体的介入是必然的，带着关于非虚构诗学的问题意识有目的地去搜索资料，通过资料的获取不断修正和延伸，相互征服形成逻辑自洽，史述中力求观点鲜明，论述有据，以非虚构特征统领材料，发现非虚构的内在规律，进行整体性把握。概而言之，“史”与“论”达到水乳交融的状态，对于中国非虚构诗学的历史发展的把握，才能到达通透、澄明的境界。

第二节　“辨体”：问题与方法

中国文论中的文体观意义是多维的，文体不仅是文学体式的标识，更是文学观念的载体。王蒙先生为童庆炳先生主编的《文体学丛书》作序时指出：“归根结底，文学观念的变迁表现为文体的变迁，文体是文学最为直观的表现。”①的确如此，我们常常说“一代有一代文学”，主要针对的就是文体的变

① 王蒙：《〈文体学丛书〉序言》，载童庆炳：《文体与文体的创造》，云南人民出版社 1994 年版，“序言”第 1 页。

迁。就非虚构文学而言，也是一个不断发展的过程，因此在每个历史时期都有不一样的文体，对于这样一些具体文体进行深入的探究，可以帮助我们去把握中国非虚构诗学历史发展的基本特点。

一

首先，文体就是中国文学观念的载体，通过文体考察，来辨析非虚构文学观念。

"辨体"是考察文学观念流变的有效路径，与西方文论不完全一样。西方文学理论将文体看作是文学形式的范畴，大多是从语言的角度去阐释。在中国古代文论中，"文体"指的是"文章整体"。但是，在西方文学理论中，对诗歌、散文、戏剧、小说等文体，只是强调文体与语言形式包括韵律、节奏、结构等的关联，文体与内容缺乏联系。所以，"文体"这个词在中国古代文论和西方文学理论语境中，内涵指向是根本不同的。

中国的文体论是从内容与形式结合的整体观念和视野中去追寻文学的文类特征，比如以"盟""诔""悼亡"等命名的文体，从文体的名称上看，就是与文章的内容相关，更能够显示出非虚构诗学的内在和外在的特点。文章首先就是要辨类定体，这个是为文的根本，然后风格态势便随之形成，形成"文章整体"，文的"体制"是"体"之"制"，"指文章、文体的体式、制度、格式"，①"大体"即体要，是文体内在的质的规定性，这是形成文章风格态势的基础。《文心雕龙·定势》言："夫情致异区，文变殊术，莫不因情立体，即体成势也。势者，乘利而为制也。如机发矢直，涧曲湍回，自然之趣也。圆者规体，其势也自转；方者矩形，其势也自安。文章体势，如斯而已。"②意即依情趣立体，形成体势。辨体的重要性，在历代文论中有不少阐述，在张戒看来："论诗文当以文

① 张利群：《文心雕龙体制论》，广西师范大学出版社2010年版，第4页。

② （南朝梁）刘勰：《文心雕龙义证》，詹锳义证，上海古籍出版社1989年版，第1113—1115页。

体为先，警策为后。”①因为不同文体有不同体式、制度、格式，所以文体成为把握文学特点顺利进入写作状态的关键。中国古代文论中的“才量学文，宜正体制”，“文章以体制为先，精工次之”，②“先体制而后文之工拙”，③“故词人之作也，先看文之大体，随而用心”，④其实一再表达的就是强调文章写作的最大秘诀，就是要将辨体放在优先考量的地位，即作文、论文、立文必先辨体。

由此看来，不能把西方文学理论体系中的“体裁”“风格”等概念，直接与中国古代文论的“文体”对应，两种的内涵是不完全一致的。近20年来文体学成为中国文学研究的显学，吴承学、姚爱斌等学者立足中国古代文论都有非常丰富的研究成果，童庆炳先生专著《文体与文体的创造》，以及李春青、陶东风、王一川等学者共同完成的“文体学”系列研究成果，从多维的层面推进了文体学的研究。童庆炳先生《文体与文体的创造》一书，在中国当代文学理论语境中界定了文体概念，他认为：“文体是指一定的话语秩序所形成的文本体式，它折射出作家、批评家独特的精神结构、体验方式、思维方式和其他社会历史、文化精神。上述文体定义实际上可分为两层来理解，从表层看，文体是作品的语言秩序、语言体式，从里层看，文体负载着社会的文化精神和作家、批评家的个体的人格内涵。”⑤的确如此，文体论成果极大地丰富了诗学思想。文体包含了体裁、风格、语体等，却是一个意义更为丰富的概念。童庆炳先生指出：“文体是一个系统，写作需要体裁，一定的体裁需要使用一定的语体，某种语体在一个作家的笔下到达成熟或极致，这就是文体了。风格不是单纯的语言形式，它折射出人的个性、文化、历史、时代境况。”⑥如果从这样的高度来理解，就切入了文体意义的核心层面。

---

① （宋）张戒：《岁寒堂诗话》上卷，中华书局1985年版，第9页。
② （宋）王应麟：《玉海》第202卷，江苏古籍出版社1987年版，第3692页。
③ （宋）严羽：《沧浪诗话·诗法》，人民文学出版社1983年版，第136页。
④ ［日］遍照金刚：《文镜秘府论汇校汇考》，卢盛江校考，中华书局2006年版，第1464页。
⑤ 童庆炳：《文体与文体的创造》，云南人民出版社1994年版，第1页。
⑥ 童庆炳：《〈文心雕龙〉“体有六义”说》，《湖南社会科学》2014年第4期。

中国传统文论与西方关于文体的理解不同。西方文论中的中国非虚构诗学研究，在研究对象上是存在较大偏差的，仅仅关注有关诗歌、小说、戏剧、散文的文论，而忽略了中国丰富的非虚构诗学资料。如虚构在西方指的就是小说这种文体，后来将纯文学文体划入到文学的范围之内。我们需要重新确立研究对象，这是中国非虚构诗学研究需要突破的地方。李建中认为："中国古代文体学，即中国古代文学理论。一时代有一时代之文体，中国古代文学的发展历史就是文体崇替的历史，中国古代文学理论是在对各个时代的各体文学的批评中建构出来的。"[①]因此，如果把现代文体分类，与中国古代文体简单对应，不仅在研究对象上存在问题，更重要的是在阐释方法上有巨大的缺陷，仅仅看作是语言形式问题，违背了中国非虚构文体的内涵。文体在不断新生与淘汰过程中发展，文体演进是封闭性与开放性、纯洁性与包容性、逻辑性与非逻辑性的统一，它如同一条连续不断的长河，前后古今不是沟、界，而是环环相连的。

当然，中国文论中不乏"诗""文""叙事文体""抒情文体"等概念，仔细推敲会发现，与西方文体论也是不同的，中国文论中的这些文体论不仅关注形式，同时关注内容。比如"文"，既有现代意义上的"美文""虚构散文"，也有大量的"文"是直接指涉内容的，"铭文""墓志铭"这样一些文体从命名上就可以看出内容的指向；"诗"中就有"挽歌""游仙诗"之类文体，也可见出文体内容的意义指向。即使是关注文体形式的，比如音韵、声律等本来是有关语音形式的论述，但是也是与人的生命意识联系起来考察，服从于人文精神的导向，本书第十三章第二节关于"吟诵"这一中国传统独特的诗文审美方式的探讨，对此有详细的阐释。

中国文体论是与生命整体性内在相关的。姚爱斌认为："在中国古代文体论视野中，文章不仅具有整体性，而且是一个有生命的整体。在文体论及其

① 李建中：《中国古代文体学的本体论价值》，《中南民族大学学报（人文社会科学版）》2011 年第 5 期。

周围,汇聚了中国古代有关文章生命整体性的最丰富的描述。"①因此,中国文体论的内在意义在于,通过生命意识而获得了与人同在的整体性。中国文体论外在意义在于,古代文体论有独特的言说方式。中国古代文章是以"体"为中心生成并展开的。就其"生成"而言,李建中认为,"古汉语辞源学的'體'、原始儒学的'体要'和先秦易学的'体'与'用'"整合而成。就其"展开"而言,则体现为"'体貌'、'语体'和'体制'等多重层面,创造性地外化为'体悟'、'辨体'和'变体'等多种方法和应用"②。命篇与命体标志着文体观念的发生,是中国文体学的真正起点,奠定了中国古代文体学的最基本的内涵。追溯中国古代文体学之源,可以建构起具有非虚构特征的中国文体学理论谱系。"原始表末""敷理举统",突破文体学研究"论文叙笔""囿别区分"之格局,揭示中国古代文体学理论范畴的本体论价值,从而使既有的文体学研究由"观澜"而"索源",由"振叶"而"寻根"。

其次,"辨"与"变"的关联是对立统一的。

中国古人十分重释"名"的辨析和确定,认为是讨论"理"与"实"的前提。《论语·子路》中记载,子路这样问孔子:"卫君待子而为政,子将奚先?"孔子认为:"必也正名乎?"这是因为:"名不正,则言不顺;言不顺,则事不成;事不成,则礼乐不兴;礼乐不兴,则刑罚不中;刑罚不中,则民无所措手足。"③可见,正名是教化的前提,服从于正礼乐的需要。荀子十分看重礼,在《荀子·正名》中论证了"名"和"实"的关系:"故知者为之分别,制名以指实,上以明贵贱,下以辨同异。贵贱明,同异别,如是则志无不喻之患,事无因废之祸,此所为有名也。"④西晋欧阳建认为:"理得于心,非言不畅;物定于彼,非名不辩。

① 姚爱斌:《论中国古代文体论研究范式的转换》,《文学评论》2006年第6期。

② 李建中:《中国古代文体学的本体论价值》,《中南民族大学学报(人文社会科学版)》2011年第5期。

③ (清)刘宝楠:《论语正义》,中华书局1990年版,第517、521—522页。

④ (清)王先谦:《荀子集解》,中华书局1988年版,第415页。

言不畅志，则无以相接；名不辩物，则鉴识不显。鉴识显而名品殊，言称接而情志畅。原其所以，本其所由，非物有自然之名，理有必定之称也。欲辩其实，则殊其名；欲宣其志，则立其称。名逐物而迁，言因理而变。此犹声发响应，形存影附，不得相与为二矣。”（《艺文类聚》卷十九）也就是说，当心中明白了道理之后，一定用语言进行表达甚至辩论，才能真正明了。而名辩的方法是“原其所以，本其所由”，即追溯事物的源头。“辨”形成了中国学术中历史性考察的一种基本方法，中国古代文体的辨析也是在溯源的过程中进行的，历史地梳理反映出文学观念在不同时代的变迁，起源于何时，在不同时段有什么不同的显现。

中华民族崇尚贯穿古今的整体性，所以将文学的源头追溯到了六经，然后在这个基础上不断演化，通过文体可以看出文学观念的变迁。魏晋时期，将文体的起源归结于“五经”。傅玄就认为，“向才学俗而志中，歆才学通而行邪。《诗》之雅颂，《书》之典谟，文质足以相副。玩之若近，寻之益远，陈之若肆，研之若隐，浩浩乎其文章之渊府也。”（《太平御览》卷五九九）论文溯及传统这一做法一直延续到清代，在文体渊源上，清人章学诚认为战国之文皆来源于六艺：“战国之文，奇邪错出，而裂于道，人知之；其源皆出于六艺，人不知也。后世之文，其体皆备于战国，人不知；其源多出于《诗》教，人愈不知也。知文体备于战国，而始可与论后世之文；知诸家本于六艺，而后可与论战国之文，知战国多出于《诗》教，而后可与论六艺之文；可与论六艺之文，而后可与离文而见道；可与离文而见道，而后可与奉道而折诸家之文也”。对此，他首先从“道”这一哲学高度上进行解释和分析：“战国之文，其源皆出于六艺，何谓也？曰：道体无所不该，六艺足以尽之。诸子之为书，其持之有故而言之成理者，必有得于道体之一端，而后乃能恣肆其说，以成一家之言也。所谓一端者，无非六艺之所该，故推之而皆得其所本；非谓诸子果能服六艺之教，而出辞必衷于是也。”

其中的根本点是“道体无所不该”，而六艺足以尽道，所以战国之文皆来源于六艺。①

文体自觉分类,开始于曹丕的《典论·论文》,经由陆机的《文赋》、刘勰的《文心雕龙》、挚虞的《文章流别论》、萧统的《文选》历代阐释,环环相扣,都十分重视通过文体的辨析,来追溯文学观念的发展历史。

曹丕在《典论·论文》中最早深入思考了文体的类别,提出文体"四科八类",但是也认为文体之间的不同只是相对而言的:"夫文本同而末异。盖奏议宜雅,书论宜理,铭诔尚实,诗赋欲丽。此四科不同,故能之者偏也。唯通才能备其体。"②"本同"是前提,各个文体具有共同的文章特征,"末异"是枝节,是建立在文章的整体性的基础之上的,即源于五经。这是因为曹丕熟稔儒家五经,曹丕本人的著述中也有所反映。如在《典论·自叙》中他就提到,"余是以少诵诗论,及长而备历五经、四部、史汉、诸子百家之言,靡不毕览"③。除了自己具有良好的学养之外,他还下令收集五经群书,编撰类书《皇览》,十分重视传统文化建设。曹丕强调各体文学是在五经基础上不断发展起来的,各文体的差异是相对的,主要还是统摄在"经"中,强化了历史整体性,即"通"。

钟嵘《诗品》在中国文论史上影响很大,被称为历代诗话之祖。他的文体论一大特点就是,详细论述各家之作,追究其源出某人或某体,探究各流派及其影响的渊源,探究诗人和流派的继承和发展的关系。比如五言诗,先对于列入上品和中品的三十六位诗人的创作特色进行了逐一分析,然后再加以溯源,最终溯及《国风》《小雅》和《楚辞》,由此厘清了历代五言诗发展的脉络。《诗品》文体论的这一特点为后代文论多次阐发,如明代谢榛在《四溟诗话》所说:"钟嵘《诗品》,专论源流",胡应麟在《少室山房笔丛·华阳博议上》亦云:"钟嵘之《诗品》,历溯渊源。"这些都说明《诗品》非常重视渊源追寻和原典追踪,文体折射出不同时代的文学观念。

---

① (清)章学诚:《〈文史通义〉校注》,叶瑛校注,中华书局1985年版,第60页。
② 郭绍虞、王文生:《中国历代文论选》第1册,上海古籍出版社1979年版,第158页。
③ 郁沅、张明高:《魏晋南北朝文论选》,人民文学出版社1996年版,第12页。

《文心雕龙》中关于文体源流的论述则要具体、深入得多，从而更具文体学的意义。他说："故论、说、辞、序，则《易》统其首；诏、策、章、奏，则《书》发其源；赋、颂、歌、赞，则《诗》立其本；铭、诔、箴、祝，则《礼》总其端；记、传、盟、檄，则《春秋》为根：论并穷高以树表，极远以启疆，所以百家腾跃，终入环内者也。"（《文心雕龙·宗经》）明确指出后世文体与《五经》的源流关系；又具体到论、说、辞、序、诏、策、章、奏、赋、颂、歌、赞、铭、诔、箴、祝、记、传、盟、檄等二十种文体，指出它们各自与《五经》的渊源关系。童庆炳先生认为："这段话的意思是，论、说、辞、序四种体裁都从《周易》开始；诏、策、章、奏四种体裁，都发端于《尚书》，赋、颂、歌、赞四种体裁则由《诗经》那里开始的；铭、诔、箴、祝这四种体裁，都以《礼记》为发端；记、传、盟、檄四种体裁都以《春秋》为根基：这些经书的内容都极为崇高，为文章树立了榜样，其涉及的范围也极为广阔，为文章的发展，开辟了无限的疆域。"[①]对此，胡大雷更是形象地指出，"各种文体以'经'为源头，刘勰因此建立起'经'与各种文体的血缘关系，'经'处于文体谱系的顶端"[②]。因此，在这个基础上产生新的文体，也是有"血缘"关系的。《文心雕龙·明诗》关于"诗"的分析，就是注重源流的："至于三六杂言，则出自篇什；离合之发，则萌于图谶；回文所兴，则道原为始；联句共韵，则《柏梁》馀制；巨细或殊，情理同致，总归诗囿，故不繁云。"[③]《文心雕龙·诏策》详述了"命"这一文体在先秦的发生、在秦汉的发展过程，"诰命动民，若天下之有风矣。降及七国，并称曰命。命者，使也。秦并天下，改命曰制。汉初定仪则，则命有四品：一曰策书，二曰制书，三曰诏书，四曰戒敕。敕戒州部，诏诰百官，制施赦命，策封王侯。策者，简也。制者，裁也。诏者，告也。敕者，正也"[④]。这都让我们看到了，中国古代文体生生不息的发展轨迹。

---

① 童庆炳：《〈文心雕龙〉"体有六义"说》，《湖南社会科学》2014 年第 4 期。

② 胡大雷：《〈文心雕龙〉文体谱系论》，《中北大学学报（社会科学版）》2018 年第 3 期。

③ （南朝梁）刘勰：《文心雕龙义证》，詹锳义证，上海古籍出版社 1989 年版，第 215 页。

④ （南朝梁）刘勰：《文心雕龙义证》，詹锳义证，上海古籍出版社 1989 年版，第 826 页。

此时北朝文学批评家颜之推，也曾提出文源《五经》之说，其《颜氏家训·文章》中有曰："夫文章者，原出《五经》：诏命策檄，生于《书》者也；序述论议，生于《易》者也；歌咏赋颂，生于《诗》者也；祭祀哀诔，生于《礼》者也；书奏箴铭，生于《春秋》者也。"①刘勰认为檄源出于《春秋》，而颜之推则认为这种文体源出于《书》；刘勰认为章、奏二体源出于《书》，而颜之推则认为源于《春秋》。虽然在这些具体的判断上，存在不同的意见，但是在方法上注重追根溯源，则是共同遵循的准则。

挚虞的《文章流别论》论述的文体包括颂、赋、诗、七、箴、铭、诔、哀辞、哀策、对问、碑铭诸文类，从其书名就可以知道旨在说明各文体的性质和源流。论述作家作品之传承渊源是一大特色，以四言诗为例："《书》云诗言志，歌永言，言其志谓之诗，古有采诗之官，王者以知得失。诗之流也，有三言、四言、五言、六言、七言、九言。古诗率以四言为体，而时有一句两句，杂在四言之间，后世演之，遂以为篇。古诗之三言者，'振振鹭，鹭于飞'之属是也；五言者，'谁谓鼠无角，何以穿我屋'之属是也；六言者，'我姑酌彼金罍'之属是也；七言者，'交交黄鸟止于桑'之属是也；九言者，'泂酌彼行潦，挹彼注兹'之属是也。夫诗虽以情志为本，而以成声为节，然则雅音之韵，四言为正，其余虽备曲折之体，而非音之正也。"（《艺文类聚》卷五十六）准确指出了四言诗"为体"的正宗地位，同时指出五言、七言、三言、六言、杂言等，其他都是由其演化而来，配以诗句加以说明，非常清晰地梳理出了四言诗的发展状况。

由此可见，文体学的层面上，在某一个时期会更加凸显其特色，本身就是一个不断积淀和发展的过程。钱锺书就曾说过："夫文体递变，非必如物体之有新陈代谢，后继则须前仆。"②文体具有历史的承传，在不同的时代会有不同的凸显，实际上负载着文学观念历史变迁中大量的文化信息。

---

① 郁沅、张明高：《魏晋南北朝文论选》，人民文学出版社1999年版，第434页。

② 钱锺书：《谈艺录》，中华书局1984年版，第27页。

二

非虚构与历代文体分类的标准。关于非虚构与历代文体分类的标准，主要表现在功用性、议论性、古雅性这几个方面，下面分别论述。

（一）

首先，功用性。

西方文论在论述纯文学文体的时候，强调的是非功用性，将之看作是区分文学与非文学的根本标志。正如杰罗姆·斯托尔尼兹所说："除非我们能理解'无利害性'这个概念，否则我们无法理解现代美学理论。"①所谓"审美无利害性"，是以强调审美的自律为核心要素的，而与现实或者说功用划开了边界，作为对审美经验本质的一种认同。用是否具有功用性这一标准，将审美与其他活动区分开来。

而回到汉语语境中，文体价值分类的功用标准反映出对于文体的理性认识，文体尊卑、高下与现实功用有密切关系，历代用来描述文体的性质与功能。在文体中体现出来的是中国人的文化思维，古代文体功能的特殊性及其影响表现在与古代礼仪文化制度的关系。郗文倩认为："这些要求既是出于内容表达的需要，但更是出于'得体'、'合礼'的礼仪性需求，故特定言辞与特定情境当中的特定功能行为之间就形成一一对应关系，古代早期文体如颂、诰、命、誓、祝、诅、谥、诔等都属于这种情况。"②可见，得体和礼是中国古代文体的根本要求，不是出于西方的虚构的要求，因此才有如此复杂的非虚构文体。

汉代蔡邕在《独断》中认为，"章、奏、表、驳议"从文体功能上归类为"群臣

---

① ［美］杰罗姆·斯托尔尼兹：《"审美无利害性"的起源》，思羽译，载《美学译文》（3），中国社会科学出版社1984年版，第17页。

② 郗文倩：《中国古代文体功能研究论纲》，《福建师范大学学报（哲学社会科学版）》2010年第6期。

上书与天子者”①,是应用性很强的文体。曹丕按照“先笔后文”的排序论述文体,这种次序本身就是当时文学观念的折射。实用性最强的奏议,被认为是“无韵之笔”,被优先论述。而诗赋等“有韵之文”,更加注重语言形式的美,和今天说的“纯文学”差不多,更多是表达个人的情感价值,因此排在后面。也就是说,与政治、礼乐制度关系更密切的文体在古人的认识中,其价值是高于表达个人情感的文体,哪怕在今天看来,后者的文学性更强,可见与西方理念不同,中国古代文体的现实功用的价值显示出中国非虚构文体的特点。诏、令、章、表、奏议、移、檄等行政文体,诗、赋、颂、赞、祝、盟、碑、铭、诔、哀、吊、墓志等与礼乐制度关系密切的文体,在中国古代具有更重要的意义。正是在实用性、教化性意义上,曹丕才会认为,文章是“经国之大业,不朽之盛事”。

吕祖谦《古文关键》、楼昉《崇古文诀》等也都在强调文体实用性的同时注重“为文之妙”。楼昉还一一列举了文的实用性,认为“书之所载,自立身行己、读书取友、抚世酬物、仕州县、立朝廷,纲条本末,皆有稽据。大要欲学者反躬抑志,循序务本,切近笃实,不累于虚骄,不骛于高远,由成己以至成物,岂特施之童蒙而已哉,虽推之天下国家可也”②。

在真德秀的《文章正宗》和《续文章正宗》等一系列以“正宗”为名的著述中,较为鲜明地阐述了文体的实用性文体。他认为自《昭明文选》至《唐文粹》以来的多种文章选本,注重文采忽略了“致用”“世用”。他说:“夫士之于学,所以穷理而致用也,文虽学之一事,要亦不外乎此。故今所辑,以明义理、切世用为主。其体本乎古,其指近乎经者,然后取焉。否则,辞虽工亦不录。其目凡四:曰辞命,曰议论,曰叙事,曰诗赋。今凡二十余卷云。”③他将“辞命”“议

---

① (汉)蔡邕:《独断》,载王先谦:《释名疏证》引,商务印书馆 1934 年版,第 4 页。

② (宋)楼昉:《(吕氏)童蒙训跋》卷末,《景印文渊阁四库全书》第 698 册,台湾商务印书馆 2008 年版,第 543—544 页。

③ (宋)真德秀:《文章正宗纲目》,《景印文渊阁四库全书》第 1355 册,台湾商务印书馆 2008 年版,第 5 页。

论”“叙事”和“诗赋”四类文章作为文章的主体,也作为学的形式之一,强调“穷理而致用”,将理学融于文学,提出了尚理、弘道、宗经、资治的选文标准。

到了明清时期,小说、戏剧等兴盛起来,但是还是实用性强的文体地位远远高于词、曲、戏剧、小说等。更重要的是,对非实用性文体而言,往往通过强调自身所能够实现的教化等实用功能,而获得存在的价值。清代姚鼐在《古文辞类纂》中,首次以“为用”为标准,将文体分为论辩、序跋、奏议、书说、赠序、诏令、传状、碑志、杂记、箴铭、颂赞、辞赋、哀祭十三类,以“格、律、声、色、神、理、气、味”为基本美学准则,历览前代之文,通过文章的年代、数量等因素,生动展示了古文由杂向纯不断演进的趋势,表现出对于以“为用”为文体类分的标准的重视以及对文体文学性的强调与彰显。

中国古代文体的分类和格式要求,与各个文体的具体的用途对应。由于用途的细化,中国古代对各个文体也有许多详细的功用规定。贾奋然就这样指出:“如章、表、奏、疏之类都是臣下敷奏谏说之辞,‘章’在汉代专用以谢恩,后汉也用之论谏庆贺,唐以后此制亡。‘表’在汉代主要用以陈请,后世则功用扩大,如用以论谏,请劝,进献,庆贺等。‘奏’在汉代用主要以按劾,但也有其他的功能,并衍化了许多新的名目,《文体明辨》在‘奏’的名目下罗列了奏、奏疏、奏对、奏启、奏状、奏札、封事、弹事等八种名目,大体依功用差别而类分。”①

也就是说,这一详细甚至在今天看来非常烦琐的分类,突出的是实用性的差异。

(二)

其次,议论性。

实用性和议论性是密切联系的,前面已经说过,议论在春秋战国时期显现

---

① 贾奋然:《论〈文体明辨序说〉的辨体观》,《首都师范大学学报(社会科学版)》2007 年第 2 期。

出非凡的能量，在百家争鸣的状态，舌战群雄的制胜法宝之一就是议论，直接议论政治就是参政议政，在指点江山时最后通过激扬文字形成经典，极大地促进了非虚构文体的发展和完善。

对于议论性特点论述详细的是《文心雕龙》，刘勰对于“论”和“说”文体有精彩的分析。刘勰认为，“论”体的渊源是先秦诸子散文，并将“论”体分为陈政、释经、辨史、铨文等四类，“详观论体，条流多品：陈政，则与议说合契；释经，则与传注参体；辨史，则与赞评齐行；铨文，则与叙引共纪。故议者宜言；说者说语；传者转师；注者主解；赞者明意；评者平理；序者次事；引者胤辞。八名区分，一揆宗论”。（《文心雕龙·论说》）刘勰认为，“说”体的渊源是进谏、游说之辞。这些议论文字的流传，演变成为“说”体。“论说”之文，就是为了实用，章表、奏启、议对、诏策、檄移诸体，大都陈事说理，务使事实清楚，道理通达。在遵从文体规范的基础上，通过文学的策略，从而达到更好的实用功能。将论说置于史传、诸子之后，可以看出他对于议论性文体的重视。刘勰最为强调的是“论”体的真实性，强调“过悦必伪”，并将之推演为文体的共同要求。

史传记载一代之史实，无论号称如何实录、客观，总是带有史家的意见、议论。何况史书尚有序赞，往往以议论的形式出现，如“研夫孟荀所述，理懿而辞雅；管晏属篇，事核而言练。列御寇之书，气伟而采奇；邹子之说，心奢而辞壮。墨翟随巢，意显而语质；尸佼尉缭，术通而文钝。鹖冠绵绵，亟发深言；鬼谷眇眇，每环奥义。情辨以泽，文子擅其能；辞约而精，尹文得其要。慎到析密理之巧；韩非著博喻之富；吕氏鉴远而体周，淮南泛采而文丽：斯则得百氏之华采，而辞气之大略也”（《文心雕龙·诸子》）。可见，先秦诸子的文章，被刘勰高度评价就在于论事议理，在于非虚构。

到了唐宋时期，统治者将“论”作为科举考试的科目后，从国家体制的层面提升了论体文的地位，在社会中产生了示范效应，促进了议论文的进一步普及和发展。后代文论对于文体的议论性做了进一步的发挥。宋代真德秀在《文章正宗》中，将文章分为“辞命”“议论”“叙事”“诗赋”四大类，在“议论”

部分选入了对策、奏疏、史传论赞、赠序、书信等文体，这样说道：

“按议论之文，初无定体。都俞吁咈，发于君臣会聚之间；语言问答，见于师友切磋之际，与凡秉笔而书，缔思而作者，皆是也。大抵以《六经》《语》《孟》为祖，而《书》之《大禹》《皋陶》《益稷》……则正告君之体，学者所当取法。然圣贤大训，不当与后之作者同录，今独取《春秋内外传》所载谏诤论说之辞，先汉以后诸臣所上书疏封事之属，以为议论之首。他所纂述，或发明义理，或敷析治道，或褒贬人物，以次而列焉。书记往来，虽不关大体，而其文卓然为世脍炙者，亦缀其末。学者之议论，一以圣贤为准的，则反正之评，诡道之辩，不得而惑；其文辞之法度，又必本之此编，则华实相副，彬彬乎可观矣。”①

在真德秀看来，“议论之文，初无定体”，“凡秉笔而书，缔思而作者”，“华实相副”都是议论性的文的标准。吕祖谦在《古文关键》卷首的《论作文法》中提出：“有用文字，议论文字是也。”也是充分肯定了文学在社会中的作用。

明清时期，关于文体的议论性有了新的发展。明代吴讷将“史论”与“论”联系起来考察，认为：“一曰史论，乃史臣于传末作论议，以断其人之善恶，若司马迁之论项籍、商鞅是也。二曰论，则学士大夫议论古今时世人物，或评经史之言，正其讹谬，如贾生之论秦过、江统之议徙戎、柳子厚之论守道守官是也。”②徐师曾在《文体明辨序说》中，从刘勰的论述出发开始其思考，认为刘勰的论述“析理亦与议说合契，讽（讽人）寓（寓己意）则与箴解同科，设辞则与问对一致”，因而统合刘勰所论与《文选》之文体，归纳为八类：“一曰理论，二曰政论，三曰经论，四曰史论（有评议、赞述二体），五曰文论，六曰讽论，七曰寓论，八曰设论。”③推进了各类文体的分析。清代姚鼐《古文辞类纂》和吴曾祺《文体刍言》将“论辨”文的起源，追溯到先秦散文。由此看来，议论是非虚

① （宋）真德秀：《文章正宗纲目》，《景印文渊阁四库全书》第1355册，台湾商务印书馆2008年版，第6页。

② （明）吴讷：《文章辨体序说》，人民文学出版社1998年版，第43页。

③ （明）徐师曾：《文体明辨序说》，人民文学出版社1998年版，第131页。

构文体的重要特征。

(三)

最后,古雅性。

文体源于五经,就有回归传统的意思,就是强调文体的内在规定性之一在于以古雅性为上。中国古人在文体上有一以贯之的观念,往往以早期产生的文体为正统,推崇其作为文体的源流,而将后世文体看作对源流文体的继承、发展。

中国以诗文作为正宗,这与其渊源有关。因此,在中国古代,诗、文等更早走向成熟的文体,长期以来处于正宗的位置,在地位上高于词曲、小说等后起的文体。在同一文体内部,也存在这种地位的差异。诗歌中就存在四言高于五言的看法。真德秀在《文章正宗》中,对此有详细论述。辨源流正变,即"正宗云者,以后世文辞之多变,欲学者识其源流之正也。……二书所录果皆得源流之正乎?"这也可以说是其编选宗旨。二是辨古体今体、古诗律诗即"其体本乎古""至偶俪之作兴而去古益远""至律诗出而后诗之古法始皆大变矣""择其近于古者各为一编""律诗虽工,亦不得与焉"。

诗赋相比,诗歌为宗,就在于古,出现更早。班固认为赋是诗的源头,"或曰:赋者,古诗之流也"。皇甫谧、挚虞、刘勰、颜之推、白居易、吴讷、刘熙载等都持类似观点。《文体明辨》中将赋分为四体:古赋、俳赋、文赋、律赋,而以古赋为赋之"正体"。"赋序说"曰:"三国、两晋以及六朝,再变而为俳,唐人又再变而为律,宋人又再变而为文。"①从中可以看到,俳赋、律赋、文赋等等,都是演变中形成的赋体形式。

古雅性与非虚构是联系在一起的。吴承学、何诗海认为:"中国古代文体尊卑观念,体现了传统政治制度和礼乐文化所积淀的审美理想,这就是推崇古

① (明)吴讷:《文章辨体序说》,人民文学出版社1998年版,第101页。

典的、正宗的、高雅的、朴素的、自然的艺术形式。”①刘勰《文心雕龙》强调原道、征圣、宗经的为文宗旨，虽然认为一代有一代文学，但是，非虚构的特点具有向心力作用，制衡着文体的演化，因此，文体的非虚构是绵延不绝的。

文体谱系的发展确定了文论思想的深化路径，对各种文体进行追根溯源，对不同时代文体间的因果关系、相互影响进行论证，寻求的是大体相同的共同特征。这个寻求文体共同性的过程不是目的，文体谱系在方法上不满足于对现有文体的归纳与总结，而是在创新性原则指导下寻求变革，并不主张文体因循守旧一成不变，所以，中国文学文体论不是把一种文体看作死水一潭，而是主张文体谱系的求变求新与一以贯之相辅相成。按照这样的文体谱系，经、史、子、集的文字在先秦时期就已经具备了非虚构的基因，生成了原始意味的“文”以及各种各样的文体。这一基因孵育的文在不断发展，文体在不断演化，昭示着文学的繁荣，尽管形态各异，但是万变不离其宗。当文体创新求异超过一定的限度不被接受时，往往回归到传统的文体寻求支持的能量。中国文学史上出现过多次的文学复古运动，就文体而言，主要就是回归到对于现实的执着描写，从传统中获取能量后再重新前行。如此看来，文体谱系的一以贯之，为建立非虚构文学观念，提供了有效的借鉴。

文体总是从古代找到依据，比如挽歌就是如此。从现存文献看，最早的挽歌作品是三国时期魏国缪袭（熙伯）所作《挽歌》。但是，挽歌最为重要的就是在先前就有规定性，在《诗经》时代就成为人生感悟的一种文体，成为精神的符号形式。这其实是与古近、正变密切相关的问题。

概而言之，在古人看来，古典的、正宗的文体是雅体；后起的、衍变的文体多为浸染。古代的文体对于后世的影响是深远的，以古为雅的这种审美理想，与中国古人经世济用的文学追求，共同构成了中国传统文学的非虚构文化底蕴。

---

① 吴承学、何诗海：《浅谈中国古代文体价值谱系》，《古典文学知识》2013 年第 6 期。

第三节 历代非虚构文体概观

我们下面就来看看中国历代非虚构文体类别情况。

中国传统的文体，除了虚构文体之外，还有大量的非虚构文体，共同形成了中国传统的文体观念。中国传统文论虽然分类标准的科学性和明晰性都存在一定的问题，特别是过于烦琐的分类，更是遭到学术界不少诟病，但是，其分类的情况不同于西方的依据虚构进行的“四分法”，是特别值得我们今天重视的，确立了重新发掘非虚构文体的重要起点。

中国古人从先秦开始就逐渐有了文体意识。《尚书》将文章分为谟、诰、誓、命等类别。按照孔颖达的分类，主要包括这些类别：“一曰典，二曰谟，三曰贡，四曰歌，五曰誓，六曰诰，七曰训，八曰命，九曰征，十曰范。……《禹贡》一篇，贡也。《五子之歌》一篇，歌也。……《胤征》一篇，征也。《洪范》一篇，范也。此各随事而言。”①“典”是一种非虚构的文体，主要是记录先人的事迹和制度，在祭祖仪式中使用。过常宝评论《尚书·典谟》时认为：“所谓‘典’，就是载录先祖功德，所谓册，它在祭祖时被呈上，这就是贡典。”②谟、训、诰、誓、命都以所记述的言辞的类型来分类，朱自清先生说：“平时的号令叫‘诰’，有关军事的叫‘誓’。君告臣的话多称为‘命’；臣告君的话却似乎并无定名，偶然有称为‘谟’的。这些辞有的是当代史官所记，有的是后代史官追记。”③早期这些文体都可以划入非虚构文体中。

东汉蔡邕《独断》一书大多散佚，今存《独断》的许多内容，大都是从《史记》《汉书》《后汉书》《文选注》《艺文类聚》等文献中辑录出来的。主要记的是汉世制度、礼文、车服及诸帝世次，而兼及前代礼乐等，将下行文进一步分

---

① （唐）孔颖达等：《尚书正义》，上海古籍出版社 1997 年版，第 117 页。

② 过常宝：《论〈尚书〉典谟》，《中国文化研究》2009 年第 3 期。

③ 朱自清：《经典常谈》，商务印书馆 2017 年版，第 22 页。

类，归纳为策书、制书、诏书、戒书四类，将上行文也概括为章、奏、表、驳议四类，更为凝练、简洁。古文所论的这些文章，主要是官方场合的实用文体，而不是纯文学文体。

在中国文体理论史上，较早较系统对文体进行分类的是魏晋时期的曹丕，不少论者以他的《典论·论文》为中国文学评论的开山之作。《典论》全书二十篇，内容广泛，不仅仅局限于纯文学，涉及政治、社会、道德、文化等，标举的“经国之大业，不朽之盛事”则昭示出文学要表现出经世济用的魄力和魅力。全本已佚，《自叙》为裴松之注《三国志》引录，《论文》收入《昭明文选》，得以流传后世。在《论文》中，曹丕将“文”分为四科八体，对当时文体作这样的分析，概括出不同的文体特征：“奏、议宜雅，书、论宜理，铭、诔尚实，诗、赋欲丽。”就其特点将这八类形式，归纳为“雅”“理”“实”“丽”四体。曹丕《典论·论文》所归纳的奏、议、书、论、铭、诔、诗、赋等八体，其名曰“论文”，仔细研究发现，他所论的“文”其实不少为历史及实用文体，如奏、议、书、论、铭、诔等，与诗、赋这些我们今天所说的文学文体是混杂在一起的。特别值得注意的是，诗、赋还排在最后，曹丕按照当时的文学观念，将实用性文体排在纯文学文体之前，可以看到，在曹丕所反映的文学观念中，非虚构文体的地位更高。曹植《与杨德祖书》曰：“辞赋小道，固未足以揄扬大义，彰示来世也。昔扬子云，先朝执戟之臣耳，犹称壮夫不为也。”①辞、赋与彰显具有重要社会影响的“大义”相隔甚远，因此只能与“小道”相提并论，而不及奏、议等文体。

西晋挚虞编著有《流别集》，今人所辑挚虞《文章流别论》包含颂、赋、七、箴、铭、诔、哀辞、哀策、解嘲、碑、图谶等十一种文体。萧子显《南齐书·文学传序》评价说：“若子桓之品藻人才，仲治之区判文体。”②突出了挚虞辨析文体的成就。这些文体古已有之，挚虞进行了溯源工作，《文章流别论》说“诔”

---

① （三国）曹植：《与杨德祖书》，赵幼文校注《曹植集校注》卷一，中华书局2018年版，第185页。

② （南朝梁）萧子显：《南齐书》卷五十二，中华书局2017年版，第1000页。

体:“诗、颂、箴、铭之篇,皆有往古成文,可放依而作。惟诔无定制,故作者多异焉。见于典籍者,《左传》有鲁哀公为孔子诔。”(《太平御览》卷五九六)比如铭文,《文章流别论》说:“德勋立而铭著。”(《艺文类聚》卷五十六)又提到:“夫古之铭至约,今之铭至烦,亦有由也。质文时异,则既论之矣。且上古之铭,铭于宗庙之碑。蔡邕为杨公作碑,其文典正,末世之美者也。后世以来,器铭之佳者,有王莽《鼎铭》、崔瑗《机铭》、朱公叔《鼎铭》、王粲《砚铭》,咸以表显功德。天子铭嘉量,诸侯大夫铭太常、勒锺鼎之义,所言虽殊,而令德一也。李尤为铭,自山河都邑至于刀笔符契,无不有铭,而文多秽病,讨论润色,言可采录。”(《太平御览》卷五九〇)

对于诔、铭这些文体发生的年代进行了考证外,还涉及了内容特点,文体阐释与现实人生中的事件联系在一起,突出了文体的现实规定性品格。

对“文”之文体进行分类较有影响的是西晋时期的陆机。陆机在《文赋》中概括了诗、赋、碑、诔、铭、箴、颂、论、奏、说等十种文体。这么多的文体千变万化千姿百态,用陆机的话来说:“体有万殊,物无一量,纷纭挥霍,形难为状。”那么,人们该如何选择?不管最终要形成什么样的文本,都要先选择合适、恰当的文类文体作为载体:“诗缘情而绮靡。赋体物而浏亮。碑披文以相质。诔缠绵而凄怆。铭博约而温润。箴顿挫而清壮。颂优游以彬蔚。论精微而朗畅。奏平彻以闲雅。说炜晔而谲诳。”①在这里不仅分析了文体体式、结构的要求,更是在强调各种文体的社会功能,既能引导国家大事,又要承担教化责任,即:“济文武于将坠,宣风声于不泯。涂无远而不弥,理无微而弗纶。配霑润于云雨,象变化乎鬼神。被金石而德广,流管弦而日新。”陆机对于文体的分类不够全面,还不能囊括当时的文章类别,固然存在一定的瑕疵,但是《文赋》对于文体除了分类之外,还进行了文体形成、分类标准等理论上的探讨,开始较为理性地看待文体,深化了对于文体的理性认识,因此在中国文论

① 郭绍虞、王文生:《中国历代文论选》第1册,上海古籍出版社1979年版,第171页。

史上影响深远。刘勰对此有较高的评价,《文心雕龙·总术》中说:“昔陆氏《文赋》,号为曲尽。”

梁代任昉著有《文章缘起》一书。《隋书·经籍志》《旧唐书·经籍志》《新唐书·艺文志》都著录为《文章始》,心斋本也叫“文章始”。《宋史·艺文志》著录为《文章缘起》,王得臣《麈史》引本、严羽《沧浪诗话》引本、群书考索本、师余录本、夷门广牍本、砚北偶钞本、诗触本、文学津梁本、学海类编本、丛书集成初编本、四库全书本、邵武徐氏丛书初刻本、有正书局石印本都作《文章缘起》。对于文章起源的探究,就是从文体的角度来阐述的,《文章缘起》提到:

> 《六经》素有歌、诗、书、诔、箴、铭之类。《尚书》帝庸作歌、《毛诗》三百篇、《左传》叔向《贻子产书》、鲁哀公《孔子诔》、孔悝《鼎铭》、《虞人箴》;此等自秦汉以来,圣君贤士沿著为文之始,故因暇录之,凡八十四题,以新好事者之目云尔。

提及先秦时期大量文体,重点讨论的是“秦汉以来”的文章,文体没有概括特征,只是列举例子。《文章缘起》中共包含有:诗三言、诗四言、诗五言、诗六言、诗七言、诗九言、赋、歌、离骚、诏、玺文、策文、表(让表)、上书、书、对贤良策、上疏、启、奏、笺、谢恩、令、奏、驳、论、议、反文、弹文、荐、教、封事、白事、移书、铭、箴、封禅书、赞、颂、序、引、志录、记、碑、碣、诰、誓、露布、檄、明文、乐府、对问、传、上章、解嘲、训、辞、旨、劝进、喻难、诫、吊文、告、传赞、谒文、祈文、祝文、行状、哀策、哀颂、墓志、诔、悲文、祭文、哀词、挽词、七发、离合诗、连珠、篇、歌诗、遗命、图、势、约等85类文体。可以看出,“诗”是按照语言字数特点细分的,“文”细分后类别很多,从命名就可看出与现实的关联,与纯文学的美文很不一样。

到了南朝刘勰,其《文心雕龙》体大思精,将中国文体论推向了一个更高的阶段。他将“文”“笔”分为8种类型35种文体,即:骚、诗、乐府、赋、颂、赞、祝、盟、铭、箴、诔、碑、哀、吊、杂文、谐、隐、史、传、诸子、论、说、诏、策、檄、移、封禅、章、表、奏、启、议、对、书、记。在此基础上,还有更为细致的分类,比如在

《杂文》里附列 16 种：典、诰、誓、问、览、略、篇、章、曲、操、弄、引、吟、讽、谣、咏；《书记》中附列 24 种：谱、籍、簿、录、方、术、占、式、律、令、法、制、符、契、券、疏、关、刺、解、牒、状、列、辞、谚；《论体》下有“陈政、释经、辨史、铨文”诸体；“命有四品”的策书、制书、诏书、戒敕；“汉定礼仪”的奏有四品：章、奏、表、议等等。在此基础上，之后的文学批评家在划分文体时更加具体，多达 127 种。在命名文体的基础上，《文心雕龙》还梳理文体的历史发展轨迹。列举的绝大部分的文体，在今天看来，都很难归于文学范围之内，但是值得注意的是，《文心雕龙》在细列了各类文体之后，从《神思》到《程器》的 24 篇，讲写作和欣赏的共同规律，认为这些规律适合于上面讲的所有文体，都有如何写成符合“文”这一基本特点和规律的问题。从深层次来说，127 种文体很大一部分在今天都不是文学，在刘勰看来，都是在文学的范畴之内的，其中大量的文体属于非虚构文学。书信就是非虚构文学的一种文体，《文心雕龙 · 书记》中叙述了古人对写作文章的重视，认为：“魏之元瑜，号称翩翩；文举属章，半简必录；休琏好书，留意词翰：抑其次也。嵇康《绝交》，实志高而文伟矣；赵至《叙离》，乃少年之激切也。至如陈遵占辞，百封各意；祢衡代书，亲疏得宜：斯又尺牍之偏才也。”概而言之，文章写作成为中国古人展示才华、抒发志向、交友互动的重要媒介。

萧统编的《文选》没有能够在历史中流传下来，《文选》研究者对萧统《文选》所涉及的文体的推测，主要有“三十七体说”“三十八体说”“三十九体说”等观点。李庆富在《文选解题及其读法》中，提出的是“三十七体说”，“《文选》分体，分三十有七：曰赋、曰诗、曰骚、曰七、曰诏、曰册、曰令、曰教、曰文、曰表、曰上书、曰启、曰弹事、曰笺、曰奏记、曰书、曰檄、曰对问、曰设论、曰辞、曰序、曰颂、曰赞、曰符命、曰史论、曰史述赞、曰论、曰连珠、曰箴、曰铭、曰诔、曰哀、曰碑文、曰墓志、曰行状、曰吊文、曰祭文。赋之中分类十五，诗之中分类二十三”①。顾农在《文选学新研二题》中提到“三十八体说”，“《文选》的大

① 李庆富：《文选解题及其读法》，《学风》1937 年第 4 期。

类，一般认为是三十八类，它们是——赋、诗、骚、七、诏、册、令、教、策文、表、上书、启、弹事、笺、奏记、书、移、檄、对问、设论、辞、序、颂、赞、符命、史论、史述赞、论、连珠、箴、铭、诔、哀、碑文、墓志、行状、吊文、祭文”[①]。张少康认为：“《昭明文选》所列文体则为39类，按次分别为赋、诗、骚、七、诏、册、令、教、文、表、上书、启、弹事、笺、奏记、书、移、檄、对问、设论、辞、序、颂、赞、符命、史论、史述赞、论、连珠、箴、铭、诔、哀、碑文、墓志、行状、吊文、祭文。”[②]当然，这几种说法，差别不大，相互之间有着很强的关联性、一致性。号称“文选”，实际上是把大量的应用性很强的文体都囊括进去了，反映出编选者秉持的是大文学观念，不仅有虚构的文学，还有大量的非虚构文学。

自《文选》开选本之风后，还出现了宋代李昉、扈蒙、徐铉等编的《文苑英华》、真德秀编的《文章正宗》，明代吴讷编的《文章辨体》、徐师曾编的《文体明辨》，清代姚鼐编的《古文辞类纂》、曾国藩编的《经史百家杂钞》等文章选本。

北宋时期，宋太宗诏李昉、扈蒙、徐铉等编《文苑英华》，这是《文选》之后的重要文集。此书采用分体编录和文注合一等编纂体例，推陈出新，颇有创新性特点。首先，融汇前代诗文总集和类书编纂经验。把文体分为三十八类：赋、诗、歌行、杂文、中书制诰、翰林制诏、策问、策、判、表、笺、状、檄、露布、弹文、移文、启、书、疏、序、论、议、连珠、喻对、颂、赞、铭、箴、传、记、谥哀册、谥议、诔、碑、墓志、墓表、行状和祭文。有学者从大量收录律赋、试帖诗、策论、公牍之类诗文现象看，认为其为读书人及官僚考试作文和办公应酬提供方便的意图较为明显，故让读者便于翻阅检索是编纂者必须考虑的问题。[③] 可见，实用性、现实性是《文苑英华》在内容选择上的倾向。其次基于此，《文苑英华》编

---

① 顾农：《文选学新研二题》，《南开学报》1994年第2期。

② 张少康：《〈文心雕龙〉的文体分类论——和〈昭明文选〉文体分类的比较》，《江苏大学学报（社会科学版）》2007年第1期。

③ 宋婷：《论〈文苑英华〉的编纂体例及其价值》，《河南科技大学学报（社会科学版）》2017年第1期。

纂者“阅前代文学，撮其精要，以类分之”，[①]在继承的基础上，《文苑英华》重新归纳了文体，将骚、令、教、文等归入杂文，增设论、辞、中书制诰、翰林制诰、谥哀册文、传、记等实用文体类别。从这些文体中含英咀华，撷取“文”的特点。

南宋时期，真德秀编的《文章正宗》所收文章起于周秦起，诗赋起于虞夏，最晚收录至唐代，最大的创新在于追求文体分类简洁明了，直接将文体分为四类：辞命、议论、叙事、诗赋。这一四分法与纯文学的四分法有联系也有区别，除了叙事、诗赋貌似相当于纯文学文体之外，其他的两类与纯文学相距甚远，散文在真德秀的分类中叫小品文，包含于叙事和议论两大类中。续集二十卷，系真德秀晚年所编，分三类：论理、叙事、论事。在以《文章正宗》为代表的宋人选本传统中，文章的叙事功能得以高度重视，《文章正宗》首次将“叙事”作为文章分类，《文章正宗纲目·叙事》曰：“独取《左氏》《史》《汉》叙事之尤可喜者，与后世记序传志之典则简严者，以为作文之式。”叙事所涉对象为历史著作，与西方兴起的叙事学以虚构文学为研究对象截然不同。真德秀丰富的文体学思想还散见于宋代王应麟《辞学指南》和明代吴讷《文章辨体》这两部著名的文体论著的引述之中。

明代吴讷编的《文章辨体》在文体分类上有新的创见，可谓集大成者，以真德秀《文章正宗》为蓝本，取挚虞《文章流别》之体而有所创新，既是编选各体文字的总集，又是重要的文体论专著。《文章辨体》内集分为 51 种文体，外集分为 9 种文体，总计 60 种文体，分别为：1 古歌谣辞；2 古赋；3 乐府；4 古诗；5 歌行；6 谕告；7 玺书；8 批答；9 诏；10 册；11 制；12 诰；13 制册；14 表；15 露布；16 论谏；17 奏疏；18 议；19 弹文；20 檄；21 书；22 记；23 序；24 论；25 说；26 解；27 辨；28 原；29 戒；30 题跋；31 杂著；32 箴；33 铭；34 颂；35 赞；36 七体；37 问对；38 传；39 行状；40 谥法；41 谥议；42 碑；43 墓碑；44 墓碣；45 墓表；46 墓

① （宋）程俱：《麟台故事》，张富祥校证，中华书局 2000 年版，第 47 页。

志；47 墓记；48 埋铭；49 诔辞；50 哀辞；51 祭文；52 连珠；53 判；54 律赋；55 律诗；56 排律；57 绝句；58 联句诗；59 杂体诗；60 近代词曲。[①]

特别需要引起我们关注的是，用于与死者相关类似于挽歌的文体分类很细，包括了谥法、谥议、碑、墓碑、墓碣、墓表、墓志、墓记、埋铭、诔辞、哀辞、祭文等。

与吴讷同时期的徐师曾编的《文体明辨》则分体 127 类，其中正集分体 101 类，外集分体 26 类，若要论及细分文体的条目，则更难以计数，分类十分烦琐，被学人多诟病。不过值得我们注意的是，《文体明辨》还新列了贴子词、上梁文、乐语、右语、道场版、道场疏、表、青词、募缘疏、法堂疏等民间实用性很强的多种文体，这些文体写作涉及的虽为时俗鄙事，一般文人不太看重，但民间普遍适用和流行，因此“采而不削，聊以备一体”[②]。钟惺编的《隐秀轩集》中，收录了钟惺创作的赋、序、记、传、论、策、表、奏疏、启、书牍、疏、碑文、行状、墓志铭、祭文、题跋、说、辩、书事、偈、颂、赞、铭等各个文体的作品。谭元春的《谭元春集》也收录了记、传、序文、序、文、书启、杂著等多种文体的作品。

清代姚鼐对散文进行分类，对于理解“文”的非虚构特点非常有借鉴意义。《古文辞类纂》是姚鼐选编的文章选本，选文七百余篇，覆盖先秦至清代的作品。姚鼐《古文辞类纂・序目》曰：“以所闻习者，编次论说为《古文辞类纂》，其类十三，曰：论辨类、序跋类、奏议类、书说类、赠序类、诏令类、传状类、碑志类、杂记类、箴铭类、颂赞类、辞赋类、哀祭类。类内而为用不同者，别之为上下编云。”[③]所选属于现代“实用”范畴的有奏议、书说、诏令、箴铭、颂赞诸体之文，起于先秦，迄于宋代，属于较久远的年代；所选属于现代“文学”范畴的有碑志、哀祭、论辨、序跋、赠序、杂记、传状诸体之文，或起于秦汉而止于清，

① 参见（明）许学夷：《诗源辩体》，人民文学出版社 1987 年版。

② （明）吴讷：《文章辨体序说》，人民文学出版社 1998 年版，第 170 页。

③ （清）姚鼐：《古文辞类纂・序目》，《续修四库全书》第 1609 册，上海古籍出版社 2002 年版，第 311 页。

或起于唐而止于清，属于距离现在更近一些的年代。姚鼐在《古文辞类纂·序目》中谈到了“文之体”高下标准：“凡文之体十高（按《古文辞类纂》把文章分为论辨、序跋、奏议、书说、赠序、诏令、传状、碑志、杂记、箴铭、颂赞、辞赋、哀祭共十三类），而所以为文者八。曰态神高理高气高味高势高律高声高色。神高理高气高味者，文之精也；势高律高声高色者，文之粗也。然苟舍其粗，则精者亦胡以寓态？学者之于势人，必始而遇其粗，中而遇其精，终则御其精而遗其粗者。”

他在《稼田集序》中还曾说：“文者，皆人之言书之纸上者尔！在乎当理切事，而不在乎华辞。”可见，“求当”“求实”“不在乎华辞”，可谓姚鼐选文基本的标准，他选编的《古文辞类纂》对清代文坛产生了重大影响。

曾国藩《经史百家杂钞》是继姚鼐《古文辞类纂》后，桐城派影响最大的一部文章选本，曾国藩将姚鼐列于古今三十二圣贤之列，选本也是在继承姚鼐选本基础上的创新。曾国藩编选的《经史百家杂钞》中，将散文分为论著、词赋等十一类，其中，序跋、书牍、哀祭、传志、叙记、典志、杂记中都包含实用性的文章。曾氏对照姚氏《类纂》对其选文进行了文体类分，《序例》云：“姚姬传氏之纂古文辞，分为十三类。余稍更易为十一类：曰论著，曰词赋，曰序跋，曰诏令，曰奏议，曰书牍，曰哀祭，曰传志，曰杂记，九者，余与姚氏同焉者也；曰赠序，姚氏所有而余无焉者也；曰叙记，曰典志，余所有而姚氏无焉者也；曰颂赞，曰箴铭，姚氏所有，余以附入词赋之下编；曰碑志，姚氏所有，余以附入传志之下编。”①

曾国藩首先依姚鼐为底本，在单一文体中归纳出了二级文类，其所分十一类文体是在姚选所分十三类的基础上损益而成。然后他又在二级文类中归纳出三级门类，将十一类文体总为三门：一著述门，包括论著、词赋、序跋三类；二告语门，包括诏令、奏议、书牍、哀祭四类；三记载门，包括传志、叙记、典志、杂

① （清）曾国藩：《经史百家杂钞》卷首，清光绪二年（1876）传忠书局刻本。

记四类。如此则体以类聚,类依门合,经过逐级抽绎,创构了以门、类、体为层级分明而谨严的文体纲目。相较于姚鼐《类纂》,曾氏《杂钞》在二级文类划分方面最大的创新,就是增设了"叙记"和"典志"两类,亦即其所谓"余所有而姚氏无焉者也"。《序例》论此二类文体云:"叙记类,所以记事者。经如《书》之《武成》《金縢》《顾命》,《左传》记大战、记会盟,及全编皆记事之书,《通鉴》法《左传》,亦记事之书也;后世古文如《平淮西碑》等是,然不多见。典志类,所以记政典者。经如《周礼》《仪礼》全书,《礼记》之《王制》《月令》《明堂位》,《孟子》之"北宫锜章"皆是;《史记》之八'书',《汉书》之十'志',及三《通》,皆典章之书也;后世古文如《赵公救灾记》是,然不多见。"①

曾国藩在《杂钞》中增设记写国之大事的"叙记"与可供资政借鉴的"典志"两类,十分重视选录具有实用价值的文章,与其力主经世致用的文化思想密不可分。

① (清)曾国藩:《经史百家杂钞》卷首,清光绪二年(1876)传忠书局刻本。

第七章　非虚构与汉魏文体“自觉”论

说到汉魏时期的文学，人们自然会联想到“文学自觉”这一说法。所谓“文学自觉”，起始年代有很多种说法，有学者提出过“汉代文学自觉说”，龚克昌先生在《中国辞赋研究·论汉赋》中提出：“‘文学的自觉的时代’至少可以提前到汉武帝时代的司马相如的身上。”①龚克昌先生对“西汉文学自觉说”的论证，其主要以“汉赋”的“文学性”来论证，认为：“要把汉赋讲究辞采视为文学艺术的觉醒，视为文学自觉时代到来的重要标志。”②追求华丽辞藻，的确是汉赋特点之一，但是并不是唯一特点，对于此特点在当时有不同态度，仅以此来判定属于“文学自觉”、归入“文学性”，有些片面，在学界并没有引起太多注意。

经过近百年的阐说，“魏晋南北朝文学自觉说”已成为学界主流观点。当然，这其中又有细分，分别为“魏（或建安）文学自觉说”“魏晋文学自觉说”“魏晋南北朝文学自觉说”三类观点，在具体时段的判断上有差异，但是在所持的观念上是基本一致的，学术界一般统称为“中国文学自觉说”。“文学自觉说”可以追溯到1927年。鲁迅在日本学者铃木虎雄的基础上，提出“魏晋文学自觉说”，1927年在广州夏期学术演讲会上作了题为《魏晋风度及文章与

① 龚克昌：《中国辞斌研究》，山东大学出版社2003年版，第88页。

② 龚克昌：《汉赋——文学自觉时代的起点》，《文史哲》1988年第5期。

药及酒之关系》的著名演讲，沿用并提出“曹丕的一个时代可说是‘文学的自觉时代’”这一说法。[①] 这一说法犹如一石激起千层浪，一个世纪以来余波未平。20 世纪 80 年代以来再次成为关注的热点问题。2015 年 10 月 16 日，詹福瑞在南昌大学组织了一场主题为“‘文学的自觉’是不是伪命题?”的讨论会，《光明日报》刊载了相关讨论文章，对话嘉宾为詹福瑞、方铭、李炳海、程水金、梁枢等学者。[②] 此外，2015 年 12 月 31 日的《光明日报》还刊载了吴中胜、贾学鸿、雷恩海、刘娟四人对于“文学的自觉”命题看法的四篇文章。对于这一提法不少学者大力赞同有学者补充完善，也有一些学者坚决反对，可谓众说纷纭，莫衷一是。

本章不打算就这样一个充满争议的话题做出孰是孰非的判断，只是立足非虚构诗学理论视角，对这一说法进行重新的审视。

第一节 汉代赋体论

“赋”在汉代享有独特的文学地位，被看作是中国文学的瑰宝，素有“汉赋”专称。作为一个时代文体的代表，学术界常常把它与唐诗、宋词、元曲并列。清人焦循说:“夫一代有一代之所胜……余尝欲自楚骚以下至明八股撰为一集，汉则专取其赋，魏晋六朝至隋，则专录其五言诗，唐则专录其律诗，宋专录其词，元专录其曲，明专录其八股，一代还其一代之所胜。”[③]王国维在《宋元戏曲史·自序》中也说:“凡一代有一代之文学，楚之骚，汉之赋，六朝之骈语，唐之诗，宋之词，元之曲，皆所谓一代之文学，而后世莫能继焉者也。”鲁迅在《汉文学史纲要》中认为，司马相如的大赋艺术价值极高，达到了“广博闳

---

① 鲁迅:《魏晋风度及文章与药及酒之关系》，载《鲁迅全集》第 3 卷，人民文学出版社 2005 年版，第 526 页。

② 詹福瑞:《“文学的自觉”是不是伪命题》，《光明日报》2015 年 11 月 26 日。

③ (清)焦循:《易余籥录》第 15 卷，载《焦循杂著九种》，广陵书社 2016 年版，第 628 页。

丽，卓绝汉代”①的文学成就。著名文学史家刘大杰亦认为：“赋是汉代文学中的主流，正好像唐诗宋词一样，任何读书人在那时代都不能不同他发生交涉。”②赋这一极具中国特色的文体，在世界文学之林可谓独树一帜，充分显示出中国文学的魅力，为国外学者所青睐。美国汉文学家康达维认为：“在英文和其他语言里，没有与赋这种文体相应的名称……如果中国文学的词汇能够进入西方文学词汇成为其一部分，研究中国文学的学者，不必因为用中文原名而不安。”③关于汉赋，学术界有相当多的研究成果，本节探讨的是汉赋非虚构的底蕴。

一

让文学担负起重要的政治教化功能，充分体现了儒家经世济用的文学思想。《论语·子路》说：“诵《诗》三百，授之以政，不达；使于四方，不能专对；虽多，亦奚以为？”④在《论语·子路》篇中，子贡问曰：“何如斯可谓之士矣？”子曰：“行己有耻，使于四方，不辱君命，可谓士矣。”“使于四方，不辱君命。”这既是品格，更是使命，要求士在政治活动中发挥重要的沟通与协调作用。孔子提出学诗的“授政”说、“使于四方”说，突出的就是文学的政教功能。汉代是一个“罢黜百家，独尊儒术”的时代，经学昌盛，不仅直接影响了汉人的汉赋创作实践，也影响了汉赋诗学意义建构。

赋是汉代文学最高成就的体现，在汉代之前有了这种文体创作经验的积淀。有人说它“兴于楚，盛于汉”，也有人说荀子写过5篇赋，是赋的创始人，虽然赋诞生于战国时期，但它的成熟和繁荣却是汉代的事。汉赋有多少篇，赋作者共有多少有影响的人，是比较能说明赋在汉代的兴盛状况的。班固的《汉书·艺文志·诗赋略》共收录赋家78家，赋1004篇。《两都赋序》中描述

① 鲁迅：《汉文学史纲要》，载《鲁迅全集》第9卷，人民文学出版社2005年版，第433页。

② 刘大杰：《中国文学发展史》，百花文艺出版社1999年版，第107页。

③ 龚克昌：《中国古代赋体研究总论》，《东方论坛》2001年第3期。

④ 杨伯峻译注：《论语译注》，中华书局1980年版，第135页。

了这种文体在汉代的壮丽景象：“故孝成之世，论而录之，盖奏御者千有余篇，而后大汉之文章，炳焉与三代同风。”①刘勰在《文心雕龙·诠赋》中提到：“进御之赋，千有余首。”即是说，至汉成帝时，仅奏御进献给皇帝的赋就已“千有余首”。在当时来说，“千有余首”本身就不是一个小的数目，此外还有民间俗赋和汉成帝后的赋作，可惜的是后世未能加以整理，大多散佚，具体数量无法得知，可以推测的是，其数量应当更加可观。《汉书·艺文志》记载的汉赋作家就不下五六十人。刘勰在《文心雕龙·诠赋》中曾列出十位著名的赋家，对于每个人的风格特点、艺术成就加以评论，“观夫荀结隐语，事数自环；宋发巧谈，实始淫丽；枚乘《兔园》，举要以会新；相如《上林》，繁类以成艳；贾谊《鸟》，致辨于情理；子渊《洞箫》，穷变于声貌；孟坚《两都》，明绚以雅赡；张衡《二京》，迅发以宏富；子云《甘泉》，构深玮之风；延寿《灵光》，含飞动之势；凡此十家，并辞赋之英杰也”②。这十位被称为“英杰”的赋家中，除荀卿、宋玉外，属于汉代的有八人，刘勰对于以上八位汉赋作家的作品，从体制、文辞、气势等方面分别予以赏析，给予高度评价，而司马相如、扬雄、班固和张衡在文学史上影响更大，又被称为“汉赋四杰”。《风骨》篇提到：“相如赋仙，气号凌云，蔚为辞宗，乃其风力遒也。”③将司马相如称为“赋仙”，赞叹其笔力遒健。1993年在江苏省连云港市东海县尹湾村汉墓出土了民间俗赋《神乌傅(赋)》，被学界认为：“是一篇亡佚两千多年的基本完整的西汉赋。其风格跟以往传世的大量属于上层文人学士的汉赋有异，无论从题材、内容和写作技巧来看，都接近于民间文学。……它的发现把这种俗赋的历史提早了二百多年，在古代文学史上的意义是不言而喻的。”④总体来看，这一时期佳作林立大师辈出，汉赋

① (汉)班固：《两都赋序》，载严可均辑：《全上古三代秦汉三国六朝文·全后汉文》卷二十四，第602页。

② 周振甫：《文心雕龙今译》，中华书局1986年版，第80页。

③ 周振甫：《文心雕龙今译》，中华书局1986年版，第26页。

④ 连云港市博物馆、东海县博物馆、中国社会科学院简帛研究中心、中国文物研究所：《尹湾汉墓简牍初探》，《文物》1996年第10期。

兴盛可见一斑。

赋之所以在汉代呈现出如此繁荣的盛况,与讽谏有密切关联。

所谓讽谏,如果理解为讥讽、嘲笑的意思,就有点望文生义了。按照语言学家的考证,"讽谏"的"讽",本亦作"风",所谓"风"者,即"讽"也,也就是说二者是可以互释的。王念孙疏证《广雅・释诂》曰:"讽,与风通。"①颜师古注《汉书・艺文志》曰:"风,读曰讽","风,讽也,教也。风以动之,教以化之"。②李江注《元包经传・孟阴》曰:"上以风化下,下以风刺上,主文而谲谏,言之者无罪,闻之者足以戒,故曰风"③。"谏"者,"正"也,即"陈法度以谏正君也"④。概而言之,讽谏就是给君王提意见,辅佐治国理政。在古代,给君王提意见并不是一件简单轻松的事情,人们常说"忠言逆耳利于行",有的时候虽然用意是好的,但是表达方式往往让人听着不舒服。特别是臣子面对的君王,处在与自己悬殊的等级上,如果提意见过于直率或者鲁莽,往往会使得帝王龙颜大怒,惹火烧身,甚至性命难保还会殃及九族。汉武帝开创了西汉王朝最鼎盛繁荣的时期,十六岁登基,在位五十四年,文韬武略,成就卓著,主政时期也是中国封建王朝第一个发展高峰,汉朝成为当时最强大的国家屹立于世界,然而,仍然没有能够逃脱"忠言逆耳"的局限。"在武帝一朝,直言极谏之士并不受欢迎。"⑤伴随左右的人员都不可能直谏。讽谏作为一门艺术,就在于言辞委婉,温柔敦厚,既可以尽忠尽信,又可以保全自己。讽谏是谏言最高的智慧,受到推崇,"人怀五常,故知谏有五。其一曰讽谏,二曰顺谏,三曰窥谏,四曰指谏,五曰陷谏。讽谏者,智也。知患祸之萌,深睹其事,未彰而讽告焉。此智

① 宗福邦等:《故训汇纂》,商务印书馆2003年版,第2138页。

② 宗福邦等:《故训汇纂》,商务印书馆2003年版,第2510页。

③ (汉)郑玄笺,(唐)孔颖达等正义:《毛诗正义》卷一《周南・关雎》,载阮元校刻:《十三经注疏》,中华书局1980年版,第271页。

④ (汉)王逸:《楚辞章句・七谏序》,载(宋)洪兴祖撰,白化文等点校:《楚辞补注》卷十三《七谏》,中华书局2015年版,第236页。

⑤ 安作璋、刘德增:《汉武帝大传》,中华书局2005年版,第446页。

之性也。……孔子曰：‘谏有五，吾从讽之谏。’”①也就是说，进谏有多种表现形式，讽谏是最为高明的参与政治的表达方式，因此，名列第一。

讽谏更是体现了一种艺术境界。“诗言志”命题在中国诗学中具有开山纲领意义，可谓遗泽深远，张毅进行深入分析后认为，其开启了讽谏的先河：“既然‘诗言志’的观念为人们所普遍接受，那么，这‘志’究竟指什么就是解诗者要弄清楚的了。在《诗》三百篇里，有一些作品表明了作诗意图，颇能给人以启发。如《魏风・葛屦》：‘维是褊心，是以为刺。’《陈风・墓门》：‘夫也不良，歌以讯之。’《小雅・节南山》：‘家父作诵，以究王讻。’《小雅・四月》：‘君子作歌，维以告哀。’《大雅・崧高》：‘吉甫作诵，其诗孔硕。其风肆好，以赠申伯。’这些诗所讲的作意，大致可分讽刺与颂美两类，故四家诗以为诗人言志是以美刺为具体内容的，重在政教。”②

汉代诗学强调以深刻的笔触讽喻现实，指出社会弊端，以政教讽谏为目的，具有明显的政治功利性倾向。郑玄在《六艺论》中提出：

> 诗者，弦歌讽谕之声也。自书契之兴，朴略尚质。面称不为谄，目陈不为谤，君臣之接，如朋友然，在于恳诚而已。斯道稍衰，奸伪以生，上下相犯。及其制礼，尊君卑臣。君道刚严，臣道柔顺。于是箴谏者希，情志不通。故作诗者，以诵其美，而讥其过。③

讽谏，合乎礼制要求，也是一种合乎诗教理想的艺术标准，这是汉赋要实现的艺术境界。讽谏就是古代文人服务于政治的一种重要方式，汉赋在此基础上进一步深化和升华，形成了有独特意味的文体形式。

赋作为一座桥梁，为普通文人打开了讽谏的通道，成为讽谏的载体。汉代帝王高度重视赋，激发了文人竞相参与的热情。枚乘平生著述以散文、大赋而

---

① （清）陈立：《白虎通疏证》卷五《谏诤》，吴则虞点校，中华书局1994年版，第235—236页。

② 张毅：《儒家文艺美学：从原始儒家到现代新儒家》，南开大学出版社2004年版，第115页。

③ （汉）郑玄：《六艺论》，载严可均辑：《全上古三代秦汉三国六朝文・全后汉文》卷八十四，中华书局1965年版，第927页。

闻名,《汉书·艺文志》于十家之外别列诗赋,其中就有枚乘赋九篇,其《七发》一向被认为是汉赋的奠基之作。另据《汉书》记载,其子枚皋"上书北阙,自陈枚乘之子。上得大喜,召入见待诏,皋因赋殿中。诏使赋平乐馆,善之。拜为郎,使匈奴"①。枚皋因为赋而获得赏赐和重用。司马相如是因赋征召的典型例子,《子虚赋》作于司马相如为梁孝王宾客时,时在汉景帝年间,只是景帝不好辞赋,并没有给自己带来光明的前途,终日只做汉景帝的武骑常侍,这并非自己喜好和追求,因而发出过不遇知音之叹,此作却为后来的汉武帝所赏识,带来时来运转的就是赋。据《史记·司马相如传》记载:"上读《子虚赋》而善之,曰:'朕独不得与此人同时哉!'得意曰:'臣邑人司马相如自言为此赋。'上惊,乃召问相如。……赋奏,天子以为郎。"②汉武帝刘彻看到《子虚赋》非常喜欢,还以为是古人之作,表达了自己不能与作者同时代的遗憾,当侍奉刘彻的狗监(主管皇帝的猎犬)杨得意说起此赋其实是自己同乡司马相如所作时,刘彻马上召之进京,司马相如向刘彻又献上了自己更满意的另一赋作《上林赋》,此赋一出,司马相如被刘彻封为郎。司马相如之后,献赋之风日盛,渐成文人入仕捷径。《汉书·地理志》提到:"及司马相如游宦京师诸侯,以文辞显于世,乡党慕循其迹。后有王褒、严遵、扬雄之徒,文章冠天下。"③班固《两都赋序》中说:"大汉初定,日不暇给,至于武、宣之世,乃崇礼官,考文章,内设金马石渠之署,外兴乐府协律之事,以兴废继绝,润色鸿业。"据《汉书·艺文志》记载,武帝刘彻、宣帝刘询建立各种文化机构,招揽大批文士,常在武帝左右的赋家有枚皋、司马相如、庄助、朱买臣、吾丘寿王、东方朔等十余人,在帝王的大力倡导下,帝王将相、文人学士纷纷进行赋的创作,在不断的磨砺中,当时赋的数量和质量都达到了新的高度。在《礼乐志》《司马相如传》《东方朔传》《枚乘、枚皋传》《王褒传》等中都有相关记载。

---

① (汉)班固:《汉书》,中华书局1962年版,第2366页。
② (汉)司马迁:《史记》,中华书局1959年版,第3042—3043页。
③ (汉)班固:《汉书》,中华书局1962年版,第1645页。

汉赋作为一种成熟的文体，讽谏是核心。《子虚赋》有着浓厚的黄老道家色彩，体现这一时期以虚静为君的道家思想为价值取向，写楚国之子虚先生出使齐国，子虚向乌有先生讲述随齐王出猎的盛况，通过夸张和铺排表现出强大声势和雄伟气魄，极尽铺张扬厉之能事。内容和形式上看似与《子虚赋》相照应的《上林赋》，也是以“子虚”“乌有先生”“亡是公”为假托人物，设为一问一答的形式，也浓墨重彩地歌颂了统一大国无可比拟的功绩，但是不同的是，同时又巧妙地提出了反对帝王奢侈的主张，对统治者有所讽谏，据此，司马相如认为是自己更为得意之作。与此类似的还有《难巴蜀父老檄》，根据《史记》记载，司马相如创作《难巴蜀父老檄》的情况是，“相如使时，蜀长老多言通西南夷不为用，唯大臣亦以为然。相如欲谏，业已建之，不敢，乃著书，借以蜀父老为辞，而己诘难之，以风天子，且因宣其使指，令百姓知天子之意”①。司马相如作赋，大量运用“讽谏”：“其卒章归之于节俭，因以风谏。奏之天子，天子大悦。”他的其他赋作，也具有“讽谏”的意义，如《哀二世赋》：“还过宜春宫，相如奏赋以哀二世过失。”这里虽未言及“讽谏”，但“哀二世”这个题目，本身就具有以古论今的“讽谏”意思。根据《汉书》的记载，扬雄在创作《甘泉赋》时，“甘泉本因秦离宫，既奢泰，而武帝复增……游观屈奇瑰玮……且为其已久矣，非成帝所造，欲谏则非时，欲默则不能已，故遂推而隆之，乃上比于帝室紫宫，若曰此非人力之所为，党鬼神可也”②。

赋作为一种文体，就是要积极地干预社会，后代沿着这一思路进行了进一步的发挥，作为一根标尺来衡量赋作之高下。在朱熹看来：“谊有经世之才，文章盖其余事，其奇伟卓绝，亦非司马相如辈所能仿佛。”③而“及至宋玉、相如、王褒、扬雄之徒，则一以浮华为尚，而无实之可言矣”④。朱熹认为汉赋创

① （汉）司马迁：《史记》卷一百一十七《司马相如列传》，中华书局1982年版，第3048页。

② （汉）班固：《汉书》卷八十七上《扬雄传上》，颜师古注，中华书局1962年版，第3534—3535页。

③ （宋）朱熹：《楚辞集注》，上海古籍出版社1979年版，第159页。

④ （宋）朱熹：《朱熹集》，四川教育出版社1996年版，第3654页。

作成就卓著者是贾谊,贾谊高于司马相如的地方在于拥有经世之才,文学成就在于对社会的干预,而不是浮华的夸饰。这一评价是否客观准确,可谓见仁见智,但是从诗学的层面,来强化赋的社会作用和讽谏意义,可谓抓住了这一文体的核心要素。纳兰性德则对司马相如的赋作予以了高度评价,主要就在于他接受和继承了《诗经》对于现实的深刻体悟的传统:"则知相如之赋之所以独工于千古者,以其能本于经术故也。……经术之要,莫过于'三百篇'。"① 朱熹和纳兰性德对于司马相如的评价不同,但是比较一致的是,都特别强调了赋作为一种文体,特别需要现实底蕴。

对于汉赋的讽谏功能,王充当然没有忽略,在他看来,过度夸张、虚构与自己"疾虚妄"的文学主张水火不容,可谓是恨之极深而贬之甚低了。他认为,《大人赋》营构的是一种虚无缥缈的神仙世界,《甘泉赋》则进行了过于夸张的描绘,在《谴告篇》中进行了批评:"孝武皇帝好仙,司马长卿献《大人赋》,上乃仙仙有凌云之气。孝成皇帝好广宫室,杨子云上《甘泉颂》,妙称神怪,若曰非人力所能为,鬼神力乃可成,皇帝不觉,为之不止。长卿之赋,如言仙无实效;子云之颂,言奢有害。孝武岂有仙仙之气者,孝成岂有不觉之惑哉?然即天之不为他气以谴告人君,反顺人心以非应之,犹二子为赋颂,令两帝惑而不悟也。"王充对于华而不实的、驰骋云天的虚构、想象极其不认可,原因就在于与现实不符。同时还认为误导了帝王,还说汉武没有"仙仙之气",汉成也没有"不觉之惑",只是不断用错误荒谬的手段即汉赋中的夸张虚构,来加以迎合皇帝,用不用正确的方式来"谴告人君",结果造成了"言仙无实效""言奢有害""令两帝惑而不悟"的恶劣后果,最终没有达到讽谏的目的。

汉代诗学兼顾"美"与"刺",汉赋也兼具颂美、讽谏功能。《史记》认为,司马相如的赋,"虽多虚辞滥说,然其要归引之节俭,此与《诗》之风谏何异"②。将司马相如的赋与《诗经》的讽谏效果相提并论。有关《史记·司马

---

① (清)纳兰性德:《通志堂集》卷十四《赋论》,上海古籍出版社 1979 年版,第 554—556 页。

② (汉)司马迁:《史记》卷一百一十七《司马相如列传》,中华书局 1982 年版,第 3073 页。

相如列传》所提出的“讽谏”说，对于后代有广泛影响，晚明人也予以充分肯定，将之看作是赋的一种内在品格，如《精镌古今丽赋》中评《上林赋》几乎完全复述了司马迁的观点：“长卿之赋，虽多虚辞滥说，然要其归引之于节俭，此与诗之讽谏何异。扬子云乃曰：‘靡丽之贼，劝育而讽一，尤聘郑卫之声，曲终而奏雅，不已戏乎。’林艾杆又云：‘相如赋之圣者，子云、孟坚如何得似他自然流出。’愚谓：‘子云为戏者，则其驾辞多尚虚，而理或至于不实，艾轩以为圣者，则其运意犹自然，而辞未失于太过也。’”①班固对于儒家经典无不精通，本来就出身儒学世家，其父班彪、伯父班嗣都是当时著名学者，除了家学渊源之外，他自幼就聪慧勤奋努力，九岁即能属文，诵诗赋，十六岁入太学，少时就博览群书，成就是多方面的。作为著名辞赋家，班固被列为“汉赋四大家”之一，《两都赋》开创了京都赋的范例，被列入《文选》第一篇，足见其影响力。班固作为官方的历史书写者，更为注重“抒下情而通讽谕”，“宣上德而尽忠孝”。

与之相应的是，因为过度重视颂的因素，而完全缺乏了讽谏效果，则被普遍认为是偏离了汉赋之正轨。但是，人们发现，班固亦更为强调颂美，称汉赋“兴废继绝，润色鸿业”，“颂大汉之天声”，突显了汉赋的时代特征。班固创作的《两都赋》，也体现了这一特征，称颂皇帝的英明、伟大。但是，讽谏的色彩减弱，正是因为偏离了赋的讽谏本色，所以遭受诟病。缺少了讽谏，赋就失去了价值。例如，根据《汉书·王褒传》记载，当时对王褒等人创作的汉赋就有负面的评价，认为其作品“淫靡不急”。《美人赋》一篇颇为陈蕙所不取，他在删节刘节所编的《广文选》时说：“司马相如《美人赋》、张敏《神女赋》、谢灵运《江妃赋》之类，虽含讽喻，然多媟诞，不可为训。”②司马迁在《史记·司马相如列传》中，把司马相如赋与《诗经》相比，虽然对其有大加赞赏的地方，但也认为司马相如赋有“虚辞滥说”。扬雄、刘歆、桓谭、王充、张衡、蔡邕等都强调

① (明)袁宏道辑，王三余补：《精镌古今丽赋》，三秦出版社2015年版，第103—104页。

② (明)刘节：《广文选》，载《四库全书存目丛书·集部》第297册，齐鲁书社1997年版，第508页。

了汉赋的讽谏功能，而认为汉赋创作中不应淡化讽谏色彩。《汉书·艺文志》也有类似的记载："汉兴，枚乘、司马相如，下及扬子云，竞为侈丽闳衍之词，没其讽谕之义，是以扬子悔之。"扬雄因赋的讽谏特性丧失，而对自己写赋的行为感到后悔，他曾经就赋的发展嬗变及其意义指出："讽则已，不已，吾恐不免也""诗人之赋丽以则，辞人之赋丽以淫"，出于对"丽以淫"的赋的社会功用极度失望而发出了"壮夫不为"的感慨。[①] 刘勰《文心雕龙·序志》提出文章写作应该注重这几个方面，"本乎道，师乎圣，体乎经，酌乎纬，变乎骚"。可见，刘勰认为"道""圣""经"是文章创作的根基。在用途上，刘勰提倡对社会有实际功效，"唯文章之用，实经典枝条；五礼资之以成，六典因之以致用，君臣所以炳焕，军国所以昭明，详其本源，莫非经典"。出于这样的理念，刘勰认为汉赋"丽以淫"，存在不足之处。王充又对汉赋作品中缺乏现实体悟、务在雕饰藻绘的赋作进行了猛烈的抨击："深覆典雅，指意难睹，唯赋颂耳。"《论衡·自纪》对于汉赋追求华丽辞藻，王充不以为然："以敏于赋颂，为弘丽之文为贤乎？则夫司马长卿、杨子云是也。文丽而务巨，言眇而趋深，然而不能处定是非，辩然否之实。虽文如锦绣，深如河、汉，民不觉知是非之分，无益于弥为崇实之化。"（《论衡·定贤》）

与此同时，汉赋也存在重视颂、倡导美文的倾向，公允地说，失去了这一特点，汉赋也就失去了光泽。关于颂，其实在汉代也是十分受重视的。王充在《论衡·自纪》中说："为世用者，百篇无害；不为用者，一章无补。"对于一代之文学汉赋，王充则提出了颂美与讽谏两大任务。"唯班固之徒称颂国德，可谓誉得其实矣。颂文谲以奇，彰汉德于百代，使帝名如日月，孰与不能言，言之不美善哉？"（《论衡·须颂》），在《宣汉》中也有"观杜抚、班固等所上《汉颂》，颂功德符瑞"等论断。王充这里表面上在论颂，其实也兼而论赋，因为汉人辞、赋、颂不分，并且汉赋多数也是对本朝的讴歌。王充在《论衡·须颂》中提出

① 汪荣宝：《法言义疏·吾子》，中华书局1987年版，第45、49页。

“颂”的正当性:“古之帝王建鸿德者,须鸿笔之臣,褒颂纪载,鸿德乃彰,万世乃闻。……方今天下太平矣,颂诗乐声可以作,未传者不知也,故曰拘儒。……夫以人主颂称臣子,臣子当褒君父,于义较矣。虞氏天下太平,夔歌舜德;宣王惠周,《诗》颂其行;召伯述职,周歌《棠树》。是故《周颂》三十一,《殷颂》五,《鲁颂》四,凡颂四十篇,诗人所以嘉上也。由此言之,臣子当颂明矣。”[①]颂是汉代继承的文艺传统。班固认为,汉赋的兴盛是需要以社会环境作为依托的,在汉朝社会欣欣向荣的时候,“众庶悦豫”,“福应尤盛”,汉赋创作就走向繁荣,一旦社会形势走向低落,则会出现“成、康没而颂声寝,王泽竭而诗不作”的情形。一直到了唐代,随着科举考试制度的建立,赋成为科举考试内容,《文选》中所收录的汉赋作品,在科举考试制度的影响下,开始具有跨时代的经典性,又一次引发了社会接受的热潮。葛洪《抱朴子·钧世》认为汉大赋“汪濊博富”,辞采艳状远在《诗经》之上。沈约称颂汉赋家“英辞润金石,高义薄云天”“标能善美,独映当时”。[②] 梁昭明太子萧统编的《文选》,把汉赋刊在卷首,作为文章的楷模。《文苑英华》以赋压卷,足以看出对于赋的推崇。

可见,在讽谏与颂之间如何保持一种平衡,是汉赋作为一种文体的关键。在政治昌明的时代,颂能够达到“美盛德之形容,以其成功,告于神明者也”[③]的效果,颂扬“盛德”,并将之告知神明,传扬开去。但是,在统治者无道的时代,则应该看到:“国史明乎得失之迹,伤人伦之废,哀刑政之苛,吟咏情性,以风其上,达于事变,而怀其旧俗者也。”[④]需要创作者用赋来抒发对于现实生活中的不满,劝谏帝王回归正确的王道。因此,“赋颂”常常混称,乃至后世有

① (汉)王充:《论衡》,载国学整理社编:《诸子集成》第七册,中华书局2006年版,第196—197页。

② (南朝梁)沈约:《宋书·谢灵运传》,中华书局1974年版,第1778页。

③ (汉)郑玄笺,(唐)孔颖达等正义:《毛诗正义》卷一《周南·关雎》,载阮元校刻:《十三经注疏》,中华书局1980年版,第272页。

④ (汉)郑玄笺,(唐)孔颖达等正义:《毛诗正义》卷一《周南·关雎》,载阮元校刻:《十三经注疏》,中华书局1980年版,第272页。

“赋颂同一”的观念。而以颂扬为主的“宣汉”意识，则是国家政治经济文化等进入到了强盛时代之后，文人墨客身逢盛世置身其中的一种体验的写照，以承担起歌颂当时帝王和汉世功德的伟大任务。在这样一个大的背景下，提出革除种种流弊的主张才可以更容易得到帝王的理解和接受。前面提到汉武帝见司马相如赋之后“大悦”，夸赞“善之”，并非完全单纯对“其卒章归之于节俭”等的“讽谏”感到欢欣鼓舞，其实同时还喜欢司马相如赋中所渲染的一个大国强国才具有的豪华景象和绚丽色彩。他在赋中寻求合适的方式加以讽喻，即“寓讽于颂”的讽谏模式，这种文体将讽谏意图隐藏在其高超的艺术表现手法中。这说明，赋家在汉赋作品中预设的种种“讽谏”，在帝王对汉赋作品本身的喜好那里只是一个方面，需要和颂结合才可能受到关注，赋这一文体的讽谏效果通过艺术的方式才得以实现。

汉赋中的讽谏与颂不仅不是水火不容，颂在一定程度上还促进了汉赋作为一种文体的完善。颂中大量的铺排、夸张、辞藻等丰富了赋的形式，巧妙地将讽谏意味融入其中，更容易让人接受，使赋成为一种令人玩味不已的艺术。司马相如“作赋甚弘丽温雅”（《汉书·扬雄传》），特色十分鲜明，充分说明了他的赋作“劝百讽一”的超拔卓越之处。被誉为“赋圣”的司马相如，其赋作中的讽谏具有强烈的时代性的内容、形式，同时又具有鲜明的个体风格，他十分高妙的地方在于，能够将讽谏意图隐藏在润色鸿业和高超的艺术表现手法中，以此积极完成自己的讽谏追求。司马相如《子虚赋》记写的诸侯游猎的宏大场面，辞藻华丽，无比壮观，令汉武帝惊叹不已。《天子游猎赋》以一问一答的方式，渲染效果达到极致：“以‘子虚’，虚言也，为楚称；‘乌有先生’者，乌有此事也，为齐难；‘亡是公’者，无是人也，明天子之义。故空藉此三人为辞，以推天子诸侯之苑囿。其卒章归之于节俭，因以讽谏。”令汉武帝十分高兴，予以了高度的肯定。自汉武帝倡导独尊儒术以后，儒家经典作品就具有了至高无上的权威性，但是，众多儒生对儒家经书的理解还是存在分歧的，出现了很多的争论，汉宣帝刘询曾经亲临参加过思想大讨论，以求正本清源。当时不少儒生对汉赋创作现象提出批评，认为铺张的文风根本起不到讽谏作用，反而刺激了人的欲望，就是从讽谏角度来看待汉赋的，文学观念发生了严重失衡。作为皇帝亲自出面为汉赋辩护，大力肯定汉赋的讽谕教化作用，同时也十分重视审美娱乐作用，在一定程度上促进了汉赋审美特征的发展与完善。

二

其次，赋论的“体物”的问题。

关于赋的意义，学术界从不同的角度进行了阐释，其文学意义大体有如下三个方面。一是作为一种文体，被看作是汉代新出现的文学体裁。二是作为《诗经》“六义”之一，《诗・大序》所说的“六义”包括风、雅、颂、赋、比、兴，一般认为风、雅、颂是诗的分类，赋、比、兴是诗的表现手法，按照朱熹的说法，就是“敷陈其事而直言之者也”（《诗集传》），即铺陈的艺术手法。三是作为审美趣味的格物之赋，体现出汉赋对于具体景物的细致描写的手段。这些不同的说法，作为对于赋的解释，是从不同的层面展开的，其实具有“家族相似”的特点，不同的说法的背后却具有意义相通之处，汇聚在一起更能帮助我们理解赋的文体意义。刘勰对于赋的诠释就是这样从多维的角度展开的，既有“受命于诗人，拓宇于楚辞也”，也有“与诗画境，六义附庸，蔚成大国”，还有“赋者，铺也，铺采摛文，体物写志”，“极声貌以穷文”。① 不难看出，作为文学新体裁的汉代文体之赋，与楚辞文体、铺陈手法、景物描写密切关联。

（一）

将铺陈、文辞以及体物作为赋这一文体的内蕴，揭示了赋体与其他文体的差异，这一说法也得到了历代文论家的赞同，纪昀评价汉赋：“铺采摛文，尽赋之体；体物写志，尽赋之旨。”②赋之为体，“敷陈”的本质要义最为显要，挚虞

---

① 范文澜：《文心雕龙注》，人民文学出版社1958年版，第134页。

② 黄霖：《文心雕龙汇评》，上海古籍出版社2005年版，第35页。

《文章流别志论》言“赋者”以“敷陈之称”明其体。[①] 也就是说,运用铺陈手法来进行景物描写,作为一种表现手法和审美趣味的“体物”,从不同层面丰富了赋作为一种文体的含义。

最著名的就是陆机《文赋》中的“赋体物”说,其影响也非常大。谢榛的赋论观点主要见于《四溟诗话》,在他看来:“陆机《文赋》曰‘诗缘情而绮靡,赋体物而浏亮’。夫‘绮靡’重六朝之弊,‘浏亮’非两汉之体。徐昌谷曰‘诗缘情而绮靡’则陆生所知,固魏诗之查秽耳”[②]。“诗赋各有体制,两汉赋多使难字堆垛联纬,意思重叠,不害于大义也。”[③]认为“绮靡”是“弊”,是“查秽”。

所谓体物,注重的是对于万物的体察。这本是中国传统文化有别于西方文化的基本特点,中华民族希望通过体物达到对于天地和人生的深刻理解,形成了中国人看待天人的独特的思维方式。作为群经之首的《周易》中就已经包蕴了这一思想:“古者包牺氏之王天下也,仰则观象于天,俯则观法于地,观鸟兽之文,与地之宜,近取诸身,远取诸物,于是始作八卦,以通神明之德,以类万物之情。”[④]在先秦时期萌生的这种审美意识,在各家学说中得到了生动的阐释。孔子喜欢徘徊于天地山川之间,分享的是“仁者乐山,智者乐水”的自然审美经验。庄子认为,道是世界的本源,化育万物的本根,将自然美的体悟提升到形而上的高度来认识,所谓“山林欤,皋壤欤,使我欣欣然而乐欤”,“天地有大美而不言”,“圣人者,原天地之美而达万物之理”,[⑤]其实就是对于自然的赞美,从自然中获得感悟之思和愉悦之情溢于言表。先秦时期主要是以自然之物比拟人的德性,奠定了中国“究天人之际”的思维方式。

体物的非虚构诗学意义就在于此。《诗经》中不乏“蒹葭苍苍,白露为

① (清)严可均校辑:《全上古三代秦汉三国六朝文》,中华书局 1958 年版,第 1905 页。

② (明)谢榛:《四溟诗话》,载丁福保辑:《历代诗话续编》,中华书局 1983 年版,第 1146 页。

③ (明)谢榛:《四溟诗话》,载丁福保辑:《历代诗话续编》,中华书局 1983 年版,第 1205 页。

④ 《易传·系辞下》,载《周易》,郭彧译注,中华书局 2006 年版,第 380 页。

⑤ 《庄子·知北游》,载陈鼓应:《庄子今注今译》下册,商务印书馆 2012 年版,第 677 页。

霜”,“今我来思,雨雪霏霏”,“关关雎鸠,在河之洲”等以自然物象为观照对象的诗句,都是以描摹自然来抒发情感,形成了一首首经典篇章,为历代所传诵。《诗经》中出现的这些“鸟兽草木”,以自然之物起兴,实则在以引发诗人所咏之人或事,这样一种人、物连类应感的思维,将自然物象与人的道德、情感、心理联系了起来。孔子在《论语・阳货》中阐述《诗经》具有“兴、观、群、怨”的现实功能时,同时提出还可以“多识于草木鸟兽之名”,就是强调通过亲近自然,通过人与自然品性、情感的相通,来认识社会和人生,这同样具有儒家诗学思想所包含的现实意味。司马迁在《史记・太史公自序》中认为,“《诗》记山川、溪谷、禽兽、草木、牝牡、雌雄,故长于风”。此处的“风”可理解为“教化”,即与《毛诗序》中所说的“风以动之,教以化之”的意思相通,这就是“体物”的功能。

自然物象可以视为作者与历史和世界互动和契合的产物,与西方虚构诗学呈现出完全不同的理论视域。这一理路,成为后人理解自然物象的重要视角,钱穆对此作了进一步的阐发,他在《论语新解》中说:“诗尚比兴,多就眼前事物,比类而相通,感发而兴起。故举于诗,对天地间鸟兽草木之名能多熟识,此小言之。若大言之,则俯仰之间,万物一体,鸢飞鱼跃,道无不在,可以渐跻于化境,岂止多识其名而已。孔子教人多识于鸟兽草木之名者,乃所以广大其心,导达其仁,诗教本于性情,不徒务于多识。”①的确如此,对于自然的描写,直接与人联系起来,表明诗教不仅是经世之学,更是作用于人的性情之学,具有浓厚现实意味的政治教化作用。这一传统的体物思想,极大地影响了赋家的自然审美意识。

(二)

下面,我们要讨论的是从比德到体物的问题。

---

①　钱穆:《论语新解》,生活・读书・新知三联书店2002年版,第451—452页。

从比德到体物的变迁，是汉赋的一大特色。刘勰《文心雕龙·诠赋》中说："拟诸形容，则言务纤密；象其物宜，则理贵侧附"。"象其物宜"就是对于具体的物象的细致描写。探究汉人的创作本旨，可见，"物象"已经超越了先秦时期的"比德"思想，不是作为人格的一种点缀和暗示，更为重要的是体验，所以在人与外界的关系上，汉人的批评观已经跃升了一个层次。汉赋重视的"感物"，《汉书·艺文志》指出"不歌而诵谓之赋，登高能赋可以为大夫"时所说："言感物造端，材知深美，可与图事，故可以为列大夫。"[①]这样一种对于汉赋的定位，后代继续将之发扬光大。许结认为，魏晋以降，以陆机为代表的"赋体物"论虽概述辞赋，也必然包括了汉赋的创作因素，然实与当时"物无妄然，必由其理"的体道观、赋文"浏亮"的清省观、"去饰取素"的征实观相契合。[②]

汉赋的这一"感物"方法，与先秦"比德"思维有相通之处。《礼记·乐记》言："乐者，音之所由生也，其本在人心之感于物也。"[③]就是强调"感物"，这在司马迁《司马相如列传》"虽多虚辞滥说，然其要归引之节俭，此与《诗》之风谏何异"[④]中，也有集中体现。

然而，《诗经》中的作品，更多只是提及自然万物的名字，而很少铺排和细致描绘。汉赋则不一样，更加喜欢浓墨重彩，不断铺垫，对于自然物象的渲染和表现，达到了高超的技艺。在汉赋中，既有"鸿裁之寰域，雅文之枢辖也"[⑤]，也有"小制之区畛，奇巧之机要也"[⑥]。《西京杂记》认为，汉赋创作中"赋家之心，苞括宇宙，总览人物"，追求"控引天地，错综古今"。[⑦] 可见，自然物象表

① (汉)班固:《汉书》,颜师古注,中华书局1962年版,第1755页。

② 许结:《中国辞赋理论通史》,凤凰出版社2016年版,第297—306页。

③ (清)孙希旦:《礼记集解》,沈啸寰、王星贤点校,中华书局1989年版,第976页。

④ (汉)司马迁:《史记》,中华书局1982年版,第3073页。

⑤ (南朝梁)刘勰:《文心雕龙义证》,詹锳义证,上海古籍出版社1989年版,第283页。

⑥ (南朝梁)刘勰:《文心雕龙义证》,詹锳义证,上海古籍出版社1989年版,第288页。

⑦ (晋)葛洪:《西京杂记》,中华书局1985年版,第12页。

现的空间不同，或恢宏阔达，或尺幅兴波，更需要在细微处显现精雕细刻之功力。没有丰厚的学识积累和出类拔萃的表现力，是无法完成赋体创作的。明王世贞以司马相如的辞赋为榜样来谈作赋之法，对于赋家素养的认识是深刻的：“作赋之法，已尽长卿数语。大抵须包蓄千古之材，牢笼宇宙之态。其变幻之极，如沧溟开晦，绚烂之至，如霞锦照灼，然后徐而约之，使指有所在。若汗漫纵横，无首无尾，了不知结束之妙又或瑰伟宏富，而神气不流动，如大海乍涸，万宝杂厕，皆是瑕璧，有损连城。然此易耳惟寒俭率易，十室之邑，借理自文，乃为害也。赋家不患无意，患在无蓄，不患无蓄，患在无以运之。”①可见，要达到汉赋汪洋恣肆的境界，需要创作者本身的学识作为依托，才能实现“连篇累牍，博辩纵横；抽密骋妍，飞腾绮丽”②的效果。汉赋对具体物象的描摹十分繁复，如《子虚赋》中，对植物有这样的描绘：“衡兰芷若”“芎藭昌蒲”“茳蓠麋芜”“诸柘巴苴”“葴菥苞荔”“薛莎青薠”“藏莨蒹葭”“东蘠雕胡”“莲藕觚卢”“菴闾轩于”等。创作者没有深厚的学养功底，无法写出这样的描摹文字。

汉赋对体物有了进一步的发展，还在于汉赋书写自然物象时，还经常与“铺陈其事”结合起来，与之前自然物象与情感的结合不同，更加具有非虚构的特点。挚虞《文章流别志论》曰：“古诗之赋，以情义为主，以事类为佐；今之赋，以事形为本，以义正为助。情义为主，则言省而文有例矣；事形为本，则言当而辞无常矣。”③在从古至今的文学创作中，当“事形”代替“情义”成为主体，汉赋则突破了言简意赅的传统，转而变得包罗万象，通过铺张扬厉的手法，与叙事结合，因此才绵密细致，富丽堂皇，创造出大美的境界。清代刘熙载认为：“赋家闳衍钜丽之体，楚《骚》《远游》等作已然，司马、班、杨尤尚此。”④可见，汉赋在内容上着力的“体物”，目的则是“写志”，即通过摹写事物来抒发情志，讽喻

① （明）王世贞：《艺苑卮言校注》，罗仲鼎校注，齐鲁书社 1992 年版，第 31 页。

② 《赋海大观》第四册，北京图书馆出版社 2007 年影印，光绪二十年（1894）鸿宝斋四次重印本。

③ （清）严可均校辑：《全上古三代秦汉三国六朝文》，中华书局 1958 年版，第 1905 页。

④ （清）刘熙载：《艺概》，上海古籍出版社 1978 年版，第 7 页。

现实。清代张惠言在《七十家赋钞目录序》中强调了文字铺陈与汉赋的关联：

> 言，象也，象必有所寓。其在物之变化：天之漻漻，地之嚣嚣；日出月入，一幽一昭；山川之崔蜀杳伏，畏佳林木，振硪溪谷；风云雾霿，霆震寒暑；雨则为雪，霜则为露；生杀之代，新而嬗故；鸟兽与鱼，草木之华，虫走蚁趋；陵变谷易，震动薄蚀；人事老少，生死倾植；礼乐战斗，号令之纪；悲愁劳苦，忠臣孝子；羁士寡妇，愉佚愕骇。有动于中，久而不去，然后形而为言。①

这让我们看到，文字的铺陈恰恰是汉赋的文体特征。

体物实现了外物与人的主体精神的贯通。刘熙载论赋，首先结合赋的创作实际，对汉赋创作过程中创作主体之“意”与客观之“物”的关系进行了阐述，认为二者是不可分离的，“在外者物色，在我者生意，二者相摩相荡而赋出焉。若与自家生意无相出入处，则物色只成闲事，志士遑问及乎”。这样，赋的非虚构意义就显现了出来，“赋兼比兴，则以言内之实事写言外之重旨”。强调赋要“实事求是，因寄所托，一切文字，不外此两种。在赋则尤缺一不可”。体物与讽谏、颜值就统一了起来。“古人赋诗与后世作赋，世异而意同。意之所取，大抵有二，一以讽谏……一以言志。……言志讽谏，非丽雅何以善之。”②

三

赋论的“事类”。

所谓赋的“事类”，就是汉赋对于事实性的追求。鲁迅在《汉文学史纲要》中，把作为史学家的司马迁与作为赋家的司马相如进行了比较，指出：“武帝时文人，赋莫若司马相如，文莫若司马迁。”③其实，司马迁对司马相如的赋也有评价，在《史记·司马相如列传》中主要记录司马相如三个方面的情况，一

---

① (清)张惠言:《茗柯文编》,黄立新校点,上海古籍出版社 1984 年版,第 18 页。

② (清)刘熙载著,王气中笺注:《艺概笺注》,贵州人民出版社 1986 年版,第 286—299 页。

③ 鲁迅:《汉文学史纲要》,载《鲁迅全集》第 9 卷,人民文学出版社 2005 年版,第 431 页。

是他仕于武帝前的经历，二是通西南夷，三是其文赋创作与作品。对其赋作的讽谏意味给予了高度评价，然而对其缺乏事实根据的夸饰则给予了批评。班固《汉书·司马相如传》基本上沿袭了司马迁《史记》对于司马相如的评价：“赞曰：司马迁称‘……相如虽多虚辞滥说，然要其归引之于节俭，此亦《诗》之风谏何异？’扬雄以为靡丽之赋，劝百而风一，犹骋郑卫之声，曲终而奏雅，不已戏乎！”班固认为，司马相如赋同《诗经》一样具有讽谏作用。但是班固也认为，司马相如赋存在不足之处，即“文艳用寡，子虚乌有。寓言淫丽，托风终始。多识博物，有可观采。蔚为辞宗，赋颂之首”（《汉书·叙传》）。这里所提到的“文艳用寡”，即华而不实，没有多少现实根据和作用。从自身所秉持的文学观念出发，班固在《汉书》中在肯定司马相如、扬雄的赋的同时，也批评了其中的铺张文风。班固在《两都赋》的结尾，借西都宾之口，批判的正是西都的夸耀失实，颂扬的恰是东都的法度规矩，将“义正”和“事实”作为赋体最为基本的创作原则。

司马迁、班固编纂史书以真实可靠的历史事实闻名于世，他们强调汉赋的事实性，要求文学创作要符合生活史记，不夸诞，不虚妄。左思、皇甫谧等，也认为赋应该“征实”。赋离不开事，曹丕对辞赋的看法主要见于《典论·论文》和《答卞兰教》中。据《三国志》卷五《后妃传》裴松之注引《魏略》曰：“卞兰献赋赞太子德美，太子报曰：赋者，言事类之所附也。颂者，美盛德之形容也。故作者不虚其辞，受者必当其实。兰此赋，岂吾实哉昔吾丘寿王一陈宝鼎，何武等徒以歌颂，犹受金帛之赐。兰事虽不谅，义足嘉也。今赐牛一头。”①左思在《三都赋序》中说：“发言为诗者，泳其所志也升高能赋者，颂其所见也。美物者贵依其本，赞事者，宜本其实。匪本匪实，览者奚信？”②要求写实。挚虞的赋论观点主要见于《文章流别志论》：“故有赋焉，所以假象尽辞，敷陈其志。古诗之赋，以情义为主，以事类为佐。今之赋，以事形为本，以义正为助。情义

① （晋）陈寿：《三国志·魏书》卷五，裴松之注，中华书局1965年版，第158页。

② （南朝梁）萧统编：《文选》卷四，上海古籍出版社1986年版，第173页。

为主，则言省而文有例类事形为本，则言富而辞无常。”①陈绎曾在《文筌·汉赋法》中强调锤炼写作技法：“汉赋之法，以事物为实，以理辅之。先将题目中合说事物，一一依次铺陈，时默在心，便立间架，构意绪，收材料，措文辞，布置得所，则间架明朗；思索巧妙，则意绪深稳；博览慎择，则材料详备；锻炼圆洁，则文辞典雅。……事事物物，必须造极。”②

具体而言，赋的“事类”包括礼仪、史实、风俗等几类，记录了当时的各类社会现实。

（一）

践行礼的行为。

礼的主要作用在于维系和调节社会和家庭人伦关系，天子维护礼仪，具有典范意义，是治理国家安定实现大一统的需要。礼制是古代治国理政的重要制度，司马光在《资治通鉴》中写道，“臣光曰：臣闻天子之职莫大于礼，礼莫大于分，分莫大于名。何谓礼？纪纲是也；何谓分？君臣是也；何谓名？公、侯、卿、大夫是也。夫以四海之广，兆民之众，受制于一人，虽有绝伦之力，高世之智，莫敢不奔走而服役者，岂非以礼为之纲纪哉！是故天子统三公，三公率诸侯，诸侯制卿大夫，卿大夫治士庶人。贵以临贱，贱以承贵。上之使下，犹心腹之运手足，根本之制支叶；下之事上，犹手足之卫心腹，支叶之庇本根。然后能上下相保而国家治安。故曰：天子之职莫大于礼也。”③汉代初期，礼乐残存，继承周礼，并且制定本朝的礼制，开创河清海晏政通人和的局面，乃朝廷当务之急。《史记·礼书》云：“礼者，人道之极也。”《汉书·礼乐志》云：“礼节民心，乐和民声，政以行之，刑以防之。礼乐刑政四达而不悖，则王道备矣。”

赋是践行礼的行为的一种体现。汉武帝即位，遵从礼官，制礼服，献赋和

---

① （唐）欧阳询撰，汪绍楹校：《艺文类聚》卷五十六，上海古籍出版社1965年版，第1018页。

② 王冠：《赋话广聚》第一册，北京图书馆出版社2006年版，第364—365页。

③ （宋）司马光：《资治通鉴》，中华书局1956年版，第2—3页。

采诗日益兴盛。《汉书·礼乐志》记载：“文、景之间，礼官肄业而已。至武帝郊祀之礼，祠太一于甘泉，就乾位也，祭后土于汾阴，泽中方丘也。乃立乐府，采诗夜诵，有赵、代、秦、楚之讴。以李延年为协律都尉，多举司马相如等数十人造为诗赋，略论律吕，以合八音之调，作十九章之歌。”①

有学者认为，赋体之名，当源于《周礼》“六诗”之赋，源于赋诗言志用诗之法，直接将汉赋与礼联系起来。② 我们阅读汉赋，的确感受到其中礼的事象的生动性和丰富性。王学军指出：“汉赋所用礼仪多以天子为对象，如校猎之礼、封禅之礼、朝贺之礼、祭祖之礼、祀天之礼、瘗地之礼、朝觐之礼、宗庙之制、巡狩之礼、命将出师之礼、大射礼、大飨礼、大傩之礼、藉田之礼、贽见礼、养老礼、大赦之礼等。”③

首先是郊祀礼，先秦时期天子礼仪表达的是一种理想图式，而汉代则出现了郊祀，这种天子礼是由君王带领三公九卿等诸位大臣于国都郊外祭祀上天，为百姓和国家祈福的一种礼仪。许结认为：“至汉代以‘郊祀’为代表的天子礼出现，方完成这一历史的转换，而汉大赋中有关天子礼之描写，既是应运而生的新气象，更是汉天子礼的真实记载。”④汉赋家在作品中阐明汉天子敬天尊统之意，如张衡《东京赋》描写天子郊祭祀天之礼：

> 及将祀天郊，报地功，祈福乎上玄，思所以为虔。肃肃之仪尽，穆穆之礼殚。然后以献精诚，奉禋祀，曰：“允矣，天子者也。”乃整法服，正冕带。珩紞紘綖，玉笄綦会。火龙黼黻，藻繂鞶厉。结飞云之袷辂，树翠羽之高盖。建辰旒之太常，纷焱悠以容裔。六玄虬之奕奕，齐腾骧而沛艾。

“祀天郊，报地功”，即祭祀天地。李善《文选》注引：“《白虎通》曰：‘祭天

① （汉）班固：《汉书·礼乐志》，中华书局1964年版，第1045页。

② 鲁洪生：《汉赋源于〈周礼〉“六诗”之赋考》，《文学遗产》2009年第6期。

③ 王学军：《汉赋用礼考辨》，《太原师范学院学报（社会科学版）》2013年第2期。

④ 许结：《赋体文学的文化阐释》，中华书局2005年版，第143页。

必在郊者,天体至清,故祭必于郊,取其清洁也。'《周礼》曰:以正月上辛,郊祀。告于上帝,祭天而郊,以报去年土地之功。"可知这既是对汉廷郊祭之礼的实写,也是对古代禋祀(《周礼·春官·大宗伯》:"以禋祀昊天上帝。")传统及礼仪形态的描述。

汉赋重视礼,确非虚言。有学者由汉赋文本出发,结合相关文献材料考证,总结出汉赋用礼共有二十四种之多,包括校猎之礼、衣裳会盟之礼、诸侯之礼、封禅之礼、燕礼、朝贺之礼、祭祖之礼、祀天之礼、瘗地之礼、朝觐之礼、宗庙之制、吊问之礼、巡狩之礼、祓禊之礼、命将出师之礼、大射礼、大飨礼、大傩之礼、藉田之礼、贽见礼、养老礼、大赦之礼、婚礼、饮至策勋之礼等。①

再看与礼的联系。班固《两都赋序》因史论文,已申明其义:

> 大汉初定,日不暇给,至于武、宣之世,乃崇礼官,考文章,内设金马、石渠之署,外兴乐府协律之事,以兴废继绝,润色鸿业。……故言语侍从之臣,若司马相如、虞丘寿王、东方朔、枚皋、王褒、刘向之属,朝夕论思,日月献纳。而公卿大臣御史大夫倪宽、太常孔臧、太中大夫董仲舒、宗正刘德、太子太傅萧望之等,时时间作。或以抒下情而通讽谕,或以宣上德而尽忠孝,雍容揄扬,著于后嗣,抑亦雅颂之亚也。故孝成之世,论而录之,盖奏御者千有余篇,而后大汉之文章,炳焉与三代同风。②

汉赋中表现的礼乐精神,要求帝王实施合乎礼乐的行为,说到底实施仁政,委婉表达对于不合礼乐的行为的不满。在汉代由于天子礼的建立,既要颂扬天子的威力,同时又要防止权力过度集中和膨胀,伤及平民,偏离礼制。汉武帝与民争利、骄奢淫逸,背弃了礼乐,因而成为讽谏的对象:

> 武帝广开上林,南至宜春、鼎湖、御宿、昆吾,旁南山而西,至长杨、五柞。北绕黄山,濒渭而东,周袤数百里。穿昆明池,象滇河,营

---

① 王学军:《汉赋用礼考辨》,《太原师范学院学报(人文社会科学版)》2013年第2期。

② 费振刚、胡双宝、宗明华:《全汉赋》,北京大学出版社1993年版,第311页。

建章、凤阙、神明、馺娑，渐台、泰液象海水周流方丈、瀛洲、蓬莱。游观侈靡，穷妙极丽。虽颇割其三垂，以赡其民。然至羽猎田车戎马器械储偫禁御所营，尚泰奢丽夸诩，非尧、舜、成汤、文王三驱之意也。(《汉书·扬雄传》)

汉代礼仪，以天子礼仪为主，也规范了普通人言行的准则，还有普通人共同遵守的礼仪。蔡邕在《青衣赋》中写的是对女子的爱慕之情，这不符合当时的婚姻礼仪，张超《诮青衣赋》批评蔡邕赋中情感不合礼仪规范：“三族无纪，绸缪不序。蟹行索妃，旁行求偶。昏姻无媒，宗庙无主。门户不名，依其所在。”①

（二）

汉赋，鸿篇巨制的颂歌。

班固在《两都赋序》中提出：“或以抒下情而通讽谕，或以宣上德而尽忠孝。”②汉赋发挥着批评讽谕和宣德颂扬的双重功效，这种功效也在历史的进程中得到实现，在班固对帝王的评价中得到体现。

刘勰对汉赋引用事例时不尊重事实，随意更改典故，造成谬误的不严谨作法，表达了强烈不满：“自宋玉景差，夸饰始盛，相如凭风，诡滥愈甚。故上林之馆，奔星与宛虹入轩；从禽之盛，飞廉与鷦明俱获……此欲夸其威而饰其事，义睽剌也。”③但同时，刘勰又认为汉赋将丰富的事例融入创作的手法，值得后世学习，“唯贾谊《鵩赋》，始用鹖冠之说，相如《上林》，撮引李斯之书，此万分之一会也……至于崔班张蔡，遂捃摭经史，华实布濩，因书立功，皆后人之范式也”④。而“相如《上林》云‘奏陶唐之舞，听葛天之歌，千人唱，万人和’。唱和千万人，乃相如推之；然而滥侈葛天，推三成万者，信赋妄书，致斯谬也”⑤，则

① 费振刚、胡双宝、宗明华：《全汉赋》，北京大学出版社 1993 年版，第 606 页。
② 费振刚、胡双宝、宗明华：《全汉赋》，北京大学出版社 1993 年版，第 311 页。
③ 周振甫：《文心雕龙今译》，中华书局 1986 年版，第 333 页。
④ 周振甫：《文心雕龙今译》，中华书局 1986 年版，第 340 页。
⑤ 周振甫：《文心雕龙今译》，中华书局 1986 年版，第 343 页。

达到引人瞩目的高超的艺术境界。

为了挽救赋在真实性方面的不足,扬雄主张赋中多写实,多呈现史实。扬雄在《法言·吾子》中提出,“君子事之为尚。事胜辞则伉,辞胜事则赋,事辞称则经”。东汉王延寿《鲁灵光殿赋序》称:“物以赋显,事以颂宣。”①张衡在《二京赋》中曾说:“方今圣上,同天号于帝皇,掩四海而为家。富有之业,莫我大也。”②对此,周来祥先生提出:“‘莫我大也’这大概表现了两汉人普遍的自豪感,当今皇帝,与天同号,其版图之大,前所未有;其经济、政治、文化之盛,也是前所未有的。前所未有之大汉,孕育了‘莫我大也’之两汉子民,创造了‘莫我大也’的两汉审美文化。”③

可见,经过汉初的休养生息,随着汉朝走向强盛,应运而生的汉赋刚好成为彰显汉朝威仪和实力的重要文体。

（三）

汉赋也是了解民情民意的重要窗口。在《文选》中,将赋的题材类型分为京都、畋猎、纪行、游览、宫殿、江海、鸟兽、音乐等十五类。《文苑英华》中,题材类型增至四十二种,更为包罗万象。

物质风俗是“人民在创造和消费物质财富过程中不断重复、带有模式性的活动,以及这些活动所产生的带有类型性的产品形式”④。主要包括生产风俗、居住风俗、商贸风俗、饮食风俗、服饰风俗、交通风俗等。这是汉赋表现的重要风俗。枚乘《七发》中有“楚苗之食,安胡之饭,抟之不解,一啜而散”。“山梁之餐,豢豹之胎,小饭大歠,如汤沃雪”的饮食场景。司马相如《天子游猎赋》中有“被阿锡,揄纻缟,杂纤罗,垂雾縠”的服饰。王延寿《鲁灵光殿赋》

① (南朝梁)萧统编:《文选》,中华书局1977年版,第168页。
② 费振刚、胡双宝、宗明华辑校:《全汉赋》,北京大学出版社1993年版,第421页。
③ 周来祥:《汉赋“莫我大也”的时代风貌》,《社会科学战线》2009年第11期。
④ 钟敬文:《民俗学概论》,上海文艺出版社2009年版,第5页。

中有“穷奇极妙，栋宇已来，未之有兮”的宫殿建筑。

社会风俗与社会制度、社会关系相关，包含节日风俗、丧葬风俗等等。廉品《大傩赋》中有“弦桃刺棘，弓矢斯张，赭鞭朱朴击不祥，彤戈丹斧芟夷凶殃”的大傩仪式。张衡在《南都赋》中记述了祓禊风俗：“于是暮春之禊，元巳之辰，方轨齐轸，祓于阳濒。朱帷连网，曜野映云。男女姣服，骆驿缤纷。致饰程盅，偠绍便娟。微眺流睇，蛾眉连卷。于是齐僮唱兮列赵女，坐南歌兮起郑舞，白鹤飞兮茧曳绪，修袖缭绕而满庭，罗袜蹑蹀而容与。翩绵绵其若绝，眩将坠而复举。翘遥迁延，蹩薛翩跹。结九秋之增伤，怨西荆之折盘。弹筝吹笙，更为新声。寡妇悲吟，鹍鸡哀鸣。坐者悽欷，荡魂伤精。”①

张衡《西京赋》写到七夕：“乃有昆明灵沼……牵牛立其左，织女处其右。”②社会风俗还与宗教体验有关，如道教、佛教、民间信仰等。通过文学创作，各种类型的社会风俗体验都得到了丰富的呈现。

所谓风俗，《周礼》中说道：“俗者习也，上所化曰风，下所习曰俗。”可见，风俗具有一定的教化作用，绽放出非虚构的绚烂光彩。在汉代辨别风俗作为为政的重要的必修课，汉代应劭在《风俗通义·序》中指出：“风者，天气有寒暖，地形有险易，水泉有美恶，草木有刚柔也。俗者，含血之类，像之而生，故言语歌讴异声，鼓舞动作殊形，或直或邪，或善或淫也……传曰：‘百里不同风，千里不同俗，户异政，人殊服。’由此言之：为政之要，辩风正俗，最其上也。”③

可见，汉赋中的风俗是了解民情民意的重要窗口，具有极强的现实意义。

第二节　魏晋文体论

魏晋南北朝时期是中国文学史上的一个辉煌时期，特别是文学理论方面

---

① （汉）张衡：《南都赋》，中华书局 1987 年版。

② （汉）张衡：《西京赋》，中华书局 1987 年版。

③ （汉）应劭撰，王利器校注：《风俗通义·序》，中华书局 1981 年版，第 8 页。

出现了以《文心雕龙》为代表的理论巨著，较为集中、系统地阐述了文学文体，将非虚构文体论推向了一个新的阶段。

一

关于魏晋文体论，首先遭遇的就是关于“文学自觉”说的疑问，一个世纪以来围绕这个核心问题展开了多维的讨论。

（一）

中国学者提出“文学自觉”说，基本上都是定格在魏晋时期，成为文学史和文学理论长期讨论的一个话题。所谓“自觉”，即 Self-Consciousness，在西方一般理解为一种自我的意识，按照《斯坦福哲学百科全书》的解释：“自觉可以被理解为一种自我的意识。但是，一个有意识的主体不仅仅是意识到某件事情仅仅是发生在自己身上，就像一个人看到一张旧照片却没有意识到它是属于自己的一样。相反，一个有自我意识的主体是把自己当作自己来认识的；他们清楚地知道，他们自己就是意识的对象。”①可见，自觉意味着对自我的深刻认知。列宁指出：“在人面前是自然现象之网。本能的人，即野蛮人，没有把自己同自然界区分开来。自觉的人则区分开来了，范畴是区分过程中的梯级，即认识世界的过程中的梯级，是帮助我们认识和掌握自然现象之网的网上纽结。”②就文学自觉说而言，最为核心的就是纯文学这个范畴了，将之作为认识和掌握文学的核心密码，作为区分文学与非文学的标准。

其实，“文学自觉”说是从西方现代以来颇为流行的纯文学的角度，来看待魏晋文学特点。鲁迅在《魏晋风度及文章与药及酒之关系》一文中，在阐述

① Smith, Joel, “Self—Consciousness”, The Stanford in Encyclopedia of Philosophy (Fall 2017 Edition), EdwardN. Zalta (ed.), URL = <https://plato.stanford.edu/archives/fall2017/entries/self——consciousness/>.

② 列宁：《黑格尔〈逻辑学〉一书摘要》，载《列宁全集》第 55 卷，人民出版社 1990 年版，第 78 页。

对“文学的自觉时代”的时候，多次说到“近代”，比如“用近代的文学眼光看来”，“或如近代所说”。[①] 就是在说明纯文学是一个特殊时期的文学观念。鲁迅对于时代的一再强调，意在说明纯文学并非是一个贯穿整个西方文学历史的概念。学术界用纯文学的概念对中国文学历史进行勘探和检测，通过比照可以有新的发现，但是从总体上来看，具有强制阐释的意味，诚如傅守祥、郑露娜在《魏晋文学自觉再议》一文中所说的那样：“各种‘文学自觉说’始终是在用近现代西方的眼光去重构与想象中国古典文学（诗文等）的成长历史，是以近现代西方的文学观念为基础，将西方理论强制套用在中国文学史研究上。”[②]

关于纯文学这一范畴，鲁迅以曹丕《典论·论文》中“文气说”“诗赋欲丽”为论据，论证了这一观点，此后许多研究者也继续深化了这一观点，内在逻辑上具有统一性。罗宗强在《魏晋南北朝文学思想史》中总结指出：“有学者提过魏晋南北朝是文学的自觉的时代。如果从文学思想发展的主要潮流考虑，是指它回归自身、重艺术特质、淡化其与政教的关系的话，那么这个提法是可以成立的。”[③]袁行霈、罗宗强主编的影响较大的《中国文学史》认为：“文学自觉”具有三个标志：“第一，文学从广义的学术中分化出来，成为独立的一个门类……第二，对文学的各种体裁有了比较细致的区分……第三，对文学的审美特性有了自觉的追求。”[④]这三个标志与西方“纯文学”概念在理念上有一致性，可简要概括为“文学成为独立门类”“文学体裁区分”“审美特性追求”三个关键点。这三点从西方文论话语中可以找出对应的理论根基，特别吻合的是“现代性”语境中西方的纯文学观念，从纯文学的角度来对文体划分，立足小说、戏剧、诗歌、散文这些文体，来书写各个时代的文学发展史。

---

① 鲁迅：《魏晋风度及文章与药及酒之关系》，载《鲁迅全集》第3卷，人民文学出版社2005年版，第526页。

② 傅守祥、郑露娜：《魏晋文学自觉再议》，《徐州工程学院学报（社会科学版）》2018年第5期。

③ 罗宗强：《魏晋南北朝文学思想史》，中华书局1996年版，第459页。

④ 袁行霈、罗宗强：《中国文学史》第2卷，高等教育出版社1999年版，第4—5页。

西方纯文学观念按照美—艺术—文学的层级,从上而下建立起文学理论体系的架构,审美、类型、体裁是相互联系的支撑点。德国学者鲍姆加登1750年出版的《美学》(*Aesthetica*)对美学学科的诞生起到了重要作用,因而被称为“美学之父”。他认为,审美特性就是建立在无功利性的基础之上的,拉开了与现实的距离,这种陌生化,在西方美学中被称为“审美距离”。法国学者夏尔·巴托被称为“艺术之父”,在1746年出版的《归结为同一原理的美的艺术》一书中,为阐释“美的艺术”这一概念作出了独特贡献,他将艺术分为七种主要类型,即音乐、诗、绘画、雕塑、舞蹈、演讲术、建筑,其中音乐、诗、绘画、雕塑和舞蹈以审美为首要目标,与实用拉开了距离,因而被看作是最典型的“美的艺术”。这一艺术分类影响深远,成为普遍认同的艺术分类法则,朱狄认为巴托的贡献在于“几乎达到了现代艺术分类体系的最后形式”①。对于现实的超越即虚构,1800年斯达尔夫人以虚构为基本特性,将文学与风俗、法律等区别了开来,建立起具有现代意义的纯文学的概念。纯文学进一步细分为文类体裁,韦勒克、沃伦在《文学的本质》一章中说:“文学的本质最清楚地显现于文学所涉猎的范畴中。文学艺术的中心显然是在抒情诗、史诗和戏剧等传统的文学类型上。它们处理的都是一个虚构的世界、想象的世界。”②20世纪以来,俄国形式主义、英美新批评、法国结构主义,都是以语言、结构为考察的核心要素,就是要隔绝文学在内容上与现实的联系,专注于文学形式的内部研究,建立起关于纯文学的缜密而完备的文学批评和文学理论的知识体系。

新文化运动初期,将文学看作“纯文学”即建构“一个虚构的世界、想象的世界”的观念,开始在中国文学界深入人心。陈独秀就是根据“应用之文”与“文学之文”的区别,从结构形式的角度进行中国文体分类的,他说:“鄙意凡百文字之共名,皆谓之文。文之大别有二,一曰应用之文,一曰文学之文。刘

---

① 朱狄:《当代西方美学》,人民出版社1984年版,第389页。

② [美]勒内·韦勒克、[美]奥斯汀·沃伦:《文学理论》,刘向愚、邢培明、李哲明译,文化艺术出版社2010年版,第14—15页。

君以诗歌戏曲小说等列入文学范围，是即余所谓文学之文也。以评论文告日记信札等列入文字范围，是即余所谓应用之文也。”①如果不进行细分，把诗和词统称为诗，把戏和曲统称为戏剧，则就是诗歌、小说、戏剧三类了，与西方大体分类相当。王国维在《红楼梦评论》、郭沫若在《文学的本质》中等提出过文学三分法，即诗歌、小说、戏剧三种文体。刘半农、朱自清、鲁迅等人提出四分法，添加了散文这一文体，其实也是与西方美学相关的，有时就直接称为“美文”，以示与中国传统的与实用相关的文体区别。1935—1936年间，由“五四”新文学运动当事人编选的《中国新文学大系》丛书出版。该丛书在文体上采用了四分法，让这一文体学观念在中国进一步流行开来。

中国学者提出“文学自觉”说这一命题，着眼于文学的形式美而言，我们固然可以从中国古人那里，找到不少这方面的论述，可以作为一种佐证。魏晋南北朝文学作为中国“美文学”的源头，受到关注，《周书·庾信传》中就指出徐摛、庾信等人“文均绮艳”②。曹丕以帝王身份在《典论·论文》中首倡“诗赋欲丽”。陆机《文赋》对“发乎情、止乎礼义”的诗歌观念进行调整，要求人们对于诗歌的关注从情到形式，提出“诗缘情而绮靡”。刘勰沿袭了陆机的观点，在《文心雕龙·征圣》中以《豳风·七月》为例指出：作诗应“繁文以该情”。特别是在《文心雕龙·情采》中，反复说：“文采所以饰言，而辩丽本乎情性。”“圣贤书辞，总称文章，非采而何。”“铅黛所以饰容，而盼倩生于淑姿；文采所以饰言，而辩丽本于情性。”提出“文采”一词来说明文采的价值意义和外在修饰性质。此后，钟嵘在论诗的审美标准时，也提出写诗要反复打磨，做到“润之以丹采”，这“丹采”指的是朱红的色彩，就创作而言即文采，指诗应具形式美。

但是，需要我们进一步思考的是，这一学术理路是否符合中国文学和文体

① 陈独秀：《附识》，载胡适编选：《中国新文学大系·建设理论集》，上海良友图书印刷公司1935年版，第73页。

② （唐）令狐德棻等：《周书》，中华书局1971年版，第733页。

观念的实际？是否存在以偏概全的不足？这一重要的问题，迫切需要回到具体的历史语境，通过史实的梳理，从学理的、逻辑的层面上进行辨析。

（二）

魏晋南北朝时代，的确重视文学的形式美，然而，将之与社会历史对立起来，单纯将之看作是文学自觉的特点，则失之偏颇。概而言之，“质”与“文”对立又统一，离开了“质”，所谓“文”则不成立。

在中国传统文化中，文与质是并行不悖的。关于“质”，段玉裁注《说文解字》时认为：“引伸其义为朴也，地也。”①《说文解字》又释“朴”为：“木素也。”②段注云：“素犹质也，以木为质，未周饰，如瓦器之坯然。”③概而言之，“质”就是指事物的本来面目。而“文”则是对“质”的修饰。强调二者统一在中国文化中源远流长，这一理路的根源可以追溯到先秦时期，在此后也是一脉相承，这一方面的论述屡屡可见。《易传·系辞》提到：“其旨远，其辞文。”孔子曰：“质胜文则野，文胜质则史。文质彬彬，然后君子。”④孔子所说的“文”，皆指文采修饰，也就是说，装饰与意义结合，才是真正的完美。“言之不文，行而不远。”（《左传·襄公二十五年》）讲述的都是同样的道理。东汉王充认为文章要劝人行善，他说：“天文人文，文岂徒调墨弄笔，为美丽之观哉？载人之行，传人之名也。善人愿载，思勉力善；邪人恶载，力自禁裁。然则文人之笔，劝善惩恶也。”（《论衡·佚文》）

如果不能达到劝人行善的效果，那么文章就是无效的，“为世用者，百篇无害；不为世用者，一章无补”（《论衡·自纪》）。他特别强调的是，文采是文章的外貌与修饰，应该有质的内在规定性，这样才具有价值意义。

---

① （清）段玉裁：《说文解字段注》，成都古籍书店1981年版，第298页。
② （清）段玉裁：《说文解字段注》，成都古籍书店1981年版，第262页。
③ （清）段玉裁：《说文解字段注》，成都古籍书店1981年版，第262页。
④ （宋）邢昺：《论语注疏》，载阮元：《十三经注疏》，中华书局1980年版，第2491页。

回到魏晋时代，强调文与质的统一，则是理解这一时期文论的关键。刘勰所贬斥的只是毫无情性内容的浮艳之诗，对有情感的绮丽之诗却给以肯定，他说：“缀文者情动而辞发，观文者披文以入情。”（《文心雕龙·知音》）这方面的论述在《文心雕龙》的“情采”“辨骚”“明诗”“丽辞”等篇章中，可谓俯拾皆是。如果说“文”是修饰的话，那么，刘勰则选择与“质”对应的“自然”这一范畴。《文心雕龙》共有50篇，7篇使用了“自然”一词，另外还使用了“天然”等词，如“心生而言立，言立而文明，自然之道也”（《文心雕龙·原道》）。“云霞雕色，有逾画工之妙；草木贲华，无待锦匠之奇：夫岂外饰，盖自然耳。”《文心雕龙·原道》“齐梁文藻，日竞雕华。标自然以为宗，是彦和吃紧为人处。”（《文心雕龙·原道》）“人禀七情，感物吟志，莫非自然。”《文心雕龙·明诗》“察其为才，自然至矣。”（《文心雕龙·诔碑》）“岂非自然之恒资，才气之大略哉。”（《文心雕龙·体性》）“机发矢直，涧曲湍回，自然之趣也。”（《文心雕龙·定势》）“槁木无阴，自然之势也。”（《文心雕龙·定势》）“岂营丽辞，（高下相须），自然对耳（成对）。”（《文心雕龙·丽辞》）“故自然会妙，譬草木之曜英华。”（《文心雕龙·隐秀》）

押韵具有形式美，不押韵则自由散淡，由此有文笔之分，然而，我们需要注意的是，刘勰则将文笔均纳入到了文学的范畴。《文心雕龙·总术》曰：“今之常言，有文有笔，以为无韵者笔也，有韵者文也。夫文以足言，理兼诗、书，别目两名，自近代耳。”[①]刘勰以“诗”“书”分隶“文”“笔”两目，可见“文”主要指诗，“书”者，书记之谓也。笔与文相提并论，《梁书·庾肩吾传》：“近世谢朓、沈约之诗，任昉、陆倕之笔，斯实文章之冠冕，述作之楷模。张士简之赋，周升逸之辩，亦成佳手，难可复遇。”[②]笔也有很高的价值，同样可以获得较高声望和认可。《宋书·颜延之传》曰：“（颜）竣为世祖南中郎谘议参军。及义师入讨，竣参定密谋，兼造书檄。劭召延之，示以檄文，问曰：‘此笔谁所造？’延之

---

① 杨明照：《文心雕龙校注》，中华书局2000年版，第529页。

② （唐）姚思廉：《梁书》，中华书局1964年版，第691页。

曰:‘竣之笔也。’又问:‘何以知之?’延之曰:‘竣笔体,臣不容不识。’”[①]钟嵘也更为提倡“即目”“直寻”,反对过度用典。

后代对于单纯追求形式美,也是颇有微词的。唐代李白认为“绮丽”是建安之后的文学的缺陷,“自从建安后,绮丽不足珍”。何其芳在诗中也否定了“绮丽”的价值,“苦求精致成颓废,绮丽从来不足珍”[②]。唐代李德裕在《文章论》说道:“文之为物,自然灵气。恍惚而来,不思而至。杼轴得之,淡而无味……”可见,脱离现实生活,过度追求文辞的“绮丽”,是历代许多文人所反对的。皎然在《诗式》中列举“诗有六至”,其一为“至丽而自然”。《二十四诗品》中反复强调这一点,单列“自然”为一品,“俯拾即是,不取诸邻。俱道适往,着手成春。如逢花开,如昭岁新。真予不夺,强得易贫。幽人空山,过雨采苹。薄言情悟,悠悠天钧”。明代李贽崇尚自然的人性,将“自然”作为克服“情性”“礼义”的重要途径:“然则所谓自然者,非有意为自然而遂以为自然也。若有意为自然,则与矫强何异。故自然之道,未易言也。”[③]清代诗学中,也有对“自然”的推崇的思想。如“古人之诗,以天真烂漫、自然而然者为工”[④]。“词之佳者,正以本色,渐近自然,不在镂金错采为工也。”[⑤]“欲造平淡,当自组丽中来。即倚声家言自然从追琢中出也。”[⑥]王国维在《宋元戏曲考》中多次提到“自然”:“元曲之佳处何在?一言以蔽之,曰:自然而已矣。古今之大文学,无不以自然胜,而莫著于元曲。……若其文字之自然,则又为其必然之结果,抑其次也”[⑦]。他在《人间词话》中认为,纳兰容若是用自然之眼观物、以自然之舌言情,高度肯定了此类创作。

---

① (南朝梁)沈约:《宋书》,中华书局1964年版,第1903页。
② 何其芳:《何其芳文集》第2卷,人民文学出版社1982年版,第253页。
③ (明)李贽:《焚书 续焚书》,中华书局1975年版,第132—133页。
④ (清)钱谦益:《牧斋有学集》卷十九《题交芦言怨集》,《四部丛刊初编》第1660册。
⑤ 孙克强、杨传庆、裴喆编著:《清人词话》,南开大学出版社2012年版,第506页。
⑥ (清)况周颐:《蕙风词话续编》卷一,人民文学出版社2005年版,第159页。
⑦ 王国维:《王国维文学论著三种》,商务印书馆2001年版,第160—161页。

与之相对的还有，对于内容的关注。稍后于刘勰的钟嵘也推崇“情性”。他的《诗品序》突出标榜“自然英旨”的诗歌理论，以此来反对当时雕章琢句、淫靡讹滥的不良文风，而倡导“吟咏情性”，“若乃经国文符，应资博古，撰德驳奏，宜穷往烈，至乎吟咏情性，亦何贵于用事”。（《诗品序》）有学者据此认为：“中国古代文学理论自从其产生之日起，便具有强调文学必须为政治教化服务的品格。……几乎每个朝代都把它们作为文学价值的一种基本原则而自觉地加以提倡，并用于指导文学创作和作为反对形式主义的一种理论武器。”① 的确如此，反映出中国诗学的非虚构特征。

在中国古代文论中，“质”与“文”是对立统一的，“文采”不仅仅指文辞优美，而是一种综合的文学性，是一种内外兼修的“神采”。《文心雕龙》中说：“夫水性虚而沦漪结，木体实而花萼振，文附质也。虎豹无文，则鞟同犬羊，犀兕有皮，而色资丹漆，质待文也。”这是从文与质相辅相成来谈文章内容与形式的辩证关系。在《文心雕龙》中类似的论述还有：“夫铅黛所以饰容，而盼倩生于淑姿；文采所以饰言，而辩丽本于情理。故情者，文之经；辞者，理之纬；经正而后纬成，理定而后辞畅，此立文之本源也。”在这里，刘勰就强调了“质”与“文”的对立统一关系。

皎然在《诗式》中对诗歌创作和赏析进行了多方面的阐述，提出了“高手述作”“造其极妙”等各种艺术境界，而更主张抒写真情实感，可以“不顾辞采而风流自然”，“自然”则是他极力崇尚、倡导的理想的艺术境界。认为谢灵运的诗歌，“康乐为文，真于情性，尚于作用，不顾词彩，而风流自然。……惠休所评谢诗，如芙蓉出水，斯言颇近矣”。以谢灵运的诗作为楷模，提出了“但见情性，不睹文字”的见解，认为“沈休文酷裁八病，碎用四声，故风雁殆尽。后之才子，天机不高，为沈生弊法所媚，懵然随流，溺而不返”。在他看来，仅仅符合四声八病等声律要求，还不能算是好诗，更应该在诗中体现出真性情。

① 黄霖：《中国古代文学理论体系 · 原人论》，复旦大学出版社 2000 年版，第 322 页。

陈子昂《与东方左史虬修竹篇序》曰："文章道弊五百年矣，汉魏风骨，晋宋莫传，然而文献有可征者。仆尝暇时观齐梁间诗，彩丽竞繁，而兴寄都绝，每以咏叹。"李白的看法和陈子昂相似："自从建安来，绮丽不足珍，圣代复元古，垂衣贵清真。"（《古风》之一）杜甫则显得更加包容一些，他曾说："前辈飞腾入，余波绮丽为，后贤兼旧制，历代各清规。"（《偶题》）但是，对于齐梁时期的"绮丽"只是一种有限的包容，在《戏为六绝句》中，将齐梁时期的"翡翠兰苕"之类的绮丽之风定义为"伪体"。陈子昂、李白和杜甫对于魏晋南北朝文学单纯地追求形式美的现象，当作了"颓废"的代名词。这一时期的白居易也表达了自己的主张，在《与元九书》中曰："诗者，根情、苗言、华声、实义。"用自然界植物的根、苗、花、果喻诗歌艺术中情、言、声、义，强化了有机联系和整体性，要求在内容第一位的前提下，达到内容与形式的统一。

宗白华先生曾经说过，汉末魏晋六朝是"精神史上极自由、极解放，最富于智慧、最浓于热情的一个朝代"，这个时代的人会由"人的自觉"到"文的自觉"，会撇开"文以载道"之说而去关注作者的自然本性与情意。① 这一说法对于"魏晋文学自觉说"的阐释影响很大，对于弘扬文学的自由精神意义重大。但是，将文学的自觉建立在对于"文以载道"的完全消解之上，其实，这一说法并不符合魏晋时期文论的特点，下面我们以《文心雕龙》中的《原道》，来做进一步的分析。

二

《文心雕龙》除了对具体的文体进行论述之外，还有关于文体的理论总结，有大量专章的论述，比如《体性》《定势》《才略》均涉及文体问题，这里的"体"指的是体裁，也是风格，"体性"提出"才、气、学、习"，强调主观与客观的关系，同时指出："体"有势，就是客观规律，《才略》还讲到了时代与作家才能

① 参见宗白华：《论〈世说新语〉和晋人的美》，载《艺境》，北京大学出版社 1981 年版。

风格的关系。作为一部“体大虑周”的文艺理论巨著，涵盖了文学本质论、特征论、发展论、鉴赏论和文体论，形成了较为严整的体系。就文学价值论，以《原道》《宗经》《征圣》等为例，阐述人文、道德关系；就文学创作论，集中体现在《深思》《物色》《隐秀》中；就文学风骨论，《风骨》中强调以风骨为主，以辞采为辅；就文学技巧论，在《总术》《附会》《熔裁》《声律》《章句》《丽辞》《比兴》《夸饰》《事类》《练字》《指瑕》等篇中，有详细论述；就文学批评论，在《知音》中有专门论述。如果说，文体作为一种文学观念的显现，那么在这些篇章中，都可以说涉及文学文体的问题。

《文心雕龙》首篇《原道》，是刘勰文学思想的最集中的体现。刘勰在《原道》开篇中提出“文”之地位在于“文之为德也大矣，与天地并生”，“原道”在刘勰看来，具有提纲挈领的作用，试图在超越时空的范围内，总结文学的基本规律。《原道》是理解刘勰文体论思想的重要通道，所阐明的文体论思想，既是对于前人文学理论的总结，同时也给了后来文学理论发展的重要启示，具有承前启后继往开来的重要意义，通过中西比较更能显现出其中所蕴含的中华民族非虚构诗学独特的价值意义。

（一）

首先，我们关注的是中国的“道”与西方“原型”的比较。即从精神文化的原点来看待文学、文体等问题。这样一种超越时空的链接，是可以通过比较，来显现出中西文论的不同特点。

荣格的原型批评理论，在新时期以来被系统地译介到中国，在中国当代的文学批评中得到了广泛的运用，荣格对中国文化很感兴趣，把中国文化中的“道”和他的“集体无意识”相提并论，试图将“道”纳入到原型批评的理论框架中来阐释。当然，接受一种外来的学术思想不是为了湮没本民族的文化，而是为了激活本民族文化潜力的释放，只有本民族文化积极参与对话，外来的学术思想才有可能在本土上落地生根。

荣格的原型说是对大体相同的人类精神文化心理的阐释，原型批评所追求的寻求人类精神文化的共同性的探求方式在《文心雕龙》中屡屡出现。所谓“折衷”在《文心雕龙·序志》中有明确的表述：“同之与异，不屑古今，擘肌分理，唯务折衷”。折衷思想就体现了原型批评的基本策略，“折衷”不是无原则地组合在一起，而是为了寻求事物的大的统一性和共同性。美国著名心理学家墨菲在《近代心理学历史导引》中认为“它也被用来表明，从不同方法得到的观察资料由于事实和思想的共同性而可能证明是互相关联着的，并容许有一种更深刻的关于统一的看法”①。

在《序志》中，刘勰批评以前的批评家“未能振叶以寻根，观澜而索源”，“各执一隅之辞，欲拟万端之变”，“东西而望，不见西墙”，而主张“原始以表末，释名以彰义”。寻求贯通时空的文化精神形态成了刘勰文学研究的一贯思路，在《文心雕龙·章句》中有“振本而末从，知一而万毕”，《文心雕龙·时序》中有“枢中所动，环流无倦”，《文心雕龙·诸子》中有“标心于万古之上，而送怀于千载之下”，《文心雕龙·封禅》中有“辞贯圆通”，《文心雕龙·论说》中有“义贵圆通”。当然，最为集中的论说还是在原道说上，“道”作为一个重要的术语在《文心雕龙》中出现了四十多处，充分说明了“道”的重要地位，原道说与原型说在思维方式、内在价值和外在形态方面实现了超越时空的链接。

刘勰所说的“道”与荣格所说的“原型”在思维方式上是比较一致的。荣格对“道”很看重，是因为“道”与他的集体无意识有类似之处，原型批评试图回归到原始的文化景观中寻求人类文化的精神栖息之所，把人类未经过文明洗礼的原初状态作为一种高不可及的规范，它作为一种批评方法于20世纪初期在西方崛起是有其现实的文化背景的，它是作为一股反拨现代科技理性的潮流出现的。荣格批评西方文化中这种无意识思维方式已消退殆尽，这种集

---

① ［美］加德纳·墨菲、［美］约瑟夫·柯瓦奇：《近代心理学历史导引》，林方、王景和译，商务印书馆1980年版，第588页。

体无意识在中国传统文化中得以长久地保留和显现，他说：“西方的思想观念完全是以意识为立足点，而东方的立足点则是无意识，毫无疑问，意识本来就是从无意识中显现出来的，但我们几乎忘得一干二净，所以我们一直试图把心灵同意识等同起来，至少把无意识表示成意识的一种衍生物或意识的一种作用效果。”①在荣格看来，与东方精神的接触交流，可以使无意识的许多秘密豁然开朗，他从《易经》中找到了自己学说的理论依据：“《易经》中的科学根据的不是因果原理，而是一种我们不熟悉因而迄今尚未命名的原理，我曾试图把它命名为同步原理（Synchronistic Principle），对无意识心理过程的研究，早就迫使我到处来找另一种解释原则，因为在我看来，因果原理似乎不足以解释某些重要的无意识现象。”“中国哲学的中心概念是道……我知道我们的无意识中尽是东方的象征，东方精神确实就在我们的门前。因此在我看来，对道的追求，对生活意义的追求，在追求者中间似乎已成了一种集体现象，其范围远远超过了人们通常所意识到的。”②《易经》首倡天、地、人三材之说，认为天道、地道、人道具有内在的统一性，刘勰的原道说对于《易经》观物取象的非理性思维方式的继承是十分明显的，《原道》开篇即以“天文、地文、人文”相统一的观念来阐释文学的本原。

原型批评力图探寻出属于整个人类的文化家园，以对时代和个体的超越来作为原型的基本特征，具有浓厚的形而上色彩。在荣格看来：“在柏拉图哲学中，原型作为形而上的理念，作为样板和范型，被赋予了很高的形而上价值……中世纪哲学从圣·奥古斯丁（从他那儿我借用了原型的观点）的时代一直到马勒伯朗士和培根，在这方面一直立足于柏拉图哲学的基础。”③

---

① ［瑞士］C.G.荣格：《心理学与文学》，冯川、苏克译，生活·读书·新知三联书店1987年版，第251页。

② ［瑞士］C.G.荣格：《心理学与文学》，冯川、苏克译，生活·读书·新知三联书店1987年版，第251页。

③ 冯川：《神话人格》，长江文艺出版社1996年版，第93页。

“形而上”本是一个中国传统文化的词语，与“道”的称谓一致，所谓“形而上学”，所对译的西语语词是“Metaphysie”，指述的是一门具有严格意义的学科，它由词“Physic”（表示存在物、自然、物理等）和前缀“meta”（表示“在……之后……”，“在……之上……”，“在……之中……”以及“超越”等意思）这两部分组成，即已表明“形而上”具有“超越”的功能，而“原道”中的“道”就具有这层意义。《易传·系辞》曰：“形而上者谓之道，形而下者谓之器”。刘勰对于“道”的形而上功能认识是非常深刻的，他在《灭惑论》中说：“至道宗极，理归乎一；妙法真境，本固无二。”所谓“原道”，就是推衍事物的本原，高诱《淮南子》注曰：“原者，本也。本道根真，包裹天地；以历万物，故曰原道。”原道就是对文学之根本的追溯，显示了“放之四海而皆准”的超越意义，力图在更广泛更悠远的背景中揭示出人类文化心理的大体相似性。

荣格认为文学原型的具体显现是意象，荣格经常将“原型”一词与“原始意象”（Primordial image）联系起来考察，表明二者是有密切关联的，只是处于不同的层面上，荣格在《论分析心理学与诗歌的关系》中说：“创作过程，在我们所能追踪的范围内，就在于从无意识中激活原型意象，并对它加工造型精心制作，使之成为一部完整的作品。通过这种造型，艺术家把它翻译成了我们今天的语言，并因而使我们有可能找到一条道路以返回生命的最深的源泉。”① 他以毕加索的创作为例解释了意象如何来源于原型，并作为原型形而下的存在方式。在《易经》《论衡》中就已出现了“意象”说，但作为文论术语则始自《文心雕龙》的“独照之匠，窥意象而运斤”。在刘勰看来“意象”由“志气统其关键”，“志”与道相通，具有原型的形而上功能，是大同模式的占有和置换。② “意象”作为纷繁多姿的物态呈现出来，是具体的可感的。

① ［瑞士］C.G.荣格：《心理学与文学》，冯川、苏克译，生活·读书·新知三联书店 1987 年版，第 123 页。

② 王一川：《审美体验论》，百花文艺出版社 1992 年版，第 237 页。

（二）

下面我们来看看，对世界的体察方式的不同。

立足于不同文化基础的对话，显现出不同的文化逻辑。不同的文化土壤催生出不同的果实，剖开刘勰和荣格关于人类精神文化范型的阐释，我们就会发现原道说和原型说在内核上存在明显不同的韵味。

宗教文化背景为荣格提供了精神文化心理的范型，是西方文学虚构论形成的基础。荣格的父系亲属包括祖父和父亲都是神职人员，他从小就生活在充满了瑞士加尔文教精神的气氛中，他的童年记忆中宗教占有极其重要的地位，对他的学术思想产生了重要的影响，他将宗教看作是人的心理健康的基本条件，并且将当代资产阶级社会中存在的心理病症同宗教日益不景气的现象联系在一起，天主教神学家 O.莫雷诺说：“毫无疑问，在宗教现象学领域内荣格是首创者，他对宗教在心理治疗方面的价值的探索确实是独一无二的。”①

就“原型”一词而言，荣格是从神学家奥古斯丁那里借来的，就其内容而言，荣格认为它与亚历山大城的斐洛所说的“体现在人身上的神的形象”以及柏拉图的“理念”、黑格尔的“理式”十分相近，柏拉图在其著名的“迷狂”说中干脆把诗人与巫师、占卜士等同起来，把艺术与占卜预言联系起来，作为神的代言人，在黑格尔的学术思想中，“理念”是作为尚未分化的伦理实体出现的，又直接将之称为“神性”，甚至认为艺术首先要把神性的东西当作它的表现中心。荣格认为神就是集体无意识的人格化，所归纳出的原型有十字架、羔羊、上帝、神童、人格面具等，这些无不与神密切关联。

“原道”的“道”指的是自然之道或是自然崇拜，黄侃、刘永济、童庆炳等学者均持这种观点。在《文心雕龙 · 原道》中这种表述是鲜明的：“心生而言立，言立而文明，自然之道也。”“文之为德也大矣，与天地并生者何哉？夫玄黄色

① ［俄］马 · 阿 · 波娃：《精神分析学派的宗教观》，张维平译，上海人民出版社 1992 年版，第 331 页。

杂方圆体分；日月叠璧，以垂丽天之象；山川焕绮，以铺理地之形：此盖道之文也。”刘勰除了在《文心雕龙·原道》中直陈了“自然之道”之外，在文体论中也突出了自然崇拜心理，成为基本的阐释指向，《文心雕龙·祝盟》中祝文是因祈农事之风调雨顺以生黍稷而对大自然之神的礼祀之辞，生民仰天求生由此可知，盟文则是仰赖于天而非其他神明而发的誓，《文心雕龙·封禅》则是对天的礼祀之辞。

在中国传统文化中，“不语怪力乱神”的影响深远，对神基本上是持否定的态度，其中不乏对于神的批判甚至诅咒。在《文心雕龙·原道》中出现了“神”的术语，然而与西方宗教中的“神”全然不同，《文心雕龙·原道》中的“神”大体上指向的是变化莫测的自然现象。魏晋玄学已经肃清了董仲舒今文经学的神学目的论影响，韩康伯《系辞注》释“阴阳不测之谓神”，“神也者，变化之极，妙万物而为言，不可以形诘者也”。韩康伯《说卦注》曰：“神也者，妙万物而为言者也。”王弼等人亦如此来阐释“神”，可见，“神”被当作了变化之道、自然之道。马克斯·缪勒在《宗教的起源与发展》中认为有三种自然对象，第一类为可以触知的对象，如石头、苹果之类；第二类是半触知的对象，如树木、山岭、河流、大地等；第三类是完全不可能知的对象，如苍天、众星、太阳等。第一类物体不能直接产生神的观念，第二类对象为可称作半神的提供了物质基础，只有在第三类对象的把握中，才找到了后来称作“神”的萌芽。①《文心雕龙·原道》中的自然固然涉及遥远浩渺的日月星河，然而更多的则是对可以触知的自然物象的关注：“傍及万品，动植皆文，龙凤以藻绘呈瑞，虎豹以炳蔚凝姿；云霞雕色，有逾画工之妙；草木贲华，无待锦匠之奇。夫岂外饰，盖自然耳。至于林籁结响，调如竽瑟；泉石激韵，和若球锽；故形立则章成矣，声发则文生矣。夫以无识之物，郁然有彩，有心之器，其无文与?”刘勰把文道与龙凤虎豹、草木泉石等自然物象联系起来，追求的不是神秘的色彩，而是为

① ［英］马克斯·缪勒：《宗教的起源和发展》，金泽译，上海人民出版社 1989 年版，第 116—112 页。

了赋予“道”更醇厚更深刻的意蕴，正如陆侃如先生在将《原道》中的“神理”释为“自然之理”时说的那样：“刘勰认为自然之道比较深奥，只有圣人才能掌握，所以称为神理。”①

巫术和宗教反映出人类远古时期对世界的不同的认识和体察方式，构成了不同的文化基础，大量的文化人类学研究成果表明巫术与宗教不同，泰勒提出有三种基本的看待世界的方式，即科学的、巫术的、宗教的，这种学说对其弟子弗雷泽也产生了重大影响，他进一步指出了三者的区别，认为巫术比宗教更原始，并认为澳大利亚土著部落比如狩猎、采集的土著人被认为是“最不开化的原始人”，他们就没有宗教而只有巫术。② 原道说对自然的亲近和认同所建构的人与物共情景交融的关系实际上赋予了自然以生命的活力，在自然中观照出自我的生命意义和价值，这是人类童年时代观照世界的一种方式，这种类比体现了巫术思维的基本特点；原型论对神的敬畏体现的是宗教的特点，在西方基督教中，特别是在《圣经》中，是主张人与自然对立的。可见，在原道说和原型论中展现了不同的人类文化景观。

（三）

需要进一步考察的是，“道”中所包含的人与自然的诗意关系是怎样的。浓缩“原道”精华，是超越“原型”的路径，可以为中国的非虚构文体论找到学理上有力的依据。

原型批评与心理批评、马克思主义批评一起被认为是20世纪最有影响的文学批评方法，然而进入20世纪70年代以来，却呈现出式微的态势，如何探寻出一条更新之途是学术界正在讨论的热门话题。而以原道说为参照，浓缩其精华，从中将会获取有益的成分和养料。

原型批评的困境来自理论基础的崩溃。自从哥白尼革命以来，西方有

① 陆侃如：《文心雕龙译注》，齐鲁书社1984年版，第6页。
② ［英］布林·莫利斯：《宗教人类学》，周国黎译，今日中国出版社1992年版，第137页。

神论宗教论方面的探讨,不得不退缩人的内心世界,荣格将上帝局限于集体无意识的原型范围内就不失为一种策略,上帝从遥远的天国降临到人的内心深处,试图通过这种迁徙寻找到庇护之所,荣格说:“有人怪罪我把心灵神化了。其实并不是我,而是上帝把心灵神化了……我不过是指出了一些表达心灵就其本性而言具有宗教性质的事实而已。”①然而,这种无奈的退缩并无法挽回衰败的命运。依照韦伯的社会分析,现代社会有两个基本特征,一是宗教的衰落,二是价值领域的分化和独立,其中宗教的衰落是最为根本的原因,美国当代学者杰拉尔德·A.拉鲁对当代宗教的困境的剖析更为深刻、具体,他认为《圣经》的世界观在当代受到了质疑:“宇宙论已经被现代科技的进步所摧毁,伊利亚或耶稣所升上去的天堂和上帝及天使们所居住的天堂是根本不存在的,撒母耶的灵魂按印度巫师的命令所下去的地狱以及耶稣死亡时去过的那个地狱也是不存在的。正如一些当代教徒相信的那样,地狱并非恶魔及其追随者呆的地方,原来的观点那些是愚昧的和无中生有的,是和我们现代的观念格格不入的。它们反映的是过时了的古代世界观。”②

可见,原型批评的兴起本是希望为在现代科技理性条件下异化了的人寻找一片精神家园,但是把希望寄托在“基督重临”,想通过集合宗教的碎片来建构精神栖息之所,这种愿望只不过是一种虚幻的想法。

与此相反的是,原道说中亲和自然的思想在当代却显露出勃勃生机。在今天人与自然如何相处作为重大的问题横亘在人类面前,面对依靠现代科技理性征服自然所带来的能源枯竭、环境污染等负面的影响,不少有识之士提出了自然现象具有“内在价值”的生态存在论原则。格里芬在《和平与后现代范式》中对现代文化作了深刻的反省:“现代‘范式’对世界和平带来消极后果的

① [瑞士]C.G.荣格:《人·艺术和文学中的精神》,卢晓晨译,工人出版社1998年版,第95页。

② [美]保罗·库尔兹:《21世纪的人道主义》,肖锋等译,东方出版社1998年版,第253页。

第四个特征是它的非生态论的存在观。”①法国社会学家 J.M.费里于 1985 年指出:“生态学以及有关的一切,预示着一种受美学理论支配的现代化新浪潮的出现。”②自然而然,人与自然和谐相处的东方神韵在异域受到了空前的关注,20 世纪末期几十位诺贝尔奖获得者聚会巴黎,在他们发表的联合声明中,就把 21 世纪的兴盛的希望寄托在东方文明的复兴。

将人从工具理性中解救出来,为人的自由提供空间,实际上就是审美关系的建立。马尔库塞认为,审美经验将阻止使人们成为劳动工具的暴力、开发性的生产,人的主动性超出了欲望和忧虑,成了表演,即对人的潜能的自由表现,这是维系人与自然和谐关系的基础,“审美的天地是一个生活的世界,依靠它,自由的需要和潜能,找寻着自身的解放……在这个新的社会环境中,人类所具有的非攻击性、爱欲感受的潜能,与自由意识和谐共处,致力于自然与人类的和平共处”③。人们在对原型批评审美性不足表示出深重的忧虑和强烈的不满的同时,普遍认为原型批评应加强对作品形式分析以弥补审美性不足的缺憾。这种观点受到了形式主义美学的影响,事实上,原型批评所探求的就是原型的形式功能,赋予神性以感性的形式,通过形式来强化与神的联系。从 20 世纪初期一直到 70 年代,形式美学占据着主导地位,列维-斯特劳斯、弗莱等人从语言和结构入手作了大量的探索,但是并没有找到真正的审美性路径。原型批评审美性不足的真正症结在于对个体的情感的忽略造成了对人的自由表现的漠视。宗教热衷的意象建筑在集体体验的基础上,个性化感受和体验被限制和扼杀,意象阐释被纳入神学的框架之中,也就失去了鲜活生动的感性力量。荣格对于康德的做法不满,就在于康德在原型建构中表示了对个体情

---

① [美]大卫·雷·格里芬:《后现代精神》,王成兵译,中央编译出版社 1998 年版,第 224 页。

② 转引自鲁枢元:《生态文艺学》,陕西人民教育出版社 2000 年版,第 27 页。

③ [德]马尔库塞:《审美之维》,李小兵译,生活·读书·新知三联书店 1989 年版,第 113 页。

感和悟解的认同,康德的“美的理想”是指只能以个别的具体的形象呈现方式由每个人在自己的心里凭想象力来营构,同时又包含着对“最高度”(即最高范本或称原型)的理性要求。荣格对此批评道:“从笛卡尔和马勒伯朗士以来,‘理念’或‘原型’的形而上的价值逐渐败坏了,它变成了‘思想’变成了认识的内在条件,最后,康德把原型还原为有限的几个知性范畴。”①康德哲学被称为“精神哲学”或“主体哲学”,把人的知、情、意三大机能当作是“人类知识的可能来源”,对人的自由创造予以了强调和肯定,这是荣格所不能容许的。

建立在人与自然和谐相处基础上的巫术思维不能离开个体情感的激发和参与,杜尔凯姆认为,宗教基本上是一种集体的事情,他甚至认为宗教与巫术的区别就在于巫术只是一个人的事情。在原道说中对自然的体悟的中介则是个体情感的跃动,“情”这个术语在《文心雕龙》中出现频率是最高的,达一百二十多处,通过情感的跃动来达到人与自然的双向交流和互动。在《通变》中有“凭情以会通”,在《明诗》中有“人禀七情,应物斯感,感物吟志,莫非自然”。在《物色》中有“目既往返,心亦吐纳。春日迟迟,秋风飒飒。情往以赠,兴来作答”。在《体性》中有“夫情动而言形,理发而文见,盖沿隐以至显,因内而符外者也”。弗雷泽在《金枝》中将原型与春夏秋冬的四季循环的联系作了分析,将春华秋实冬凋夏荣等同于人物的生死繁衍,从而创造出死而复活的神。而《文心雕龙》则不一样,在《物色》篇中则说明春夏秋冬不同的景物对作家情感、意趣的影响:“献岁发春,悦豫之情畅;滔滔孟夏,郁陶之心凝;天高气清,阴沉之志远;霰雪无垠,矜肃之虑清。”刘勰主张把自然物象所具有的各种情态表现出来,来激活人的情感,将人与自然置于平等和谐的关系之中,把人的身心情感的律动与自然运动的节奏有机整合起来,使得物色与情趣融为一体,所以此篇被称为“生态论美文”并不过誉。

建构人与自然的诗意关系作为中国以抒情为特色的文学创作和批评传

① 冯川:《神话人格》,长江文艺出版社 1996 年版,第 93 页。

统，在当代文化潮流中呈现出了强劲的发展势头，也预示了原型批评的发展向度。[①] 马克思在《1844年经济学哲学手稿》中提出了“自然向人生成”的观点，同时主张“人是自然界的一部分”，“人是人的自然”，强调自己的学说是人道主义和自然主义的统一。因此，以马克思主义充满辩证法的深刻见解和正确方法作为指导，对原道说中的合理内核进行深度的挖掘可以发现能够给人类存在赋予意义的精神文化基石，可以昭示西方的原型批评进行一场新的革命。

总体来看，《文心雕龙》提倡实录精神，反对一味追求形式美的风尚。除了《原道》之外，另在《征圣》《宗经》《正纬》《辨骚》《时序》中都有详细阐述。反对“为文而造情”，比兴就是“拟容取心”，就是强调通过现实生活状况的描写来寄托感情，而声律、对偶、用典是六朝时代创作很流行又很重视的问题，但是主张不要用得过多，否则容易艰涩难懂。特别注重文学通变与时代的关联，强调文学的现实意义，是贯穿全书的基本思想，形成了贯穿体系的一根红线。《原道》以及《文心雕龙》中其他相关的篇章中所包蕴的“道”的思想，切中了中国非虚构文体论形成的核心。

三

下面我们要解析的是文体之“六义”。

“体有六义”是刘勰提出来的，《文心雕龙·宗经》篇要表达的“宗经稽古”式的言说策略，倡导“文能宗经，体有六义”，“六义”具体就是：“一则情深而不诡，二则风清而不杂，三则事信而不诞，四则义直而不回，五则体约而不芜，六则文丽而不淫。”[②]那么，这里的“体”指的是什么呢？

（一）

“体”的文体学意义，是我们首先要阐明的。

---

① 王轻鸿：《21世纪原型批评的结合部与增长点》，《学海》2002年第4期。

② （南朝梁）刘勰：《文心雕龙》，中华书局2012年版，第28页。

《文心雕龙·宗经》篇提出“体有六义”说，多数人都认为这里的“体”只是指文章，而不是指“文体”。在童庆炳先生看来，这是一种误解：“刘勰写《文心雕龙》的根本目的是追寻‘为文之用心’……‘五经’又是中华文化传统的根据，其内涵深入到人的心灵的深处，其文辞又深刻表达义理，是为文的榜样。”[①]“五经”内容如同鼎之三足，涵盖自然、社会和人的修养，学习“五经”可以使人成为真正的人。刘勰通过“体要”学习“五经”。刘勰把“五经”中的体要和体貌及其关系作了具体的阐述，强调的是文体创造中情与辞、华与实的有机结合。[②] 提醒我们注意的是，这里把“体”当作“文体”来理解，不是一般意义上的“体裁”的意义，而是包括了体裁特点，又兼及内容特点，从更为综合的层面体现出文学观念。

上述理解，大体是符合刘勰的本义的。其实，刘勰提出“六义”之后，就又作了进一步的阐发：“扬子比雕玉以作器，谓五经之含文也。夫文以行立，行以文传，四教所先，符采相济，迈德树声，莫不师圣；而建言修辞，鲜克宗经。”[③]意思就是说，扬雄用雕琢玉器作比喻，试图说明“五经”与之一样，除了本质美好，同样还要具有文采。如果不注重德行，只强调文辞，那就会背离“五经”的传统。不难看出，刘勰在这里阐释的是如何处理文辞与内容的关系问题，对于“体”的阐释，不是仅仅停留在形式的层面。

刘勰之所以说“文能宗经，体有六义”，是有背景的，不是在追求单一的形式问题，就是要解决“楚艳汉侈，流而不反”的现实问题，要清理的恰恰是充斥文坛的那种只是重形式的偏颇。原道、征圣和宗经是相互关联的，具有内在的统一性。前面所论述的刘勰的“原道”是逻辑起点，而以前人流传下来的经典为正宗是具体的路径，即“是以论文必征于圣，窥圣必宗于经”，他所以为此立论，阐述了文学的本质特征，进一步夯实了中国非虚构文体的理论根基。

---

① 童庆炳：《〈文心雕龙〉“体有六义”说》，《湖南社会科学》2014 年第 4 期。

② 童庆炳：《〈文心雕龙〉“体有六义”说》，《湖南社会科学》2014 年第 4 期。

③ （南朝梁）刘勰：《文心雕龙》，中华书局 2012 年版，第 28 页。

沿着刘勰这一视域，不难发现那些被奉为经典的理论建构的特点。所谓“兴于诗，立于礼，成于乐”。(《论语·泰伯》)就是认为诗具有观察时政而有所裨益，增强伦理道德修养等功能，达到令人愉悦畅达自由的境界。《礼记·经解》云：“孔子曰：入其国，其教可知也。温柔敦厚，《诗》教也；广博易良，《乐》教也。”①可见，孔子会根据各地不同的情形，采用合适的教化方式，有针对性地采取诗教、乐教等方法，从而达到更好的教化效果。

刘勰在《宗经》中已经通过其他篇章，反复强调“五经”在思想方面的卓越建树，同时又兼及在文辞上的特点，提出“志足而言文，情信而辞巧”(《文心雕龙·征圣》)，认为“《诗》主言志，训诂同《书》，摛风裁兴，藻辞谲喻，温柔在诵，故最附深衷”(《宗经》)。评价《春秋》：“至根柢槃深，枝叶峻茂，辞约而旨丰，事近而喻远”。刘勰认为，真正的好文采，应该是兼容思想、辞藻甚至语音的。这一思想贯穿在《文心雕龙》整个理论体系中，反复讲“衔华而配实”，“情信而辞巧”，强调“文质彬彬”，在“体有六义”的基础上，实现思想与辞藻的完美融合。

(二)

“六义”之要义究竟是什么呢？下面，分别就“六义”之要义来展开论述其中包含的非虚构文体论思想。

“一则情深而不诡”。作为“六义”之首，就是在言“情”，这里所说的“情”，与《文心雕龙·章句》篇“外文绮交，内义脉注”里的那个“内义”是相同的，是内在的真实的。具体来讲，就是像陆机《文赋》里说的，一种“心志”，起于“中区玄览”，抵达“典坟颐养”最终达至有“凛凛眇眇”般高洁的“悲、喜”境界。所谓“诡”，即怪异、野僻的意思，造成感知、表现和接受上的共通性匮乏，“不诡”与“情深”有关联，就是要求文学情感真挚深厚，艺术美感才能自然流溢，

① (唐)孔颖达：《礼记正义》，载(清)阮元：《十三经注疏》，中华书局1980年版，第1609页。

才能从自然界到艺术家再到接受者之间不断传递、衔接自如，从而情感融合共生。刘勰在《文心雕龙·哀吊》中指出："至于苏顺……虽发情华，而未极其心。"

"情"之"诡"与"不诡"，结合刘勰《文心雕龙·情采》篇，可以得到更为清晰的理解。在《情采》篇中，他把文学分为"诗人"之作和"辞人"之作，具有完全两个不同的风格特点。他指出，"昔诗人什篇，为情而造文；辞人赋颂，为文而造情。何以明其然？盖《风》、《雅》之兴，志思蓄愤，而吟咏情性，以讽其上，此为情而造文也；诸子之徒，心非郁陶，苟驰夸饰，鬻声钓世，此为文而造情也"。刘勰对于"诗人"之作和"辞人"之作中的"情"的生成方式，有自己的判断和说明，肯定"为情而造文"，否定"为文而造情"。刘勰对于"诗人"之作和"辞人"之作的这种评判，明显带有个人的喜好，甚至可以说是偏见，但是有意义的地方在于，强调了文学文体对于"情"的质地内容之真的独特追求。

另外，刘勰在《文心雕龙·序志》篇中，还挖掘出了两种不同的"情"发生的根源，他说："……而去圣久远，文体解散，辞人爱奇，言贵浮诡，饰羽尚画，文绣鞶帨，离本弥甚，将遂讹滥。盖《周书》论辞，贵乎体要，尼父陈训，恶乎异端；辞训之异，宜体于要。于是溺笔和墨，乃始为文。"意在表明，"辞人"之作留下太多缺憾，就在于他们的作品，离开圣人的经典意味很久远了。具体来说，之所以会"文体解散"，就在于走入了"爱奇"、尚浮诡、重视雕琢等旁门左道，单纯追求形式的文学文体成为"异端"。

"二则风清而不杂"。自然界的"风"，按照中国传统文化的理解，是阴阳之"气"运动的造化，那么，文学文体的"风"就是作家之"气"运动的造化，就是顺理成章的了。在刘勰看来，"气之清浊有体，不可力强而致"①。认为一个作家的"气"是个人禀赋的显现，同时又与才、学、情、性相关联，"清"是一种至高的境界。"风""风清"，是《文心雕龙·风骨》篇的关键词。"怊怅述情，必始乎风""深乎风者，述情必显""情之含风，犹形之包气""思不环周，索莫乏

① 范文澜：《文心雕龙注》，人民文学出版社1958年版，第513页。

气，则无风之验也”“意气骏爽，则文风清焉”“风清骨峻，篇体光华”。[①] 在《风骨》篇里，刘勰称“风”是作者“志气之符契”、作品“化感之本源”。“风”和“力”是关联的，“力”是“风”的具体显现。所谓“因情立体，即体成势”[②]，“风清骨峻，篇体光华”[③]，一再表明文体与风、清相关。

我们常用“风清气正”来比喻风气清纯正气十足。“体”即“文章”之“体”，“风清而不杂”，就是具有规范性的文学样式、体势。“风清而不杂”是对于追求华丽辞藻、空洞无物的文体的批判，刘勰以“风清而不杂”为标准，是要将已经本末倒置的文学文体，调整到“宗经”“原道”的正轨上来。

“三则事信而不诞。”刘勰在这里指出了一条文学写作的基本原则，即真实性。梁道礼认为：“在刘勰那个时代，隶事运典是支撑文章的骨骼。而‘据事类义’的修辞意向，是追求一种用最经济最简约的方式（‘援古’）使陈述的意义获得最高信任度（‘证今’）的传达效果。”[④]传统文章，常常引用典籍或古人之事迹，比如贾谊《吊屈原赋》，通篇陈屈原之情；司马相如之《上林赋》，引李斯之《谏逐客书》。但即使为大家，也不免事有穿凿附会的疏漏之处，若“引事乖谬，虽为千载，而为瑕”[⑤]。所谓“用人若已，古来无懵”，就是要求引用典籍或人之事，应抱有审慎的态度，不可歪曲事实或陈事含糊不清。

另外，刘勰还在《文心雕龙·史传》篇中提出了写作史传的三条基本原则，即“依经”“附圣”和“按实”，而最为根本的原则则是“按实”。他说：“纪传为式，编年缀事，文非泛论，按实而书，岁远则同异难密，事积则起讫易疏，斯固总会之为难也。”或许“真实”这一境界是无法完全企及的，但“按实而书”的原

① 范文澜：《文心雕龙注》，人民文学出版社 1958 年版，第 513 页。

② 范文澜：《文心雕龙注》，人民文学出版社 1958 年版，第 529 页。

③ 范文澜：《文心雕龙注》，人民文学出版社 1958 年版，第 513 页。

④ 梁道礼：《中国古代文论对“艺术精神转型”的理论自觉——论刘勰“文能宗经，体有六义”说的话语意向》，《陕西师范大学学报（哲学社会科学版）》2008 年第 2 期。

⑤ （南朝梁）刘勰：《文心雕龙》，中华书局 2012 年版，第 434 页。

则还是应该作为一种努力的方向，必须矢志不渝，去不断向着这个目标迈进。

“四为义贞而不回”。义贞不回，指为文之理——思想雅正。“情以物兴，故义必明雅；物以情睹，故辞必巧丽”，义贞与辞丽都是情真的自然结果。“凡说之枢要，必使时利而义贞，进有契于成务，退无阻于荣身。”[①]下面，以魏晋时期兴起的挽歌为例进行阐述。

从文体学角度考察魏晋时期成熟起来的挽歌，可以印证这一点。汉以后，葬礼挽歌之演唱逐渐走上专业化道路。魏晋之际，葬礼仪式上便出现了专以唱挽歌为生之人。《晋书·桓温传》载桓温葬礼的场景：“皇太后与帝临于朝堂三日……及葬，一依太宰安平献王、汉大将军霍光故事，赐九旒鸾辂，黄屋左纛，辊掠车，挽歌二部，羽葆鼓吹，武贲班剑百人。”《南史·孔珪传》云：“孔珪门庭之内，草莱不剪，中有蛙鸣，或问之曰‘欲为陈蕃乎’，珪笑答曰‘我以此当两部鼓吹，何必效蕃’。”将乐队称“部”，有学者认为说明至迟至东晋末年时，社会上已经出现了专职的从事挽歌工作的人员。南北朝时期，王公贵族死去时，就安排有挽歌的礼仪，可以作为一种政治待遇来看待。《宋书·长沙景王道怜传》记载，“祭礼依晋太宰安平王故事，鸾辂九旒，黄屋左纛，辒辌，挽歌二部，前后部羽葆，鼓吹，虎贲班剑百人”。《南齐书·海陵王传》卷五及《竟陵王萧子良传》卷四十记载，海陵王与竟陵王死时亦曾赐“挽歌二部”。这都说明当时葬礼上有乐的表演。《文选》卷二十八特别设“挽歌”为一类文体，包括《薤露》《蒿里》与挽歌。宋代郭茂倩编的《乐府诗集》第二十七卷“相和歌辞二”收录《薤露》《蒿里》类诗歌 10 首，并收录魏晋至唐代的“挽歌”14 首。也就是说，挽歌从民间到专业化，逐步发展逐步完善起来。

魏晋挽歌带有浓厚的写实意味，追求的是情真，凝定为这一文体的特点。这一时期挽歌被看重，有时代的原因，汉末魏晋以来，群雄争斗，民不聊生，挽歌成为文人抒发情感的重要文体。如钟嵘《诗品序》中论说：“至于楚臣去境，

---

① （南朝梁）刘勰：《文心雕龙》，中华书局 2012 年版，第 224 页。

汉妾辞宫；或骨横朔野，魂逐飞蓬；或负戈外戍，杀气雄边；塞客衣单，孀闺泪尽；或士有解佩出朝，一去忘返；女有扬娥入宠，再盼倾国：凡斯种种，感荡心灵，非陈诗何以展其义？非长歌何以骋其情。”这里所提到的“陈诗”“长歌”就是挽歌的魅力的重要体现。就是说，这一文体其实早已有之，在汉魏时期，更具现实的意味而已，悲情是社会的一种普遍情绪和心态的渲染，只是在挽歌的形式中得以体现。在“义贞”的核心作用下，挽歌有了新的发展。

内容上有了新的拓展，现实色彩更加浓郁。首先，咏叹历史。挽歌中的历史纵深感使得现实的意味更浓。晋代张骏的《燕露》书写了八王之乱、匈奴入侵的史实，傅玄的《惟汉行》记述的是刘邦、项羽的鸿门宴，保存着挽歌的基调，但其实文体已经发生了变奏，将对于死者的哀婉与历史的思考相结合，现实意味发出了更强的声音。其次，咏叹自我。陆机《挽歌诗》《庶人挽歌辞》《挽歌辞》等作品，通过挽歌感叹人生，创造了挽歌的新形式，却也因此被后世讨论，《颜氏家训·文章》认为：“挽歌辞者，或云古者《虞殡》之歌，或云出自田横之客，皆为生者悼往告哀之意。陆平原多为死者自叹之言，诗格既无此例，又乖制作本意。”颜延之认为，陆机创造的挽歌不符合挽歌“悼往告哀”惯例，而这种“死者自叹”增加了文体的情真，让挽歌成为表达生命意味的途径。陶渊明的《自祭文》《拟挽歌辞》等，都延续这一传统，而挽歌所包含的这种为人生的主题，无疑就是现实生命的观照。

形式上有了新的突破。挽歌除了实用性功能之外，又大大增加了审美功能。它本身就是一种可以演奏歌唱的艺术形式。吴承学认为：“挽歌便是一种哀祭文体，它通常是用于为死者送葬之歌曲，大致是生者表达对于死者的怀念和哀悼之情。”①但若从起源角度考察，挽歌“就是送葬歌”②。挽歌成为表

---

① 吴承学：《汉魏六朝挽歌》，载《中国古代文体形态研究》，中山大学出版社2002年版，第67页。

② ［日］一海知义：《〈文选〉挽歌诗考》，俞士玲译，载《古典文献研究》第14辑，凤凰出版社2011年版，第24页。

达情感的一种形式。文人们所创作的挽歌成为抒情性很强的文学样式,配之以精美的艺术表现形式。在中国古人的创作中,挽歌不仅是对个人逝去的感怀,更是对生命本身的体察,成为人生有意味的形式。

概而言之,自汉魏以来,死亡成为一种文人关注的主题,在对于死者的哀悼中注入了历史的、个人的元素,他们对于死亡复杂的心态也赋予挽歌悲伤与旷达的复杂况味,这一文体的形成其实就是内容与形式的完美结合。唯有这样理解,才符合其文体的内蕴。

"五为体约而不芜。"此义之用意非常明确,毋以繁杂的语言掩盖混淆文之义,要求文学语言精要,逻辑清晰。所谓"体约而不芜,则文彰情志""随事立体,贵乎精要"。[①] "体约而不芜"那个"体",义近《体性》篇"总其归涂,数穷八体"、《定势》篇"因情立体,即体成势"之"体"的那个"体",指的是一个成熟的作家在作品中一以贯之表现出来的总体的艺术风貌。"约",在《文心雕龙》的很多篇章中都有论述,相当于《情采》篇"为情者要约而写真"、《论说》篇"要约明畅"、《总术》篇"精者要约"之"约"。[②] 刘勰认为"五经"有共同点,"至根柢盘深,枝叶峻茂,辞约而旨丰,事近而喻远,是以往者虽旧,余味日新,后进追取而非晚,前修久用而未先,可谓太山遍雨,河润千里者也"。"五经"的传统就如同一棵根深叶茂的大树,滋润着后来者。

"六为文丽而不淫。"文的"丽",主要指的是辞藻的华丽。"繁华损枝,膏腴害骨",所以与体约一样,应该有个限度,辞应取丽避淫,防止本末倒置。"详览庄、韩,则见华实过乎淫侈。"[③]辞之取丽而避侈靡之关键,在于"实",即"情"与"理"。"丽淫"指的是辞藻华丽超过了一定的限度,扬雄在比较诗、赋的特点时就提出来了,孔子《论语·八佾》在论乐时就这样说过:"子曰《关雎》

① (南朝梁)刘勰:《文心雕龙》,中华书局2012年版,第315页。

② 梁道礼:《中国古代文论对"艺术精神转型"的理论自觉——论刘勰"文能宗经,体有六义"说的话语意向》,《陕西师范大学学报(哲学社会科学版)》2008年第2期。

③ 刘勰:《文心雕龙》,中华书局2012年版,第368页。

乐而不淫”。当“乐”适度时，就在“乐”的范围之中，而当“乐”超过了一定的尺度，就成为“淫”，走向了需要被否定的反面。符合中国传统的过犹不及的中庸思想，扬雄把“度”的问题引入辞赋评论，《法言·吾子》云：“诗人之赋丽以则，辞人之赋丽以淫”。可见，“丽”是诗、赋应有的品质，但需要适度。“诗人”和“辞人”的区别，在于对“丽”的掌控能力。“天文”“地文”是自然的，“人文”是创造的。[1] 刘勰《文心雕龙·情采》篇有云：“圣贤书辞，总称文章，非采而何！”因而，在文学中，具有现实特征的文“采”，是人的创造力的集中体现，也是中国古代诗学魅力所在。

---

① 梁道礼：《中国古代文论对“艺术精神转型”的理论自觉——论刘勰“文能宗经，体有六义”说的话语意向》，《陕西师范大学学报（哲学社会科学版）》2008年第2期。

第八章　非虚构与唐宋抒情诗文体论

以唐宋诗词为代表的文学文体，堪称中国抒情文学发展的高峰，是饮誉海内外的文学艺术瑰宝。闻一多比较中外诗歌创作风格后认为：

“四个国度里同时迸出歌声。但那歌的性质并非一致的。印度、希腊，是在歌中讲着故事，他们那歌是比较近乎小说戏剧性质的，而且篇幅都很长，而中国、以色列则都唱着以人生与宗教为主题的较短的抒情诗。中国与以色列许是偶同，印度与希腊都是雅利安种人，说着同一系统的语言，他们唱着性质比较类似的歌，倒也不足怪。”①

唐宋抒情文体创作，是中国文化的名片，中外学者对之做了不少阐述。本章试图回归到中国本土的文化立场，从“真”即非虚构的角度，对唐宋抒情文体重新阐释，重新定位抒情传统论的论题内涵及其立论根据的问题，彰显这一抒情文体的中国特色。在中国文论中与情相关的学术资源十分丰富，内涵包含人情、天情、道情等不同的层次，为从非虚构的层面阐释留下了巨大的学术空间。具体而言，唐宋抒情文体的非虚构意义包括情真、天真、童真三个方面。

---

① 闻一多：《文学的历史动向》，载孙党伯、袁謇正主编：《闻一多全集》卷10，湖北人民出版社1994年版，第16页。

第一节　情真:抒情文体的社会意义

西方将人的精神世界分为知、情、意,分别对应科学、文学、伦理学三种学科,“情”在西方文论中得到了高度的重视。但是,如果简单移植西方情感理论,来审视中国的抒情文体,则会失去固有的生机和活力。在中国古代文论语境中,“情”是超越“形式”的,超越“自我”的,是在与社会的交互感应中确立起意义指向的。

一

“抒情”一词,在中国文学作品中很早就已经出现,历代境界高远才华横溢的杰出诗人屡屡提及。高冠博带以身殉国的战国诗人屈原在《九章·惜诵》中就有这样的吟诵:“惜诵以致愍兮,发愤以抒情。”七岁能诗被称“初唐四杰”之一的骆宾王在《秋日饯陆道士陈文林得风字》诗序中曰:“虽漆园筌蹄,已忘言于道术;而陟阳风雨,贵抒情于咏歌。”书画兼修且成就卓著的元朝诗人赵孟頫在《咏怀》之四中云:“抒情作好歌,歌竟意难任。”在中国古代诗歌语境中,抒情即抒发情感这一基本含义,与中国诗歌的性质联系在一起。

但是,关于抒情文体的讨论,在当代再次掀起热潮,是由海外学者发起的。旅美华裔学者陈世骧 1971 年在美国亚洲研究学会比较文学讨论组的致辞中,用“抒情传统论”来阐述中国文学传统,以区别于西方文学叙事传统。随后海外不少学者积极呼应,也开始了相关的阐述,形成了大体相近的学术思想框架,新时期以来在中国大陆学者中引起了广泛的关注和激烈的争论。那么,在海外学者的心目中,中国文论中的情的特征究竟是什么?

陈世骧提出的“抒情传统”,在英文中即“On Chinese Lyrical Tradition”,对于这一命题的理解,最关键的一点就是“Lyrical Tradition”如何理解的问题。陈国球、杨彦妮在文前所附的《译者前言:“抒情传统论”的宣言》中指出,“原文多次用'lyricism'一语;这抽象的词语几乎是不可译的,无论作为'抒情主义'、'抒情性'、'抒情精神'都不理想。中文本在各处分别译作'抒情诗'、'抒情体'、'抒情文体',把当中的抽象精神层面坐实了。"①事实上,翻译"lyricism"本身就是一件难事,给人一种闪烁其词游离飘忽的感觉,实则这也在一定程度正好反映了这一词语意义的复杂性,也就是说,"抒情"一词本身就带有很多不同层面的意义。

王德威在《抒情传统与中国现代性》一书中认为,"抒情的定义可以从一个文类开始,作为我们看待诗歌,尤其是西方定义下的,以发挥个人主体情性是尚的诗歌这种文类的特别指称,但是它可以推而广之,成为一种言谈论述的方式;一种审美愿景的呈现;一种日常生活方式的实践;乃至于最重要也最具有争议性的,一种政治想象或政治对话的可能。"②王德威将文体与语言形式、文学观念等结合起来,多层面来展示抒情概念复杂意义,与本书关于文体的理解是一致的,搭建了对话的平台。

但是,海外学者的抒情传统论,是在通过中西文学比较后得出的,是西方文化、文学逻辑的一种推演结果。海外学者阐述中国抒情传统的理论依据,来源于西方的文学文类三分法。自柏拉图至亚里士多德,就将文学分为戏剧、史诗和抒情诗三种基本类型。在西方文学传统中,抒情在古希腊亚里士多德的《诗学》中得到了阐释,在模仿论的理论框架内,亚里士多德根据"模仿中采用不同的媒介,取用不同的对象,使用不同的、而不是相同的方式"③,将文学分为戏剧、史诗、抒情诗。陈世骧认为:"中国文学的荣耀别有所在,在其抒情诗。长久以来备受称颂的《诗经》标志着它的源头;当中'诗'的定义是'歌之言',和音乐密不可分,兼且个人化语调充盈其间,再

① 陈世骧:《论中国抒情传统——1971年在美国亚洲研究学会比较文学讨论组的致辞》,陈国球、杨彦妮译,《现代中文学刊》2014年第2期。

② 王德威:《抒情传统与中国现代性》,生活·读书·新知三联书店2010年版,第72页。

③ [古希腊]亚里士多德:《诗学》,陈中梅译,商务印书馆1996年版,第27页。

加上内里普世的人情关怀和直接的感染力，以上种种，完全契合抒情诗的所有精义。”[①]这一观点早在其《原兴：兼论中国文学特质》一文中就有过表述。概而言之，西方文学的伟大传统是叙事，而中国文学的伟大传统是抒情。

通过上述的梳理我们发现，陈世骧对于中国抒情文学传统的理解，看似是对于中国抒情诗学的回归，实际上是根据西方文学分类来设置的，是在西方文论的框架中建立起来的比较，其阐释的话语建构，则是以西方的理论逻辑来评判中国的文学传统，以西律中的痕迹十分明显。将中国文学概括为抒情传统，以偏概全的问题显而易见。其实，在中国文学中叙事传统也有着悠久而漫长的历史，如从先秦时期的史传文学到明清时期的小说戏剧都有大量的叙事，都可以归入其中。“中国文学的抒情传统”的说法只是为了中西比较建立体系的需要，为了建立一种想象的中国抒情文学传统而已。

古希腊时期提出的模仿论，认为现实是理念的模仿，艺术是现实的模仿，那么，艺术就是理念的模仿的模仿，就是理念的影子的影子，在模仿说的影响下，戏剧等叙事文体影响更大，19 世纪浪漫主义运动兴起之后，抒情文体才在西方文坛有了更重要的位置。抒情作为文学的重要因子，标举天才的灵感与创造，在理论上才得以确立。当美的追求变得无关功利，浪漫主义文学的主张者，以情感为本位，建立起属于文学的独特的自足的领地，瓦肯罗德、戈蒂耶等浪漫派作家开始将诗与雄辩术等区别开来，以迸发的才情，建立起了区别于通俗文学的纯文学独立王国。与之相应的是，文学的伦理教化功能、认识社会的功能也日渐淡化，与社会的联系日渐开裂。也就是说，依靠情感说建立起了虚构色彩浓厚的艺术王国。

明乎此，就不难理解套用这种理论来论述中国抒情文体的缺陷了，如果简单移植西方的虚构理论，来阐述中国的抒情文体，自然而然就会造成水土不服

① 陈世骧：《论中国抒情传统——1971 年在美国亚洲研究学会比较文学讨论组的致辞》，陈国球、杨彦妮译，《现代中文学刊》2014 年第 2 期。

的后果。

引发我们反思的是，关于抒情传统的学理逻辑问题，有必要展开进一步的辨析和论述。陈世骧作为中国抒情传统论的首倡者，强调从音乐立论，以此来阐释《诗经》的抒情特质。试图从中国传统的文论中找到对应的范畴，其立足点就是："所谓'抒情诗'，亦即我们今天文学评论所使用的专门术语，特指起源于配乐歌唱，发展为音乐性的语言，直抒情绪，或宜译称为'乐诗'。"①

我们必须承认，早期中国文学特别是诗歌确实与音乐有着深刻的联系，诗歌舞三位一体的艺术形式，在早期多个民族都曾经出现，在中国亦如此。并且将文学与音乐联系起来，在中国早期的文论中就已经出现。比如在《毛诗序》中就认为，诗、歌、舞的艺术形式都是起源于人的心灵表达需求，三者是相通的，并不存在壁垒森严："诗，志之所之也。在心为志，发言为诗。情动于中而形于言，言之不足故磋叹之，嗟叹之不足故永歌之，永歌之不足，不知手之舞之，足之蹈之也。"②还有所谓"诗言志，歌永言，声依永，律和声"（《尚书·尧典》），更是直接突出了中国传统诗歌的音乐性特点。由此可见，选择从音乐性的这一研究视角来研究中国抒情诗，本身并不存在任何问题。

根本的问题在于，陈世骧对于音乐性的理解，援引的是西方形式主义美学理论来作为根据的，置换了"乐"在中国的本土意义，重新赋予了《诗经》另类的音乐性特质。他所说的音乐的性质，完全是异质的，只是符合西方的标准，他明确指出："以字的音乐做组织和内心自白做意旨是抒情诗的两大要素。"③意思就是，将音乐理解为一种形式。这是借用浪漫主义的文学标准，在观照中

① 陈世骧：《原兴：兼论中国文学特质》，载《陈世骧文存》，辽宁教育出版社 1998 年版，第 144 页。

② （唐）孔颖达：《毛诗正义》，清阮元校刻《十三经注疏》本，中华书局 1979 年版，第 269—270 页。

③ 陈世骧：《中国的抒情传统》，载《陈世骧文存》，辽宁教育出版社 1998 年版，第 2 页。

国古代的文学文本。由此可见,“抒情”一词的西化色彩太浓厚了,正好应和了朱自清早就说过的一段话:“‘抒情’这个词组是我们固有的,但现在的涵义却是外来的。”①

在中国传统文论中,“诗言志”与“诗缘情”是两个重要的诗歌理论,都是关于诗歌的理性认识,朱自清认为:“言志的本义原跟载道差不多,两者并不冲突”,“所以宋人以‘无邪’为‘诗教’,两者‘不相反而相成’,并指陈载道与缘情历朝的对立与交融,以为言志当与缘情相对,而与载道相近。”②前者被称为中国诗学的开山纲领,是中国诗学的主旋律,特别强调诗应侧重于反映现实,对上要有“箴谏”的功能,对下要有“教化”的作用,诗歌所体现出来的诗人意志,具有浓厚的干预现实的精神实质。后者则是侧重诗歌创作应感物而抒发情志,表达诗人之性情,如刘勰《文心雕龙·明诗》所说:“人禀七情,应物斯感,感物吟志,莫非自然。”然而,如朱自清所言,在中国的文化语境中,“诗言志”“诗缘情”的诗学观念,并不是水火不相容,恰恰相反,二者是相互作用、相互交融的,是共存共生的命运共同体。《诗大序》提到,“诗者,志之所之也,在心为志,发言为诗。情动于中而形于言……”从中可以看出,所言的“志”与所抒的“情”并不是矛盾的,而是相互转化的,共存于一体的。中国诗学将之分为两派,的确在中国文学发展史上也呈现出了不同的风采,但是从根本上来说,也只是在不同历史时期各有侧重而已。

也就是说,中国抒情诗歌表达的情感不仅仅停留在形式的层面,而是一种有意味或者说有内涵的形式,这是由诗歌音乐性的特点生成的。音乐,不是纯粹的形式问题,而是要从形式中感受是政通人和还是民怨沸腾,直接关系到社会的和谐安稳,这才是中国文化中“乐”的准确意义。《礼记·乐记》提到,“凡音者,生人心者也。情动于中,故形于声。声成文,谓之音。是故治世之音安以乐,其政和;乱世之音怨以怒,其政乖;亡国之音哀以思,其民困。声音之道,

---

① 朱自清:《诗言志辨　经典常谈》,商务印书馆2011年版,第46页。

② 朱自清:《诗言志辨》,开明书店1947年版,第5页。

与政通矣"[①]。由此看来,中国古典文学的情与音乐相关,作为文学的本源,文学以音乐所抒发的情感,体现出中国文学对于"道"的追求。这"道"道出了人得以实现的真实情状和现实中的本真生存境遇。

二

上文谈到了中国文学的抒情不是纯粹形式的,接下来要讨论的是,所抒发的情是不是局限于纯粹自我的个体的范畴?

按照陈鼓应的研究,人性论范畴中的有关情的议题首见于《庄子》,情性论意义上的"人情"概念亦始出自《庄子》。《庄子》论情,全书多达 62 次,内篇凡 18 处。《文心雕龙》全文论情之处有 146 次,《情采》篇最为集中,达 15 次之多。[②] 这些数字说明,情在中国传统的文化典籍中出现的频次很高。陈鼓应同时还发现,"情"字在《诗经》中仅出现一次,并且仅仅局限于"真""实"的本义。不同于《诗经》,屈原的《楚辞》深受《庄子》的熏染,其中"情"字出现 44 次之多,并且主要表示个人的情感或情绪的含义。[③] 也就是说,情在中国文化中的普遍意义,其实与"真""实"是割裂开来、对立起来的。概而言之,情建立的是属于个体的精神乌托邦。

这一风潮在抒情文学传统的阐释中,也曾经出现。情作为文学坚守的阵地,西方文论推崇在作家抒发情感的过程中,建构人的价值和意义。现代以来,受西方纯文学思想影响,中国学者周作人、胡适等把"独抒性灵"或"诗缘情"等观念与"浪漫主义"等同起来,而加以"朝个别作者抒情言志方向去解释"。[④] 新时期以来海外学者在阐释中国文学的抒情传统的时候,也是这样一

① (唐)孔颖达:《礼记正义》,载(清)阮元:《十三经注疏》第三册,中华书局 2009 年版,第 3311 页。

② 陈鼓应:《〈庄子〉抒情传统的后代回应》,《哲学研究》2016 年第 2 期。

③ 陈鼓应:《〈庄子〉抒情传统的后代回应》,《哲学研究》2016 年第 2 期。

④ 龚鹏程:《龚鹏程述学》,商务印书馆 2019 年版,第 47 页。

种理路。即强调个人性，有意与集体性、社会性拉开距离，试图来界定中国的抒情传统。

陈世骧对《诗经》进行了重新的解读，试图从中为抒情性找到个性化的依据，他认为："我们读《诗经》（尤其《国风》部分）时，常常会感觉到诗里'个人'情绪的飞扬，虽然歌者不报姓名，不指定自己的存在，他的作品依然是个人情感的流露，此即所谓抒情诗之真义矣。"[①]也就是说，将个性化的或者说纯粹自我的情，作为抒情诗的要义。

关于中国抒情诗的源头，海外华人学界除了以陈世骧为代表的"起于《诗》《骚》"的观点之外，还有"起于《古诗十九首》"这一观点，以高友工为代表。高友工在"中国抒情传统"建构的视野下，考察了《古诗十九首》在"自省模式"方面即走向内化方面的创新特点。在高友工看来："我们一方面可以看到由《古诗十九首》产生而开拓出的一个新的诗体。另一方面则是建安以来一种新的个人主义所激发的文学和艺术理论。……过去的抒情之作，在诗文中，往往是一个具体的对象，或为听众，或为亲友之所谓'知我者'。这是一种'赠答体'的抒情，而《十九首》所开出的新形式，是一种'自省体'的抒情……这一念之转，正是抒情走向内化的关键。"[②]

不少学者认为，《古诗十九首》是中国抒情传统的开端。文学史通常认为，魏晋时期是生命意识自觉的开始，所谓人的自觉自我生命意识的觉醒，说到底就是人的个性的张扬。把文的自觉和人的自觉联系起来，就是从人的自我个性来阐释中国的抒情文学传统。何庆明认为："《古诗十九首》在中国诗史上的崇高地位，则是毋庸置疑的。……由于它们正出现在五言诗开始步向成熟的时期，因此其中的某些差异，就喻示了中国诗歌发展的某些契机。我以

---

① 陈世骧：《原兴：兼论中国文学特质》，载《中国文学的抒情传统》，生活·读书·新知三联书店 2015 年版，第 116 页。

② 高友工：《中国文化史中的抒情传统》，载《美典：中国文学研究论集》，生活·读书·新知三联书店 2008 年版，第 112 页。

为最值得重视与玩味的就是从‘现实反应’到‘抒情表现’的差异与发展。”①正是由于魏晋时期对“抒情表现”的充分认同，中国抒情传统的典范才得以形成。

王德威将抒情看作“隐含政治的维度，一种参与、干预或脱离政治历史情境的企图”，并且从“个人的感性、情操出发”，认为抒情是一种个人投入社会人生时，“不同的感性作为以及表达方式”。② 在将中国古典文体论的“兴”“怨”等观念，与西方概念对应过程中，王德威仅看到了“个人之情”或个体与社会的对立紧张关系，使抒情本身工具化为一种政治性的对抗姿态，遮蔽了中国抒情传统的公共性情感维度，暴露了海外抒情传统论述在古典精神承接上的简单化问题，忽略了中国古代“兴”“怨”等观念所包含的辩证统一的关系。

这些说法对中国抒情文体的论述，存在着不同的意见，但是所持的观念都是大体一致的。都是将抒情与个性化、个体化联系起来阐释，隔绝了个体与整体的社会现实的联系，置于了自我封闭的状态，是在虚构语境下来考察中国抒情文学文体特征的。值得进一步商榷的是，这是否是中国抒情文体的应有之义？

中国的抒情理论范式与西方浪漫主义文学观念及“抒情”一词界定不同，也就是说，对中国文学的抒情传统做出个体情感表达是不适宜的。具体来说，包括以下两个方面。

首先，注重伦理性。伦理就是在协调人与人的关系中发挥着重要作用，倡导“发乎情，而止乎礼”，将个人情感抒发与社会规范联系起来，孔子所说的“诗三百，一言以蔽之，曰思无邪”（《论语·为政》）、“温柔敦厚，诗教也”（《礼记》）以及兴观群怨说，就是在强化诗歌在促进人格完善方面所能承担的教化作用，这才是诗歌抒情的根本。

---

① 何庆明：《中国文学的美感》，河北教育出版社2001年版，第128—129页。

② 王德威：《抒情传统与中国现代性》，生活·读书·新知三联书店2018年版，第71页。

中国传统文学中的抒情是节制的，是追求人与外界的和谐相处的。一方面，中国古人在抒情中深度开掘个体内部精神世界的，抒发个人的感怀。另一方面抒情又与现实世界相连的，中国古人在抒情中达至与外界的和谐。白居易在《与元九书》中说："自登朝来，年齿渐长，阅事渐多，每与人言，多询时务，每读书史，多求理道，始知文章合为时而著，歌诗合为事而作。"作为新乐府运动的代表人物，白居易继承了汉乐府"缘事而发"的情感表达方式，将情感的抒发与外界时势的变迁，统一在了文学作品之中。

其次，注重外在性。中国文学抒情，一般不像西方那样直抒胸臆，总是喜欢与外物联系起来，形成情景交融的意境。所谓"原夫登高之旨，盖睹物兴情。情以物兴，故义必明雅；物以情观，故词必巧丽"（《文心雕龙·诠赋》），表明中国文学所抒发的情感，是在外物刺激下引发的，注重化景物为情思，从自然中获得感悟，这才是中国抒情文学"情"的真谛。到了唐宋时期，作诗更加强调意境，意境成为非常成熟的抒情诗理论范畴。司空图便提出了"象外之象"说，他在《与极浦书》中说："戴容州云，'诗家之景，如蓝田日暖，良玉生烟，可望而不可置于眉睫之前也'。象外之象，景外之景岂容易可谈哉。"所谓"象外之象，景外之景"，前一个"象""景"指的是客观物象本身，后一个"象""景"是指诗人对客观物象经过主观体验后所创造的意象或境界。司空图在《与王驾评诗书》中说："思与境偕，乃诗家之所尚者"，就是在刘勰《文心雕龙》中提出的"神与物游"思想的继承和发展，都是在强调人的个体精神与客观物境的契合、协调。

意境理论充分体现了中国抒情文体的"情"之"真"。唐代诗人王昌龄最早提出了"境界"说。他认为："诗有三境。一曰物境：欲为山水诗，则张泉石云峰之境，极丽绝秀者，神之于心，处身于境，视境于心，莹然掌中，然后用思，了然境象，故得形似。二曰情境：娱乐愁怨，皆张于意而处于身，然后驰思，深得其情。三曰意境：亦张之于意而思之于心，则得其真矣。"（《诗格》）首先在于与现实外物的形似，然后激发起诗人的情感，在此基础上深度融合，才能形成“情”之“真”。明代朱承爵对意境中的“真”作了相似的表述：“作诗之妙，全在意境融彻，出音声之外，乃得真味。”（《存余堂诗话》）

在西方文论中，情感的个体性为虚构滋生创造了契机。在浪漫主义文学潮流之前，宗教神学给人们描绘的是与日常生活脱离的彼岸世界。在浪漫主义文学思潮来临之后，人本身觉醒了，在文学领域开始更为关注个体的感性经验，更注重个人的感受力与想象力，从而将情感的个体化推向了极致，占据了绝对的位置，散发出神性的光辉。正如黑格尔指出的：“本来各司其职的诸神熔于一个纯粹的、无限的自我认知之中。自我成为一个内在的万神殿，但其中所有的神都被夺去了神位，被主体性的火焰烧毁了。艺术中灵活的多神观如今被唯一的神取代，唯一的精神、唯一绝对独立的存在，它的觉知和意志也是绝对的，在其自身中获得自由与统一。”①也就是说，自我、个体、主体性替代了神的位置，具有了虚构的光环。

由此可见，唯有跳出西方虚构论划定的牢笼，才能为中国抒情文体阐释，提供更为广阔也更有意义的学术空间。

第二节　天真：抒情文体的自然意识

这里所说的“天”即自然，在中西文化中的意义是不同的。西方是在虚构的意义上理解天的意义的，而中国文化对于天的理解，则是既有形而上的意义，也有形而下的意义，是人的具体存在意义的显现，与人的情感融合，体现了中国抒情文体独特的自然意识。

天在夏商周时就已经出现，西周时期就逐渐过滤了神秘、虚幻的内涵。陈来先生则将周初“天命”的思想概括为三层意义：“天命无常”“天命惟德”“天

① ［英］蒂莫西·C.W.布莱宁：《浪漫主义革命：缔造现代世界的人文运动》，袁子奇译，中信出版社2017年版，第15页。

意在民”。[①] 在周人看来，殷人虽然自认为有命在天，但因其“不敬厥德”，最终却被天所厌弃，从而“早坠厥命”。周人则不一样，注重“敬厥德”，因此能够秉持天命，代殷而立。在周初相关论述中，“敬厥德”与“不敬厥德”，说到底就是为天重新注入了含义，将天的意义“德”捆绑在一起解释，与敬德与保民联系在一起，也就是更进一步人化了，演化成了天意在民的意义了。“敬厥德”与“不敬厥德”成为周人与殷人不同天命的根本原因，所谓“天命无常”，说到底就是看有没有德，有德则天会福佑，无德则天会降灾，亦即所谓“天命惟德”。

二

自然，在西方文化传统中，本来是遭受贬斥的。罗兰德在《东西方艺术》中写道：“在中世纪的黑暗时代……让圣人在林中或沙漠中接受罪魔的考验。结果，一千多年以来荒野的自然界变成一种罪恶与不圣洁的象征。”[②]在西方，对于主观情思与自然物象结合在一起形成意象的做法是十分排斥的，清教徒甚至主张通过立法来阻止对于自然的亲近表现。西方传统文化对自然的态度，存在人高于自然的等级观念。用莎士比亚《哈姆雷特》中的台词来说：“人是一件多么了不起的杰作！多么高贵的理性！多么伟大的力量！多么优秀的仪表！多么文雅的举动！在行动上多么像一个天使！在智慧上多么像一个天神！宇宙的精华！万物的灵长！”在对于人的品格高度赞美之后，还说人是“宇宙的精华！万物的灵长！”足以说明，将人看作了主宰自然的神一样的存在。

西方文学艺术对于自然的态度不是一成不变的，后来对自然十分看重，但

① 陈来：《古代宗教与伦理：儒家思想的根源》，生活·读书·新知三联书店1996年版，第191页。

② 叶维廉：《饮之太和——诗与自然环境札记》，载《叶维廉文集》第3卷，安徽教育出版社2002年版，第146页。

是也只是将自然作为主体的化身看待，突显的还是人高于自然的地位。歌德说："艺术家对于自然有双重的关系：他既是自然的主宰，又是自然的奴隶。他是自然的奴隶，因为他必须用人世的材料来工作，才能使人理解；同时他又是自然的主宰，因为他使这种人世间的材料服从他的较高的意旨，并且为这较高的意旨服务。""艺术要通过一种完整体向世界说话。但这种完整体不是他在自然中所能找到的，而是他自己的心智的果实，或者说，是一种丰产的神圣的精神灌注生气的结果。"①面对自然时，在于自然的互动中，人身上的灵与肉的冲突展现了出来，主体在这样一种分离的过程中，获得了自我的解放，张扬的是人之为人的旗帜，即"主体通过把自然世界客观化而决定性地解放了人类自身"②。

特别是19世纪西方浪漫主义文学思潮涌起，在湖畔诗人的笔下，自然成为重要的意象和重要的情感寄托。华兹华斯大学毕业后居住在法国期间，感受到了法国政治革命带来的人性解放的气息，1792年回到伦敦后，因为激进的政治态度不被人们接受，失去了亲友的理解和经济上的支持，一直忍受物质的困顿和精神的压抑。后来华兹华斯一位十分要好的同学去世了，留给他一笔经费，才得以到达乡间居住，有了亲近自然的契机，喷薄的激情找到了突破口。他主张所有的好诗都是自然情感的真实流露，对于自然的热爱和赞美，让人似乎感觉到了诗作中的宗教意味在淡化，而对身处自然之中的个体的情感的表现在增强。概而言之，自然作为情感的化身，被重新组合进一种主体性的情感与个人化的意义之中，拥有了新的上帝的身份，换了一副面具重新登场了。朗西埃认为，浪漫主义诗歌"展示了文学虚构怎样在不知情的情况下对社会结构的法则、阶级斗争的状况、象征财富的市场或文学领域的结构进行编码。然而这种用以讲述文学文本真相的解释模式，却是文学本身所铸造的模

① 朱光潜：《西方美学史》，人民文学出版社2002年版，第418页。

② 耿占春：《失去象征的世界：诗歌、经验与修辞》，北京大学出版社2008年版，第333页。

式”[①]。说到底，浪漫主义中的自然，是个体情感幻化的对象，属于虚构的化身。

在中国传统哲学中，却有着与西方不同的自然审美意识。“天人合一”的观念首起于“天”（自然）对于人伦的象征作用。中国在先秦“敬人事远鬼神”让中国古人将立足点放在了“人事”，放在社会生活之中。歌德赞赏中国人的这种对待自然的态度：“人和大自然是生活在一起的，你经常听到金鱼在池塘跳跃，鸟儿在枝头歌唱不停，白天总是阳光灿烂，夜晚也总是月白风清。”[②]亲近大自然与大自然融为一体，这在中华民族是很容易理解的，形成了重视内在情感与外在物象交融渗透的文学传统，但是，在西方人看来却显得不可思议。不同民族的不同自然观不仅影响了文学写作，也影响了文学批评，在中国形成了独特的批评术语“意象”。

儒家面对自然的态度是“格物致知”。“格物致知”命题始于《大学》，“欲诚其意者，先致其知。致知在格物。物格而后知至”（《四书集注》）。“诚”即真实来自于“知”，来自于“格物”。朱熹是这样认识“格物致知”的：“所谓致知在格物者，言欲致吾之知，在即物而穷其理也。盖人心之灵，莫不有知，而天下之物，莫不有理；惟于理有未穷，故其知有不尽也。是以大学始教，必使学者即凡天下之物，莫不因其已知之理而益穷之，以求至乎其极。至于用力之久，而一旦豁然贯通焉，则众物之表里精粗无不到，而吾心之全体大用无不明矣。此谓物格，此谓知之至也。”（《四书集注》）从朱熹的论述我们能看到，在他看来，人们唯有对深入体察“天下之物”，用力持久，才能达到豁然开朗的境地。

道家面对自然的态度是“无为而无不为”。《庄子·知北游》曰：“天地有大美而不言，四时有明法而不义，万物有成理而不说。圣人者，原天地之美而达万物之理，是故至人无为，大圣不作，观于天地之谓也。”因此，人就应该向

① ［法］雅克·朗西埃：《文学的政治》，张新木译，南京大学出版社 2014 年版，第 30 页。
② ［德］爱克曼：《歌德谈话录》，朱光潜译，人民文学出版社 1978 年版，第 112 页。

天地学习，感知、顺应天地之理，从而成为圣人。《庄子·天地》曰："视乎冥冥，听乎无声。冥冥之中，独见晓焉；无声之中，独闻和焉。故深之又深而能物焉，神之又神而能精焉，故其与无物接焉。"反复强调自然有无穷的魅力，召唤人们顺应自然，"朴素而天下莫能与之争美"（《庄子·天道》）。"天道与我并生，万物与我为一。"（《庄子·齐物论》）只有做到天人合一，才能获得人生境界的提升。

关于天的观点，儒家也是这样看待的，儒家代表人物孔子见到大水一定要观看，《荀子·宥坐》记载了孔子观水感悟："夫水遍与诸生而无为也，似德。其流也埤下，裾拘必循其理，似义，其洸洸乎不淈尽，似道。若有决行之，其应佚若声响，其赴百仞之谷不惧，似勇。主量必平，似法。盈不求概，似正。淖约微达，似察。以出以入以就鲜絜，似善化。其万折也必东，似志。是故见大水必观焉。"孔子从水中看到的是人的德、理、义、道、勇等素养，以自然来比喻人的特征即比德。在罢黜百家独尊儒术的汉代，这一思想得到了进一步的张扬。董仲舒提出"天人一体"的观念，认为"事各顺其名，名各顺于天；天人之际，合而为一"。将人事与天象作对比，提出"人生有喜怒哀乐之答，春秋冬夏之类也。……天之副在乎人，人之性情在由天者矣"（《春秋繁露·为人者天》）。还认为"圣人法天以立道"，"天不变，道亦不变"。（《举贤良对策》）将天象比附为人的伦理道德。

儒道二家均从大自然的山山水水中看出了万物之常理。中国古代哲学的最高境界是"天人合一"，这也与中国古人对自然的理解密切相关。曾繁仁提出："中国古代哲学以'天人合一'为基调，审美与艺术形态以抒情诗、山水诗画为代表。艺术中所表现的主要是对于自然的感发与生命的体悟。因此，从某种意义上讲，中国古代的哲学与美学就是一种生态的、生命的哲学与美学。"[①]这为我们思考中国古人在文学中所表达的自然观的价值，提供了理论

① 曾繁仁：《生态存在论美学视野中的自然之美》，《文艺研究》2011年第6期。

上的指导。

自然的独特含义赋予了中国抒情文体的意蕴，天地自然纳入到文学的范畴，是社会人伦、政治教化的映照，绝非是与现实绝缘的，这就是中国的“天”之“道”“文”之道。刘勰《文心雕龙》将自然作为道的体现，作为人的品德的比附，将形而下的体验与形而上的升华融为了一体。对于自然的亲近，不是弃绝了现实，而是深化了对于现实的深刻理解。自然融入文学，其文体价值高下与实际功用相联系，重要的文体不是虚构的产物。

还需要说明的是，在中国古代的各类文体中，自然都是其所包含的重要因素。抒情文体中，自然成为诗歌咏吟的对象，叙事文体中，其情节发展、人物活动，都融合进特有的自然因素，形成意象化的审美符号；即使是一些文论，对文的体味也离不开自然感受，以此来增强感染力和说服力。闻一多谈到抒情诗对于其他文体影响的时候说过：“在他开宗第一声歌里，便预告了他以后数千年间文学发展的路线。《三百篇》的时代，确乎是一个伟大的时代，我们的文化大体上是从这一刚开端的时期就定型了。文化定型了，文学也定型了，从此以后二千年间，诗——抒情诗，始终是我们文学的正统的类型，甚至除散文外，它是唯一的类型，赋、词、曲，是诗的支流，一部分散文，如赠序、碑志等，是诗的副产品，而小说和戏剧又往往以各自不同的方式夹杂些诗。”[①]抒情诗的自然意象在赋、词、曲以及小说、散文等文体中频频出现，赋予了中国文学文体特有的神韵。

二

禅所体现的自然之真，可以帮助我们更好地理解唐宋时期抒情文学文体达到高峰的问题。唐宋时期在禅宗的影响下，对待自然的方式中增添心灵的感悟，回归到日常生活中，没有进入虚幻的境界，推进了中国非虚构诗

① 闻一多：《文学的历史动向》，载孙党伯、袁謇正主编：《闻一多全集》卷10，湖北人民出版社1993年版，第17页。

学的发展。

佛教自东汉末年传入中国后,对我国古代的文化思想的各个方面都产生了深刻的影响,魏晋南北朝时期它与道家思想以及玄学思想发生了初步的交汇,经过本土化的改造,逐渐成为中国化的宗教即禅宗。关于佛教与儒家学说的关系,方广锠主编的《中国佛教文化大观》鲜明地指出:“中国文人的学习佛教,义理重于信仰。他们往往是先从经史子集中受了儒家的影响,学了修身齐家治国平天下的系统理论后,又来学佛教。他们的兴趣,在于从佛教中寻找儒家理论没有解决的问题。对于王维来说,主要是从佛教中寻找一种寄托和解脱。”①胡家祥也认为:“禅宗是佛教中国化的产物,甚或是佛教庄(子)学化的产物。”②在中国古人的观念中,在佛教中国化的过程中,佛教思想与儒家思想在中国知识分子身上一直是融汇在一起的,而到了唐代以后,佛教思想与儒道思想进一步融合,特别是禅宗思想对于美学思想、审美观念乃至文学艺术都发生了深刻的影响。宋代则实现了儒道释思想的完全融合,对古代文化的发展产生了全方位的影响。“以禅入诗”“以诗喻禅”对古代美学思想而言,就在于它极大地丰富了古代人的审美心理结构、美感经验、审美趣味。禅宗对待自然的方式对唐宋时代的文人产生了重要影响,重构了人的心灵与自然的关系。主要体现在两个方面。

禅宗汲取了中国智慧,在与自然的交融中,推进了关于真实存在的理解。道家思想认为,自然是道的体现。而禅宗认为,自然是众生的本性,亦可称佛性。两者对待自然的方式,以及对于自然的理解,是有相通之处的。

“禅”的意思就是“静虑”,禅宗将“净”理解“静”,这都成为人所追求的生命境界。方立天指出:“中国佛教把性净加以新的阐释:一是以静止、静寂释净,一是以觉知、觉悟代净……印度佛教讲心性清净,相对于污染、患累、烦恼,目的是要摆脱各种烦恼,排除各种欲念,也就是要达到心性空寂。中国佛教学

① 方广锠主编:《中国佛教文化大观》,北京大学出版社2001年版,第467页。

② 胡家祥:《严羽诗歌美学的观念系统辨识》,《东南学术》2018年第3期。

者往往把心净转化为心静，以静止、静寂为清净……简言之，心静是心净的原因，或者说，心静就是心净。”[①]儒家文学思想具有强烈的干预社会彰显义理的特点，从佛教中找寻到了更为亲近自然展现自我的方式。王维的诗歌《鸟鸣涧》写道：“人闲桂花落，夜静春山空。月出惊山鸟，时鸣春涧中。”这里写出了山水的寂静，但是并没有弃绝现实堕入虚妄之境，而是从自然中感受到了生命的跃动和奔腾，这其实就是深谙禅道精神的结果。宗白华认为：“禅是动中的极静，也是静中的极动。寂而常照，照而常寂，动静不二，直探生命的本原。禅是中国人接触佛教大乘义后体认到自己的心灵深处而灿烂地发挥到哲学境界与艺术境界，静穆的观照与飞跃的生命构成艺术的二元，也是构成禅的心灵状态。”[②]禅对于自然的感悟，就是一种艺术的境界。

自然与人的汇通，成为自然的存在方式。在禅宗看来，佛性就是自然，就是人的本性。它是各类外在因素所不能磨灭的存在，与西方宗教宣扬的超越意识有天壤之别。“明心见性”需要人去感悟自然，感悟自己的内心。悟是通向物质与精神圆融一体的禅者世界的途径。在理论与实践的层面上，禅宗则是力求删繁就简，而强调悟，即所谓“迷者众生，悟即是佛”。在“悟”中，创构了“真实”的世界。

禅者的世界是禅心所生之象构成的世界，禅者的这个世界是真实存在的，别样世界皆是虚妄不实人为造作而成的。禅语曰：“心外无物，象由心生”，“三界唯心，万法唯识”。[③] 禅者的世界不是单纯的精神世界，也不是单纯的物质世界，而是物质与精神圆融一体的世界，内心所感知的是唯一真实的世界。所谓的“道本无为，法非延促。一念万年，千古在目。月白风恬，山青水绿。法法现前，头头具足”，“一花一世界，一叶一乾坤”，也就是说在禅宗看来，一念之中，一花一叶、一草一木之中，都包含着无限广大的世界，突出了现象与其

① 方立天：《中国佛教哲学要义》上卷，中国人民大学出版社2002年版，第538页。
② 宗白华：《中国艺术意境之诞生》，载《美学散步》，上海人民出版社1981年版，第76页。
③ （宋）普济：《五灯会元》，中华书局1984年版，第232页。

本源的同一性,令二者圆融一体不可分割。

禅宗美学追求的是自然的审美化。人如果返璞归真、回归自然,即自然进入“事理圆融,事事圆融”的生存境界。禅与日常生活具有了不解之缘,禅者的生活态度是审美性的。凡颂偈者,其作者皆擅以平常物什作为参透禅机的喻体。在禅宗的阐释中,有许多审美化的日常生活描述,禅境与生活之境实现了完美融合,如“担水打柴,无非妙道”“饥食困睡,便是参禅”。唐代诗人白居易在《感芍药花寄正一上人》中,用芍药花的枯荣来比拟人生:“今日阶前红芍药,几花欲老几花新?开时不解比色相,落后使知如幻身。空门此去几多地?欲把残花问上人。”这些诗句在文学的情感抒发与佛教的义理阐释两个方面,都显示了诗人的创见。

道家崇尚自然的美学,在刘勰、钟嵘等人的文论中得到了体现,并在佛教思想的影响下在唐代产生了更大的影响。王维的艺术思想很大程度上受制于其政治命运的转变,一生都受到佛家思想的影响,最后皈依禅宗,由于禅宗对美学的追崇,也使得禅宗思想渗透进王维的美学思想。王维对于美学的论述很少,但他的诗歌和水墨画中却表现出令人叹为观止的美学思想,他以自然的田园生活为美,充满了对空灵平淡和超脱自然的审美追求,他以悟和静的审美体验表现自己超凡脱俗的审美心胸。在王维的诗学中,我们可以看到,中国本土的道家思想和传入中国的佛教思想融合在诗人对自然的体悟之中。

为适应中国国情,禅宗主张“俯仰皆禅”“触目而真”“即事而真”,实际上就是注重在日常的生活中,理解禅意。因此,禅宗紧扣了“现实”二字,来大做文章,提倡在现实生活中体悟佛教义理。对中国古代士大夫而言,在“达则兼济天下,穷则独善其身”的过程中,无论顺境、逆境,都在进行心灵的感悟。

禅宗美学包含顿悟的审美心理。禅宗以其宗经《坛经》为根本传承,其中提到:“以后传法,递相教授一卷《坛经》,不失本宗。不禀受《坛经》,非我宗旨。如今得了,递代流行。得遇《坛经》者,如见吾亲授。”[①]顿悟是禅宗宗经《坛经》中的核心要义。关于顿悟与渐悟的区别,《坛经》如是说:“法无顿渐,人有利钝,迷即渐劝,悟人顿修。”[②]就是说顿悟是一种境界,刹那间见永恒。禅宗主张“道由心悟”,“万法唯心”,“一切万法尽在自身心中”[③],要求悟道者,从内心深处寻找到根源,从而实现“顿悟”。

以上这一禅宗美学的审美化表达,完全不同于当代西方掀起的所谓“日常生活审美化”的潮流,后者主张隐喻、文学性等嵌入到了日常生活,带来了审美化的扩张,其实就是虚构性向日常生活的扩张。

三

如果说,先秦诗学中“比德”占据重要位置,那么,在唐宋抒情文体中,“意境”成为核心要义。

唐宋时期正式形成的“意境”说,相对于先秦时期便已初具雏形的“意象”说,是一种诗学的升华。主要表现在:如果说意象说主要强调人心之“意”和外物之“象”的统一,并且把重心放在外在于人的自然物象上面的话,那么,由于经受佛学禅宗“离心则无六尘境界”“青青翠竹,尽是法身;郁郁黄花,无非般若”等观念的洗礼后,意境说则进一步把“意”和“象”统一与人自身的存在内在地结合起来,并因此把重心首先放在了人的达到天人合一层面、具有无限丰富意味的感性自由存在上面。

在老子的自然观中,“天之道,利而不害;人之道,为而不争”是人与自然相处之道。而“是以圣人处无为之事,行不言之教;万物作而不为始,生而不有,为而不恃,功成而弗居。夫唯弗居,是以不去”则指出了人间之道与自然之道的具体表现。只有人与自然都处于无为的境界时,才能达至两者和谐相

① 杨曾文:《敦煌新本·六祖坛经》,宗教文化出版社 2011 年版,第 53—54 页。
② 杨曾文:《敦煌新本·六祖坛经》,宗教文化出版社 2011 年版,第 15 页。
③ 周绍良:《敦煌写本〈坛经〉原本》,北京文物出版社 1997 年版,第 136 页。

处的境地。庄子在老子观点的基础上,更为强调人生的境界的完善。孔子以自然比附君子:“子曰:‘岁寒,然后知松柏之后凋也。’”(《论语·子罕》)以松柏对抗严寒的品格来比附君子的理想人格。这也形成了一种“比德”的文学传统。东汉王充认同道家的“自然”理论,提出“夫天地合气,人偶自生也。犹夫妇合气,子则自生也。”王充反对董仲舒神秘化人与自然的关系,反对天人感应说,而将自然看作与人可类比的存在。魏晋时期的王弼在《老子注》中提出,“天地任自然,无为无造”,“法自然者,在方而法方,在圆而法圆,于自然无所违也”,“自然者,无称之言,穷极之辞也。圣人达自然之至,畅万物之情”。王弼将自然看作是圣人之境,是人要效法的对象。

抒情文体在唐诗宋词,是后代品评的一个重要的范畴,提升为一种文学境界。王国维《宋元戏曲考》肯定了元杂剧的意境:“元剧最佳之处不在其思想结构,而在其文章。其文章之妙,亦一言以蔽之,曰:有意境而已矣。”①蓝凡在《中西戏剧比较论稿》里写道:“将角色的眼中之景与心中之情融为一体……以精彩的语言(唱词和道白)来体现意境之美,这正是中国戏曲语言表现的最高境界。”②天与人的关系,在于“融合”的强调,王文生看来:“至明、清时代,由于唐诗、宋词、元曲的鼎盛,诗人们更注重对情境交融的追求,而感到需要提倡‘融’的表现方法来作为赋、比、兴的补充。抒情作者借景抒情者较之用人与事来抒情者为多。他们因之常常用提倡情景交融来代表情境交融。”③

“江山之助”一语出自刘勰《文心雕龙》。刘勰写道:“若乃山林皋壤,实文思之奥府……然屈平所以能洞监‘风’、‘骚’之情者,抑亦江山之助乎。”(《文心雕龙·物色》)苏辙在《上枢密韩太尉书》中认为:“以为文者气之所形,然文不可以学而能,气可以养而致。……太史公行天下,周览四海名山大川,与燕赵间豪俊交游,故其文疏荡,颇有奇气。”袁守定《占笔丛谈》云:“作文必有一

---

① 王国维:《王国维文学论著三种》,商务印书馆2001年版,第161页。

② 蓝凡:《中西戏剧比较论稿》,学林出版社1992年版,第500页。

③ 王文生:《论情境》,上海文艺出版社2001年版,第180页。

段兴致，触景感物，适然相遭，遂造妙境。”沈德潜在《钮用谦中诗序》中提出：“从来古人文章每得江山之助：少陵之夔州、东坡之海外、放翁之锦城，其最著也。”沈德潜还在《芳庄诗序》中认为：“余尝观古人诗，得江山之助者，诗之品格每肖其所处之地：永嘉山水明秀谢康乐诗肖之；夔州山水险绝，杜少陵诗肖之；永州山水幽峭，柳仪曹诗肖之。彼专于其地故也。”令人动情的自然山水景观在他们看来，都成为触发写作动机的因素。儒家的“比德”、道家的“畅神”、禅宗的静观自然等观念，都在中国古人的文学实践中成为认识自然、体察自我的重要途径。例如陶渊明的《归园田居》《归去来兮辞并序》中，人与自然已经完成了从简单比附到深度融合的跨越，达到了虚实相生的境界。

唐代司空图的《二十四诗品》中，包含《自然》一品，其中提到“俯拾即是，不取诸邻。俱道适往，著手成春”，将创作者在外界环境面前的主动关系表现了出来。同时，司空图还写道：“如逢花开，如瞻岁新”，“幽人空山，过雨采蘋”，将创作者与万物相逢时的欢喜之感突显了出来。《沧浪诗话》的特点是“以禅喻诗”。严羽写道：“盛唐诸人惟在兴趣，羚羊挂角，无迹可求。故其妙处透彻玲珑不可凑泊，如空中之音、相中之色、水中之月、镜中之象，言有尽而意无穷。”[①]为了突出唐诗形象与意蕴之间的关系，严羽连续地用了多个比喻。其实“羚羊挂角，无迹可求”具有很浓郁的佛教文字色彩，《景德传灯录》里记载：“我若东道西道，汝则寻言逐句。我若羚羊挂角，汝向什么处扪摸？”[②]“如好猎狗，只解寻得有纵迹底，忽遇羚羊挂角，莫道迹，气亦不识。”[③]严羽《诗辨》云：“禅道惟在妙悟，诗道亦在妙悟。”[④]《答出继叔临安吴景仙书》又云：“妙喜自谓参禅精子，仆亦自谓参诗精子。”[⑤]《沧浪诗话》“以禅喻诗”风格的出现，受到了禅宗文字观的影响。

---

① （宋）严羽：《沧浪诗话校释》，郭绍虞校释，人民文学出版社 1998 年版，第 26 页。

② （宋）道原：《景德传灯录译注》，顾宏义译注，上海书店出版社 2010 年版，第 1145 页。

③ （宋）道原：《景德传灯录译注》，顾宏义译注，上海书店出版社 2010 年版，第 1217 页。

④ （宋）严羽：《沧浪诗话校释》，郭绍虞校释，人民文学出版社 1998 年版，第 12 页。

⑤ （宋）严羽：《沧浪诗话校释》，郭绍虞校释，人民文学出版社 1998 年版，第 253 页。

正如《诗品》所言:“文已尽而意有余,兴也。”“兴”在中国古代文论中,代表了文学作品中无穷无尽的意味。《诗辨》也提到:“夫诗有别材,非关书也;诗有别趣,非关理也。然非多读书、多穷理,则不能极其至,所谓不涉理路、不落言筌者,上也。”文学中的“兴”,“非关书”“非关理”,而是一种更为混沌而难以言说的情感状态。

中国古代诗学中,借自于佛教观念的概念还有“妙悟”。王昌龄在《诗格》中强调“目睹其物,即入于心,心通其物,物通即言。”皎然的《诗式》,司空图的《诗品》关于“妙悟”均有一定的论述。后来,宋代的严羽在《沧浪诗话》中明确提出“妙悟”说。

出现了对自然景色的细致入微的刻画与描写,正如刘勰在《文心雕龙·物色》中指出的“自近代以来,文贵形似,窥情风景之上,钻貌草木之中,吟咏所发,志惟深远,体物为妙,功在密附。故巧言巧状,如印之印泥,不加雕削,而曲写毫芥”①。

潘天寿在《佛教与中国绘画》一书中又说:“禅宗的宗旨,主直指顿悟世界的实相,都足以解脱苦海中的波澜,所以雨竹风花,皆可为说禅者作解说的材料……”②如此,艺术才能有更加自由超脱、旷达空灵的空间,才能有更加挥洒自如的深远魅力。

宗白华先生指出:“晋人向外发现了自然,向内发现了自己的深情,山水虚灵化了,也情致化了。”③佛教传入中国,对于自然的体物。融入自然,文表现自然,成为文的价值取向,充满了非虚构色彩。据《南史·谢延之传》,鲍照曾评谢灵运诗“如初发芙蓉,自然可爱”,钟嵘《诗品》提出“自然英旨,罕值其人”;李德裕《文章论》主张“文之为物,自然灵气”,李白《古风》赞美“清水出芙蓉,天然去雕饰”的风格;宋包恢《答傅当可论诗》提出“诗家者流,以汪洋淡

① 周振甫注:《文心雕龙注释》,人民文学出版社 1981 年版,第 494 页。

② 皮朝纲:《中国美学沉思录》,四川民族出版社 1997 年版,第 252 页。

③ 宗白华:《美学散步》,上海人民出版社 1981 年版,第 215 页。

泊为高,其体有似造化之未发者,有似造化之已发者,而皆归于自然”。《文心雕龙·原道》强调自然对人的意识形成的意义:“龙凤以藻绘呈瑞,虎豹以炳蔚凝姿;云霞雕色,有逾画工之妙;草木贲华,无待锦匠之奇。夫岂外饰,盖自然耳。至于林籁结响,调如竽瑟;泉石激韵,和若球锽:故形立则章成矣,声发则文生矣。夫以无识之物,郁然有采,有心之器,其无文欤?”魏晋文人常以自然事物来譬喻人格,《世说新语·容止》中用“太初朝朗如日月之入怀”来形容夏侯,王戎在《赏誉》中用“如瑶林琼树,自然是风尘外物”来形容太尉的“神姿高彻”和超凡绝俗。这显示了自然风貌与人格生成的深度关联。正是在发现自然与发现自我的意义上,自然才成为魏晋时期文学风格发生转折的重要标志。

在唐代,王昌龄的《诗格》中明确出现了“意境”一词。司空图所提出的“思与境偕”的命题以及他对诗歌特征所作的“味外之旨、象外之象、景外之景”的概括都从不同侧面指出了意境的特征。皎然在《诗式》中提出的“取境”问题,殷璠在《河岳英灵集》中提出的“兴象”理论,也与意境相关。宋代严羽的“妙悟”说以及他提出的“言有尽而意无穷”的观点从审美心理和接受的角度对意境理论的发展作出了贡献。

中国古代诗学中的意境论内涵是丰富的。童庆炳先生在《“意境”说六种及其申说》一文中将其概括为六种,分别是“情景交融说”,即以情景交融来界定意境,这是吸取了宋元以来特别是明清时代王夫之等人的诗论、艺术理论,以情景交融来论意境侧重的是意境的内容或构成要素。“境生象外说”,这是以意与境的交融来论说意境,借鉴了唐代刘禹锡“境生象外”以及皎然、司空图等人的观点,以“境生象外”来论说意境主要侧重的是意境的“言外之意”。叶朗先生的观点正是属于此类。“诗画一体说”,这种观点吸取了宋代苏轼“诗中有画,画中有诗”的观点,“诗画一体说”侧重的是意境的空间意识感,宗白华先生曾经论及意境的这一特征。“哲学意蕴说”,这主要是受宋代严羽“兴趣”说的影响,现代学者中以此来论意境的还不是很多,其中,叶朗先生认为意境之“意”是“道”的体现的观点值得重视。童庆炳先生认为“意境是人的生命力活跃所开辟的寓含人生哲理意味的、情景交融的张力空间”。这种观点可以概括为“人生意蕴说”,可以归于“哲学意蕴说”一类。“对话交流说”,这主要是吸取唐代以来“味外之旨,象外之象”论形成的,现代学者将它与接受美学联系起来,侧重的是意境的接受效果。“生气远出说”,这种观点是在意境研究中引入中国古典美学的另一范畴“气”,宗白华先生的意境理论中就包含着这种思想。以上提到的是六种具有代表性的关于意境的观点,对意境研究具有重要价值。①

虽然王昌龄曾写过不少“令人测之无端,玩之不尽”的宫怨诗,诗将闺中少妇的孤寂生活与其所见自然界的明媚盎然的事物的描写两相对照,衬托出主人公内心的悲凉。比如《闺怨》一诗,就写了兴致勃勃登楼的少妇“忽见陌头杨柳色”时产生的黯然神伤之情,但是刹那间遇见了永恒一般,明白了人生该放下、该求取的是什么,这一转折突兀,但又蕴藉深远。无论颂偈还是禅诗,经常使用到的大量田园意象,如青秧、涧水、云岩、草树、野老、牧童等,用来传达禅意。王维的《山居秋暝》既富有自然的气息,同时也饱含禅意:“空山新雨后,天气晚来秋。明月松间照,清泉石上流。竹喧归浣女,莲动下渔舟。随意春芳歇,王孙自可留。”

唐代诗论中出现了大量的关于“意”与“境”的关系的论述,在王昌龄的诗论中也有对“意”与“境”的关系的论说,《文镜秘府论》中引了他的《论文意》:“夫置意作诗,即须凝心。目击其物,便以心击之,深穿其境,如登高山绝顶,下临万象,如在掌中。以此见象,心中了见,当此即用……意须出万人之境,望古人于格下,攒天海于方寸,诗人用心,当于此也。”②皎然在《诗格》中指出:“取境之时,须至难至险”。权德舆在《左武卫胄曹许君集序》中称赞序君:“凡所赋诗,皆意与境会。”也注意到了诗歌中意与境的关系。白居易在《文苑诗

① 童庆炳:《“意境”说六种及其申说》,《东疆学刊》2002年第3期。

② [日]遍照金刚:《文镜秘府论》,人民文学出版社1975年版,第129—130页。

格》中提出:“或先境而入意,或入意而后境……若空言境入浮艳,若空言意又重滞。”①他认为诗歌中如果只空说意和境,就会陷于浮艳和板滞。宋代苏轼在《题渊明饮酒诗后》中说:“‘采菊东篱下,悠然见南山。’因采菊而见南山,境与意会,此句最有妙处。”②为苏轼所津津乐道的,恰恰就是情与境的遇合,相互激荡。欧阳修也将“意”看作绘画的最高追求,提出“古画画意不画形”(《盘车图》),“笔简而意足”(《题薛公期画》)。

皎然《诗议》中提出:“夫境象不一,虚实难明,有可睹而不可取,景也可闻而不可见,风也虽系于我形,而妙用无体,心也义贯众象而无定质,色也。凡此等,可以对虚,也可以对实。”③晚唐的司空图在《与王驾评诗书》中提出:“五言所得,长于思与境偕,乃诗家之所尚者。”④在范晞文的《对床夜语》中明确提出了“情景相融”的理论“情景相融而莫相分也。……固知景无情不发,情无景不生”⑤。柳宗元又在《始得西山宴游记》中描写了自己游西山的所见所感,并提出:“悠悠乎与颢气俱,而莫得其涯洋洋乎与造物者游,而不知其所穷……心凝形释,与万物冥合。”⑥将这两点结合起来看,这是一种“天人合一”的自然审美观。

欧阳修在《浮槎山水记》中提出:“夫穷天下之物,无不得其欲者,富贵之乐也。”至于“荫长松,藉丰草,听山溜之潺湲,饮石泉之滴沥,此山林之乐也”。与《学真草书》中“有以寓其意,不知身之为劳也有以乐其心,不知物为累也。然则自古无不累心之物,而有为物所乐之心”的观点结合起来看,他提出了“山林之乐”与“寓意乐心”的自然审美观。⑦

---

① 叶朗主编:《中华历代美学文库》隋唐五代卷 · 下,高等教育出版社 2003 年版,第 147 页。
② 胡经之主编:《中国古典文艺学丛编》,北京大学出版社 2001 年版,第 107 页。
③ 叶朗主编:《中华历代美学文库》隋唐五代卷 · 上,高等教育出版社 2003 年版,第 552 页。
④ 叶朗主编:《中华历代美学文库》隋唐五代卷 · 上,高等教育出版社 2003 年版,第 415 页。
⑤ 叶朗主编:《中华历代美学文库》隋唐五代卷 · 上,高等教育出版社 2003 年版,第 596 页。
⑥ 叶朗主编:《中华历代美学文库》隋唐五代卷 · 上,高等教育出版社 2003 年版,第 162 页。
⑦ 于民、孙通海主编:《中国古典美学举要》,安徽教育出版社 2002 年版,第 503 页。

总体来看,禅宗美学的自然审美化追求以及顿悟、妙悟、意境等诗学术语所代表的中国古人对人与自然的理解,构筑起了抒情文体的天真的境界,构成了中国古人对人与万物的理解方式,成为中国古代非虚构诗学的重要组成部分。

第三节　童真:抒情文体的原始思维

虚构文学注重的是理性的思维,或者说虚构与理性是统一于一体的。在西方思维中,存在两个世界的划分,柏拉图反复阐述的那个集完善、绝对美、理于一体的神圣纯然的理智世界,说到底就是理性追求理想的境界、颂赞超越力量的本性。西方哲学思维在发展的过程中,强化了理性思维的重要意义,就是将真、善、美统一的世界看作是理想的世界,是一个具有必然性的普遍世界,通过理性来把握。

中国社会在向前发展的同时,艺术思维却向原始的思维方式频频回首。叔本华说过,抒情诗是少年之作,叙事诗和戏曲是壮年之作,王国维认为抒情诗是国民幼稚时代之作,钱锺书认为读唐诗宜在少年之时,列维・布留尔以及皮亚杰都认为原始思维就像我们社会的儿童的思维,可见叔本华、王国维、钱锺书都看到了抒情诗的创作欣赏与原始思维方式的密切关系。唐代抒情诗歌的意境之所以自成高格,就在于诗人思维方式的不断的回归,淡化了理性思维,从而实现了审美意象的超越。

一

思维的具体性。

原始思维表达思想非常具体,一个一个的事物区分得很清楚,却不能认识一类一类的事物,原始民族的形容词匮乏,处于旧石器时代晚期的塔斯马尼亚人如果说热的,就说像火一样;要说冷的,就说像冰一样;要说硬的,就说像石头一样;要说软的,就说像兽皮一样。离开了具体事物,原始思维无法表达事物的性质。卡西尔总结出了语言发展的规律，语言在原始阶段是带有生动丰富的感性力量的，又是在语言的发展过程中，人们为了概括事物所使用的类概念逐渐覆盖、侵蚀了这部分底蕴。中国古代诗人在做着还原工作，化抽象为具体是一个渐进的过程。《诗经》讲求运用比兴，景依附着情，是一种简单的对应关系。《离骚》也未能走出这种思维格套。王逸在《离骚经》序中说："善鸟香草，以配忠贞；恶禽臭物，以比谗佞；灵修美人，以媲于君；必妃佚女，以譬贤臣；虬龙鸾凤，以托君子；飘风云霓，以为小人。"物与概念相关，概念化作的具体形象是单薄的，缺乏感染力。到了魏晋时期，玄学提出"言不尽意"，王弼提出"得意在忘象，得象在忘言"之说，在言和意之间加了象，意是抽象的，通过语言造象让人进入境界去体验，从而获取意。

到了唐代，佛教传入中国已独立发展成为宗派，禅宗主张"无念""妙存默中，教外抓传"，它影响了唐代大批诗人，促成了诗人诗歌创作思维方式的转换，景物不再只是起借代、指示作用，而是浑圆交融，将人带入境界中去让人获得相应的情感体验，景不再是抽象概念的代码。梁启超《中国韵文里头所表现的情感》一文是 1922 年为清华学校文学社所作的课外讲演讲稿，谈的是抒情文学的特点，作者自称目的是用"表情法分类"来"研究旧文学"，他在读李商隐《锦瑟》后说："拆开一句一句叫我解释，我连文义也解不出来。但我觉得他美，读起来令我精神上得到一种新鲜的愉快。"①这话切中肯綮，的确代表了唐诗的特点。唐代诗人为增强诗的可感性，引导读者获得具体体验，甚至越出了诗歌作为语言艺术的阀限，向更加直观的毗邻艺术借鉴。

（一）

具备绘画特征。

唐代绘画艺术达到了一个巅峰时期，李白、杜甫、白居易、王维等著名诗人

① （清）梁启超：《中国韵文里头所表现的情感》，载（清）梁启超：《佛缘警世录》，四川文艺出版社 1998 年版，第 311 页。

的诗歌中不乏对于绘画艺术的赞美,绘画艺术的理论探讨更是为诗学的发展提供了借鉴。

张彦远在大中元年完成的《历代名画记》是现存最早的一部绘画通史巨著,书中共搜集了自古迄会昌元年372名画家的史传,具有很高的史料价值,16篇绘画理论的阐述既是针对绘画艺术的,也是诗歌艺术研究的重要参考,对于理解中国非虚构诗学有重要的意义。他说:“运墨而五色具,谓之得意。意在五色,则物象乖矣!夫画,特忌形貌采章历历具足,甚谨甚细而外露巧密。”张彦远认为,绘画时不应拘泥于具体细节的真实,甚至可以不用色彩,只用墨就能将“意”到位地表现出来。借鉴绘画艺术十分具体的色彩、造型、意境等形象的感知,去拨动人情感深处的那根心弦,在唐代诗人的创作中是一大特色。

诗中有画、画中有诗是王维诗歌艺术创作的突出特点。赵宪章认为:“中国传统画学之所以尊奉王维为‘南宗文人画之祖’,原因其实就是……他援诗入画、讲究笔墨以及脱落形似的‘神韵’。”①王维的《辋川图》,富有诗境,巧夺天工,令人叹为观止。虽然原作真迹已散佚,仅存历代临摹本于世,目睹画中的青山绿水间人们饮酒对弈,那种闲适宁静直击人的心灵深处。据说观看这幅画有心理疗救作用,传说北宋词人秦观在河南任职时,劳累过度病倒后寻医问诊都不见效,看到这幅画则心旷神怡,病痛迅速消失,于是写下《摩诘辋川图跋》来记述这件奇事,对王维诗画相通给予高度评价的苏轼听闻此事后,写下了“因病得闲殊不恶,安心是药更无方”诗句。无疑,这是一个深谙诗歌绘画艺术规律相通的典型例子。

我们继续来看看王维诗歌的绘画特征。《渭川田家》中,王维写道,“斜阳照墟落,穷巷牛羊归”,斜阳夕照下,村郭、牛羊出现在人的视野之中,如画般的场景引人入胜。《白石滩》中,我们可以读到这样的诗句:“清浅白石滩,绿

① 赵宪章:《语图互仿的顺势与逆势——文学与图像关系新论》,《中国社会科学》2011年第3期。

蒲向堪把。家住水东西，流溪明月下。”这一首诗特别注重色彩的运用，主色调为白、绿，再配以清、明月、浣纱等，整个诗歌的色彩搭配如在眼前，又令人遐想联翩。在清浅的石滩旁，那里蒲草嫩绿，姑娘在月下浣纱，景和人直接呈现在眼前了。而这人、物以及自然景观相映成趣，营造出了一个色泽清新而又自然的境界，刹那间唤起了读者的感受。

（二）

具备戏剧特征。

唐代诗歌从形式上看是诗歌的排列方式，内容却具有了戏剧的基本特征。比如唐代诗人杜牧的《清明》：“清明时节雨纷纷，路上行人欲断魂。借问酒家何处有，牧童遥指杏花村。”具备时间、地点、人物、场景、动作、对话等戏剧要素，改换一种戏剧的表达方式，就是一个十分精彩的戏剧片段，给人一种近在眼前的直观感觉。唐代抒情诗歌具有更加鲜明的生活场景特点，宫廷、闾巷、边塞、名山作为一个个具体的场所，其中也不乏人物的肖像、语言、动作，篇幅加长叙事更加完整，一首诗就像一出戏剧，惟妙惟肖地展演出了唐代文人的心灵画卷。当然，唐诗的抒情特质对元明清戏剧也产生了直接的影响，赋予了中国戏剧特有的灵魂，主要包括：人物语言简洁却叩击人的心扉，程式化的动作十分简单却令人浮想联翩，情节并不复杂却令人玩味不已，十分注重抒情化的意境营构。唯有从双向影响的角度，才能解其中味。

白居易的诗作深受元杂剧作家喜爱，都以诗化的方式为元杂剧确立了人物，提供了素材，设置了场景。白居易的中篇叙事诗《井底引银瓶》讲述了一段“墙头马上遥相顾”的爱情故事，即“瓶沉簪折知奈何，似妾今朝与君别”。人物一系列的动作展现了戏剧的特点，白朴根据此诗写就了《墙头马上》的戏剧作品。最有影响的是长诗《长恨歌》，本身就有话剧的要素，元人白朴的《梧桐雨》就直接受其影响，《梧桐雨》中的六军逼宫、明皇忆旧及梦中相见等情节，参照了白居易《长恨歌》中的情节，并借用了《长恨歌》秋雨梧桐的意象，在李杨梦会之后让玄宗面对秋雨梧桐直抒胸臆。

被称为“东方的莎士比亚”的汤显祖，是较早大量引用唐诗的明代戏剧作家。根据有的学者统计，其“临川四梦”中，涉及唐代诗歌有 91 首，计 364 句，五言、七言兼具，主要用于人物上场和下场之中，其分布约略如下：《紫钗记》有 7 首、28 句，皆为下场诗；《牡丹亭》有 71 首、284 句，其中包括“三妇本”存而“怀德本”阙的第十六出“下场诗”；《南柯记》有 7 处，五言 3 首，七言 4 首，计 28 句；《邯郸记》为 6 处，皆为七言绝句，计 24 句。[①] 就是在吸收、理解、化用唐诗的过程中，戏剧得以兴盛，因此，可以说唐诗具有了源头活水的价值意义。吴人、钱宜曾对此影响做过评述：“试观记中佳句，非唐诗即宋词，非宋词即元曲，然皆若若士之自造，不得指之为唐、为宋、为元也。宋人作词，以运化唐诗为难，元人作曲亦然。”[②]也就是说，唐代抒情诗歌直接启迪了后代戏剧创作的智慧，充分说明唐代诗歌已经绽放出戏剧性的绚丽色彩。

（三）

具备音乐特征。

在汉语中，诗和歌并称诗歌，就说明了中国诗歌的音乐特性特点。诗歌与音乐相通，在先秦时期就已经有了丰富的阐述，所谓“诗言志，歌咏言，声依永，律和声。八音克谐，无相夺伦，神人以和”（《尚书·舜典》）。意在说明，音乐和诗歌相通，是远古时期沟通神人的重要形式。

在唐代有了新的更为深刻的认识。在“以音声为佛事”的禅宗看来，文字所表达的意义不如音声的直观：“若心常清净离诸取着，于有差别境中而常入无差别定，则淫坊酒肆偏历道场，鼓乐音声皆谈般若。”[③]也就是说，“鼓乐音声”本身是中性的，在不同的场景中、根据不同的用意，可以传递出不同的效

---

① 戴健：《明代戏剧中的“集唐”现象与唐诗传播》，《江海学刊》2011 年第 4 期。

② 毛效同编纂：《汤显祖研究资料考释》，上海古籍出版社 1986 年版，第 895—896 页。

③ （宋）普济：《五灯会元》，海南出版社 2019 年版，第 66 页。

果。禅宗之所以主张不立文字，就是要求回归到原始的感觉状态，去感悟世界，使其能与自性相融，从中获得悟解。衢州乌石山杰峰世愚禅师曾有妙解："达摩西来不立文字直指人心，何谓直指人心？曰：开口不在舌头上。曰：见性成佛。性在甚么处？太湖三万六千顷，夜夜波心月色明。"①在禅师看来，文字无法"直指人心"，相反眼前之情境，却可以达到让人成佛的效果。隋唐时期诗歌中的"声和十管，气应中律"（《郊庙歌辞·祀九宫贵神乐章·肃和》），"乐以和声"（《郊庙歌辞·祀圜丘乐章·太和》），"虚无结思，钟磬和音。歌以颂德，香以达心"（《郊庙歌辞·太清宫乐章·冲和》）等，这里所刻意强调音乐的"和"，已经不是"神人以和"的"和"了，而是通过最为感性的形式唤起了人的感观感受。这一思维方式的重大变革，使得唐诗的音乐美得到了进一步的提升。

唐代的抒情诗歌中，音乐常常成为主题。张若虚《春江花月夜》达到的成就，后人已经有很多评说，甚至被认为是"诗中的诗，孤篇压全唐"，其实从音乐性这一方面来看特别突出。"春江花月夜"本是乐府歌曲名，本身就属于"清商曲·吴声歌"。白居易《琵琶行》中"嘈嘈切切错杂弹，大珠小珠落玉盘"等诗句，更是惟妙惟肖，将音乐不同风格的美写到了极致。另外，李白的"重吟真曲和清吹，却奏仙歌响绿云"、白居易的"一声来耳里，万事离心中。清畅堪销疾，恬和好养蒙"等等，都是描写音乐的。王昌龄的诗歌《从军行》更有一番滋味，前两句"烽火城西百尺楼，黄昏独上海风秋"，这样的场景给人的感觉是荒凉、凄清，后面的两句"更吹羌笛关山月，无那金闺万里愁"，传来了羌笛高亢而幽怨的笛声。由于笛声的出现，心中的感怀与眼前的情境似乎融为了一体。与之有异曲同工之妙的，还有张继的《枫桥夜泊》中的"夜半钟声到客船"，在一个寂静的夜晚，钟声的出现真实扣人心弦，一下打破了宁静，带来了游子的无尽的思绪。流行歌曲《涛声依旧》的主题就来自张继的诗歌《枫

---

① （宋）普济：《五灯会元》，海南出版社 2019 年版，第 66 页。

桥夜泊》,通过表现水上漂泊的场景,表达了羁旅他乡的游子孤寂的愁绪和思乡的情感,歌词与乐曲配合推向了高潮。

二

思维的直觉性。

在法国学者列维·布留尔看来,原始思维的特征在于:不同于理性思维的特点,直觉性类似于原始思维,表现几乎是不分析的或不可分析的;正是由于同样的原因,原始人的思维在很多场合都显示了经验行不通和对矛盾现象不关心。特别值得我们注意的是,他在论述原逻辑思维、互渗律、集体表象三大命题时,结合了中国文化的实际,引用了许多中国风俗、巫术或民俗方面的事例来加以证明。① 唐代杰出的抒情诗人不以主观的情绪和知性的逻辑介入,去搅乱对眼前景物的内在生命和外在形态的感悟,所得物象近乎直觉所得,对原始存在作无条件的认同。

(一)

通感或称联觉。

在西方,利普曼和哈特曼认为嗅、味、触觉引起的官能感觉,是作为动物的感觉被排斥在美的领域之外的,康德认为视、听、触三觉近乎智慧之官,嗅、味近乎机体之官。而中国古人认为味、嗅、视、听、触觉五觉是没有高卑之别的。唐代诗歌善于表达这种复合的官能感受,让人获得全面的、变幻的、立体的美感。比如:"地白风色寒""杨花扑帐春云热""几处早莺争暖树""歌台暖响,舞殿冷袖""嘈嘈切切错杂弹,大珠小珠落玉盘""晨钟云外湿"等,不乏视觉、听觉、触觉等多种感官的混合感受。这与中国古代诗学中的使用态度是相关的。墨子的思想就特别集中地体现了这一倾向。《墨子·非命上》认为:"今

① 参见[法]列维·布留尔:《原始思维》,丁由译,商务印书馆 1981 年版。

天下之君子为文学，出言谈也，非将勤劳其惟舌而利其唇吻也，中实将欲为其国家邑里万民利者也。”可见，墨子非常强调利益民众。墨家还提出，“异类不比”（《墨子·经下》），强调“比”中的逻辑关系。

（二）

其次是错觉。

不以知识经验作为媒介对景物缺乏理性的、科学的分析，显示出不可理喻的特点，在唐代抒情诗歌中比比皆是。比如：“小时不识月，呼作白玉盘。”突出的是典型的儿童思维，把月亮当作玉盘，是一种认知判断的“错误”，却突出了月亮的晶莹透亮的美。“野旷天低树，江清月近人。”即觉得天比树还要低，月亮印在水里，离人很近。“气蒸云梦泽，波撼岳阳城。”即波浪涌起，似乎在撼动整个岳阳城。“吴楚东南诉，乾坤日夜浮。”即乾坤浮动。这些诗句带来了人的错觉，矫正了科学、实证的价值准绳，使诗人“不再老戴着别人的眼镜”，获得了不同于一般人的生活体验。这种错觉使得作品意趣横生，建构起来的审美意象不是由高度集中的“类”的经验堆砌而成。

在禅师所作的颂偈里，也不乏这样的错觉，比如：“空手把锄头，步行骑水牛。牛从桥上过，桥流水不流。”①诗中的四个场景，都是带有禅意的错乱的举动。却与上文中借用儿童思维所呈现的景象一样，在不动神色之中昭示了禅师希望传递的佛教义理之“趣”。

（三）

最后是矛盾。

所谓矛盾，就是与常理相悖，制造出种种看似不可接受和理解的景象，如果运用理性的思维，则无法解释和说明。

① 邓绍秋：《禅宗生态审美研究》，百花洲文艺出版社2005年版，第13页。

王维画有《袁安卧雪图》,有雪中芭蕉,因此引起了一场争论。芭蕉本来是草本植物,叶子又大又宽,喜欢温暖而受不得寒冷,只有在淮河以南才可以种植和生长,在严寒的冬天,尤其是雪中,是根本不可能出现的。那么,不同时节的景物怎么能够组合在一起呢?这完全不符合自然规律,因此受到了质疑。释惠洪解释说:"王维作画雪中芭蕉,法眼观之,知其神情寄寓于物,俗论则讥以为不知寒暑。"(《冷斋夜话》)

岑参《白雪送武判官归京》中的"忽如一夜春风来,千树万树梨花开",诗句奇特无比,本来是写冬天的雪花纷纷扬扬飘飘洒洒,却以春天的梨花来作比,季节上存在矛盾,造成不可理喻却又觉得不可名状的感受。明人杨慎指责杜牧的《江南春》不真实,就在于诗中的矛盾:"千里莺啼,谁人听得?千里绿映红,谁人见得?若作十里,则莺啼绿红之景、村郭、楼台、僧寺、酒旗皆在其中矣。"(《升庵诗话》)王安石曾经指责李贺的《雁门太守行》不合常理:"方黑云压城时,岂有向日之甲光。"杨慎则声称自己真是见到此类景象,反过来批评王安石:"宋老头巾不知诗。"(《升庵诗话》)其实,杨慎对于杜牧和王安石的批评,背离了中国抒情诗歌的思维,中国抒情诗歌创作并不在于一定要合常理,恰恰是这一些不合常理的矛盾突出了人的感官感受,或者说正是这思维的矛盾深化了作品的意境。诚如钱锺书所说:"文学艺术不但能制造颜色的假矛盾,还能调和黑暗和光明的真矛盾,创辟新奇景象。"(《读〈拉奥孔〉》)

三

思维的虚拟性。

在原始思维中人与自然万物是融为一体的,称为互渗律。中国古代是自给自足的农业型的社会,依靠自然万物获得生存,天人合一的思想应运而生,不像西方,人在海上航行,常常与海浪搏斗,人与自然构成尖锐的对立,人成为万物的灵长去主宰自然。

魏晋时期,诗歌创作倡导兴会,主要是写由客观景物引起的情思。《诗品序》中说:“多非补假,皆由直寻。”钟嵘说以前的创作多半不是运用典故,基本上是外物直接触发人,人刻意去描写外物,因此嘲风弄月工于形似成为时尚:“(张协)巧构形似之言,(鲍照)贵尚形似。”(《诗品序》)所谓“何逊诗实清巧,多形似之言”(《颜氏家训·文章篇》),也就是工于形式的意思。这是一种单向的反应形式,由景到情,人们在描摹外景,实是由外物在左右人的情感。

当然,情与景双向交流、融会在魏晋时期露出了端倪,谢灵运的“池塘生春草,园柳变鸣禽”、陶渊明的“采菊东篱下,悠然见南山”等等,均情与景会,妙不可言,而这一情与景会在唐诗中则成风气。

唐代诗人从传统文化中吸取了养料,将它纳入创作的思维模式中,实现了物与我、情与景的交融。李白的诗中明月、云作为友的身份出现。佛教认为一木一草都是佛性的体现,要求信徒荡涤功利追求,心底澈静,理解自然山水以求与之融化为一体。唐代诗弄受佛教影响较大,王维、刘长卿、张继、李嘉佑、皎然等与佛教有密切关系,佛教信徒王维常与裴迪诸君于辋川乘舟往来,弹琴赋诗,把自然山水作为自己的伴侣,去理解草长莺飞、花开花谢的自然世界,自然世界向诗人展示出自身的奥妙,诗人在这种双向交流中获得顿悟。王维的《鸟鸣涧》展示的正是这样一种情态。诗人内心的闲适是内静即“无念”,与外静“夜静”是统一的,二者和谐共振,诗人就能体察出大自然的生动活泼的状态:月光皎洁,惊鸟时鸣。在这种状态下诗人便能洗尽铅华创设出独特的意境:“古木无人径,深山何处钟。”深山林中渺无人迹,传来钟声直击心扉,这就是作者深藏幽邃的远离世俗的情感与外物突然遇合所建构的意境。这种遇合是偶然的,而一旦遇合便相激,呈现出情生景、景生情反复运动的方式。比如由于色彩和亮度的变化,暮色能引起人的大脑抑制,会引起人的愁绪,而人在愁闷萦绕心头之时,又特别关注令人伤感的暮色,所以唐代诗人的愁绪常定格在夜幕降临之时,如“移舟泊烟渚,日暮客愁新”“春潮带雨晚来急,野渡无人舟自横”,等等。在唐诗中还可以看到柳与离情、月与相思等互渗、相互作用的景与情。

宋代以苏轼为代表的诗歌创作重神似，写诗的触发剂不是景的本身，而是以景为媒介而体悟到的新意妙理。苏轼主张："出新意于法度之中，寄妙理于豪放之外。"（《书吴道子画后》）认为高超的画师描画人物，不是不要法度，而是能够超越理性的束缚，到达一种随心所欲的自由境界，去不断领略客观景物，实则是创作主体在与对象的双向交流和激荡中，情思和义理悠悠致远。

西方古典文化的主流是理性主义的，因而对原始思维持彻底否定的态度，在黑格尔的哲学体系中理性主义高扬到了极点。因此，抒情诗创作黯淡无光。近现代西方抒情诗歌迅速崛起，无疑是开启了原始思维这扇大门。西方在文艺复兴时期和18世纪开始青睐"高尚的野蛮人"，卢梭提出了"回归自然"的主张。19世纪末到20世纪初，现代哲学崛起，以一种摧枯拉朽之势冲击着理性主义，尼采强调生命本能高于道德理性，否定西方的伦理观念、理性主义，现代心理学强调潜意识、无意识和生命本能。这些文化背景为抒情诗的发展提供了气候和土壤。托尔斯泰、萨特、博尔赫斯对东方文化极有兴趣，流行于英美的印象派的奠基者庞德，十分推崇我国唐代诗歌，曾译过李白、杜甫、王维等人的诗作。可见，西方现代抒情诗引人入胜，是他们在试图寻求一条同中国古典诗歌创作同辙的思维方式。

第九章　非虚构与明代小品文文体论

元明清时期，是中国叙事文学发展的高峰时期，小说创作兴盛，各种小说评点，更是从理论的高度进行了总结，留下了宝贵的诗学资料。小品文作为明代文学的重要文体，在学术界得到了公认。刘大杰在其《明人小品集》序言中明确指出："我觉得，在明代的文学里，具有特殊的个性，而真能作那个时代的文学的代表的，是戏曲、小说和小品文这三样东西。"①小品文是古代散文系列的珍品，将之看作是中国文学发展的一座高峰也不为过，正如国学大师钱穆所说："中国散文之文学价值，主要正在小品文。"②

小品文作为一种文体，其特征还没有得到有效的阐释。早在1927年，现代著名学者、散文家钟敬文在《试谈小品文》一文中就这样说到小品文的内涵和外延问题："不但把杂色的散文，都算是小品，有时连韵文都被隶属于这个名词之下了。以前的，既那样空蒙不着边际，时下又少人给它略为厘定一下，我们又怎怪其被用得这样纷乱呢。"③近年来吴承学在《晚明小品研究》一书中也发表了同样的感慨："'小品'是一个颇为模糊的文体概念，要为'小品'下

① 刘大杰：《明人小品集·序》，北新书局1934年版，第2页。
② 钱穆：《中国文学讲演集》，巴蜀书社1987年版，第50页。
③ 钟敬文：《中国现代小品经典序》，河北教育出版社1994年版，第1页。

一个准确定义，恐非易事。”[①]在我看来，学术界基本上是从“美文”、从虚构的角度去阐释小品文的文体特点，导致了文论学术话语的迷失。拟另辟蹊径，主要从非虚构的层面，来阐释小品文的文体特点。

第一节　回顾与反思

一

首先，将关于现代以来关于晚明小品文阐释的反思，具体就是什么是“文”？什么是“品”？为何是“小”？将这些问题作为阐释小品文文体特点的起点。

（一）

比如“文”，不能简单对应今天我们所经常提到的文学性散文，古代的文包含非常广泛，分类很细致。今天说的“杂文”不同于古代的“杂文”，这一文体最早见于南朝宋人范晔《后汉书·文苑传》。范氏在罗列诸家著述时列有“杂文”一项，例如杜笃“所著赋、诔、吊、书、赞、七言、女诫及杂文，凡十八篇”，赵壹“著赋、颂、蔑、诔、哀辞、杂文，凡十六篇”等，罗列了不少文体，可以进一步细分。虽然范晔对“杂文”的义界，并未作概括性的解释说明。但是存在一个不容忽视的事实就是，“杂文”在汉代及汉以前大量存在，这点是确定无疑的，其意义繁复无比，是不能套用今天定义为“针砭时弊有感而发”的“杂文”文体的。

梳理小品文的发展历史是一件困难的事情，主要对于其发生发展过程以及代表性的作家作品无法判断和遴选。小品文文体研究存在一定的困惑，很

---

① 吴承学：《晚明小品研究》（修订本），北京大学出版社2017年版，第5页。

重要的一个原因在于,“文”这个概念包含的内容过于繁杂,千头万绪如果混杂在一起,则很难理清内在的逻辑。

第一部小品文文学史当数任访秋先生的《中国小品文发展史》,解志熙整理了任访秋先生的遗著《中国小品文发展史》,在校订后记中推测:“大部分手稿当写于 1936 年,到 1937 年 1 月 19 日至完成了上册,而全书并未完成。”①在解志熙看来,“就像中国文学的其他部门一样,小品文自来无史,有之,则自任先生的这部著作始”②。前人没有写出这一文体的发展历史,主要是缺乏对于小品文观念的认识。而任访秋先生则认为,只有经历了现代以来周作人等人的新文化新文学观念的洗礼,才能确定评判的理念和操作的标准,才能写出小品文的文学史。正是在这一明确的文体观念下,写作出了小品文文学史。

具体而言,主要是接受了西方现代以来的纯文学观念、美文的思想,来认识小品文的文体特征。任访秋先生认为:“故晚明实为吾国小品文之全盛时期,彼以古文之形式,而实以辞赋之内容,故融为纯文艺之散文。此诚治文学史者所不可忽者也。”反复强调西方小品文的影响,认为小品文远不如古文、骈文历史长,现代诗复兴期,所谓复兴期,指的就是现代受到了西方的影响,重新定位小品文的含义。“盖此时期西方之新思潮东渐,而我国之传统思想又复动摇,因之新文学亦以打倒古文骈文为口号,且西方文学中小品文之地位极高,于是作者辈出,或沿袭于往古,或汲流于西方,风格多方,灿然大备。此可谓小品文之复兴期。总观一千七百年来小品文之演变如此,而其与思想时代之关系又如彼,故吾等虽欲不称之为纯文艺之散文,不可得也。”③概言之,小品文以西方纯文学观念为正宗。任访秋先生寻根溯源,认为小品文的历史上溯到魏晋,从魏晋到现代的演进,可分为五个阶段:一是萌蘖期——由魏至隋(二二〇——六一七);二是中衰期——由唐至明中叶(六一八——一五六

① 任访秋:《中国小品文发展史(续)》,《汉语言文学研究》2011 年第 3 期。
② 任访秋:《中国小品文发展史》,《汉语言文学研究》2011 年第 2 期。
③ 任访秋:《中国小品文发展史》,《汉语言文学研究》2011 年第 2 期。

六)；三是大成期——由明末叶至清中叶(一五六七——一七九四)；四是凋悴期——由清中叶至民国初(一七九五——一九一九)；五是复兴期——现代(一九二〇——一九四〇)。不难看出，以魏晋时期文学的自觉为学术起点，寻求开端，以现代变革为终点，贯穿始终的是纯文学观念这一主线。

任访秋先生对周作人的小品文观念十分认同。周作人在 1921 年的两篇文章中较早提到小品文的概念，他写道："我曾做了两篇《西山小品》，其一曰《一个乡民的死》，其二曰《卖汽水的人》。""这两篇小品是今年秋天在西山时所作，寄给几个日本的朋友所办的杂志《生长的星之群》登在一卷九号上，现在又译成中国语，发表一回。"①这里的"发表一回"就是指，在 1922 年第 2 号的《小说月报》上刊发。周作人对于小品文不是完全从中国固有文化逻辑出发来考量的，反复强调要借助西方现代文化文学思想来烛照，才可以真正认识小品文，才可以发展小品文。并反复强调："认清了上自圣贤下至凡民所同具的中国固有思想，外加世界人类所共有的新兴文明，胆大心细的决行调整，基础既定，然后文化工作才可以进行。"②提出新散文的源流就是中西的合流，"中国新散文的源流我看是公安派和英国小品文两者所合成"③。在总结新散文的状况时认为："新散文的发达成功有两重的因缘，一是外援，一是内应。外援即是西洋的科学哲学与文学上的新思想之影响，内应即是历史的言志派文艺运动之复兴。假如没有历史的基础，这成功不会这样容易，但假如没有外来思想的加入，即使成功了也没有新生命，不会站得住。"④

周作人既有小品文创作实践经验，也有理论上的思考，在现代文学界和学术界影响很大。周作人关于小品文界定的学术影响之大，从胡适 1922 年 3 月

① 周作人：《卖汽水的人》附记，《小说月报》1922 年第 2 号。

② 周作人：《新中国文学复兴之途径》，载陈子善等编：《周作人集外文》下集，海南国际新闻出版中心 1995 年版，第 598 页。

③ 周作人：《燕知草跋》，载周作人：《苦雨斋序跋文》，河北教育出版社 2002 年版，第 124 页。

④ 周作人：《中国新文学大系 · 散文一集 · 导言》，载周作人编选：《中国新文学大系 · 散文一集》，上海良友图书印刷公司 1935 年版，第 10 页。

发表的《五十年来中国之文学》一文中可以看出:“这几年来,散文方面最可注意的发展乃是周作人等提倡的‘小品散文’。这一类的小品,用平淡的谈话,包藏着深刻的意味;有时很笨拙,其实却是滑稽。这一类的作品的成功,就可彻底打破那‘美文不能用白话’的迷信了。”我们要注意的是,在这里胡适在“美文”的意义上使用“小品散文”,认同的是周作人所依据的西方学理逻辑。

另一位在小品文创作和理论研究颇有建树的学者型作家是林语堂。林语堂在《四十自叙诗》云:“近来识得袁宏道/喜从中来乱狂呼/……从此境界又一新/行文把笔更自如。”①进入不惑之年的林语堂,对于晚明小品文代表作家袁中郎的亲近和赞美溢于言表,直接引为知己。1932年,林语堂与友人共同创办《论语》杂志,后主编几经更迭,一直出版至1949年。《论语》杂志提倡幽默文学、性灵文学,实际上是以现代的观点从传统寻求对应的地方。林语堂在《新旧文学》中陈述过其中的渊源:“近读岂明先生《近代文学之源流》,把现代散文溯源于明末之公安竟陵派,而将郑板桥,李笠翁,金圣叹,金农,袁枚诸人归入一派系,认为现代散文之祖宗,不觉大喜。此数人作品之共通点,在于发挥性灵二字,与现代文学之注重个人之观感相同,其文字皆清新可喜,其思想皆超然独特,且类多主张不模仿古人,所说是自己的话,所表是自己的意,至此散文已是‘言志的’‘抒情的’,所以以现代散文为继性灵派之遗绪,是恰当不过的话。”②

自周作人、林语堂等人从现代美文的欣赏角度,似乎“发现”了晚明小品文的独特魅力,晚明时期的小品文在清代花枝凋零,到了现代则又犹如枯枝发新芽,再度获得了勃勃生机。晚明小品文勃兴于明代嘉、隆之际,于万历、天启年间达至高峰,到了清代长期以来被视为“空疏无本之学”③。小品文清代颇

① 林语堂:《四十自叙诗》,载《林语堂全集》第16卷,东北师范大学出版社1994年版,第502页。

② 林语堂:《新旧文学》,载《林语堂全集》第14卷,东北师范大学出版社1994年版,第180—181页。

③ (清)顾炎武:《日知录集释·序》,岳麓书社1994年版,第1页。

受冷遇,被看作是颓废的代名词,评价很低,清初邵长蘅在尺牍《与金生》中认为:“明季文章自有此尖新一派,临川(指汤显祖)滥觞,公安(指三袁)泛委,而倒澜于陈仲醇(继儒)、王季重(思任)诸君。仆戏谓:此文章家清客陪堂也。广座中忽发一趣语,亦足令贵客解颐,然人品扫地矣。”①清代修订完善的《四库全书》甚至对晚明小品文全面封杀,《四库全书总目提要》评晚明文风时如此说:“盖明末之未造,太仓、历下余焰犹张,公安竟陵新声屡变,文章衰敝,莫甚其时。坚以乡曲儒生,独能支柱颓烂,延古之一脉。”②评价之低可以一眼看出。然而,在现代以来,晚明小品及所获得的正面阐释越来越多,正面评价越来越高。除了为小品文书写文学史之外,还有许多作家投入到了小品文创作中,小品文形成的这一股新的潮流,呈现出更加猛烈的发展势头,与文学观念的转型密切关联。

刘大杰关于小品文的相关论述,运用的也是相似的观点。他的《注释历代小品文选》将王羲之、陶渊明、吴均等人的文章选入其中,并认为“两晋、六朝人的文字里,我们可以看出来一点小品文的影子”③。刘大杰将小品文的源起追溯到魏晋南北朝时期,高度赞赏这一时期的文章,认为“这种玲珑精巧的山水文字是当代唯美文学潮流中独有的上等产品”④。不难看出,对于小品文的评价和价值认识,与现代以来的“美文”观念是十分一致的。

王统照在其文中提出了“使人阅之自生美感”的“纯散文”概念,该文最初发表于1923年6月21日《晨报》附刊《文学旬刊》第三号,署名“剑三”。⑤ 胡梦华在1926年于《小说月报》第17卷第3号发表《絮语散文》,提出“絮语散文”(Familiar Essay)的概念,认定它是“一种不同凡响的美的文学”。胡梦华

① (清)邵长蘅:《青门集》卷十一,光绪丁酉年盛氏重刻本。

② (清)纪昀等:《四库全书总目提要》卷一七二《学古绪言》,中华书局1965年版,第1515页。

③ 刘大杰:《中国文学发展史》下卷,上海书店1990年版,第312页。

④ 刘大杰:《中国文学发展史》上卷,上海书店1990年版,第223页。

⑤ 王立诚、王含英编:《王统照散文选》,山东教育出版社2005年版,第243页。

这样来直接介绍这一源自英、法的概念:“这种散文不是长篇阔论的逻辑的或理解的文章,乃如家常絮语,用清逸冷隽的笔法所写出来的零碎感想文章。”①均注重于探讨中国现代散文的“美”与西方“纯文学”的联系。

与小品文相似的概念还有很多。1935 年,周作人在《中国新文学大系·散文一集》的《导言》中提出:“《晨报》第七版不久改成副刊,是中国日报副刊的起首老店,影响于文坛者颇大,因为每日出版,适宜于发表杂感短文,比月刊周刊便利得多,写文章的人自然多起来了。以后美文的名称虽然未曾通行,事实上这种文章却渐渐发达,很有自成一部门的可能。”②正如周作人描述的那样,他所提出的美文这一概念虽然没有流行起来,但是杂感短文却在“小品文”“随笔”等名义下,逐渐成为较成熟的散文文体。当然,中国散文文体的现代转型,与西方文学有内在联系。汪文顶认为:“中国所最发达也最有成绩的笔记之类,在性质和趣味上,与英国的 Essay 很有气脉相通的地方,不过少一点在英国散文里是极普遍的幽默味而已……英国随笔特有的文体笔调和浓厚的幽默谐趣则独自构成对现代中国散文随笔艺术的直接而显著的影响。现代中国散文在接受、消化英国随笔写作艺术的影响上取得了极大的成功,达到了融汇贯通、浑然无间的化境。”③

所以说,现代散文看似承接了自晚明小品以来的脉络,实则骨子里是在西方文论影响下阐述的。这一学术思路直到当代仍在继续,21 世纪之后还有学者认为:“中国现代小品文是在五四新文化运动中产生的,它的产生与传统并无多少关联,甚至具有反传统的意义。对于中国文学而言,它是全新的事物,但却不是无所依傍的,可以说它是外国文学影响的产物。它所接受的外国文学的影响是多方面的,概言之有三,在精神气质上接受了以卢梭为代表的法国

① 胡梦华、吴淑贞:《表现的鉴赏》,现代书局 1928 年版,第 45 页。

② 周作人:《中国新文学大系·散文一集·导言》,载周作人编选:《中国新文学大系·散文一集》,上海良友图书印刷公司 1935 年版,第 5 页。

③ 汪文顶:《英国随笔对中国现代散文的影响》,《文学评论》1987 年第 4 期。

启蒙主义文学的影响;在体式上接受了以蒙田为代表的西方随笔的影响;在趣味上接受了以永井荷风为代表的日本近代随笔的影响。至于它以传统小品文作为自己的一个重要源流,那已是它产生十几年后的事情了。"①在西方现代文学观点的影响下,中国新文学运动的文学启蒙者们,已经不由自主地将西方散文理念注入了本土已有的传统小品文之中,实现了散文文体深刻的内在蜕变。

现代以来关于晚明小品文的阐释,是新文化运动的倡导者有意从西方学习的结果。西方的文学性关注情感和形式,从虚构的层面去理解,中国学者有意屏蔽了小品文与西方美文观念不一致的作品,从 20 世纪 30 年代学人所编小品文集可以看出,就如有的学者所说:"剔除了晚明选集中奏议、碑碣、诏令之类应用文体和骈俪的散文,收录的基本上是游记等边缘性文类,以及文学传统中一直不为人们重视的带有文学性的小序小跋、尺牍杂记等。"②更为重要的是,从观念上也按照西方的尺码和样式进行了裁剪,除了对于晚明小品文的形式阐释之外,还认为在内容上,最为核心的地方在于晚明小品文提供了个性解放的动力,与西方现代以来的浪漫主义思潮融合到了一起。周作人认为,晚明小品文与现代散文既有相通之处,立场上也有不一致的地方,"我们说公安派是前一时期的新文学运动,却不将他当作现今新文学运动的祖师,我们读公安派文发见与现代散文有许多类似处觉得很有兴味,却不将他当作轨范去模仿他。这理由是很简明的。新散文里的基调虽然仍是儒道二家的,这却经过西洋现代思想的陶熔浸润,自有一种新的色味,与以前的显有不同,即使在文章的外观上有相似的地方"③。

可见,经过这样一番打扮,只是外表很"洋气"。可以将现代以来作为发

① 蒋益:《外国文学对中国现代小品文之影响》,《长沙大学学报》2005 年第 1 期。

② 周荷初:《晚明小品与现代散文》,湖南人民出版社 2004 年版,第 26 页。

③ 周作人:《中国新文学大系·散文一集·导言》,载周作人编选:《中国新文学大系·散文一集》,上海良友图书印刷公司 1935 年版,第 11 页。

展期，但是不能去概括中国古代的小品文的问题特征，更无法用受西方文学观念影响的散文理念去规训中国古代小品文。我们需要进一步追问的是：何为小品文真实的中国面孔？

（二）

小品文敞开的是自我的叙事世界。

小品文作为广义的散文，叙事是其中一类手法和类别，并且是不可或缺的元素，而从自我的叙事的角度来分析小品文，是这一文体的题中应有之义。所谓自我，不同于超我、大我，也不同于小我，其实就是在道德理性和原始欲望之间的过渡和调节的角色。

小品文是叙事的，比如周作人认定“小品文则在个人的文学之尖端，是言志的散文，它集合叙事说理抒情的分子”[①]。早在1921年6月，周作人在《晨报》上发表了《美文》一文，其中提出“美文”这一概念就说道：“外国文学里有一种所谓论文，其中大约可以分为两类。一批评的，是学术性的。二记述的，是艺术性的，又称作美文。这里边又可以分出叙事与抒情，但也很多两者夹杂的。这种美文似乎在英语国民里最为发达，如中国所熟知的爱迭生，兰姆，欧文，霍桑诸人都做有很好的美文，近时高尔斯威西，吉欣，契斯透顿也是美文的好手。读好的论文，如读散文诗，因为他实在是诗与散文中间的桥。中国古文里的序，记与说等，也可以说是美文的一类。但在现在的国语的文学里，还不曾见有这类文章，治新文学的人为什么不去试试呢?”周作人把小品文分成了叙事与抒情以及两者相杂的三类。小品文作为一种叙事文体，曾在英国文坛占有独特的地位，特别是18世纪之后，更是成为了人们喜闻乐见的一种文学样式，被看作是引发英国现代小说这样一种叙事文学变革的先导。英国的小品文essay实际上源于法国，这一称谓是从法语essai演变来的，16世纪80年

① 周作人：《苦雨斋序跋文》，河北教育出版社2002年版，第127页。

代法国作家蒙田（Montaigne）发表小品文集，1592年英国翻译家弗洛里奥（Floria）翻译，产生较大影响。蒙田被认为是西方第一个用小品文写作的作家，但其文体则可以说是源远流长，学术界追溯到了善于运用谈话方式讨论的西塞罗，又进一步归结到了孕育小品萌芽的柏拉图。被称为欧洲和英国的“小说之父”的笛福，其代表作《鲁滨孙漂流记》就是根据斯梯尔的一篇速写改写而成的，这篇速记记述一位水手在一个荒岛生活4年多的情况，笛福加以想象和艺术夸张写作而成为名著；哥尔斯密的小品文中揭露的英国司法人员的徇私枉法，后来成为了批判现实主义作家狄更斯的小说《荒凉山庄》的主题，揭露了法律制度和机构黑暗。小品文开了西方现代小说之先河，也就是说，叙事是中西方小品文的重要文体特征之一。

从叙事的角度来看，晚明小品文的“品”和“小”，究竟作何理解？在中国古代诗学中，“品”可以理解为“众多”，东汉许慎在《说文解字》中对“品”的定义为：“品，众庶也”。“品”也可以进一步理解为“事物的种类”，王羲之在《兰亭集序》中曰：“仰观宇宙之大，俯察品类之盛。”这里的“品”就是种类的，魏晋时期重要的选官制度“九品中正制”，就是指不同的官职种类，钟嵘《诗品》被誉为“百代诗话之祖”，论述的就是不同风格的诗歌特点，《二十四诗品》是唐代诗人司空图创作的一部古代诗歌理论著作，形式上由二十四首四言诗组成的对于诗歌种类的评述，因此又名“诗品二十四则”。作为小品文的品的意义就是，属于众多“文”的一种。作为一种文体，其特征鲜明起来，与其佛教文化思想的浸润相关。“小品”一词本是佛教用语，“小品”概念源自佛经，原指全本佛经的精简本，“大品”指的是全本佛经。“小品”一词进入文学作品，最早出现于晋代的《世说新语》，《世说新语·文学》曰：“殷中军读小品，下二百签，皆是精微”，刘孝标注云：“释氏《辨空经》，有详者焉，有略者焉。详者为大品，略者为小品。”[①]东晋高僧支遁解释道：“盖闻出小品者，道士也。尝游外域，岁

① 徐震堮：《世说新语校笺》，中华书局1984年版，第124页。

数悠曩，未见典载，而不详其姓名矣。尝闻先学共传云：佛去世后，从大品之中，钞出小品，世传其人，唯目之以淳德，验之以事应，明其至到而已，亦莫测其由也。”[①]到了南朝随着佛教的兴盛，文学作品更多提到“小品”，如张融提到：“吾平生所善……左手执《孝经》、《老子》，右手执小品文《法华经》。”[②]孟郊《读经》有云：“垂老抱佛脚，教妻读黄经。经黄名小品，一纸千明星。”在这些论述中，小品都是指精简本佛经，一直要到明代中后期以后，“小品”一词才被用来指篇幅较短的文学作品，出现了陈继儒《晚香堂小品》、潘之恒《鸾啸小品》等以小品命名的书籍。唯有从这个角度，才可以恢复“小品”文体的原貌。1921 年，周作人曾在北京香山碧云寺养病，并完成了文风与思想的转变。孙郁指出：“我翻看他在西山养病时写的小品，很惊异于他的大彻后的清雅肃寂，那是怎样哀怜隐痛的人间情怀。以往厉言正色的论述一时隐去，乐观的理性勾勒也无迹可寻。在他那儿，猛然间冒出那么多感伤而冷静的咏叹。仿佛一时间得到了仙风道骨，谈吐之中，多了佛道之气。”[③]可见是一种自觉的接受和认可，更是文体的蜕变、人生的蜕变。

可见，“小品”就叙事而言，作为散文之一种，我们可以从很多方面予以认知：小品文一般篇幅不长，描述的都是日常生活中的小事。这些说法都可以找到充分的依据，只是有些表象化了。更需要深度思考的是，从深层次去挖掘其内涵特征，小品文敞开的正是一个“我”的文学世界，将种种的“小”统摄起来，才可以真正去领略小品文所叙之事中藏着的玄机。

自我作为一种叙事视角。明代初期，占主导地位的是官场应和的台阁体，更为平民化的小品文尚不是主流。明朝中期以“前七子”“后七子”和唐宋派为代表掀起了一场声势浩大的文学复古运动，与“经国之大业，不朽之盛事”相去甚远的小品文自然更无法寻觅到生存的契机。与一般诗文作者兼济天下

① 任继愈：《佛教经籍选编》，中国社会科学出版社 1985 年版，第 73—74 页。
② （南朝梁）萧子显：《南齐书》，中华书局 1972 年版，第 721 页。
③ 孙郁：《百年苦梦：20 世纪中国文人心态扫描》，群言出版社 1997 年版，第 64 页。

的情怀不同，小品文作者大多命运多舛，晚明文学领域的主流日渐为山人、处士等没有社会地位的潦倒文人。随着这些有着高度文学修养的文人相继进入小品文的创作，一个属于小品文的时代到来了。所写的小品文洗尽铅华，自然率真表达思想，将之作为小品文的核心观念，呈现出与诗文的鸿篇巨制不同的风骨，发出更多的则是独善其身的喟叹。

小品文所叙之事皆为真实的事情，见诸日常生活之中，看起来琐细，价值意义首先就在于“小”。在明代主要表现为人物传记小品、笔记小品、尺牍小品等形式，从这些细分的小品文中举约略可以知道，对于“小”的事件的看重。《皇明十六名家小品》是晚明盛行的小品选集之一，该选集刻于崇祯六年，主要的编选和评述者为陆云龙。收录汤显祖小品 38 篇，分别为赋、序、题词、尺牍、记、文、说、颂等。

汤显祖对“小文”的阐述，在《答张梦泽》这一尺牍中，表达十分充分：“丈书来，欲取弟长行文字以行。弟平生学古人文字不满百首，要不足行于世。其大致有五。弟十七八岁时，喜为韵语，已熟骚赋六朝之文。然亦时为举子业所夺，心散而不精。乡举后乃工韵语。三变而力穷，诗赋外无追琢功。不足行一也。我朝文字，宋学士而止。方逊志已弱，李梦阳而下，至琅琊，气力强弱巨细不同，等赝文尔。弟何人能为其真？不真不足行，二也。又其赝者，名位颇显，而家通都要区，卿相故家求文字者道便，其文事关国体，得以冠玉欺人。且多藏书，募割盈帙，亦借以传。弟即名位沮落，复住临、樊僻绝之路。间求文字者，多村翁寒儒小墓铭时义序耳。常自恨不得馆阁典制著记。余皆小文，因自颓废。不足行三也。不得与于馆阁大记，常欲作子书自见。复自循省，必参极天人微窈，世故物情，变化无余，乃可精洞弘丽，成一家言。贫病早衰，终不能尔。时为小文，用以自嬉。不足行四也。元以前文字，除名人外，不可多见颇得天下郡县志读之，其中文字不让名人者，往往而是。然皆湮没无能为名。名亦命也，如弟薄命，韵语自谓枳精焦志，行未可知。韵语行，无容兼取。不行，则故命也。故时有小文，辄不自惜，多随手散去，在者固不足行。五也。嗟夫梦泽，仆非衰病，尚思立言。兹已矣！微言知而好我，谁令言之，谁为听之，极知知爱，无能为报，喟然长叹而已。”①

在上述这封答复张梦泽的信中，汤显祖发表了对于“长行文字”的看法，对那些历史上流传千古的长文，持有不同意见，认为当时的文章“气力强弱巨细不同”，并且又多“赝文”。汤显祖表示，自己贫寒出身，不能写作出那些“长行文字”的文体，更为重要的还是自己不屑于去写作，认为这些文章虽然能传于后世，却不是佳作。汤显祖在此将“小文”与“馆阁典制著记”、立言载道之文相区分，认为自己的文章“时为小文，用以自嬉”，甚至没有机会“成一家言”。

张岱以小品文著称，他所创作的《陶庵梦忆》《西湖梦寻》《琅嬛文集》这三部小品文集，把平凡人的平凡生活叙写得生动形象、清新自然，市井风情跃然纸上，描绘了一幅幅色彩斑斓的晚明社会生活画卷。善于从细微处体悟生活的李渔的小品文集《闲情偶寄》，也是展现了丰富的个人生活琐事，包括戏曲、园林、诗词、饮馔、花木、颐养等范围，非常典型地集中体现了中国古代文人的生活趣味。他们的创作实际已经表明，小品文与现代以来的纯文学、美文观念相去甚远。

于“小”处，于细微处，来叙述故事，试图汲取中国传统文学的精华。中国文学史写作是现代以来的事情，但是中国是主张渊源关系探求的，就小品文而言也不是无源之水，无本之木。钱穆《中国文学中的散文小品》一文就曾提到：“中国最古的散文小品，应可远溯自《论语》。”②将小品文的历史追溯到了先秦时期。的确如此，《论语》中关于子路、颜回等弟子和再传弟子的记述，今天读来仍让人感到人物形象栩栩如生，孔子所秉持的观念通过师徒的对话，自然地呈现在读者面前。其实除了《论语》之外，先秦时期这类的文并不少见。凝溪认为：“庄子寓言在数量上十分可观，在中国古代寓言史上，首屈一指。

① （明）汤显祖：《汤显祖集》，徐朔方笺校，上海古籍出版社 2016 年版，第 1925 页。
② 钱穆：《中国文学论丛》，生活·读书·新知三联书店 2002 年版，第 80 页。

中国古代寓言史上的黄金高潮期——战国寓言，真正高潮的起点，便是从庄子寓言开始。"[①]短小精悍的寓言故事，灵动飘逸令人回味无穷。《左传》《战国策》等历史著作中，还有《狡兔三窟》《触龙说赵太后》等历史故事，篇幅不长，记事简约生动，不失小品文的风采。更早还可以追溯到早期如甲骨文、钟鼎文、《尚书》等，或为祭祀占卜文书，文辞甚少意味深长；或为训、诰、誓、命等朝廷公文，表达洗练格式规范；或为官方档案文书，严整简约井井有条……这些叙事隽永，令人玩味，都是实用性很强的应用文。中国传统文化和文学中，从自我这一个体出发，去记写意见细微小事，却直接启迪人们理解社会、人生的心智，与明代所说的小品都有相似之处。

小品文，在晚明时期出现高峰，正是晚明著名的文学流派公安派、竟陵派等相继出现，他们在继承传统的基础上，带动了小品文创作的进一步发展，这一时期的小品文创作表现出明显的以自我这一角度去观照世界的特色，拓展了小品文的内涵，并让小品文成为比其他诗文体裁更符合当时文人心性的文体。

小品文自我的叙事非虚构特点就在于，小品文从多维的层面敞开了"真"，真实性、真挚性、真理性均呈现出非虚构诗学的特点。

二

小品文的语言问题。长期以来，关于小品文的语言特征的探讨往往超越散文的疆域，以诗歌为圭臬来探讨散文的审美特征，"以文为诗""散文诗化"等说法就反映了这样一种大致相同的思维方式和观念。有学者提出了"诗性散文"的构想，在拜读了《论散文的诗性语言》[②]一文后，笔者认为其所作的"诗性"分析疏离了散文语言的本体特点，遮蔽了散文语言本身的审美性，脱离了当代散文发展的文化语境。

---

① 凝溪：《中国寓言文学史》，云南人民出版社 1992 年版，第 53 页。

② 陈剑晖：《论散文的诗性语言》，《江海学刊》2004 年第 2 期。

（一）

正视散文的本体特征。诗性散文的倡导者开头首先提出了这样一个问题："对于缺乏深厚的诗学传统又被人们贬抑的散文，它的语言是否也能成为人的存在的家园？它是否也能像诗歌的语言一样既使人诗意的栖居，又提供给人处于存在的亮光的可能？"问题的提出就明确表达了作者对于散文语言特征的一种探求指向。对于散文语言缺乏韵律、缺乏想象的、平淡世俗化的特征是颇有微词的，力图通过诗化的方式对之进行改造，他所说的"诗性语言"与"诗歌语言"是密切相关的，是从诗歌这一种文体语言中概括出来的，也就是说主要是借鉴诗歌的语言特征来改造、规范散文。文中认为："事实上，散文的语言不仅仅只有'世俗语言'的一面，更多的时候，散文的语言呈现的是一种'诗歌的语言'。"具体来说，包括语言的感性化、语言的隐性状态（主要指的是隐喻性、陌生化语言）、语言的音乐性等。由此看来，"过去的散文理论一直认为，隐喻属于诗歌的专利，而散文与小说更多地采用转喻性的修辞"。力图通过运用传统诗歌常用的隐喻性语言、虚构理论等来革新散文文体。① 韦勒克、沃伦在《文学理论》中曾经说过："每一件文学作品首先是一个声音的系列，从这个声音的系列再生出意义。"②韦勒克、沃伦的这段话主要是对诗歌的要求，陈剑晖先生也有意将之借鉴到散文的研究中："韦勒克的这句话，虽然是针对诗歌而言，不过在我看来，这句话同样适应于散文的语言。"这里所谓诗性、诗化，更多体现的是西方文论中的形式美、虚构性的特点。

现在的问题是，西方文论中的诗性、诗化概念，能作为探讨散文语言的本体特征的内在尺度吗？

每一种文体都有独特的外部形式特征，文体作为文学的基本形式，最突出

① 陈剑晖：《论散文的诗性语言》，《江海学刊》2004 年第 2 期。

② ［美］勒内·韦勒克、［美］奥斯汀·沃伦：《文学理论》，刘向愚、邢培明、李哲明译，文化艺术出版社 2010 年版，第 168 页。

的就是语言所体现出来的具有相对稳定的共同特征,不同的文学体裁要选择不同的语体、语势,从而形成每一种文体自身独特的传统,这反映了一种文体区别于另一种文体的内在的规定性,这也是文体划分的基本依据。即使能用诗化的方式推翻了散文的程式,也无法磨灭散文本身的特点。试图通过诗化的方式将散文语言改造成诗歌语言,从而为散文寻求审美性,散文语言的审美性似乎只有从借鉴诗歌这一条途径中获得,也就是说散文语言一旦失去了诗歌的语言因素,也就失去了审美效应。可见,这种做法没有正视散文的本体特征,实际上并没有为散文寻找到自己独立的审美性特质。

散文的语言与诗歌的语言形式存在很明显的区别,西方后期象征主义代表人物瓦莱里明确说过,诗歌与散文的"规律背反",这话完全忽略了诗歌与散文的共同规律,也许显得绝对了一点,不过,我觉得就语言形式而言,不是没有道理的。散文与诗歌的话语方式不同,诗歌和散文不是同一类文体,中国古代所说的散文最宽泛的界定就是"不骈不韵",也就是散文不讲究不追求语言的对仗工整、音韵和谐,本身就更接近实际,更加口语化。而散文要在语言形式上体现出节奏和韵律的话,显然不是散文之所长,即使在散文中形成的格律和节奏,比起诗歌来说无疑要逊色许多,诗化要求在诗歌中是容易做到的,而在散文语言中要做到突出感官感受性、隐喻性、陌生化、音乐性等就不可能像诗歌那样驾轻就熟。

散文语言的审美性。当代文体研究取得了重大的进展,得益于语言学观念的根本性转变。语言不再是表达思想的工具,而特别强调语言与人的存在方式的沟通,认为思想就是语言本身,语言具有思想本体性,语言就是人存在的精神家园。按照现代语言学的观念,每一种文体反复出现的语言特征固然代表了语言风格,更重要的是语言形式也寄寓着生命艺术的灵魂。简而言之,文体就是由语言建构起来的人类的精神形式。那么,"接近实际""世俗的""如同说话一样"的散文语言是不是像诗性散文倡导者所说的那样,因为背离了诗歌语言特征因此就缺乏审美性呢?

所谓审美性，并不是单纯的韵律、节奏等形式问题，归根到底审美本质离不开人类的本质特点。按照马克思主义的基本观点，美的本质和人的本质是密切相关的，人类性和审美性是统一的，离开了人类的特点，审美也就无从谈起。诗性散文倡导者吸收了现代语言学思想，认为“传统散文理论在语言研究方面的缺失，不仅在于忽略了汉语具有的‘诗性资质’，而且没有意识到语言是人类文化活动的最为基本的表现，是一种如苏珊·朗格所说的符号化了的人类情感形式的创造和凝结。尤其是，没有意识到语言是人的存在的家园”。试图将散文的文体研究与人类性联系起来，这是很有意义的。不过，在我看来，这里关注的是语言的诗性的光环，散文文体的人类学意义被遮蔽了。

西方文中的诗歌中的想象、小说中的虚构，突破了现实的时空的限制，对现实的超越体现了人的自由。而散文则不然，冰心声明《小桔灯》是虚构的，自己将其收入小说作品集，但是却有人将之当作散文的代表作来分析，显然违背了作者关于散文和小说区别的基本观点。史铁生、贾平凹、张炜等作家是陈剑晖先生评价很高的作家，如果我们知道他们的某篇散文是作者虚构、杜撰出来的时候，我们阅读的兴味马上就会大减，那些十分讲究的韵律、节奏、陌生化、意象等语言形式也顿时黯然失色。这主要是因为，散文文体与作家自我的人格是密切关联的。以小说创作成就巨大而在现当代文学史占有重要地位的孙犁在晚年创作了大量散文，他说散文是老年人的文体，就是因为老年人解除了心灵的羁绊，可以更自由地表达自我。[①] 冰心说自己“宜散文而不宜诗”[②]，一再说明喜爱散文的原因是散文比诗歌自由灵活，更便于即兴抒写心中的真实情感和感受。

与散文文体所包含的自由因素相联系的就是语言的特点。生命的自然本真状态是朴实的、洗尽铅华的，道家讲“信言不美”，类似于海德格尔所说的

① 孙犁：《孙犁文集》第4卷，百花文艺出版社1982年版，第410页。

② 冰心：《我的文学生活》，载《冰心全集》第3卷，海峡文艺出版社1999年版，第13页。

“倾听自己的声音”①,强调真诚无伪的生命状态是自足的,不是能用修饰的语言来表达的,真实的语言可以不讲究遣词造句上的华美,可以不讲究语言形式上的音乐性,相反,通过平实的语言来展现人的自然、本真状态,可以产生无穷的魅力。巴金、孙犁以“说真话”“取信于后世”的勇气来写作散文,并作为散文的规范,这就是寻求自我人格的写照。散文文体的语言发出的是最真诚最自然的信息,达到的是一种极高的审美境界。巴金晚年“艺术的最高技巧是无技巧”的散文创作观的提出,反映了《随想录》从“思想”到“文体”到“笔墨”的自由,达到了无拘无束的艺术化境。

散文倡导者并没有从散文的文体特点出发去考察,而是通过考察诗歌的语言也就是游离在散文的文体规范之外去阐发散文语言的意义,因此,还没有真正将散文的语言形式与散文文体中所包含的人的存在方式建立有机的联系和统一。缺乏对于散文文体中所包含的作家自由人格的发现,因此散文文体语言的审美性也被遮蔽了。

(二)

散文与现代社会人的存在方式。不可否认,中国古典诗歌对其他的文体产生了重要的影响,对于散文的影响也是很大的。散文倡导者建构“诗化散文”的立足点就是汉语具有“诗性”的特点,希望从传统的语言文化中寻求后援。认为余光中是在继承传统散文方面非常出色的一位散文家,对余光中的散文及其理论主张给予了充分的肯定。提到余光中1963年发表了倡导“散文革命”的纲领性文献《剪掉散文的辫子》。余光中倡导的散文语言追求密度、弹性、质料,讲究佳词丽句,在本质上就是向诗歌靠拢,对散文语言的诗歌化作了大力的渲染:“要求一切文学形式,皆接受诗歌的启示和领导。”“要把散文

---

① [德]海德格尔:《存在与时间》,陈嘉映、王庆节译,生活·读书·新知三联书店1987年版,第311页。

变成一种艺术，散文家们还得向现代诗人们学习。”但是值得我们思考的是，在当前，倡导散文诗化能否承担这种革新的重任？也就是说，当代散文的创作是否需要回归传统，通过诗意的弥散来提升审美的品味呢？

当然，也不能全盘否定文体的交融和沟通，也同意散文倡导者所说的“破体”也可以产生优秀的作品，可以为已经僵化的文体注入新的活力，带来文体的革新，但是，将诗化作为当代散文革新的出路是值得商榷的。因为每一种文体的出现和变革都是与一定的时代文化精神相关联的，这就是所谓“一代有一代文学”的最根本的原因。雨果在《〈克伦威尔〉序言》中说，人类社会经历了用牧歌来歌颂理想的抒情诗时代，即原始时代；赞美部落和民族之间战争和英雄的叙事诗时代，即古代；人间与天堂、灵魂与肉体、美好与丑陋、善良与凶恶相互对立的戏剧时代，即近代。就散文来说，传统的散文文体是十分宽泛、包容性极广的概念，到了晚清才将散文作为文学独立的门类与小说、戏剧文学、诗歌相提并论，作为文学门类中的散文显然是不同于传统意义上的文章的一种文体，郁达夫说：“正因为说到文章，就指散文，所以中国向来没有‘散文’这一个名字。若我的臆断不错的话，则我们现在所用的‘散文’两字，还是西方文化东渐后的产品，或者简直是翻译也说不定。”①

的确是这样，散文这个概念是在“五四”时期通过译介英国的“小品文”、日本的“eassay”等语词的基础上出现的。可见，是现代文化背景催生了散文这样一种文体，它的根基不在遥远的古代。

对“小品文”“eassay”的定义的借鉴，实际上也就是对散文的“随随便便，和好友任心闲话”的语言特征的认同。现代文学在语言形式上有了根本性的转变，实现了书面语和口语的一致，为散文写作带来了一片广阔的新奇的天地，散文倡导者所不愿意认可的“世俗化”“口语化”“接近实际”的语言，恰恰正是现代散文文体的立足之本，为这种古老的文体灌注了生气和活力。冰心

① 郁达夫：《中国新文学大系·散文二集·导言》，载郁达夫编选：《中国新文学大系·散文二集》，上海良友图书公司1935年版，第1页。

的散文很有风格，所写的人、物、情、景，都带着作者浓厚真挚的情感，语言是发自内心的，抑制不住冲口而出。朱自清把散文“手里写的就是口里说的”的特征称之为“谈话风”，他认为“这‘如说话’，的确是条大路”①。并且用自己的散文创作来实践这种主张。叶圣陶在《朱佩弦先生》中说，朱自清再不是“有点儿做作，太过于注重修辞，见得不怎么自然的”“不尴不尬的‘白话文’”，从而达到了“文体的完美，文字的全写口语”的境界。1922年3月胡适说：“这几年来，散文最可注意的发展乃是周作人等提倡的‘小品散文’，这一类的小品，用平淡的谈话，包含着深刻的意味；有时很像笨拙，其实却是滑稽。这一类作品的成功，就可彻底打破那‘美文不能用白话’的迷信了”②。

从发生学看，20世纪初期中国文学的巨大变革通过语言形式可以清晰地直观地看出来，“五四”新文化运动倡导的白话文取代了文言文，无疑是割裂传统文学的标志。③

从文学文体的演化来看，从晚清到“五四”实现了由传统文言文向现代白话文的转变，建立了现代性文学传统，白话文取代文言文为现代文学注入了新鲜的血液，最大的变化就是迅速滋生出了散文这种新的文体，换一句话来说，散文就是新的文化语境孕育的产物。从发展动力学来看，“五四”文学运动所取得的成就并不只是限于散文，小说、戏剧文学、诗歌都发生了变革，都取得了一定的成绩，但是散文所获得的巨大的成功，是其他文体所无法比拟的，鲁迅说“五四”时期“散文小品的成功，几乎在小说戏曲和诗歌之上”④。说明“五四”新文化这一片土壤最适宜培育的还是散文这朵奇葩。

文学艺术之所以有那么多类型，出现那么多不同的文体，是由于人的存在

---

① 朱自清：《论雅俗共赏》，载《朱自清散文选集》，百花文艺出版社2020年版，第157页。

② 胡适：《五十年来中国之文学》，载《胡适学术文集·新文学运动》，中华书局1993年版，第160页。

③ 高玉：《语言运动与思想革命——五四新文学的理论和现实》，《文学评论》2002年第5期。

④ 鲁迅：《小品文的危机》，载《鲁迅全集》第4卷，人民文学出版社2005年版，第592页。

方式的巨大变化决定的,这矛盾就决定了艺术文体不可能是静止的状态,而必然是历史发展的过程。当“和说话一样”的语言登上文学的殿堂时,引起的是文学创作思维的变化和观念的变化,也是思想运动的形式化,现代散文的语言融合了多种元素,“杂糅调和,适宜地或吝啬地安排起来,有知识与趣味的两重的统制,才可以造出有雅致的俗语文来”①。

语言的变革,它本身就代表思想和思维方式的重大变革。白话文的兴起标志着精神文化思想的变革,直接孕育了散文文体,从思想文化的角度来看,其实就是伴随着人的发现,开辟了散文的新天地,形成了现代散文的体系。思想革命与语言革新是结合在一起的,白话和文言不同的文化语境,体现了不同的文化精神。文言中的人与白话中的人的意义是不同的,古代的人学观念总是与道德伦理相关联,富有理性精神,重社会义理,轻个人生命,是道德理性的化身。现代语境中的人吸收了西方的人的观念,强调人的个性、自由、平等、权力,十分重视对于自我的发现,形成了关于人的新的言说,为散文的话语提供了精神动力。进入现代社会以来人的内在的心灵奥妙得到了重视,弗洛伊德的潜意识理论被称为对人类的第三次沉重打击,抹去了人的头上理性的、神性的光环,强调对自我的认识和发现形成了现代文化的基本特点。林语堂说:“小品文以自我为中心,以闲适为格调。”②显然这种现代散文观念与传统的“文以载道”大相径庭,换一句话来说,传统的以“载道”为己任的散文观念是无法承受现代人生命之重的。

现代文化的基本特征是告别神圣之光,而走向世俗,转向对于人的现实存在的关注。在现代社会人们越来越关注自身的生存和发展,越来越注重追问自我存在的价值和意义,不断地表现自我、审视自我、反思自我正是抵御现代技术条件下人性沦丧的有效手段,也是散文的文体内涵所规定的,由此看来,

① 周作人:《燕知草跋》,载北京鲁迅博物馆编:《苦雨斋文丛俞平伯卷》,辽宁人民出版社2009年版,第246页。

② 林语堂:《人世间发刊词》,《人世间》1934年第1期。

散文作为一种时代的文体就是必然的了。在我看来，散文倡导者希望回归诗性的传统，试图从虚构的层面来实现散文的革新，也许就显得有些不恰当了。

第二节　真实性

清代对明代的小品文基本持否定态度，少有褒奖，而对其真实性、不夸饰的特点还是予以了充分肯定。《四库全书·总目》对某些晚明小品文作家评价还是比较中肯的，如卷一七九如此评价三袁开创的公安派："其诗文变板重为轻巧，变粉饰为本色，致天下耳目于一新。"①"轻巧"较之"板重"，明显是一大进步，再加上"本色"一词，就是对于"粉饰"的直接否定，高扬的是明代小品文追求真实性的特点。卷一二八对朱国桢的《涌幢小品》如此评价："其是非不甚失真，在明季说部之中，犹为质实。"②不难看出，"不甚失真""质实"就是在反复强调其真实性。

晚明小品文所记写的事件是亲眼所见、亲耳所闻，甚至就是自己亲身经历的。所表达的情绪不是空穴来风，是有所凭依的，主要是从现实中发现很多的趣味。竟陵派以其独树一帜的文学创作风格和文艺批评观而名噪一时，反映了晚明社会生活状况，体现了文人的个性追求。钟惺在《摘黄山谷题跋语记》中说明了小品文"妙"之所在："题跋之文，今人但以游戏小语了之，不知古人文章无众寡小大，其精神本领则一。故其一语可以为一篇，其一篇可以为一部。山谷此种最可诵法。……看山谷题跋，当以此数条推之。知题跋非文章家小道也。其胸中全副本领，全副精神，借一人一事一物发之，落笔极深极厚极广，而于所题之一人一事一物，其意义未尝不合，所以为妙。"③"一人一事一物"引发的创作，与意义相合，才是"妙"的境界。前面谈到的汤显祖《答张梦

① （清）永瑢等：《四库全书总目》，中华书局 1965 年版，第 1618 页。
② （清）永瑢等：《四库全书总目》，中华书局 1965 年版，第 1102 页。
③ 黄卓越：《闲雅小品集观》，百花洲文艺出版社 1996 年版，第 311—312 页。

泽》,是一封谈论小文的论述文体,当然尺牍本是小品文中的重要一类,这封尺牍也可以见出其文体特点。文中记写了幼年求学情况、家庭状况等事件,并毫无隐瞒地表明了自己的态度,很真实。明代朱廷诲认为汤显祖的尺牍"每爱人以德,而自写其真"①,肯定了汤显祖文中所流露的真性情。晚明小品文注重风土人情的描写,为读者如实描写了晚明时期人们的风俗,是了解晚明时期人们生活习惯的重要依据,竟陵派刘侗的《帝京景物略》就是其中的一个代表,于奕正在《略例》中评价说:"闾里习俗,风气关之,语俚事琐,必备必详。盖今昔殊异,日渐淳浇,采风者深思焉",肯定竟陵派对乡风俚俗的详细记述,提出了"采风者"值得借鉴的文学风尚。对于事情的真实还有更高的要求,就是要求写事情要抓住重点,事与志要结合。钟惺认为:"志则立言者事也,不可不志其大者。志其大者而后其言可久也"②,"不平便是奇,奇事当传"③。所以,在文章中,钟惺认为,就是应该记述"奇事"。

上述论述可知,晚明小品文与西方注重语言形式美感的美文不一样。只是需要辨析的是,大量关于个人的日常生活琐事的记写,是否就是对于现实的一种逃避?鲁迅在《小品文的危机》中说:"明末的小品虽然比较的颓放,却并非全是吟风弄月,其中有不平,有讽刺,有攻击,有破坏。"④对直击现实弊端进行揭露和批判的小品文予以了高度评价,从这个层面拔高小品文的价值,倡导小品文的出路就是作为"匕首""刀枪",直接发挥激荡现实的战斗作用。这里的所谓"颓放"即志气消沉行为放荡,专注日常生活琐事,被看作是对于社会政治的漠不关心,被称为"闲情""性灵""童心"等,是不是真的就脱离了与现实的关系呢?的确有重新认识的必要。

---

① 毛效同:《汤显祖研究资料汇编》,上海古籍出版社2016年版,第368页。

② (明)钟惺:《隐秀轩集》,李先耕、崔重庆标校,上海古籍出版社2017年版,第606页。

③ (明)钟惺:《隐秀轩集》,李先耕、崔重庆标校,上海古籍出版社2017年版,第538—539页。

④ 鲁迅:《小品文的危机》,载《鲁迅全集》第4卷,人民文学出版社2005年版,第591—592页。

关于“闲情”,在晚明时代的小品文作家那里,是与现实世界联系的一种方式,绝不是隔绝社会的。明人华淑在《题闲情小品序》一文中认为:“长夏草庐,随兴抽检,得古人佳言韵事,复随意摘录,适意而止,聊以伴我闲日,命曰‘闲情’,非经、非史、非子、非集,自成一种闲书而已。然而庄语足以警世,旷语足以空世,寓言足以玩世,淡言足以醒世。而世无有醒者,必曰此闲书不宜读而已。人之避闲也,如是哉!然而吾自成其非经、非史、非子、非集之闲书而已。”①这里所说的“警世”“空世”“玩世”“醒世”等,就是强调了小品文与世界的多重联系,绝非与世隔绝。

“世道既变,文亦因之。”(《与江进之》)这是明代袁宏道提出的关于文学随时代的发展而变化的理论观点,激进的色彩非常浓厚。一代有一代之文学,文体应根据时代而革新,袁宏道强调从现实中寻求创作的灵感,袁宏道也提倡“性灵说”,强调“独抒性灵,不拘格套”,注重抒发真情实感。这是市民阶层在明末兴起的反映,也是时代风气的折射。清代,随着桐城派等复古流派兴起,晚明小品文就难以为继了。

晚明小品文关注的是身边的小事,将个体视角观察到的事,转化为情感,有感而发。李贽作文之道说:“且夫世之真能文者,比其初皆非有意于为文也。其胸中有如许无状可怪之事,其喉间有如许欲吐而不敢吐之物,其口头又时时有许多欲语而莫可所以告语之处,蓄极积久,势不能遏。一旦见景生情,触目兴叹;夺他人之酒杯,浇自己之垒块;诉心中之不平,感数奇于千载。”“呜呼,今古豪杰,大抵皆然。小中见大,大中见小,举一毛端建宝王刹,坐微尘里转大法轮。”②真事要与情结合起来。除了外表的“真”,更为重要的是切入到精神世界。形到神,进入到内在的精神世界。袁宏道认为记述人物,应该“征

① 赵伯陶:《明清小品·个性天趣的显现》,广西师范大学出版社 1999 年版,第 10 页。

② (明)李贽:《杂说》,载《李贽全集注》第一册《焚书》卷三,社会科学文献出版社 2010 年版,第 273 页。

神见貌,则情发于目”[①]。这样才能更准确地抓取人的真实面貌。

晚明小品中虽也有追求生活趣味,甚至放浪形骸的一面,但是晚明的小品文并不主张“为情造文”,而是由现实激发,让作家“情动于中”,所以这里“情”这不乏对社会现实的揭露、批判以及民族情感的深沉寄托。林庚说:“小品文的出现,是晚明的一点觉醒。”[②]晚明小品文中的情,与西方浪漫主义、美文中说的处于本位的“情”是不一样的。也就是说,晚明小品文是从具体的事件中激发起来的情,而不是与世隔绝的虚构。

第三节　真挚性

晚明的小品文追求情感的真挚性。属于个人性的独特体验,是个体的情感世界的真实写照。小品文不以既有的王纲为规范,而是遵循情感的自然性、率真性。前后七子主张通过复古突破现实文坛的沉疴,寻求创新之径。李开先认为:“物不古不灵,人不古不名,文不古不行,诗不古不成。”(《昆仑张诗人传》)汉魏盛唐的文学的确达到了很高的成就,非常值得学习和效法,但是在文学形式上严格遵循古文陈规,却严重阻碍了人的情感的抒发。从根本上说,这一复古运动导致文学创作活动陷入了另一个不能自拔的泥淖。

李贽是晚明小品文创作的先驱。他提出的“童心说”体现了其犀利的文风,也影响了晚明小品文的发展。《李贽年谱考略》记载,李贽《童心说》是对友人焦竑《刻重校北西厢记序》中提出的“知我者勿谓我尚有童心可也”的呼应。[③] 李贽认为:“天下之至文,未有不出于童心焉者也。苟童心常存,则道理不行,闻见不立,无时不文,无人不文,无一样创制体格文字而非文者。诗何必古选,文何必先秦?降而为六朝,变而为近体,又变而为传奇,变而为院本,为

① (三国)刘劭:《人物志》,中华书局 2014 年版,第 21 页。

② 林庚:《中国文学简史》,北京大学出版社 1995 年版,第 521 页。

③ 林海权:《李贽年谱考略》,福建人民出版社 2005 年版,第 177—178 页。

杂剧，为《西厢曲》，为《水浒传》，为今之举子业，皆古今至文，不可得而时势先后论也。故吾因是而有感于童心者之自文也，更说甚么六经，更说甚么《语》《孟》乎？”[①]在李贽看来，好文章的标准不拘泥于传统诗文的形式，自古以来好的文章都是出自“童心者”之手，只有秉持童心，才能洞察道理，写出千古流传的好文章。

以三袁为代表的公安派更为强调“性灵说”，在独抒性灵的过程中，体现了“率真”的趣味追求。陆云龙肯定袁宏道小品文，“率真则性灵现，性灵现则趣生……然趣近于谐，谐则欲其远，致欲其逸，意欲其妍，语不欲其沓拖，故予更有取于小品文”[②]。晚明陈继儒认为：“往丁卯前，珰网告密。余谓董思翁云：‘吾与公此时不愿为文昌，但愿为天聋地哑，庶几免于今之世矣！’郑超宗闻而笑曰：‘闭门谢客，但以文自娱，庸何伤？’”（《〈媚幽阁文娱〉序》）郑超宗则如是说：“六经者，桑麻菽粟之可衣食也者；文者，奇葩文翼之怡人耳目、悦人性情也……”（《〈媚幽阁文娱〉自序》）袁宗道在《答陶石篑》中就直接提出要学习苏轼文章的自然、天真而富有情趣：“坡公自黄州以后，文机一变，天趣横生，此岂应酬心肠，格套口角所能仿佛之乎？”他自身创作的小品文，也体现出浓厚的生活情趣，具有怡然自得的从容之感。袁宏道在《叙陈正甫会心集》中认为：“世人所难得者唯趣，趣如山上之色、水中之味，花中之光、女中之态……夫趣得之自然者深，得之学问者浅。当为童子也，不知有趣，无往而非趣也，面无端容，人生至乐……山林之人，无拘无束，得自在度日，故虽不求趣而趣近之……率心而行，无所忌惮……迨夫年渐长、官渐高、品渐大，有身如棘，毛孔骨节俱为闻见知识所缚，入理愈深，然去趣愈远矣。”[③]在趣味中感受生命之真。明代另一文学家陈继儒在其文章《田园有真乐》中曰：“田园有真

---

① （明）李贽：《童心说》，《李贽全集注》第一册《焚书》卷三，社会科学文献出版社 2010 年版，第 276 页。

② （明）丁允和、陆云龙辑：《皇明十六名家小品文》，北京图书馆出版社 1997 年版，第 1877—1882 页。

③ 钱伯城：《袁宏道集笺校》，上海古籍出版社 1977 年版，第 468 页。

乐,不潇洒终为忙人;诵读有真趣,不玩味终为鄙夫;山水有真赏,不领会终为漫游。”将人生的趣味,凸显为流连于“田园”“诵读”“山水”之中的乐趣,背离这些生活趣味,在陈继儒看来终是遗憾的。

以钟惺、谭元春为代表的竟陵派,稍晚于公安派,钟惺、谭元春、张岱等人的小品文堪称晚明小品文的代表。追求情趣,对于竟陵派影响很大,公安派成为了竟陵派学习的对象。钟惺认为:“袁石公有言:我辈非诗文不能度日。此语与余颇同。昔日有问长生诀者,曰:‘只是断欲。’其人摇头曰:‘如此,虽寿几千何益?’余辈今日不作诗文,有何生趣?’”[①]钟惺还认为:“夫文之于趣,无之而无之者也。譬之人,趣其所以生也,趣死则死。”[②]把趣作为衡量人与文是生还是死的标准。谭元春认为:“夫真有性灵之言,常浮出纸上,决不与众言伍,而自出眼光之人,专其力,壹其思,以达于古人,觉古人亦有炯炯双眸,从纸上还瞩人,想亦非苟然而已。”[③]胡应麟《少室山房笔丛》中,也认为笔记小品具有“游戏笔端”的娱乐消闲性质。[④] 袁宏道深喜“适世一种其人”,“以为自适之极,心窃慕之”,又劝人享受“生人之至乐”。陆云龙编选《皇明十六家小品》,其《叙袁中郎先生小品》云:不知文章亦自抒其性灵而已。揉直作曲,斫圆作方,一种灵气乃受曲折剥削,止水断山,有何生韵?中郎叙《会心集》,大有取于趣。小修称中郎诗文云“率真”。

“幽情单绪”是竟陵对公安派的性灵说的发展。钟惺认为:“察其幽情单绪,孤行静寄于喧杂之中;而乃以其虚怀定力,独往冥游于寥廓之外。”[⑤]通过体察“幽情单绪”,钟惺认为能够让人超然于环境之上,达至神游的境地,从而摆脱前后七子、公安派的影响,提升小品文的艺术境界,实现“求古人真诗所

---

① (明)钟惺:《隐秀轩集》,李先耕、崔重庆点校,上海古籍出版社 1992 年,第 561 页。

② 尹恭弘:《小品高潮与晚明文化》,华文出版社 2001 年版,第 307 页。

③ (明)谭元春:《谭元春集》,陈杏珍点校,湖北教育出版社 2017 年版,第 466 页。

④ (明)胡应麟:《少室山房笔丛》,上海书店出版社 2001 年版,第 283 页。

⑤ (明)钟惺:《隐秀轩集》,李先耕、崔重庆标校,上海古籍出版社 2017 年版,第 290 页。

在。真诗者,精神所为也”[①]的目标。

如果按照大散文的观念,晚明小品文也许只是表达了个人的小情趣,被当作退隐和没落的代名词。19 世纪 20 年代中后期,随着革命文学的兴起,成为了批判的对象。成仿吾在《完成我们的文学革命》中指出:“趣味是苟延残喘的老人或蹉跎岁月的资产阶级,是他们的玩意……而这种以趣味为中心的生活基调,它所暗示着的是一种在小天地中自己骗自己的自足,它所矜持着的是闲暇,闲暇,第三个闲暇。”[②]在其后的《从文学革命到革命文学》一文中又继续批评道:“他们是代表着有闲的资产阶级,或者睡在鼓里面的小资产阶级。”[③]在成仿吾看来,小品文的生活趣味是需要克服的。应该说是按照时代的要求,对小品文所表达的情感来进行的评判。

现代以来,为了提升小品文的地位,往往从“文以载道”“干预现实”这些方面去挖掘价值意义。周作人则认为晚明小品文有着较强的反叛精神,是对封建文化王纲的反动。[④] 鲁迅指出:“明末的小品虽然比较的颓放,却并非全是吟风弄月,其中有不平,有讽刺,有攻击,有破坏。”[⑤]鲁迅在《骂杀与捧杀》《“招贴即扯”》等文中,指责袁中郎被他的自以为的“徒子徒孙们”画歪了脸孔,“中郎正是一个关心世道,佩服‘方巾气’人物的人,赞《金瓶梅》,作小品文,并不是他的全部”[⑥]。抛开了以闲适、情趣为基调的小品文特点,而试图从“文以载道”为突破口,让小品文能够针砭时弊、承载社会功能。鲁迅在这里赋予小品文的使命则在“文”的另一个文体中实现了,即“杂文”。但这一文体

① (明)钟惺:《隐秀轩集》,李先耕、崔重庆标校,上海古籍出版社 2017 年版,第 290 页。

② 成仿吾:《完成我们的文学革命》,载《成仿吾文集》,山东大学出版社 1985 年版,第 210—211 页。

③ 成仿吾:《从文学革命到革命文学》,载《成仿吾文集》,山东大学出版社 1985 年版,第 245 页。

④ 王兆胜:《论中国现代小品散文(上)》,《山东社会科学》2000 年第 6 期。

⑤ 鲁迅:《小品文的危机》,载《鲁迅全集》第 4 卷,人民文学出版社 2005 年版,第 591—592 页。

⑥ 鲁迅:《“招贴即扯”》,载《鲁迅全集》第 6 卷,人民文学出版社 2005 年版,第 236 页。

要求，与晚明小品文的趣味相去甚远。

也就是说，唯有从个体出发，才会发现，晚明小品文所表现的情感，与以明道宗经、表现“经国之大业”的传统诗文观念不同，主要体现在对个人生命体验的挖掘、表现上，更体现了情感的真挚。

第四节　真理性

所谓真理性，指的是小品文认识世界的一种方式。

明代小品文历经唐宋派、公安派、竟陵派，在晚明呈现出一派繁荣的景象。从文学的追求来看，明代小品文不仅求美，表现生活的趣味，而且求真，追求人生的真理。李贽提出的“童心说”中提到：“若失却童心，便失却真心；失却真心，便失却真人。人而非真，全不复有初矣。”“真”是作为人的追求，而“童心”是实现“真”的途径。

汤显祖否定了假道学的认知方式，追求“真”的境界。“小品”一词本身就是与佛教存在关联，“真人”通常用于道教场合。汤显祖认为：“达观氏者，吾所敬爱学西方之道者也。吾问彼东南来谁当有道者，达观曰，必方麓王先生也。凡道所不灭者真，王公，真人也。真则可以合道，可以长年。”①“真人”是汤显祖崇尚的理想人格，“门下殆真人耶。世之假人，常为真人苦。真人得意，假人影响而附之，以相得意。真人失意，假人影响而伺之，以自得意。边境有人，其名曰窃。人之所畏，吾得不畏哉！仆不敢自谓圣地中人，亦几乎真者也。南都偶与一二君名人而假者，持平理而论天下大事，其二人裁伺得仆半语，便推衍传说，几为仆大戾。彼假人者，果足与言天下事欤哉！然观今执政之去就，人亦未有以定真假何在也。大势真之得意处少，而假之得意时多。仆欲门下深言无由矣。门下且宜遵时养晦，以存其真”②。在《答余中宇先生》

① （明）汤显祖：《汤显祖集》，徐朔方笺校，上海古籍出版社2016年版，第1426页。

② （明）汤显祖：《汤显祖集》，徐朔方笺校，上海古籍出版社2016年版，第1739页。

中，汤显祖称："某少有抗壮不阿之气，为秀木业所消，复为屡上春官所消。然终不能消此真气。"[①]只有具有"真气"，并成为"真人"，在汤显祖看来才能称得上"圣地中人"。

蔡复一提出了"真诗"，认为需要有"清音"与"幽感"，并提出"乐亡而称诗者，离音而事藻，离感而取目，而真诗危"[②]。钟惺认为，"意于林壑近，诗取性情真"[③]。谭元春也认为，"静抱幽琴看，高深指外求"[④]，"夫真有性灵之言，常浮出纸上，绝不与众言伍，而自出眼光之人，专其力，壹其思，以达于古人，觉古人亦有炯炯双眸，从纸上还瞩人，想亦非苟然而已"[⑤]。他们都以自然景象为比拟，提出只有对自然、人事的深度观照，文学才能有穿透纸背的力量。

序跋本身属于小品文，也直接表达了对于文学的看法与作品的评价，钟惺认为，序跋体现了写作者的兴趣，在《摘黄山谷题跋语记》中他认为："知题跋非文章家小道也。其胸中全副本领，全副精神。"[⑥]在《陪郎草序》中，他又指出："夫诗，道性情者也。"[⑦]在《董崇相诗序》中，他写道："古诗人曰'风人'。风之为言，无意也。性情所至，作者不自知其工。诗已传于后，而姓氏或不著焉。"[⑧]竟陵派的"真"性情，在序跋中体现得淋漓尽致。在评述他人的文章与人生时，自身的性情也跃然纸上。

关于"自我"的认识与文学价值论的关系，说到底就是"认识你自己"。"文学就是人学"，人在对于与现实关系的表现中也体现出文学独特的价值。否认了文学与社会的联系，对于中国非虚构诗学来说就意味着釜底抽薪，但是

① （明）汤显祖：《汤显祖集》，徐朔方笺校，上海古籍出版社 2016 年版，第 1758 页。
② （明）蔡复一：《遁庵全集》，何丙仲点校，商务印书馆 2018 年版，第 914 页。
③ （明）钟惺：《隐秀轩集》，李先耕、崔重庆标校，上海古籍出版社 2017 年版，第 102 页。
④ （明）谭元春：《谭元春集》，陈杏珍点校，湖北教育出版社 2017 年版，第 288 页。
⑤ （明）谭元春：《谭元春集》，陈杏珍点校，湖北教育出版社 2017 年版，第 466 页。
⑥ （明）钟惺：《隐秀轩集》，李先耕、崔重庆标校，上海古籍出版社 2017 年版，第 650 页。
⑦ （明）钟惺：《隐秀轩集》，李先耕、崔重庆标校，上海古籍出版社 2017 年版，第 332 页。
⑧ （明）钟惺：《隐秀轩集》，李先耕、崔重庆标校，上海古籍出版社 2017 年版，第 318 页。

将之等同，不加以区分，无边地泛化，也会导致非虚构文学的自我迷失。因此，主张文学价值与社会的关联，这是中国传统非虚构诗学的视域，但是文学与历史学、社会学、政治学等还是不同的，文学是以人的探索为起点和归宿的，这是非虚构诗学的超越。

第四篇

中国非虚构诗学的学理逻辑

将美学定位为“感性学”，开启了西方美学的现代转型，建立了以“文学即虚构”为核心观念，以语言、结构、形式等为核心范畴的纯文学理论体系。这一美学思想对中国现代文学理论的体系建构也产生了巨大的影响，正像有的学者所总结的那样：“在现代中国学术思维中普遍存在的种种二元思维，基本上都是由感性/理性这个深层结构复制而来。如存在与意识、善与恶、真与假、美与丑、再现与表现、意识与无意识、理性与非理性、边缘与中心、男权与女权、现代与后现代、东方与西方等——这些20世纪以来一直为中国学界所使用的具有理论硬核性质的元概念。”①与此相应的是，从先秦以来一直到晚清都占据重要位置的非虚构文学的诗学特征则被遮蔽了。

中国非虚构诗学的美学特征的总结，需要立足民族文化的立场进行反思，从民族思维的高度，厘清内在的逻辑性；文学作为一门语言艺术，语言特征不仅将文学与其他的艺术门类区分了出来，更为重要的是，语言是一个民族文化的显著标志，是建构民族特色的文论体系的重要基石；文学理论的生命力，还在于能够有效地解读文学现象和文学作品，需要美学特征的总结与文学创作的分析中相互激发相互印证，从而不断丰富和完善。

① 刘士林：《一种超越二元思维的经验方法》，《文艺理论研究》2002年第2期。

第十章　中国非虚构诗学的美学阐发

诞生在西方现代文化语境中的审美现代性话语,其形成和发展有自身的内在的逻辑,将美学定位在感性的层面,作为对于社会现代性的反叛,显示出独特的价值意义。立足于这一美学基础的文学理论,主张将文学与社会现实彻底脱离开来,仅仅关注文学作品的形式,在封闭的语境中孤立地分析文学形式的美学意义,将"陌生化""无功利性""距离""感性""形式""结构"等联系在一起,夯实了西方虚构诗学的根基。

审美现代性话语自现代以来被译介到中国,对中国现代文论产生了广泛的影响。值得我们注意的是,这样一种理论话语并不具有普适性,与中国现代文化语境形成悖论,不符合现代以来由中国本土的人学困境所催生出的革新愿望,背离了汉语现代变革的文化诉求,遮蔽了中国非虚构诗学的美学特征。

第一节　局限分析

20 世纪末期,"日常生活的审美化""新的审美原则"这一股从异域吹来的风,在国内引起了轩然大波,不少学者从西方现代文化中捕捉信息,来预测中国本土的文艺学研究的趋势,试图把人们从文学阅读和研究的"审美疲劳"中解救出来,纷纷把研究视野投向与需要、满足、消费、欲望、快感、视像等感官功能相联系的街心花园、城市广场、时装模特、时尚广告、豪华酒吧等，去寻求审美研究新的兴奋点。其实，这一现象在现代以来就已经出现，检视中国文学理论的现代性进程，以西方现代审美话语为圭臬，成为了一种值得关注和反思的现象。

一

从发生学的角度来看，审美话语在中国成为一种新的气象，是在欧风美雨登陆后出现的。康德把人的心理结构划分为知、情、意三种，并且与相应的学科对应，知就是认识，其产物就是合规律性的科学，情就是是否引起愉悦的感觉，其产物就是合目的性的艺术，意就是理性，其产物就是合规律性合目的性的道德。被誉为"美学之父"的鲍姆加登将美学命名为"感性学"，感性作为人类智慧的一种显现，以审美的幡号自立门户，与道德、科学等划清界限来确立自己的疆域，在内部建立起自治的秩序和规则。不难看出，中国传统的非虚构文学思想迥异于西方现代美学。

王国维翻译介绍西方现代美学思想，具有开创性意义，中国传统的非虚构诗学与此格格不入，由此产生了这样的本土性焦虑："呜呼，美术之无独立价值也久矣，此无怪历代诗人多托于忠君爱国劝善惩恶之意以自解免，而纯粹美术上之著述往往受世之迫害而无人为昭雪者也。此亦我国哲学美术不发达原因之一也。"①他深受西方美学注重感性形式的启发，并作了进一步的阐述，在《古雅之在美学上之位置》一文中说："一切之美皆形式之美也……而一切形式之美，又不可无他形式以表之，惟经过第二之形式，斯美者愈增其美，而吾人之所谓古雅，即此第二种之形式。即形式之无优美与宏壮之属性者，亦因此故，而得一种独立之价值，故古雅者，可谓形式之美之形式之美也。"②

古雅属于形式，不属于内容，美的形式有三，就是优美、宏壮（崇高）和古

① 姚淦铭、王燕编：《王国维文集》第3卷，中国文史出版社1997年版，第7页。
② 姚淦铭、王燕编：《王国维文集》第3卷，中国文史出版社1997年版，第32页。

雅,前二者是康德对于美的形式的区分,后者是王国维的独特发现,他称之为“第二形式”。把感性作为“诗性智慧”“诗性思维”,意大利美学家维柯早在《新科学》中就作了明确阐述,他试图立足于感官来把握世界,提出了关于人性、艺术解说的新论断。朱光潜先生 20 世纪 20 年代留学欧洲期间,随着当时美学界的潮流,由对克罗齐“直觉说”的关注转移到对其宗师维柯的“新科学”的青睐,将维柯的著作译成中文出版,特别是在后来撰写的《西方美学史》中特辟专章介绍维柯,突出了维柯在美学史上的地位。这本著作被教育部列为汉语言文学专业的文艺理论必读书目,中国文论界把“新科学”直接当作了美学,探讨“诗性特征”“诗性智慧”的时候,已经形成了从维柯的《新科学》中来寻求理论话语资源的思维定式。

从发展动力学的角度来看,西方现代审美话语推波助澜,促进了中国文学观念体系的现代转型。西方文学批评中形成的关于美学批评的一系列话语,无不与感性特征息息相通,美学批评又被称为形式主义批评、文字批评、新批评、英美新批评等,从一系列“名”中我们不难看出其“实”,即从俄国发生到流行于英美的美学批评一致认为,作品的语言、文字、结构等形式因素是美学视野予以关注的对象。这种新的文学批评范式与传统的非虚构诗学依附于社会历史来阐释文学的做法迥然不同,把文学当作是符号体系和结构,取代中国传统的社会学、道德伦理学批评,成为了中国文学理论和批评现代转型的起点。其中,韦勒克、沃伦的《文学理论》的影响最大,中国学者认为,这本书对 20 世纪 40 年代欧美文艺学中盛行的“形式主义流派”之一的美国新批评派作了一次很好的总结,将虚构当作文学的核心性质,很多高校将之作为教科书,成为引用次数最多的外国文学理论著作。巴托被认为是第一个明确区分出“美的艺术”的人,1746 年他从感性形式特征出发,将艺术分为音乐、诗、绘画、雕塑和舞蹈这样一些基本类别,我国将文学文体划分为诗歌、散文、戏剧、小说四种基本类型,取代传统琐细的文体分类,就是晚清以后受西方美学影响,根据语言、结构、表达方式等形式特征对文学文体所作的区分。

中国文学史“重写”，为了突破狭隘的阶级、社会学分析，着意于寻求人类共同的价值观，西方现代审美话语成为一股潜流，主宰着中国文学历史长河中的作家作品的沉浮。比如，从人的原始欲望的角度，对中国古代文学史上的汤显祖的《牡丹亭》、李白的《将进酒》等作品重新解读，来提升这些作品的价值意义；现代文学史上的沈从文，被哈佛大学汉学家金介甫称为“和鲁迅先生比肩的巨人”，重新定位的根据就在于他的作品构建了一个充满原始野性、散发旺盛的生命活力的“湘西世界”；对于新时期文学潮流中的“寻根文学”“痞子文学”“身体写作”“美女写作”等文学现象，评论界往往从表现人的自由的、原始的生命状态的角度来作肯定性阐释。

审美原则涉及的是主流的文学理论研究的何去何从问题，关系到文学理论作为一门学科的命运，在中国文论追求现代变革的大潮中，现代审美话语始终处于涡流的中心。

文学理论建设的现代化，排斥外来文化的影响是轻率的，但是，如果偏离了从自身文化传统的深处生发的革新愿望，这种接受同样是盲目的，不可能形成文学理论的现代逻辑。现代性的价值不在于狂热地追求新异来简单地否定传统，而在于具有反思性的精神品质，正如吉登斯所说：“现代性的特征并不是为新事物而接受新事物，而是对整个反思性的认定，这当然包括对反思性自身的反思。”①

那么，值得我们反思的是，西方现代审美话语的流播，究竟是为“固有之血脉”注入了汩汩流动的生命的活力？还是为“求新声于异邦”而患上了失语症？

二

我们首先要从理论上辨析的是，西方现代审美话语的价值意义是不是具

① ［英］安东尼·吉登斯：《现代性的后果》，译林出版社2000年版，第33页。

有“放之四海而皆准”的普适性?

西方美学家把现代审美话语看作是追求生命自由、实现人性完善的终极目标。“审美无利害性”是与之相关的一个极为重要的命题,诚如美国美学史家杰罗姆·斯托尔尼兹所说:“除非我们能理解‘无利害性’这个概念,否则我们无法理解现代美学理论。”①可见,“无利害性”在西方美学中的独特地位。康德在《判断力批判》中率先用“儿童的游戏”来阐发美和艺术的无目的无功利性的“自由快感”。而对之进行深刻系统论述的则是席勒,席勒在《审美教育书简》的第15封信中,对“游戏说”这个概念从人类学的角度进行了描述,把游戏看作是人性的复归,看作是“完整的人”的标志,认为“只有当人是完整意义上的人时,他才游戏;而只有当人在游戏时,他才是完整的人”。19世纪的英国思想家斯宾塞又发展了席勒的游戏说,在生命目的论的基础上把游戏和艺术审美统一了起来,形成了“游戏说”的完整理论。

西方美学史上著名的“康德—席勒—斯宾塞的游戏说”,最初是经过王国维的译介传入中国的,王国维重申了席勒的“文学者,游戏的事业也”的观点,将之作为文学独立价值论的一块基石,他提出的“无用之用”,就是要弃绝现实中的噪杂,回归到生命本原的沉思,试图站在整个人类的高度来阐述审美话语的价值意义。朱光潜接受了布洛的“审美距离说”,在早年完成的《悲剧心理学》中,“审美无利害性”成为了理论支点,把克罗齐的“直觉说”、维柯的“诗性智慧”等不受理性羁绊的自由气质看作是人的一般本性,后来撰文明确提出,“人的一般本性”就是指的“人类的自然本性”。②

新时期以来,经济—科技层面全球化的浪潮,逐渐向精神—文化领域渗透,于是,寻求人类公认的价值观,成为了人文社会科学探讨的焦点,文学人类学批评、文化研究就是在这样的背景下在中国勃兴的。文学人类学批评试图

① ［美］杰罗姆·斯托尔尼兹:《“审美无利害性”的起源》,思羽译,载《美学译文》(3),中国社会科学出版社1985年版,第317页。

② 朱光潜:《关于人性、人道主义、人性美和共同美问题》,《文艺研究》1979年第3期。

从人类意识出发，来占领文学研究的制高点，极力应和西方人类学家提出的“人类的需求，不管在什么时候，也不管在什么地方，都是相同的”的理论宣言，基本的策略就是回归到人类的童年即原始文明中，寻求超越时代和地域的共同的精神模式，从人的自然本能中寻求人类大体相似的生命意识和体验方式，比如把生与死、爱和欲等自然本性当作了共同的一般的人性。从感性、欲望、快感出发来探讨人的本体论存在，形成了文化研究的理论基础和基本路径。

那么，究竟什么是人的一般本性呢？马克思提出“人的自然本性”，主要是为了批判资本主义异化劳动，并没有把它和人的本性等同起来。人类总是在寻求对于自我的摆脱，从狭小的封闭的自我延伸到与天地万物的感应，生命意识才能进一步勃发，显示出人的本质力量，马克思主义所说人的自由社会并不是回到“原欲”“本能的个人欲望”状态，并不是把一切社会规范和法则都看作是人性的桎梏，而是从人与动物的区别入手，对“原欲”进行了批判。在18世纪，法国启蒙思想家卢梭在《论人类不平等的起源和基础》中就描绘了这样一幅人类在原始时代优美的生活图景：“漂泊于森林中的野蛮人，没有农工业、没有语言、没有住所、没有战争。”同时认为，只是因为知识和技术的出现，才打破了这种宁静，造成社会和人类的退化，于是，提出了“返归自然人”的口号。马克思对之进行了有力的驳斥：“我们自由的历史只能到森林中去找，那么，我们的自由历史和野猪的自由历史又有什么区别呢？”①席勒有意放弃理性的标准来作这样的比较：“用整体的人与整体的人来衡量，哪一个现代人能站出来个人对个人地与单个的雅典人比试一下人性的价值？”②席勒估量“人性的价值”的天平明显向人的感性力量倾斜，与马克思强调的“人的全面而自由的发展”的意义是不同的，马克思把人的自由自觉作为人的本质、美的要义，不否认人的感官感受、本能欲望，但是特别强调的是，只有和人的本质结合

① 《马克思恩格斯选集》第1卷，人民出版社1972年版，第3页。

② ［德］席勒：《美育书简》，徐恒醇译，中国文联出版公司1984年版，第90页。

才有价值意义,马克思说:“人以一种全面的方式,也就是说,作为一个完整的人,占有自己全面的本质。人同世界的任何一种人的关系——视觉、听觉、嗅觉、味觉、触觉、思维、直观、感觉、愿望、活动、爱,——总之,他的个体的一切器官,正像在形式上直接是社会的器官一样,通过自己的对象性关系,即通过自己同对象的关系而占有对象。”“只是由于人的本质的客观地展开的丰富性,主体的、人的感性的丰富性,如有音乐感的耳朵,能感受形式美的眼睛,总之,那些能成为人的享受的感觉即确证自己是人的本质力量的感觉,才一部分发展起来,一部分产生出来。”①

西方现代审美话语的内在的逻辑,是无法脱离特殊的文化语境的。西方古典文化的主流是理性主义的,关于人的本质认识闪烁着理性的光芒。在古希腊时代并不排斥理性,理性来自神性,柏拉图曾经把人的灵魂和肉体二分,灵魂由高到低划分为理智、意志和情欲三个层面,真善美都来自神本体,把人看作是理性的动物,哲学就是要引导人过一种理智的生活。柏拉图对于日常的感性和情感颇有微词,原因在于感性是多变的、不真实的,使得人失去了尊严,以神性为根基的理性才能将人的缺点克服。到了中世纪进入了一个神学的时代,来自神性的理性进一步膨胀。理性精神的高扬,到了黑格尔被发挥到了极致。当理性的膨胀造成人的异化的时候,一股异己的力量也就出现了,当和历史一同发展起来的巨大的对立,已经“发展到顶点并达到十分尖锐的程度,以至消灭这种对立成为必不可少的事”②。

西方审美话语的诞生充满了对于神义论的批判,它的崛起就标志着传统理性的某种危机,鲍姆嘉登用“感性学”来命名美学学科,主要是针对当时以德国莱布尼茨和沃尔夫为代表的理性主义哲学的。到了启蒙时代,科学精神则掩盖了理性的神性特点,强调的是人的主体性力量,教堂的钟声被机器的轰鸣所替代所湮没,西方工业文明的片面发展,造成了一系列的社会问题,技术

① 《马克思恩格斯全集》第 42 卷,人民出版社 1979 年版,第 123—124 页。
② 《马克思恩格斯选集》第 1 卷,人民出版社 1972 年版,第 658 页。

理性的膨胀和失范造成了对人的精神世界和心理空间的挤压，从神义论到工具理性，理性变换了面具又形成了对人的桎梏，感性获得了特别的青睐，成了护佑人的生存的乐园。西方学者就是沿着这样的思路来阐释审美话语的，尼采在《悲剧的诞生》中详细讨论了日神与酒神的二元对立结构，认为西方的技术理性精神占据主导地位，审美精神被冷落了，热切呼唤原始生命的欲望。法兰克福学派认为技术理性所形成的对于人的压抑和奴役，造成了自我与他者、个体与社会、人类与自然的对立冲突，把非技术的现代艺术作为反抗的手段，成为了法兰克福学派最重要的理论基础。电信时代的图像化和日常生活中的感性化带来了对于理性的更大能量的冲击，这样的审美效应在增长人类幸福潜能的原则下，颠覆了从艺术中寻求审美的做法，而追求审美化的路径却是相同的，都是追求感性形式的结果。因此，对于感性愉悦的追求，是恢复人性的和谐完整的内在要求，西方通过审美现代性来反叛技术理性，在张力中显示出审美性判断的价值意义。

特里·伊格尔顿把一切审美话语都当作政治话语来分析，确实存在偏颇之处，但他积极探索西方审美意识话语的背景，为审美话语寻找合理性依据提供了正确的探求指向，也为我们提供了反思的路径。丹尼尔·贝尔对于当代审美文化的考察也是立足于社会现实的分析："这一变革的起源与其说是作为大众传播媒介的电影和电视，不如说是人们19世纪中叶开始经历的那种地理和社会流动以及应运而生的一种新美学。"①这些研究思路对我们理解西方审美话语的深刻内蕴是有启发的。告诫我们的是，人的现实存在是具体的、复杂的、多样的，不同区域、不同时代的人，因为文化传统、现实处境等存在很大的差异性，所面临的人学困境往往是不同的，需要我们穿越雾霭，来探寻突破的路径，而将西方现代审美话语当作拯救一切的"诺亚方舟"，只能是一个"神话"。

① ［美］丹尼尔·贝尔：《资本主义文化矛盾》，赵一凡等译，生活·读书·新知三联书店1989年版，第156页。

三

西方现代审美话语既然不是包治百病的灵丹妙药，那么，我们需要进一步考察的是，这一剂“西药”对于中国现代以来的人学困境而言，是否意味着“对症下药”呢？

我们从两个关于中西社会现状的比喻中可以咀嚼不同的意味。新文化运动的主将鲁迅在《呐喊》的自序中，将自己的创作看作是“铁屋子”里的“呐喊”，要义就是要唤醒沉睡的国民，应和了他的文学理性启蒙宣言。在《我怎么做起小说来》中说：“谈到为什么做起小说罢，我仍然抱着十多年前的‘启蒙主义’，以为必须是为人生，而且要改良着人生……所以我的取材，多采自病态社会不幸的人们，意思是揭出病苦，引起疗救的注意。”①韦伯在现代性的社会学分析中，发现的却是完全不同的景象，而是认为工具理性导致了日常生活的呆板和毫无生气，于是把理性的控制比喻成“铁笼”，认为只有依靠艺术的感性力量才能将人们从“铁笼”中解救出来。

现代审美性的追寻和选择，是从非审美的外围的社会条件形成的，包括经济、政治、文化在内的诸种看似非审美性的因素，却直接构成了人的生存环境，因此不可能不催生出审美话语的现代性内涵。鲁迅嘲笑新月派逃避现实的审美取向是拔着自己的头发想脱离赖以生存的地球，他自己正是从现实人生处境的深刻认识出发来确立审美取向的。与西方现代社会不同的是，中国社会本质上是乡土性的。在20世纪初期，工业处于萌芽状态，“辛亥革命前，中国工业主要集中在沿海、沿江几个大城市和重要通商口岸，广大内地几乎没有近代工业。到了1919年，除边际地区外，各省都建立了一批近代厂矿”②。城市化作为工业文明的具体显现，中国无法与西方发达国家相提并论。“1950年世界城市人口占总人口比例达28.4%时，我国城市人口占全国总人口比例为

① 《鲁迅全集》第4卷，人民文学出版社1981年版，第512页。

② 张宪文主编：《中华民国史纲》，河南人民出版社1985年版，第104页。

10.6%(1949年统计);1980年世界城市人口占总人口比例为40.9%时,我国仅为19.4%。目前世界上发达国家的城市化水平为78%,最高的达92%,中等收入国家为60%。而我国的城市化水平有人认为已达30%,却仍低于低收入国家的平均水平。"①到20世纪末,城市人口占总人口的比重,现代化标准为50%以上,世界129个国家平均为46%,而我国为33%;非农业就业人口占就业人口比重,现代化标准为70%以上,世界120个国家平均水平为56%,而我国仅为47.8%。②

工业社会与农业社会不同。在工业社会,气候、季节、土壤等不是生产的重要因素,起决定作用的是工具和技术;自给自足安土重迁的小农生产,仰仗的是自然经济条件。可见,传统的农业文明在一定程度上减少了对于科学技术的依赖,阻滞了对于技术理性的刺激,没有夯实科学技术发展的基础。爱因斯坦作过这样的分析:"西方科学的发展是以两个伟大的成就为基础,那就是:希腊哲学家发明划时代形式逻辑体系(在欧几里德几何中),以及通过系统的实验发展有可能找出因果关系(在文艺复兴时期)。在我看来,中国贤哲没有走上这两步。"③18世纪中叶的工业革命,开启了机械、动力、能源、工具性能的新纪元;20世纪的信息革命,将人们带入到了以网络、电脑、数码、光纤、多媒体为主要特征的信息世界。进入现代以来,人类社会经历了两次大的科学技术变革,都起源于西方。我们如果排斥科学理性,自然而然就给人一种无病呻吟的感觉,甚至可以说,对于一个因为科技落后而留下惨痛教训的民族而言,排斥科技理性,不仅不可能医治本民族营养不良的症状,相反会造成更严重的贫血。

五四时期,高扬起"科学""民主"的大旗,新时期吹响"科学技术是第一生产力"的号角,力图将人从繁重的劳作、极度的贫困中解脱出来,显示了历史

① 刘艺书:《关于我国城市发展模式的争论》,《城市问题》1999年第4期。

② 郑林:《我国离现代化还有多远》,《中国青年报》2000年3月31日。

③ 《爱因斯坦文集》第1卷,许良英、范岱年编译,商务印书馆1976年版,第574页。

的进步和人的解放。我们如果单纯地、过分地追求感性、欲望，不仅不合时宜，而且也无助于人的解放和自由，感性泛滥、欲望张扬缺乏了对于过度膨胀了的技术理性的批判，只能造成审美价值的虚无。当然，我们不是要把科学理性与人文精神当作同义语，但是我们面临的也不是要通过贬抑技术理性来实现人文精神的守望，而是应该在技术手段提供的现实条件下实现更高层次的自由，实现健全的人格。卡西尔在《人论》中说："理性本身是世界上最成问题、最含混不清的东西之一。"①这也正表明：理性不是静止的一潭死水，是在民族性、时代性潮流的交汇中形成的。近代以来，中国的国门被强行打开，正是中华民族的道统衰微的时刻，重新浇铸理性精神，担当起支撑人的文化心理的道义，确立了现代性追求的起点。新时期以来，钱中文、童庆炳等学者积极倡导"新理性"精神，并结合现实赋予了新理性精神的实质性内涵，成为了当前审美话语新的学术增长点。中国文化语境中的理性与政治、经济、科技等现实精神融合，彰显的是非虚构的文化意味，与西方传统的来自于神圣的理性迥异。

忽略了现代以来的人学困境的分辨，戴着西洋墨镜那一副有色眼镜来看待一切，就缺少了"善于发现美的眼睛"。夏志清在《中国现代小说史》中就这么认为："现代的中国作家，不像杜思妥也夫斯基、康拉德、托尔斯泰和托马斯·曼那样，热切地去探索现代文明的病源，但他们非常关怀中国的问题，无情地刻划国内的黑暗和腐败。表面看来，他们同样注视人的精神病貌。但英、美、法、德和部分苏联作家，把国家的病态，拟为现代世界的病态；而中国的作家，则视中国的困境为独特的现象，不能和他国相提并论。……假使他们能独具慧眼，以无比的勇气，把中国的困蹇，喻为现代人的病态，则他们的作品，或许能在现代文学的主流中，占一席位。"②李欧梵赞同性引述了这段话，进一步指出认为："甚至就连最深刻的中国现代作家鲁迅似乎也不能超越这种感时

① ［德］卡西尔：《人论》，甘阳译，上海译文出版社1985年版，第13页。

② ［美］夏志清：《中国现代小说史》，刘绍铭译，浙江人民出版社2016年版，第520页。

忧国的精神。”①这种思维完全是以西绳中,中国现代文学的内在价值与他们所固守的成见形成了巨大的落差,殊不知,这种在他们看来的所谓“缺陷”,正显示出中国现代作家独特的审美追求。新文学运动的先驱鲁迅以及陈独秀、胡适、郭沫若等都具有自然科学的学习经历,由科学萌生的理性精神与拯救人的灵魂并行不悖,“科学”和“民主”成为了文化精神、文学艺术变革的内在动力,人文学术精神带上了科学主义的色彩,并没有像西方那样在审美现代性和启蒙现代性之间横亘起一条无法跨越的沟壑。1919 年陈独秀明确表示:“要拥护那德先生,便不得不反对孔教,礼法,贞洁,旧伦理,旧政治。要拥护那赛先生,便不得不反对旧艺术,旧宗教。要拥护德先生,又要拥护赛先生,便不得不反对国粹和旧文学。”②

理性的原则作为中国审美现代性的风标,在关于乡土中国形象的现代性想象中得到了具体的体现,恰好形成了现代性文学的新传统。在笔者看来,“国民性”批判揭出了传统的乡土社会形成的道德对农民的戕害,通过救民来救国,塑造了道德理性层面上的乡土中国形象。破除了传统的乡土社会形成的“家”“国”同一的政治思想,国家意识取代家族意识、国家政权取代家族势力进入乡土,塑造了政治理性层面上的乡土中国形象。现代科学思维的崛起,与传统乡土社会形成的直觉思维方式和道德规范发生冲突,昭示着中国正在进行现代变革和转型,塑造了科学理性层面上的乡土中国形象。③

四

语言学意义的背离。

按照现代语言学的观点,语言并非单纯的音义结合的符号系统,也是人的存在方式的具体体现,反映出人的情感和价值观,反映出人的行为和生活方

① 李欧梵:《现代性的追求》,生活 · 读书 · 新知三联书店 2000 年版,第 239 页。

② 陈独秀:《本志罪案之答辩书》,《青年杂志》1919 年 1 月第 6 卷第 1 号。

③ 王轻鸿:《乡土中国形象的现代性形态》,《南方文坛》2006 年第 5 期。

式，从根本上来说，语言是人类存在的家园。如果说对于中国现代以来的人学困境的分析，可以直接昭示出与西方现代审美话语的背离的话，那么，我们通过对于汉语的现代变革的文化意义的探析，可以在更深的层次上来印证这一点。

在西方，把文学语言看作是反逻辑的，诗性语言就是原初的语言，就是一种感性的显现，所谓语言的"陌生化"就是延长感知的时间，获得审美效果。从俄国形式主义到英美新批评、从结构主义到解构主义，尽管观点有很大的差异，但都一致认为文学语言具有原初的反逻辑功能，审美就体现在反逻辑的诗性功能，在诗性和感性之间画上了等号。近年来强调文艺学研究转向的米勒，重申的还是文学语言的陌生化原则，他说："文学在不同的情形下，似乎始终以这样或那样的方式，偏离语言运用的正常规则，或说显得很是奇怪。所以，文学最使我感兴趣的因素是作品中的语言特性。"①

汉语的现代转型的观念在近代已经开始酝酿，从黄遵宪的"我手写我口"，到梁启超的以"言文一致"为核心的"新文体"，发出的是要求口语和书面语一致的呼声。胡适、陈独秀等发起的声势浩大的文学革命，把文言作为猛烈攻击的对象，用白话取代文言，具体来说，就是以"平易""新鲜""通俗""明了"的白话等取代"雕琢""陈腐""迂晦""艰涩"的文言，建立了新文学观念。在现代学者看来，汉语的现代变革是追求科学实用的需要，"文字这样东西，以适应实用为唯一要义，并不是专讲美观的陈设品。我们中国的文字，语尾不能变化，调转又不灵便，要把这种极简单的文字，应付今后的科学世界之种种实用，已觉左支右绌，万分为难，推求其故，总是单音字的制作不好"②。这种说法已经鲜明指出了变革的方向，即传达的是强化理性的语言观念。今天看来，这种说法与汉语变革的动因似乎"终隔一层"，语言作为人类独特的文化

① ［美］米勒：《为什么我要选择文学（在中国的演讲）》，邱国红译，《社会科学报》2004 年 7 月 1 日。

② 刘半农：《复王敬轩书》，《新青年》1918 年第 4 卷第 3 号。

现象，不仅只是人们用来交际的工具，也是人们把握世界的一种方式，通过语言进行社会活动和思维活动，反映了人与世界的特定关系，现代汉语的变革更是适应现代生活的重要方面，是为了寻求现代生存的具体体现，是向着科学、民主的目标奋进的具体体现。可见，现代汉语的观念变革的方向与西方现代审美化语言要求是背离的。

这种背离从现代汉语的特征中表现得更为具体，显示出与西方审美意识的不同趣味。从现代汉语的文字来说，维柯在《新科学》中把文字的以象见意、象形会意作为“诗性智慧”的一种表现，汉字最早就叫作“文”，《说文解字·序》言：“文者，象也。”古老的汉字保留了最原始的象形特征，但是为了适应现代生活的需要，汉字由繁体变成简体，象形的特征在淡化，变得更为抽象。布尔迪厄指出：“社会世界是争夺词语的斗争的所在地，词语的严肃性（有时是词语的暴力）应归功于这个事实，即词语在很大程度上制造了事物。还应归功于另一个事实，即改变……早已是改变事物的一个方法。”①从词汇来看，现代汉语摈弃的是反常规的语言形式，口语化的词汇、民间的俗语得以登上文学大雅之堂，拆除了陌生化的屏障；同时，词汇由单音节变成双音节和多音节，量词更丰富，提高了表达的准确性，表情达意更为细腻入微，避免歧义和多义现象的发生。在语法方面，各级语言单位的组合的规律性得到了进一步的强化，使得现代汉语的表达更为生动丰富简明准确。福柯在《言与物》中说到中国传统的文字的排列方式的特点时说：“甚至它的文字也不是以横行再现声音的起伏逃逸，却以直行树立起静止的、尚可辨认出来的事物本身的形象。”②这种符合西方审美观念的汉语书写格式到了现代发生了改变，从竖排右起形式改为横排左起形式，从无标点改为有标点，从不分段改为分段，具备了形式上的句读特征，使得语言表达的逻辑性增强，准确性提高，更加符合了启蒙理

① ［法］布尔迪厄：《文化资本与社会炼金术》，包亚明译，上海人民出版社1997年版，第136—137页。

② 转引自张隆溪：《文化类同与文化利用》，北京大学出版社1997年版，第204页。

性的要求,波斯特在分析与启蒙运动相适应的出版物的特征时就是这样概括的:“句子的线性排列,页面上的文字的稳定性,白底黑字系统有序的间隔,出版物的这种空间物质性使读者能够远离作者。出版物的这些特征促进了具有批判意识的个体的意识形态。”①

西方人的思维注重事物的细微差别的区分,在语言观念中也反映了出来。俄国形式主义批评家什克洛夫斯基将语言划分为服务于单纯交流目的的实用语言和指涉自身的语言,把指涉自身的语言看作是真正的文学艺术的语言,充满了诗意审美性;英美新批评用“真陈性”和“拟陈性”这两个概念分别指的是实用语言和艺术体验语言;符号学哲学家卡西尔将语言划分为“直觉的形式”的诗性语言和普通语言。而中国传统的思维方式强调的是“和”,更加注重综合性、整体性,在中国传统文化中,感性与理性是对立的,又存在相互依存的统一性,在整体之中各个要素之间存在差异的前提下共存共生,情感与义理、感性和理性是相互征服和制约的,构成了审美的内在要素。中国古代存在重视语言的文学观,语言固然有使得所写的对象如在眼前的表达效果,同时更重视理性意义,注重语言与人的精神、心灵的沟通,即要在感性化的基础上不断超越,进而达到“言近旨远”“言已尽而意无穷”“韵外之致”“言外之意”的效果。《尚书·尧典》中的“诗言志,歌咏言”,《毛诗序》中的“在心为志,发言为诗”,《文心雕龙》认为形声、文采、心灵三位一体,提出的“心生而言立,言立而文明”,意在说明,中国古代遵从的是从“心”到“言”到“诗”的路径。由此可见,现代变革后的汉语的理性化色彩更为浓厚,无法从西方现代审美话语中找到审美性根据,其审美意义必须立足于民族文化的视野,才能得到正视。

第二节　美学转型

文艺学研究转型论成为当前文艺学研究中的一个热点问题。文学经典成

① [美]马克·波斯特:《第二媒介时代》,范静哗译,南京大学出版社 2000 年版,第 84 页。

为文艺学研究的焦点的做法正在受到全面的颠覆，代之而起的是鼓励文艺学研究电影、电视和其他的大众文化形式。这一股从异域吹来的风，在中国文学评论界掀起了轩然大波，其中影响最大的是美国学者米勒，他频频来中国访问、讲学，多次发表文章和演说来阐述文艺学研究的转型问题。童庆炳与米勒直接对话，发表了不同的意见，国内许多学者也参加了讨论，《文学评论》《文艺研究》《天津社会科学》等刊物以专栏的形式相继发表了一系列争鸣文章①，可谓是众说纷纭，莫衷一是。

童庆炳和米勒关于文艺学研究转型问题的直接对话，成为当前文艺学研究的热点问题。两位中西学者的对话，本来是一个具有重要学术意义的事件，这种争论涉及的是主流的文学理论研究模式的转型问题，并且直接关系到中国的文学理论作为一门学科的命运。通过追踪他们的思维逻辑，我们不难发现，在这场争论中，"审美"是浓缩话语深刻意义的关键词，是关系到文学研究转型论的原则问题。在我看来，实际上就是从虚构到非虚构文学观念的转型。

一

文艺学研究转型论的潜在命题就是：审美何为？

童庆炳和米勒关于文艺学研究转型问题的直接对话，其实是中西不同美学思维显现的结果，归根结底是对于审美性这一基本原则的理解存在分歧。米勒所说的审美性指向感性，电信时代网络、电影、电视的出现，与文学相比，

---

① 《文学评论》2004 年第 6 期、2005 年第 1 期开辟了"文艺理论边界"问题的专栏，发表的论文有童庆炳《文艺学边界三题》、陶东风《移动的边界与文学理论的开放性》、钱竞《中国的文艺学不会消亡》、李春青《关于"文学理论边界"之争的多维解读》；《文艺研究》2004 年第 1 期开辟了"当代文艺学学科反思"专栏，发表的论文有陶东风《日常生活的审美化与文艺社会学的重建》、曹卫东《认同话语与文艺学学科反思》、高小康《从文化批判回到学术研究》、陈晓明《历史断裂与接轨之后：对当代文艺学的反思》；《天津社会科学》2005 年第 3 期发表了张法《文学理论与文化研究之争——对 2004 年一种学术现象的中国症候学分析》，并开辟了"'文学经典'问题"的专栏，发表的论文有童庆炳《文学经典建构的内部要素》、陶东风《大话文学与消费文化中经典的命运》、李春青《文学经典面临挑战》、陈太胜《文学经典与理论：变与不变的辩证法》、陈雪虎《当代经典问题与多元视角》。

感性的优势更为明显，因此推断，文学的审美性研究将会出现危机；童庆炳认为审美性是理性和感性的结合，文学以其理性精神的烛照显示出价值意义，应该成为审美研究坚守的阵地。[①] 如何从学理的层面来解析这场争论，无疑成为展开深入讨论的基础。

在西方，美学作为一门独立的学科与包括文学在内的艺术的自律是有着内在联系的，特别是20世纪初期以来一直到中期，在长达半个多世纪的时段中，对文学进行审美性研究作为文艺学研究的基本模式一直占据主导地位。在米勒看来，这种研究模式在当代之所以要受到质疑，主要是因为，在全球化时代电信技术带来了一场新的革命，图像化世界的到来将文学挤到了边缘，图像化带来的审美效应已经超越了文学，必然会带来审美性研究的变化。如果说米勒是从全球化时代的电信技术媒介这个角度来阐述文学研究的转型的话，那么，当前方兴未艾的文化研究则主要是从消费主义的角度来否定文学的审美研究。文化研究认为，在消费时代随着日常生活的审美化，审美研究不能只是关注文学，要求把视野投向日常生活，花园、广场、时装模特、时尚广告、豪华酒吧等成了审美关注的对象，取代了文学的审美研究。这种变化被概括为“新的审美原则在崛起”。

将审美性作为文学的基本属性，是中国新时期以来文艺学的理论创新，童庆炳、钱中文、王元骧等学者将审美意识形态论作为文学的第一原理，系统建构了中国特色的文艺学理论体系，并在童庆炳主编的《文学理论教程》中得到了充分的体现。这部教材被作为大学通用教材，普及程度超过了对于中国文学界影响最大的西方学者韦勒克和沃伦所著的《文学原理》。童庆炳认为，图像化的审美不可能代替文学的审美，文学在电信时代不会消亡，日常生活的审美不能与文学审美相提并论，旗帜鲜明地表达了中国当代的文学研究要坚守文学阵地的主张，审美性正是文学研究的基本原则。

---

① 王轻鸿：《关于文艺学研究转型论的解析》，《天津社会科学》2007年第4期。

可见,文艺学研究转型论的潜在命题就是:审美何为?这是一个难解的斯芬克斯之谜。柏拉图在《大希庇阿斯篇》中,曾经以“美是难的”著名论断来说明美的本质是无法言说的,不过,他从美的事物和现象入手来企图揭开“美”这个千古之谜,对于以后的美学研究是很有启发意义的。在美学史上,关于美有种种言说,人们从不同的角度不同的层面对之进行了阐释,不可避免的是,每一种说法都有所敞开,也有所遮蔽。那么到底什么是美,的确是一个有争议的问题。一般来说,话语只有在特定的文化语境中才能显示出它的内在意义,对于审美的理解,只有在具体的文化语境中才能赋予其实质性的内涵。

二

审美性内涵的文化特征。

关于文学的审美性内涵,米勒主要从语言的角度来作探讨,他认为:“现在终于达成了一种观点,即文学的权威性源于语言的表演性使用,语言的这种使用使读者在阅读一部作品的时候对它所营造的虚拟世界产生信赖感。”“对我来说,那些书页上的文字简直就像一种神奇的地方,使我们能够达到一个只有通过英语单词才能够达到的先验的虚拟的世界。”①文学语言的魅力就在于“陌生化”效果,他十分重视陌生化语言的修辞性表达技巧,“文学在不同的情形下,似乎始终以这样或那样的方式,偏离语言运用的正常规则,或说显得很是奇怪。所以,文学最使我感兴趣的因素是作品中的语言特性”②。“偏离语言运用的正常规则”与“很是奇怪”意思差不多,都是需要拉开日常生活语言的距离,米勒把这种语言看作是文学性的具体表现。按照米勒的逻辑,语言的传达本身构成的巨大的障碍和阻隔,形成了陌生化效果,造成了语言艺术传达的无限可能性,语言文本形式和表现对象之间存在距离,概而言之,语言的陌

① [美]米勒:《论文学的权威性》,《文艺报》2001 年 8 月 28 日。

② [美]米勒:《为什么我要选择文学(在中国的演讲)》,邱国红译,《社会科学报》2004 年 7 月 1 日。

生化在于它延长了人们的感知，所以，在米勒看来，才被赋予审美性。

与此相关的是，米勒所说的文学的“文学性”，在电信时代正在被消解被取代，在米勒看来：“新形态的文学越来越成为混合体。这个混合体是由一系列的媒介发挥作用的，我说的这些媒介除了语言之外，还包括电视、电影、网络、电脑游戏……诸如此类的东西，它们可以说是与语言不同的另一类媒介。然后，传统的‘文学’和其他的这些样式，它们通过数字化进行互动，形成了一种新形态的‘文学’，我这里要用的词，不是‘literation’（文学），而是‘literily’（文学性），也就是说，除了传统的文字形成的文学之外，还有使用词语和各种不同符号而形成的一种具有文学性的东西。”①从词义的辨析中可以看出，米勒对于“文学性”的基本看法是对于感性的坚守，到了电信时代，感性不再是语言艺术的专利，现代新技术为我们提供了更多的感性化的媒介，并且新的媒介的感性特征更为鲜明，因此传统的语言文学会被新的媒介代替。这种对于文学的“文学性”认识，与西方的审美观念是十分吻合的。

美学作为一门独立的学科在西方诞生是有其特定的内涵的，美学视野的确立是对人类基本智慧类型划分的结果，是作为一门研究人类情感的学科出现的。在古希腊时期，柏拉图曾经把人的灵魂和肉体二分，灵魂由高到低划分为理智、意志和情欲三个层面。这种划分影响了整个西方文化。康德把人的心理结构划分为知、情、意三种，并且与相应的学科对应，知就是认识，其产物就是合规律性的科学，情就是是否引起愉悦的感觉，其产物就是合目的性的艺术，意就是理性，其产物就是合规律性合目的性的道德。在康德看来，审美判断不是逻辑的理性的思维，这一点受到了黑格尔的高度评价。鲍姆嘉登根据感性、情感而创立了“感性学”，将之称为一门研究感性认识的科学。巴托被认为是第一个明确区分出“美的艺术”的人，1746 年，他将艺术分为音乐、诗歌、绘画、雕塑和舞蹈，之所以被冠以“美的艺术”的名义，主要是因为它们共

① ［美］米勒：《“我对文学的未来是有安全感的”——希利斯·米勒访谈录》，周玉宁等译，《文艺报》2004 年 6 月 24 日。

同的目的是给人以感性的愉悦，艺术就是通过感性的审美性特征获得了自律自主的价值，艺术与非艺术的根本区别就是审美与非审美的差异。

具体到文学而言，审美性就是通过感性化的语言体现出来的。西方文学批评中形成的关于美学批评的一系列话语，无不与感性特征息息相通，美学批评又被称为形式主义批评、文字批评、新批评、英美新批评等，从一系列“名”中我们不难看出其“实”，即从俄国发生到流行于英美的美学批评一致认为，作品的语言、文字、结构等形式因素是美学视野予以关注的对象，这种新的文学批评范式与传统的依附于社会历史来阐释文学的做法迥然不同。那么，语言的感性在哪里呢？他们把目光投向了远古的时代，在卡西尔看来，原初人的语言是具有诗性的，但随着历史的发展，语言因为缺乏新鲜感，诗性本质渐渐消退了，变成了普通的语言，语言只有还原和回归，诗性才能复活。维柯在《新科学》中把各个民族早期文字的以象见意、象形会意的特征作为“诗性智慧”的一种表现。亚里士多德最早将语言划分为“普通语言”和“诗的语言”，这种观念在西方20世纪得到了延续，“语言的自觉”的意识骤然增强，强调了诗的语言与日常生活语言的区别。俄国形式主义批评家什克洛夫斯基将语言划分为服务于单纯交流目的实用语言和指涉自身的语言，把对自身指涉的语言才看作是真正的文学艺术的语言，充满了诗意审美性。英美新批评用“真陈性”和“拟陈性”这两个概念分别指的是实用语言和艺术体验语言。符号学哲学家卡西尔将语言划分为“直觉的形式”的诗性语言和普通语言。从强调直觉的克罗齐到强调自我解构的德里达，尽管观点有很大的差异，但是，他们都认为语言具有更根本的更原初的反逻辑功能，审美就体现在反逻辑的诗性功能，在诗性和感性之间画上了等号，这一点米勒与其精神宗师德里达是一脉相传的。

按照马克思主义的观点，一个民族的文化奥秘不体现在服饰和饮食方面，最主要的体现在思维方式方面。王国维也曾指出：西方人“长于抽象精于分类”，中国人“于理论之方面则以具体懂得知识为满足，至分类之事，则除被迫于实际之需要外，殆不欲穷究之也”。[①] 西方人的思维注重事物细微差别的区分，由此，各种专门学科的出现就不难理解了。而中国传统的思维方式强调的是“和”，更加注重综合性、整体性，文学、哲学、历史、美学等相互打通，形成了中国的人文知识谱系，具有宏观的文化视野。在中国传统文化中，感性与理性既是对立的，又存在相互依存的统一性，在整体中各个要素之间存在差异的前提下共存共生，情感与义理、感性和理性是相互征服和制约的，构成了审美的内在要素。

童庆炳、钱中文、王元骧等学者在新时期用“审美”来概括文学的基本特征，赋予了其与西方审美话语不同的含义。钱中文认为：“在审美意识中，感情连接着种种心理因素，如感知、想象、无意识活动，但同时也表现着理性的认识。”[②]王元骧认为：“当我们在判定了艺术不同于一般认识，它是以审美情感为中介来反映现实生活的时候，如何防止把情感与认识割裂开来、甚至对立起来，进而以情感来否定认识的情况。这是科学地阐明艺术的审美特性所要解决的一个关键问题。”他进一步指出：“由此可见，审美尽管有它的特殊性，但是在审美情感的形成过程中却始终离不开认识因素的参与和作用。”[③]在童庆炳看来，审美性具有“溶解性”特征，“文学艺术所撷取的审美因素总是以其独特的方式凝聚政治、道德、认识等各种因素”[④]。正是因为审美不停留在感官感受的层面上，所以，广场花园、广告、豪华汽车、时尚杂志、居室装修等虽然造成了强烈的视觉冲击，吸引了人们的眼球，在西方学者看来属于“日常生活的审美化”，在中国学者看来，却没有承载起审美的实质意义，属于浅层次的审美，是无法与艺术审美相提并论的。诚如费孝通先生 20 世纪末期指出的那样：“我认为文化的高层次应该是艺术的层次，这是我对生活的一种感情……

① 姚淦铭、王燕编：《王国维文集》第 3 卷，中国文史出版社 1997 年版，第 40 页。

② 钱中文：《新理性精神文学论》，华中师范大学出版社 2000 年版，第 131 页。

③ 王元骧：《审美反映与艺术创造》，杭州大学出版社 1992 年版，第 56 页。

④ 童庆炳：《文学审美特征论》，华中师范大学出版社 2000 年版，第 29 页。

所以把它讲出来,而且把它抓住,尽力推动人类的文化向更高的层次发展,也就是向艺术的境界发展。"①

在童庆炳看来,语言在文学创作中具有重要意义,应重视语言的锤炼和推敲,但是价值意义不仅仅限于感性的层面或者说形式的层面。人类的认识是从感性化向抽象发展,语言本身在原始时期是具有生动丰富的感性力量的,随着人类文明的进化,语言也不断抽象,创造语言符号构成的艺术世界,离不开理性化的提升所形成的不断超越想象的境界。童庆炳以司空图所说的"近而不浮,远而不尽,然后可以言韵外之致也"为例作了解释,"近"指的是要使得眼前的事物鲜明,"远"指的是言外的意味无穷,也即要在感性化的基础上不断超越,进而达到"言近旨远""言已尽而意无穷"的效果。显然,这种文学语言观植根于中国传统的文化土壤。中国古代存在重视语言的文学观,语言固然有使得所写的对象如在眼前的表达效果,同时也更重视理性意义,注重语言与人的精神、心灵的沟通。《尚书·尧典》中的"诗言志,歌咏言",《毛诗序》中的"在心为志,发言为诗"。语言艺术不是单纯依靠语言来营造一个感性的世界,语言既是符号,也是人类存在的家园。童庆炳说:"当一个作家在运用语言文字处理自己的思想感情的时候,实际上已悄悄地在生长、变化,这时候的语言文字已经变成了一种'气势'、一种'神韵',作家的一切都不自觉地投入其中,经历、体验、思想、感觉、感情、联想、人格等都融化于语言中,语言已经浑化成一种整体的东西,而不再是单纯的只表达意义的语言媒介。"②从这个意义上来说,文学语言超越了媒介的意义,这是图像化所无法达到的精神深度。

中国文学不是不注重语言形式,而是与人的情感心灵的表达联系在一起的,理性使得对于社会现实的认知和评判的力度加大,超越了虚构的边界。上篇讲到汉赋作为一种文学文体的非虚构特征,主要是从"讽谏""体物""事

① 费孝通:《更高层次的文化走向》,《民族艺术》1999 年第 4 期。

② 童庆炳:《文艺学边界三题》,《文学评论》2004 年第 6 期。

类”等来说明的，下面我们以中国传统的“赋家之心”的辨析为例，来做进一步的阐释。

“赋家之心”是司马相如在与朋友侯览论赋时提出的。“司马相如为《上林》《子虚赋》，意思萧散，不复与外事相关。控引天地，错综古今，忽然如睡，焕然而兴，几百日而后成。其友人盛览，尝问以作赋，相如曰：‘合綦组以成文，列锦绣而为质，一经一纬，一宫一商，此赋之迹也。赋家之心，包括宇宙，总览人物，斯乃得之于内，不可得而传。’”①所谓“赋之迹”，是指赋的外在形式，作赋应当辞藻华丽，善于铺陈，有音乐感。所谓“赋家之心”，则指作赋时内在的精神状态，大赋的创作需要“包括宇宙，总览人物”。“赋迹”“赋心”密切结合不可分割开来，否则就是断章取义。这也完全符合中国文论的一般特点，《文心雕龙·诠赋》说：“丽辞雅义。”《历朝赋格》总结说：“赋非雕虫之小技也……其忧深而虑远，其情迫而志悲，约言之不足，故反覆言之，正言之不可，故托物寄兴以言之。”②汉代辞赋家的“赋家之心”和汉代赋论家的“论赋者之心”，基本上是“以讽谕为中心，而又兼重文采”，即一方面以《诗经》的讽刺劝谕的精神为标准评价汉赋，另一面又看重汉赋的文辞之美。“赋心”“赋迹”引起了后代文论广泛关注和评价。

对此，有论者持批判态度。刘勰继承了儒家学者的观点，对汉赋中过度的虚构、夸张与想象提出了批评。他在《通变》中说：“夫夸张声貌，则汉初已极。自兹厥后，循环相因，虽轩翥出辙，而终入笼内……”又在《夸饰》中说：“自宋玉、景差，夸饰始盛，相如凭风，诡滥愈甚。故上林之馆，奔星与宛虹入轩；从禽之盛，飞廉与鹪明俱获。及扬雄《甘泉》，酌其余波，语瑰奇则假珍于玉树，言峻极则颠坠于鬼神。至《西都》之比目，《西京》之海若，验理则理无可验，穷饰则饰犹未穷矣。又子云《羽猎》，鞭宓妃以饷屈原，张衡《羽猎》，困玄冥于朔野。娈彼洛神，既非罔两；惟此水师，亦非魑魅；而虚用滥形，不其疏乎！此欲

① （晋）葛洪：《西京杂记》卷二，中华书局1985年版，第12页。

② （清）陆棻：《历朝赋格》，四库全书存目丛书，齐鲁书社1997年版，第71页。

夸其威而饰其辞,事义睽剌也。"在《事类》篇中,他还说:"按葛天之歌,唱和三人而已。相如《上林》云:'奏陶唐之舞,听葛天之歌,千人唱,万人和。'唱和千万人,乃相如接人(按:当为推之),然而滥侈葛天,推三成万者,信赋妄书,致斯谬也。"就是说,对于赋过于强调形式因素、过于注重的夸张和虚构,是持否定的态度的。

另一种观点则主张辩证地看待赋迹、赋心,强调内容与形式的统一。班固在《汉书·叙传》中,虽对司马相如的"文艳用寡子虚乌有,寓言淫丽"有所批评,但又将其放在辞赋发展史上,仍赋予司马相如辞赋宗师地位,所谓"托风终始,多识博物,有可观采,蔚为辞宗,赋颂之首"。① 认为司马相如继承了《诗经》的讽谕精神和博物可供观览的功用。扬雄在《自序》中记载他早年好辞赋,认为司马相如"作赋甚宏丽温雅","心壮之,常拟之以为式"。② 晚年他又批判赋用词过于"丽靡":"雄以为赋者,将以风之,必推类而言,极丽靡之词,闲侈巨衍,竞于使人不能加也,既乃归之于正,然览者已过矣。"③从中可以看出,扬雄对"丽"的强调是有限度的,丽辞藻绘必须合乎"则",合乎法度,否则便是"侈丽""淫丽""靡丽",便失去了价值和意义。这里的所谓"则",主要应指儒家的思想原则,伦理规范。内容与形式同等重要,不可偏废,显然继承了孔子"文质彬彬"的观点,对事与辞、实与华、文与质的关系作了辩证的理论阐发。沈德潜《赋钞笺略序》有云:"汉人谓赋家之心,包括天地,总览人物。故古来赋手,类皆耽思旁讯,铺采璃文,元元本本,骋其势之所至而后已。盖导源于《三百篇》而广生声貌,合比兴而出之。"④将之与《诗经》比兴手法类比,刘

① (汉)班固撰,(唐)颜师古注:《汉书》卷一百下《叙传下》,中华书局 1962 年版,第 4255 页。

② (汉)班固撰,(唐)颜师古注:《汉书》卷八十七上《扬雄传》,中华书局 1962 年版,第 3515 页。

③ (汉)班固撰,(唐)颜师古注:《汉书》卷八十七上《扬雄传》,中华书局 1962 年版,第 3575 页。

④ 陈良运主编:《中国历代赋学曲学论著选》,百花洲文艺出版社 2002 年版,第 295 页。

熙载的谈文论艺札记《艺概·赋概》，对司马相如的“赋家之心”进行了解读。①

那么，如何理解“赋家之心”的“文学性”问题呢？其实，赋也有对于文采的追求，这一点为后代所认同。最早论及文体风格的，是《典论·论文》，其中提到：“夫文本同而末异，盖奏议宜雅，书论宜理，铭诔尚实，诗赋欲丽。此四科不同，故能之者偏也；唯通才能备其体。”②这里所说的“体”，实际上包含了这样两层意思：首先，它指出了文章存在奏、议、书、论、铭、诔、诗、赋八科；其次，又指出这八科各有自己独特风格，故有雅、理、实、丽等不同倾向。陆机说：“赋体物而浏亮。”（《文赋》）刘勰在《文心雕龙·诠赋》中也说：“赋者，铺也。铺采摛文，体物写志也”，“极声貌以穷文”，“写物图貌，蔚似雕画”。“体物”确实是汉赋的主要对象和内容，而刘勰在这里指出其“蔚似雕画”，这个雕画可能就是指汉画像石，因为只有汉画像石才是先画而后雕的“雕画”。“赋以铺陈为正格。”③萧统亲自主持编撰的文章总集《文选》选汉赋数篇，他在《文选序》中提出的选文标准是“若其论赞之综缉辞彩，序述之错比文华，事出于沈思，义归乎翰藻。故与夫篇什，杂而集之”④。从选文标准和汉赋入选情况，可以看出对于汉赋的辞藻态度。汉赋作家在创作汉赋的时候，比以往任何一个时代的作家都注重华美辞藻和各种修辞手法的运用、音韵的和谐、构思包容性的巨大，可以说汉赋作家在自觉的创作实践中，有意识地吸收先秦散文、诗辞一切美丽的东西，造就了一代“美丽之文”。⑤ 马积高先生在《汉赋研究史料概述》中有云：“皇甫谧《三都赋序》称赋为‘美丽之文’，萧绎《金楼子·立言》篇中说‘屈原、宋玉、枚乘之徒，止于辞赋，则谓之文。’至如文者，惟须绮縠

① (清)刘熙载著，王气中笺注：《艺概笺注》，贵州人民出版社1986年版，第278页。
② (南朝)萧统编，李善注：《文选》，上海古籍出版社1986年版，第2271页。
③ 许结：《赋的地理情怀与方志价值》，《济南大学学报(社会科学版)》2005年第5期。
④ (南朝)萧统编，李善注：《文选》，上海古籍出版社1983年版，第3页。
⑤ 章沧授：《汉赋美学》，安徽文艺出版社1992年版，第56页。

纷披，宫微靡曼，唇吻遒会，情灵摇荡，则仅有韵，仍不得谓之文，必须是美文才得称之为文。尽管各人归纳的范围有大有小，辞赋都属于美文的范围。”①

密集铺陈，这是赋之为赋的根本特性所在，只有这样才显得气象宏大。所谓“赋也者，所以因物造端，敷弘体理，欲人不能加也。引而申之，故文必极美，触类而长之，故辞必尽丽。然则美丽之文，赋之作也”②。或将主体的感情寄托在物象的状貌声色精致刻画和形式的细腻描摹之中，或将主体的感情引申到人象、事象的悠远意境中借古喻今以咏其志。班固对司马相如作品的评价，则见于《汉书·扬雄传》：“先是时，蜀有司马相如，作赋甚弘丽温雅，雄心壮之，每作赋，常拟之以为式。”③班固对于屈原的一部分作品颇有微词，就在于这些文辞具有虚幻的色彩，高度赞扬屈原作品的艺术特色，就在于铺陈：“文弘博丽雅，为辞赋宗。后世莫不斟酌其英华，则象其从容”④。至此，屈赋所铸就的影响深远的总体美学风格昭然若揭，用“弘博丽雅”进行了概括。

三

审美性诉求的文化语境问题。米勒、童庆炳两位学者所说的审美性内涵的不同，主要是因为审美性诉求的文化语境不一样。

马克思主义美学是建立在人学基础上的，美的本质与人的自由自觉的本质是统一的，感性和理性代表了人性的两个互补的侧面，是人的本质的基本规定。但是由于不同的社会实践活动和社会发展历程，人的存在方式自然就会呈现出无比的复杂性。马克思说：“人并不是抽象地栖息在世界以外的东西，

---

① 马积高：《历代辞赋资料概述》，中华书局2001年版，第83页。

② （晋）皇甫谧：《三都赋序》，载（清）严可均辑：《全上古三代秦汉三国六朝文·全晋文》卷七十一，上海古籍出版社2009年版，第1872页。

③ （汉）班固撰，（唐）颜师古注：《汉书》卷八十七上《扬雄传上》，中华书局1962年版，第3515页。

④ （汉）班固：《离骚序》，载（宋）洪兴祖撰，白化文等点校：《楚辞补注》，中华书局1983年版，第50页。

人就是人的世界，就是国家、社会。”[①]关于人的本质的探询和人所处的现实社会状况是不可分割的。中西方关于审美性的不同言说，是由人的现实处境和具体的存在方式决定的，人的存在方式的复杂性为美学研究开辟了新的思考的空间。也就是说，关于审美性话语的阐释只有在特定的语境中才有价值意义。

米勒的审美性诉求与西方现代社会所面临的人学困境有关。特里·伊格尔顿关于审美性的考察是从审美话语产生的历史语境开始的，虽然其激进的美学批评也有偏颇之处，但他积极探索在西方审美意识话语背后所包含的人学意义却是具有启发性的。在他看来，启蒙主义时代以来诞生的审美话语，以人类需要和感性欲望的合法性作为武器，向理性王国发动进攻，西方审美话语的异军突起充满了对于神义论的批判，“没有什么比占统治地位的理性更无能的了，因为它除了自身概念之外，便一无所知”[②]。审美话语的诞生就宣告了传统理性的某种危机。鲍姆嘉登用“感性学”来命名美学学科，主要是针对当时德国莱布尼茨和沃尔夫为代表的理性主义哲学的。进入现代以来，教堂的钟声被机器的轰鸣所湮没，从神义论到工具理性，西方工业文明的片面发展，造成了一系列的社会问题，技术理性的膨胀和失范又造成了对人的精神世界和心理空间的挤压，理性变换了面具又形成了对人的桎梏，感性又一次获得了特别的青睐，成了护佑人的生存的乐园。因此，对于感性愉悦的追求，是恢复人性的和谐完整的内在要求。西方通过审美现代性来反叛技术理性，在张力中显示出审美性判断的价值意义，西方学者就是沿着这样的思路来阐释审美话语的，尼采在《悲剧的诞生》中详细讨论了日神与酒神的二元对立结构，认为西方的技术理性精神占据主导地位，审美精神被冷落了，热切呼唤原始生命的欲望。韦伯在现代性分析中，发现了理性导致了日常生活的呆板和毫无

① 《马克思恩格斯选集》第1卷，人民出版社1972年版，第1页。

② ［英］特里·伊格尔顿：《审美意识形态》，王杰等译，广西师范大学出版社2001年版，第2页。

生气，把它比喻成“铁笼”，只有艺术才能将人们解救。法兰克福学派认为技术理性所形成的对于人的压抑和奴役，造成了自我与他者、个体与社会、人类与自然的对立冲突，把非技术的现代艺术来作为反抗的手段，成为法兰克福学派最重要的理论基础。电信时代的图像化和日常生活中的感性化给予理性更大能量的冲击，虽然颠覆了从艺术中寻求审美效应的做法，但是，追求审美化的路径却是相同的，并且表现得更为激进。

童庆炳先生很重视审美话语的文化语境。马克思从“人的自然本性”来谈的“人的一般本性”，主要是为了批判资本主义异化劳动所做的一种假设，马克思主义所说人的自由社会并不是回到“原欲”“本能的个人欲望”状态，并不是把一切社会规范和理性法则都看作是对人性的压抑，而是从人与动物的区别入手，对原欲进行了批判。马克思主义方法论对童庆炳的美学思考产生了重大影响。童庆炳认为，不能将理性从审美王国中排斥出去，他敏锐地指出：西方古代审美话语也并没有将理性拒之门外，“文学自然是感性与理性的统一，文学研究的传统无论中外都是具有理性的。中国古人在文学批评中讲‘道’，西方古人讲‘理性’。所以文学研究需要理性的审美是理所当然的，只有这样的审美才能深入人的精神世界，而不是停留于感官的刺激”①。在古希腊时代，也就是雅斯贝尔斯所说的“人类的轴心时代”，包括希腊哲学和孔子的儒家思想等都是强调理性的，奠定了关于人的精神生命和生存的理解与思考的基本范式，对后世产生的影响是不可低估的。柏拉图把人看作是理性的动物，哲学就是要引导人过一种理智的生活。希庇阿斯说过，视觉和听觉所欲悦的东西，应该是美的东西，依据利普曼对此所做的注释，由嗅、味、触三觉所引起的感官感受，是作为动物的感觉被排斥在艺术的美的领域之外的，哈特曼把视、听看作是高等的感官，近于智慧之官，把嗅、味、触看作是低等的感官，近于肌体之官。黑格尔明确指出：“艺术作品不仅是作为感性对象，只诉之于感

① 童庆炳：《文艺学边界三题》，《文学评论》2004年第6期。

性掌握的，它一方面是感性的，另一方面却基本上是诉之于心灵的，心灵也受它感动，从它得到某种满足。”他认为：“单靠本能是不能辨认出美的”，“有修养的美感叫做趣味或鉴赏力”。[①]

童庆炳、钱中文等学者卓然高标“审美性”，热切呼唤的是新的理性精神，他们没有将西方现代审美话语横向移植到中国，而是从当代中国的实际文化语境出发所作的独立思考。中国长期以来是一个农业型的社会，中国古代的理性是偏重于人文的，在技术理性和人文关怀之间没有构成冲突，这不能不说延缓了科技的发展。进入现代以来，在科学民主的号角声中注重发展科技，特别是新时期高扬“科学技术作为第一生产力”，将人从繁重的劳作、极度的贫困中解脱出来，显示了历史的进步。我国关于技术理性问题的讨论，是在改革开放进入现代化建设以来开始的，特别是20世纪90年代以来，大量译介了国外的理论以后，这个问题才作为一个突出的问题引起人们的普遍关注。童庆炳结合中国现代化建设的实际，对中国人的现实处境进行了分析，认为当代中国处在社会主义建设的初级阶段，还有很多人的温饱问题没有解决，我们面临的不是要通过贬抑技术来实现人文精神的守望，而是应该在技术手段提供的现实条件下实现更高层次的自由，实现健全的人格；如果单纯地、过分地追求感性、欲望，不仅是不合适宜的，而且也无助于人的解放和自由，感性泛滥、欲望张扬造成的是审美价值的虚无。

“日常生活的审美化”“新的审美原则”等说法在当前也得到了一些中国学者的应和、赞同，其要点包括：第一，日常生活与需要、满足、消费、欲望、快感这样的一些感官功能的联系；第二，现代的高科技所带来的“视像文化”在审美中的作用；第三，视像的存在带来了人在日常生活中的感官感受。“这种享受本身就是一种直接的身体快感”，这就是“新的美学原则”的意义。[②] 显然，这种观点与虚构诗学的理路是同辙的，完全立足于西方现代

① [德]黑格尔：《美学》第1卷，朱光潜译，商务印书馆1979年版，第42、44页。

② 王德胜：《视像与快感——我们时代日常生活的美学现实》，《文艺争鸣》2003年第6期。

审美话语的基石,只能从西方现代文化中获取资源,来编织出新奇的西洋文学的风景。

由此可见,中国非虚构诗学的美学特征的探求,唯有另辟蹊径,转向感性与理性的融合,从“新理性精神”中汲取创新的动力和能量。

第十一章　中国非虚构诗学的人学解析

先秦时期没有形成自觉的文论体系，但是这一时期从对于神的膜拜到对人的敬重，为诗学注入了非虚构的核心要素。这种重大的文化转型中有关于人的诸多论述，作为轴心时代的思想观念，直接影响了这一时期的文学观念的形成，对于后世的影响则是潜移默化的，形成了中国诗学的人学传统。《颜氏家训·文章》云："文章当以理致为心肾，气调为筋骨，事义为皮肤。"都以人的生命整体来喻文章写作机理。

汉字的六书，象形为首；象形字之中，"人"字为要。姜亮夫先生指出："整个汉字的精神，是从人（更确切一点说，是人的身体全部）出发的。"①先秦两汉元典关于"人"的定义是多元的，《说文解字》："人，天地之性最贵者也。此籀文，象臂胫之形。凡人之属皆从人。"关于"人"之字义（天地之性最贵者也），段注曰："禽兽草木皆天地所生，而不得为天地之心。惟人为天地之心，故天地之生此为极贵。"今天所能见到的甲骨文，表人的占五分之一以上。段玉裁注许慎"人"说，大量征引《礼记·礼运》篇之"子曰"："人者，其天地之德，阴阳之交，鬼神之会，五行之秀气也。"又："人者，天地之心也，五行之端

① 姜亮夫：《古文字学》，浙江人民出版社 1984 年版，第 68 页。

也,食味、别声、被色而生者也。”段注所引《礼运》之“子曰”,还讲到了何为“人情”(喜怒哀惧爱恶欲),何为“人义”(父慈子孝兄良弟恭夫义妇听长惠幼顺君仁臣忠),何为“人利”(讲信修睦),何为“人患”(争夺相杀),等等。可见,“人”字的笔画是简单的,但是意义是复杂的。

总体来说,中国传统文论中所说的人,不是生物学意义上的人,不是与世隔绝的独立的个体。钱穆认为中国文化是复杂的组合,文学艺术以人为核心,与宗教、政治等交融,是一种复杂的组合和转换,即:“宗教而政治化,政治而人伦化,人伦而艺术化。”“这是中国古代文化演进一大主流。”[①]也就是说,中国传统文论中的人,基本上置于社会网络中的各种关系中,具有非虚构的特性,成为我们考察非虚构诗学的重要视角。

第一节　“气”“神”“道”

我们对中国非虚构文论的人学意义进行一番梳理就会发现,外在地表现出对于感性、欲望的遵从,内在地遵循着某种道德、理性的价值取向,符合现实社会的约束和规范,形成了中华民族独特的生命意识。中国传统文化中生命意识是一个复杂的综合体,需要多面展开,主要包括“气”“神”“道”这三个关键词。

普列汉诺夫在谈到“艺术”这个术语的时候说:“在任何稍微精确的研究中,不管它的对象是什么,一定要依据严格地下个定义的术语。”“另一方面,毫无疑问,一个对象的稍微令人满意的定义,只有在它的研究的结果中才能出现。”[②]关于“气”“神”“道”的理解,不是停留在一般意义上的名词解释的层面,而是按照雷蒙·威廉斯的关键词批评方法的基本思路,希望就这些关键词

① 钱穆:《中国文化史导论》,商务印书馆1994年版,第82页。

② [俄]普列汉诺夫:《没有地址的信·艺术与社会生活》,曹葆华等译,人民文学出版社1962年版,第3页。

的意义做出历史的梳理，除了了解这些关键词的历代演化的特点之外，更为重要的是，昭示其具有内在规定性的意义，反映出中国非虚构文论的基本特征。

一

中国古代文论体系中的人是一种庞大的生命概念体系，而最为基础的，就是与“气”相联。总体来看，正如钱穆所概括的“人伦而艺术化”那样，中国古代文论中，为文和为人是密切结合的，以“气”所张扬的自然生命为根本彰显个体生命意识，以“气”所呈现的万物本源贯穿天地之间，最终辐射到社会政治伦理道德层面即“道”。中国传统文论在文的范畴中，将“气”与“道”的内在特征贯通起来理解和阐释。

“气”的意义，首先是自然之“气”。在历代的文论中，“气”被看作是人的生命的本原，具有客观物质性特征。在中华文化的起源阶段，“气”就已经包含对物质性的理解。涂光社认为：“在甲骨文和金文中与‘气’意义密切相关的事物中有云、雨、风之类自然天候和滋生植物的土壤，保存着农业文明的迹印。”①在先秦时期，古人将“气”的本源意义看作是自然之“气”。《国语·周语》中有这样的记载：“天地之气，不失其序。”《左传·昭公元年》中提到：“天有六气”，“六气曰阴阳、风雨、晦明也，分为四时，序为五节”。管子在《内业篇》认为：

> 凡物之精，此则为生。下生五谷，上为列星。流于天地之间，谓之鬼神；藏于胸中，谓之圣人。是故民气，杲乎如登于天，杳乎如入于渊，淖乎如在于海，卒乎如在于己。是故此气也，不可止以力，而可安以德；不可呼以声，而可迎以音。敬守勿失，是谓成德。德成而智出，万物果得。

到了汉代以后，古人在文论中依然强调“气”的自然属性。许慎在《说文

① 涂光社：《原创在气》，百花洲文艺出版社 2017 年版，第 9 页。

解字》中界定“气”的意义时提出,“气,云气也”。对此,段玉裁进一步解释道,“气本云气,引申凡气之称,像云起之貌。”①把握古人强调的“气”的物质性,是我们理解“气”的概念的基础。

随着“气”的性状、表征,不断融入人的主体经验,经由经验思维的运作,中国古人将自然之“气”作为自然生命的条件,升华为人的生命之“气”。《管子·枢言篇》中曰:“有气则生,无气则死,生者以其气。”《庄子·知北游》中曰:“人之生,气之琅也,琅则为生,散则为死。”《淮南子·原道训》中曰:“气者,生之充也。”经过经验类比或经验通感,生命之“气”又转换为精神之“气”。《孟子》中反复曰:“夫志,气之帅也”,“志一则动气,气一则志也”,“我善养吾浩然之气”。这样,天地自然、生灵万物、精神世界的众象归于“气”。《庄子·知北游》云:“故万物一也……通天下一气耳。”王充《论衡·自然》亦云:“夫天覆于上,地偃于下,下气蒸上,上气降下,万物自生其中间矣。”《淮南子》曰:“气者,生之充也。”《乐记》曰:“气盛而化神。”“气”从此获得万物之源的地位,从人的自然生命升格为人的精神生命,成为人的整个生命意义承担者的角色。

承担生命意义的“气”的范畴构成,体现了中国古人对宇宙万物生命本质最本原的认识,也体现了人对自身生命意识最深刻的洞见。“气”作为一个哲学范畴正式被提出,本来是一个意义丰富的术语,主要有两层最基本的意思:一是指宇宙生命之元气,一是指人的生命之元气。郭绍虞先生指出:“气本象形字,其本训为云气。云气嘘吸出入,虽无定形,但论其本义,并非绝对抽象的名词。其后一再引伸,以指天地之气,以指吐纳之气息,以形容流动之气象,于是渐由具体而进入抽象。由此再展转引伸,以指个人之气禀,以指修养之气质,以指环境之习气,于是复由此自然现象者一变而论及人事,成为伦理上的术语了。此后再进一步指行文之气势,于是始为文学批评上的术语。”②

---

① (清)段玉裁:《说文解字注》,上海古籍出版社 1981 年版。

② 郭绍虞:《照隅室古典文学论集》(上),上海古籍出版社 1983 年版,第 115 页。

也就是说,这样一种朴素的对于世界和人自身的认识,形成了中国人的哲学思维,启迪了中国文学思想的智慧。

"气"作为生命意识的高扬,在中国文学创作中得到了体现。比如挽歌,就是生命的一种追忆和咏叹,在中国历代文学创作和理论中连绵不断,通过追忆逝者、感怀人生等等方式,让文学与现实生命的体悟发生密切关联,彰显人的生命价值意义。中国古代挽歌数量庞大、形式驳杂,仅就《文选》《全唐诗》而言,就可说明这一点。萧统所编的《文选》辑录了缪袭《挽歌诗》、陆机《挽歌诗》、陶渊明的《挽歌诗》等以挽歌命名或具有挽歌色彩的诗作。《全唐诗》中辑录了骆宾王、王维、岑参、杜甫、白居易、韩愈、李义山、刘禹锡、温庭筠等创作的具有挽歌色彩的诗歌。① 死者平生现实生活中实际的德行,成为挽歌表现的直接对象,真实性是基本的底色,承接的是"气"的原初固有的意义。

中国古人从自然的生命现象和法则出发,去发现文学作品的风格气韵和审美蕴涵,表现出对文学作品整体风貌和精神特征的关注。在中国文论中将之与人的生命联系起来,突显的是人的先天具备的秉性特征,以"气"论文就是将文学看作是人的个性的表现,即"生命之喻"。就像有的学者所说的那样:"文学批评中的'生命之喻',从哲学上看,是受了中国古代'近取诸身,远取诸物'(《周易·系辞上》)的象征性思维方式影响而产生的,以人拟文正是'近取诸身'的自然而然的结果。"②把生命之"气"作为一种自然现象加以认知,就是回到人的自然状态后的内省。归纳起来包括以下三点:

首先,文学之"气"就是作家本人人格的写照。早在先秦时期,人们就把"气"视作万物、生命之源,后来不断发挥,这就把"人"与"文"统摄起来了,形成了相应的文论知识谱系。中国传统文论十分看重"气",即是将人的精神气质与文的生命活力联系起来阐释。诗论家常常将诗歌结构与生命结构都看作

① 任半塘:《唐声诗》,上海古籍出版社 2006 年版,第 424 页。
② 吴承学:《生命之喻》,《文学评论》1994 年第 1 期。

诗歌最本质的东西，形成了一系列的与生命相关的文论范畴，这明显受到生命之“气”阐释的启发，成为中国文论一大特色。

在《典论·论文》中，曹丕提出：“文以气为主，气之清浊有体，不可力强而致。譬诸音乐，曲度虽均，节奏同检，至于引气不齐，巧拙有素，虽在父兄，不能以移子弟。”意思就是说，所有的文学创作不是凭空出现的，而是与“气”即现实的、客观的因素密切相关。尤其是与作家本身的气质、人格紧密联系，“气”是天生的，个性化的，不可复制的，突出的是客观性特性。曹丕以“气”的范畴为纲领，阐述文学的非虚构生成方式，产生深远的影响。

刘勰在《文心雕龙·风骨》中提出的“风骨”概念就是以“气”为内核的，他认为：“《诗》总六义，风冠其首，斯乃化感之本源，志气之符契也。是以怊怅述情，必始乎风；沈吟铺辞，莫先于骨。故辞之待骨，如体之树骸；情之含风，犹形之包气。结言端直，则文骨成焉；意气骏爽，则文风清焉。”①

在刘勰的论述中，“气”犹如内核被包裹在内，如果没有“气”，文学作品也就无法御风而行、传之久远，更无法形成独特的“风骨”。包含了“气”的“风骨”，具有力之美：“夫翚翟备色而翾翥百步，肌丰而力沈也；鹰隼乏采而翰飞戾天，骨劲而气猛也。文章才力，有似于此。若风骨乏采，则鸷集翰林；采乏风骨，则雉窜文囿。唯藻耀而高翔，固文章之鸣凤也。”②刘勰也是在这个意义上，用“气”肯定宋玉创作的独特性，认为：“宋玉含才，颇亦负俗，始造《对问》，以申其志；放怀寥廓，气实使之。”在刘勰看来，独特的“气”是宋玉文章的决定性因素。

钟嵘在《诗品》中提出了“风力”的概念，他认为：“永嘉时，贵黄老，稍尚虚谈，于时篇什，理过其辞，淡乎寡味。爰及江表，微波尚传，孙绰、许询、桓庾诸

① （南朝梁）刘勰：《文心雕龙译注》，王运熙、周锋译注，上海古籍出版社 2016 年版，第 290 页。

② （南朝梁）刘勰：《文心雕龙译注》，王运熙、周锋译注，上海古籍出版社 2016 年版，第 293 页。

公诗，皆平典似《道德论》，建安风力尽矣。”[①]在钟嵘的“风力”概念中，同样包含了对“气”的推崇，比如认为曹植“骨气奇高，辞采华茂，情兼雅怨，体被文质”[②]，就是以“气”作为根本性的因素，进而推衍出被钟嵘高度肯定的“风力”特征。

其次，文学之“气”与自然、现实有广泛的联系。最为著名的就是“气感说”，先秦《礼记·乐记》就指出：“奋至德之光，动四气之和，以著万物之理。”对“至德”“四气”的感知，让我们能够将与之关联的“万物之理”表述出来。钟嵘在《诗品·序》中就将“气”作为文学的源头，“气之动物，物之感人，故摇荡性情，形诸歌咏。”当“气”作用于人，让人的性情“摇荡”，因此才有诗歌。如果没有人对“气”的感应，文学就无从谈起。后代论文沿着这一理路作了很多阐释。白居易认为：“天地间有粹灵气焉，万类皆得之，而人居多，就人中，文人得之又居多。盖足气，凝为性，发为志，散为文。”（《故京兆元少尹论文集序》）只有人才能最多地感应到天地间的灵气，因此才内化为“性”，外化为有形的“文”。韩愈更是推崇“气”对文的决定作用，认为：“气，水也；言，浮物也；水之大而物之浮者大小毕浮。气之与言犹是也，气盛则言之长短与声之高下者皆宜。”（《答李翊书》）只有像水中浮起物体一样，有了充足的“气”，才能让文章称得上“盛”。总体来看，他们都一致强调“生气”“养气”在文学创作中的重要性。

“气”具有本土文化培育起来的独特含义，在中国文论史上占有重要地位。就像有的学者总结的那样：“‘气感说’是中国古代文论的重要学说。它从天人一体、互相感应的角度去看待文艺与宇宙的关系，主张在人与自然界的亲和与感应中去吸取文艺的生命精神。”[③]“气”贯穿了中国古人体悟世界、抒

① （齐梁）钟嵘：《诗品笺注》，曹旭注，人民出版社 2009 年版，第 23 页。

② （齐梁）钟嵘：《诗品笺注》，曹旭注，人民出版社 2009 年版，第 23 页。

③ 袁济喜：《从古代文论的“气感说”看文艺的生命激活》，《中国人民大学学报》2004 年第 5 期。

发自我的全过程。中国古人从人的生命体验出发，去感悟天地万物，再将个体独特的、强烈的感受，通过文章表达出来。可见，“气”是不能进行孤立的看待的，必须与社会、自然联系起来，才能得到有效的阐释。

最后，“气”所代表的生命意识是不断转换和升华的过程。

《周易》中的“易”，即“变化”的意思，“弥纶天地”、阴阳转化、刚柔相推等都可视为“易”。所谓“生生之为易”就是将生生不息、循环往复、革故鼎新看作是万事万物的发展规律。所谓“修辞立其诚”就是要表达自己的真实意图，这种真实是建立在个人品性的不断提升、对于社会认知的不断升华基础之上的。不仅把人与社会盛衰、文艺与政教关系等纳入一个整体系统中来考虑，更加重要的是，强调这些方面是可以不断转化的。在转化的过程中，将生命的理解上升到理解自然万物的境界，理解社会现实的境界，文论的思想意义则是在不断增值。

在中国古代文论中，“气”不仅仅代表着作家气质，体现了对外界的感触，更为重要的是“气”还是通向“理”的重要通道。宋代理学家王柏认为：

> 夫道者形而上者也，气者形而下者也。形而上者不可见，必有形而下者为之体焉，故气亦道也。如是之文始有正气。气虽正也，体各不同，体虽多端，而不害其为正气足矣。盖气不正，不足以传远。学者要当以知道为先，养气为助。道苟明矣，而气不充，不过失之弱耳。道苟不明，气虽壮，亦邪气而已，虚气而已，否则客气而已，不可谓载道之文也。（《题碧霞山人王公文集后》）

在王柏看来，“气”作为形而下的存在，是形而上的“理”的承载物。而只有表达了“道”的文章，才是真正体现了“正气”的，才是值得肯定的。由“气”而“道”，文学从个体的创造，真正地走向了人类整体的精神文化创造，不断走向深邃和阔大，形成了中国传统的非虚构思维。

在西方文论中，与之相应的是“气息”说，具体一点来说，则是关于“神的气息”的言说。柏拉图时代就要求人的文学创作必须吸入神的气息，神把气息吹进了心灵的创作者才是天才诗人。这样一种人学观念与西方虚构诗学的建构是一致的。与西方张扬的“神”的气息是完全不同的理路，中国文化、文论观念中的“气”，所表达人的生命意识不是一种迷狂、玄幻的状态，而是与现实的人格息息相关，具有浓厚的非虚构的特点。

二

中国传统文化中的“神”的意义不同于西方宗教背景下的神学意义，在中国传统文论中也有“神”这一范畴，但与西方文论中虚构色彩浓厚的意义指向迥异。

关于夏、商、周三代对“神”的态度，孔子曾经做过这样的归纳：

> 夏道尊命，事鬼敬神而远之，近人而忠焉，先禄而后威，先赏而后罚，亲而不尊；其民之敝，蠢而愚，乔（骄）而野，朴而无文。殷人尊神，率民以事神，先鬼而后礼，先罚而后赏，尊而不亲；其民之敝，荡而不静，胜而无耻。周人尊礼尚强，事鬼敬神而远之，近人而忠焉，其赏罚用爵列，亲而不尊，其民之敝，利而巧，文而不惭，贼而蔽。（《礼记》）

在孔子看来，在对待“神”的态度上，夏商周三代不同。夏代社会的特点是野，商代有明显进步，然而比较迷信鬼神，缺乏对于人的关注，周代则对于社会伦理道德十分关注。“敬德保民”本来是周初统治者反复强调的文化思想，而这种文化思想正是由殷商的鬼治主义转为德治主义的重要标志，从神到人是颠覆性的转型，也是浓郁的人文精神在周代的社会性表达。孔子、司马迁等圣哲先贤都用“文”来概括周代的社会特征，孔子还说：“周监于二代，郁郁乎文哉，吾从周。”（《论语（八佾）》）孔子思想中是十分重视人格培养的，修身齐家治国平天下，修身是第一步，如何修身呢？在孔子看来，要抛弃具有宗教迷信色彩的教育内容，明确地把“文”作为教育的基础和内容，旗帜鲜明地坚持以这一“文”的观念作为教育的目标。据《论语·述而》记载：“子不语怪力乱神，子以四教文行忠信。”孔子不语怪力乱神，而是以“文行忠信”作为必修课，这样就清除了长期以来控制学校教育的迷信内容等糟粕的东西，孔子把“文”作为教育基础，同时也极大地淡化了军事教育在学校教育中的地位和作用。也就是说，孔子所教学生之文，不仅是指先王之遗文，而且是指经过孔子主观上认同并且遴选后的“文”。说到底，贯穿其中的是在这些典章文献中体现出礼乐教化思想和人文精神。

与儒家更为强调“文”不同，在先秦典籍《易经》中，我们能够看到古人对“神”的重视。《系辞上》对于“神”的解释为“阴阳不测之谓神”，将“神”看作“申”，指的是闪电这一变化莫测的自然现象。类似的论述还有很多，比如：“神无方而易无体”“知变化之道者，其知神之所为乎”“神也者妙万物而为言者也”“唯神也，故不疾而速，不行而至”“蓍之德，圆而神；卦之德，方以知”“于是始作八卦，以通神明之德，以类万物之情”等，突出的是纷繁复杂的大自然变化妙道之精微。“神”的这种意义，将人们的注意力吸引到了对于大自然的体察方面，不仅淡化了宗教一样的神秘的色彩，而且过滤了上帝一样的那种永恒的、主宰的意味。

当中国古人的生命意识进一步扩展，就延伸到了所有或有生命或无生命、或天然或人为的事物上。中国传统的“民胞物与”说就这样认为，万物与人同体，甚至整个宇宙与人同体。在中国古代文体论视野中，文学文体不仅具有与整个世界关联的整体性，而且是一个有生命的整体。在文体论中，诞生了中国古代有关文章生命整体性的最丰富最精彩的华章。“神”不是停留在人的外表的层面，而是逐渐在“形”的基础上超越，向人的更为本质的心灵深处进发。

中国古代文论中，“神”与“气”一样，强调人对具象的驾驭。这种“神”与物象完美融合的境界，在古人的笔下，多有倡导。陆机赞赏“精骛八极，心游万仞”，“观古今于须臾，抚四海于一瞬”，“笼天地于形内，挫万物于笔端”①的

① 王文生：《中国历代文论选》，上海古籍出版社 2001 年版，第 170—171 页。

境界。古今、四海、天地、万物在笔下汇聚起来，这是一种无比阔大的创作心境，人的所思所想与外物在笔尖融汇。刘勰在《文心雕龙》中提出“神与物游”“神用象通”，也是用人的精神去统御外物，达至融通的境地。王世贞强调“由工入微，不犯痕迹”，从而达到“气从意畅，神与境合”，“兴与境偕”，[①]详细勾勒了工整与微妙境地的巨大区别。叶燮认为：“诗之至处，妙在含蓄无限，思至微妙，其寄托在可言不可言之间，其指归在可解不可解之会，言在此而意在彼，泯端倪而离形象，绝议论而穷思维，引人于冥漠恍惚之境，所以为至也。”[②]在叶燮看来，对物象含蓄的表现，才是最高的境界，这也体现出对人与外物关系的见解。但是，叶燮也认为，不能完全摆脱“神”，不能彻底离开形象，那就失去了意蕴的分寸。

当“神”的作用进一步凸显，到达“以形写神”的状态时，实际上就是强调通过具象的激发达到出神入化的艺术境界。在“以形写神”境界上，当古人更强调“神”时，就不再那么执着于“形”。《淮南子·说山训》认为：“画西施之面，美而不可悦；规孟贲之目，大而不可畏，君形亡焉。”[③]正是因为西施美到了极致，所以，就无法画出具体而确定的形了。《世说新语·巧艺》记载，顾恺之画人时，“或数年不点睛，人问其故。顾曰：‘四体妍蚩本无关乎妙处，传神写照正在阿堵中’”。顾恺之之所以未点睛，就是因为没有找到传神的关键性的细节、部位。司空图甚至认为“知其神不知其所以神”，更是将“神”推崇到了近乎无法言说的灵感的层面。这种由具象激发的出神入化的艺术境界，以生动、生气、生命三位一体的维度，体现着中国古代文论的生命叙述。神、逸、妙是三种相关联的理论境界，张彦远、张怀瓘、朱景玄这些艺术家都有关于神与妙的精彩论述，宋代黄休复更是将逸置于神与妙之上。这三种理论境界都是

① （明）王世贞：《艺苑卮言》卷1，凤凰出版社2009年版，第16页。

② （清）叶燮《原诗》，载何文焕、丁福保：《历代诗话统编》第5册，北京图书馆出版社2003年版，第31页。

③ 葛路：《中国画论史》，北京大学出版社2009年版，第14页。

以自然之气为基础，全面系统阐述对象的形、象、意，透露参透内在生命运转的规律性，神、逸、妙又因此也构成了中国古代文论、美学的整体性的叙述话语。又如意境，司空图《二十四诗品》以情景交融、景外之景、象外之象、味外之味等命题，逐步展开，生动地呈现出一个生机盎然的艺术生命世界。类似的还有“清”“雅”“韵”“骨”“气”“淡”“古”“真”等，充分体现了中国古代文论的民族话语特征与生命意识。①

然而，“神”与“气”都是生命状态的描摹，但是在文论中处在不同的层面，中国传统文论对此有精彩的论述：“夫文有神来、气来、情来，有雅体、野体、鄙体、俗体，编纪者能审鉴诸体，委详所来，方可定其优劣，论其取舍。至如曹刘诗多直语，少切对，或五字并侧，或十字俱平，而逸驾终存。然挈瓶肤受之流，责古人不辩宫商徵羽，词句质素，耻相师范。于是攻异端，妄穿凿，理则不足，言常有馀，都无兴象。但贵轻艳，虽满箧笥将何用之！自萧氏以还尤增矫饰，武德初微波尚在，贞观末标格渐高，景云中颇通远调，开元十五年后声律风骨始备矣，实由主上恶华好朴，去伪从真，使海内词场翕然尊古，南风周雅，称阐今日。”②

细读以上文论可以看出，“神”与“气”相比呈现出的不同方面，如果说“气”更加关注的是生命的自由状态的话，那么“神”更加注重的是内在生命的真实，即自觉的状态。刘大櫆认为妙在“神”“气”二字，并在《论文偶记》中对“神”与“气”的关系作了精辟的论述：“行文之道，神为主，气辅之。曹子桓高苏子由论文，以气为主，是矣。然气随神转，神浑则气灏，神远则气逸，神伟则气高，神高则气态，神势则气静，故神为气之主。”这一见解，在一定程度上继承并发展了曹丕关于“文以气为主”的文论观点。这里所谓的“神”，可以理解成是指作者在艺术创作中所秉承的那种最具个性精神的思想感情，最具艺术特征的思维活动；他所谓的“气”，则是指作家在“神”的影响下的一种外在的

① 参见王成：《中国古代文论的人学叙述策略》，《新乡学院学报》2009 年第 1 期。

② （唐）殷璠：《河岳英灵集注》，王克让注，巴蜀书社 2006 年版，第 1 页。

面貌，即所形成文章的气势、风貌，“气”的内涵和意义是初生的、原始的，要比“神”简单明确得多。这一理解，是符合中国文论的逻辑的。杨维祯在《图绘宝鉴序》中也认为“传形”和“传神”是两种高低有别的境界，提出：“故论画之高下者，有传形、有传神。传神者气韵生动是也。”只有到达了“传神”的境界，才能称得上“气韵生动”。

“神”就这样由外在向内转，展开了人的真实的生命状态。在中国古代文论中，“神”这一词语出现的比较多，在刘勰的《文心雕龙》中是一个高频词，《文心雕龙·神思》曰：“文之思也，其神远矣。”《文心雕龙·附会》云：“夫才童学文，宜正体制；必以情志为神明，事义为骨髓，辞采为肌肤，宫商为声气。”杜甫《奉赠韦左丞丈二十二韵》曰：“读书破万卷，下笔如有神。”宋人邵雍《逸书吟》曰：“逸句得时如虎变，大篇成处若神交。”严羽《沧浪诗话》中说：“诗之极致有一，曰入神。”李渔《闲情偶记》中说：“文章一道，实实通神，非欺人语。”在“神”的引领下，人的内在的精神世界逐渐敞开了起来。

比如，“神”与人的情感世界的融合。在中国古代文论中，“神”不是封闭的个人的一种想象，刘勰提出的“情以物迁，辞以情发”，非常强调“物”的起始作用。情并非无源之水，而是来自“物”。“神”也是双向交流的产物。柳宗元《与杨京兆评书》认为：“凡为文，以神志为主”，“神（精神）要旺，志（情感）要盛”。文章受制于主观的因素。司空图《与王驾评诗书》亦认为：“思与境偕，乃诗家之所尚者。”一个“偕”字，犹如画龙点睛一般点出了神韵思维与情境营造亲密无间的融合状态。

再比如，“神”与人的道德境界的融合。中国古人强调“神”是人的德的体现。《左传·僖公五年》记载：“非德民不和，神不享矣。神所冯依，将在德矣。”[①]只有祭祀者符合道德，才能被“神”所认可。《礼记·祭统》写道，

① 左丘明撰，杜预注，孔颖达正义：《春秋左传正义》卷十二，北京大学出版社1999年版，第344页。

“齐者精明之至也,然后可以交于神明也”①。这些记载都强调在人与“神”的崇拜中,道德是决定性的因素。在中国古人看来,人是能够通“神”的。《管子》提到,“抟气如神,万物备存。能抟乎?能一乎?能无卜筮而知吉凶乎?能止乎?能已乎?能勿求诸人而得之己乎?思之思之,又重思之。思之而不通,鬼神将通之,非鬼神之力也,精气之极也”②,“道不远而难极也,与人并处而难得也。虚其欲,神将入舍。扫除不洁,神乃留处”③,“独则明,明则神矣。神者至贵也,故馆不辟除,则贵人不舍焉。故曰不洁则神不处”④等等记述,都强调通过人与“神”的互动,达到人的一种澄明、虚静状态。

也有学者从中国传统文论中找到了“神”的虚构意义。的确,可以找到相关论述和依据。刘勰在《文心雕龙》中所提出的“规矩虚位,刻镂无形”⑤,“使玄解之宰,循声律而定墨;独照之匠,窥意象而运斤”⑥,就都带有文学虚构论的色彩。陆机在《文赋》中也描绘了文学虚构发生发展的过程,提出:“课虚无以责有,叩寂寞而求音。”⑦刘熙载认为:“按实肖象易,凭虚构象难。能构象,象乃生生不穷矣。”⑧

但是,中国古代文论也强调“神”与非虚构的结合,主要体现在与具体的“象”的结合。正如《周易·系辞》所提出的:“圣人有以见天下之赜,而拟诸其形容,象其物宜,是故谓之象。”⑨“古者包牺氏之王天下也,仰则观象于天,俯则观法于地,观鸟兽之文与地之宜,近取诸身,远取诸物,于是始作八卦,以通

① 陈澔注,金晓东校点:《礼记》,上海古籍出版社 2016 年版,第 553 页。
② 黎翔凤:《管子校注》中册,中华书局 2004 年版,第 943 页。
③ 黎翔凤:《管子校注》中册,中华书局 2004 年版,第 759 页。
④ 黎翔凤:《管子校注》中册,中华书局 2004 年版,第 765 页。
⑤ 周振甫:《文心雕龙今译》,中华书局 2013 年版,第 250 页。
⑥ 周振甫:《文心雕龙今译》,中华书局 2013 年版,第 249 页。
⑦ 郭绍虞、王文生:《中国历代文论选》第 1 册,上海古籍出版社 2001 年版,第 171 页。
⑧ (清)刘熙载:《艺概》,上海古籍出版社 1978 年版,第 99 页。
⑨ 《周易·系辞上》,载《十三经注疏》(上),上海古籍出版社 1997 年版,第 79 页。

神明之德,以类万物之情。”①刘勰所说“神用象通,情变所孕”②,提出了文学构思过程中,对“象”的凭依,这构成了文学构思的基础。概而言之,“虚”无法与“实”完全剥离出来。

这也决定了中国文论中的“神”的虚构与西方的虚构有着不同的意义指向。在西方理论语境中,虚构对文学来说是本体性的。亚里士多德认为:“要使真理须经费力才可以获得,因而产生更大的愉快,记得更牢,诗人才把真理掩藏到从表面看好像是不真实的东西后面。因为这些虚构故事的美能吸引哲学证明和辞令所不能吸引的听众。”③尽管作家虚构的内容不真实,但是却包含了真理。但是在中国古代文论语境中,古人却更为强调“象”,即文学创作的非虚构因素。

三

关于人之为人的理性认识,就是关于人之“道”的言说了。

在先秦时期,人们对于人的理解,除了外表、形态,更加看重的是内在的素养。正如《周易·系辞》所说:“立人之道,曰仁曰义。”将立人之道理解为美好的品性,与仁义密切联系在一起,在孔子“人者,仁也”这一关于人的定义中也显现了出来。孟子提出的“充实之谓美”,强调的是内在本质的充实。《礼记·曲礼》曰:“修身践言,谓之善行。修行言道,礼之质也。”就是对于道的最为精确的定位。

中国古人将人之“道”与文之“道”结合考察,阐述文学的内在规定性。人们常常把汉字“文”字解作象正立之人形,胸部有刻画之纹饰,故以纹身之纹为文。认为“文”即“纹”,于是把文学最初的意义解作装饰、形式等,认为

---

① 《周易·系辞下》,载《十三经注疏》(上),上海古籍出版社 1997 年版,第 86 页。

② 周振甫:《文心雕龙今译》,中华书局 2013 年版,第 253 页。

③ 外国文学研究资源丛刊编辑委员会编:《欧美古典作家论现实主义和浪漫主义》,中国社会科学出版社 1980 年版,第 219 页。

“文”的原初意义即追求形式美、文采之滥觞。其实这一说法还缺乏充分依据，按照甲骨文专家的意见，在甲骨卜辞中“文”直接“用作饰文采之意者皆所未见。”①孔子主张文质彬彬，内容与形式的结合，反对的是一味追求语言表达的形式主义，他说：“名不正，则言不顺；言不顺，则事不成；事不成，则礼乐不兴；礼乐不兴，则刑罚不中；刑罚不中，则民无所措手足。故君子名之必可言也，言之必可行也。君子于其言，无所苟而已矣。”（《论语》）

从孔子对于君子的界定中，可以看出孔子反对言语动听行为不谨的人，他反复强调的是“巧言令色，鲜矣仁”。主张“仁者，其言也讱”“刚、毅、木、讷，近仁”。所谓“讱”与“讷”都是指言语迟钝、不灵敏的样子。从先秦思想源流来看，在中国古人看来，语言形式言不是文的意义，在后代的文论中关于形式的偏爱没有占据主流的文学观念。王充认为：“毛有五色，皆生于体。苟有文无实，是则五色之禽，毛妄生也。”王充的观点非常鲜明地指出了语言的华美就如同“五色”，如果没有“文”这个实体的依附，那么就无法存在。刘勰也认为当时的弊病是离开了圣贤已久，文辞变得过于浮华，“去圣久远，文体解散，辞人爱奇，言贵浮诡，饰羽尚画，文绣鞶帨，离本弥甚，将遂讹滥”②。对当时的文风，刘勰持批判和否定的态度。单纯的追求文学形式的行为，在中国古人看来，就与中国传统的人之“道”要义也相去甚远。

早在孔子时代，所阐述的人格的完善和艺术的特质就是联系在一起的。“志于道，居于德，依于仁，游于艺。”（《论语·述而》）“艺”的本义是指种植或移栽，引申为个人所能够培育起来的一切知识和技能和品格等，孔子强调“道”与“艺”的重要地位，以“道”为首位，所称的“艺”与“道”并列在一起，阐述了礼乐文化精神与艺术的关系。从价值层面看，“道”与“德”“仁”等，都是人格理想的体现，而“艺”从操作层面去实现人生理想，从形式层面体现人生理想，这就是艺术的作用和意义，是处在不同层面的概念。在儒家思想中，诗、

① 参见严一萍：《释文》，《中国文字》第三卷，台湾大学文学院古文字研究室1961年编印。
② 周振甫：《文心雕龙今译》，中华书局1986年版，第453页。

礼、乐对人的人格的培养起着重要作用,尊德性,道问学,以成就君子内外兼修的品貌,孔子是儒家“诗教”的创始人,认为诗教的作用,一方面是吟咏情性,另一方面是道德修养,都是人的内在素养。《礼记·经解》曰:“入其国,其教可知也。其为人也,温柔敦厚,诗教也。”“温柔敦厚”既是“为人”的准则,更是“诗教”的理想。将“温柔敦厚”当作仁德的践行,君子品格的彰显,对此还有更为详细的说明:“温良者,仁之本也。敬慎者,仁之地也。宽裕者,仁之作也。孙接者,仁之能也。礼节者,仁之貌也。言谈者,仁之文也。歌乐者,仁之和也。分散者,仁之施也。儒者兼此而有之,犹且不敢言仁也。其尊让有如此者。”[①]对《诗经》中的“兴”,历代不少阐发,朱熹认为:“兴者,先言他物以引起所咏之辞也。”(《诗经集传·关雎》)朱熹在这里关于“兴”的阐释,其实就是要求推及道德的高度,指向了后妃之德。钟嵘认为:“文已尽而意有余,兴也。”(《诗品》)而其中所提到的“意”的意义是丰富的,其中也被认为代表了一种德。

这一人之“道”,启迪了后代的诗文观念。南宋严羽《沧浪诗话》主张:“夫学诗者以识为主,入门须正,立志须高。”[②]清代的刘熙载《艺概》开篇就谈到了“文”:“六经,文之范围也。圣人之旨,于经观其大备;其深博无涯涘,乃《文心雕龙》所谓‘百家腾跃,终入环内’者也。”“文”以宗经为主、以“六经”为表达内容,继承的是刘勰的观点。文之四家即“有道理之家,有义理之家,有事理之家,有情理之家”,它们“孰非经所统摄者乎?”“艺者,道之形也”,“莫不当根极于道”。[③]“文”“艺”就是源于“道”,是“道”的一种显现。在中国文论中,有“明道说”“载道说”“原道说”等多种说法,对于这些文学观念已有许多研究,其是非功过也有诸多说法。在我看来,如果不把“道”狭隘地理解为专门服务于统治阶级实施政治教化甚至愚弄黎民百姓的王道,而是从人格的完

① (西汉)戴圣:《礼记》,胡平生注,中华书局2017年版,第1159页。

② (宋)严羽:《沧浪诗话》,普慧、孙尚勇、杨遇青注,中华书局2014年版,第1页。

③ (清)刘熙载:《艺概》,王国安标点,上海古籍出版社1978年版,第1页。

善的高度来看待,其价值意义就值得十分珍视了。意思就是说,把"道"理解为一种人类自己存在方式或优良品质的获得,通过"文"修炼自身,具有修身齐家治国平天下的境界和格局,实现个人的报复,建立起美好的人伦关系,对于"道"的追求,从而使个体成为一个普遍的精神存在,使得社会具有更高的价值认同。

与"道"一样,作为人格层面言说的家族相似的概念,还有一个关键词:"德"。孔子培养学生注重品德,在他看来,有德之人才能成为君子,于个人而言是立身之本,于社会而言是从政之本,唯有德治是最好的政治。因此,"孔门四科"中排在第一位的就是"德行",排在第二位、第三位的"言语""政事"二科,是培养这种品格和能力的路径,排在第四位的是"文学"。从这一排列顺序来看,体现了孔子重德重行的文学观念,与孔子"志于道,居于德,依于仁,游于艺"(《论语·述而》)的排列顺序也是一致的,顺应的是"太上有立德,其次有立功,其次有立言"的社会思想潮流。孔门四科,强调把人的道德教育看作人格培养的关键,而放在首位,直接影响了后世"传道授业解惑"等思想观念的提出。

中国古代文论中与"道"呼应的概念还有"理"。刘勰认为:"情"和"理"是应该并重的,"情者文之经,词者理之纬。经正而后纬成,理定而后词畅,此立文之本源也","夫情动而言形,理发而文见"(《文心雕龙》)。因此,只有确定了"理",才能做到"词畅"。白居易在《新乐府序》中也鲜明地提出:"句首标其目,卒章显其志……其辞质而径,欲见之者易谕也;其言直而切,欲闻之者深诫也",并认为应该做到"篇篇无空文,句句必尽规……惟歌生民病,愿得天子知"。白居易认为,"理"应该贯穿文章始终,如果做不到这一点,那就会变成"空文"。当然,在白居易心中,文章中的"理"应该上达天子,要为民请愿。

中国古代文论中与"道"呼应的概念还有"礼"。在第二篇中论述了"礼"与中国非虚构诗学观念发生的关联。在中国古代,许多生活行为是具有"礼"的特征的。《大戴礼记·哀公问于孔子》记载:"非礼无以节事天地之神明也,非礼无以辨君臣上下长幼之位也，非礼无以别男女父子兄弟之亲、昏姻、疏数之交也。”《左传·隐公十一年》也认为礼是有现实教化功能的，“礼，经国家，定社稷，序民人，利后嗣者”。这都显示中国古代“礼”的非虚构特征。

关于礼的起源，从根上来说是人的素养的体现。《荀子·礼论》就讨论了“礼”的起源，“礼起于何也？曰：人生而有欲，欲而不得，则不能无求，求而无度量分界，则不能不争，争则乱，乱则穷。先王恶其乱也，故制礼义以分之。以养人之欲，给人之求。使欲必不穷乎物，物比不屈于欲，两者相持而长，是礼之所起也”①。《礼记·明堂位》也提到：“武王崩，成王幼弱，周公践天子之位，以治天下，六年，朝诸侯于明堂，制礼作乐，颁度量，而天下大服。”②可见，“礼”与“欲”是相对的，“礼”之设旨在控制私欲，以此来调节人伦关系，维护宗法及等级制度。《论语》中记录孔子认为：“文王既没，文不在兹乎？天之将丧斯文也，后死者不得与于斯文也。天之未丧斯文也，匡人其如予何？”③孔子将“礼”视为“斯文”的高度来看待。可以说，孔子的言行就是在继承、传扬“斯文”。

中国文论中的“道”，常常与西方文论中的逻各斯相提并论，其中的相通之处已经有不少学者进行了阐释和发掘，我们从虚构、非虚构的角度，则可以发现二者“同中有异”。逻各斯反复强调的是建立一种理性的秩序，在西方哲学中被看作是一种超越现实存在的规律，柏拉图的“理念”说与之颇有相通之处。在基督教文明的影响下，逻各斯被直接看作是上帝创造世界的工具和手段，上帝就这样和逻各斯成了表里都一体化的产物。具体而言，上帝的智慧被看作是内在的逻各斯，上帝的言辞被看作是外在的逻各斯，就这样后来成为西方解释虚构诗学、虚构语言的重要概念。而中国文化语境的“道”，作为世界的本源，是与朴素自然关联起来看待的。老子认为：“道可道，非常道，名可

① （清）王先谦：《荀子集解》，中华书局1988年版，第346页。

② （唐）孔颖达：《礼记正义》，载阮元：《十三经注疏》，中华书局1980年版，第1488页。

③ （宋）邢昺：《论语注疏》，载阮元：《十三经注疏》，中华书局1980年版，第2491页。

名，非常名，无名，天地之始，有名，万物之母。”老子也认为：“道生一，一生二，二生三，三生万物。”“道”是随着万物的生长发展，发挥其规律性的作用，使万物并作，而不失其序。在不同的文化语境中生成的“道”和逻各斯，意义是不同的，在文学理论中充分显现了出来。

首先，中国古人认为，“道”的意义在人应该“道法自然”。“道法自然”的提法，出自《老子》。老子认为：“人法地，地法天，天法道，道法自然。”《荀子·天论》中也阐述了朴素的唯物主义自然观，“天行有常，不为尧存，不为桀亡。应之以治则吉，应之以乱则凶。强本而节用，则天不能贫，养备而动时，则天不能病；修道而不贰，则天不能祸”①。对中国古人而言，人之道是与自然天地联系在一起的。对于人道与天道的联系。据《论语·季氏》记载，孔子认为：“君子有三畏：畏天命，畏大人，畏圣人之言。小人不知天命而不畏也，狎大人，侮圣人之言。”而其中“天命”又是尤其值得敬畏的：“大哉！尧之为君也！巍巍乎！唯天为大，唯尧则之。荡荡乎，民无能名焉。巍巍乎其有成功也。焕乎其有文章！”人对于自然的态度是通过与上天的协调配合来达到利用上天的目的。道法自然的本质就是，让人的生命的意义在更为广泛的范围内获得阐释。

从“道法自然”的角度来看，中国古人对于“道”的理解，不同于西方哲学中的逻各斯。“道法自然”里的“道”，更偏重于对自然的体悟，偏重于人与自然的对应，而逻各斯则更强调对抽象的本质的思考。这样中国文论更加注重的是人的体验，在与大自然的交流中，激发起人的情思、感悟，在此基础上升华为人格理想，形成自然之思，最后落笔生花即成华章。在唐代柳冕看来：“日月之丽，仰之愈明；金石之音，听之弥清；故君子感之而文章生焉，教化成焉，哀乐形焉。”（《答徐州张尚书论文武书》）与刘勰《文心雕龙》首篇《原道》的开头所推演的文学的发生，具有异曲同工之妙。

其二，中国古人认为应该做到“道不离器”。当然在儒道两家，途径有所

① 王先谦：《荀子集解》，中华书局1988年版，第306页。

区别。老子认为:“道常无为而无不为,侯王若能守之,万物将自化,化而欲作,吾将镇之以无名之朴,无名之朴,夫亦将无欲,不欲以静,天下将自定。”道家的“器”,寄希望于“无为而无不为”。对儒家来说,更为强调在教化中来实现善政。孔子认为:“君之及此言也,百姓之德也!固臣敢无辞而对?人道政为大。”通过关注人伦之道,从而实现理想的政治。韩愈更是明确勾勒了迥异于道家的儒家“道统”,“斯吾所谓道也,非向所谓老与佛之道也。尧以是传之舜,舜以是传之禹,禹以是传之汤,汤以是传之文武周公,文武周公传之孔子,孔子传之孟轲”。

在文论中,中国古人也强调“道”所能达到“器”的效果。《文心雕龙》虽然讲求文章之法,但是刘勰也强调“德”及其效果,首篇《原道》就是在阐述为文之道,认为:“文之为德也大矣,与天地并生者何哉?夫玄黄色杂,方圆体分,日月叠璧,以垂丽天之象;山川焕绮,以铺理地之形,此盖道之文也。”朱熹在《朱子语类》中提出:“道者文之根本,文者道之枝叶。”可见,自然天地的“道”最终在文章之中,要归结现实的“德”,并影响社会。在中国古代文论中,文章的这种“器”用,更进一步凝聚为完美的人格。研究者认为:“自然物象之所以美,在于它作为审美客体可以与审美主体‘比德’,亦即从中可以感受或意味到某种人格美。在这里,‘比德’之‘德’指伦理品德或精神品格;‘比’意指象征或比拟。”①中国古人通过“比德”,将心目中的理想人格描绘了出来。在荀子心中,人格理想应该是:“夫玉者君子比德焉。温润而泽,仁也;栗而理,知也;坚刚不屈,义也。廉而不刿,行也。折而不挠,勇也。瑕适并见,情也。扣之,其声清扬而远闻,其止辍然,辞也。故虽有珉之雕雕,不若玉之章章。《诗》曰:‘言念君子,温其如玉。’此之谓也。”通过玉的比喻,荀子将理想人格应该具有的仁、知、义统一于这一物象之中,突显了“君子”应该达到的“器”的效果。

---

① 李泽厚、汝信名誉主编:《美学百科全书》,社会科学文献出版社 1990 年版,第 23 页。

其三,中国古人对“道”的理解具有强烈的社会属性。从“文以载道”“欲知大道,必先为史”“国无史则人离本”等可以看出,所谓“大道”,强调“道”需要推进对于社会、人生的深刻认识,才能称其为“大”。小说不被重视的原因,就是因为远离“大达”即“大道”。一是因为小说的虚构色彩浓厚,都是一些街谈巷语、道听途说,给人一种不实的感觉,缺乏了“史”的可信性。二是因为小说缺乏“大道”的意味,《庄子》中说:“饰小说以干县令,其与大达亦远矣。”这其实表明,“小说”初始的命名与其特点有关,之所以成为“小”就是因为缺乏了“史”的渊深弘通,致使启人心智的光亮变得黯淡,被人们视为粗鄙小道。再者,缺乏了非虚构的色彩,与“大达”相去甚远,是相辅相成有因果关联的。进入现代以来,梁启超等人为了抬高小说地位,从小说的“思想革命”“政治意义”方面重新确立小说的价值定位,就是想通过这种变革使得小说走上“大道”。

当然,“道”的人学意义是相通的,各有侧重而已。在非虚构视域中,道家文论主张因效法自然而具有强烈的非虚构色彩,纵情于山水之间,在大自然的徜徉中,寻求人生至简而又至高之道;佛家文论主张见性成佛、目空一切、灵动飘逸、目击道存,散发出刹那间见永恒的魅力,道化作了直观的体验和瞬间的顿悟;儒家文论主张经世致用、仁民爱物,在时空焦灼中施展建功立业的抱负,将“道”具体化为社会秩序和伦理法则。

需要补充说明的是,上述“气”“神”“道”的意义不是孤立的,而是相互联系,形成关于人的基本认识,投射到“文”的观念上来,敞开了关于中国非虚构文论的特点。在中国古人对“气”与作家人格,“气”与自然、现实,“气”与生命意识的认识中,在中国古人“神用象通”的意识中,在中国古人“道法自然”“道不离器”的姿态中,生命的内外得到了贯通。在自然、社会、自我等因素汇聚的过程中,我们看到鲜明的非虚构特征,在中国古人的文章中、思绪中、生活里,融会贯通,并传承至今。

第二节　“吟诵”论的生命意识

吟诵，是中国传统的诗文审美方式，为历代文人所重视。李欣《圣善阁送斐迪入京》云：“清吟可愈疾。”苏轼《安州老人食蜜歌》云：“一笑看诗百忧失。”陆游《闲吟》亦云：“闲吟可是治愁药。”甚至还有吟诵可以治病的记载，宋代计有功所著的《唐诗纪事》中讲述了杜甫诗治疟疾的事，有疟疾患者向杜甫求医，杜甫说“吾诗可以疗之”，告诉那人诵读“夜阑更秉烛，相对如梦寐”。不见效，杜甫又改换了两句，告诉那人反复吟诵这么两句诗歌：“子章髑髅血模糊，手提掷还崔大夫。”果然见效，终于治好那人的病。也有吟诵文治好病的，裴松之在注释《三国志・魏志・王集传》时引用《典略》云：“琳作诸书及檄，草成呈太祖。太祖先苦头风，是日疾发，卧读琳所作，翕然而起曰：‘此愈我病’，数加厚赐。”曹操吟诵陈琳起草的檄文竟然治好了“头风病”。到了清代，诗文审美特别注重吟诵这种方式，并且引起了文论家的极大关注。清初大哲学家王夫之的诗论强调“重在读诗”①。王士祯的神韵说标举典、远、谐、则，谐即谐声律，要求读起来悦耳动听，清代桐城派作家首创“因声求气”说，刘大魁在《论文偶论》中大力提倡，姚鼐等人作了进一步的阐述，为我们留下了一笔丰厚的文艺理论财富。

马克思在《1844 年经济学哲学手稿》中说过，人是“有生命的自然存在物”。可以说，对于生命的关注是跨越中西方的一个共同命题，但是对于生命意识的要义却持不同的观点。中国文化中独特的生命意识是吟诵这种审美方式形成的基础。吟诵诗文治病实际上是一种精神疗法，当然这种精神疗法的作用不能过分夸大，但却突出地强调了吟诵这一艺术审美方式的审美愉悦效果，显示出中华民族的生命意识。

---

① 郭绍虞：《中国文学批评史》，上海古籍出版社 1979 年版，第 156 页。

一

首先,吟诵的生命要义。

在中国古代文化中,生命的要义在于荡涤世俗的功利追求,回归到人的原初状态,《老子·十六章》所说的“各复归其根”、《庄子·大宗师》所说的“反真”、《列子·天瑞》所说的“归真”、佛家所说的“当下之境”都是对生命的本原状态的回眸。中国古代对于生命的理解在受到外来的佛教文化的影响之后,精辟地概括为“禅”,生命的本原构成禅的心灵状态,对于生命的理解仍未改初衷。

生命的本原状态就在于知觉的分解感觉的还原。中国古代人认为给人以生命的充实感的感官感觉的感受,这才使人深切地感受到生命的要义,在官能的美的感受中寻求生命的充实感,这才是人生真正的愉悦和欢乐,五觉之中的听觉自然十分受到重视。《国语·周语下》中说:“口内味而耳内声,声味生气……”《列子·朱扬》中说:“……则人之生也,奚为哉?奚乐哉?为美厚尔,为声色尔。”“夫耳之所欲为者音声,目之所欲见者美色……”庄子也同样认为只有在包括听觉在内的官能感受中才不枉度一生,《庄子·至乐》中说:“夫天下之所尊者,富、贵、寿、善也,所乐者,身安、厚味、美服、好色、音声也。”认为听觉等官能享受对于人生来说意义重大。《庄子·盗历》中说:“今吾告子以人之情。目欲视色,耳欲听声,口欲察味,志气欲盈。”荀子在《乐论》中也持相同的观点:“人之道,声音、动静、性术之变尽是矣。”他在《王霸》中说听觉享受是人的需求,“夫人之情,目欲綦色,耳欲綦声……此五綦者,人情所必不免也”。所谓“耳欲綦声”就是指耳朵喜欢听好听的东西。

也就是说,在中国文化中声的美感意义在于本色,并非从理性中获得存在。声在感性的王国里自由徜徉,往往与其他感官沟通,从而获得复迭、混合的官能享受。听觉与视觉沟通:《左传·襄公二十九年》载吴季札“观周乐”时说“《大雅》曲而有直体”。杜预作注时说是“论其声”,也就是说声音是有曲直的形状的。《礼记·乐记》中说:“故歌声上如抗(亢),下如队(坠),曲如折,止如槁木,句(勾)如钩,累累乎端如贯珠。”孔颖达疏云:“言声音感动于人,令人心想形状如此。”《毛诗序》中说:“声成文,谓之音。”孔颖达这样为之作疏:“使五声成曲,似五色成文。”听觉与味觉沟通:《左传·昭公二年》载晏婴这样对齐景公讲音乐:“声亦如味。”听觉与嗅觉沟通:嵇康在《声无哀乐论》中说:“天地合德,万物资生。寒暑代往,五行以成,故章为五色,发为五音,音声之作,其犹臭味在于天地之间。”“臭味”在古代泛指气味。清人钱谦益《香观说》中也有类似的说法,即“声、色、香、味四者,一以鼻穴闻辨之”。

中国人对于声音的感受,按照麦克卢汉关于声的论述,中国人就是听觉的人。表面上看来,西方并非完全排斥“声”,古希腊的哲人希庇阿斯说过:“视觉和听觉所欲悦的东西,应该说是美的东西。”依据利普曼对此作的注释,由嗅、味、触三觉所引起的官能美感是被作为动物的感觉而排斥在艺术的领域之外的,康德把视、听、触三觉看作“近于智慧之宫”倍加青睐,把嗅、味二觉看作“近于机体之宫”而极力排斥,由此可以看出,西方所谓“声”之所以能引起美感,就在于它自觉地与理性沟通,声只有赋予了知性色彩,才能进入美的领域,实际上是一种本质意义上的感性沦丧。在西方文化的发展历程中,黑格尔将理性主义高扬到了极点,他在《美学》第1卷中说:“嗅觉只涉及空气中飞扬的物质,味觉只涉及溶解的物质,触觉只涉及冷热平滑性质。”这完全是根据理性的尺度作出的结论,对此钱锺书先生在《通感》中作了深刻的说明:“按逻辑思维,五官各有不同,不兼差也不越职。”在逻辑思维中感官不能相通,在感性的王国里失去了活力。

所以说,正是中国文化中有别于西方的生命意识才使得生命即“气”和“声”能够统一起来,确立了“声”在艺术审美中的席位。

中国非虚构诗学注重听觉的感官感受。麦克卢汉说中国人是听觉人,用莫言的话来说就是“讲故事的人”,西方人是视觉人。对此,中国学者傅修延对之进行了阐释,也指出了中国人的这一文化特点。首先,非虚构文学在轴心时代是因为注重听觉感受,游说诸侯、聚徒讲学、口述体等都是如此;其次,后来史传文学发展成小说,与“说书”这一形式密切关联,抒情文学更加注重的是“吟诵”,也是听觉的感受;再者,电子媒介时代,视觉感官的霸主地位被动摇,听觉感受颠覆了传统文字(特别是西方文字)的视觉传统,更加注重听觉感受,在当代非虚构文学创作中特别注重“倾听”,是一种十分重要的方式。非虚构的再次兴盛,在这里找到了契机,非虚构文学在当代呈现出的形态与传统是一致的。

与听觉相关的是表达形式上的对话性。在中国非虚构的叙事文学中表现突出。在描写自然的非虚构文学中,实际上也有潜在的对话性,是人与自然的对话,而对于接受者来说,吟诵的方式是中国特有的审美方式,也是在强调听觉感受。“非虚构”写作重建文学与现实的联系,采取了叙述视角上的第一人称与隐含作者的消匿、叙述声音上人物意识的复调呈现、叙述路径上公共经验的微观表达等一系列文学创作上的策略,提供了许多我们无法从以往文学文本中听到的“声音”。

二

其次,吟诵的精神超越。

在中国文化中,非常讲究对立范畴的转换,《周易》的“易”字是日月的含义,日月不断转换交替故曰“易”。《易经》中说:“天圣创国蕴,万物化醇”,就是讲对立范畴反复激荡,在运动过程中生生不已,通过转换而拓新。禅宗中有这样一则公案,老僧30年前参禅时,见山是山,见水是水;后来亲见知识,见山不是山,见水不是水;而今得个休歇处,依然见山只是山,见水只是水。第一阶段处于无智的混茫时期;第二阶段处于心智发达时期,萌生了科学理性的精神,是对无智心态的否定;第三阶段则又摈弃了第二阶段的理性追求,在感性的自由活动中达到精神上的感悟,与第一阶段表面契合实则进入了另一种高远的境界。这种独特的超越方式对中国的艺术也产生了较大的影响。比如宋严羽曾提出的“学诗有三节”、清潘德舆提出的“诗有三境，学诗亦有三境”、清王国维提出的“古今之成大事业、大学问者”必经过“三种境界”等，都是这种文化模式孕育的产物。吟诵作为一种成熟的艺术审美方式，所谓“以声求气”中的“声”绝非滞留在一个盲童般的感官的感性层面，经过了反方向的转化历程后赋予了其丰富的内蕴。中国文化中的这种独特的超越方式就是吟诵成为成熟的艺术审美方式的转换机制。

我国古代的艺术理论，从先秦到汉末均是以关于“声”的音乐理论为主，往往礼乐并举注重“声”的政治教化作用。

魏晋时期，佛教日盛，玄学兴起，影响着人们的审美方式。阮籍提出“八音有本体，五声有自然”，嵇康更明确地提出“声无哀乐”，艺术审美开始注重感性形式，一直延续到唐代，这段时期就是吟诵理论发展历程中的第一阶段。吟诵不以主观的知性介入，未触及对象的要旨，缺乏审美主体的个性追求。古人重视吟诵，把吟诵与句读结合起来，使用一些特殊的标志来作为吟诵的符号，唐代天台沙门湛然第一个在理论上解释了“句读”，他在《法华文句记》中说：“凡经文语绝之处谓之句，语未绝而点之以便诵咏谓读。”可见吟诵未触及经文要旨，触及的只是经文的停顿或者说是外在节奏，吟诵主体“有口无心”停留在感官的感性层面。三国时期的董遇曾因“朱墨别异”的阅读方式闻名一时，《三国志》十三卷引《魏略》对此作了记载：“初，遇善治《老子》，为《老子》作训注，又善《左传》，更为作朱墨别异，人有从学者，遇不肯教，而云‘必先读百遍’，言‘读书百遍，而义自见’。从学者云‘苦渴无日’……由是诸生少从遇学，无传其朱墨者。”“朱墨别异”是董遇对经书要旨的理解，而他的所谓“读书百遍”则是在完全不理解经书要旨的前提下进行的，从学者因无法理解经书就不再跟从董遇。这一时期的吟诵就是一种自然的兴会遇合。晋陶渊明在《五柳先生传》中声称：“好读书，不求甚解；每有会意，便欣然忘食”。唐李白在《翰林读书言怀呈集贤诸学士》中也说：“片言苟会心，掩卷忽而笑”。这一时期的吟诵处于一种自发的自然状态。

到了宋代，吟诵理论的拓展又进入了一个新的历史时期，由于理学的兴起，吟诵从自然兴会转向了对于理的自觉探究，其中注入了较多的知性因素，吟诵就是要咀嚼出其中的奥理，追寻作者表达的理趣。苏轼在《书柳子厚渔翁诗》中提出："诗以奇趣为宗，反常合道为妙。"所谓"趣"就是"理""道"，他读了"渔翁夜傍西岩宿，晓汲清湘燃楚竹。烟销日出不见人，欸乃一声山水绿"，然后说"熟味此诗有奇趣"，他倍加赞赏陶渊明，说"读陶彭泽若散缓不收，反复不已，乃识其奇趣"。吟诵诗文就在于对于"奇趣"即"道""理"的发现、追寻。这在宋代一脉相传，成为时尚。苏洵拿了先秦散文和韩愈等人的作品，"兀然端坐，终日以读之七八年，方其始也，入其中而惶然，博观于其外而骇然以惊，及其久也，读之益精而其胸中豁然以明，若人之言而固当然者，然犹未敢自出其言也"①。"方其始"的"惶然"处于无智的心态，"及其久"终于明理，与作者达到统一，理性追求终于找到了归宿，这是对无智的混茫的第一阶段的超越。朱熹曾向别人介绍过苏洵的这一读法，他也主张吟诵的收获就在于明理，从而与作者胸襟一致，《朱子语类》中记载了他的这一番言说："大抵观书先须熟读，使其言皆若出于我之口，继以精思，使其意皆若出于吾之心，然后可以有得尔。"朱熹的"熟读"与"精思"的方式也影响了严羽，朱熹的"熟读"与"精思"一指熟读以"穷理"，严羽也说"非多读书，多穷理，则不能极其至"；二指熟读以"识得古今体制雅俗向背"，识得前人诗的优劣，严羽也说"作诗正须辨尽诸家体制，然后不为旁门所惑"；三指熟读以仿古，严羽也大力提倡熟读模仿，"做到真古人"。这一时期的吟诵是对自然状态的超越，进入了自觉的逻辑状态。

明清时期，主情浪漫思潮的兴起强调个性解放，为吟诵理论质的飞跃创造了适宜的氛围，经过清代文论家的总结归纳，吟诵作为一种艺术审美方式臻于成熟。吟诵不满足于第一、二阶段，明代王世贞在《艺苑卮语》中说："李义山

① 《上欧阳内翰第一书》，载曾枣庄编著：《三苏文艺思想》，四川文艺出版社 1985 年版，第 70 页。

的《锦瑟》诗中二联是丽语……然不解则涉无味，既解则意味都尽，以此知诗之难也。”“不解”相当于第一阶段，“既解”相当于第二阶段，以此知诗难免会陷入困境，期待着艺术审美的超越，清代则选择了对立范畴的又一次转换在回归中实现超越的途径。翁方纲就曾这样指示门人：“喉咙必要宽松，盖喉咙宽乃众妙之门，百味皆可茹入。王渔洋喉咙宽，所以一发声即奄有诸家之长。”不再疲于理性的求索而要求回归到感官的愉悦来领悟诗文的“众妙”和“百味”，读诗的趣味就在于吟诵时的自然发声。沈德潜吟诵时强调自然的音节格律之美，他认为“诗，以声为用也者，其微妙在抑扬抗坠之间”，在感官的满足声的回味中才能获得无穷的韵味。吟诵所带来的精神愉悦运用概念、判断、推理方式无法得到，只有抑制理性的滋蔓回归到感性的自然而为状态才能得到，沈德潜认为吟诵“使听者低徊不倦，非以扬音抗节有出于天籁乎，若意求之，殊非宗旨”，只有“静气按节，密咏恬吟，觉前人哀中难写，响外别传之妙，一齐俱出”。吟诵主体在感官感受中贯注生气，从而释放出想象的潜能，优游浸润以尽其致。王夫之在《姜斋诗话》中要求在吟诵过程中“博譬广引”，这样“读者各以其情自得”“人情之游也无涯”，他小时候有一次看见兄长王介之怀念已故的母亲时沉痛地吟诵李白的诗“长安一片月”，不得其解的是：抒发妻子对征戍丈夫的诗怎么能怀念自己的母亲呢？后来才明白：“孺慕之情，同于思妇。”这实际上是在自由的遐思中进行自觉的互渗。这种自由游离使得艺术审美从有限走向了无限，拓展到了包括从自然界到人类社会从物质到精神的各个层面，清代桐城派代表人物刘大櫆在《〈张秋浯诗集〉序》中说：“天地之气，默运于空虚莽渺之中，蕴积已久，不能自抑遏，而发之为声。雷乃出地而奋。气之精者，托于人以为言……言有清浊、刚柔、短长、高下、进退、疾徐之节，于是诗成而乐作焉，诗也者，又言之至精者也。”声获得了特殊意义，它由天地万物人之精神凝结，吟诵主体就在声的回味中悠悠致远，进入了如黑格尔所说的既非“自然”又非“逻辑”而是“精神”的艺术审美佳境。

从横向比较来看，中国吟诵论的精神超越与西方不同，西方从形而上的本源出发寻求精神栖息之所，中国古人并没有建立高于现实脱离现实的抽象世界，精神世界的营构是在现实世界、经验世界的基础上去追求超越的，是不断转化的结果。这与中国哲学精神是一致的，中国哲学认为世界本来就是一个整体，自然万物是不断繁衍生息的，但是都和谐地统一于这个整体当中，“形而上者谓之道”，道就体现在世界万物的不断运行和转换之中，天与人的和谐统一，使得道不必外求，它就存在于现实世界之中。

三

再次，吟诵的思维特征。

思维方式在民族文化中占有核心地位，恩格斯认为“一个民族文化的秘密不在于服饰和烹调，而在于理解事物的方式”。理解事物的方式就是思维方式。中国的艺术思维十分青睐原始思维。[①] 当然原始人很大程度上把想象、幻想当作客观存在要求解决现实问题，互渗观念带有功利性，而作为一种艺术思维方式则超越了客观规律、主体目的，达到了最高层次的物我合一——一种自由自觉的思维活动。原始的思维方式是吟诵成为艺术审美方式的核心。

列维·布留尔认为原始人的思想本质上是神秘的缺乏理性的，所谓神秘性就在于他们的思维不遵循逻辑规律，遵循的是原逻辑或前逻辑。吟诵时思维不求因果，自由遐想来去无踪，根本无法理喻。梁启超说：“义山的《锦瑟》、《碧城》、《圣女祠》等诗，讲的什么事，我理会不着……但我觉得它美，读起来令我精神上得到一种新鲜的愉快，须知美是多方面的，美是包有神秘性的，我们若还承认美的价值，对于此种文字便不容轻轻抹煞。”读起来不一定明白其中的事情，能够获得精神愉悦，其实就是思维的整体性效应。吟诵时并不追求明理而与作者保持一致的胸襟，而只是取一点因由，让情绪弥散开来，思绪超越时空，上天入地，融汇古今，无迹可求。就如清代薛雪在《一瓢诗话》中所说：“夫

① 参见王轻鸿：《抒情诗的原始思维方式》，《文艺研究》1995年第5期。

读之既熟，思之既久，神将通之，不落言诠，自明妙理，何必断断然论今道古耶？”

原始思维具体而缺乏概括性、形象而缺乏抽象性。原始思维在较大程度上运用表象作为思维的元素，表象具体且因物而易，无法反映事物的共性和本质。卡西尔总结出了语言发展的规律，语言在原阶段是带有生动而丰富的感性力量的，只是在语言的发展过程中，人们为了概括事物所使用的类概念逐渐覆盖，侵蚀了这部分感性底蕴。吟诵就是要激活想象、情感，去体验具体的感受，而在生动形象具体细微的感受面前语言的抽象概括则显得无能为力。诗文之道重在“妙悟”，近似“参禅”，严羽《沧浪诗话・诗辨》中说：“禅道惟在妙悟，诗道亦在妙悟”，王夫之也认为“诗家上乘，全在妙悟”，姚鼐在《与陈硕士书》中也认为：“文家之事大似禅悟”。况周颐《蕙风词话》中说：“诵佛不必求甚解，多诵可也。读前人佳词亦然。”明确指出了诵佛对宗教信息的接受和吟诵对于诗的信息接受的相似之处就在于妙悟，关于“妙悟”，明代黄子肃在《诗法》中作了阐释：“如空中之音虽有所闻，不可仿佛；如象外之色，虽有所见，不可描摹；如水中之珠，虽有所知，不可求索。”突出了具体形象的感性存在的巨大魅力，任何理性的认识把握根本无法比拟。

这与汉字思维有密切关联。由此看来，德里达认为汉语文字以视觉现实为基础的象形体系，由于其不受抽象思维、逻各斯及语法的框限，可以免受形而上思维的危害，也就不无道理。

原始思维还有一个特点就是综合性。汉字思维论除了“象性”原则和“并置”或“多置”原则以外，还有综合性、意象性、方圆性等原则，这些原则共同丰富着汉语的思维方式。中国人的思维方式具有经验的综合性特征，即善于对事物作经验的整体把握。当两个字自由并置在一起，就意味着宇宙中类与类之间发生相撞与相姻，潜合出无限妙悟玄机。[1]

吟诵主体以无限的想象为核心，各种感觉复合、错综地组织在一起，思维

---

① 参见石虎：《论字思维》，《诗探索》1996年第2辑。

如一股涌动的潜流，不断地冲击、奔腾，自由自在无拘无束，根本无法作出精确的细致的分析。清代薛雪在《一瓢诗话》中说杜甫的诗“只可读，不可解”，其原因就在于：“公诗如溟渤，无流不纳；如日月，无幽不烛；如大圆镜，无物不现；如何可解？小而言之，如《阴符》、《道德》，兵家读之为兵，道家读之为道。”吟诵对象如同一个光源闪射出无数的光线，任何分析、肢解都是片面的、肤浅的，甚至是行不通的。列维·布留尔在《原始思维》中说，原始思维的特点就是：“表现几乎是不分析的或不可分析的，由于同样的原因，原始人的思维在很多场合都显示了经验行不通和对矛盾不关心。”有人指责张继《枫桥夜泊》诗中的“夜半钟声到客船”理有不通，其原因就是三更不是打钟时，明人胡应麟在《诗薮》中却认为符合事实与否无关紧要，重要的在于：“诗流借景立言，惟在声律之调、兴象之合，区区事实，彼岂暇计？无论夜半是非，钟声闻否，未可知也。”“惟在声律之调、兴象之合”就是指表现出悦耳的声调以便吟诵，激起想象，从而化解了“钟声闻否”的矛盾。对于非虚构的考察，一定要从整体性思维出发，不可割裂开来分析非虚构的美学问题。中国非虚构诗学从总体上来理解审美，不是西方那种分科之学的结果。

探讨吟诵的内在特质的思维方式，一定要摈弃二元对立的思维方式。中国人的思维方式具有辩证综合、互补相济、相互转换、直觉意象的特征，它更接近于审美，而不接近于逻辑。因此在中国文论话语中，就有许多二元相对的词语。有学者列出了一系列的范畴，如阴阳、刚柔、悲欢、离合、形神、骈散、奇偶、平仄、起伏、跌宕、文野、繁约、奥显、雅俗、抑扬、清浊、真幻、疏密、缓急、擒纵、粗细、本末、辞理、文道、正变、反正、明暗、长短、多寡、美丑、高下、有无、重轻、华实、巧拙、动静、客主、天地、顺逆、尊卑、贵贱、损益、明幽、俯仰、显藏、方圆、工拙、平奇、同异等。这些对应词语互斥、互补、互渗，体现了事物一而二，二而一的辩证关系。① 中国文论中“虚实结合”“化实为虚”“虚实相生”等，作为一

---

① 参见蔡宇：《试论中国古代文论术语的话语特征》，《陕西教育学院学报》2006 年第 1 期。

个个诗学命题，其中的思维方式就是基于此。

一个民族的思维最能显现出民族的特点，比起饮食、服饰等外在的表现形式，更能切入到文化的内核。西方人重分析思维，中国人重综合思维，包括季羡林在内的许多学者对此已经有了很多的论述。从哲学、美学、文艺学的角度来看，吟诵所体现出来的非虚构性，与通常所说的文学性之间不是绝对的对立，其实还存在着明显的间性特征和互文效应，这在一定程度上保证了非虚构叙事文学伦理上的合法性。“非虚构”的“非”的重要含义，从思维方式来看，就是对于虚构所坚守的主观与客观，虚构与现实的二元对立思维的否定，只有这样才能理解非虚构。只有这样，才不会制造出新的二元对立。

西方文化排斥原始思维，艺术审美注重科学、实证的方法，到了现代终于到了穷途末路。现代全球性的文化寻根在地域上表现为西方对东方的认同，在时间上表现为现代向古代的回归。热衷于艺术中寻找认识真理的伽达默尔最后得出的结论却是“艺术真理”是不同于“科学真理”的另一种“真理”，持逻辑实证主义观点的维特根斯坦不得不承认宇宙没有什么秘密，艺术则有一些神秘，并且认为借助心理实验来理解艺术是一个极其粗劣的想法。由此可见，原始思维方式在艺术审美中是有着特殊的意义的。正是因为具备这一内核，吟诵这一民族化的艺术审美方式才能释放出巨大的能量，吟诵主体的情感律动才能得到艺术张扬。

第十二章 中国非虚构诗学的语言学诠释

语言是十分重要而独特的文化现象，其间浓缩着人类的精神文化的特征，正如著名文化人类学家马林诺夫斯基指出的那样："语言是文化整体中的一部分，但是它并不是一个工具的体系，而是一套发音的风俗及精神文化的一部分。"①我们知道，语言是一个民族进行交流和沟通的重要媒介与通道，更是民族思维和思想的主要载体，正如美国语言学家沃尔夫所指出的："语言研究显示，一个人思维的形式，受制于他没有意识到的固定的模式规律，这些模式就是他自己语言的复杂的系统。"②

中国非虚构诗学的构建，是以语言作为根底的。或者说，汉语的文化特征成就了中国非虚构诗学的生成。

第一节 外在形态

表音文字为西方虚构诗学的诞生奠定了语言学的基础。西方拼音文字的

① ［英］马林诺夫斯基：《文化论》，费孝通译，中国民间文艺出版社 1987 年版，第 7 页。

② ［美］沃尔夫：《论语言、思维和现实》，高一虹等译，湖南教育出版社 2001 年版，第 255—256 页。

表音特点是有其文化渊源的，根植于西方原始的神学、宗教思想，在古希腊时代，柏拉图等人将声音作为直接传达神的命令的媒介，把书写仅仅当作是对声音的模仿。以创造了“人—运用符号—创造文化”理论而闻名的德国现代哲学家卡西尔，在《语言与神话》一书中也揭示了语言与神话的同源关系，苏珊·朗格翻译了此书，她的《情感与形式》就是在此启发下写作的。索绪尔在《普通语言学教程》论著中意欲争取语言的独立性，但是在阐发其类别时却把语言与远古的仪式归为一类，认为二者都是表达观念的符号系统。由此可见，索绪尔用符号语音学为中心构筑的语言学原理，实际上又是立足于神学中心论的基础上的，并未走出神学的牢笼。与这种语言观念相对应的是，西方文学的精神文化原型指向了原始神话和宗教，弗雷泽把诗的形式或结构看作是神的诞生、历险、受难、胜利、死亡这一循环过程的移位，其 12 卷巨著《金枝》的副标题就是“关于巫术和宗教的研究”。荣格使用的“原型”这一术语则直接源于神学家斐洛使用的宗教术语，原意就是现在人身上的神的形象，荣格所归纳的原型比如十字架、羔羊、上帝、神童、面具等无不与神保持着联系，弗莱认为是古希腊的神话和希伯莱人的《圣经》构成了原型的渊薮。

可见，西方表音文字是理性化的、抽象的，拉开了与现实的距离，表音体系属于“西方式”的视觉文化，助推了西方以虚构为特征的纯文学的兴盛。

按照语言学界的普遍看法，汉语与印欧语系最大的不同不在于语法而在于文字，中西文字的区别是十分直观、明显的。汉语不同于其他语言的根本存在特征在于其汉字，汉字不仅是汉语的书写符号世界，更是汉语文化的诗性本源。世界五大文明发源中的其他四种文字，即埃及圣书、两河流域的楔形文字、美洲的玛雅文、印度梵文都无法持续地承载语言交际之重任，已经先后退出了历史舞台，近乎绝迹，尽管梵文今天仍被学者所研究，但是已经成为“冷门绝学”，已不再可能像汉字这样在当代社会中应用这么广泛。汉语，在世界上有这么多的人熟悉它理解它，显示出了其旺盛的生命的活力。

汉语表现的是事物的形象，西方语言再现的是声音。中国文字注重生动丰富的感性形象，与西方文字越来越鲜明的理性化不同。“象形为本”的构成法则，指事、会意、形声，汉字都是从象形推演开来的。汉字书写的效果也具有这个特点，不是拉开与现实的距离，因而，文字书写虽然是视觉的感受，但是也具有虚构的特点。汉字具有象形的特点，汉字最早叫作“文”，其原始意义就是“象”，《说文解字·序》直接道出了这一点：“文者，象也。”在汉字的造字方法中就突出了“象”的特点。关于汉字的构成有“六书”的说法，每一种造字方法均与“象”有关。宋郑樵说：“六书也者，皆象形之变形也。”成中英先生具体地指出了六书与象的联系：

“中国语言以形象为主导。中国文字是象形文字，六书就是象形或取象为主，当然也有象声，都是对客观自然现象的模仿。指事也以形象——符号显示自然关系，模拟自然关系。会意则是对事态的复杂关系的显示，不是单纯的象形。这基本上决定了中国文字的形象性。转注、假借则是语义的延伸，是象形文字的形象性延伸出去。语义的延伸也代表了形象的延伸。”①

福柯在《言与物》中说到中国文化的特征时，特别强调了汉字的特点：“甚至它的文字也不是以横行再现声音的起伏逃逸，却以直行树立起静止的、尚可辨认出来的事物本身的形象。”②与表音文字不一样，汉字是象形的。这一区别也成为语言学、文化学阐释的逻辑起点。

文字体现的是一种思维形态，获得了语言学家、文论家的一致认同。洪堡特曾经指出：“语言特性的差异在精神活动和思维、感知的方式中表现得最为明显。这类差异对主观性的影响是无可辩驳的。每一种语言的特性在诗歌里面最能显示出来，因为在诗歌里，既成材料不会给精神带上任何羁绊，或只起微小的束缚作用。”③中国当代著名诗人郑敏指出：“是一个民族的语言形成该

---

① 成中英：《中国语言与中国传统哲学思维方式》，载《中国思维偏向》，中国社会科学出版社1991年版，第191—192页。

② 张隆溪：《非我的神话》，载《文化类同与文化利用》，北京大学出版社1997年版。

③ ［德］洪堡特：《论语言的民族特性》，载《洪堡特语言哲学文集》，姚一平译注，湖南教育出版社2001年版，第77页。

民族的‘心灵的书写’，这是一种无形无限的语言踪迹的运动，影响着产生着民族的精神文明、文化和历史。”①王岳川同样认为：“而诸多独立的汉字组合在一起，一首诗由此形成意义的混响，从而使‘字思维’的并置美学原则充满‘阐释的空间’。”②

汉字充分运用字形直接表义，形音义统一于一体，全面、充分体现了中华民族文字的共性本质。有什么样的文字，就会有与之相应的文化原型形态，二者是密切关联的。许慎《说文解字》第十五卷《叙》中说：“古者庖牺氏之王天下也，仰则观象于天，俯则观法于地，视鸟兽之文，与地之宜，近取诸身，远取诸物，于是始作《易》八卦，以垂宪象。及神农氏结绳为治，而统其事，庶业其繁，饰伪萌生，黄帝之史仓颉见鸟兽蹄远之迹，知分理之可相别异也，初造书契。”《淮南子·本经》说：“昔者仓颉作书，而天雨粟，鬼夜哭。”这对中国艺术理论产生了重要的影响，张彦远在《历代名画记·叙画之源流》中也说：“颉有四目，仰观垂象。因俪乌龟之迹，遂定书字之形。造化不能藏其秘，故天雨粟；灵怪不能遁其形，故鬼夜哭。是时也，书画同体而未分，象树肇创而犹略。无以传其意故有书，无以见其形故有画，天地圣人之意也。”

当然，关于仓颉造字的神秘说法，学术界普遍认为是后人的穿凿附会。根据有的学者的考证，仓颉如同作弓之“羿”、作八卦之“伏栖”等人名一样本来就是一类集合概念，也就是此人之得名其原因就在于后人将一切有关事宜皆归并于此人头上，这种归类认同的思维方式，用人类学的方法来揭示就属于初民的一种集体思维表象。③ 说到底，是一个民族的意识的集中体现。

象与具体的自然物象密切相关，是一套对自然物象加以模拟产生而又被广泛接受的符号，汉字正是原始先民共同的思想情感的符号化存在。观物取

---

① 郑敏：《一场关系到21世纪中国文化发展的讨论：如何评价汉语及汉字的价值》，《诗探索》1996年第4辑。

② 王岳川：《汉字文化与汉语思想——兼论“字思维”理论》，《诗探索》1997年第3辑。

③ 臧克和：《说文解字的文化说解》，湖北人民出版社1994年版，第103页。

象是汉字发生的基础，汉字是象思维，每一个汉字都具有观照自然、与万象合一的性质，一个汉字就是一个客体与主体充分交融的原始心理意象，其中不乏对世界的感觉和体验，充满了对自然和社会的体悟，积淀着人类文化的精神情感，包孕着浓厚的生命意识，具有文化原型的价值意义。观物取象的特点反映了中国文学原型的基本形态，对于天地自然的观照折射出中华民族的深层的普遍的精神心理，从纵向上来说，沟通了现代与远古的联系，从横向上来说，保持着个体与群体的衔接，山川河流、日月星辰、鸟兽虫鱼等自然物象在文学作品中频频出现和无数次的重复，成为相对稳定的人性模式和情感表达方式。在中国文学史上不管是早期的抒情诗还是后来兴起的小说、戏曲，自然化形态的原型往往是作品中最亮丽的、最惹人注目的风景线，往往是“诗眼”，是“文心”，是作品最重要的核心密码，石头、古船、月亮、红豆、钟声等经过历代文人墨客的无数次演绎，成为中国古代文学的经典性原型。在西方宗教特别是基督教中，自然与上帝是对立的，是不可能作为精神文化原型出现的。中国缺乏宗教文化思想的浸润，人与自然的感应在中华民族发展的历史长河中始终是耀眼的风标。由此可见，自然化物象化构成了中国文学精神文化原型外在形态的基本特点。

语言的诗性在哪里呢？在卡西尔看来，原初人的语言是具有诗性的，但随着历史的发展，语言因为缺乏新鲜感，诗性本质渐渐消退了，变成了普通的语言，语言只有还原和回归，诗性才能复活。维柯在《新科学》中把文字的以象见意、象形会意作为诗性智慧的一种表现。虽然各个民族的原始阶段都出现过象形文字，但是真正沿用下来的却只有汉字，赫尔梅斯通过大量的考察后得出了这样的结论：“人类在运用词来记录其思想和经验之前，是用图画来行使这种功能的。许多只有从考古发掘才为世人所知的人种，除了他们的艺术之外，尚没有能够清晰表达的语言。”①由于社会实践的历程不同，这种图画性语

① 俞建章、叶舒宪：《符号：语言与艺术》，上海人民出版社 1988 年版，第 491 页。

言文字有的消失，有的被取代，唯汉语保持最原始的象形的特点，汉字就是最古老的图画文字。英国的傅兰雅 1880 年在为上海江南制造局编译馆所作的《江南制造局编译西书事略》中，表达了西方人对中国语言的一种较为普遍的看法："中国语言文字最难为西人所通，即通之亦难将西书之精奥译至中国，盖中国文字最古最生而最硬。"①在漫长的发展历史过程中，汉字在不断地演化，但是，象形的特征是最根本的也是无法动摇的。自从谭嗣同在《仁学》中提出尽改象形为谐声的语言变革设想之后，一百年来改革汉字甚至废除汉字的呼声不时响起，胡适在总结新文学革命运动的成绩时还对没能完成废除汉字改用音标文字而颇感遗憾，汉字之所以未能如大多数民族语言那样由象形文字走向拼音文字，其内在原因就在于汉字中包含了中华民族传统的思维特征和表意方式。

西方文化的主流是理性主义，汉字以古朴更显出审美的风貌，汉字不仅仅只是对自然和社会的简单摹写，不仅仅只是认知或交际的一种符号化的记忆，汉字本身就是一种艺术创造，与无感性激发、无情感跃动的拼音文字相比，每一个汉字都是艺术作品，中国文字的书写能够成为一门艺术。在汉字中秉承着绘画艺术的基因，就是所谓"字画同源"，呈现出极为直观的特点。在画家潘天寿看来："吾国先贤多主书画同源，因谓书画两者，同开始于仓颉"。他在综述关于"河图龙马"的说法之后认为："大约古圣贤观河龙蜿蜒之形，灵鱼斑驳之文，因而制作图书，极合情理，且易有些事实。故河图，实为吾国先贤发现绘画之动机。"②自然物象以生动丰富的感性形象进入人们的视野，撩拨文人心魄，所唤起的不是抽象的理念，而是激发人们的感官感受的参与，这种渊深宏通的大智慧，在形成中华民族的精神文化形态的同时，也将审美性灌注其间。

---

① 陈福康：《中国译学理论史稿》，上海外语教学出版社 1992 年版，第 95 页。

② 潘天寿：《中国绘画史》，上海人民美术出版社 1983 年版，第 4 页。

第二节　内在意义

在古希腊时代就是把表音文字看作是神言的，因此表音文字表达的是抽象的终极的意义，以音素组成的文字意义系统强调所指与能指的统一，索绪尔把它表述为概念与声音的统一，在西方语言观念中，语言的诞生就标志着思维迈向了抽象思维的历程，所以说语言从一开始就有另一种力量，即逻辑力量。在西方文化传统中，对以象表意的言说方式是颇有微词的，“意象化”在亚里士多德看来只是语言的附属品，即所谓“肉的佐料”或者是“奢侈品”“化妆品”，其价值意义只是在于能将行文装扮得漂亮一些，他用“生动”“简洁”“免俗”“渲染”“浓缩”“装饰”这些语汇来描述其表达效果，从根本上说与语言要传达的终极意义隔了一层。到了16世纪以后，意象被视为“逻辑的苦药上的糖衣”，显然意象化与西方表达终极意义指向的宗教观念是大相径庭的，所以英国的清教徒就干脆视意象性行文为洪水猛兽，萨缪尔·帕克甚至呼吁制定一项议会案，禁止使用过度的华丽的意象化语言，即使在中世纪出现的意象也抹杀了人的感受和体验，对意象的解释被纳入到超验的神学的框架之中。与此相对应的是，西方原型批评大师普遍认为文学原型传达的就是形而上的终极意义，荣格对于西方文学原型的意义形态特征所作的归纳是十分精当的：“在柏拉图哲学中，原型作为形而上的理念，作为样板和范型，被赋予了很高的形而上价值……中世纪哲学从圣·奥古斯丁（从他那儿我借用了原型的观点）的时代一直到马勒伯朗士和培根，在这方面一直立足于柏拉图哲学的基础。”①

而在中国的语言文化观念中，语言文字本身就是一种意象化存在，汉字在观物取象的基础上形成，也经过抽象化的过程，并不是对自然的简单模仿，意

① 冯川：《神话人格》，长江文艺出版社1996年版，第93页。

象并非只是语言的一种装饰，主要是通过意象、通过感性的方式传达深刻、隽永的意义。一个字往往有一系列的意义，形成复杂的意义系统，在特殊的语境中又生成新的意义，多义性和模糊性消解了固定的指称，使人们摆脱了纯粹的逻辑推理的思维模式。海德格尔指出：现代技术以“预置”的方式在展示物、构造世界的同时造成了诗意的失落，预置就是为着单纯的目的、留取单纯的功能、指向单纯的存在者的某种关系网络，它不考虑丰富而复杂的物之物性。显然，汉字的表意方式超越了“预置”，传达的意义更具诗性和神韵，就如王岳川指出的那样：“汉字不仅提供了思维的原始字象的鲜活感觉，而且使人通过这一符号（尤其是象形符号）把握到字背后深蕴的‘原始意象’，字思维的本质就是象之思维，其逻辑过程为本象——此象——意象——象征——无形大象。”“这种象性阐释是汉语诗学的根本特征，是拼音文字所难以获得的神韵。”①原型这个概念在中国传统文化中并未出现，与之相对应的则是“意象”。魏晋时期，诗人纵情于山水之间，十分注重对于自然物象的体悟，自然物象作为浓重的情感代码进入到了文学的领空，作家对人生、现实的感悟通过自然物象来表现，诗人具有了趋象性的自觉追求。《文心雕龙·神思》第一次运用“意象”术语来揭示文学创作的重要原理，即“独照之匠，窥意象而运斤”。在刘勰看来，意象就是思想理念的形态显现，由“志气统其关键”，是具有形而上意义的“志”的具象存在。在西方，也有关于“意象”的论述，但是与中国传统文化中的“意象”有很大的区别，有学者认为：“象是中国的概念，但通观世界各个民族，在文化中总存在着一种‘意象’类的东西，只是有的民族用八卦式的符号，有的民族用神话故事的形式而已。”②的确是这样，在西方的文学原型论中也运用了意象的术语，弗莱就把反复出现的意象看作是原型，荣格将原型看作是原始意象，但西方的原型是叙事性的，原型是对叙事神话和宗教的情节演绎，是为形而上的意义寻找的对应物，意象这个概念在宗教盛行的中世纪就已产

① 王岳川：《汉字文化与汉语探索》，《诗探索》1997年第2辑。

② 顾晓鸥：《有形与无形：文化寻踪》，上海人民出版社1989年版，第112页。

生，中世纪一位神秘主义神学家M.埃克哈特说：“每当灵魂的力量与被创造的事物接触之时，它们就接受了被创的意象和从被创的意象接受了各种相似的意象，并加以吸收。以这样的途径，产生了灵魂对于被创之物的知识，正是通过意象的存在，灵魂接近被创造的世界，因为意象是一个物，是灵魂以自己的力量创造出来的。”①

以象表意为原型的形而上意义的诗性呈现提供了契机，自然物象作为文学原型存在，要经过人们无数次的重复才能将经验铭刻在记忆之中，要将飘忽的游离的感性经验上升到理性的层面，才能唤起人们共同的心理感受，才具有文学原型的意义特征，以象表意超越了西方传统的理性思维方式，用具体可感的物象唤起人们的想象和体验，启发诱导人们去追寻形而上的意义。荣格从与中国文字和文化原型密切关联的《易经》中找到了解决理性与感性转换难题的路径。在荣格看来，尽现东方精神的“道”就是与“集体无意识”相通的一个术语，“道”作为形而上层面的意义，它的意象化呈现已经解脱了因果关系、理性思维的言说方式的束缚。荣格认为：“《易经》中科学根据的不是因果原理，而是一种我们不熟悉因而迄今尚未命名的原理。我们曾试图把它命名为同步原理。对无意识心理过程的研究，早就迫使我们到处寻找另一种解释原则。因为在我看来，因果原理似乎不足以解释某些重要的无意识现象……我所关心的只是这样一个事实，即瞬间中隐藏着性质，竟然在卦象中变得明了起来……我知道我们的无意识中尽是东方的象征，东方精神确实就在我们的门前。因此在我看来，对道的追求，对生活意义的追求，在追求者中间似乎已成了一种集体现象，其范围远远超过了人们通常所意识到的。”②

具有浓厚形而上色彩的“道”承载着中华民族共同的精神文化心理，道说

① 俞建章、叶舒宪：《符号：语言与艺术》，上海人民出版社1988年版，第113页。

② ［瑞士］荣格：《心理学与文学》，冯川、苏克译，生活·读书·新知三联书店1987年版，第250—251页。

的方式也具有浓厚的民族特点。儒“道”在孔子时代已经有所阐释,《论语·阳货》中说:“天何言哉？四时行焉,百物生焉,天何言哉?”在这里连用几个“天何言哉”,表明“道”用语言是无法表达出来的。孔子将具有形而上色彩的思考往往通过象来传达,比如:“子在川上曰:‘逝者如斯夫,不舍昼夜。’”以水言道,其间包含有多么丰富而深刻的内容。道家的自然天道论体现在对“道”的描述中,《老子》开篇云:“道可道,非常道;名可名,非常名。”表明道是无法言说的。《老子·二十五章》中说:“有物混成,先天地生。寂兮寥兮,独立而不改,周行而不殆,可以为天地母。吾不知其名,故强之曰道。”老子所说的“人法天,天法地,地法道,道法自然”就是在告诫人们,作为宇宙最高本原的“道”,要求人们顺应自然、贴近自然,这样才能体悟得到。儒、道学说对“道”的描述提供了以象言道的思维范型,“道”在中国传统文学中得到了生动而丰富的表现,形成了载道的文学传统,正如宗白华先生在《美学散步》中所说:“中国哲学是就生命本身体悟道的节奏。‘道’具象于生活、礼乐、制度,‘道’尤具象于‘艺’,灿烂的艺赋予‘道’以形象和生命,‘道’给予‘艺术’以深度和灵魂。”中国传统文学原型以象言道,道被赋予了浓厚的审美色彩,以象言道,是从具体的感性出发去进行深刻的奥妙的哲学思考,在感性与理性的双向运动、相互转换中悠悠致远,道在感性的基础上升华而留下思想的睿智的,因而具有灵动飘逸的神韵,也就是说道不是走向明晰、单纯,而是变得隐晦、生动,王夫之就直接说:“形而上者隐也,形而下者显也。”道说的整个过程要通过独特的审美发现穿透表象去不断地洞幽烛微,在具体的情景中不断获得新鲜的感悟。在西方原型批评理论中,作为神话——象征思维形式的原型总是按照“隐喻”(metaphors)的形式来表现意义内容的。闻一多先生对“隐”和“喻”作过比较,他认为“隐”也就是“隐语”,“它的手段和喻一样,而目的完全相反,喻训晓,是借另一事物来把本来说不明白的说得明白点,隐训藏,喻训晓,是借另一事物来把本来可以说得明白的说得不明白点。由于二者都可以彼物代替此物,做间接的表达,故常相混淆,所谓‘隐喻’,似乎一半喻,一半隐,介乎二者之间"①。中国的文学艺术原型十分看重"隐",中国传统文论关于自然物象的意义呈现的阐说的发展历程印证了这一点,中国文学原型的塑造和传达选择了含蓄委婉的表达方式,超越了简单的类比,力求表现更为丰富的意蕴,追寻的是隐含的意义,而不是"喻"。

魏晋时期受"言意之辨"和自然审美意识的影响,文学理论开始关注人与物之间相互的感应,自然物象不再是表意的附件,玄学提出了"言不尽意",王弼提出了"得意在忘象,得象在忘言"之说。钟嵘在《诗品》中用"厥旨渊放,归趣难求"评阮籍的《咏怀》,刘勰在《文心雕龙·定势》中引用刘桢"辞已尽而势有余"表明言意关系,在其他篇章中作了进一步的阐发,《文心雕龙·物色》中提出了"物色尽而情有余",《文心雕龙·隐秀》提出了"篇中之独拔"的"秀"与"文外之重旨"的"隐"两个概念,并主张二者结合起来,倡导"深文隐蔚,余味曲包"。后代对这种"隐"作了进一步的发挥,宋人张戒也认为"情在词外曰隐,状溢目前曰秀",梅尧臣则主张"状难写之景如在目前,含不见之意于言外"。景是可见的,是"秀",而"意"是看不见的,是"隐"。以"味外味"作为最高的艺术境界,神韵派大师王士禛在评价唐人五言绝句时说:"有得意忘言之妙,与静名默然,达摩得髓……道味外味者,当自得之。"(《带经堂诗话》)言外之意增强了语言的模糊性和暗示性,以深沉的智慧、灵动的韵味、卓绝的理念召唤着接受者的反复的沉思和长久的体会。

汉语文化超越西方虚构论的地方就在于,文学所表达的意义,不是从终极意义出发的。在非虚构诗学中,就是强调对于价值观念、人生评判等"先入为主"的否定。先入为主的思维可以追溯到西方"理念"说,这种思维缺乏了对于客体的发现和感悟,呈现出来的更多的是对于现实的超越,培育的是主体意识的膨胀,属于虚构思维。其次,对于"事件"为核心的纯客观写作的否定,没有任何人的主观参与的这种写作不仅不可能,而且也无价值意义。对于当代

① 闻一多:《神话与诗》,古籍出版社 1956 年版,第 117—119 页。

的非虚构写作理论有直接的启发意义。

以当代“非虚构写作”观念为例进行解析。在由《人民文学》发起的时候，就特别自觉地警惕三种写作的陷阱：一是传统文学的纯粹虚构式的写作，二是以“事件”为中心的新闻式写作，三是传统的“报告文学”写作。实际上就是否定纯客观、先入为主等思维方式。可见，具体的事件能否与人的精神融合呈现出意义，成为了非虚构写作的成败与此相关。李洱在《梁鸿之鸿》中披露了这样一个事实：“目前为众人所知的《中国在梁庄》中的很多故事，最初实际上是要当作小说写的……我不知道批评家是否注意到，《中国在梁庄》其实可以看成回忆性散文，差不多是当代酷烈版的《朝花夕拾》。田野考察那是在后面写《出梁庄记》时发展出来的。《中国在梁庄》作为非虚构的代表作，首先得益于时任《人民文学》主编的李敬泽把它当作非虚构作品刊登出来。李敬泽当时或许是要把它当成药引子，好激活青年作家的神经，让他们去关注大历史中的变化。我想，梁鸿本人可能压根儿就没有想过，它究竟是虚构还是非虚构。”

可见，这里所说的“回忆”不同于柏拉图时代的回忆说，不是一种理念而是一种体验，这里所说的“虚构”也不同于西方文论中的虚构论，指向的是人的情感活动。从对事、物等客观现实的书写中均蕴含着作家的理、趣出发，来阐述中国非虚构写作如何立足现实来实现与人的精神世界沟通，从而达到化实为虚、虚实结合的“意象化”这一最高的美学境界的。通过对“意象”“境界”等美学范畴进行专门研究，来阐述其意义。

第三节　心理机制

德里达认为语言是一种心理的书写，这样语言所包括的就扩大到人整个心灵的活动，包括感情、思维等心理活动。德里达的解构理论就是从语言学的角度挣脱西方形而上学对人的思维和心灵的束缚，破除理性主义、中心论的制约。德里达强调语言的无宗教信仰，试图超越语言理性的栅栏，但是无法超越西方拼音语言追求严谨的语法和逻辑的固有的本质的特征，从而形成了一个不可调和的矛盾。在西方传统文化中，一直将回忆看成是从尘世提升到超验的形而上的唯一的路径，近现代西方哲学家从自身的哲学体系出发也阐述了回忆在审美思维中的地位，但是已经对之进行了现代性改造，强调的是通过体验的方式走向人的精神深处，实现形而上的超越。

汉字"感于物而兴"，从心理过程来看，就是在外物的触发下孕育出灵机，具有原型意义的意象正是"兴"的结晶。汉语的意义表达方式与中国诗学中的"兴"是有密切联系的，徐通锵在《语言论》中指出："汉语的'比类取象''援物比类'的'两点论'思维方式不同于印欧语言的三段论思维方式，这种'比类取象'和'援物比类'的思维方式渗透于各个领域，古典文学中的比、兴，就是这种方式的一种具体表现。"①

兴在中国诗学中得到了格外的重视，孔子将"兴"视作诗之源，《论语·阳货》说："《诗》可以兴，可以观，可以群，可以怨。"《论语·泰伯》曰："兴于《诗》，立于礼，成于乐。""兴"对于诗具有十分重要的意义，要体现出原型意象的形而上即"隐"不能没有"兴"。闻一多说得颇为中肯："隐在六经中相当于《易》的象和《诗》的兴……所以诗人的语言中，尤其不能没有兴。"②关于"兴"，学术界从多种角度进行了探讨，其实"兴"的本义是很多人抬起盘状物，本来表示众力协作齐声喊叫，要求"同"，所以"同"就是"兴"的核心和追求目标。从心理学的角度来看，"兴"代表的是人类精神文化心理的集体性、共同性，王一川在《审美体验论》中对兴的心理状态进行描述后作了这样的总结："人们把'同'置于'兴'的中心，置于舞人们中心，是为了凸现它，这就表明'同'已经成为一种心理范型，或者说心理动力定型，它凝聚着人们关于大同生活的愿望、观念，它是原始人最高理想——关于美的观念——的物态化（即

① 徐通锵：《语言论》，东北师范大学出版社1997年版，第49页。

② 闻一多：《神话与诗》，古籍出版社1956年版，第118页。

心理范型外化凝定在文字符号中)。"[①]"兴"追求精神文化心理的沟通、交汇,个体力图加入到整个人类的合唱,唤起共同的心灵体验,具有超越个体的意义,就这一点来说它与荣格心理学论著中所说的"集体无意识"概念有相通之处,但作为充分体现了中国文学原型构建的心理机制的"兴"的独特之处在于,其间体现的是审美体验。

体验最为基本的一点就在于主客互动互生。兴所传达的就是意与物瞬间的融合而留给人们的长久的回味,中国古代文论正是从主客互动这一点来揭示"兴"的内涵的,宋人李仲蒙说:"触物以起情,谓之兴,物之动情也。"(《斐然集》卷十八)诗人杨万里说:"大抵诗之作也,兴,上也;赋,次也;赓和,不得已也。然初无意于作是诗,而是物是事,适然触于我,我之意适然感乎是事是物,触先焉。我何与焉?天也,谓之兴。"(《诚斋集》卷六十七)作为诗人来说,毫无保留地袒露出精神深处的微澜,这样就能感受到自然发出的振聋发聩的震撼,就能不断地拓展自身的胸襟和情怀,只有心灵与对象相契合,达到身与物化心物浑一的境界,才能洞悉世界,人的自我观照成了关于世界意义的最本真的言说。《文心雕龙·物色》中说:"目既往返,心亦吐纳。春日迟迟,秋风飒飒,情往以赠,兴来作答。"自然物象不是一种单纯的客观化存在,必须经过人的心灵、情感、体验长久的浸泡,在中国文学原型的建构中充满了人的情感,通过情感的跃动来传递出独特的神韵,在每一个"象"中都凝聚着人的精神心理的体验。

作为体验,不能停留在自己的境遇和感受上,应该是体验的总和,包括对他人体验以及对自我体验的综合,海德格尔称之为"思之聚合",这样才能完成体验的升华,体验才具有普遍的恒常的意义。狄尔泰说:"诗与生活的关系是这样的:个体从对自己的生存、对象世界和自然的关系的体验出发,把它转化为诗的创作的内在核心。于是,生活的普遍状态就可溯源于总括由生活关

---

① 王一川:《审美体验论》,百花文艺出版社1992年版,第237页。

系引起的体验的需要，但所有这一切体验的主要内容是诗人自己对生活意义的反思……诗并不企图象科学家那样去认识世界，它只是揭示在生活的巨大网络中某一事件所具有的普遍意义，或一个人所应具有的意义。”①

“兴”与“起”往往连用和互释，刘勰在《文心雕龙·比兴》中谓：“兴者，起也。”而所谓“起”：“凡人病困而愈谓之起，义有滞碍隐蔽，通达之，亦谓之起。”②在“兴”中，将生命意识进行升华，敞开生命之谜，引导人们去领会、悟解和思考，不是一般的归纳，而是不断地反思，力求把握内在本质，在自我体验的基础上进行反复思考、不断悟解，由可感的物象中通达到无法言传的具有更为普遍的价值意义，拨动更多人的心弦，艺术成为真理的驻足地，艺术家成为真理的敞开者。在“兴”中，所引发的读者的沉思往往会超越作家的身世、写作的年代及具体的社会背景，只是在作者营构的情景中沉思，打碎了它的现实性，创建了精神的完整，能够携带读者以开放的视野去重新审视。在“兴”中，促使了作家心灵对自我的活动及活动方式的关注和反省，生发出了深沉的理性省思，从而产生了更为深刻的冲动即形而上学冲动。可见，作为兴来说，并不是对过去的已经消隐在天国神界的理念的追寻和复现，而是从自身的感受、体验出发，经过不断的整合运动上升到形而上的高度的。

中国非虚构注重的是体验，而不是西方式的回忆。回忆被反对的是先入为主的思维，而是强调从体验出发去感受。非虚构强调在对于现实的体悟中，去感悟现实。而回忆在西方传统诗学和哲学中，是对于“理念”的回归，是在“迷狂”状态下接近“上帝”超越现实的心理。介入作为当代非虚构创作的一种基本的姿态，回应的是中国传统非虚构诗学的体验论要求，介入式是一种沉浸状态，消解的是作家的精英意识、启蒙意识。比起中国非虚构诗学传统的体验论，介入式创作成为一种呈现，呼唤受众共同参与体验、对话。

如果说虚构是回忆，那么非虚构则是体验，激活的是人的在场亲历性。这

① 转引自刘小枫：《诗化哲学》，山东文艺出版社 1986 年版，第 168 页。

② 杨伯峻：《论语译注》，中华书局 1980 年版，第 26 页。

里存在在场亲历性的意义辨析。中国“非虚构”究竟是“有我”还是“无我”？分别是美国汉学家宇文所安与叶维廉对汉诗诗性的界认，前者以为，汉诗是诗人关于某一特殊时刻经验的真实记录，后者则认为，在汉诗中，诗人是非介入的。古代文论中有“有我之境”“无我之境”，王国维对此进行了分析，实际上是运用西方文论在解析中国文论，这一点有很多学者已经指出。童庆炳等学者指出：中国古代文论中的“有我之境”“无我之境”其实都是有“我”的存在的，强调作家的个性体验。中国最高的文学境界是“情景论”，结合这一范畴，重点要解析的就是“我”的在场亲历性的存在方式。

在场亲历性的存在方式，就是希望以更加投入的状态沉浸其中，同时以交往对话的方式与他者融为一体，这一心理状态既不是自言自语，也不是失语，而是个人体验的深化，众多体验的交汇。非虚构写作目前还受到质疑，包括价值意义和艺术技巧等本身也存在一定的缺陷，要得到进一步的提升，在目前的探索中，调动体验是找到突破的关键。唯有这样，才能够真正介入现实，创作出最为本真的非虚构作品。当代“非虚构写作”倡导创作主体在场亲历，折射出当代作家通过个人体验试图重建“真实信念”的写作伦理。非虚构写作的文学追求、具体指向和写作路径，目的是通过营造“在场”的状态来获得文学意义上的“真实”，从本质上说，“非虚构写作”突破了虚构论的内在的规定性，体现出一种外在现实和内在精神边界更为开放的、不同文体边界更为模糊的写作倾向，而在场亲历性则是非虚构写作走向真实的心理机制的起点。

在中国非虚构文论中，也有不少的回忆说，但是与西方的回忆的心理状态完全不同。以王安忆、汪曾祺的创作和创作谈的“回忆”为例，可以作具体阐释。汪曾祺在《回到现实主义，回归中国传统文化》一文中谈到回忆，实际上通过回忆敞开被遮蔽已久的文学空间，它呈现出不同于虚构性写作的另一种景观，是一个真实的血肉的存在，是通往作家内心深处关于现实体验的一座桥梁，摈弃了小说艺术中惯常使用的虚构和想象等艺术手段，不是从某种理念的牵引力作用下发生的。王安忆多次谈到非虚构和虚构，结集为《虚构与非虚构》一书，她将城市里的弄堂作为回忆的对象，作为记录着诸多个人经验和历史记忆的城市空间的重要意象，这一意象在文本中被不厌其烦地言说，成为作家灵魂和肉体的皈依之地。王安忆这种非虚构写作被人们看作是一种日记式的生活散文，是一部个人成长史和创作史，但是，由于对抒情的不断节制和对历史的高度关注，使得王安忆的非虚构写作具有了“大散文”的风范。

非虚构写作需要从“物理境”转入“心理场”，现代心理学一个基本的出发点就是“物理境”与“心理场”的联系与区别。心理学的奠基人冯特很早就已经提出，他的学生铁钦纳做了精辟阐述。借助于这些概念，可以来阐释非虚构的心理特点，非虚构通过真实场景和事件的书写，激发出来的是作者的情感，由物到心，希望引起的是读者情感的共鸣。

以刘勰《文心雕龙·物色》、陆机《文赋》等为例。“随物以宛转”就是此意，“与心而徘徊”就是由物的体验出发，转向人的精神世界的激发，突出的就是自然物象成为文学的这种心理活动。史传写作所采用的纪实方法，不是纯粹的客观书写，金圣叹比较《史记》与《水浒》，认为《史记》是“以文运事”，即“是先有事生成如此如此，却要算计出一篇文字来”。认为作为史传文学，着眼于历史上的“实事”，而“文”则服务于记“事”，以“以文运事”回答的就是历史、现实成为小说的心理机制。

以中国当代非虚构写作为例进行分析。当前的非虚构写作，体现在其多维与多义话语空间的形成。非虚构写作通过对现实社会普遍受到关注的热点问题、历史事件或个人情感经历聚焦，实际上就是要突破写作视角的狭隘，避免近视和盲点的出现，要求从关注自我和内心的真实，走向关注社会与人生的真实，在多维的空间营构文化的空间。同时，倾向于反思与建构的文化表达方式，增强反思的意识，所谓现代化核心要义在于反思，在传统向现代转型的过程中，我们丢失什么，我们获得了什么，需要一些理性的省思灌注其间。这一心理机制就是通过写实，整合人的心灵和现实存在，整一性与多样性，个体性与群体性，汇聚成了非虚构的叙事话语。也就是说，个人的心灵的东西，不能是自言自语的，而应该置于一定的大的现实的物象下，做到心物交融，获得艺术上的共鸣。比如梁鸿写作的"梁庄"，显示出了这一创作追求，受到学术界好评。这一非虚构写作的成功，致力于破除先入为主、理念先行的写作理念和模式，去探索去感受"大地的张力"，这里有许多新鲜的事物，需要用一种好奇的眼光去发现，而不是用城市人或者说知识分子的眼光去审视。文学作品又显示了追问社会、叩问心灵的震撼力量，对于目前的状况的心理感受具有另外一种真实，如果说前面一个阶段是物理的实在的话，这里就是事理的实在。

以国外非虚构写作为例进行分析。诺贝尔文学奖得主阿列克谢耶维奇写二战时苏军女兵的故事时说，自己是在写一部感情史和心灵故事，那不是战争或国家的历史，也不是英雄人物的生平传记，而是小人物的故事，那些从平凡生活中被抛入史诗般深刻的宏大事件中的小人物的故事，他们被抛进了大历史。[①] 可见，她对于历史有自己非常独到的理解。历史有多种不同的理解，有大历史和小历史之别，对应着大时代的风云变幻和个体的命运沉浮，那么，在文学创作中，这种"大""小"的历史，本来就应当是浑然一体交相掩映的，这正如阿列克谢耶维奇说的大小历史的交汇。

汉语文化语境中的"心理场"具有丰富性特征。大体来看，西方文学也关注人的精神世界，不过文学仅仅关注情感世界，形成了西方现代美学的基本格局。而中国非虚构诗学关注的人的精神世界不仅有情感，还有道德伦理、社会认知等多维取向。心理场与社会还是有联系的，比起西方文论中的情感世界内容要丰富得多。

综上所述，汉语的文化特征为中国非虚构诗学的建构奠定了基础。汉语与西方语系的重大区别在于文字，从外在形态上看，汉字产生于与天地自然的感应，具有观物取象的象形特点，与此相对应的是，中华民族的集体的精神文

---

① 参见王晖：《现实与历史：非虚构文学的独特叙述》，《当代作家评论》2017 年第 1 期。

化表象与自然物象密切关联,具有生动、丰富的感性力量;从内在意义来看,以象表意为汉语的意义表达留下了不断衍生的空间,从具体生动的意象出发去探询形而上意义,融合了非虚构独特的审美发现;从心理机制来看,汉语是感悟式的,感于物而“兴”彰显了非虚构的审美心理。

第十三章　中国非虚构诗学的故事学言说

如果把发生的事情称为本事，那么表达出来就是故事，所谓“故事诗学”，探讨的就是故事如何进入到文学范畴的问题。在西方文论中，从古希腊时代就把已经发生的事称为历史，把可能发生的事称为文学，二者泾渭分明，故事因此被排除在以虚构为特征的文学范畴之外。

中国传统文化语境中生成的故事，如果从西方结构主义文论的层面去阐释，则背离了汉语言文学的基本特点。回到汉语语境中重建故事的诗学意义，就是以象形表意作为阐释的逻辑起点，故事就是在激发视觉、听觉等感官感受；“过去的事情”在当下被援引才是故事形成的内在机理，这种比类的方式使得故事凸显了中国艺术思维的特征；故事除了在小说中呈现外，还在礼俗、军事、法律、历史等不断呈现，均被纳入到“文”的范畴，建立起的是超越虚构的文论模式。新时代的中国故事需要激活传统故事诗学的活力，可以帮助文学在新媒介时代走出西方文论所说的“文学终结论”的困境。

第一节　历史反思

学术界借鉴西方将故事与情节、话语联系起来形成文学理论知识谱系的理论和方法，对于中国的故事诗学进行阐释，固然有不少新的发现，但是，汉语不同于印欧语系，就如海德格尔所说："我们欧洲人也许就栖居在与东亚人完全不同的一个家中。"也就是说，"故事诗学"在不同的语境中有不同的建构，寻求的是不同的文化归宿。因此，立足民族文化的立场重构故事诗学，特别是在反思借鉴西方文论阐释不足的基础上，重新回到本土语言文化的逻辑起点，追溯民族传统的思维方式，建构具有民族特色的文论体系，为当今时代讲好中国故事提供支撑，具有重要的理论和实践意义。

一

首先，我们要对中国故事诗学进行回顾与反思。进入现代以来，中国学术界运用与西方结构主义相关的理论、方法来阐释故事，梳理 20 世纪以来中国故事相关研究的学术史，大致可以分为以下几个方面。

第一，故事结构的内部研究。在西方可以追溯到亚里士多德"结构完整"的理论，"所谓'完整'，指事之有头、有身、有尾。所谓'头'，指事之不必上承他事，但自然引起他事发生者；所谓'尾'，恰与此相反，指事之按照必然律或常规自然的上承某事者，但无他事继其后；所谓'身'，指事之承前启后者。所以结构完美的布局不能随便起讫，而必须遵照此处所说的方式"。① 20 世纪初期西方学术思想译介到国内，中国学者按照西方关于故事结构要求，发现了传统故事结构的不足。在陈寅恪看来："至于吾国之小说，则其结构远不如西洋小说之精密，在欧洲小说未经翻译为中文之前，凡吾国著名之小说，如水浒传、石头记与儒林外史等书，其结构皆甚可议。"②这话很有代表性，传统故事被茅盾、朱光潜说成是"穿插"，胡适和黄药眠分别以《儒林外史》《水浒传》为

① 亚里士多德：《诗学》，见《诗学》《诗艺》，罗念生等译，人民文学出版社 1962 年版，第 25 页。

② 陈寅恪：《论〈再生缘〉》，载陈寅恪：《寒柳堂集》，生活 · 读书 · 新知三联书店 2001 年版，第 67 页。

例将之概括成“连缀”，西方学者则直接称之为“散沙”“杂烩”等等，在我看来与其说是发现了中国传统故事的诸多不足，不如说是以西方结构的观念为参照来改造诗学体系，实现中国传统故事诗学的现代重构。①

第二，故事结构的横向比较。弗·雅·普罗普《故事形态学》作为故事学的奠基之作，就是从一百个故事中归纳出若干相似的结构形态特点。现代以来中国学者从各地流传故事的结构层面总结出了“蛇郎型”“灰姑娘型”“螺女型”等系列类型，同时还在日本、朝鲜等亚洲国家找到类似结构的著作，还翻译介绍了欧洲民间故事类型的著作，为中外故事结构类型比较研究奠定了基础。新时期以来，弗雷泽、弗莱、列维—斯特劳斯等人的人类学思想被译介到中国，中国学者将不同民族和时代的故事进行比照，重新解读中国的故事中蕴含的人类共同的心理结构，关于《红楼梦》的女神崇拜、《西游记》的成年礼等一系列研究成果揭示了故事结构背后隐含的“共同心理”的逻辑②，推进了故事结构形态的国际比较研究。

第三，故事结构的叙事分析。20 世纪 60 年代叙事理论在西方兴起，将故事作为研究“话语”的基础，从话语、文本、人称、叙事者、叙述角度等延续了结构主义理论看待故事的做法，艾布拉姆斯所著《文学术语词典》关于“叙事”就是这样定义的：“叙事就是指散文体或诗体的故事。”③虽然西方叙事学后来发生了后经典叙事学的转向，但是对于故事结构的研究始终没有放弃。20 世纪 80 年代中期以来，大量的叙事学理论译介到中国，中国的故事成为了研究的对象。浦安迪来北京大学主讲《中国叙事学》时明确指出：“叙事就是‘讲故事’。”④他将中国叙事文学的代表性作品明清“奇书文体”作细读分析，从结构、修辞、叙述人、反讽叙述话语等方面进行阐释，中国学者傅修延的《中国叙

① 参见王轻鸿：《中国传统故事诗学的现代重构》，《文学评论》2021 年第 4 期。

② 参见方克强：《文学人类学批评》，上海社会科学院出版社 1992 年版。

③ ［美］艾布拉姆斯：《文学术语词典》，吴松江等译，北京大学出版社 2009 年版，第 347 页。

④ ［美］浦安迪：《中国叙事学》，北京大学出版社 1996 年版，第 4 页。

事学》(2015)、陈平原的《中国小说叙事模式的转变》(1988)、罗钢的《叙事学导论》(1994)、杨义的《中国叙事学》(1997)、倪浓水的《小说叙事》等,借鉴西方叙事理论对于本土所特有的文学资源对中国古典文学以及现当代小说进行研究,拓展了中国故事的话语研究。

二

借鉴西方故事学理论,固然开拓了中国故事学建构的学术视野,同时也有局限性,其中的问题主要表现在三个方面。

其一,偏离了汉语的基本特点。结构主义批评建立在西方语言文化的特点之上,注重语法分析,从句子的语法扩充到段落篇章,从而寻求文本的基本结构特点。叙事学是在结构主义基础上发展起来的对叙事文本进行研究的理论,“叙事学”这个概念就是法国著名结构主义符号学家、文艺理论家茨维坦·托多罗夫在1969年出版的《〈十日谈〉语法》中首次提出的,不难看出与语法的不解之缘。但是,汉语最大的特色在于由文字构成的符号系统,西亚在早期使用的楔形文字已经废止,目前汉字是全世界唯一在使用的象形表意文字,与其他表音文字存在有天壤之别,印欧语系中的词语意义受制于整个句子的语法构造,而汉语的词语意义则一般不需要考虑句子的语法属性。在宇文所安看来:“汉语是一种以字符为基础的语言。这一事实带来的种种后果尚未得到充分理解。……如果说书面语言语法的最初功能是为了控制语言的区域差异和历史变化,那么,汉语并不需要书面语语法,因为汉字发音有各种变化,而且从表面看来明显缺乏形态学。”①德国语言学家洪堡特曾指出了汉语缺乏印欧语系的语法特点:“汉语不是根据语法范畴来确定词与词的联系,其语法并非基于词的分类;在汉语里,思想联系是以另一种方式来表达的。其他语言的语法都由两部分构成,一是词源部分(指形态),另一是句法部分,而汉

① [美]孙康宜、宇文所安主编:《剑桥中国文学史》上卷,生活·读书·新知三联书店2013年版,“导言”第15页。

语的语法部分只有句法部分。在其他语言里，为理解一句话，我们必须从分析词的语法属性开始，根据语法属性把词构造成句子。在汉语里则没有可能这样做。我们必须直接利用词典，句子的构造完全取决于词义、词序和词语意义。① 现代以来，追求严谨的语法规则包括词汇的变化，固然都受到了西方语言的影响，但是立足这个基础来阐释故事无异于舍本逐末，淡化了汉语本源性的特点，就如郑敏指出的那样："只强调口语的易懂，加上对西方语法的偏爱，杜绝白话文对古典文学语言的丰富内涵，其中所积淀的中华几千年文化的精髓的学习和吸收的机会。"②

其二，疏离了民族的思维方式。西方语言学的方法带给中国语言学研究新的因素，同时造成汉语研究完全"形式化"和"抽象化"的弊病，也已经引起了语言学家的反思。语言联系着看待世界的方式即思维方式，普罗普的故事形态学认为，故事中变换的是角色的名称，不变的是他们的行动或功能，他将功能定义为"从其对于行动过程意义角度定义的角色行为"。"所有故事中的行动一律都会在这些功能项的范围内展开，形形色色民族极其多样的其他故事中的行动亦然"。③ 张隆溪在《故事下面的故事——论结构主义叙事学》的结尾"总结与批评"部分，指出了结构主义叙事学"自身严重的局限"，除了关注叙述语法会忽视作品的艺术价值之外，还会因为寻找故事的共同模式既使故事抽象化，更让人觉得具体的故事之外似乎还有一个"柏拉图式的理念形式"的故事，并且认为这是最大的局限。④ 其实就是说，故事是在西方文论中的理念、理式说中接受拷问的。

西方叙事学对于故事的研究，就是在寻找故事的共同模式并使之抽象化，试图将中国文学的故事传统纳入到叙事学的框架中来进行阐释。

---

① ［德］洪堡特：《论汉语的语法结构》，载《洪堡特语言哲学文集》，姚一平译注，湖南教育出版社 2001 年版，第 105—106 页。

② 郑敏：《世纪末的回顾：汉语语言变革与中国新诗创作》，《文学评论》1993 年第 3 期。

③ ［俄］普罗普：《故事形态学》，贾放译，中华书局 2006 年版，第 17—18、58 页。

④ 张隆溪：《故事下面的故事——论结构主义叙事学》，《读书》1983 年第 11 期。

其三，脱离了中国的文学实际。结构分析适合的对象是虚构文学，普罗普在著作《故事形态学》中，注重对故事的内部结构分析，结构形式分析符合西方形式主义的文学观念，在回答了“故事是什么”的问题之后，于是转向了探讨“故事从哪儿来”的问题。他在《神奇故事的历史根源》这一部专著中进行了深入而缜密的论述。他旁征博引，对于世界范围内的民族志材料进行分析，通过比较来说明神奇故事作为一个整体及各个母题的历史源头，说到底就是十分注重故事结构，形成的是这本书的突出特点。“近代的叙事学理论选取并详细阐述了对虚构故事的传统论述中的许多论题，从公元前 4 世纪亚里士多德的《诗学》到韦恩・布斯的《小说修辞学》(1961)；近期的理论适用于来源于俄国形式主义，尤其是在法国结构主义中新近发展起来的论题、概念和分析方法此类问题。”①“结构主义批评家们把不同情节看成是构建虚构故事的成套可替换的规范与代码，他们用语言学理论模式来分析、划分这些传统情节形式。”②如果从虚构的角度来看待中国的故事，按照浦安迪的观点，“中国叙事文学可以追溯到《尚书》，至少可以说大盛于《左传》，但是如果我们把研究的中心放在虚构性叙事问题(亦即英文中的 fiction)之上，则今天看得到的中国最古的小说，大概是六朝志怪”。③ 更为关注的是明清奇书的虚构性，认为中国小说“演义”属于虚构叙述，“可惜的中国五四以来的学者似乎忽视了这一层重要渊源而过分强调了宋元的口传文学的影响”。④ 西方学者通常会把古希腊罗马史诗看作是古典叙事的源头，我们对中国古典史、传、记这类讲述历史故事的文体进行辨析后，发现不少史文，如《尚书》《左传》《史记》《吴越春秋》《汉书》《后汉书》《三国志》等，承载了大量故事，同样也具备了中国文学的诸种要素。在西方，文学叙事是按照一定的故事情节来演绎的，精心的布

① [美]艾布拉姆斯：《文学术语词典》，吴松江等译，北京大学出版社 2009 年版，第 347 页。
② [美]艾布拉姆斯：《文学术语词典》，吴松江等译，北京大学出版社 2009 年版，第 457 页。
③ [美]浦安迪：《中国叙事学》，北京大学出版社 1996 年版，第 11 页。
④ [美]浦安迪：《中国叙事学》，北京大学出版社 1996 年版，第 29 页。

局显示出完整性，主体精神的勃发深刻地揭示出对于人类命运的严肃思考，叙事方式释放出虚构的力量。

第二节　现代变革

学术界关于中国文学观念现代转型的探讨，在方法论上不再坚守纯粹的反传统或者割裂传统的思维方式，而是越来越强调从传统与现代的整体性关联中考察文学观念的重构，沿着这种思路探讨，取得了不少有影响的成果。① “讲故事”对中国文学影响深远，形成了民族特色鲜明的文学观念，因此，对于“讲故事”传统文学观念的现代转型研究具有特殊的意义。然而，这一文化资源至今并没有得到深度有效的开掘，还存在很多争论。“讲故事”作为中国传统的文学观念，这种基因为何能在现代遗传？在继承传统的基础上出现了什么样的变异？有哪些值得反思的地方？这些都是需要探讨的问题。

一

首先，故事与现代诗学的契合。

五四时期是文化变革的时期，对于传统文化的质疑是时代的浪潮，“讲故事”作为一种文学传统观念也被推到了风口浪尖上，出现了与现代“断裂”的迹象。就表现内容而言，“讲故事”被现代学者认为糟粕太多。鲁迅抨击“中国古书，叶叶害人”，最不可救药的则是古书中的故事，之所以要求人们读古

① 参见赵黎明：《“境界”传统与中国新诗学的建构》，《文学评论》2018 年第 5 期；宋剑华：《新文学对传统文化的批判与承续》，《中国社会科学》2014 年第 11 期；贺仲明：《五四作家对中国传统文学经典的重构》，《中国社会科学》2016 年第 9 期；姚文放：《文学传统与现代性》，《学术月刊》2001 年第 11 期；李遇春：《中国文学传统的创造性转化——重建文学研究的古今维度》，《天津社会科学》2016 年第 1 期；方锡德：《中国现代小说与文学传统》，北京大学出版社 1992 年版。

书"则略去故事",原因就在于"而说故事,则大抵谬妄,陋易医,谬则难治也"。[①] 即使是被奉为经典的古代文学作品,现代学者看重的却是作品中关于人性、人情的书写,而不再是讲的故事了,陈独秀告诫人们:"今后我们应当觉悟,我们领略《石头记》应该领略他的善写人情,不应该领略他的善述故事;今后我们更应该觉悟,我们做小说的人,只应该做善写人情的小说,不应该做善述故事的小说。"[②]就艺术形式而言,"讲故事"被认为是低级的、粗糙的,难登大雅之堂。现代学者深究小说、戏剧地位不高的原因时,都把矛头指向了"讲故事",闻一多说:"故事是民间的产物,不用讳言,它的本质是低级的。(便在小说戏剧里,过多的故事成分不也当悬为戒条吗?)正如从故事发展出来的小说戏剧,其本质是平民的,诗的本质是贵族。"[③]茅盾以西方小说发展的历史阶段为例,试图说明中国传统单纯的"讲故事"只是小说的初级形式,因此缺乏审美价值。[④] 中国现代小说创作和批评标举"现实主义""浪漫主义""典型""性格""情节"等,而对"讲故事"则讳莫如深。沈从文在 1933 年写作《月下小景》时在题记中感叹:"中国人会写'小说'的仿佛已经有了很多人,但很少有人来写'故事'。"有人在评价这部作品时说,"小说就是讲故事"这种观念在现代已经被人们看作是"陈腐的文艺原则"了,沈从文被认为是"在新文艺界第一个讲故事的作家"。[⑤] "讲故事"在现代遭受冷落,由此可见一斑。

然而,文化、文学观念秉承的遗传基因,现代与古代血脉相连是无法完全割舍的,现代以来对于"讲故事"文学观念的否定,只是与传统关系的一个方面,所谓"断裂"只是在传承的过程中会发生一些变异而已。就像有的学者所

---

① 鲁迅:《致许寿裳》(1919 年 1 月 16 日),载《鲁迅全集》第 11 卷,人民文学出版社 1981 年版,第 357 页。

② 陈独秀:《〈石头记〉(我以为用〈石头记〉好些)新叙》,载《陈独秀文章选编》(中),生活·读书·新知三联书店 1984 年版,第 118 页。

③ 闻一多:《文学的历史动向》,载《闻一多选集》1 卷,四川文艺出版社 1987 年版,第 367 页。

④ 参见玄珠(茅盾):《小说研究 ABC》,世界书局 1928 年版。

⑤ 侍桁:《故事的复制——评沈从文著〈月下小景〉》,载邵华强编:《沈从文研究资料》(上),知识产权出版社 2011 年版,第 22 页。

强调的那样:“一个纵向的大背景是两千多年的中国古典文学传统,当我们论证那关键性的‘断裂’时,断裂正是一种深刻的联系,类似脐带的一种联系,而没有断裂,也就不成其为背景。”①就“讲故事”文学观念而言,与中国文学的现代化转型在内在精神上不乏契合之处,形成的是相互依存和转化的耦合机制,促成了文学观念变革的学术增长点。

首先,民间性。与传统诗文不同,“讲故事”在勾栏瓦舍甚至田间陌头呈现出鲜活的生命力,民间性显示出故事的基本特性。就如同本雅明所说:“一个讲故事的能手总是扎根于民众,尤其扎根于手艺人阶层。”②这一特质在地域辽阔历史悠久的中国表现得尤为突出,有学者对于世界各地3000年来流传的故事进行比较后认为:“除了中国以外,大概不会有任何一个地方能使我们看到在一个时间跨度大而又顺利发展的民族文化中有如此完整的民间故事。”③故事的民间性与新文化、文学运动的方向是一致的。

从逻辑的层面来看,现代以来以民间性为圭臬,阐述了文学革命性质。五四时期将新旧文化、文学的对立转换成民间与贵族的对立,所谓“活的文学”指的就是迥异于陈腐的贵族文学而唯一存在于民间的文学。周作人在《平民文学》中指出:“平民文学应该着重,与贵族文学相反的地方,是内容充实,就是普遍与真挚两件事。”④与陈独秀在《文学革命论》中提出的“推倒雕琢的阿谀的贵族文学,建设平易的抒情的国民文学”主张是一致的。胡适认为文人的雕琢导致了文学生命的枯萎,唯有回到民间,“我们可以看出一些活的问题,真的哀怨,真的情感,自然地产出这些活的文学”,最为著名的论断就是:

① 黄子平、陈平原、钱理群:《论“二十世纪中国文学”》,《文学评论》1985年第5期。

② [德]瓦尔特·本雅明:《无法扼杀的愉悦:文学与美学漫笔》,陈敏译,北京师范大学出版社2016年版,第68页。

③ [德]艾伯华:《中国民间故事类型索引》,王燕生、周祖生译,商务印书馆1999年版,第430页。

④ 周作人:《艺术与生活》,上海文艺出版社1999年版,第1页。

“一切新文学的来源都在民间。”①在关系到民族存亡的救亡时期，文学肩负着特殊历史使命，文学的战斗性离不开民间性，特别是毛泽东在延安文艺座谈会上发表讲话后，文艺工作者积极响应向大众人民学习的号召，民间性成为了学者著书立说的自觉追求，“为了人民大众对于民间文学是喜闻乐见的，我希望能有一个‘新的民间文学运动’，我指的是民间故事、民歌、谚语这一类的文学”。② 这一阶段将文学现代转型奏响的主旋律推向了又一个高潮。

从历史的层面来看，现代以来以民间性为参照，清理了中国文学源流。新文化运动的一个非常重要的实绩，就是开拓性地展开了民间文化资料的收集整理和研究，开掘了中国文学新的资源，来自民间的故事这股潜流在现代受到关注成为了显学。1922 年北京大学研究所国学门成立，主办《歌谣周刊》，开始对民间歌谣进行大规模的收集整理，民间文化研究拉开了序幕；20 世纪 20 年代末期广东、浙江相继成为民间文化的新阵地，1930 年出版《民俗》周刊、《民间》月刊和系列丛书，与北京大学注重歌谣为主的收集不同，这个时期民间故事的收集整理占据了很大的比例；到了 20 世纪 40 年代出版了不少民间故事集，比如北新书局老板李小峰化名林兰还亲自编辑了 40 多种民间故事集。现代以来，中国学者开始撰写中国文学史时，故事因其洋溢着浓郁的民间气息，汇入到了中国文学历史长河中。鲁迅在《中国小说的历史变迁》中说到小说起源与民间故事活动不可分离：“至于小说，我以为倒是起于休息的。人在劳动时，既用歌吟以自娱，借它忘却劳苦了，则到休息时，亦必要寻一种事情以消遣闲暇。这种事情，就是彼此谈论故事，而这谈论故事，正就是小说的起源。”③胡适写作《白话文学史》，用了一章的篇幅对于中国故事诗进行梳理并予以高度评价，就是因为：“纯粹故事诗的产生不在于文人阶级而在于爱听故

① 胡适：《白话文学史》，百花文艺出版社 2002 年版，第 11 页。

② 赵景深：《民间文学概论》，上海北新书局 1950 年版，第 2 页。

③ 鲁迅：《中国小说的历史变迁》，载《鲁迅全集》第 9 卷，人民文学出版社 1981 年版，第 302—303 页。

事又爱说故事的民间。”[①]在郑振铎看来:“《四库全书总目》别集部所列,多不足为凭;其分类亦未恰当;且尤多遗漏;伟大的国民文学,如《水浒》,《三国演义》,《西游记》等一概不录——《四库总目》内本就不列小说一门——非以现代的文学的原理,来下一番整理的功夫不可。”[②]也就是说,没有被《四库总录》收录的《水浒》《三国演义》《西游记》等,其实在民间早已流传,只有以“现代的文学原理”即民间视角进行整理,才能够被纳入文学史的范畴。赵景深在为蒋祖怡的《中国人民文学史》做的序中,充分肯定该著把伏羲女娲神话同浙东民间流传的天地开辟故事联系起来的做法,讲到小说的时候还特别介绍民间传说和说书。[③]

其次,劝诫性。柏拉图在《理想国》中强调要用“好的故事”来教育儿童,关于诸神的故事是主体,而且所讲的是“最大的、宇宙中最重要的事情”,因此,对于人生具有重大意义。故事的道德净化功能被中国现代学者高度重视,胡适说:“儿童既喜欢,有兴趣能够看的那些童话、神话、故事等,不妨尽搜罗来给他们看,尽听他们自己去看,用不着老师来教。”[④]现代启蒙高度关注人的发现,建设“人的文学”与“活的文学”一样,成为了五四文学革命的重要目标。不管是胡适提出将“人的文学”作为五四文学革命的目标,还是茅盾倡导“为人生”的艺术理念,都将新道德作为建设“人的文学”的应有之义。周作人在《人的文学》中说:“人的文学,当以人的道德为本,这道德问题方面很广,一时不能细说,现在只就文学关系上,略举几项。”[⑤]他列举的道德包括两性的爱、亲子的爱等,由道德理性扩展到人的欲望,体现出新文学对于新道德的关注特点。

---

① 参见胡适:《白话文学史》第六章《故事诗的由来》,上海古籍出版社 1999 年版。

② 郑振铎:《文艺丛谈》,《小说月报》1921 年第 1 期。

③ 参见蒋祖怡:《中国人民文学史》序,上海北新书局 1950 年版,第 1—4 页。

④ 胡适:《儿童文学的价值》,载《1913 — 1949 年儿童文学论文选集》,少年儿童出版社 1962 年版,第 481 页。

⑤ 参见周作人:《人的文学》,载《艺术与生活》,上海文艺出版社 1999 年版。

诗文固然发挥着重要的“诗教”“文以载道”功能，然而更多的只是在上流社会产生影响，通过故事来表现人生境界比起说教更加深入人心，即所谓“圣贤之道，未有不于行事见而但于言语见者也”。[①] 现代以来倡导“欲新一国之民，不可不先新一国之小说”，自觉选择了“讲故事”这样一条便于通达寻常百姓家的路径。对于旧道德的批判，主张要从故事入手，武侠小说那些锄强扶弱除暴安良的英雄黄天霸、白玉堂等就是通过故事表现出来：“中国下层社会里的人物，他们的思想，始终有着模糊的英雄主义的色彩，那完全是武侠故事所教训的。”[②]对于新道德的倡导，也主张从故事中去挖掘。比如婚姻自由、男女平等、个性解放是现代的道德理想，通过讲述刘兰芝与焦仲卿的故事，能够得到下层民众的理解和认同，熊佛西认为：“农民剧本的结构应该先是一个很具体而生动的故事。”“使它的故事是一个人类的、有血有肉的人类的故事，……把它改编成一个有实感的人生片段”。[③] 傅斯年同样注重从故事中去领略人生意味，他说：“我们为什么爱读《孔雀东南飞》呢？因为它对于人生做了个可怕的描写。”[④]所谓“可怕的描写”，就是这个故事对于封建宗法观念下青年婚姻不自由的旧道德规范进行的无情揭露。现代以来还将故事的劝诫性特征上升到小说创作理论的高度来认识，梁实秋说：“一般民众之所以要求小说，是因为要读故事。”“然而故事是需要的，尤其是在小说里，故事是唯一的骨干，没有故事便没有小说。问题是在——故事有没有意义？借了故事的躯体而描写人性，这便是好的小说。”[⑤]沈从文的《看虹录》反映了以“我”为代表的中产阶级的人生境况，就是通过故事来演绎的，结尾写道：“到末了，‘我’便消失在

---

① 阮元：《论语解》，载《揅经室集》（上），邓经元点校，中华书局1993年版，第49页。

② 张恨水：《武侠小说在下层社会》，1945年11月《周报》第11期。

③ 熊佛西：《戏剧大众化之实验》，南京正中书局1937年版，第21—28页。

④ 傅斯年：《白话文学与心理改革》，载《中国新文学大系 · 建设理论集》（影印本），第205页。

⑤ 梁实秋：《现代文学论》，载童庆炳编：《20世纪中国文论经典》，北京师范大学出版社2004年版，第166页。

‘故事’里了。在桌上稿本内,已写成了五千字。我知道这小东西寄到另外一处去,别人便把它当成‘小说’,从故事中推究真伪。对于我呢,生命的残余,梦的残余而已。”

最后,口语化。就如同有的学者总结的那样:“遍及世界各国的讲故事,既是一种和人类生存发展攸关的文化娱乐教育活动,又是一种口头语言艺术创造活动。”①唐代佛教兴盛,为使得经书通俗而改为口语色彩浓厚的“俗文”,到后来变文则专讲故事,成为了口头讲话的艺术,宋代以来说书成为了职业,说书人讲故事所用的底本即话本,属于言文一致的白话,对于中国早期的短篇小说和长篇小说的影响很大。中国传统故事的口语特点备受现代学者关注,鲁迅说:“以俚语著书,叙述故事,谓之‘评话’,即今所谓‘白话小说’者是也。”②在胡适看来,《水浒》《西游》《三国》以及关汉卿的戏曲中的故事,“不避俗字俗语”,“言文合一,白话几成文学的语言矣”。③

口语化正体现了新文学运动反对文言文倡导白话文的内在要求。胡适认为,“一切语言文字的作用在于达意表情”,因此需要一种“可读,可听,可歌,可讲,可记……村妪妇孺皆可懂”的“活的语言”“活的文学”。因为讲故事使用的是白话,所以主张将小说地位提升,“今人犹有鄙夷白话小说为文学小道者,不知施耐庵、曹雪芹、吴趼人,皆文学正宗,而骈文律诗乃真小道耳。”④包天笑在其主编的《小说画报》中,极力主张“小说以白话为正宗”,并认为“文学进化之轨道,必由古语之文学而变为俗语之文学。”⑤守旧派尽管对于白话文运动持怀疑态度,但主要针对的是诗文,认为在小说创作方面还是可行的,梅光迪承认:“小说词曲故可用白话,诗文则不可。”⑥口语化成为了文学创作方

---

① 刘守华:《中国民间故事史》,湖北教育出版社 1999 年版,第 4 页。

② 鲁迅:《中国小说史略》,载《鲁迅全集》第 9 卷,人民文学出版社 1981 年版,第 110 页。

③ 胡适:《文学改良刍议》,《新青年》第 2 卷第 5 号,1917 年 1 月。

④ 胡适:《文学改良刍议》,《新青年》第 2 卷第 5 号,1917 年 1 月。

⑤ 包天笑:《例言》,《小说画报》1917 年第 1 期。

⑥ 胡适:《胡适学术文集 · 新文学运动》,中华书局 1993 年版,第 378 页。

向，周扬在评价赵树理的时候说："他在他的作品中那么熟练地、丰富地运用了群众的语言，显示了他的口语化的卓越的能力；不但在人物对话上，而且在一般叙述的描写上，都是口语化的，在他的作品中，我们可以看出和中国固有小说传统的深刻联系；他在表现方法上，特别是语言形式上吸取了中国旧小说的许多长处。"①文学史的编写更是突出了故事的口语特点，胡适编写《白话文学史》，关注很多由于不识字平民的"唱歌说故事"的口语特点，介绍六朝文学时专门介绍包括《孤儿的故事》《孔雀东南飞》等"故事诗(Epic)"，反复说明"说"的特点："小百姓是爱听故事又爱说故事的，他们不赋两京，不赋三都，他们有时歌唱恋情，有时发泄苦痛，但平时最爱说故事。""故事诗的精神全在于说故事：只要把故事说的津津有味，娓娓动听。"②郑振铎的《中国俗文学史》中所指的"俗文学"包括大众的、集体的口传文学，蒋祖怡的《中国人民文学史》涵盖历代劳动人民创造的口头的文学，包括神话与传说、巫舞与杂剧、传说与说话、讲唱与表演等。

其实，故事的民间性、劝诫性、口语化特征，并不是孤立的，而是相互联系相互作用的，形成了文学现代性变革的合力。启蒙运动旨在教育大众唤醒大众，民间化、大众化潮流推进了"人的发现"的实现，就如同郑伯奇所说："启蒙运动的本身，不用说，蒙着很大的不利。于是大众化的口号自然提出了。""中国目下所要求的大众文学是真正的启蒙文学。"③郭沫若之所以倡导文学大众化，主要是因为五四文学是"新式的'子曰诗云'"，大众看不懂，失去了教育大众的功能，而大众文艺就是"教导大众的文艺"，大众文艺作者是"先生""导师"，"老实不客气的是教导大众，教导他怎样去履行未来社会的主人的使命"。④ 文言造成了与口语的疏离，形成的是古代文人独特的价值空间，具有

① 周扬：《论赵树理的创作》，载童庆炳编：《20世纪中国文论经典》，北京师范大学出版社2004年版，第253页。

② 胡适：《白话文学史》，百花文艺出版社2002年版，第46—47页。

③ 郑伯奇：《关于文学大众化的问题》，《大众文艺》1930年第3期。

④ 郭沫若：《新兴大众文艺的认识》，《大众文艺》1930年第3期。

浓厚的贵族气息，唯有口语化才与民间性一致，周作人在《平民的文学》中说：“就形式上说，古文多是贵族的文学，白话多是平民的文学。”①

二

下面，我们需要重点考察的是，故事意义指向在现代的变迁。

“讲故事”作为一种传统的文学观念，在进入现代的文论话语体系后，其意义指向不再与传统同日而语，所讲的故事与客观现实的关系发生了巨大变革。浦安迪在《中国叙事学》中明确提出“叙事就是讲故事”，并总结出中国古代文学故事的意义指向的独特之处，认为“西人重‘模仿’，等于假定所讲述的一切都是出于虚构。中国人重‘传述’，等于宣称所述的一切都处于真实”。②如果说中国传统的故事意义指向是事件的“真实”，属于非虚构的范畴，那么现代以来则转向了虚构，突出的是艺术上的“真实”。具体表现在故事的缀合性、奇幻性、悠远性和超越性。

首先，故事的缀合性。传统的所谓“故事”，与“史”相关。《说文解字》这样解释“史”：“史，记事者也”。司马迁在《史记·太史公自序》说：“余所谓述故事，整齐其世传，非所谓作也。”这里所说的“故事”就是指对于过去已经发生了的事件的忠实记录，这一传统源远流长，春秋时期就出现史官，并且有了明确分工，即“左史记言，右史记事”。真实的史传在文中的等次极高，不论“六经皆史”还是“史贵于文”也都表明了这一点，演义、野史、外史、稗史、异史、别传、外传、列传等皆依附于史，均体现出一种以小说叙史的观念，即使像《聊斋志异》作者蒲松龄，也自称是“异史氏”，即讲述别一种历史的人。中国古代小说讲的故事被视为道听途说、街谈巷语，存在不实之处，在古代文论中远远不及史传文学地位高，而被视为“小道”“末技”，在《文心雕龙》里连次等的文类都没有列进去。

---

① 周作人：《艺术与生活》，上海文艺出版社 1999 年版，第 1 页。

② ［美］浦安迪：《中国叙事学》，北京大学出版社 1996 年版，第 31 页。

而现代小说理论的建构主张故事的缀合性,有意打破了历史的真实性,是从对于文学讲"史"的否定开始的。鲁迅将正史称作"相斫书",告诫人们与其读线装的历史书,不如去读"野史;或者看杂说"。在《中国小说史略》第一篇《史家对于小说之著录及论述》指出:小说被看作是"史"的一个支流而难有真知灼见,"史家成见,自汉迄今盖略同"。① 在具体的文学批评实践中也体现了出来,1934 年 5 月 16 日通过书信指出郑振铎的历史小说《桂公塘》"太为《指南录》所拘束,未能活泼耳"的不足,批评中国古代的一些历史小说,"拘牵史实,袭用陈言,故既拙于措辞,又颇惮于叙事,蔡奡《东周列国志读法》云,'若说是正经书,却毕竟是小说样子……但要说他是小说,他却件件从经传上来。'本以美之,而讲史之病亦在此"。②

故事的缀合性强调"不必实有其事",通过事件的跨时空的组合即"新编"来实现。鲁迅在《故事新编》的序言中说,在利用历史故事创作时,"艺术的真实非即历史上的真实,我们是听到过的,因为后者须有其事,而可以缀合,抒写,只要逼真,不必实有其事也。"他有意让历史人物自由穿梭于古今之间,这些"故事"并不是指向真实发生的事情,甚至有意与历史相悖,与中国古代的故事传统大相径庭,开辟了中国现代历史小说创作的先河。鲁迅曾经向郁达夫讲过写作唐玄宗和杨玉环故事的一个构思,死后的杨玉环与得了神经病的唐玄宗相见作为结尾,郁达夫由此悟出,小说就是要走出拘泥于史实的泥淖,认为"历史小说的好处,就在小说家可以不被史实所拘,而可以利用历史"。③ 郭沫若在历史小说创作中,出现了很多只有现代才有的词语,比如"面包""馒头""薪水""共产""共妻"等现代词,甚至还有"喜坡哄屈里亚"(Hypochondria)、"结核性脑膜炎"(tuberculous Meningitis)等外来词,词语的"油滑"解构了故事的真实性。虽然故事讲述的是已经发生的事情,但是打破了时间顺序和空间

① 鲁迅:《中国小说史略》,载《鲁迅全集》第 9 卷,人民文学出版社 1981 年版,第 10 页。
② 鲁迅:《中国小说史略》,载《鲁迅全集》第 9 卷,人民文学出版社 1981 年版,第 148 页。
③ 郁达夫:《历史小说论》,《创造月刊》第 1 卷第 2 期,1926 年 4 月。

秩序,交错组合在一起,使得故事具有了虚构的意味。

其次,故事的奇幻性。所谓奇幻性,就是指讲述的故事神秘诡异,在现实生活中是根本不可能发生的,只是在人的意念中发生。古代传奇中不乏虚构的故事,本来是有贬义的,却为现代文论青睐。唐代佛教经变故事传播开来,虚幻的色彩浓厚。唐代传奇兴起,内容多传述奇闻异事,有别于韩柳正统散文观念,在鲁迅看来,唐人传奇"始有意为小说",就在于"叙述委婉,文辞华艳",最为重要的是继承了"搜奇记逸"的基因。认为宋江等人的故事的传奇演绎,才成就《水浒》,"于是自有奇闻异说,生于民间,辗转繁变,以成故事,复经好事者掇拾粉饰,而文籍以出"。①

与此相应的是,故事的奇幻性在现代小说理论建构中大行其道,声称在小说中表现"事理"的最高境界是"幻境":"举凡宙合之事理,有为人群所未悉者,庄言以示之,不如微言以告之;微言以告之,不如婉言以明之;婉言以明之,不如妙譬以喻之;妙譬以喻之;不如幻境以悦之:而自来小说大家,皆具此能力者也。"②

现代作家小说与传奇结下不解之缘,张爱玲将自己的第一本小说集命名为《传奇》,沈从文最后发表的小说也命名为《传奇不奇》,将"奇人""怪人""怪事"等列入小说题目在现代更是屡见不鲜。沈从文将湘西发生的离奇事件在大都市讲述,写成小说的故事不可避免地会被读者当作传奇来看待,这也是作家期待与读者融合的视野,他在小说《传奇不奇》文稿后题识:"卅七年末一日重看,这故事想已无希望完成。"在小说结尾最后特意告诉读者:"我还不曾看过什么'传奇'比我这一阵子亲身参加的更荒谬更离奇。也想不出还有什么'人生'比我遇到的更自然更近乎人的本性!"③当代作家冯骥才《俗世奇人》中收集了长期流传津门的民间传说,记写的都是奇人怪事,一般人都闻所

① 参见鲁迅:《中国小说史略》,载《鲁迅全集》第9卷,人民文学出版社1981年版。

② 陶曾佑:《论小说之势力及影响》,《月月小说》1903年第8号。

③ 沈从文:《传奇不奇》,载《沈从文全集》第10卷,北岳文艺出版社2002年版,第453页。

未闻，他在该作品集的《题外话》中如此津津乐道："古小说无奇不传，无奇也无法传。传奇主要靠一个绝妙的故事。把故事写绝了是古人的第一能耐，故而我始终盯住故事。"就是从古代小说中汲取了故事的奇幻性智慧。

作品中的故事强调"荒谬离奇"、有悖于现实常态的惊奇效果，这是现代美学观念的充分体现。柏拉图时代就把诗人称为说谎者，19 世纪唯美主义代表王尔德认为古老的说谎艺术已经衰落了，在当代应该恢复，他说："最后的启示是，撒谎——讲述美而不真实的故事，乃是艺术的真正目的。"①自称为"乡下人"的沈从文就是利用乡下富有传奇、虚幻色彩的故事来满足都市读者的阅读心理，在小说《三个男人和一个女人》修改版本的开头和结尾直陈自己关于"故事"的理解："因为落雨，朋友逼我说落雨的故事。这是其中最平凡的一个。它若不大动人，只是因为它太真实。我们都知道，凡美丽的都常常不是真实的，天上的虹同睡眠的梦，便为我们作例。"他用的是"生命""爱""美""人性"等词语，表现的是"人生的形式"。沈从文在《〈看虹摘星录〉后记》中说："不管是故事还是人生，一切都应当美一点。"所谓"美"建立在超越真实的基础之上，在他看来："这种世界即或根本没有，也无碍于故事的真实。"阐发的就是故事和真实的悖论，张扬的是故事的虚构特征。

再次，故事的悠远性。讲述的故事因为空间和时间的悠远，距离感造成了虚构的效果。本雅明在《讲故事的人》中把讲故事的人分成水手和农夫两种类型，那种见多识广的人带回的远方的传说和那种当地人了解最深的过去的传说融会到一起，成就了故事的悠远特点，当然不能生硬照搬这种理论来解释中国"讲故事"的文学观念。但是应该看到，中国现代文论在西方文化人类学的影响下，把考察文化和文学的视野投向了遥远的人类童年时代，发掘了本土文化中滋生出来的神话、传说、史诗、童话、寓言等故事的文体，虽然文体的边界界定不够清晰，存在混杂不清的瑕疵，但是抓住了悠远性这一核心特点，重

① ［英］王尔德：《谎言的衰朽》，杨恒达译，载赵澧、徐京安编：《唯美主义》，中国人民大学出版社 1988 年版，第 144 页。

新阐释了故事的要义。

神话与传说。孔子强调“不语怪力乱神”，其中就有对于神话的排斥。现代以来对于神话的重新关注，受到了西方人类学家的影响，力图从悠远的习俗中寻求文化的源头。神话是通过一种幻想的方式来把握世界的，茅盾是这样定义神话的：“神话是一种流行于上古时代的民间故事，所叙述的是超乎人类能力以上的神们的行事。虽然荒唐无稽，可是古代人民互相传述，却确信意味是真的。”[①]这些远古的故事在现代人看来“荒唐无稽”，意思就是说具有虚构的意味。神话在流传的过程中出现了历史化演变，黄帝、伏羲、女娲等不再是作为神，而是作为自己的祖先来看待的，比如《史记·三皇纪》中记载：“炎帝神农氏……始教耕，故号神农氏。”即神农与农耕时代先民的距离在拉近。现代学者高度关注神话的历史化问题，中国神话研究就是要回到上古时期以原始的生活和信仰为依据来整理，试图恢复神话的价值。鲁迅《中国小说的历史的变迁》的第一讲是《从神话到神仙传》，认为小说不是起源于稗官，而是起源于神话和传说，认为：“从神话演进，故事渐近于人性，出现的大抵是‘半神’，如说古来建大功的英雄，其才能在凡人之上，由于天授的就是。”[②]强调的仍然是神、英雄身上不同于人的超凡脱俗的特点。神话故事是远古的文化遗产，开启了现代作家的心智，五四时期对于人的发现，是充满了虚构的色彩的。沈从文认为：“我们似乎需要‘人’来重新写作‘神话’。这神话不仅综合过去人类的抒情幻想与梦，加以现实成分重新处理。应当是综合过去人类求生的经验，以及人类对于人的认识，为未来有所安排。”[③]他说的所谓神话，并不是完全着眼于现实，更多的是对于未来的想象。现代学者对神话与传说没有严格区分，大多将传说看作是神话人性化演进的结果，鲁迅在《中国小说史略》

① 茅盾：《神话研究》，百花文艺出版社1981年版，第63页。

② 鲁迅：《中国小说的历史的变迁》，载《鲁迅全集》第9卷，人民文学出版社1981年版，第302页。

③ 沈从文：《北平的印象与感想》，载《沈从文全集》第12卷，北岳文艺出版社2002年版，第284页。

中说:“传说之所道,或为神性之人,或为古英雄,其奇才异能神勇为凡人所不及。”①强调的也是与普通的现实中的人的巨大不同。

史诗。荷马史诗作为古希腊文明的瑰宝,因为故事中的“人神同性”而被称为“希腊的《圣经》”。黑格尔曾经指出过中国缺乏史诗这一现象,中国现代学者分析原因时,将史诗中的故事与虚构特征紧密联系在一起。朱光潜分析了五个方面的原因,其中第一条“哲学思想的平易和宗教情操的浅薄”。第五条为“史诗和悲剧都是原始时代宗教思想的结晶,与近代社会状况与文化程度已不相容”。概括起来就是,中国故事缺乏西方宗教般超凡脱俗的意识,因此史诗匮乏。胡适译介和推崇的故事诗(Epic),实际上指的是西方的史诗,它在中国出现得很晚,主要是因为中国人的地理环境和生存条件的约束,缺乏了虚构和想象力,因此出现了世界文学史上一个少见的现象。因为焦仲卿与刘兰芝的故事演绎了“中有双飞鸟,自名为鸳鸯,仰头相向鸣,夜夜达五更”的浪漫和神奇,胡适称之为“不朽杰作”“古代民间最伟大的故事诗”,②钱玄同、傅斯年、刘大白、刘大杰、朱湘等一批新文学运动倡导者均从这个角度盛赞此故事诗。

童话和寓言。中国学者对于童话故事的喜好,受到了英国文化人类学研究的影响,主要是将各国对于远古的故事文本进行对比分析,来研究人类早期的文化活动。周作人是最早开始童话研究的学者,1913 年开始相继发表《童话研究》《童话论略》《古童话释义》等,对于童话的起源、价值等进行尝试性的分析和论述,赵景深的《童话概要》(1927)、《童话论集》(1927)、《童话 ABC》(1929)是童话理论研究的力作,另外钟敬文、郑振铎、叶绍钧等人也加入到了童话研究的行列,同时周作人、茅盾、夏丏尊、孙毓修等人将格林童话、安徒生童话等译介到中国。人们对于童话如此热衷,是和这种文体的特征密切相关

① 鲁迅:《中国小说史略》,载《鲁迅全集》第 9 卷,人民文学出版社 1981 年版,第 18 页。
② 胡适:《白话文学史》,百花文艺出版社 1986 年版,第 52 页。

的。童话常常被看作是儿童文学体裁，个体的童年与人类的童年一样，对于荒诞不经的事情信以为真，因此，童话讲述的都被看作是幻想、虚构的故事，呈现出文体的本质特征。周作人认为童话讲述的属于“荒唐乖谬的故事”，极大拓展了故事的想象，因此具有价值意义，“神怪的事只要不过恐怖的限度，总还无妨”。并直接用“新奇”来作为童话的特征之一，所谓“新奇”即“非现实的神奇世界”。[①] 赵景深认为童话是虚构的，讲述原始民族信以为真的故事，与神话性质一样，“即神话的最后形式，小说的最初形式”。[②] 寓言与童话在现代文论中混为一谈，强调其中讲述的故事的虚构特征是相同的，周作人认为：“寓言是童话的一种，不过略微简短，又多含着教训的意思，普通就称作寓言。”[③]鲁迅说庄子：“著书十余万言，大抵寓言，人物土地，皆空言无事实，而其文则汪洋辟阖，仪态万方，晚周诸子之作，莫能先也。”[④]可见也是在突出寓言故事的虚幻特征。

最后，故事的超越性。对于中国现代小说创作和批评观念产生巨大影响的是现实主义理论，主张小说中讲述的是在现实生活中已经发生了的事情，讲述故事的价值意义在于对于现实的超越，从而具有虚构的意味。

现实主义常常被看作是区别18世纪初期小说虚构作品的分水岭，这是就题材而言的，但是，现实主义在处理与现实的关系时，因为拉开了与现实的距离而同样具有虚构的意味。现实主义理论可以追溯到古希腊时期的模仿说，柏拉图提出模仿说，把艺术看作是现实的影子，认为客观现实的东西才具有理念的意义，艺术作为说谎者被逐出了理想国。亚里士多德在《诗学》中强调“已经发生的事”与“可能发生的事”完全不同，在模仿与现实的异质性的认识方面与柏拉图是一致的，不同之处在于，他承认诗人的模仿比历史学家的忠实

① 周作人：《童话略论》，载《儿童文学小论》，上海儿童书局1932年版，第15页。
② 参见赵景深：《童话概要》，上海北新书局1927年版。
③ 周作人：《艺术与生活》，上海文艺出版社1999年版，第26页。
④ 鲁迅：《汉文学史纲要》，载《鲁迅全集》第9卷，人民文学出版社1981年版，第364页。

记录更具有普遍性,更具有价值意义,奠定了后世虚构的理论基础,以至于亚里士多德《诗学》研究专家凯特·汉伯格和叙述学家热拉尔·热奈特主张将“模仿”直接翻译为“虚构”。① 在客观讲述的故事背后,蕴含着对于客观事物的理性把握,成为了现实主义经典理论的核心。现实主义最初介绍到中国被称为写实主义,20 世纪 30 年代写实主义的代表人物有茅盾、老舍、沈从文等,他们的理论和创作价值意义在于揭示“实”的背后的“虚”。茅盾的《子夜》调查过商界、金融界等,有丰厚的现实基础,但是在学术界更为看重的是故事背后对于社会历史性质的认知和把握,老舍则从庶民故事中提炼出传统与现代价值交错的规律,沈从文讲述湘西故事则寄寓着自己的乌托邦,因此三个人的小说被冠以“写实主义小说的虚构”的命名。②

现实主义不仅注重细节的真实,更看重的是其中具有的典型意义,典型成为了现实主义理论中的核心范畴。早在 1921 年鲁迅就已经开始使用“典型”这一术语,后来瞿秋白、成仿吾、茅盾、胡风、周扬等学者作了进一步翻译介绍和探讨,典型塑造包括人物和环境,离不开故事。茅盾在评价阿 Q 这个典型的时候评价说:“在接触灰色的人物的时候,或听得了他们的什么‘故事’时候,《阿 Q 正传》里的片段的画面,便浮现在眼前了”,因为揭示了“人性的普遍弱点”。③ 也就是说,现实主义小说中的故事虽然来源于现实,但是把重心转向了作家的提炼,使之更具有普遍意义。茅盾对于“故事”背后的“普遍性”的揭示,成为了关于典型理论最令人信服的解释。胡风认为:“艺术家在创造‘典型’的工作里面,既需要想象和直观来熔铸他从人生里面取来的一切印象,还需要认识人生分析人生的能力,使他从人生里面取来的是本质的真实的东西。”④周扬说:“典型不是模特儿的摹绘,不是空想的影子,而是作者用丰富

① [法]热拉尔·热奈特:《热奈特论文集》,史忠义译,百花文艺出版社 2001 年版,第 89 页。
② 参见王德威:《写实主义小说的虚构》,复旦大学出版社 2011 年版。
③ 茅盾:《读〈呐喊〉》,《文学周报》1923 年 10 月 8 日。
④ 胡风:《胡风评论集》(上),人民文学出版社 1984 年版,第 98 页。

的想象力把实际上已经存在或正在萌芽的某一社会群共同的性格，综合，夸大，给予最具体真实的表现的东西。”①虽然胡风和周扬围绕典型虽然存在激烈的争论，然而，在阐述艺术典型的创造与生活实践的关系时都一致认为，都强调需要从现实的现象到主观的抽象，完成对于现实的超越。

三

除了故事意义发生了转型，其实结构形态也进行了重塑。

现代以来，“讲故事”另一个整体性变异方面在于结构形态发生了变革。所谓形态本是生物学中的术语，指的是有关生物的现象和本质的科学，与解剖学那样只是注重现象描述不同。故事的结构形态作为有血有肉更是有灵魂的有机体，在现代进行了怎样的重塑呢？

引发故事结构形态变化的直接动因，就是由口头讲述变成了文字印刷传播。郑振铎在《中国小说的分类及其演化的趋势》中说白话小说的特点：“在讲述而不在于著作。”②古代书坊刻字出版十分艰难，讲述是故事十分重要的传播方式。中国的“小说”一词从命名上就是与听说模式相关的。“说书”在隋唐时候被称为“说话”，“话”就是故事，说话即“以故事敷衍说唱”。③“说书人”是从宋元盛极一时的说书技巧——“说话”衍变而来的，明清时期依然存续。现代以来纸媒传播取代了说书的形式，引起了现代学者的高度关注，阿英说晚清小说兴盛的原因时说：“第一，当然是由于印刷事业的发达，没有前此那样刻书的困难；由于新闻事业的发达，印刷需要多量产生。第二，是当时智识阶级受了西洋文化影响，从社会意义上，认识了小说的重要性。第三，就是清室屡挫于外敌，政治又极败，大家只带不足与有为，遂写作小说，以示抨击，

① 周扬：《周扬文集》第1卷，人民文学出版社1984年版，第161页。
② 郑振铎：《郑振铎古典文学论文集》，上海古籍出版社1984年版，第333页。
③ 孙楷第：《俗讲、讲话与白话小说》，作家出版社1957年版，第27页。

并提倡维新与革命。”[①]郑振铎认为文字印刷方便出版，作品能很快问世，造成了小说的兴盛，他说：“印刷术在现代是如何的发达，出版一本书，在百年前觉得很艰难，觉得要费大力量的，在如今却是如何的方便；有的晚上写了，明早便可出印刷机而至市场了；有的前一个礼拜做的，到下一个礼拜便可印在报纸上了。”[②]梁实秋：《现代文学论》中论及小说的现代转型时直接说道：“小说的兴起，是靠了印刷术的进步，或杂志刊物的勃兴，和民众教育的推广。”[③]

故事表达的旧式通道被堵塞，传统小说赖以展开的底本被解构，为故事形态的重塑带来了契机。讲述与写作不同。“说话人讲故事，……故事因讲解而明”，涉及怎样使这个故事让听众喜闻乐见，这里面有很多素养，包括“声、辩、才、博”，尤其是“辩”，“非辩无以适时。”[④]实际上就是和受众的对话技巧。一个说书人要把故事讲得让听众饶有兴趣，需要换不同的语气去讲述，向听众提问并回答问题，临场发挥，满足听众愉悦的心理，所以说讲述的故事是说书人与受众共同的创造，呈现的是不断开放的故事文本，每一次讲述的故事会因为环境、听众等的不同而有所不同。而通过白纸黑字来写作故事，通过缜密构思、精准表达的故事来显示独特的思考，书面的语言方式更能体现出新的价值尺度和文化心理，理性精神潜滋暗长。如同波斯特所言：“言语通过加强人们之间的纽带，把主体建构为一个群体的成员。印刷文字则把主体建构为理性的自主的自我，建构成文化可靠的阐释者。”[⑤]

当然，更为重要的是，人会依据自身的愿望、目的对于媒介变革的影响进行甄别、取舍、提升、凝练，故事结构形态的变革实际上是在媒介转型与人的精

---

① 阿英：《晚清小说史》，人民文学出版社1980年版，第1页。

② 西谛(郑振铎)：《卷头语》，《小说月报》第17卷第10号，1926年10月10日。

③ 梁实秋：《现代文学论》，载童庆炳编：《20世纪中国文论经典》，北京师范大学出版社2004年版，第165页。

④ 孙楷第：《中国短篇白话小说的发展与艺术上的特点》，《文艺报》1951年5月3日。

⑤ [美]波斯特：《信息方式——后结构主义与社会语境》，范静哗译，商务印书馆2000年版，第66页。

神活动互动共生而形成的文化场域中实现的。其实宋代以来故事底本就有了印刷出品，现代以来不只是印刷量的增加，更重要的是主体精神的作用，使得故事的结构形态更加自觉服从于理性的召唤。本雅明对于讲故事和写小说进行了比较，"讲故事的人所讲述的取自经验——亲身经验或别人转述的经验，他又使之成为听他的故事的人的经验。小说家把自己孤立于别人。小说的诞生地是孤独的个人——是不再能举几例自己所关心的事情，告诉别人自己所经验的，自己得不到别人的忠告，也不能向别人提出忠告的孤独的个人。"①在中国现代文论中也是如此，强调不被理解的"孤独"成为了一股新的潮流。鲁迅最喜欢小说集《呐喊》中的《孔乙己》，因为"能于寥寥数页之中，将社会对于苦人的冷淡，不慌不忙地描写出来，此讽刺又不很明显，有大家风范"。② 叶圣陶也评价说《孔乙己》突出了人生的寂寞、冷漠、麻木。③ 郭沫若则用"个人的郁积，民族的郁积"来概括自己写作的动力。④ 郁达夫代表作《沉沦》是现代小说创生时期的重要作品，成仿吾在和郭沫若的通信中，用"孤独的悲哀""离群无爱的孤独"等来评价。⑤ 沈从文对于《边城》的曲解痛心疾首，他说："我作品能够在市场上流行，实际上近于买椟还珠。你们能欣赏我故事的清新，照例那作品背后蕴藏的热情忽略了，你们能欣赏我文字的朴实，照例那作品背后隐伏的悲痛也忽略了。"⑥不被理解的"孤独"，成为了现代作家故事写作的新境界，由引发大众的共鸣转向了个体的沉潜思考，回归到自我的内心世界，向读者呈现自我对于世界独特的理性认识。

故事的现代结构形态不只是时间意义上的外在时序，更是内在品格的具

---

① ［德］本雅明：《本雅明文选》，陈永国、马海良译，中国社会科学出版社 1999 年版，第 42 页。

② 孙伏园：《关于鲁迅先生》，载《京报·副刊》1924 年 1 月 12 日。

③ 叶圣陶：《未厌居文谈〈孔乙己〉中的一句话》，载夏丏尊、叶圣陶：《文心》，生活·读书·新知三联书店 1999 年版，第 274—275 页。

④ 郭沫若：《序我的诗》，载《沫若文集》第 13 卷，人民文学出版社 1961 年版，第 121 页。

⑤ 成仿吾：《通信》，《创造季刊》1922 年第 3 期。

⑥ 沈从文：《沈从文文集》第 5 卷，花城出版社 1984 年版，第 230 页。

体显现,正是在理性精神烛照下,要求故事结构形态完整、严谨。按照本雅明的观点,写小说取代了讲故事,小说家取代了讲故事的人,造成了故事的终结。并不能简单套用本雅明的观点来判定中国现代文论中故事话语的趋向,其实中国现代文论中的故事话语并没有消亡,而是在进行故事形态的重塑。梁实秋说:“我觉得好的小说必须要有一个故事做骨干,结构要完整,要有头有尾有中部,然后作者再凭借着故事来表现作者索要了解的人性,这人性的刻画才是小说的灵魂。”[①]胡愈之在评价叶圣陶对于小说结构时说:“像《一生》《一个朋友》《苦菜》《隔膜》这几篇结构的完密,很可同近代名家短篇小说比拟。”“别的几篇当中,虽然也有结构不大好的,但都能用‘擒贼擒王’的手段,截取人生的剖面。”[②]这与西方叙事学是较为一致的,按照亚里士多德的解释:“所谓‘完整’,指事之有头、有身、有尾。所谓‘头’,指事之不必上承他事,但自然引起他事发生者;所谓‘尾’,恰与此相反,指事之按照必然律或常规自然的上承某事者,但无他事继其后;所谓‘身’,指事之承前启后者。所以结构完美的布局不能随便起迄,而必须遵照此处所说的方式。”[③]强调按照时间线性的顺序有序展开,头、身、尾环环相扣,成为一个有机结合、不可分割的整体,成为了现代文论阐述故事形态的重要支点。

故事的“首”。宋代以来讲述故事用的是白话,语言表达更为充分,时间不断延续,每回都是讲述一两个故事,导致章回体的出现,成为中国古代的长篇小说主要的结构形态。鲁迅把拟话本小说结构分为“头回”和“正话”,“体制则什九先以闲话或他事,后乃缀合,以入正文。”“此种引首,与讲史之先叙天地开辟者略异,大抵诗词之外,亦故用实,或取巧类,或取不同,而多为时事。取不同者由反入正,取相类者较有浅深,忽而相牵,转入本事……凡其上半,谓

① 梁实秋:《现代文学论》,载童庆炳编:《20世纪中国文论经典》,北京师范大学出版社2004年版,第166页。

② 化鲁(胡愈之):《最近的生产——〈隔膜〉》,《时事新报·文学旬刊》第38期,1922年5月21日。

③ 亚里士多德:《诗学诗艺》,罗念生等译,人民文学出版社1962年版,第25页。

之得胜头回。”可见，章回体故事讲述的开头常用的是“从前”“很久很久以前”的表述，并不准确的时间其实淡化了故事发生的时代背景，故事的开头的“闲话”或“它事”是比较随意的，主要是为了吸引听众，与故事的内在结构是缺乏呼应关系的。茅盾根据中国现代小说内容与形式的思想与结构，将之分作新旧两派，而旧派中又可分为三种，集中对于传统的章回体小说进行了反思，认为开头用的是“话说”“且说”，“实在引不起美感”，主要是这些开头一般都会游离于故事表现的内容之外。“一个人物第一次登场，必用数十字乃至数百字，写零用账似的细细地把那个人物的面貌、身材、服装、举止，一一登记出来，或做一首《西江月》、一篇《古风》以为代替。”①“零用账”指的就是将没有内在关联的东西杂糅在一起，茅盾对于现代小说故事的开头的要求，是相对于传统的故事结构形态的不足而言的，可谓“破”中有“立”。黄药眠认为《水浒》中人物的出场就个体而言还是很成功的，但是“没有在整个小说布局上作有计划的安排”，是一大缺陷，并以巴尔扎克创作为例来谈人物出场的要求，他说：“首先是一般叙述故事发生地方和环境，其次是概括的介绍小说里面主要人物的历史和地位，以及他们的一般容貌和精神状态，再其次然后说到人物的活动，于是具体的故事开始了。”“他有意识地把人物对于环境的有机依存加以强调。”②强调从整个的社会和风俗说起的，然后把人物镶嵌进去，所以故事开头就是为典型人物、典型环境的塑造做好铺垫。概而言之，现代故事结构形态中的“头”，与整体要有内在联系。

故事的“身”。现代文论要求故事的发展必须突出线性的逻辑性，对于传统的故事演进形态进行了猛烈的抨击。古代小说的故事发展不是线性的，而是几个故事交错在一起讲的，茅盾将之概括为“穿插”，“他们描写书中并行的

① 茅盾:《自然主义与中国现代作家》，载童庆炳编:《20世纪中国文论经典》，北京师范大学出版社2004年版，第115页。

② 黄药眠:《论小说中人物的出场》，载童庆炳编:《20世纪中国文论经典》，北京师范大学出版社2004年版，第340—341页。

几件事，往往又学劣手下围棋的方法，老老实实从每个角做起，棋子一排一排向外扩展，直到再不能向前时方才歇手，换一个角来，再同样努力向前，直到和前一角外扩的边缘相遇；他们就用这种呆板的手段，造成所谓'穿插'的章法”。[①] 弊端就在于故事发展是随意的，缺乏整体观。朱光潜在《文学上的低级趣味》一文中，从作品内容和作者的角度列举了10种低级趣味，排在第一位的就是“侦探故事”，主要就是因为“穿插”，“穿插”即“悬揣和突惊”，“单靠寻常侦探故事的一点离奇巧妙的穿插绝不能成为文学作品，而且文学作品有这种穿插的，它的精华也不在这种穿插上面。文学作品之所以成为文学作品，在能写出具体的境界，生动的人物和深刻的精致”。[②] 故事的“穿插”与“生动”“深刻”无缘，因此被否定。黄药眠说古代故事是“一个故事连着一个故事”，《水浒》本身就是许多民间的故事凑合起来的，只是为了茶馆里群众的需要，它的故事与故事之间并没有必然的联系，“这里每一个故事都是可以独立的，拆开来的，中间不过有一个或数个中心人物，作为故事的主干，但也正因为这些故事并不是整套的有机结构，因此这些人物可以跟着故事的发展或需要，随时出场或随时放在一边”。[③] 意思就是说，古代的故事演进缺乏一统的观念，比较零散，没有逻辑性。在胡适看来，古代故事结构形态被称为“连缀”，他以《儒林外史》为例解释说：“全是一段一段的短篇小品连缀起来的；拆开来，每段自成一篇；斗拢来，可长至无穷。”其实，这种“连缀”在长篇小说中也是普遍的，比如七擒孟获、三打白骨精等故事，都是一种循环往复并置在一起的。除了中国现代学者之外，西方汉学家也在用“散沙”“杂烩”等来描述中国故事的形态。在浦安迪看来，“我们初读时的印象，会感到《水浒传》是由一些

---

① 茅盾：《自然主义与中国现代作家》，载童庆炳编：《20世纪中国文论经典》，北京师范大学出版社2004年版，第115页。

② 朱光潜：《文学上的低级趣味》，《时与潮文艺》1944年第5期。

③ 黄药眠：《论小说中人物的出场》，载童庆炳编：《20世纪中国文论经典》，北京师范大学出版社2004年版，第331页。

出自民间的故事素材杂乱拼接在一起的杂烩。”[1]故事发展要求服从人物性格的需要，不至于造成脱节。鲁迅在《我怎么做起小说来》中也曾检讨说：“例如我做的《不周山》，原意是在描写性的发动和创造，以至衰亡的，而中途去看报章，见了一位道学的批评家攻击情诗的文章，心里很不以为然，于是小说里就有一个小人物跑到女娲的两腿之间来，不但不必要，且将结构的宏大毁坏了。”显然，这种做法破坏了故事线性发展的逻辑。

故事的“尾”。故事的结尾不再坚持用传统的“欲知后事如何，且听下回分解”等来刺激受众的欲望，也不再遵循“私定终身后花园，落难公子中状元”“恶有恶报，善有善报”的结局模式。胡适在《文学进化观念与戏剧改良》一文中指出：“中国文学最缺乏的是悲剧的观念，无论是小说，是戏剧，总是一个美满的团圆。这便是说谎话的文学”，鲁迅主张“直面人生”，反对“瞒与骗”的文学，实际上就是要求故事的“尾”要突出其必然性。比如阿Q的结局，尽管存在不同的意见，但是有一点是共同的，那就是都是从理性出发进行的一种推论和判定。周作人指出了其中的败笔，在于前后不一致，“只是著者本意似乎想把阿Q痛骂一顿，做到临了却觉得在未庄里阿Q还是唯一可爱的人物，比别人还要正直些，所以终于被‘正法’了”。[2] 郑振铎认为：“我在《晨报》上初读此作之时，即不以为然，至今也还不以为然，似乎作者对于阿Q之收局太匆促了，他不欲再往下写了，便如此随意的给他一个‘大团圆’。”[3]认为阿Q没有走向革命的必然性，前后的形象不一致。其实，《阿Q正传》在《晨报》连载时，故事令读者兴致盎然，使得报纸销量大增，副刊编辑孙伏园不同意阿Q被枪毙，希望故事继续讲下去，这与鲁迅关于“革命”的理性思考不一致，等到他出差时鲁迅把“大团圆”部分在报纸上发表。《边城》是沈从文献给妻子张兆和的，按照作者的构思，故事中的翠翠等待的人永远不会回来，张兆和觉得太凄

---

① ［美］浦安迪：《中国叙事学》，北京大学出版社1996年版，第65页。

② 周作人：《〈阿Q正传〉》，《晨报副镌》1922年3月19日。

③ 郑振铎：《〈呐喊〉》，《文学周报》1926年11月21日。

惨了要求改为这个人也许明天就会回来，作者最后才勉强加了这个人也许明天就会回来的结尾，其实并不符合作家的意图。结尾要自觉服从于创作主旨的需要，是理性思考的结果，周扬在评价《李家庄的变迁》中说："作者在故事结尾处写到了庆祝抗战胜利大会本来就可以住笔了的罢，然而他却不能不加写一场为自卫战争欢送参战人员的大会，向读者强烈地暗示：斗争还在前面！他灌输了读者以胜利信心和斗争勇气。"①现代文学理论和批评关注故事的"尾"，成为了小说研究的重点，围绕着骆驼祥子、倪焕之、拉娜等主人公的结局应该是什么样的，曾经展开过激烈的争论，足以看出故事结构形态的理性化印记。

故事结构形态的理性化，除了在单个的故事文本的内部展开之外，还注重了故事结构的横向比较，即故事结构的类型化研究。"类型"这一概念由芬兰民俗学家卡尔·克隆在19世纪末期提出，主张通过归纳、分析和综合，将结构上大同小异的故事合并为一个类型。中国学者主要受人类学派"共同心理学"思想的影响，文化人类学认为在原始时代人类的精神结构大体是一致的，揭示故事结构背后隐含的逻辑。人们发现，大体相似的故事在全国各地流传的情况，引发了学者们的高度关注，周作人在1913年至1914年关于童话总结出了"蛇郎型""灰姑娘型""螺女型"等系列类型。同时，在日本、朝鲜等亚洲国家也能找到类似的类型。1927年杨志成、钟敬文合译了查·索·班尼的《民俗学手册》的附录《印欧民间故事的若干类型》，引发了故事比较学的浓厚兴趣，比较的视野更加开阔，在进行中欧之间的故事比较方面取得了明显的成就，1937年德国学者完成了《中国民间故事类型》归纳出300多个类型。除了借鉴文化人类学的方法外，用叙事学理论来研究故事结构，将故事结构形态的研究推向了另一个阶段，在当代形成蔚为大观之势。

综上所述，中国"讲故事"传统文学观念经过现代传承，被赋予了新的生命活力，在文学观念的链条上增加了重要的一环。在内容上从事件的客观真

---

① 周扬：《论赵树理的创作》，《解放日报》1946年8月26日。

实转向了主体内部的体认，追求艺术的真实，更具有深刻性，形式上更加精致，更具审美意味。

现代性的特点在于反思，“讲故事”文学观念的现代传承同样也有值得反思的地方。总体来看，中国“讲故事”文学观念的现代传承是按照西方文学的学理，以西方的概念、方法、体系、框架对于中国“讲故事”文学观念的重新梳理和定位的。当代作家王安忆的话很有代表性：“一、我们现在的‘小说’创作现实是继承‘五四’的小说传统所来，也就是接受了西方‘小说’的意义；二、中国传统小说是不具备或者少具备我所解释的小说构成意义的‘故事’因素的。同时我从否定的方面解释了小说构成意义上的‘故事’。”①其实，民族文化潜力的释放，本来就应该是“讲故事”这一命题的应有之义，正如有的学者所说：“每个国家都要依靠艺术家和知识分子去塑造民族历史的形象，去述说民族过去的故事。从某种意义上说，政治领导权的竞争就是民族自我认同的不同故事之间的竞争，或者说是代表民族伟大精神的不同形象之间的竞争。”②莫言获得诺贝尔文学奖发表题为《讲故事的人》的演讲，就可以看出，“讲故事”已经引起了中国当代文学的深刻反思和警醒。汪曾祺、王蒙、王安忆、格非等一大批当代作家，以及傅修延、王一川等学者，试图回归民族传统，来讲好中国的故事。“讲故事”这一传统观念在当代已经演化为“讲好中国故事”，期待着发出更强的民族的声音，也就是说，建设立足于民族文化立场的故事话语，还有较大的阐释空间。

第三节　当代回归

新时期以来的文学创作试图回归中国文学的故事传统来实现文学的革

① 王安忆：《故事和讲故事》，复旦大学出版社 2011 年版，第 18 页。

② ［美］理查德·罗蒂：《筑就我们的国家：20 世纪美国左派思想》，黄宗英译，生活·读书·新知三联书店 2006 年版，第 1—2 页。

新,如果按照“文学即虚构”的纯文学概念,这股潮流似乎很难纳入文学范畴,实则体现的是非虚构文学观念的独特追求。所讲的“故事”注重在实有其事的基础上融入人的内心体验,破除了文学与现实二元对立的思维,重绘了信息时代的文学精神版图;“讲故事的人”是在与他者的共谋中呈现叙事功能的,在当代人类学影响下进一步消解了作者的主体地位,拉近了文学与现实的距离;故事的“讲”淡化了文字表述的理性色彩,口语化趋近日常生活,服从于新媒介传播的需要,非虚构性得到了进一步彰显。

新时期以来的文学创作试图回归中国文学的故事传统来实现文学的革新,成为了值得关注的潮流。然而,故事由来已久,在不同的文化语境中不断呈现,形成了复杂的语义场,甚至不无矛盾之处,如果按照现代以来“文学即虚构”的纯文学概念,中国当代故事似乎很难纳入文学范畴。因此,我们需要转换视角对之进行重新阐释,不仅关系到对于这股文学现象的评价,更是关系到理解文学观念的重大问题。

一

讲的“故事”。

所谓故事,按照《现代汉语词典》的解释,指的是“真实的或虚构的用作讲述对象的事情”。[①] 一般来说,文学观念都是围绕着外在的物质世界与人的精神世界关系展开的,那么,故事是“真实的”还是“虚构的”,则体现出文学观念的迥异。

从“虚构的用作讲述对象的事情”的角度来阐释故事的要义,现代以来颇为流行,主要受西方文学观念的影响。“故事”一词在英语中为“story”,与表示历史的“history”是同一个词根,历史指的是对于一个真实事件的记载,而故事则表示的是非正式记录与想象性事件,作为文论术语指的是史诗、传奇、传

① 《现代汉语词典》,商务印书馆2007年版,第493页。

说、民谣等以虚构为特征的故事。鲁迅《中国小说史略》中的唐代传奇研究、胡适《白话文文学史》中的故事诗（即史诗）研究，以及茅盾的神话故事研究、周作人的童话故事研究等，都主张从虚构的层面去发掘整理中国故事，就现代以来文学创作而言，“不必实有其事”也成为了故事“新编”的基本法则。

当我们探寻新时期中国文学中的故事题旨时不难看出，西方故事学研究奠基者普罗普《故事形态学》《神奇故事的历史根源》《神奇故事的演化》等系列著作关注的“神奇内容”，并没有得到充分认同。新时期之初兴起的寻根文学大潮，试图从远古时期的文化现象中找到中华民族文化的源头，不乏虚构色彩的神话传说故事不断涌现，但是深究就会发现，因为疏离了现实并没有获得生命的活力。王安忆《纪实与虚构》中的“虚构”以浪漫的激情构筑了关于祖先的神话，“纪实”则是以低沉的笔调书写个体的当代命运，神话系统遭遇现实系统解构，成为寻根文学这一场自觉的文学运动的共同特点。韩少功《爸爸爸》的荆楚神话故事因为丙崽时而被膜拜时而又被欺辱的命运多舛而瓦解，王安忆《小鲍庄》中的大禹治水神话故事因为捞渣之死而崩溃，贾平凹《古堡》中的白麝神话故事因为张老大的事业受阻而终结，郑义《老井》中的偷龙绑龙祈雨神话因为现代科学思维指导下的打井成功而破灭。寻根作家在发表的宣言中，也一再表明“文化的尴尬”“根烂了”。[①] 这些神话故事并没有表现出穿越时空的力量，营造的精神之所在当代被夷为废墟，成为了一种信仰的虚设。也就是说，将故事定义为虚构，难以涵盖中国新时期文学的基本状态。

新时期文学中的故事虚构色彩淡化，不仅只是一种创作现象的描述，更是中国作家超越西方文学自觉意识的体现。中国传统文化语境中，“故事”与“史”意义相通，《说文解字》这样解释“史”：“记事者也。从又持中。中，正

---

① 参见王轻鸿：《汉语语境中的原型阐释》第五章《当代文学原型重构》，中国社会科学出版社 2005 年版；王一川：《中国形象诗学》第四章《信仰的虚位》，生活 · 读书 · 新知三联书店 1998 年版。

也。”即客观公正地记录事件。史官负责记录已经发生的事情，在春秋时期就有了明确分工，即“左史记言，右史记事”。《春秋》《尚书》《左传》等所记的故事都以事实性为圭臬，不论是“史贵于文”还是“六经皆史”的为文之道，都隐含着中国文学故事的非虚构追求。当然，中国古代的故事中也有不少“演义”，其间不乏虚构，但是其地位不如非虚构作品高，在《文心雕龙》里连次等文类都未被列入。也就是说，从西方现代回归中国传统来理解故事的意义，就意味着要从虚构转向非虚构。

沿着这一理路，新时期不少作家对于故事意义指向重新设定，形成了一种新的文学趋向。《故事会》在新时期复刊后大力倡导“新故事”，以区别现代以来受西方纯文学影响所标举的“旧故事”，“新”就是“打回老家”即回归传统，“‘老家’就在人们的日常生活之中。”①该刊压缩了传说、童话、寓言等内容，后来直接合并为一个栏目，而关于现实内容的故事则更加充实，并细分为法制、财经、都市等类别。在中国小说史研究中，鲁迅提出“唐人始有意为小说”的著名论断，依据就是其具备虚构特点，而当代作家则抛开唐代传奇另立新宗。汪曾祺认为，宋人笔记“所写之事是目击或亲闻的”，而唐人传奇是“行卷”，具有夸张和虚构的色彩，他明确表示喜欢宋人笔记胜过唐人传奇。② 在王安忆看来，“‘传奇’二字，实是贬义，被排斥于正统文学之外。宋人的说话则更世俗化了，首先是以白话表达，小说的内容也更广泛地反映城市中小商人、手工业者和下层妇女的生活”③，宋人笔记讲述的故事走向“民间”，形成了与唐人传奇注重虚构的区别。当代作家深谙中国文学中故事的民间性对于小说的意义，追寻古人走出书斋深入市井生活来撷取真实事件的创作姿态，王蒙认为：“小说产生于民间故事，人们对小说的需要，对小说的实践起源于讲

① 嘉禾：《打回“老家”去》，《故事会》1980 年第 4 期。

② 汪曾祺：《汪曾祺文集》（文论卷），江苏文艺出版社 1994 年版，第 217 页。

③ 王安忆：《故事和讲故事》，复旦大学出版社 2011 年版，第 11 页。

故事。”[①]莫言师从的就是蒲松龄这位民间故事高手。在冯骥才看来，“把故事写绝了是古人的第一能耐，故而我始终盯住故事”[②]。他就是受古人启发，从民间流传的真实故事中汲取“写绝”的智慧的。

非虚构与虚构的故事不同就在于，不是通过弃绝现实的嘈杂去寻找生命的宁静状态，而是依靠真实的事件拨动人的心弦，在与现实的和鸣中去奏响生命的华章。故事作为真实事件的记载，是文学之源，其间包含着人的情感、价值评判，体现了人的存在方式，另辟蹊径寻求到了进入人的幽深心灵世界的通道，形成了文学的结构性质。汪曾祺说：“我写旧题材，只是因为我对旧社会的生活比较熟悉，对我的旧时邻里有较真切的了解和较深的感情。我也愿意写新的生活，新的人物。但我以为小说是回忆。必须把热腾腾的生活熟悉得像童年往事一样，生活和作者的感情都经过反复沉淀，除净火气，特别是除净感伤主义，这样才能形成小说。”[③]格非在《望春风》中借主人公春琴的口吻表达了对于故事的看法：“我耐着性子跟她解释，现实中的人，与故事中的虚构人物，根本不是一回事。既然是写东西，总要讲究个真实性。可没等我把话讲完，春琴就不客气地回敬道：‘讲真实，更要讲良心！’”[④]也就是说，每个人所讲述的真实故事，都要有精神渗透。新世纪以来兴起的非虚构写作努力寻找现实的真相，故事中所说的现实也不是表现纯粹的客观，实则是主观情感浸润后的现实。

阿来为了创作《瞻对：两百年康巴传奇》，查阅《清史稿》、地方志，有关川属藏民和土司部落的各类文献资料百余万字，还多次深入瞻对、阿坝等藏族地区实地调查和访谈。阿来《瞻对》讲述故事时引用了大量史料，包括《清实录》《清季民国康区藏族文献辑要》等三十多种历史文献资料，为了体现历史的真

---

① 王蒙：《王蒙谈小说》，江西高校出版社 2003 年版，第 4 页。
② 冯骥才：《俗世奇人·题外语》，作家出版社 2000 年版，第 1 页。
③ 汪曾祺：《汪曾祺文集》（文论卷），江苏文艺出版社 1994 年版，第 67 页。
④ 格非：《望春风》，译林出版社 2016 年版，第 383 页。

实性引用这些文献时还加了引号，但是在写作这些作品的时候，作家主观情思参与，增加了浪漫成分，才具有了震撼人心的情感力量，历史逐渐演化为传奇式的虚构。

非虚构的故事并不是与虚构分疆而治，建立新的二元对立，而是涵容了包括虚构在内的精神活动而悠悠致远，实现文学版图的扩张。马原在元小说《虚构》中明确表示，需要使用这七天时间里得到的观察结果，然后再去编排一个耸人听闻的故事。可见，真实的故事具有本体意义，不是为文造情，而是因事生情，虚构、想象与人的情感和心理活动是密切相连的，也成为了真实故事的一种存在方式，虚构的故事不过是真实故事的衍生而已，充分显现出元小说不同于虚构小说的巨大艺术张力。

以“中国故事”讲述为例，可以清晰地看出故事意义指向的转型特征。现代小说把中国形象看作是想象的共同体，是通过虚构的故事来塑造的，王德威在《想象中国的方法》中说：“比起历史政治论述中的中国，小说所反映的中国或许更真切实在些。”①然而，新时期的中国故事以社会生活中的真实事件作为故事题材，通过实录方式来塑造中国形象，凝定为中国故事在当代的特殊意义。2014 年 9 月 10 日人民日报社与中国作家协会联合发布“中国故事”征文活动启事，特别强调“用文学形式讲述中国故事”，征集的是当代中国政治、经济、外交、文化、生态的真实故事。中央电视台《百家讲坛》开设《中国故事》栏目讲述的历史故事，以准确的史料和数据等作为基础，极力去还原已经发生的事。2008 年中央电视台拍摄完成《中国故事》，讲述的是十位改革开放三十年来为追寻梦想而奋斗拼搏的真实故事。“历史证明”“事实说明”“以史为镜”“以历史的名义”等表明，真实的中国故事令人信服，产生精神感召力，触及人的灵魂，从经验世界上和精神世界上体现出真实性的意味，这才是中国故事的意义。习近平2016 年 2 月在党的新闻舆论工作座谈会上指出：“讲故事就是

① 王德威：《想象中国的方法：历史 · 小说 · 叙事》，生活 · 读书 · 新知三联书店 1998 年版，第 1 页。

讲事实、讲形象、讲情感、讲道理,讲事实才能说服人,讲形象才能打动人,讲情感才能感染人,讲道理才能影响人。”①讲好中国故事的关键就在于事实与情理的融合。

如果说虚构的故事是通过与现实的对立彰显文学性的话,那么真实的故事就是破除了这种二元对立的思维方式,重建了文学的现实属性。从二元对立到二元合一,实质上是艺术思维的重大变革,希利斯·米勒、德里达等学者在论述纯文学的“终结”时都一致认为,电信时代重要的特点就是要打破过去在印刷时代占据统治地位的内心与外部世界的二分法。② 可见,故事意义指向的这种传统性回归,实则是一种现代性超越,呈现出鲜明的时代特征。

二

“讲故事的人”。

如果说故事“是什么”主要体现在题材内容方面的话,那么“怎样讲”主要体现在叙事方式上。浦安迪在《中国叙事模式》中认为“叙事就是讲故事”,中国传统的“讲故事”与西方小说叙事不同之处在于:“西人重‘模仿’,等于假定所讲述的一切都是出于虚构。中国人重‘传述’(transmission),等于宣称所述的一切都出于真实。”③

西方现代小说叙事强化了作家的主体意识,在米兰·昆德拉看来:“现代将人变成‘唯一真正的主体’,变成一切的基础(套用海德格尔的说法)。而小说,是与现代一起诞生的。人作为个体立足于欧洲的舞台,有很大部分要归功于小说。”④小说作者作为“唯一真正的主体”,就是在对客观世界的反叛中,

---

① 中共中央文献研究室编:《习近平关于社会主义文化建设论述摘编》,中央文献出版社2017年版,第212页。

② 王轻鸿:《非虚构与信息时代的文化逻辑》,《文艺研究》2016年第6期。

③ [美]浦安迪:《中国叙事学》,北京大学出版社1996年版,第31页。

④ [捷克]米兰·昆德拉:《小说及其生殖》,载米兰·昆德拉:《相遇》,尉迟秀译,上海译文出版社2010年版,第50页。

开拓出虚构的文学空间。亚里士多德将“已经发生的事”与“可能发生的事”作为历史和诗的区别，根据就在于诗人的“模仿”更加强调“抽象联系”，揭示事物的“可能性”即本质和规律，从而拉开了与现实的距离。“模仿”理论在西方雄霸了两千多年，现实主义小说在塑造典型环境中的典型人物时，就是要求通过人物性格的发展，达到揭示历史规律的目的，现代西方叙事理论据此主张，可以将亚里士多德《诗学》的核心概念“模仿”（mimesis）直接翻译成“虚构”（fiction）。

新时期故事回归传统，意在将叙事主体从封闭的狭小的自我的空间中解救出来，唤起大众的集体记忆。中国传统的故事讲述是由说者和听者配合完成，“把故事说得非常明白显露，假设向听众提问，和听众相互交谈，换用各种不同的语气，每件作品的风格都相对统一。”①讲故事的人和听故事的人共谋，通过对话建构意义生成的空间，这样一种为大众喜闻乐见的传统文化活动促成了一个族群意识的认同。“讲好中国故事”就是新时期对讲故事这种传统叙事形式的重新认识，即通过讲故事来塑造中国形象，故事大多与“中国”相关，甚至常常直接冠以“中国”的名义，来体现中华民族的集体经验和智慧。在“中国故事”这样一个宏大叙事的背景下，讲故事的人讲述的虽然是“老百姓自己的故事”，但是关注的不再是一个独立的个体，而是纳入到系统中的个体，集合起来就形成了一个民族一个时代的集体记忆。中央电视台拍摄《中国故事》，把镜头转向时代大潮中的普通人，十位主人公的故事是个人的命运、情感，更是在用他们的故事来定义一个时代的民族。在新时期故事的集体记忆功能进一步放大，或演化为“人民性”的要求：“凡是根植于人民群众之中，反映了人民群众要求，表达了人民群众心声的故事，就会受到人民群众的喜爱。人民群众中来，又能够回到人民群众中去的故事一定是好故事。”②或

① 韩南：《中国白话小说史》，尹慧珉译，浙江古籍出版社1989年版，第20页。

② 沈国凡：《解读〈故事会〉——一本期刊的神话》，上海社会科学院出版社2003年版，第26页。

被看作是建构“人类命运共同体”的智慧:“遍及世界各国的讲故事,既是一种和人类生存发展攸关的文化娱乐教育活动,又是一种口头语言艺术创造活动。就其内容之广博而言,它是民众生活的百科全书;就其思想感情深厚程度而言,它又是一个国家或民族乃至人类共同体心灵的窗口。”①概而言之,当代讲故事的人是在帮助人们编织一个社会精神联系网络,创造群体感。

与从主体建构到群体对话一致的是,“抽象概括”的有意弱化,犹如釜底抽薪,使得叙事的虚构性遭受冷遇。现代以来接受西方小说叙事理论影响,讲故事被看作是小说的低级形式而被遗弃,唯有沈从文独树一帜试图寻找失落的故事传统,在其高足汪曾祺看来:“他的‘人性’不是抽象的。不是欧洲中世纪的启蒙主义反对基督的那种‘人性’。简单地说,就是没有遭到外来的资本主义的物质文明和精神文明的侵略,没有被洋油、洋布破坏前中国土著的抒情诗一样的品德。”②汪曾祺深谙讲故事的叙事之道,并且在自己的写作中践行,王安忆评价汪曾祺讲故事的特点是“从不概括,而尽是详详细细认认真真地叙述过程,而且是很日常的过程”,而所谓“以小见大”即从个体现象中归纳出本质,是不得讲故事的要领的:“我们也常常这样去评价一篇作品:以一斑窥全豹,以一个小小的视角展示了大的事情。倘若真是如此,那便把作品写轻佻了。”③王安忆在《故事和讲故事》一书的自序中,特别强调自己的“四不原则”,第一条就是“不要特殊环境特殊人物”,认为这实际上就是“这是一种以假设为前提的推理过程,可使人回避直面的表达,走的是方便取巧的捷径,而非大道”④。要讲好故事,就要给予故事叙事自由的空间,任其自由发展,减少主观预设,格非认为:“作家也许在心里打算着给读者讲述某一个类型的故事,但是,我们用不着替故事担忧,故事自己会往前走的。”⑤汪曾祺说自己的

---

① 刘守华:《中国民间故事史》,湖北教育出版社 1999 年版,第 4 页。
② 汪曾祺:《汪曾祺全集》卷六,北京师范大学出版社 1998 年版,第 347 页。
③ 王安忆:《故事和讲故事》,复旦大学出版社 2011 年版,第 1 页。
④ 王安忆:《故事和讲故事》,复旦大学出版社 2011 年版,第 4 页。
⑤ 格非:《小说叙事研究》,清华大学出版社 2002 年版,第 51 页。

小说特点是“散”:“我不喜欢布局严谨的小说,主张信马由缰,为文无法。”①

在人类学、民族志写作的影响下,中国当代故事讲述者演化成了感性体验者,主体地位进一步降低,虚构特征进一步淡化。20世纪以来人类学、社会学发生了巨大的变革,要求“摇椅上的人类学家”深入到田野进行实地调查获得感知,社会学家曹锦清的《黄河边的中国》、贺雪峰的《新乡土中国》等著作就是这方面的代表作品。对于中国当代故事叙事的启发在于,讲故事的人回到现场体验,才能破除以前报告文学等纪实类文学“先入为主”“主题先行”等写作理念。《人民文学》杂志社倡导“非虚构写作计划”,就是号召作家走出书斋,走向民间和生活现场去体验,借助社会家和人类学家的“田野调查”方法,通过客观叙述呈现真相。梁鸿借鉴列维·斯特劳斯等人类学家的“旅行”“参与”“共在”的方式去触摸现实生活,在2008年回到家乡调查5年时间才得以完成《中国在梁庄》,慕容雪村卧底23天实地观察写作《中国,少了一味药》,深圳打工者萧相风根据自己的长期打工体验写出《词典:南方工业生活》。真实生活体验者的讲述,使得故事成为了发现与当下生活场景息息相关的充满意义的载体。

反思人类学和民族志在20世纪70年代兴起之后,人类学家放弃了民族经验的代言人的身份,不是叙述“当地人”生活,而是直接让“当地人”发声来讲述自己的故事。既然写作者成为了听故事的人,讲述者是被采访的人,那么倾听者不是用自己储备的知识去解释和理解复杂的现象,而是尽量减少加工,尽量减少历史的建构,故事彻底打乱了小说主体叙事的线性逻辑,叙事不免芜杂甚至出现矛盾现象。朱晓军在《大国粮仓》后记中说:“多数知青跟踪采访二十多年,由于处境、心境不同,有些说法前后矛盾,怎么处理?我认为这是一种多维度的真实,不可回避,即使一次采访创作的口述实录文学,也可能出现前后矛盾。”②就是自己倾听自己讲述的故事,由于时地不同,心态也不一样,

① 汪曾祺:《汪曾祺文集》(文论卷),江苏文艺出版社1994年版,第194页。

② 朱晓军:《大国粮仓——北大荒留守知青口述实录》,江苏凤凰文艺出版社2018年版,第331页。

在不同时地讲述出来的故事也不一样，汪曾祺对此有深切的体会，他在谈《受戒》的创作体会时说："旧社会的悲哀和苦趣，以及旧社会也不是没有的欢乐，不能给今天的人一点什么吗？这样，我就渐渐回忆起四十三年前的一些旧梦。当然，今天来写旧生活，和我当时的感情不一样，正好同我重写过的《异秉》和三十二年前所写的感情也一定不会一样。四十多年前的事，我是用一个八十年代的人的感情来写的。《受戒》的产生，是我这样一个八十年代的中国人的各种感情的一个总和。"①新媒介的兴起创造了"无处不在的读者"，传统的故事讲述可以根据自己的经验和喜好，对于故事进行改造，形成的是流动的文本，新媒介则直接吸引受众参与到故事的讲述中来，形成的是超文本。在超文本中，即时、交互、共享成为了故事叙事的特点，"讲故事的人"更便捷地让更多的人参与其中来讲述，让那些被遮蔽掉、淹没掉的多元声音可以充分表达出来，表现出来的众声喧哗之势彻底瓦解了小说叙事中的那一个意义不变的中心。

西方学者对于中国作家讲述故事的叙事不以为然，莫言获得诺贝尔文学奖后以《讲故事的人》为题发表演讲，其中就包含了回应西方文学界质疑的缘故。德国汉学家顾彬甚至将莫言、余华、苏童、毕飞宇等人的书比作火腿，认为在德国不属于严肃文学，"因为他们讲故事。我们需要的不是故事，而是揭示"②。在西方，文学叙事是按照一定的故事情节来演绎的，精心的布局显示出完整性，主体精神的勃发深刻地揭示出对于人类命运的严肃思考，叙事方式释放出虚构的力量。乔叟在其《坎特伯雷故事集》之《修道士故事》的前言中对"悲剧"这一西方最高的文学样式就是如此界定的："所谓悲剧就是这样一种故事，古籍记载下来供人回忆，其主人公原来兴旺发达，之后从高位坠落掉

①　汪曾祺：《关于〈受戒〉》，载彭华生、钱光培编：《新时期作家谈创作》，人民文学出版社1983年版，第120、194页。

②　王湛、陈瑜思、罗凡：《春风图书榜来了个德国评委，他是汉学家顾彬：我去年最喜欢的是诗歌》，《钱江晚报》2016年3月27日。

入苦难,并悲惨地了此残生。”①如果用西方这种叙事的标准来衡量中国当代故事的叙事方式,自然不合规范。同时也表明,中国当代故事具有独特的意味,在王蒙看来:“原生的东西比概括思考的结论更丰富,本体比观念更重要。”②也就是说,“讲故事的人”传达出近乎原生态的真实,彰显的是非虚构叙事方式的价值。这种真实是“沉默的大多数”发出来的,是历史之外的另一种真实。

三

故事的“讲”。

从“媒介即信息”的角度来看,故事的口头传播与小说的文字传播是不同的语言形式,作为媒介本身所传递出的文学旨趣是不同的。西方学者对于中国当代作家讲故事的语言提出批评:“中国当代小说家,只是在拼着讲故事,根本不注重语言,这样永远也不可能写出伟大的小说。”③这其实是一种误解,讲故事不是不注重语言,只是运用的不是小说语言,用写小说的语言来对讲故事的语言度长絜短,自然存在较大的偏差。

故事的语言特点在讲,服从于口头表达的需要。在中国传统叙事文学中,文言与白话并存,“说书”技巧在隋唐时候被称为“说话”,所谓“话”就是故事,“说话”就是“以故事敷衍说唱”。④ 宋元时期出现了“说书人”,他们讲故事用的底本即话本,对中国早期小说影响深远,从元末明初的《三国演义》到后来的长篇小说,都是借助讲的形式来演绎历史故事。郑振铎在《中国小说的分类及其演化的趋势》中概括白话小说的特点就是:“在讲述而不在于著

---

① [美]乔治·斯坦纳:《悲剧之死》,陈军、昀侠译,浙江工商大学出版社 2018 年版,第 1 页。

② 王蒙:《王蒙谈小说》,江西高校出版社 2003 年版,第 297 页。

③ 顾彬:《对话叶开》,《羊城晚报》2008 年 11 月 8 日。

④ 孙楷第:《俗讲、讲话与白话小说》,作家出版社 1957 年版,第 27 页。

作。”[①]意思就是说，故事底本尽管是文字写作出来的，但是还是服从于“讲”的内在需要。新时期以来故事备受青睐，据有的学者统计，20 世纪 80 年代中期，全国故事类刊物就已多达六七十种。除此之外，故事又开辟了一个新天地，即从刊物向着报纸延伸。1985 年《故事会》以 760 万册的发行量创造了世界期刊单语种发行的最高纪录，在全国九千多种期刊中，发行量长期高居榜首，与纯文学的萎缩形成反差。[②]“易讲易记易传”被认为是故事备受青睐的关键因素即“故事核”：“尽管一些故事用文字固定下来后，也可供人阅读，但它主要还是供人讲述的，而阅读是第二位的，次要的。”[③]

新媒介的兴起，更进一步丰富了讲的形式，使得大量文字写作的故事成为了有声的读物。古代社会在勾栏瓦舍绘声绘色讲述故事的情形看似消失了，就如同格非在《望春风》中描述的那样：“我堂哥礼平已经兼任了朱方钢管厂的厂长。春节前，他从上海运回了村中第一台黑白电视机。电视机的出现，彻底终结了同彬作为‘讲故事的人’的历史。”[④]实际上，网络、电影、电视、游戏等新媒介成为了讲故事的新形式。影视很适合讲故事，由演员扮演角色，具有一定故事情节的影片都可称为“故事片”。在当代实验小说家看来，如果作家的主要兴趣在于讲故事，那么，最好运用电影和电视等新媒介，萨特认为文学获得“群体价值观”，作家要“必须直接为电影和广播写作”，因为电影和广播等都是直接“对人群说话的”。[⑤]同时，离开了故事的讲述，影视就缺少了依附：“重故事性已经成为一种共识，通过具体的故事讲述人生的命运、生活经

① 郑振铎：《郑振铎古典文学论文集》，上海古籍出版社 1984 年版，第 333 页。

② 沈国凡：《解读〈故事会〉——一本期刊的神话》，上海社会科学院出版社 2003 年版，第 89 页。

③ 何承伟：《应该明确新故事的属性》，载中国民间文艺研究会上海分会编：《民间文艺集刊》第 4 辑，上海文艺出版社 1983 年版，第 151 页。

④ 格非：《望春风》，译林出版社 2016 年版，第 203 页。

⑤ ［法］萨特：《什么是文学》，载《萨特文集》第七卷，施康强译，人民文学出版社 2005 年版，第 268 页。

历和社会事件,成为纪录片创作的普遍思路。"①

新媒介时代人们接收信息的方式,回归到了人类最为古老的沟通方式,依靠唤起听觉感受,通过讲故事和听故事来获取信息,意义的不断增删实际上就是在消解着理性的控制。在新媒体语境中,媒介融合形成了强劲的发展势头,网络平台与社交媒体承担起文学传播的重任,影响着现代社会生活的各个层面。有学者认为,在新闻传播中,通过讲述"故事",记者能在纷繁复杂、泥沙俱下的信息环境中吸引公众注意、增进理解、加深记忆和触发分享。贝拉·巴拉兹曾认定纪录片拥有"用画面记录人类历史的伟大使命",卢米埃尔给人类史上的第一批电影观众提供了在工厂大门前在场的证据,弗拉哈迪带着观众走进了一户爱斯基摩人的真实生活,战争中的纪录片则如幽灵般提供了离散亲人的存在……对于观众而言,纪录片作为记忆的媒介,记录着一个真实的流动的过去和一个真实的不在"此处"的空间。艺术家用其观看生命、观看世界的方式创作着,令影像不朽。②

故事的讲所显现出来的特征是相对于小说的写而言的。学术界一般把印刷媒介的兴起看作是小说兴盛的重要原因,文字印刷的兴起,除了使得小说的传播更加便捷之外,更为重要的是,培育起来的意识与小说的虚构特征是一致的。表音文字的出现造成了音义的分离、所指与能指的差异,特别是印刷文字进一步强化了视觉化功能,抽象性进一步增强,读者在阅读白纸黑字的小说时,作者与读者的距离拉大了,也进一步强化了自我意识、民族国家意识。20世纪初期兴起的形式主义批评和结构主义语言学,就是通过拉开文学语言与日常生活语言的距离,来阐明文学语言的特质,将虚构看作是文学语言的一种特殊的功能,热奈特说:"进入虚构领域,等于走出语言的日常的功能场,后者以关心主导实际规则和言语伦理学的真实和诚信为特点……如果存在着使语

① 朱景和:《纪录片创作》,中国人民大学出版社2002年版,第81页。

② 参见张烨、高峰:《纪录片创作主体的"非虚构叙述"影像观念之思》,《中国电视》2017年第10期。

言可靠无误地成为艺术作品的唯一手段。该手段大概就是虚构。”[①]写小说的语言突出了虚构功能。

与小说语言截然不同的是，讲故事的语言更加接近日常生活语言，一个文化层次不高甚至文字不识的人，只要有一定的日常生活经验，虽然不能写作小说和阅读小说，却可能讲好故事和听懂故事。阿来出生在一个藏人聚居的偏僻山村，村里只有一所讲授汉文的小学，没有获得文学阅读的基础和条件，但是人们口头讲述的故事很多，给作家留下了深刻印象。莫言也曾回顾说：“我在童年时用耳朵阅读。我们村子里的人大部分是文盲，但其中有很多人出口成章、妙语连珠，满肚子都是神神鬼鬼的故事。我的爷爷、奶奶、父亲都是很会讲故事的人。我的爷爷的哥哥——我的大爷爷——更是一个讲故事大王。”[②]麦克卢汉指出了口头传播和文字传播的巨大差异：“《荷马史诗》是听觉智慧的组成部分，文字文化把荷马一笔勾销。在此之前，听觉智慧就是希腊的教育体制，有教养的希腊人就是能够记住《荷马史诗》并且能够在竖琴的伴奏中吟诵《荷马史诗》的人。表音文字诞生以后，柏拉图立即抓住它并且说，‘让我们抛弃荷马，追求理性的教育’。可以说，柏拉图对诗人的战争，不是对个人的宣战，而是对教育中口头传统的宣战。”[③]也就是说，“写——看”模式培育了理性思维，具有浓厚的虚构色彩；“讲——听”模式则包含着感性的意味，更多地体现出非虚构的自觉追求。讲故事的语言则突破了虚构的藩篱，唯有从非虚构的角度来看，才能领略“风景这边独好”。

当代故事的讲述语言的魅力就在这里。朱晓军《大国粮仓》的副标题就是“北大荒留守知青口述实录”，对于采访对象进行了实话实录，保留了每一

① [法]热拉尔·热奈特：《虚构与行文》，载《热奈特论文集》，史忠义译，百花文艺出版社2001年版，第91—92页。

② 莫言：《我在美国出版的三本书》，载《什么气味最美好》，南海出版公司2002年版，第219页。

③ [加拿大]麦克卢汉：《麦克卢汉如是说》，何道宽译，中国人民大学出版社2006年版，第155页。

位口述者的自然本真的语言风格。林白在湖北挂职期间，根据湖北浠水方言写作了《妇女闲聊录》，保持的是说话人的鲜活生动的特点。梁鸿写作《中国在梁庄》采访时发现，那里的人面对几乎绝望的痛苦时，不是哭诉的声音，而是一边大碗喝酒一边大声笑谈，他们的讲述给了作家心灵很大的震撼。"讲——听"模式的核心在于感性的激发，不仅只是激发听觉感受，还包括视觉感受，传统故事的讲往往在开头和收尾处来一段诗、词、唱、曲、闲话，特别注重营造氛围，激发听众的兴趣，讲述肢体的动作、面部的表情等都被作为语言来看待，只是这种视觉感受不同于文字阅读，呈现出感性化的"绘声绘色"。除了视觉之外，还有嗅觉、味觉等，讲故事就是要获得感官的综合感受，在汪曾祺看来："古人的记叙……对于形体、颜色、声音乃至气味的敏感，并有一种特殊的记忆力，能把各种印象保存在记忆里，要用时即可移到纸上。"①

新媒体方式则是把讲述故事的语言的感性特征进一步推进了。故事是适合用声光电的手段来表现的，故事片是运用影像和声音为手段进行叙事的电影作品，除了人物的对白之外，在电影电视中最接近语言中"词语"的是镜头，由大量图像并置组合而成，通过蒙太奇的手段形成一个单一静止的或是移动取景的连续画面。故事通过网络媒体的多元、多形式的全方位展开，也不再受到语言文字的限制，在声情并茂的超文本中图像、声音、嗅觉、触觉等可以融通，召唤的是感官感受的世界。新媒介改变了人们接收信息的方式，有的学者将之概括为洞察力转变为体察力，"所谓洞察力，我们认为是在传统信息时代，人们通过一定思维活动，寻找事物因果关系和客观规律的能力。而体察力是指在大数据时代，人们在云计算和移动智慧终端帮助下，以感官直接接受外界刺激而实时发现事物相关性的能力"②。不难理解，通过新媒介讲的故事，主要唤起的是感官感受。

---

① 汪曾祺：《汪曾祺文集》（文论卷），江苏文艺出版社 1994 年版，第 89 页。

② ［美］保罗·莱文森：《人类历程回放：媒介进化论》，邬建中译，西南师范大学出版社 2017 年版，译者序第 3 页。

不必讳言的是，讲故事的语言和写小说的语言比较起来，显得重复太多，因此遭受诟病，被认为啰嗦、粗糙、低级，实际上体现出的是讲故事语言不同的趣味。林白说："我听到的写下的，都是真人的声音，是口语，它们粗糙、拖沓、重复、单调，同时也生动朴素，眉飞色舞，是人的声音和神的声音交织在一起，没有受到文人更多的伤害。""她讲她的世界时的那种生动、泼辣、生机勃勃的感觉，跟文人脑子里的想象的农民形象差别太大了。"①汪曾祺也承认二者的区别，并且认为这是不同语言形式的需要："文学作品的语言和口语最大的不同是精炼……张寿臣的单口相声，看印出来的本子，会觉得很啰嗦，但是相声就得那么说，才明白。反之，老舍的小说也不能当相声来说。"②以路遥的《平凡的世界》为例可以说明这个问题，这部小说最初被《当代》杂志社退稿，被认为啰嗦、缺乏悬念等，1986 年刚出版时仅仅印刷 3000 册，1988 年中央人民广播电台"长篇连播"时为了讲述的需要，对小说做了分集处理，演播者极富魅力的口语讲述吸引了上亿的听众，而成为了文学名著。

故事讲述的重复性实则是感性的勃发。中国传统的故事讲述，为了增强表达效果，像"三打白骨精""七擒孟获"等就是不断重复地讲述，西方学者讥讽为"散沙""杂烩"，原因就是不能像西方小说那样在文字中找到合乎逻辑的线性发展线索。讲故事依靠大体相近的场景、事件、时间等语言的反复提示，建立相似性的联系，一个个独立而又统一的片断，成为了令人记忆深刻的意象。《边城》中一年年端午节的到来、一次次"水"的涨落，在汪曾祺看来："其实像一套二十一开的册页，每一节都自成首尾，而又一气贯注。"③当代《人生》中反复出现的村口小路、《红高粱》中反复经过的那片高粱地、《白鹿原》中反复腾起的白鹿等，都是在语言的重复中形成了标志性的意象。"当代听觉文化的兴起是电子媒介一路畅行的必然结果，它没有视觉文化的延续性和同

① 林白：《林白闲聊录》，新星出版社 2008 年版，第 241 页。

② 汪曾祺：《汪曾祺文集》（文论卷），江苏文艺出版社 1994 年版，第 10 页。

③ 汪曾祺：《汪曾祺文集》（文论卷），江苏文艺出版社 1994 年版，第 94 页。

质性,却具有电子世界的共时性和流动性。”①当代影视中讲述的故事配有片头片尾曲,还配以画面的组合,每一集都重复播放,深化了故事讲述的意象化特点。艾略特提出客观对应理论,主张用意象、场面、细节等构筑起一个隐喻、象征系统,认为这是“艺术的形式表达感情的唯一方式”,因为这“不是放纵感情,而是逃避感情,不是表现个性,而是逃避个性”②。可见,故事语言的意象化,实则是主体意识的淡化,充分体现了故事讲述语言的非虚构特点。

总体来说,新时期以来通过回归中国文学的故事传统,逐渐在摆脱西方纯文学的理念的影响,推动文学观念的演进。不过,现在还有不少中国学者从“文学即虚构”的角度,来阐释中国文学的故事传统,有学者认为虚构是中国故事的核心功能:“故事的神怪化,是世界文学,尤其是中国文学的最奇妙的贡献。故事的神圣化、神秘化、神怪化是一种最本原的创造方式,也是故事的一大核心功能,因为它充分体现了人类的想象性表现力。”③有学者将虚构看作是中国故事的叙事形态:“这就是所谓艺术性的‘小说’——它是因某个具体作者的讲述行为而产生的‘故事’,即‘叙事虚构作品’。”④我们相信,随着承续中国故事文学传统创作实践的蓬勃发展,以及中国文论建设的理论自觉,从非虚构的层面来阐释中国故事,发出中国声音,将会不断完善和成熟。

---

① [德]沃尔夫冈·韦尔施:《重构美学》,陆扬、张岩冰译,上海译文出版社2002年版,第8页。

② [英]艾略特:《艾略特诗学文集》,卞之琳译,国际文化出版公司1989年版,第13、8页。

③ 李咏吟:《故事的颠覆与重建》,《文艺评论》1995年第5期。

④ 张柠:《故事的权威性及其中国形态》,《小说评论》2019年第6期。

第五篇

中国非虚构诗学的当代形态

所谓“形态”，在生物学中被用来指有关生物的形态、本质的科学，有别于像解剖学那样只是描述性的科学，歌德将之引入到文学研究中后，不少研究者在理解上出现了只是注重现象描述的偏颇。“当代形态”选取的是非虚构写作中的“高频词”来加以概括，主要通过各种丰富的文学、文化现象，将之融入到非虚构的理论建构探索之中，将现象和本质探索结合，成为一个有血有肉并且有灵魂的有机整体，显现出的是中国传统非虚构诗学在当代的生命活力和表现形态。

对于中国非虚构诗学中的美学思想探究，固然要从中国传统的文论出发，进行概括和总结，必须是中国传统文论的应有之义；当然，作为有真正创造性的思想，要能够在当今仍然具有生命的活力，这是其存在的价值意义的体现。从纵向上来说，我们总结的中国非虚构诗学的思想，也应在当前能够得到延续和发展，蕴含着现代的意义；与此相通的是，从横向上来说，从中国传统文论中总结出来的原创性的非虚构美学思想，要能够在更为广泛的范围乃至世界范围内，显示出强大的影响力和旺盛的生命力。这样积淀和延续下来的非虚构的美学思想，才是我们孜孜以求的。

所说的“当代”，是以信息科学、新媒介技术为代表的时代，有别于工业文明、印刷时代。印刷时代的文学观念建立在二元对立的结构中，依靠虚构建构起文学特征。按照信息时代的哲学思维，信息时代的非文学观念则更加注重现实性，现实不是与人的心灵活动对立的，而是在对于现实的考察中，融合了人的包括虚构在内的情绪活动和感知，实现了人的延伸。现实生活的本质就在现象中，现象中就是现实生活的本质。与中国传统非虚构诗学所持的哲学思维是一致的。当代哲学思维的这一巨大变革，为探讨非虚构文学特征提供了理论基础。

本篇研究的主要问题是中国非虚构诗学的转型契机。从思想文化的高度来理解时代的重大变革特点，探讨中国非虚构诗学如何体现了当今时代的文化变革的要求，为回答中国非虚构诗学之所以能够在当代承传这一问题，夯实理论基础。

第十四章　信息时代虚构论的式微

自20世纪60年代以来，文学消亡的丧钟不时敲响，“文学死了”“文学的时代将不复存在”等说法不绝如缕，形成了杂语喧哗之势，最有影响力的是美国著名批评家希利斯·米勒提出的“文学终结论”（End of Literature）。所谓文学终结论，即信息时代作为一种艺术形式的文学和文学研究将不复存在，并不是宣布文学的死亡，而是指人类的精神文化形态发生了转型。文学终结论衍生了“文学性的蔓延”“审美的日常生活化”“文学经典的消亡”“文学边界的移动”等话语，成为了理解当代文艺学转型的重要命题。

第一节　虚构话语的“终结”

“生存还是毁灭？这是个问题。”莎士比亚《哈姆雷特》第三幕中的这句名言，道出了人类面临的永恒的困境。作为人类精神文化瑰宝的文学艺术，也在不断接受“生存还是毁灭”的拷问。最具影响力的是，黑格尔在1828年即在结束自己的美学演讲的前一年提出的“艺术终结论”。“终结”这个词历久弥新，在当前炙手可热，除了文学的终结，还有“历史的终结”“意识形态的终结”等许多说法。

一

终结的本体意义如何？这是理解文学终结论的重要前提。

黑格尔关于艺术终结的说法，曾经被认为是签发的艺术死亡的通知书。这其实是一种误解。黑格尔的确是指出了艺术的危机。柏拉图从理性主义本体论出发，就提出过将立足感性经验的艺术逐出理想国的观点。到了近代，黑格尔将西方传统的理性主义推向了极致，艺术也就难逃厄运了："艺术却已实在不再能达到过去时代和过去民族在艺术中寻找的而且只有在艺术中才能寻找到的那种精神需要的满足……我们现时代的一般情况是不利于艺术的。"①黑格尔所说的"现时代"指的是19世纪的市民社会，是以"偏重理智"为特征的，艺术不再能满足民族时代精神的需要，最能抒写个人性情的浪漫主义艺术将遭受扼杀。但是，另一方面，黑格尔也指出了艺术的生机。在黑格尔看来，"现时代"的艺术要不断扬弃，融入更高的宗教阶段，最后将被哲学所"凝结与合并"，"转移到我们的观念世界里去了"。需要采用一种新的方式去发现和认识艺术，"所以艺术的科学在今日比往日更加需要，往日单是艺术本身就完全使人满足。今日艺术却邀请我们对它进行思考，目的不是把它再现出来，而在用科学的方法去认识它究竟是什么"②。

美国当代著名的美学家柯蒂斯·卡特通过考证后指出：将终结误解为"死亡""消亡"，是由黑格尔《美学讲演录》英译本的几个关键性误译所引起的。黑格尔所用的德文"der Ausgang"的意义，不仅包含了被翻译为英文的"end"的基本含义，而且还同时具有"入口""出口"的意义，意即到达终点之后又有了新的起点。也就是说，终结既有"取消""结束"之义，又与"开始""再生"相关，与新的生命的诞生联系在一起。③"终结"一词意义上的悖论所呈

① ［德］黑格尔：《美学》第1卷，朱光潜译，商务印书馆1979年版，第14页。

② ［德］黑格尔：《美学》第1卷，朱光潜译，商务印书馆1979年版，第15页。

③ 参见［美］柯蒂斯·卡特：《黑格尔和丹托论艺术的终结》，杨彬彬译，《文学评论》2008年第5期。

现出来的张力，与黑格尔阐述艺术终结论的辩证法思维十分吻合。当代卓然高标艺术终结论的美国哲学家阿瑟·丹托，就是这样理解黑格尔所使用的终结一词的："并不是说艺术已经停止或死亡，而是说艺术通过转向它物——即哲学，而已经趋向终结。"①他受黑格尔《美学演讲录》的影响，于1984年发表在贝里尔·朗主编的《艺术的死亡》这一论文集中的一篇文章中开始谈艺术的终结，在《艺术的状态》（1987年）、《赋予的意义》（1994年）、《艺术终结之后》（1997年）等论著中进行了详细的论述，否定了将艺术终结与艺术的死亡等同起来的说法。

米勒承认，安德载耶·沃敏斯基提供的有关黑格尔艺术终结论的解释性译文，对自己产生了直接的影响，文学终结论"赋予了黑格尔的箴言另外的涵义（或者也可能是同样的涵义）"②。米勒关于终结的理解与黑格尔如出一辙，并针对人们的误解反复作了辨析。他认为，文学是不会消亡的，"我在其他文章中已经讨论过关于文学的终结问题，然而文学还将和我们人类相伴很长的一段时间。……在我小的时候，我们就没有电视和因特网这样的媒介，这些新东西肯定会对文学的社会功能产生很大的影响，而且确实已经发生了影响，但这并不意味着文学很快就会死去"③。同样，文学研究也是不会消亡的，"文学研究的时代已经过去，但是，它会继续存在，就像它一如既往的那样，作为理性盛宴上一个使人难堪、或者令人警醒的游荡的魂灵"④。米勒在接受《文艺报》编辑采访的时候表达了对于未来的文学和文学研究的信心，他说："文学是安全的。""我的一生都在研究文学……我对文学的未来还是有安全

① Arthur C.Danto, *Encountes&Reflections Art in the Historioal Present*, New York：Farrar Straus Cirous, 1990, p.342.

② ［美］希利斯·米勒：《全球化时代文学研究还会继续存在吗?》，国荣译，《文学评论》2001年第1期。

③ ［美］希利斯·米勒：《"我对文学的未来是有安全感的"》，周玉宁等译，《文艺报》2004年6月24日。

④ ［美］希利斯·米勒：《全球化时代文学研究还会继续存在吗?》，国荣译，《文学评论》2001年第1期。

感的。在我的有生之年,它是不会消亡的。”[①]米勒的说法并不是自相矛盾,而是抓住了“终结”一词的复义特征。

其实,关于文学终结的声音,罗兰·巴特在1967年发表的《作者之死》一文中就已经发出,此后的阿尔文·柯南的《文学之死》、安东尼·伊索普的《从文学研究到文化研究》、迈克·费瑟斯通的《消费文化和后现代主义》等一系著作,从不同层面对于文学存在的合法性提出质疑。尽管观点、角度等存在一定的差异,然而都一直认为,文学的存在方式发生了变化,人类精神文化发生了转型,需要人们转换视角去考察。针对“终结”一词,海德格尔特别提醒人们要注意的是:“我们太容易在消极意义上把某物的终结理解为单纯的终止,理解为没有继续发展,甚或理解为颓败和无能。”[②]文学终结论译介到中国来时,中国学者将之概括为“文学的终结和文学性的蔓延”,[③]可谓深得“终结”一词的精髓。

米勒在《全球化时代文学研究还会继续存在吗?》一文的结尾,就这种疑问作了肯定的回答,同时认为,文学从来都是生不逢时的,时时会遭受质疑,“文学研究从来就没有正当时的时候,无论是在过去、现在,还是将来”[④]。关于文学存在的质疑,激发了人们从文化语境的时代变迁的角度关注文学艺术的转型,相反,如果缺乏了这种质疑,倒是容易导致文学艺术的毁灭,“因为艺术就是建立在对它的批判之上,是从批判中成长起来的;在对艺术无可置疑价值的自鸣得意的满足中那种旺盛的批评的终结,将更可能招致艺术的终结,招致对艺术的演进的抑制”[⑤]。从这个角度来看,终结的价值意义不是宣布文学

---

① [美]希利斯·米勒:《“我对文学的未来是有安全感的”》,周玉宁等译,《文艺报》2004年6月24日。

② [德]海德格尔:《哲学的终结和思的任务》,载《海德格尔选集》,孙周兴编,生活·读书·新知三联书店1996年版,第1243页。

③ 参见余虹:《文学的终结与文学性的蔓延》,《文艺研究》2002年第6期。

④ [美]希利斯·米勒:《全球化时代文学研究还会继续存在吗?》,《文学评论》2001年第1期。

⑤ [美]理查德·舒斯特曼:《实用主义美学》,彭锋译,商务印书馆2002年版,第184—185页。

的死亡，而是昭示人们在揭示文学面临的困境的同时，发掘人类精神文化发展新的增长点。

二

宇文所安在《中国文论：英译与评论》一书中指出了西方文论的一个显著特点："寻求定义始终是西方文学思想的一个最深层、最持久的工程"，"西方文学思想传统也汇入到整个西方文化对'定义'的热望之中，它们希望把词语的意义固定下来，以便控制词语。"①文学终结论中的"文学"这个核心密码，不是一般意义上的泛指，而是有特殊含义的。

在米勒看来，并不是自古就有文学这个概念的："我所说的'文学'，指的是我们在西方各种语言中使用的这个词：literature。""牛津英语词典说，这个定义'在英国和法国都是很晚近才出现的'。它的出现，可以方便地定位在18世纪中叶。"②米勒将文学概念的出现定格在18世纪的西欧，看作是西方现代文化语境生成的产物。

具体来说，米勒把文学概念的出现与西方现代兴起的印刷技术联系了起来。"文学——在西方界定的意义上——指的是一种相对而言属于近期的、并且受历史条件限制的行为方式。它开始于文艺复兴。我们往往以为《贝奥武甫》就是文学，但它更接近于一个神话或者是一种帮助建立起民族观念的东西，或者是一种对于一个特定的宗教的支持，而文学是和印刷出的文字有关联的。"③印刷技术不仅为文学传播提供了便利，更重要的是，提供了文学概念诞生的文化基因。印刷文化的特色依赖于"相对严格的壁垒、边界和高墙"，

① ［美］宇文所安：《中国文论：英译与评论》，王柏华等译，上海社会科学出版社2003年版，第3页。

② ［美］希利斯·米勒：《文学死了吗》，秦立彦译，广西师范大学出版社2007年版，第7—8页。

③ ［美］希利斯·米勒：《"我对文学的未来是有安全感的"》，周玉宁等译，《文艺报》2004年6月24日。

使得事物之间的距离呈现出来。这种文化观念带来的距离感，使得人与人相互隔离，形成了“自我”和“作者”概念；使得民族国家与民族国家相互隔离，形成了民族国家意识；使得各个知识领域相互隔离，形成了哲学、心理学、政治学等学科。所以说，印刷技术使文学、情书、哲学、精神分析，以及民族独立国家的概念成为可能。① 这样，文学就自立门户，具有了独立的意义。

米勒反复强调，文学概念只能在现代欧洲出现，体现的正是西方现代文化逻辑。现代意义上的艺术，不是再像奴婢一样依附哲学了，那么，它是如何获得独立存在的合法依据呢？康德将人的心理结构划分为知、情、意，并且与相应的学科对应，鲍姆加登根据感性、情感创立了“感性学”即美学。“除非我们能理解‘无利害性’这个概念，否则我们无法理解现代美学理论。”②“无利害性”就是指审美与实践、道德、认识等所有功利性活动拉开了距离，现代美学的诞生就是以“距离”为特征的。巴托被认为是第一个明确区分出“美的艺术”的人，1746 年，他将艺术分为音乐、诗歌、绘画、雕塑和舞蹈。文学最早的经典定义，出自法国女作家斯达尔夫人 1800 年出版的《从文学与社会制度的关系论文学》一书，该书第一次将文学与宗教、社会风俗和法律区别开来，使得“literature”这个 2500 年来泛指一切著作的术语，专门特指“想象的作品”，构筑的是与现实完全不同的精神世界，从而具有了现代意义上的文学的含义。可见，审美——艺术——文学作为学科体系的知识逐层建立起来，就是以距离的产生为标志的。

米勒认为文学的权威性就是“虚拟”，就在于虚拟世界拉开了和日常生活世界的距离，“文学作品被看作神奇的地方，它可以提供给人们一个虚拟的现实……当作者把他们放到一边的时候，我们便永远无法知道小说中的人物到

① ［美］希利斯·米勒：《全球化时代文学研究还会继续存在吗?》，国荣译，《文学评论》2001 年第 1 期。

② ［美］杰罗姆·斯托尔尼兹：《“审美无利害性”的起源》，载《美学译文》（3），中国社会科学出版社 1985 年版，第 17 页。

底在说什么、想什么。正像德里达所说的，每一部文学作品都会隐藏一些事实，隐藏起一些永远不被人知晓的秘密，这也是文学作品权威性的一个基本体现。”[①]文学是语言艺术，寻求文学语言的异质性，将“陌生化”作为区别于日常生活语言的鉴定法则，始于20世纪初期的俄国形式主义文论学派，后来的英美新批评、法国结构主义都沿着文学语言的异质性这条路径来探索，米勒也是这样来看待文学研究的：“我渴望用一种类似科学的方式，去解释和理解文学。在我看来，文学在不同的情形下，似乎始终以这样或那样的方式，偏离语言运用的正常规则，或说显得很是奇怪。所以，文学最使我感兴趣的因素是作品中的语言特性。”[②]

文学的概念在这一时期发生了变革。当代现实生活本身十分丰富，充满了诱惑和吸引，不再需要通过虚构的方式去把握去表现。1965年作家杜鲁门·卡波特出版的小说《冷血》，一般被认为是西方最早出现的非虚构小说，作品中大量的证词、事件的披露，十分真实，这是法庭调查和判决的依据，却又使人感到出乎意料，吸引了人们的关注。这一时期诺曼·梅勒新历史小说、汤姆·沃尔夫“新新闻写作”等，之所以获得成功，其实都具有异曲同工之妙。美国文学界后来掀起一场“非虚构写作”大潮，作者大多为新闻记者出身，由于这一学科背景和职业素养，写作大都具有其纪实性特征，对于社会上发生的事件比较敏感。“1960年代是美国社会特别激荡的阶段，黑人运动、犹太人文化复兴、亚裔族群发出呼声、印第安土著运动、妇女解放运动纷至沓来，整个美国社会发生了一系列超乎人们想象的事件。”这些事件迅速进入到文学的领地。这一国际现象引起了梁鸿、邱华栋等中国作家的注意。[③]

现实本身的意味引起了人们的极大兴趣，人们觉得，通过虚构的方式相反

---

① ［美］希利斯·米勒：《论文学的权威性》，《文艺报》2001年8月28日。

② ［美］希利斯·米勒：《“我对文学的未来是有安全感的”》，周玉宁等译，《文艺报》2004年6月24日。

③ 参见邱华栋：《非虚构写作和时代》，《领导科学论坛》2017年第8期。

远远不及，运用文学的方式表现出，实际上就是重新设置了文学的内在意义。中国非虚构写作的倡导者也是认为，现实生活本身是有意味的，超越了想象和虚构，《人民文学》开设非虚构写作栏目，是为了激发作家关注现实，重新建立起诗意的关系，该刊在编者按中大力倡导，作家深入到实际生活中去，重新思考和建立自我与生活、与现实、与时代的恰当关系。“非虚构小说”的写作走出书斋，借鉴了人类学的调查方式，包括野外作业、实地考察、采访对话、口述历史等，更加紧密地联系现实社会。可见关于与现实关系的调整，是一种自觉的写作行动。通过对于当代非虚构写作的动机、引发创作的欲望的了解，进行梳理和归纳，可以看出，展现“现实”本身的魅力是引发作家创作的原因和方式。

与之相应的是，文学的形式发生了变化。非虚构文学混合了新闻、报告文学、纪实小说、口述史文学、私小说与日记文学、历史抒情散文等各文体基因，而中国非虚构文学具有非虚构共性的同时，又有着自己鲜明的文类个性和发展路径。就是对于传统的以纪实类文学特别是报告文学“先入为主”的创作理念摈弃，在反思的基础上，更加注重接收现实本身发出的信息。与现实主义小说不同，不再是希望透过现实生活的现象、表象去揭示本质规律，塑造出典型形象，而是关注不确定、更加富有弹性的原生态生活，奈保尔或阿列克谢耶维奇等诺贝尔文学奖的非虚构写作的作品，给读者的就是这种感受，更新了现实主义文学创作的内涵。

三

文学终结于何处?

伴随着现代文化语境的变迁，脱胎于西方现代性文化基因的文学，正面临着新的变异。米勒引用德里达《明信片》中的话说：“在特定的电信技术王国中(从这个意义上说，政治的影响倒在其次)，整个的所谓文学的时代(即使不是全部)将不复存在。哲学、精神分析学都在劫难逃，甚至情书也不能幸免。”①到了电信时代,文学不复存在,走向了何方呢?

文学日益显现出衰微的态势。小说、诗歌和戏剧等文学作品在普通百姓的现实生活中已经被边缘化了,让位给了电影、电视、电脑游戏等以电子媒介为核心技术的文化产品。米勒通过调查发现,到了2004年,美国人每天看电视的时间已经达到了5个小时,挤占了阅读文学文本的时间,同时,美国百分之五十的家庭拥有了个人电脑,电脑游戏也在某种程度上取代了文学阅读。幽灵一样的现代化设备,刺激着人们的眼膜和耳鼓,将会造成全新的网络人类,“他们远离甚至拒绝文学、精神分析、哲学的情书”。② 中国纯文学在陷入困境之后,将非虚构作为突破的路径来选择。1984年中国有关部门就提出文学期刊逐步减少直至取消政府拨款,要求步入自主经营自负盈亏的企业化运作的新轨,到了20世纪末期,全国几百种以刊载虚构文学为主的期刊中超过万份的不到10%。其实,这也是一种普遍的世界性的文学潮流,“在1982—2004年间,在美国阅读小说、戏剧和诗歌的读者人数比例下降了10个百分点,跌至历史的最低点47%,而非虚构文学的读者群却在不断扩大”③。融合了新闻报道的现实性的细致观察和小说的文学性的表达技巧,更加倾向于纪实的形式,向内挖掘个人的坦白,调查和暴露公共社会性重大问题,着力探索现实的社会问题和道德困境。

文学研究也是无法幸免的。米勒以他所在的美国加州为例想说明的是,政府对教育文化的支持远不如20世纪80年代,仅加州大学人文学科的教员和项目大幅度裁减,经费被压缩了20%。在美国学界越来越多的人发现,近百年来一直受人尊敬的文学正经历着一场空前的危机,从事文学研究的学者,

---

① ［美］希利斯·米勒:《全球化时代文学研究还会继续存在吗?》,国荣译,《文学评论》2001年第1期。

② ［美］希利斯·米勒:《全球化时代文学研究还会继续存在吗?》,国荣译,《文学评论》2001年第1期。

③ ［美］杰克·哈特:《故事技巧:叙事性非虚构文学写作指南》,叶青、曾轶峰译,中国人民大学出版社2012年版,第4页。

甚至成为被人冷落、嘲笑的对象。米勒如此感叹:“在新的全球化的文化中,文学在旧式意义上的作用越来越小。这个事实尤其使我不安,因为我研究文学已五十年了,而且计划继续下去。一生从事的职业日益失去其重要性无疑令人痛苦。但必须面对事实。”①

然而,“文学的时代不复存在”并不是在说文学已经消亡,“它可能会走向终结,但这绝对不会是文明的终结。”②意思是说,在电子信息时代作为一种艺术形式的文学不复存在,人类的精神文化出现了新的转机,文学出现了新的转型。

一方面,文学的特质在非文学领域中得到了体现。米勒指出:“新形态的文学越来越成为混合体。这个混合体是由一系列的媒介发挥作用的,我说的这些媒介除了语言之外,还包括电视、电影、网络、电脑游戏……诸如此类的东西。”③电信时代通过数字化互动形成的混合体,具有生动、丰富的感性力量,体现了文学的特质,米勒将这种新形态命名为“文学性”(literacy),以示与文学的区别。既然文学的特质在文学以外的领域破门而入,与此相关的是,文学批评和研究也要超越文学经典的边界,米勒说:“文学系的课程应该成为主要是对阅读和写作的训练,当然是阅读伟大的作品,但经典的概念需要大大拓宽,而且还应该训练阅读所有的符号:绘画、电影、电视、报纸、历史资料、物质文化资料。”④信息技术的影像化、符码化,在当今商业社会中已经泛化开来了,人们用虚拟、仿真的方式打造了新的现实,文学泛化、渗透到社会生活的每一个细节,日常生活被审美的光环所笼罩,审美似乎又回到了边界消融的状

① [美]希利斯·米勒:《重申解构主义》,郭英剑等译,中国社会科学出版社1998年版,第294页。

② [美]希利斯·米勒:《全球化时代文学研究还会继续存在吗?》,国荣译,《文学评论》2001年第1期。

③ [美]希利斯·米勒:《“我对文学的未来是有安全感的”》,周玉宁等译,《文艺报》2004年6月24日。

④ J.Hillis Miller, *Theory Now and Then*, Durham: Duke University Bres, 1991, p.392.

态,用鲍德里亚的话来说就是:“艺术在日常生活审美化的过程中解体,成为形象的无休止循环,并最后沦为一种陈腐的泛美学。”①

另一方面,非文学的特质在文学领域中得到了体现。在米勒看来,包括文学在内的人文学科越来越接近于与社会科学合并,尤其是与人类学和社会学合并,文学要与电影、电视、广告等一起研究,与日常生活习惯一起研究。米勒说:“事实上,自1979年以来,文学研究的兴趣中心已发生大规模的转移:从对文学作修辞式的‘内部’研究,转为研究文学的‘外部’联系,确定它在心理学、历史或社会学背景中的位置。换言之,文学研究的兴趣已由解读(即集中注意研究语言本身及其性质的能力)转移到各种形式的阐释学解释上(即注意语言同上帝、自然、社会、历史等被看作是语言之外的事物的关系)。”②这种“外部”研究也被称为文化研究,基本的主张就是,文学不再是文化的特殊表现形式,只是文化象征和产品的一种,文学与其他的文化形式相互阐释和印证,形成的是互文性文本,因此,固守文学边界的研究即“内部”研究就不可能了,或者说失去了意义。只有立足跨学科、多维度的立场,运用社会学、历史学等其他学科的方法,才能对文学进行更为有效的阐释,于是,社会、阶级、种族、语境、性别、历史、生态等话语进入到文学研究的领域。

事实上,非虚构创作在中国呈现出勃勃生机,引起了学术界高度关注,对此,不少学者对之进行了认真梳理,列出了一份长长的名单。在《人民文学》推出“非虚构”专栏前,文学界就已经有了这种声音,此后声势更加浩大。2006年《中国作家》杂志改版为上、下半月刊,分别推出纪实版和文学版,其后又改版为旬刊增加了影视版,其中纪实版主要以刊载“非虚构”作品为主,且推出了“非虚构论坛”。2009年《厦门文学》开辟了“非虚构空间”专栏,随后

① Jean Baudrillard, *The Transparency of Evil*, translated by James Benedict, London: verso, 1993, p.11.

② [美]希利斯·米勒:《文学理论在今天的功能》,载拉尔夫·科恩编:《文学理论的未来》,程锡麟等译,中国社会科学出版社1993年版,第121页。

《钟山》也在2010年开辟“非虚构文本”专栏。《天涯》《山西文学》《南方周末》《中国青年报》《天南》《GQ智族》等也开辟专栏。在所有期刊中对“非虚构”推动力度最大的要数《人民文学》，于2010年第2期正式开辟“非虚构”专栏，推出韩石山非虚构作品《既贱且辱此一生》，时任主编李敬泽在“主编留言”中发出“非虚构写作”的文学倡导，同期刊发了《“人民大地·行动者”非虚构写作计划启事》，设立专项基金向整个文学界征集“非虚构写作”项目。2011年第6期《人民文学》再次开辟出“非虚构小说”专栏，专门刊发非虚构类小说作品。至今《人民文学》已经相继推出梁鸿的《梁庄十年》《中国在梁庄》，慕容雪村的《中国，少了一味药》，萧相风的《词典：南方工业生活》，李娟的《羊道·春牧场》，贾平凹的《定西笔记》，乔叶的《盖楼记》《拆楼记》，孙慧芬的《生死十日谈》，南帆的《马江半小时》，阿来的《瞻对：两百年康巴传奇》等众多非虚构文学作品。此后，许多媒体平台推出了专门的非虚构写作栏目，如“正午”栏目（noon story）、网易的《人间》栏目、腾讯的“谷雨”栏目等，并推出了一批写作计划。2015年10月，独立的非虚构写作平台“地平线NONFICTION”发布了第一期专门为非虚构作品设立的榜单“地平线非虚构原创榜”，旨在于为非虚构写作提供一个专业负责的传播平台。① 非虚构写作在当代的繁荣，由此可见一斑。

四

文学为什么会终结呢？

米勒认为：“新的电信时代正在通过改变文学存在的前提和共生因素（concomitants），而把它引向终结。”②20世纪中叶兴起的信息革命具有划时代

---

① 参见宋学清：《“非虚构写作”：重构新世纪中国文学的一种力量》，《山东青年政治学院学报》2018年第4期；魏雪慧：《中国“非虚构”写作大事记（1980—2021）》，《扬子江文学评论》2022年第4期。

② ［美］希利斯·米勒：《全球化时代文学研究还会继续存在吗?》，国荣译，《文学评论》2001年第1期。

意义，被称为人类文明史上继农业革命、工业革命之后的第三次革命，带来的是深刻的社会转型，米勒就是从这个角度阐述文学终结的原因的。文学存在的前提就是审美距离的产生，那么，电信时代形成的文化语境是怎样造成距离的消失的呢？

首先，语言层面上的距离的消失。从文学形式层面来说，文学语言的象征、隐喻、反讽作为陌生化的手段，产生了审美距离，细读这样的语言文本，激发人们的想象，构筑了与日常生活不同的文学世界。然而 20 世纪中期以后，在电子媒介带动下的文化工业的挤压下，文学的领地迅速缩小，文学的创作不再依赖于语言文字和纸质了，进入想象世界的方式被各种图像所取代。麦克卢汉说："新媒介不仅是机械性的小玩意，为我们创造了幻觉世界；它们还是新的语言，具有崭新而独特的表现力量。"①麦克卢汉提出的"媒介就是信息"的说法，被德里达引申为"媒介的变化会改变信息"，米勒赞同性引用了麦克卢汉、德里达的观点，特别强调了电信时代的图像化对于语言的冲击。

瓦尔特·本雅明认为照相术发明之初，艺术可以不断被临摹、复制，同质化取代了艺术传达的无限可能性，形象化代替了文学语言的陌生化，改变了人们的感知方式，就造成了艺术的危机。② 米勒认为，本雅明把在工业革命时期这种感觉经验的变异夸大了，只有电子信息时代多媒体的出现，人们借助电子媒介创造出的一个个仿真的虚拟世界，占据了艺术世界的话语权，才具有颠覆文学语言陌生化的意义。米勒将信息时代出现的图像化看作是"非现在的现在"，是一种"仿像"，不再依附语言文字而存在，彻底瓦解了文字的隐秘、暗示功能，使得文学世界变得昭然若揭，不再需要想象和阐释，审美距离消失殆尽。这种转变是革命性的，罗兰·巴特说："这是一个历史性的转变，形象不再用来阐述词语，如今是词语成为结构上依附于图像的信息。这一转变是有代价的，在传统的阐释模式中，其图像的作用只是附属性的，所以它回到了依据基

---

① [加拿大]麦克卢汉：《麦克卢汉精粹》，何道宽译，南京大学出版社 2000 年版，第 408 页。

② 参见[德]瓦尔特·本雅明：《经验与贫乏》，王炳钧译，百花文艺出版社 1999 年版。

本信息(文本)来立意,文本的基本信息是作为文本暗示的东西加以理解的,因为确切地说,它需要一种阐释。……过去是从文本到图像递减,今天存在的却是从文本到图像递增。"①

其次,文学终结,不只是语言形式层面上距离的消失,更重要的是精神层面距离的消失,即消解了人的主体精神与日常生活的距离。

信息科学技术缩短了空间距离,使得整个地球连成了一体,距离被压缩为趋零距离。德里达把文学的写作看作如同书信的写作,常常以电话为例来作说明,认为电话摧毁了时空距离,摧毁了情书所赖以生存的物理前提,文学就是因为这种距离的丧失而终结的。电信时代除了消除物理距离之外,还造成了心理距离的丧失,带来了哲学思维的变革。在米勒看来,在电信技术的整合、融会性的思维方式的作用下,所有那些曾经比较稳固的界限日渐模糊起来,过去片面机械的现代文化形态自行消亡了,自我裂变为多元的自我、民族独立国家之间的界限也正在被因特网这样的产业所打破。② 这正是德里达作为一个哲学家给予米勒的深刻影响,为揭示文学终结更为深层的动因提供了依据。

文学的审美距离是在主体精神对于现实的超越中产生的,然而,在电信时代,这种距离完全消失了。米勒说:"德里达在《明信片》这本书中表述的一个重要观点就是:新的电信时代的重要特点就是要打破过去在印刷文化时代占据统治地位的内心与外部世界之间的二分法。"③内心与外部世界的分离,就是指人的精神世界与日常生活世界的分离。信息科学技术以计算机为主,利用多媒体技术、仿真技术构筑虚拟现实系统,虚拟现实系统把现实世界数字

---

① Roland Barthes,"The Photographic Message",in Susan Sontag(ed),*A Barthes*,New York:Hill and Wang,1982,pp.204-205.

② [美]希利斯·米勒:《全球化时代文学研究还会继续存在吗?》,国荣译,《文学评论》2001年第1期。

③ [美]希利斯·米勒:《全球化时代文学研究还会继续存在吗?》,国荣译,《文学评论》2001年第1期。

化、形式化了，介于实在与非实在之间，弥合了虚拟世界和现实世界的沟壑，虚拟世界不再是与现实对立的世界，而是成为了与现实统一的世界。这些“幽灵”弥合了文学虚拟世界和现实世界的距离，“所有那些蜂拥而至的电视、电影和因特网上的影像，由机器所唤起或魔术般地使之出现的众多鬼魂，打破了虚幻与现实之间的区别，正如机器打破了现在、过去和未来之间的区别一样”①。在以消费为主导的当今时代，运用电子媒介手段制作广告、影像，只是来激发人们的消费欲望，不再是对于日常生活的批判、反思，因而失去了救赎现实的功能，使得自启蒙现代性以来形成的文化价值范式遭到了解构。也就是说，在电子信息时代，对于审美趣味的追求和对彼岸世界的向往，滑向了娱乐和世俗的深渊，实现了与日常生活的合流。

关于20世纪中叶以来的时代特征，费德勒认为是“跨越边界，填平鸿沟”，苏珊·桑塔格认为是“新的整体感”，丹尼尔·贝尔认为是“距离的消蚀”，让·鲍德里亚则称之为“内爆”等等，归纳起来，大体可以用“距离的消失”来概括。其实，关于时代变革还有许多不同的命名，比如后现代社会、后工业社会、消费时代、全球化时代、生态时代等，人们从不同的层面来理解时代的特点，相互联系但是又各有侧重，拓展了文学终结论的阐释空间。在米勒看来，“新传媒技术不仅决定性地改变了日常生活，而且改变了政治生活、社区生活和社会生活。对于现代性和后现代性、民族主义和国际主义、抵制全球金融资本主义霸权的各种手段、意识形态、大学、性别、种族和阶级等所有问题的回答都由于我的这样一个信念而曲折地表达出来，即新传媒技术是所有这些领域的决定性因素”②。可见，米勒将电子信息看作是时代变革最为根本的因素。

① ［美］希利斯·米勒：《现代性、后现代性与新技术制度》，陈永国译，《文艺研究》2000年第5期。

② ［美］希利斯·米勒：《现代性、后现代性与新技术制度》，陈永国译，《文艺研究》2000年第5期。

在新媒介语境下，非虚构写作通过现实表现的不再是从观念、理性出发，而在于激活人的感性，要求回归到现实的感性层面来言说，现实成为了非虚构文学创作的源头活水。非虚构文学中的人学特征充分，如果说从“可能发生的事情”出发去驾驭“已经发生的事情”，就是理性的感性显现的话，那么，非虚构写作“可能发生的事情”只是一个引子，引发的是对于“已经发生的事情”的关注，就是在现实的表现中致力于人的感性的深度开掘。非虚构文学突出了现实的具体性、当下性，获得的是鲜活的事实，更多人的关注和思考，而不是作家自己推演的结论。在非虚构作家看来，作家的任务并不是寻求答案开出药方，而是去不断发现问题，就如同现实的考察固然离不开抽象，但是如果脱离了现实的具体性的抽象，只是一些空洞的形式而已。马克思将感性理解为人的历史性存在，认为现实不是抽象的，感性存在体现出人的生命形式，所以说：“人只有凭借现实的、感性的对象才能表现自己的生命。”

非虚构作家希望通过非虚构寻求重新进入现实的方式，通过丰富关于人的理解，实现了文学观念的更新。在作家兼学者双重身份的梁鸿看来，国内反响比较强烈的非虚构文本，如魏玲的《大兴安岭杀人案》、杜强的《太平洋大逃杀》，都以多重的复调形式给我们展示了现实生活所发生的事件的偶然和必然，作者似乎给出了某种逻辑和理由，但是，你能感觉到还有一些未知的、更为深远的东西在里面涌动，它们诱使你继续往下思考。① 阿来 2014 年 1 月 9 日在接受新京报与腾讯文化联合采访时就曾经这样表示：“对我来讲，文学是引导我进入现实的。不管它把我带到哪里，我都跟随它的脚步。我是通过文学让这个世界在我面前敞开，尽量地敞开，让我写尽人的广大。”这一说法表明，非虚构文学仅仅叙述真实的事情而已，没有对现实进行主观的干预和评判，却涵盖了对于人的发现。可见，非虚构的这样一种写作姿态使得现实成为了一种持续的建构，不断维持现实的生动性和丰富性，但是不是现实的翻版。

① 参阅梁鸿：《改革开放四十年：非虚构文学的兴起及辨析》，《江苏社会科学》2018 年第 4 期。

在中外文化中,文学的原初意义都是泛指一切文章、文献,西方现代文化语境催生了现代意义上的文学观念。然而,伴随着西方现代文化的急剧变革,现代意义上的文学观念也面临着解构。米勒提出的文学终结论,就是立足电子信息时代的文化语境,对于文学的现实境遇进行的考察。所以说,这只是在一个特定的文化语境中形成的对于文学存在状态的深刻洞见,只能是文论史上对于这个问题认识的一个阶段。

米勒多次来中国发表演讲,和中国学者就文学终结论进行对话。中国学者并没有把文本语言的独特、叙述技巧的新异等感性形式特征当作文学的本体规定,而大多是从感性与理性结合的层面来阐述文学的内涵的,文学以其特有的理性精神成为了审美研究坚守的阵地,因此,中国学者认为文学不会终结。中国学者对于文学终结论的质疑,源于中国特殊的文化语境及其知识分子所持的不同的价值立场。①

第二节　虚构边界的消弭

20 世纪中期以来,虚构的意义发生了根本性的变化。虚构与现实不再截然对立,而是成为了表述现实的一种方式,在历史、人类学、哲学、伦理学等非文学文本中泛化开来了,对于虚构的确认固然离不开文本自身的特点,更与接受主体的意向性有关,这种转型与信息时代的哲学变革有密切关系。本节在辨析源流的基础上,着重考察了虚构的意义在当前的文化语境中发生的转型,并说明是如何体现当下的诗学和文化逻辑的。

虚构(Fiction)在西方现代文论中被看作是与现实相对立的概念,成为区分文学与非文学的显著标志。然而,20 世纪中期以来,杰拉尔德・格拉夫(Gerald Graff)、乔纳森・卡勒(Jonathan Culler)、沃尔夫冈・伊瑟尔(Wolfgang

① 参见王轻鸿:《关于文艺学研究转型的解析》,《天津社会科学》2007 年第 4 期。

Iser)、雅克·德里达(Jacques Derrida)、希利斯·米勒(J.Hillis Miller)等学者从现实和虚构融合的层面,重新探讨了人类虚构活动和对象的特点,“现实即虚构”这一新论,充分体现了虚构在当下文化语境中的命意转换。纵观虚构这一术语的意义,可谓复杂斑驳甚至存在抵牾之处,而一旦从话语转型入手来理解,就能理清脉络,切中肯綮。

一

首先,虚构的理论内涵。

将虚构与现实对立起来的思想,可以追溯到古希腊时期的模仿说。柏拉图认为,只有客观实在的东西才能拥有理念,艺术的模仿是实体世界的“影子”,艺术模仿和客观现实有本质区别,并从服从理念的思想出发,提出将诗人当作说谎者逐出理想国;亚里士多德在强调模仿与现实、历史的异质性这点上与柏拉图是非常一致的,只是对于模仿的价值有不同的看法。古希腊时期的模仿说成为了虚构理论的源头活水,亚里士多德《诗学》研究专家凯特·汉伯格(Kate Hamburger)和结构主义叙述学专家热拉尔·热奈特(Gérard Genette)一致主张将模仿直接翻译为虚构,模仿在现代西方文论中被置换成虚构以后,与现实对立的特征被推到了极致,成为了阐述文学本质的关键词。1800 年法国女作家斯达尔夫人(Madame de Stael)从虚构、想象的角度来定义的文学,标志着现代意义上的文学概念的诞生,“自 18 世纪以来”,我们所说的文学“与法语中的美文学(belles letters)等义,指那些基于虚构和想象的写作——诗、散文体小说和戏剧”①。爱·摩·福斯特(E.M.Forster)被西方誉为“20 世纪分析小说艺术的经典之作”的《小说面面观》(*Aspects of Novel*)关于小说的解释,英美新批评代表人物韦勒克(Rene Wellek)、沃伦(Austin Warren)的《文学理论》(*Theory of Literature*)关于“文学核心性质”的辨析等,都沿袭了这种思

① Abrams,M.H.,G.G.Harpham,*A Glossary of Literary Terms*,Stamford:Wadsworth Cengage Learning,2009,pp.177-178.

维模式。

然而，对上述虚构论的质疑，在20世纪中期悄然兴起，半个多世纪来，形成了摧枯拉朽之势，与此同时，也催生出了虚构新的理论内涵。

就文学创作而言，20世纪50年代以来，出现了自觉弥合虚构与现实之间裂痕的倾向。最为典型的是约翰·福尔斯（John Fowles）、威廉·加斯（William H.Gass）、豪尔赫·路易斯·博尔赫斯（Jorge Luis Borges）、伊塔洛·卡尔维诺（Italo Calvino）等创作的“元小说”（Metafiction），马原、洪峰、苏童、格非、孙甘露等中国作家也在新时期进行了大量的尝试，称为“马原式的叙述”。表示虚构的“Fiction”一词在英文中也指小说，所谓元小说，就是在小说中用大量的篇幅直接议论虚构，交代说明小说创作中虚构的过程、方式等。元小说既揭示小说文本和现实的虚构性，又揭示虚构的真实性，多方面展示了现实和虚构融合的状况，加拿大著名文艺理论家琳达·哈琴（Linda Hutcheon）将之分成两类，一种是“晚期现代主义激进元小说”，通过分析语言形式、表达技巧来说明叙事的虚构性；另一种是“历史编撰元小说”（historiographic metafiction），通过展现历史编撰的过程来说明历史的虚构性。这股创作潮流彻底颠覆了现代以来的虚构理论，美国后现代小说理论家甚至认为，这是现代文化向后现代文化转向的一个重要方面，“导致一项新的发现——一切关于我们的经验的表述，一切关于‘现实’的谈论，其本质都是虚构的”①。

就文学理论界而言，较早注意到虚构内涵发生变化的是美国学者杰拉尔德·格拉夫。他在20世纪60年代写作了《自我作对的文学》（*Literature Against Itself*），在第六章《如何才能不谈虚构》中道出了对于虚构的新看法：“人们已不仅仅把文学中的事件当作虚构，而且在表述这些事件时所传达出的‘旨意’或‘对世界的看法’，也被当作虚构。但是，事情并不到此为止。现在批评家们又更进一步，他们有时以一种同义反复的形式提出，文学意义也是

① ［美］杰拉尔德·格拉夫：《自我作对的文学》，陈慧等译，河北人民出版社2004年版，第171页。

虚构,因为一切意义都是虚构,甚至非文学语言,包括批评语言表达的意义也不例外。这一批评的观点发展到极致,则断言'生活'与'现实'本身都是虚构。"①

20世纪以来的文学理论大都在语言学领域开展,传统的语言观念一致认为语言和事实是一种对应的关系,语词的含义来自它所指称的对象,实指意义是语言产生的基本路径。杰拉尔德·格拉夫就是从这个角度对于传统的虚构理论发起挑战的,他关于虚构的论述,不仅仅限于文学中的题材,还在于处理这些题材的表达方式,特别关注表达意义的语言,将语言的言说、指谓、表述以及指涉行为本身都看作是虚构的行为,只要运用语言来表达意义,就无法离开虚构,由此推导出生活、现实本身都是虚构的结论。

在虚构理论转型的过程中,解构主义理论家起到了强有力的推动作用。解构主义的代表人物德里达为反对结构主义的语言观念,标举"延异""间隔""空隙"等为包括日常语言在内的一切语言的一般特点,而虚构、想象、叙事、修辞的运用则使得这些特征突显出来了,也就是说,虚构不仅仅是文学语言的专利,而是成为了语言的一般法则,正因为如此,运用语言来叙写历史、现实,就无法将虚构隔离开来。他说:"我刚刚说到'未能发生'或'几乎如此',以此表明这样的事实:即发生的事——换言之,人们想要活生生地保留下其痕迹的独特事件——也正是不发生的事也应发生的愿望,一个如此这般的'故事',其中事件本身已经使'真实'的档案与'虚构'的档案发生了交叉。"②

乔纳森·卡勒的代表性成果《论解构》(*On Deconstruction*)深化了解构主义在美国的本土化研究,他敏锐地发现,一方面文学似乎在远离人们的生活的中心,另一方面虚构、隐喻、叙事等文学性因素却已经蔓延到了日常的生活中,

① [美]杰拉尔德·格拉夫:《自我作对的文学》,陈慧等译,河北人民出版社2004年版,第181页。

② Derrida, Jacques, *Acts of Literature*, London: Routledge, 1992, p.35.

这个“文学的终结与文学性的蔓延”的命题，进一步打破了虚构与现实之间的森严壁垒。希利斯·米勒将解构主义应用于小说批评而著名，在著作《小说与重复》（*Fiction and Repetition*）第一章中，对于重复（repetition）所作的解释不乏反思意味，认为新批评仅仅关注重复与现实事物的同一性，忽略差异性是错误的，因为现实事物必须通过人的大脑记忆才能重复出现，虚构在大脑记忆中的活动帮助人们实现了对于现实事物的重复，所以，重复不是现实事物的翻版，而是现实和虚构结合的产物。

对于虚构进行系统而深入研究的是沃尔夫冈·伊瑟尔。这位20世纪七八十年代接受美学的代表人物，不满足于新批评局限于文本的细读方式，力图纠偏文学远离现实的做法，而将小说创造的世界看作是与现实交织在一起的“可能性世界”，在1975年出版的《阅读活动》（*The Act of Reading*：*A Theory of Aesthetic Response*）中就明确提出，小说与现实并不是对立的，而是交流的，小说是表述现实的一种方式。20世纪90年代以来，他又从人类学的角度来研究虚构，1991年完成的《虚构与想象》（*Das Fiketive und Das Imaginare*）一书开篇就这样写道：“这一现实与虚构的对立，是社会学知识系统中的一个术语。它被看作是一种不言而喻的知识。”紧接着就发出了这样的疑问：“这个所谓的‘不言而喻的知识’是否能真正解决我们所面临的问题呢?”①开宗明义，把批判的矛头直接指向了关于虚构的基本理论。他将虚构不仅仅看作是文学行为，更看作是人类的行为，提出了现实、虚构与想象“三元合一”代替虚构与现实二元对立的观点，将虚构化行为的功能概括为“选择”“融合”“自解”，以此来说明现实与虚构交融、互渗的越界行为，他说：“三个要素各司其职，各尽其妙，共同承担起了文学文本的意义功能，但是虚构化行为是最为重要的，因为，它是超越现实（对现实的越界）和把握想象（转化为格式塔）的关键所在。正是因为虚构化行为的引领，现实才得以升腾为想象，而想象也因之而

① ［德］沃尔夫冈·伊瑟尔：《虚构与想象》，陈定家、汪正龙译，吉林人民出版社2011年版，第1页。

走进现实。"①

至此,虚构意义的变化已经充分彰显了出来。在现代文论中,虚构只能紧缩在文学王国中,在对于现实的批判中,确立了文学独特的审美价值,在虚构和现实之间有一道分水岭。而在当代文论中,虚构的越界行为创造出了一个虚构成分与现实经验因素交相辉映、不可分离的世界,任何对于现实的叙写都无法离开虚构,虚构与现实之间不再是泾渭分明的了。"虚构"一词在不同历史阶段的含义大相径庭,呈现出的是两种完全不同的理论格局。

二

虚构的泛化现象。

与虚构理论内涵转型对应的是,其外延也会发生相应的变化。当年斯达尔夫人提出文学概念,虚构成为了区别文学文本与宗教、社会风俗、法律等非文学文本的徽标,虚构特指的是文学文本。20 世纪以来盛行的俄国形式主义、英美新批评、法国结构主义,将诗性语言和实用语言、可能世界与现实世界的差异作为文学研究关注的焦点,虚构更是只能在文学文本的解读中得到具体的体现。然而,在虚构和现实走向融合的当今时代,人们看到的却是另外一番景象,虚构已经泛化开来,在历史、人类学、哲学、伦理学以及日常生活中的应用文等非文学文本中获得了合法的席位。

历史文本历来强调以事实为依据,坚守纯客观原则,与文学记写可能发生的事不同,历史记写的是已经发生的事情,所以将虚构拒之门外,这种说法可以追溯到亚里士多德的《诗学》。然而,20 世纪中期以来这种观念遭受到了颠覆。阿诺德·约瑟夫·汤因比(Arnold Joseph Toynbee)的 12 册巨著《历史研究》(*A Study of History*)之所以被誉为"现代学者最伟大的成就",一个非常重

① [德]沃尔夫冈·伊瑟尔:《虚构与想象》,陈定家、汪正龙译,吉林人民出版社 2011 年版,第 4 页。

要的原因就是将历史事实与虚构结合了起来，实现了观念上的突破。考古学家根据荷马史诗所提供的线索发现了特洛伊和麦锡尼遗墟，还挖掘出了史诗中描述的一些器具，这足以表明，文学虚构和历史上曾经发生的事情并不是水火不容，汤因比以《伊利亚特》为例作了这样的解释："如果你拿它当历史来读，你会发现其中充满了虚构，如果你拿它当虚构的故事来读，你又会发现其中充满了历史。所有的历史都同《伊利亚特》相似到这种程度，它们不能完全没有虚构的成分。仅仅把事实加以选择、安排和表现，就是属于虚构范围所采用的一种方法。"①

新历史主义诞生以后，直接将历史和文学置于同一个语言符号系统之中，虚构与历史文本的关系变得更是水乳交融，在罗兰·巴尔特(Roland Barthes)看来，语言没有指涉世界、现实和过去的功能，因此历史书写只能求助于从虚构中发展起来的叙事，历史叙事无法从虚构中剥离开来。怀特(Hayden White)认为，将已经发生的事件叙写成为历史文本，则需要作者精心选择材料，选择一定的情节，进行重新的组合，这便意味着虚构出现了，"一种特定的情节结构，它有一套历史事件，历史学家赋予这些事件一种特殊的意义；……这样的解释在本质上是一种文学操作亦即虚构杜撰"②。

民族志写作向来反对主体意识的放纵，否定文学创作那样的从"Fact"(事实)到"Fiction"(虚构)的做法，倡导从"Fact"(事实)到"Fact"(事实)的写作套路，马林诺夫斯基(Bronislaw Malinowski)将之推向了极致，要求人类学家熟悉所研究部落的语言，甚至与部落的人生活在一起，目的就是通过扎实的田野调查摈弃主观臆想来完成民族志写作。作为人类学鼻祖之一的弗雷泽(James George Frazer)在《金枝》(*Golden Bough*)的写作中运用了虚构和想象，在现代

① [英]阿诺德·约瑟夫·汤因比:《历史研究》上册，曹未风等译，上海人民出版社 1966 年版，第 55 页。

② White, Hayden, *Tropics of Discourse: Essays in Cultural Criticism*, Baltimore: Johns Hopkins University Press, 1978, p.85.

以来这种强调实证研究的学术语境中，受尽了批评，被讥讽为“摇椅上的人类学家”。然而，随着马林诺夫斯基的日记被披露，人们才得知他的民族志写作并没有真正做到他自己所标榜的那种客观真实，他的一些重要著述比如《西太平洋上的探险队》《野蛮社会的犯罪与风俗》并没有将虚构拒之门外，人类学家不得不承认，人类学写作无法摆脱虚构的幽灵。20 世纪 50 年代中期，加拿大学者弗莱(Northrop Frye)主张把文本、世界、批评家联系起来，进行整体性的考察，尽管还没有完全挣脱形式主义、结构主义拘泥于文本的窠臼，然而，人的主体意识在人类学写作中得到了一定的释放，为虚构进入人类学文本打开了一条通道。美国人类学家汉德勒(Richard Handler)和西格尔(Daniel Segal)则通过阅读奥斯汀的小说，发现了在文本中处理社会生活事实的虚构性原则，并且认为根除掉事实与虚构二元对立的观念后，民族志文本可以揭示现实生活的多种可能的意义，更具洞察力。伊瑟尔的《虚构与想象》一书的副标题是“文学人类学疆界”，研究的就是虚构和想象的越界问题，从人类学的角度探讨了虚构与现实的关联，认为虚构活动不只局限于文学，还关涉人类的日常生活，因此，虚构并不等同于文学写作，同样还应该将人类学写作囊括进去。

哲学向来是以客观、真实来维护其真理的地位的，哲学文本将虚构一直拒之门外，直到 20 世纪中期这种境况才得以改变。著名哲学家罗蒂(Richard Rorty)的《哲学和自然之镜》(*Philosophy and the Mirror of Nature*)超越了主客二分、身心二元的认知模式，将重要的、革命的物理学和形而上学都看作是“文学的”，虚构作为文学最为重要的特点参与其中，成为了真理的呈现方式。米歇尔·福柯(Michel Foucault)的谱系学就是要将事物问题化、情景化、事件化，认为真理并不具有某种客观存在的本质，在他看来，虚构和真理是相互影响、相互促进的，一方面虚构中蕴藏潜在的话语，呈现出真实的可能性，可能产生真理的效果，另一方面真实可以提供产生潜在话语的契机，期待着进行虚构。伍德布里奇(James Woodbridge)在 2005 年发表的《作为一种假装的真理》一文中,进一步论述了在虚拟情境和“假装的游戏”中来谈真理的可能性,认为人们可以运用虚构作品言谈一样的真理言谈来表达关于存在哲学的严肃思考。后现代主义哲学家劳森(Lawson)则直接将真理看作是一种故事,就是从叙事的角度,承认了虚构表述真理的权利,并且还认为虚构的介入使得真理的光芒更加耀眼:“在某种意义上,我们所有的真理都是虚构,它们是我们为信念而选择的故事。”“虽然真理可能是一种虚构,但它是我们所具有的最有力量的虚构。”①

伦理学文本的虚构性是近年来的热门话题,要义就在于道德不是对于客观事实的一种陈述。乔伊斯(Richard Joyce)在2001年出版的著作《道德的神话》(*The Myth of Morality*)中认为,因为一切道德判断都是情感上的判断,所以道德对象都不是客观存在的,而人们又要传达出对于道德的观点、看法,于是主张把道德当作虚构作品中的言谈,有了这个基础,道德才能言说下去,也就是说,道德书写从根本上来看就是虚构。卡尔德隆(Mark ElibKalderon)2005年出版的著作《道德虚构主义》(*Moral Fictionlism*),通过案例分析后指出:虚构的道德言谈能够成为一种“预约承诺”,对于现实的人生会产生作用,可以帮助人们应付“意志薄弱”的问题。也就是说,道德虚构主义发现了文学中的虚构在现实中的权威性,这些虚构的作品决定了人们的情感状态,进而会影响人们的思想、行动。比如,歌德写作的《少年维特的烦恼》引起了世界范围内不少青年人情感上的共鸣,很多人都认为为了情感而轻生体现了真正的爱情,有些青年读者甚至仿效维特,以致歌德在作品再版时还专门作了劝诫,文学虚构对于道德的建构的作用由此可见一斑。正因为如此,有的西方学者说,大多数人是从书中理解了爱情后才坠入爱河的,这话虽然是戏言,也并不是毫无根据的,虚构作品对于道德建构的影响是不能忽略的。

---

① Lawson, H. and L. Appignanesi, eds, *Dismantling Truth: Reality in the Post—Modern World*, New York: St.Martin's Press, 1989, p.130.

在日常生活中实用性很强的诸多文本，也无不和虚构发生着联系。比如广告布置虚拟场景、讲述一段神奇的故事，激发起人们消费的欲望，人们并没有斥之为欺诈。新闻报道富有悬念的叙事，不乏虚构的渗入，不仅吊足了人们的胃口，而且让人们觉得报道更加具有穿透力。虚构在政治文本写作中也不可缺少，努斯鲍姆（Martha C. Nussbaum）在《诗性正义：文学想象与公共生活》（*Poetic Justice：The Literary Imagination and Public Life*）一书中认为，文学想象尤其是小说的虚构是在创造性的境况下进行的，可以剔除现实生活中的利益羁绊，去除偏见，是探索正义的合理路径，是公正话语和民主社会的必要组成部分。甚至连最强调以事实为根据的法律文书，一旦和虚构结合起来，写作出来的文本马上变得炙手可热，杜鲁门·卡波特（Truman Capote）的《冷血》（*In Cold Blood*）就是一个典型的例子，该作品记写的是1959年11月发生在美国堪萨斯州的一起案件，访问了6年时间，调查记录和法庭记录3000多页，文本以证词、供词作为佐证，但是不限于虚构和写实的二元对立，一下成为了美国的畅销书。

让·波德里亚（Jean Baudrillard）将这种虚构的泛化现象看作是时代的写照。他认为，自文艺复兴以来，人类社会经历了“仿造”“生产”“仿真”的不同的仿像，今天处在了仿真的时代，他说：“今天则是政治、社会、历史、经济等全部现实都吸收了超级现实主义的仿真维度：我们到处都已经生活在现实的“美学”幻觉中了。“现实胜于虚构”这个符合生活美学化的超级现实主义阶段的古老口号现在已经被超越了：不再有生活可以与之对照的虚构。”①

意在说明，在仿真的原则代替了现实的原则之后，日常生活中的政治、社会、历史、经济等不再超越虚构，虚构在非文学领域安营扎寨，诸多非文学文本都成为了虚构的对象，构成了当代一种奇特的文化景观。

① ［法］让·波德里亚：《象征交换与死亡》，车槿山译，译林出版社2009年版，第96页。

三

虚构的确认方式。

前面关于虚构意义的转型的讨论,涉及这样一个基本的前提,那就是虚构与非虚构的界限何在?或者说,虚构如何确认?

这一问题似乎在西方现代文论中已经解决。在西方现代文论中,虚构的程度与文学体裁是一致的,根据文本的体裁,就可以判定是否虚构以及与现实的距离的远近,历史著作、现实主义作品、浪漫主义作品、幻想作品对应着由低到高的虚构程度。弗莱(Northrop Frye)在《批评的解剖》(*Anatomy of Criticism*)中,根据文本中的主人公的特点以及与自然环境的关系,将文本划分为神话、传奇、史诗(悲剧)、喜剧、反讽等文体,代表了虚构世界与现实世界的距离远近的不同。除此之外,根据语言肌质、情感形式等特征,也可以将虚构的属性分离出来。总之,从文本中来探求虚构的特征,成为了辨别虚构的基本方式。

然而,问题并不如此简单。同一个文本,在不同的读者看来,对于是否存在虚构的判断是不尽相同的。比如在拉美地区,暴雨持续时间很长,《百年孤独》(*Cien años de soledad*)中描写的下了四年十一个月零二天的暴雨本来是纪实性的,可是在英国人看来觉得不可思议,认定这些描写为虚构,鉴于此,拉美魔幻现实主义作家特别提醒人们,不要按照自己的世界模式来想象拉美的自然景色和社会现实。莎士比亚的作品一致被奉为文学虚构的经典,伊格尔顿(Terry Eagleton)说莎士比亚的作品有一天也会从文学中排除,虽然言辞过激,然而也不无道理,如果要通过莎翁的作品来了解英国社会当时的风俗社会状况的话,就应该看作是最真实的写照,就不能将之看作是虚构之作了。由此可见,对于虚构的判定,是和主体的认知状态密切相关的。

语言观念的转折为虚构的重新确认奠定了理论基础。20世纪中期的语言学转向表明,语言的实指性在逐步遭受瓦解,淡化了语言与事实、实体对应的关系。理查·罗蒂对于“指称”(Reference)和“谈论”(Talking About)进行了严格的区分，指称指的是一个词语表达和现实某个部分之间存在的一种事实性的关系，谈论指的是在一个词语表达和一种非存在的对象之间能够成立的一种纯意向的关系，人们不能指称福尔摩斯或者燃素，但是可以谈论它们。按照谈论的语言逻辑，就要承认虚构本身没有外在的客观的特征，没有指称性。当代虚构话语正是将虚构和主体的意向性联系了起来，拓展了辨识虚构的新视野。

从奥斯汀(J.L.Austin)首倡到塞尔(John Searle)完善起来的言语行为理论，将意向性纳入言语行为理论，将谈话看作是一种有意图的行为，重构了语言和现实的关系。在塞尔看来，作者在假装施行语言行为即“佯装”时，那就构成了虚构，因此，作者意图决定言语虚构与否，意图是唯一的标准，“判定一个文本是不是虚构作品的确定性标准必然在于作者的言外意图。没有任何文本特征，无论是句法上的还是语义上的，能够确定一个文本为虚构作品”①。他以《红和绿》开头的一个段落为例作了说明，认为小说作者默克多在这里并不是实施真正的断言，而是假装实施断言，应该归入虚构，其根据就是这一段写到了陆军上尉的内心想法，一个人知道另一个人的内心想法，是小说作者在有意虚构时才能实现的。他还认为自然主义小说、童话、科幻虚构作品、超现实主义小说的区别，就在于作者对于客观现实的再现的承诺的程度不同而已。

塞尔将虚构仅仅看作文学活动的观点已经被超越，但是，将虚构的确认和是否存在文学活动的意图联系起来的思维方式，是很有启发性的。虚构尽管已经被认为泛化到了现实中，但是，如果自觉意识到是文学文本的时候，虚构才会引人注目。伊瑟尔认为，想象和虚构是“生产审美维度的原因，这种生产既表现于艺术作品，也存在于人类其他的基本活动”，“使文学成为可能”，其关键在于他所特别强调的想象和虚构本身就是“文学的构成部分”。杰拉尔德·格拉夫说：“文学必须虚构，因为所有的语言都是虚构的——尽管只有文

① Searle, John, “The Logical Status of Fictional Discourse”, *New Literary History* 6.2, 1975, pp. 319-325.

学才让人注意到其虚构性本质。”①

当然，塞尔关于意向性的论述局限在作者这一端，还是远远不够的。比如，前苏共总书记勃列日涅夫在20世纪80年代初期出版了一部著作（A Piece Land），描述自己在二战期间参加过的一次战斗，后来证明是没有发生过的事情，人们不把它当作文学作品来看待，而认为是撒谎，不诚实，带有欺骗性，因此这部作品饱受诟病。与此相反的是，司汤达（Stendhal）在《红与黑》（*Le Rouge et le Noir*）的副题中称其为“一八三〇年纪事”，可是人们还是将之看作是虚构之作，人们认可这是一部小说，看重的就是虚构的价值。不难看出，是不是虚构的判定，还要取决于读者的意向性。

一部作品的反响才是它的存在！接受美学的这种宣言，将虚构的判定看作是读者的创造性行为。伊瑟尔在《阅读活动》中，开始反思从认识论视角辨识文学虚构的局限性，认为虚构的文本是作家创造性想象的产物，文学阅读也是对读者既有经验的扩张，和读者的意图是分不开的。“对于读者来说，只有在文学中寻找启示才是正常的，因为虚构能够准确地向他们提供他们认为需要的、关于当时各种各样的体系留下的问题的倾向性。”②伊瑟尔从人类学角度出发，又将虚构看作是一种人类有意识地对现实世界进行干预的行为模式，在《虚构与想象》中对于田园诗的虚构方式进行了分析。他认为，诗人扮作牧羊人进行游戏，仪式化的表演激发了人们的想象和虚构，这种有意识的行为使得人们更加关注这个可能性的世界，才能把人们从平庸的生活中解救出来。

从“作者已死”到“读者的诞生”，过分夸大了接受主体的意向性的作用，无疑也走向了另一个极端。卡·斯蒂尔勒（K.Stierle）与伊瑟尔不同的是，他认为文本的建构是理解虚构文本的主导程式，接受主体的意图是判定是否虚

① ［美］杰拉尔德·格拉夫：《文化，批评与非现实》，载《当代西方艺术文化学》，周宪等译，北京大学出版社1988年版，第201页。

② Iser, Wolfgang, *The Act of Reading*: *A Theory of Aesthetic Response*, Baitimore: The Johns Hopkins University Press, 1980, p.7.

构的关键。他在《虚构文本的阅读》一文中提出了“准实用式”(Quasi Practical)接受的概念,也就是将文本的词句等同于现实世界,没有意识到虚构的存在。在他看来,堂吉诃德大战风车是可笑的,将现实世界的风车与骑士传奇那个虚构世界中的巨人等同了起来,被称为“叙述蛊惑症”,或者直接命名为“堂吉诃德症”。与此类似的还有一种说法即“孟买水手症”,在18世纪的英国上演了《孟买水手》的戏剧,结果就有人人戏不分,在现实中仍然像剧中的演员一样,将虚构的世界当作现实世界而无法自拔,造成了精神分裂。如果接受者停留在准实用式接受的层面,没有意识到这是虚构,就无法判定这是虚构的文本。高利·柯里(Gregory Currie)提出,对于虚构的确认要考虑读者因素,能够意识到作者是虚构的,“他是在诱使我们去伪装,或者更确切地说,假装相信(Make Believe)什么。”①奥尔森(Stein Haugom Olsen)也认为意向性的确立,是受着作者和读者双重力量的牵引的,他说:“作者和读者拥有一种共同的机制性的框架,它使作者可以有意图地把文本作为文学作品,使读者可以按照这种意图把它接受为文学作品,对它们进行解释。”②作者与读者的共谋,内在规定性与外部规定性的交织,形成了虚构的确认方式。

人的意向性是多维的,如果将文本看作是文学,就会加深接受主体对于虚构世界的体验,建构虚构的审美世界,对此,马里奥·巴尔加斯·略萨(Mario Vargas Llosa)说得非常清楚、明确:“在博尔赫斯的短篇小说中,神学、哲学、语言学和一切作为专业知识出现在作品中的东西,都变成了文学,都失去了原来的特质,但得到了虚构的精髓,因而成为文学想象力的组成部分和内容。”③如果将文本看作是非文学文本,就要挖掘出虚构中的社会内涵,最后获得理性上

① Currie, Gregory, “What Is Fiction”, *The Journal of Aesthetics and Art Criticism* 43.4(1985), p.387.

② Olsen, Stein Haugom, “Defining a Literary Work”, *The Journal of Aesthetics and Art Criticism* 35(1976), p.138.

③ [西班牙]马里奥·巴尔加斯·略萨:《博尔赫斯的虚构》,赵德明译,《世界文学》1997年第6期。

的认知。理查·罗蒂引用乔纳森·卡勒的话说道:“指出下面一点是极其重要的,即对某一哲学作品的最真实的哲学读解,就是把该作品当作文学,当作一种虚构的修辞学构造物,其成分和秩序是由种种本文的强制要求所决定的。”①意在表明,意识到是哲学文本的前提下,承认虚构的存在,并将虚构融进哲学的认知之中,这种极赋张力的阅读可以丰富、深化哲学文本的意义。

四

虚构的哲学基础。

对于虚构的解释,触及的是关于现实、存在的问题,从根本上来说,是哲学思想的反映。将虚构与现实严格区别开来,源于西方人把世界视为实体的传统认知模式,在西方哲学的源头,实体既包括赫拉克利特说的土、水、气、火等物质实体,也包括柏拉图说的理念等精神实体。哥白尼、伽利略、开普勒、笛卡尔、牛顿、达尔文等一大批科学家在天文学、光学、数学、力学、生物学等领域的科学思想,作为最为权威的知识体系,进一步夯实了这种哲学思想的根基。

然而,进入现代以来,科学发生了重大的转型。按照牛顿力学的观点,一张桌子的形状、长宽、质量是桌子的固有属性,不会因为观察者的位置、状态而改变,虚构与之是格格不入的。19 世纪以来,虚构在科学活动中的创造意义被承认。相对论、量子力学否定了这种观点,将不确定性、模糊性、主观性等概念引入到了科学理论中,承认了虚构是建立假说的方式,是科学探索的重要手段,爱因斯坦(Albert Einstein)明确指出:“科学理论基础具有纯粹虚构的特征。”②胡塞尔(Edmung Husserl)的现象学将外在实体悬置了起来,所谓事物的客观实在性并不存在,主张对象在人的认识中重新构造自身,他在 1935 年

① ［美］乔纳森·卡勒:《当代学术入门——文学理论》,李平译,辽宁教育出版社 1998 年版,第 376 页。

② ［美］阿尔伯特·爱因斯坦:《爱因斯坦文集》第 1 卷,许良英编译,商务印书馆 1976 年版,第 314 页。

开始写作的《欧洲科学的危机与超越论的现象学》中认为,科学的危机在于仅仅将理念还原为纯粹事实,丧失了对于生活的意义,旗帜鲜明地批判了实在论。

而从根本上动摇实在论的霸主地位的,是20世纪中期以来兴起的信息科学。随着信息技术的发展,计算机系统可以模仿包括图像、声音、气味等多种信息,给人一种身临其境的真实感受。通过虚拟、仿真打造出了新的现实即超现实,赛伯空间技术比如虚拟现实、电子媒体、电脑智能等都可以打造虚构故事,在电子信息媒介全面操控的今天,整个社会被精心策划为虚构的空间。虚拟在技术的支持下达到了与现实无关的地步,符号、象征、影像都是它自己的仿像,与现实无关,仿像好像统治了现实生活,阿米特(L.Armitt)说:"后现代主义只是科学虚构过程中的一种点缀,因为技术进步已经保证人类必将处在历史中的这样一个时刻:此时,各种文化层面上的稀奇古怪的幻想都将包围着我们;使得现在的空间既不是'在那儿之外',也没有'最终的边界';致使许多大惑不解的人被迫生活在一个超现实的虚拟世界中,成为一个巨型计算机游戏的公民。"①

科学技术带来了物质生活的变化,对于人类精神文化的影响也是巨大的。维纳(Norbert Wiener)在信息科学诞生初期就已经指出,信息既不是物质,也不是能量,如果不理解这一点,就无法理解唯物主义。说到底,这实际上就是对传统的唯物主义实在论的反拨。这种哲学转型具有划时代的意义,信息革命被称为继工业革命之后的又一次革命,信息哲学也被称为20世纪中期以来哲学领域中发生的最重要的事情。

对于实在论的否定更为彻底的是虚构主义哲学思潮。虚构主义哲学认为,科学中的理论所言谈的对象在本体论上是不存在的,这些理论都不是真的,然而,我们却可以把这些作为虚构作品中的言谈一直继续使用下去。纽约

---

① Armitt, L., *Theotising the Fantistic*, London: Arnold, 1996, p.9.

大学教授菲尔德(Hartry Field)于1980年出版的数学哲学著作《没有数字的科学》标志着虚构主义的诞生,他认为数学研究的对象不过是一种虚构,比如数、函数并不存在于现实世界,却又广泛地应用于现实世界,提出了"数学的虚构主义"(fictionalism about mathematics),以反对柏拉图主义所张扬的实体论。同年,普林斯顿大学教授范·弗拉森(Bas van Fraassen)出版了《科学的形象》,提出了科学哲学中的虚构主义,认为科学揭示的不是真理,而是经验的适当性,将科学活动看作如同阅读文学作品一样,但是在真实对象的推演中有作用,因此我们不能没有数学。到了1990年,罗森(Gideon Rosen)提出了模态虚构主义。毋庸置疑,围绕虚构主义的过激言论,在学术界还存在激烈的争论,不过,可以肯定的是,这已经引发了哲学上的重新思考。正如罗森所说:"在广泛的形而上学争论领域中,虚构主义策略一般被看作是一种值得注意的选择,即使不值得敬重,也至少值得严肃地考量。"①

综上所述,虚构的意义在当代发生了根本性的变化。虚构的这种越界行为,看似游离于文学范围之外,实际上拓展了考察文学观念的新视域,就如同伊瑟尔在《虚构与想象》一书的开篇所说的那样,是在试图对于"文学到底是什么"这个古老的问题作出创造性的阐释。② 对于虚构的确认,固然离不开文本自身的特点,更与主体的意向性有关,这里隐含着非常复杂的意识形态的因素,文学研究不再是与现实无关的一个类别,而是与现实、社会发生着广泛的联系,文学研究呼唤从更为广阔的文化背景中来考察,与当前的文化研究的理路是合辙的。

其实,关于虚构的论述是浩瀚无垠的,在艾布拉姆斯的《文学术语词典》《现代汉语词典》等当代一些权威的工具书中,关于文学的定义都是和虚构捆

---

① Rosen, G., "Problems in History of Fictionalism", *Fictionalism in Metaphysics*, ed. M.E. Kalderon, Oxford: Oxford University Press, 2005, pp.17-18.

② [德]沃尔夫冈·伊瑟尔:《虚构与想象》,陈定家、汪正龙译,吉林人民出版社2011年版,第1页。

绑在一起的,文学和虚构在当代文论中更是保持着或显或隐的联系。本节关于虚构所作的阐释,可谓“小荷才露尖尖角”,通过追踪虚构的意义在当今时代的变化,可以发现新的文学和文化的话语逻辑已经浮出水面,虚构与现实的边界的消弭,昭示出了文学观念和文学研究新的学术增长点。

第十五章　非虚构与信息时代的文化变迁

非虚构的提出，目的是为陷入困境的纯文学寻求出路，然而，不少人将这个看似不言自明的术语当作不虚构、无虚构的代名词，致使其价值意义迷失。其实，非虚构话语是在信息时代诞生的，与虚构所处的印刷时代的文化语境不同；信息时代的整体性、综合性思维，破除了虚构的二元对立思维，形成了非虚构的逻辑起点；非虚构不是把现实作为一种先验的存在，而是将之与包括虚构在内的人的具体体验融合在一起，拓展了信息时代诗学的视域。本章打算梳理从虚构到非虚构的来龙去脉，从时代语境、思维方式和诗学视域变革的层面阐述非虚构的要义。

非虚构作为当今文学观念转型的旗号，从西方传入中国引起了广泛关注。然而，何为非虚构？却还是一个需要深究的问题。近来有学者援引将非虚构写作普及到中国的彼得·海斯勒（Peter Hessler）的话，表达了对于非虚构阐释的不满："这种体裁至今还没有一个令人满意的名称。一些人称之为'记述性非虚构作品'、'创意性非虚构作品'、'文学类非虚构作品'或'长篇新闻报道'。""在他看来，'非虚构'以否定的句式下定义，本身就是个奇怪的词。"①

① 雷达：《漫说"非虚构"》，2015年8月5日，见 http://www.chinawriter.com.cn。

意思就是说,将非虚构作为虚构的对立面从字面上来理解的流行做法,是难以把握其应有之义的。

术语作为文学研究的基础,需要将之置于一定的文化语境中进行动态的考察,才能揭示其内在的规定性。本章试图通过从虚构到非虚构的文化逻辑清理,为非虚构的意义指向作出更为准确的定位。

第一节　时代语境

虚构与现实势不两立,在西方由来已久。柏拉图、亚里士多德都一致主张将诗的写作定位在摹仿,所谓摹仿就是要求拉开与现实、历史的距离,与后来西方文论中所说的虚构意义相通,亚里士多德《诗学》研究专家凯特·汉伯格和结构主义叙述学专家热拉尔·热奈特一直主张将摹仿直接翻译为虚构。[①] 凭借虚构从事创作的诗人被看作超凡脱俗的化身,被描述成“轻飘的”、“有翅膀”的模样,突出与现实生活中普通人的迥异。现代以来,虚构与现实对立的特征被进一步强化,成为了文学与非文学的分水岭,或者说,正是因为虚构不受现实社会的约束,才催生了现代意义上的文学概念。法国女作家斯达尔夫人在 1800 年将文学“与法语中的美文学(belles letters)等义,指那些基于虚构和想象的写作——诗、散文体小说和戏剧”。[②] 她率先从虚构、想象的角度来界定文学,将文学和宗教、社会风俗和法律等区别开来,使得“literature”这个 2500 年来泛指一切著作的术语特指文学即纯文学。20 世纪以来,不管是俄国形式主义,还是英美新批评,都将文学与虚构联系起来,形成了关于文学的基本认识,韦勒克、沃伦 20 世纪 40 年代出版的影响巨大的《文学理论》将之推向了极致,认为文学世界“处理的都是一个虚构的想象的世界”,从而将“虚构

① [法]热拉尔·热奈特:《热奈特论文集》,史忠义译,百花文艺出版社 2001 年版,第 89 页。

② M.H.Abrams,Geoffrey Harpham,*A Glossary of Literary Terms*,Boston:Wadsworth Publishing,2008,pp.177-178.

性”“创造性”“想象性”视为文学的内在的规定性,特别强调“虚构性”就是文学的“核心性质”。

然而,人们惊奇地发现,虚构与现实的距离在渐渐消失,虚构在逐步转化成现实,而这一沧海桑田的变化,则是由信息科学技术的发展引发的。

首先,带给人们的是具体体验和直观感受。麦克卢汉认为:“技术的影响不是发生在意见和观念的层面上,而是坚定不移、不可抗拒地改变人的感觉比率和感知模式。”①米勒对于改变人们的感知方式的科学技术手段进行了统计,列了一份较为详细的清单:“包括摄影、电报、打字机、电话、留声机、电影、无线电、录音机、电视机,和现在的 CD、VCD、DVD、手机、电脑、通信卫星和全球网——我们都知道这些新的装置是什么,都知道它们的威力和效果在过去的 150 年一直急遽增长。”②情书经过语言文字来表达,必须依靠一定的想象和虚构才能实现,德里达据此将情书和文学等同了起来,然而,情话如果通过电话来言说,则使得一个远在天边的人如同近在眼前,增添的是现实感,所以说,电话的出现使得情书不再可能。如果说电话消除的是空间距离的话,录音机则消除了时间上的距离,读记录前人说话的文字,给人一种恍然隔世的感觉,而如果听前人说话的录音,则如闻其声,假若配上照片,则又有了如见其人的感觉。电影、电视将虚构的情节再现出来,在形式上更加逼近生活本身,将观众带入到了现实的场景中,让人获得身临其境的真实感受,彻底改变了阅读文字所带来的虚幻感受。特别是互联网的出现,不仅将虚幻的东西转换成具体可感的情境,还为人们的直接参与和体验提供了契机,营构了一个亦真亦幻的世界。米勒将信息时代出现的图像化看作是“非现在的现在”,是一种“仿像”,创造出的是仿真的虚拟世界,他说:“所有那些蜂拥而至的电视、电影和因特网上的影像,由机器所唤起或魔术般使之出现的众多鬼魔,打破了虚幻与

① ［加拿大］麦克卢汉:《理解媒介——论人的延伸》,何道宽译,商务印书馆 2000 年版,第 46 页。

② ［美］米勒:《现代性、后现代性与新技术制度》,陈永国译,《文艺研究》2000 年第 5 期。

现实之间的区别,正如机器打破了现在、过去和未来之间的区别一样。”①

其次,也是更为重要的是,引发了人们在理论上探讨的浓厚兴趣,成为文学界关注的焦点。信息科学技术的发展虽然经历了一百多年的时间,然而,20世纪中期以微电子技术为核心的信息科学技术率先在欧美发达国家得到了长足的发展,才可以算作真正开启了继工业革命之后的信息时代。与此相对应的是,从20世纪50年代开始,虚构与现实的对立涣然冰释,将虚构与现实融合起来则成为了新的学术增长点。表示虚构的“fiction”一词在英文中也指小说,以约翰·福尔斯、威廉·加斯、赫尔豪·路易斯·博尔赫斯等人为代表的元小说创作在20世纪50年代崛起,就是在小说中还原虚构的本来面目,在交代虚构的过程和方式的时候,揭示虚构的现实性,意在表明虚构无法与现实分离出来。杰拉尔德·格拉夫在60年代写作了《自我作对的文学》,在第六章《如何才能不谈虚构》中明确提出:“‘生活’与‘现实’本身都是虚构。”②这一说法实际上就是在弥合现实与虚构的罅隙。伊瑟尔不满足新批评那种将文本细读与现实生活隔绝的做法,在1991年完成的《虚构与想象》一书的开篇就说:“这一现实与虚构的对立,是社会学知识系统中的一个术语。它被看作一种不言而喻的知识。”“这个所谓的‘不言而喻的知识’是否能真正解决我们所面临的问题呢?”作者明确提出要用虚构、想象、现实的“三元合一”来代替虚构与现实的二元对立。③

于是,一个隐含的问题便浮现了出来,那就是信息时代伴随着虚构与非虚构的此消彼长,纯文学将要接受命运的拷问。人们发现,那种沉浸在文学虚构所营构的世界中的情境已经一去不复返了,代之而起的非虚构写作却如雨后

① [美]米勒:《现代性、后现代性与新技术制度》,陈永国译,《文艺研究》2000年第5期。

② [美]杰拉尔德·格拉夫:《自我作对的文学》,陈慧等译,河北人民出版社2004年版,第181页。

③ [德]沃尔夫冈·伊瑟尔:《虚构与想象》,陈定家、汪正龙译,吉林人民出版社2011年版,第4页。

春笋,呈现勃勃生机。杜鲁门·卡波特倡导的“非虚构小说”和“新新闻报道”被认为是美国文学写作的方向,德国柏林《国际文学》杂志社在2003年设立了国际性的旨在奖励非虚构写作的“尤利西斯报告文学奖”,日本、美国、俄罗斯等都设有表彰非虚构文学创作的重要奖项等,更具说服力的是,大量的统计数据表明,在西方非虚构图书销量一路飙升与纯文学作品束之高阁形成了巨大的反差。非虚构这一股西风近年来迅速东渐,在中国形成了狂飙之势,比如,2010年《人民文学》杂志开设了“非虚构”专栏,还组织了“非虚构与文学的可能性”研讨会,《收获》《十月》《当代》等有影响的文学刊物都加大了非虚构栏目策划的力度,2012年南方报业传媒集团与《人民文学》杂志社举办“2012年中国南方(国际)文学周”时,贾平凹、苏童、马原等因为虚构写作而名声大噪的作家讨论的却是非虚构写作问题。与此同时,纯文学研究也在走向没落,大批过去在这个领域颇有建树的学者转向了后殖民、媒体、大众文化、性别、种族等现实问题的研究。米勒引用德里达的话宣布:“所谓的文学的整整一个时代,即使不是全部的话,都不能活过电传的特定技术制度(在这方面政治制度是次要的)。”①明确指出:现代意义上的文学终结了,前提就是信息时代的来临。关于信息时代纯文学命运的忧虑,从米勒的《全球化时代文学研究还会继续存在吗》《文学死了吗》这些论文题目和书名就可以看出,他反复强调:“新的电信时代正在改变文学存在的前提和共生因素而把它引向终结。”②“技术变革以及随之而来的新媒体的发展,正使现代意义上的文学逐渐死亡。我们都知道这些新媒体是什么:广播、电影、电视、录像以及互联网,很快还要有普遍的无线录像。”③

从虚构到非虚构,划时代的意义充分彰显了出来。“文学即虚构”是有特定的时代语境的,米勒在《文学死了吗》开篇就说:“雅克·德里达在《死亡:虚

---

① ［美］米勒:《现代性、后现代性与新技术制度》,陈永国译,《文艺研究》2000年第5期。
② ［美］米勒:《全球化时代文学研究还会继续存在吗》,国荣译,《文学评论》2004年第1期。
③ ［美］米勒:《文学死了吗》,秦立彦译,广西师范大学出版社2007年版,第16页。

构与见证》中指出:'文学'一词源于拉丁词根,它不能脱离它的罗马——基督教——欧洲根源。但我们现代意义上的文学则是在西欧出现的,最早始于17世纪末。即便当时,这个词也没有现代意义。按牛津英语词典,'文学'第一次用于其现代意义,是很晚近的事情。"①他以陀思妥耶夫斯基的《罪与罚》为例作了具体阐释,认为小说作者不是持斧杀人者,也不是鼓吹持斧杀人,只是在创作一个虚构作品,这标志着现代意义上的文学观念的诞生。更具体一点说,与工业文明时代印刷术的兴起有关。印刷术和火药、罗盘针一起被马克思称作预兆资产阶级社会到来的三项伟大发明,印刷术对于精神文化的影响尤其深远,"印刷术变成新教的工具,变成科学复兴的手段,变成制造精神发展的必要前提的最强大的推动力"②。印刷术之于文学的意义在于,作品批量印制可以拥有更多的读者,为文学的生产和传播提供便利,更为重要的是,传统口耳相传的方式是一种被动的、直接的接受方式,而书籍和报刊的出版和阅读要经过文字这个中介的转换,拉开了读者与作者的距离,培育了个性化和自我意识,为虚构的滋生提供了精神土壤。也就是说,只有在印刷时代的文化语境中,虚构才是"言而有据""言之成理"的,而在信息时代,虚构则时过境迁了。

需要补充说明的是,对于虚构的质疑并非始于信息时代。柏拉图认为现实是理念的影子,而虚构则是现实的影子,虚构则成为了影子的影子,由于虚构与理念相距遥远,服从于理念至上的原则,诗人被逐出了理想国。黑格尔将理性主义推向了极致,虽然承认艺术和宗教、哲学都体现了绝对精神,但是将它们是置于不同层面上的,他所说的艺术主要指的是浪漫型艺术,以虚构、想象作为突出特征,而在19世纪的市民社会是以偏重理智为特征的,因此,艺术将要融入更高的宗教阶段,最后被哲学"凝结与合并","转移到我们的观念世界",即"艺术终结论"。由此看来,非虚构触及的是西方文化中最为敏感的神经,对之深度解析,意味着在激活一个新时代的文化生命力。

---

① [美]米勒:《文学死了吗》,秦立彦译,广西师范大学出版社2007年版,第7—8页。

② 马克思:《机器、自然力和科学的应用》,人民出版社1978年版,第67页。

第二节　阐述起点

信息科学技术的兴起,对于人类社会的影响是多维的,既包括物质层面又涵盖了精神层面,这些固然都为探讨从虚构到非虚构的转型提供了宏大的背景和丰富的素材,然而,对于一个时代特征的把握,需要确立探讨初始的、也是最为根本的环节,才能建立起学术创新的基本框架,为知识体系更新寻求坚实的学理依据。马克思曾经深刻地指出:“我们时代的理论思维都是一种历史的产物,在不同的时代具有不同的形式,并因而具有不同的内容。”[①]哲学思维是与科学技术相互影响相互作用的,它作为精神文化最为集中的显现,是体现时代特征最为醒目的风标,构成了探讨从虚构到非虚构的逻辑起点。

在古希腊阶段,虚构遭受现实的排斥,形成了二元对立的基本结构,突显了西方在轴心时代哲学思维最初模型的特征。柏拉图对于虚构的贬损,虽然在后世引发了诸多争议,但是他持的二元对立的思维方式,对于后世的影响极其深远。亚里士多德不同意柏拉图将诗人逐出理想国的说法,可是也在强调虚构与现实的异质性,呈现出与柏拉图思维方式的一致性,只是对于虚构的价值意义的判定不同而已。现代以来,文学世界就是依靠虚构与现实世界彻底划清了边界,建立了独特的精神王国。康德、席勒、雪莱、维柯、叔本华、尼采、海德格尔、萨特等均遵循这一思维模式来为诗辩护,他们发表的文学独立的宣言大体认为,通过虚构建立起来的文学不会成为现实、社会、自然的附庸,只有在对于现实社会的批判和否定中,才能获得独特的价值意义,甚至还可以获得比哲学更为崇高的地位。

西方学者提出非虚构,目的是为信息时代陷入困境的纯文学寻求出路,就是从反思古希腊萌生并相沿成习的二元对立思维方式起步的。米勒引用怀特

① 《马克思恩格斯选集》第3卷,人民出版社1995年版,第284页。

海的话说:“全部西方文化就是柏拉图的一个注脚,不论柏拉图自己的作品有多少出处渊源。”①在米勒看来,柏拉图时代确立了二元对立思维,后来不断发扬光大,现代以来印刷业兴起之后,筑起了“相对严格的壁垒、边界和高墙”,“印刷业的发展鼓励并且强化了主客体分离的假想”,从而促进了现代意义上的文学观念的诞生。② 阐释非虚构理论的另一重镇宇文所安也明确指出:二元对立思维设定的模型,赋予了诗人这一“小造物主”编织虚构和隐喻的权利,设定了西方文学理论的基本格局,他说:“西方文学理论是柏拉图批判理论的孩子,尽管它们反叛并与更少污点的家族联姻,它们仍然无法逃离这一谱系。”③黑格尔虽然在柏拉图的基础上有所突破,但是总体上未脱思维方式的窠臼,宇文所安提出非虚构就是想在思维方式的层面彻底改弦易辙,走出黑格尔所说的艺术终结论的困境。

到了信息时代,在西方已经根深蒂固的二元对立思维被撼动了。在信息科学技术创立的初始阶段,控制论的代表人物维纳提出了哲学思维变革的问题,他关于“信息”这个概念的解释,就蕴含着对于二元对立思维的超越,他说:“信息不是物质,也不是能量,信息就是信息,不懂得它,就不懂得唯物主义。”④意思就是说,信息不是由客观物质决定的,也不是可以根据物体的动能能够计算出运动结果的,实际上就是要求在对于客观事物的认识中,融入人的意识、情感,显然这就是对于西方长期以来的主客二分的理性思维的纠偏。以计算机和网络技术为支撑的赛博空间,打造的是一个虚拟现实世界,依靠一定的媒体技术和编码规则建构虚拟现实系统,化实为虚,将现实处理成信息传递给观众,取代了传统意义上的现实世界,特别是人工智能的出现,更是淡化了物理、生理和心理的边界,这种整体性、综合性的思维方式,实现了哲学思维的

① [美]米勒:《文学死了吗》,秦立彦译,广西师范大学出版社 2007 年版,第 127 页。

② [美]米勒:《现代性、后现代性与新技术制度》,陈永国译,《文艺研究》2000 年第 5 期。

③ [美]宇文所安:《中国传统诗歌与诗学:世界的征象》,陈小亮译,中国社会科学出版社 2013 年版,第 3 页。

④ [美]维纳:《控制论》,郝季仁译,科学出版社 1963 年版,第 48 页。

重大转折。有学者总结说:“现代科学的整体观正在对于整体与部分、结构与功能、信息与控制、共时与历时、主体与客体……各范畴进行深入的探讨,至今方兴未艾,它主要运用的方法我们不妨称之为信息系统方法。”①关于这一哲学思维的变革,虽然目前还没有统一的说法,但是,信息科学带来哲学思维的巨大变革,已经成为了一个不争的事实,“虚拟可以说是对传统哲学的根本性扬弃。同时,虚拟是一个新时代、新方式的出发点,它包含着极其丰富的未来哲学的原则和方式。虚拟是我们从现在的一级文明跃入未来的二级文明的中介系统,是创造未来时代辉煌的工具”②。有人甚至认为:“信息概念的使用是20世纪下半叶哲学领域最成功的事情。”③

信息时代的哲学思维,对于文学观念的革新提供了最为有力的支撑。米勒说:“德里达在《明信片》这本书中表述的一个重要观点就是:新的电信时代的重要特点就是要打破过去在印刷文化时代占据统治地位的内心与外部世界之间的二分法。”④米勒引用德里达的说法,就是要将信息时代呈现出来的这种新思维,作为文学观念变革之本,实现虚构与现实、主体与客体等合二为一的目标。反之,如果看不到信息时代哲学变革这一点,就会步入盲区,难以实现文学观念上的突破。在信息科学领域颇有建树的著名科学家钱学森,对于思维、艺术等问题也极有兴趣,他在《文艺研究》编辑部座谈科学、思维与文艺问题的时候,曾经批评有些人没有看到信息时代的哲学变化,他说:“马克思、恩格斯、列宁、毛泽东没有讲过的东西,都不许讲,比如在哲学书中有一些‘系统科学’‘系统过程’‘信息’一类的词,就认为这就不能叫马克思主义哲学

---

① 陈明远:《科学与社会》,科学出版社1988年版,第246页。

② 陈志良:《虚拟:哲学必须面对的课题》,《光明日报》2000年1月18日。

③ Frederick Adams,“The Informational Turn in Philosophy”,*Minds and Machines*,Vol.13,No.4,2003,pp.471-501.

④ [美]米勒:《全球化时代文学研究还会继续存在吗?》,国荣译,《文学评论》2001年第1期。

了。”[①]这对于中国文学观念的变革来说，确实具有极为重要的训诫意味。1985年在中国被称为文学批评方法年，将信息科学的知识引入到文学批评中，试图拓展文学的领空，然而生搬硬套自然科学的公式、定理等，未能从哲学思维的高度来鸟瞰文学观念变革的路径，很快就陷入到了不能自拔的泥淖。

非虚构的倡导者对于与信息时代的哲学思维相关的学术资源，进行了深度的开掘，通过这些“他山之石”，进一步夯实了非虚构思维方式的基础。具体来说，包括对当代西方人类学方法和中国非虚构诗学传统观念的借鉴。

人类学方法在西方具有广泛的影响，特别是在整个人文社会科学的思维变革方面具有引领作用。《人民文学》倡导的“行动者”“非虚构写作计划”活动，呼吁作家走出书斋，走向民间世界和生活现场，“借助社会学和人类学‘田野考察’的方法，力图通过‘客观叙述’，从不同的侧面向读者呈现底层生活的真相。警惕价值观念和审美观念上的‘先入为主’，直接进入生活现场去发现生存的秘密，是这一批作品的共同特征”[②]。社会学和人类学的田野调查方法，有一个历史发展的过程。在过去一般认为是从“fact”（事实）到“fact”（事实），往往会举出马林诺夫斯基作为榜样，认为他深入到部落中与民众住在一起去调查铸就了人类学写作的典范，他住的小帐篷甚至成为了注重事实调查反对主观臆测的一种符号。然而，随着马林诺夫斯基的日记披露，人们才发现，他的人类学和民族志写作并没有做到自己所标榜的客观真实，他的一些重要著述《西太平洋上的探险队》《野蛮社会的犯罪与风俗》并没有将虚构、想象拒之门外。在当代，人们已经更新了关于人类学方法的认识，就如茨纳尔所说：“民族志告诉我们一个显明但却常常被忽略的道理：对任何一种陈述活动，如果忽略或轻视那些直接参加者的经验，这种陈述便不能被认为正确和真

① 钱学森：《与〈文艺研究〉编辑部座谈科学、思维与文艺问题》，《文艺研究》1985年第1期。

② 张柠、徐珊珊：《当代“非虚构”叙事作品的文学意义》，《中国现代文学研究丛刊》2011年第2期。

实的。"①非虚构写作表现出对于现实的极大关注，而要真正达到对于现实的把握，却离不开主体精神的参与和体验。当代文化人类学研究不是以自我为中心排斥异己，极力主张把不同类型的社会当作一个系统性的有机体来对待，注重分析有机体各因素之间的相互联系，非虚构在这种方法和理念的引导下，力图走出自律与他律二元对立的思维方式，即"通过跨文化的训练与经验，大多数的人类学家带着怀疑与惊奇感遭遇了内在于自身文化的'艺术'范畴。然而在这种疑惑当中，人类学家也已经判定了范畴，简化了与艺术界相冲突的复杂的动力学，从而超出了自律的问题。因而，人类学家们对于相对主义的批判感，已经不能意识到现代艺术自身对'传统'的内在攻击和对边界的挑战"②。

所谓非虚构传统，是海外汉学家对于中国古典诗歌传统的一种评判。即认为中国古典诗歌不是通过隐喻、摹仿去表达，而是以日常生活中诗人的自身经验为素材，因此是非虚构的。他们之所以对于中国非虚构有兴趣，主要就在于中国诗歌不同于西方源自古希腊的二元论哲学，是非超验性的，属于一元论哲学观，因此，汲取中国传统文化的精气，能够帮助西方文学观念实现自我超越。吉川幸次郎说："中国虚构文学很不发达，而取材于日常生活经验的诗文作为文学主流繁荣起来，这里可说有着中国文学的特殊状况。如果问虚构文学为什么没能占文学的主流，那是因为它与中国人的哲学有着密切的关系，正如中国人被誉为现实的国民那样，他们认为，被现实地感觉地把握的是客观存在，只有在现实世界中，而不是在空想中，才有陶冶人情操的美好事物。这种哲学决定了将平凡人日常生活中所表现的事作为素材的文学，并以此作为其文学传统。"③林理彰也持大体相同的观点，认为："中国通常将现实以一元论

---

① 罗钢等编:《文化研究读本》,刘象愚等译,中国社会科学出版社 2000 年版,第 25 页。

② George E.Marcus, Fred R.Myers (eds.), *The Traffic in Culture: Refiguring Art and Anthropology*, Berkeley: University of California Press, 1995, p.6.

③ [日]吉川幸次郎:《中国文学史》,陈顺智、徐少舟译,四川人民出版社 1987 年版,第 7 页。

(monistic)以及内在的术语加以解释……‘摹仿’在中国诗歌理论中指涉作品与宇宙关系时,并不是一个恰当的术语,因为摹仿的意义在于柏拉图和亚里士多德的思想中以及新柏拉图及新亚里士多德的批评体系之中,在中国却并没有发展出与之相应的注入柏拉图‘超验’理想形式或亚里士多德的‘宇宙’观。”①汉学家从中国非虚构传统中寻求到了更为根本的原因,那就是对于人的现实存在的关注,而不是依仗先验的神学思想,“中国人民关于人生的基本思想是:人类的拯救只能靠人自己。人类的拯救不是靠神,而是靠人自己。”这样一种文化观念影响了中国人的文学观念,“人的拯救不是靠神而是靠人自己,这是中国文明的精神所在,也是中国文学的精神所在”。② 的确如此,从尧舜禹到孔子都被看作“圣人”,而不是神,这种崇拜不存在此岸与彼岸的分离。在汉学家看来,即使是以谢灵运、王维为代表的中国宗教诗歌,也不是在宣扬二元对立的思维,因为这些诗歌的构思扎根于本土文化或宗教习惯,中国本土的儒教、道教秉持“有机联系”的、非二元论的世界观,外来的大乘佛教体现了这种思维方式才能在中国流行开来。总之,所谓中国非虚构传统,就是没有创造一个完全不同于现实的、超验的世界。

由此看来,非虚构要排除的只是虚构理论所秉持的二元对立的思想,只是在否定将现实看作是一种先验存在的观点。虚构、想象与人的情绪、心理、感性、欲望等主观因素相连,如果将之看作是客观事实的对立面,从非虚构中排斥出去,实际上就等于制造了新的二元对立,并不符合非虚构的哲学思维。明白了这一点,我们对于围绕非虚构的一些说法,就可以进行是非曲直的评判了。“新新闻体”在西方被看作是非虚构写作的别称,有人认为像报纸上的新闻报道一样不能有丝毫的虚构才算是非虚构,这其实是一种典型的二元对立的思维,并不符合非虚构的思维方式,就如同安德森所分析的那样:“假如我们以《纽约时报》的头版作为样本,我们也许会看到苏联的异议分子,非洲索

---

① [加]林理彰:《中国诗学》,祝远德译,《东方丛刊》2004 年第 3 期。

② [日]吉川幸次郎:《我的留学日记》,钱婉约译,光明日报出版社 1999 年版,第 196 页。

马里共和国的饥荒，一起恐怖的谋杀案，伊拉克的政变，辛巴威发现函件的化石和密特朗演讲的新闻故事。为什么这些事件会被如此排列？是什么把它们联结在一起的？这并非纯粹的任意行为。然而很明显它们大多数是独立发生的事件，而事件中的行动者并不知道彼此的存在，也不知道别人干什么。这些事件被如此任意地挑选和并列在一起（晚一点的版本可能就会用一场棒球赛的胜利来取代密特朗的演讲了），表明它们彼此之间的关联是被想象出来的。"[①]汉学家用非虚构来概括中国传统文学创作和欣赏的特征，也曾引起轩然大波，钱锺书结合《诗经》和唐诗、王元化结合《文心雕龙》中的"神思"说，早就阐述过中国诗歌创作和理论中虚构存在的事实，有学者据此认为非虚构传统的说法不符合中国文学和理论实际："中国诗人借助想象，即获取内心将永远乃至不存在的事物图景的能力，就得以凭空进行创作。……那种认为中国诗人是对真实体验的事加以描述的观点并无说服力，是站不住脚的，中国诗和其他诗歌中俯拾即是的夸张表达的种种例句就足以使这一观点难以成立。"[②]显然，这种简单、机械地将非虚构置于虚构对立面的做法，并不符合非虚构的话语逻辑，是对于非虚构意旨的误解。

第三节　理论视域

虚构作为在一定历史时期形成的产物，在西方人文学科体系建构中发挥了重要作用，按照审美—艺术—文学—语言逐级层层展开，形成了比较完整的关于纯文学观念的知识链。信息时代文学观念"旧貌变新颜"，不是一种表面的整容和修补，而是整个体系的脱胎换骨，这固然是多种因素促成的，不可忽

① ［美］本尼迪克特·安德森：《想象的共同体》，吴叡人译，上海人民出版社2005年版，第30页。

② 张隆溪：《文为何物，且如此怪异？》，载王晓路编：《中西诗学对话——英语世界的中国古代文论研究》，巴蜀书社2000年版，第292页。

略的是，与非虚构这个变异的基因有着或隐或现的关联。非虚构从根本上改变了人们感知世界的方式，拓展了考察文学世界的视域。

（一）美学视域

信息时代美学领域发生的最大变化，就在于将日常生活纳入美学的视野。“日常生活的审美化”作为一种新的美学原则崛起，消解了审美与生活的边界，包括家庭装修、时装表演、广告宣传、模特走秀等日常行为方式被纳入审美活动的范畴，并且成为了审美的主要对象，就像有的学者描述的那样：“近年我们无疑在经历着一种美学的膨胀。它从个体的风格化、城市的设计与组织，扩展到理论领域。越来越多的现实因素正笼罩在审美之中。作为一个整体的现实逐渐被看作是一种审美的建构物。”①

日常生活能够进入到美学的范畴，这一变革与非虚构的文化逻辑是合辙的。“日常生活的审美化”最早由英国学者费瑟斯通在 1984 年提出，他主要是从消费文化、经济学的角度来阐释这一美学新变，隐含的却是非虚构的文化逻辑。为了突出商品的形象价值，需要借助大量的电子媒介技术，运用大量的虚构、隐喻、戏剧化手法，来制作广告，创造出仿真的世界，才能激发起人们的消费欲望，用博德里亚的话来说，就是“实在与类像之间的界限的消弭”“审美的内爆”等，这种将现实打造成审美对象的技术手段和思维方式，都是非虚构的一种体现。费瑟斯通对于博德里亚的说法是赞同的：“对博德里亚来说，正是现代社会中影像生产能力的逐步加强、影像密度的加大，它的致密程度，它所涉及到的无所不在的广泛领域，把我们推向了一个全新的社会。在这个社会中，实在与影像之间的差别消失了，日常生活以审美的方式呈现了出来，也即出现了仿真的世界或后现代文化。”②可谓道破了消费文化机制得以形成的奥秘。

---

① W. Welsh, “Aestheticization Processes: Phenomena, Distinctions and Prospects”, *Theory, Culture and Society*, Vol.13, No.1, 1996, pp.1-24.

② ［英］费瑟斯通：《消费主义与后现代文化》，刘精明译，译林出版社 2000 年版，第 98 页。

正是非虚构作为清道夫,破除了传统思维的障碍,才为美学体系革新铺平道路。众所周知,美学成为一门学科在现代确立,说到底就是人类智慧划分的结果,鲍姆加登根据感性、情感创立了"感觉学"而被誉为美学之父。美学这门学科与分别着眼于知和意的科学和伦理学不同的地方就在于,强调审美活动是没有功利性的,只有与生活、自然拉开了距离,才会产生美感。由于现代美学切断了与现实的联系,讨论的核心和对象聚焦在纯粹的艺术上了,黑格尔在《美学》第 1 卷对于美学的界定就是"艺术哲学""美的艺术的哲学",康德认为美就是"自由的艺术"。而认为日常生活具有审美意义,就意味着审美活动走出了藩篱,韦尔施在《重构美学》中就是从非虚构的思维出发,来进行美学体系重构设计的,他说:"在物质的层面和社会的层面上,现实紧随新技术和电视媒介,正在证明自身越来越为审美化的过程所支配。它正在演变成一场前所未有的审美活动,当然这里所指'审美'不只是美的感觉,而是指虚拟性和可塑性。针对这些过程,现实的一种新的、本原上是美的意识应运而生。这一非物质的审美化,较之物质的、字面上的审美化含义更深刻。它不但影响到现实的单纯建构,而且影响到现实的存在模式,以及我们对现实作总体的认识。"①

(二)艺术视域

信息时代艺术领域的变化在于边界的移动,也就是说艺术与非艺术的边界被模糊了,艺术所追求的纯粹性被瓦解了,现实生活本身也具有了浓厚的艺术意味。如今我们无论是在写字楼办公,还是在商场购物、在广场健身,所接触到的现实生活中的一切,深切地感受到进入了一种审美与实用功能浑然一体、虚构与现实融合的艺术境界。

众所周知,现代以来就是根据美学原则来区分艺术与非艺术的,艺术这个

① [德]韦尔施:《重构美学》,陆扬、张岩冰译,上海译文出版社 2002 年版,第 10 页。

概念的含义也由此变得单纯而明晰,就是因为逐渐去除了现实的因素。巴托在阐述“美的艺术”的时候,与第一类手工操作的工艺和第二类雄辩术和建筑进行了区分,认为艺术最为基本的特征是不利用自然,只是模仿自然,要求艺术弃绝与现实的联系,明确地把工艺、建筑等排斥在“美的艺术”的范畴之外,主要是因为它们介于实用性与审美性之间。1746 年巴托对“美的艺术”作了进一步细分,即包括音乐、诗歌、绘画、戏剧、舞蹈五个大类,排列的顺序主要参照的就是摹仿或者说虚构的原则。1750 年鲍姆加登对于美学学科进行命名,艺术被看作是与天才、灵感、虚构等结合在一起的,康德也是把艺术看作是天才而不是普通人的作品,实际上都是在将艺术看作虚构的产物。

那么,艺术边界为什么能够移动呢?我们可以从信息时代的非虚构逻辑中找到答案。以信息技术为原动力和手段的行为方式,渗透到现实生活的各个方面,为现实生活冠上了艺术的名称,用詹姆逊的话来说,就是“现实转化为影像”,①使得现实中的诸种现象涂上了艺术色彩。从深层次来说,则在于更新了思维方式,从而促成了艺术观念的变革,就如同伯恩海姆所说的那样:“计算机最深刻的美学意义在于,它迫使我们怀疑古典的艺术观和现实观。这种观念认为,为了认识现实,人必须站到现实之外,在艺术中则要求画框的存在和雕塑的垫座的存在。这种认为艺术可以从它的日常环境中分离出来的观念,如同科学中的客观性一样,是一种文化的积淀。计算机通过混淆认识者与认识对象,混淆内与外,否定了这种纯粹客观性的幻想。人们已经注意到,日常世界正日益显示出与艺术条件的同一性。”②

(三)文学视域

在信息时代,作者被认为是不完整的、碎片化的,处在不断建构的过程中,而所谓现实也不是纯客观的,只是存在于人们的意识之中。马克·波斯特认

① [美]詹姆逊:《文化转向》,胡亚敏译,中国社会科学出版社 2000 年版,第 20 页。

② [英]汤因比:《艺术的未来》,王治河译,北京大学出版社 1991 年版,第 98 页。

为,网络写作是在"主客体的边界上写作","荧光屏——客体与书写——主体合而为一,成为对整体性进行的令人不安的模拟",颠覆了主体对于世界的期待,这会"给笛卡尔二元论所代表的澄明而确定的世界带来些许含混"①。伊瑟尔的《虚构与想象》一书的副标题是"文学人类学疆界",主要从哲学人类学的高度探讨虚构与想象的越界问题,认为虚构是人类学的基本特性,不仅仅限于文学活动中,还存在于日常生活中,因此文学创造的是一个与现实交织在一起的"可能性世界",重建了文学与世界的联系。

文学研究范式由传统的文学研究转向了文化研究,与非虚构的思维方式也是一致的。文化研究关注的是生态、女性、殖民等都属于社会现实中的热点问题。与形式主义批评不一样的地方在于,不是将文学与世隔绝,对之进行节奏、语音等纯粹形式的分析,而是在一个更开放的系统中,做出深刻的社会学分析,文学不再被当作一种纯粹虚构的产物来解读。文化研究不同于过去的文艺社会学,文艺社会学强调环境、时代、种族的决定作用,形式主义的崛起只是将文学研究的视野由关注外部因素吸引到了关注语言、结构等内部要素上,在本质上来说与文艺社会学的思维方式一样,但是文化研究关注社会现实,不是从先验的理念出发,而是强调了个体的体验,也就是说,对于现实的理解是离不开虚构、想象的参与的。在我看来,信息时代文学研究范式是在破除了二元对立思维方式的基础上重构的,体现了非虚构哲学思维。②

(四)语言学视域

索绪尔把语言处理成能指与所指,形式主义批评将语言分成日常生活语言和诗性语言,将文学语言和日常生活语言对立起来,都是从二元对立的角度建立起关于语言的认知,唯有虚构、隐喻体现了文学语言的基本属性。然而,

---

① [美]马克·波斯特:《信息方式——后结构主义与社会语境》,范静哗译,商务印书馆2000年版,第150—151页。

② 王轻鸿:《信息转向与文学研究范式转型》,《文学评论》2011年第5期。

信息时代则发生了变化,“信息方式促进了语言的彻底重构,这种重构把主体构建在理性自律个体的模式之外。这种人所熟知的现代主体被信息方式置换成一个多重的播散的和去中心化的主体,并被不断质询为一种不稳定的身份。在文化层面上,这种不稳定性既带来危险又提出挑战”①。信息时代的语言观念呈现出指称与事物之间的复杂关系。特别是作为语言观念转型标志的言语行为理论,旗帜鲜明地将日常话语行为看作是不断建构现实的行为,认为语言以独特的方式遵循现实社会的结构原则,在建构世界的过程中又不乏言外之意,将虚构的原则渗透其间,实现了物我的交融。

为了深入剖析中国非虚构传统的特征,叶维廉曾经从“具体经验的美学”出发,对于古代汉语特点、哲学基础作过分析,指出具体经验的美学有如电影的蒙太奇,诗歌的意象具有并发性。② 而在信息时代,汉语的这种特征在得到强化的同时,西方学者也看到了多媒体的出现弥补了西方表音体系文字的不足:“新形态的文学越来越成为混合体,这个混合体是由一系列的媒介发挥作用的,我说的这些媒介除了语言之外,还包括电视、电影、网络、电脑游戏……诸如此类的东西,它们可以说是与语言不同的另一类媒介。然后,传统的‘文学’和其他的这些样式,它们通过数字化进行互动,形成了一种新形态的‘文学’,我这里要用的词,不是‘literation’(文学),而是‘literily’(文学性),也就是说,除了传统的文字形成的文学之外,还有使用词语和各种不同符号而形成的一种具有文学性的东西。”③

总体来看,在西方文化史上,围绕着心灵与外物展开探索,所形成的各种流派和观点可谓异彩纷呈,在文化提供的气候和环境中,文学观念也随之不断繁衍生息。学术视野恢宏的比较文学大师厄尔·迈纳说:“事实性与虚构性,这两个概念是相互关联的,但在逻辑上事实先于虚构。这种情况适用于所有

① [美]马克·波斯特:《第二媒介》,范静哗译,南京大学出版社2000年版,第83页。

② 叶维廉:《叶维廉文集》第1卷,安徽教育出版社2002年版,第72页。

③ [美]米勒:《我对文学的未来是有安全感的》,周玉宁等译,《文艺报》2004年6月24日。

文学，尽管在实际应用中事实性与虚构性的程度会有所不同。”[①]这段话提醒我们，既然现实与虚构是相对而言的，那么，人类对于这二者关系的认识发生改变，就会对于文学观念进行重新设置。

如果说印刷时代的文学观念是在二元对立的结构中，倚重虚构建构起来的话，那么，信息时代的非虚构则是更加注重事实性、现实性。非虚构对于现实的把握不是与人的体验分离的，而是融入了虚构性，实现了人的感知的延伸。一言以蔽之，非虚构并不是对于虚构的全盘否定而是虚构的一种转型。打个比方来说，非虚构就是将虚构从纯文学的蜗居搬迁到了现实生活气息非常浓厚的文化广场。

① ［美］厄尔·迈纳：《比较诗学》，王宇根、宋伟杰等译，中央编译出版社2004年版，第324页。

第十六章　非虚构与信息时代的文学媒介

非虚构文学显露出的勃勃生机，与"电信时代文学将要消亡"的暮气沉沉形成鲜明对照，昭示着文学观念的嬗变。遗憾的是，非虚构作为一种文学观念尚处于含混、游离的状态。主要的原因在于，还是运用旧有的理论模式来研究这样一股新的文学潮流。大力倡导非虚构写作的《人民文学》编者反复说："现在的文学不能局限于那个传统的文学秩序，文学写作正在向四面八方延展，而文学本身也应该去容纳多姿多彩的写作范围，这其中蕴藏着巨大的可能性……至于非虚构是什么、应该怎么写，这有待于去思量、推敲和探索。"①表达出创新非虚构理论的强烈愿望。

现有成果对非虚构与媒介转型之间的互动关系没有引起高度重视，大多从题材、体裁、叙事学、创作手法等角度来研究，缺乏将非虚构文学内容与形式的辩证关系提升到新媒介时代要求的合理性层面进行考察的自觉意识，即使个别论述涉及新媒介问题，也大多认为新媒介时代的仿真、虚拟现实等造成了虚构的蔓延而将非虚构置于了新媒介对立的层面，致使非虚构作为划时代文学观念的意义被遮蔽。

---

① 参见《人民文学》2010 年第 2 期和第 10 期的编者留言。

第一节　新媒介语言特征

媒介是文学的载体,同时也传递着文学的意义,在文学观念变革中具有举足轻重的作用,如同有的学者所言:

“文学的终结就在眼前,文学的时代几近尾声。该是时候了。这就是说,该是不同媒介的不同纪元了。文学尽管在趋近它的终点,但它绵延不绝且无处不在。它将于历史与技术的巨变中幸存下来。文学是任何时间、地点之任何人类文化的标志。今日所有关于‘文学’的严肃思考都必须以此相互矛盾的两个假定为基点。”①

当然,从媒介转型角度来研究文学观念的变迁,特别需要警惕的是不要步入“媒介决定论”的陷阱。在我看来,一方面媒介转型会影响世界的呈现方式、作者的写作方式、作品的存在方式、读者的接受方式等,另一方面人也会依据自身的愿望、目的对于媒介的影响进行甄别、取舍、提升、凝练,因此,需要将非虚构文学观念置于媒介转型与人的精神活动互动共生而形成的文化场域中来考察。

一

新媒介与非虚构的理论基石。

文学、艺术观念脱胎于美学思想,而美学最初就是哲学的一个分支,因此,从根本上来说受制于哲学思维。麦克卢汉对于口头传播、印刷传播等不同历史时期的媒介进行比较后指出:“技术变革不只是改变生活习惯,而且要改变思维模式与评价模式。”②人们在通过新媒介描述现实表达对于世界的理解的同时,新媒介也会反过来改变人们的思维方式,重塑人们的世界观,作为深层

① J.Hillis Miller, *On Literature*, London and New York: Routledge, 2002, p.1.

② [加拿大]麦克卢汉:《理解媒介》,何道宽译,商务印书馆 2000 年版,第 99 页。

的动因影响着非虚构文学观念的形成。

我们这里所说的新媒介是相对于传统的印刷媒介而言的。“新媒介”这一概念20世纪60年代由美国传媒界率先提出，随着广播、录像、电视、电影逐步普及，倚重声光电多媒介融合的优势，向现代以来占据霸主地位的印刷媒介发起了挑战，特别是20世纪90年代兴起的互联网，更是成为了人们生活中须臾不可分离的媒介。新媒介从深层次影响了人们的思维方式，具有划时代意义，用米勒的话来说，标志着“印刷时代的终结”，他指出：“如今那些进行文化研究的年轻学者是在电视、电影、流行音乐和当前的互联网中泡大的第一批人，他们没有把太多的时间留给文学，文学在他们的生活中无足轻重，这样的趋势可能还会继续发展下去，而且我想也不可逆转。用不着奇怪，这样的一种人应该期望研究那些与他们直接关联的、那些影响了他们世界观的东西，那就是电视、电影等等，以及所有那些他们阅读的关于‘理论’的书籍。”①

米勒在这里强调的是，新媒介影响了人们世界观的变化，是现代以来的纯文学“终结”的根本原因，雅克·德里达、弗朗索瓦·利奥塔、安东尼·吉登斯、马克·波斯特、尤尔根·哈贝马斯等众多学者都从这个角度进行了阐述。但是，我认为，仅仅只是关注新媒介时代的哲学思维在“推陈”是不够的，如果进一步深究就会发现，其实更是在“出新”，具体来说，就是新媒介促进了由虚构向非虚构思维方式的转型。

非虚构是相对于虚构而言的，而虚构作为现代以来文学的独特标志，则建立在文字印刷媒介所主张的二元对立思维方式的基础上。柏拉图以理念为核心价值建立起哲学体系，认为现实是对于理念的摹仿，艺术又是对于现实的摹仿，艺术与至高无上的理念隔着两层，因此被驱逐出理想国。亚里士多德在《诗学》中开宗明义把一切文学艺术归结为摹仿，虽然承认艺术的价值，但也是在艺术与现实二元对立的基础上阐述其价值意义的，这种思维方式对于后

① ［美］米勒、金惠敏：《永远的修辞性阅读》，载易晓明主编：《土著与数码冲浪者（米勒中国演讲录）》，吉林人民出版社2004年版，第183页。

世的虚构理论产生了重要影响,《诗学》研究专家凯特·汉伯格和叙述学家热拉尔·热奈特甚至认为摹仿可以直接翻译为虚构。[①] 如果从媒介的角度来看,与火药、罗盘针一起被马克思称为预兆资本主义社会到来的三大发明之一的印刷技术,不仅为文学作品广泛传播提供了便利,更为重要的是,进一步强化了文学与现实二元对立的思维方式,使得虚构在文学中的独特地位得以确立。与早期口耳相传时代说者和听者直接接触不同,印刷媒介需要读者通过文字阅读这一间接的方式来转换,白纸黑字拉开了作者与读者的距离,培育了人的个性化和自我意识,米勒据此判定印刷媒介"筑起了严格的界限、边界和隔墙","印刷业的发展鼓励并且强化了主客分离的假想"。[②] 二元对立思维方式划清了文学与非文学的边界,现代意义上的纯文学观念由此诞生。1800年斯达尔夫人通过虚构、想象将文学与现实意味浓厚的法律、社会风俗区别开来,率先为文学下了定义,20世纪以来俄国形式主义、英美新批评、法国结构主义则将书面的诗性语言与口头的日常生活语言进行比较,建构了纯文学的知识谱系。

20世纪中期信息科学技术率先在欧美发达国家兴起,从哲学思维的角度来看,就是发出了变革二元对立思维方式的呼声。维纳提出:"信息不是物质,信息不是能量,信息就是信息,不懂得它,就不懂得唯物主义。"[③]意在表明,信息不再是与人无关的纯粹的客观存在,也不再是仅仅通过能量计算就可以确立运动轨迹的,实际上就是主张通过主观与客观融合的思维方式来把握世界,弥合心理世界与物理世界的裂痕。这一论断成为20世纪下半叶以来影响最大的哲学命题,麦克卢汉被称为新媒介理论的先驱,大力倡导"媒介即信息"观念,秉承的就是这样的思维方式:"从机械时代走向电子时代,我们也从轮子时代进入电路时代。轮子构成的是分割的环境,电路却是一个

---

① 参见王轻鸿:《虚构》,《外国文学》2013年第3期。

② [美]米勒:《现代性、后现代性与新技术制度》,陈永国译,《文艺研究》2000年第5期。

③ [美]维纳:《控制论》,郝季仁译,科学出版社1963年版,第48页。

整合的环境。”[1]麦克卢汉认为新媒介不仅拉近了物理上的距离，更是消融了心理上的距离，张扬的是整体性、综合性思维，虽然他关于新媒介的一些臆测曾经被人讥讽，然而，关于新媒介的哲学思维的论述则被不断强化和认同。学术界越来越倾向于认为，现实存在不再是纯粹的客观呈现，而是与人的意识融合的产物，这一思维方式为非虚构文学观念的建构奠定了厚重的基石。

新媒介不断在消除距离，插图本、漫画、宣传画、“小人书”等图画在20世纪中期兴起，主客体二元对立思维方式开启了破冰之旅。图像与文字相比，更能吸引人的眼球，图与文不同的地方在于，主体与客体在刹那间遇合，如见其人，如临其境，在客观现实中融入了人的主观意识，此所谓“一图胜千言”的原因所在，就如同列维——斯特劳斯对于逼真画的描述那样：“通过某些技术程序奇迹般地获得敏感世界瞬间即逝的和不可捉摸的面貌的融合。”“必须分别深入发展对客体的认识和非常深刻地内省，以求得客体的全部和主体的全部的综合，而不是停留在这二者之间暂时建立起来的在感官层次上的表面接触。”[2]通过电话诉说情话与阅读情书不同，阅读情书需要发挥想象的作用，因此德里达将情书与以虚构为特征的文学等同起来，而通过电话诉说衷肠则给人如闻其声近在眼前的感受，让“天涯若比邻”变为可能，说者和听者的距离一下子就拉近了。电影、电视、录像等多媒介融合，声光电结合造成图文并茂、声情兼备效果，具有极强的现场感，无法将人的主观情思剥离出来。比如中央电视台播出的《舌尖上的中国》第三季第一集《器》中，章丘铁锅要经过十二道工序、十八遍火候、一千摄氏度高温锤炼、三万六千次锻打，因为销路不好面临失传，电视上呈现的是叮叮当当打铁的声音、烧得通红的铁炉、铁锅工艺人的脸庞等，可谓声声入耳、触目惊心，让人很难分清是客观再现还是主观表现。

---

① ［加拿大］麦克卢汉：《麦克卢汉如是说》，何道宽译，中国人民大学出版社2006年版，第33页。

② ［法］克洛德·列维-斯特劳斯：《看·听·读》，顾嘉琛译，中国人民大学出版社2006年版，第26、27页。

特别是网络出现之后，现实与虚幻的藩篱进一步拆除，网络世界亦真亦幻更难以分辨，主客二分的思维被彻底打破了，这一变革在哲学领域引起了巨大反响。米勒引用德里达的话说："德里达在《明信片》这本书中表述的一个重要观点就是：新的电信时代的重要特点就是要打破过去在印刷时代占据统治地位的内心与外部世界之间的二分法。"①所谓"内心与外部世界之间的二分"被打破，实际上就是瓦解了虚构论的基础，因此纯文学观念将不复存在。网络时代的写作填平了主体与客体的沟壑，在马克·波斯特看来，这是对于笛卡尔为代表的二元对立思维的颠覆，因为网络时代的写作是"主体边界上的写作"，"荧光屏——客体与书写——主体合而为一，成为对整体性进行的令人不安的模拟"。② 虚构将文学看作是对于现实的摹仿，文学被置于认识论的框架中来理解，而计算机则拉近了人与现实的距离，非虚构因而获得了独特的美学意味，伯恩海姆说："计算机最深刻的美学意义在于，它迫使我们怀疑古典的艺术观和现实观。这种观念认为，为了认识现实，人必须站到现实之外，在艺术中则要求画框的存在和雕塑底座的存在。这种认为艺术可以从它的日常环境中分离出来的观念，如同科学中的客观性理想一样，是一种文化的积淀。计算机通过混淆认识者与认识对象，混淆内与外，否定了这种要求纯粹客观性的幻想。人们已经注意到，日常生活正日益显示出与艺术条件的同一性。"③

正是在新媒介思维方式影响下，整个文学生态开始寻求一种新的平衡。媒介不仅仅只是指语言文字，在有的学者看来："叙述的媒介并不局限于语言，可以是电影、绘画、雕塑、幻灯、哑剧等等，也可以是上述各种媒介的混合。叙述的体式更是十分多样，或神话、或寓言、或史诗、或小说，甚至可以是教堂

---

① ［美］米勒：《全球化时代文学研究还会继续存在吗？》，国荣译，《文学评论》2001 年第 1 期。

② ［美］吕克·波斯特：《信息方式——后结构主义与社会语境》，范静哗译，商务印书馆 2000 年版，第 150 页。

③ ［英］汤因比等：《艺术的未来》，王治河译，北京大学出版社 1991 年版，第 98 页。

窗户玻璃上的彩绘，报章杂志里的新闻，乃至朋友间的闲谈，任何时代，任何地方，任何社会，都少不了叙述。”①

毫无疑问，现在正处在印刷技术与新媒介此消彼长的时代，就如美国著名后现代作家罗伯特·库弗所说：“印刷媒介已到了穷途末路的时刻，命中注定要成为过时的技术，它只能作为明日黄花般的古董，并将被永远尘封于无人问津的博物馆——即我们今天所说的图书馆。”②文字印刷媒介式微，还不仅仅只是量的递减，更为重要的是质的嬗变，虽然还与新媒介共存、融合，然而要服从于电脑写作、微信推送、网络营销、影视改编等新媒介的文化逻辑，就像有的学者描述的那样：“文化的载体和表述形式也由以文学为中心转向了以音像为中心。在目前的文化中以图像和声音为基础的文本无疑占据着中心的地位。MTV、卡拉OK、摇滚乐等显然取代了书籍的作用。而‘周末版’、‘月末版’的报刊文化都已成了音像文化的依附性产品，它们依赖‘炒明星’及对电视、流行音乐的信息传播而存在。”③

也就是说，非虚构文学虽然离不开文字印刷媒介，但是深深烙上了新媒介时代思维的印记，因此，处理与现实关系的一般原则发生了巨大的转型，从总体上更新了文学观念建构的思维方式，成为了阐释非虚构文学观念的原点。

按照新媒介时代的文化逻辑，非虚构文学观念并不是指向纯客观现实，只有人的心灵世界与现实世界交融渗透，才符合其思维特征。《人民文学》倡导非虚构写作，就是力图改变虚构思维，寻求沟通现实与人的精神世界之间的通道，卷首语中这样说道：“如果说本刊的‘非虚构’是有所提倡的话，那就是吁请宅于小天地的写作者，睁开眼睛或者把眼睛从镜子里的自我挪开，去领受生活现实丰富性的提醒和激活，从而告别绝缘式的自说自话，敞开自我与世界的通道——这更是给‘虚构’失效者的建议。……最好的办法也许是，把自己融

① ［美］浦安迪：《中国叙事学》，北京大学出版社1996年版，第5页。

② ［美］罗伯特·库弗：《书籍的终结》，陈定家译，《南阳师范学院学报》2007年第2期。

③ 谢冕、张颐武：《大转型——后新时期文化研究》，黑龙江教育出版社1995年版，第71页。

入比自己也比写作群体更广大更丰饶的人群和高天厚地之间。如此，虚构和自我标识才可以找到伟大的依托。”①

非虚构写作强调事实的重要性，否则就被认为是不真实的，但是同时更强调必须经过人的心灵的浸润才是真正的现实，“讴歌和批判都是关注现实的具体化，两者之间不存在楚河汉界式的分野”，“从某种程度上来说，这种讴歌与批判的结合交融，才是作家‘卷入现实’之后发现真正的‘现实’，或才是体现中国人希望及期待的那种‘现实’”。② 所谓纯粹的客观是不可能实现的，因为写作时选择、加工的过程中不可能不融入主观的因素。比如《瞻对》，其中引用了大量史料，包括作为历史文献的《清实录》《清季民国康区藏族文献辑要》等，试图增加非虚构写作的现实性，却无法摆脱人主观的浸润，作者阿来说：“每个人在传递这个文本的时候，都会进行一些有意无意的加工。增加一个细节，修改一句对话，特别是其中一些近乎奇迹的东西，被不断放大。最后，现实的面目一点点地模糊，奇迹的成分一点点地增多，故事本身一天比一天具有了更多的浪漫，更强的美感，更加具有震撼人心的情感力量，于是，历史变成了传奇。”③

《中国在梁庄》中的现实，并不比三农专家获得的材料丰富，作为文学作品来看，就在于融入了人的情感，才显示了独特的价值，作者梁鸿直言：“当我们说文学中的现实的时候，我是觉得没有所谓客观的真实，只有主观的真实，这是我们理解文学与现实关系的一个前提。”④该作品获得2012年国家图书馆第七届文津图书奖，授奖词就是这样概括其特点的：“鲜活的文字描述与作

---

① 参见《人民文学》2013年第9期的“卷首”语。

② 周政保：《非虚构叙述形态——九十年代报告文学批评》，解放军文艺出版社1999年版，第59页。

③ 阿来：《我只感到世界扑面而来——在渤海大学的演讲》，载《看见》，湖南文艺出版社2011年版，第181页。

④ 梁鸿：《文学如何重返现实》，《名作欣赏》2015年第34期。

者的主观思绪跃为文本的主体。"①可谓切中肯綮,入木三分。2002 年获得非虚构文学大奖普利策奖的《父亲的痛楚、法官的责任和永远无法触及的公正》,其间也是融入了作者自己的主观情思。

进而言之,虚构、想象与人的情绪、感性、欲望等主观意识相连,也是非虚构文学观念的应有之义。非虚构并不是不虚构、无虚构的代名词,如果将包括虚构在内的人的活动排斥出去,就又落入了虚构论二元对立的窠臼,并不符合非虚构思维。非虚构写作为了达到对于事实的把握而自觉借鉴民族志方法,民族志向来被认为是强调真实的,但是民族志写作认为将事实表现出来的时候实际上已经离开了原初的语境,就包含了虚构的成分,因为虚构的意义还应该包括"制作或塑造出来的东西"②。新媒介时代的非虚构写作将虚构排斥出去不仅不可能,而且也不必要,在作家李洱看来:"当我们越是生活在一个非虚构的世界、一个被图像包围的世界,虚构就显得越是重要,文字书写就越是珍贵。因为,虚构本身是一种自由精神的体现。由于非虚构世界的存在,可能使小说存在的理由更显得坚实、更充分。事实上,当今天的这个世界过多地沉浸在非虚构的语境中时,在某种意义上,虚构就成了马尔库塞笔下的'他者'。按照马尔库塞的说法,正是这种'他者',这种异于现实的美学,让我们得以与体制化的现实疏离开来。而正是这种疏离,这种暂时身在庐山之外,不仅让我们得以认清现实,而且可能使我们的文字具有一种介入现实的力量,让我们得以从另外一个角度确立自我的身份。"③

要用作家的眼光来看待世界,离不开虚构的成分,王安忆认为非虚构只是虚构的材料,而不能作为文学艺术看待,虚构具有更高意义上的目的,即揭示

① 梁鸿:《中国在梁庄》,中信出版社 2014 年版,第 273 页。

② [美]克利福德:《部分的真理》,载克利福德、马库斯编:《写文化》,高丙中等译,商务印书馆 2006 年版,第 35 页。

③ 李洱:《传媒时代的小说虚构》,《解放日报》2008 年 2 月 10 日。

"生活应该是什么样的"[①]。意在表明，只有非虚构与虚构二者完美结合，才能真正展示文学的魅力。

与此相应的是，虚构话语也发生了转型，虚构从与现实的对立走向结合，体现了新媒介时代的哲学思维。20 世纪中期以来，文学理论逐渐承认文学虚构中包含有现实因素。艾布拉姆斯认为虚构与现实是缠绕在一起的，文学从根本上来说属于虚构，但都和现实有关，文学就是通过虚构顶替了现实，将事实看作是虚构的基础，并认为非虚构小说是文学虚构的一种方式。[②] 伊格尔顿对于以虚构为内在规定性的"文学性"概念提出质疑，认为通过虚构和事实的区分来定义文学是不行的，文学既有事实也有虚构，将历史真理与艺术真理对立起来不适用解析冰岛传说等，所以"在'事实'和'虚构'之间的区分是行不通的。"[③]哈贝马斯认为，在英语中同时指虚构和小说的"fiction"这个词，不应将现实的意义完全剔除，"英语称新的文类（即小说）创造的幻想现实为'fiction'，这个词没有纯属虚构的特性"[④]。正是由于阐释虚构的思维变革，当今虚构话语研究的对象除了小说、戏剧等纯文学作品之外，还越界到了历史、人类学、哲学、伦理学甚至数学等自然科学领域。伊瑟尔在《虚构与想象——文学人类学疆界》一书中站在哲学人类学的高度总结了虚构和想象的特点："现实栅栏被虚构拆毁，而想象的野马被圈入形式的栅栏，结果，文本的真实性中包含着想象的色彩，而想象反过来也包含着真实的成分。"[⑤]明确提出用虚构、想象和现实"三元合一"来代替虚构与现实二元对立的思维方式。

需要辨析的是，国内不少学者将虚拟现实、仿真当作与现实完全不相关联

---

① 王安忆：《虚构与非虚构》，《人民政协报》2010 年 3 月 6 日。

② ［美］艾布拉姆斯：《文学术语词典》，吴松江等译，北京大学出版社 2009 年版，第 193 页。

③ ［英］特里·伊格尔顿：《当代西方文学理论》，王逢振译，中国社会科学出版社 1988 年版，第 15 页。

④ ［德］哈贝马斯：《公共领域的结构转型》，曹卫东等译，学林出版社 1999 年版，第 54 页。

⑤ ［德］沃尔夫冈·伊瑟尔：《虚构与想象——文学人类学疆界》，陈定家、汪正龙译，吉林人民出版社 2011 年版，第 16 页。

的对象,看作是纯粹虚构的产物,认为非虚构写作的兴起是对于新媒介文化的反拨,这其实是一种误解。虚拟现实即英文中的 Virtual Reality,本意就是“真实世界的一个映像”,依靠新媒介打造的虚拟现实、仿真世界形成了一种以符号为载体的“超真实”世界,本身就是现实的一种延伸。也就是说,电子媒介的兴起使得虚构与现实的边界发生了位移,艺术与生活、虚构与现实之间的边界不再清晰,现实的存在模式发生了变化,虚拟现实既不是对于现实的客观反映,也不是纯粹的主观虚构,这种思维正在促成日常生活审美化这样一种新的美学观念的生成,费塞斯通解释说:“正是现代社会中影像生产能力的逐步加强、影像密度的加大,它的致密程度,它所涉及到的无所不在的广泛领域,把我们推向了全新的社会。在这个社会中,实在与影像之间的差别消失了,日常社会以审美的方式呈现了出来,也即出现了仿真的世界或后现代文化。”①

可见,电子媒介打造的虚拟现实与现实不是对立的,而是融入现实和日常生活,甚而成为现实的灵魂和主宰,本来现实的倒成了非现实,而它这个人工“拟像”则变为真正的现实,即能够发生作用的现实,所以说,依靠新媒介打造的虚拟现实与通过语言建立在现实与想象的二元对立之上的思维完全不同。② 虚拟现实不是虚构思维蔓延的结果,而是思维方式从二元对立走向融合的产物,从哲学思维的高度来看二者存在根本的区别,正如有的学者总结的那样:“虚拟既不是模拟,也不是虚构,虚拟便是虚拟。”③

哲学思维被称为时代的精华,马克思对西方哲学进行反思时说:“从前的一切唯物主义——包括费尔巴哈的唯物主义——的主要缺点是:对对象、现实、感性,只是从客体的或者直观的形式去理解,而不是把它们当做人的感性活动,当做实践去理解,不是从主体方面去理解。”④在美学领域,不管历史上

① [英]费塞斯通:《消费主义与后现代文化》,刘精明译,译林出版社 2000 年版,第 94 页。
② 参见金惠敏:《图像增值与文学的当前危机》,《中国社会科学》2004 年第 5 期。
③ 陈志良:《虚拟:人类中介系统的革命》,《中国人民大学学报》2000 年第 4 期。
④ 《马克思恩格斯文集》第 1 卷,人民出版社 2009 年版,第 503 页。

的“美在主观”说还是“美在客观”说，主客都立足二元对立的思维基础，即使是“主客观统一”说，也是建立在主客二分基础之上的统一，就像有的学者总结的那样：“审美活动看作是认识活动，因而都从‘主客二分’的思维模式出发讨论美学问题。”[①]由此可见，新媒介思维将现实存在与人的精神体验活动联系起来，力图实现主体与客体结合，这种沧海桑田的变革充分显现出一个时代独特的风貌，而融汇在整个时代文化语境中的非虚构文学观念，就是其催生出的宁馨儿。

二

新媒介与非虚构的内在特质。

媒介帮助人们获得了关于现实世界的独特感受，就如同延森说的那样：“媒介是信息的载体——它们以文本、图像和声音的方式表达关于现实的表征和洞见。”[②]人们在通过媒介感知世界的同时，媒介又作为人感知的延伸，体现了人的存在方式的变革，在麦克卢汉看来，“所谓媒介即讯息不过是说：任何媒介（即人的任何延伸）对个人和社会的影响，都是由于新的尺度产生的；我们的任何一种延伸（或曰任何一种新技术）都要在外面的事物中引进一种新的尺度”[③]。新媒介对于现实的感知，引入了“新的尺度”，体现出与传统媒介迥然不同的人学意蕴，促成了非虚构文学观念内在特质的形成。

众所周知，虚构与现实对立，主要是通过对现实的反叛来张扬人的理性精神。柏拉图的“理式”说将现实生活中的感性对象看作是“美的东西”，将纯粹的美看作是“美本身”是“神”。[④] 处于灵感状态下的文学由于神灵凭附使人陷入迷狂失去现实感，能够进入到理性世界，因此才得到认可。亚里士多德认

① 叶朗：《美学原理》，北京大学出版社 2009 年版，第 15 页。

② ［丹麦］克劳斯·布鲁恩·延森：《媒介融合——网络传播、大众传播和人际传播的三重维度》，刘君译，复旦大学出版社 2014 年版，第 43 页。

③ ［加拿大］麦克卢汉：《理解媒介》，何道宽译，商务印书馆 2000 年版，第 33 页。

④ ［古希腊］柏拉图：《文艺对话集》，朱光潜译，人民文学出版社 1963 年版，第 182—184 页。

为,想象与虚构是文学话语显现“可然律”和“必然律”的特殊形式,“写诗这种活动比写历史更富于哲学意味,更被严肃对待;因为诗所描述的事带有普遍性,历史则叙述个别的事”①。亚里士多德强调从现实中寻求理性,强调现实背后有“第一因”,与柏拉图的“理式”说是一致的。中世纪则把美放在了天国,假定为看不见摸不着的绝对理念,超越美学虽然没有放弃感性,但是感性也只是作为绝对理念、合目的性的手段,据此将美与艺术界定为绝对理念的感性显现,这一经典定义强调从现实中感悟出理性,即黑格尔所说的:“凡是合乎理性的东西都是现实的;凡是现实的东西都是合乎理性的。”②

非虚构所张扬的人学意蕴建立在对于理性的超越之上。从媒介的角度来看,西方表音文字出现之后,造成了音义的分离、所指与能指的偏差,特别是印刷文字进一步强化了视觉化功能,理性精神、启蒙意义得以凸显,“拼音字母抽象的视觉程度被推向高峰时,就成为印刷术”③。印刷文字的抽象性、理性化加剧了与现实的距离,为虚构滋生提供了条件,安德森将民族国家当作是想象的共同体,认为与印刷文字的兴起有关,“印刷语言……奠定了民族意识的基础。……通过印刷字体和纸张的中介,变得能够理解了”④。波兹曼则从文学接受的角度,阐述了文字阅读的理性特点:“因为读者往往是孤独地面对文本的,在阅读的时候,读者的反应是孤立的,他只能依靠自己的智力,面对印在纸上的句子,读者看到的是一些冷静的抽象符号,没有美感或归属感,所以,阅读从本质上来说是一件严肃的事情,当然也是一项理性活动。”⑤在新媒介语境下,非虚构写作通过人与现实的关系的调整,不断化解了理性的光环,赋予了人的感性的存在方式。

---

① [古希腊]亚里士多德:《诗学》,罗念生译,人民出版社1962年版,第29页。

② [德]黑格尔:《法哲学原理》,范扬、张企泰译,商务印书馆1961年版,第11页。

③ [加拿大]麦克卢汉:《理解媒介》,何道宽译,商务印书馆2000年版,第36页。

④ [美]本尼迪克特·安德森:《想象的共同体——民族主义的起源与散布》,吴叡人译,上海人民出版社2005年版,第43页。

⑤ [美]波兹曼:《娱乐至死》,章艳译,广西师范大学出版社2004年版,第66页。

首先，强化个性体验。

新媒介与文字媒介不同在于，在呈现现实的时候增强的是人感官的体验性。现代以来作家对于文字写作情有独钟，认为通过文字写作可以表现人类深刻的思想，对于照相则颇有微词，就在于照片对于现实的把握只能停留在浅层次的表象，西方现代派文学的奠基人之一卡夫卡说："照相把目光引向表层。这样，它通常就模糊了隐蔽的本质，这本质只是像一丝光、一片影子那样，通过事情的特征影影绰绰地投射出来。即使用最好的透镜，我们也看不清它，无法把握它。我们只能用感觉去摸索。"①一个文化层次不高的读者可能读不懂《红楼梦》，但是观看影视作品则不会有障碍，因为电影电视将人们带入到了具体可感的场景，就如同丹尼尔·贝尔说的那样："印刷不仅强调认识性和象征性的东西，而且更重要的是强调了概念思维的必要方式。视觉媒介——我这里指的是电视和电影——则是把它的速度强加给观众。由于强调形象，而不是强调词语，引起的不是概念，而是戏剧化。"②电子媒介以更为便捷的手段将现实分解为一个个镜头或者说画面，制造出转瞬即逝的传播效果，使得现实处在动态的变化过程中，这让人们更加专注于感官的体验而放弃了深刻意义的追寻。

体验成为了非虚构写作接触现实最为直接和可靠的方式。梁鸿在 2008 年到 2013 年总共 5 年时间里，回到家乡梁庄体验，奔赴广东、陕西、北京等地采访来自梁庄的农民工，才写下《中国在梁庄》《出梁庄记》等非虚构作品。美籍华裔作家张彤禾在 2008 年出版《打工女孩：从乡村到城市的变动中国》，通过 3 年采访才完成。彼得·海斯勒也是用 7 年时间体验，才完成《寻路中国》写作。慕容雪村写作《中国，少了一味药》，除了到江西上饶采访之外，还在传销团伙中卧底 23 天。《词典：南方工业生活》就是由深圳打工者萧相风根据

① 叶廷芳：《卡夫卡全集》第 4 卷，河北教育出版社 2001 年版，第 449 页。

② ［美］丹尼尔·贝尔：《资本主义文化矛盾》，赵一凡等译，生活·读书·新知三联书店 1989 年版，第 157 页。

自己长期的打工体验写出的。非虚构小说也被称为新新闻小说,与新闻报道短平快特点不同,“新”的地方就是有了人的体验,亨利·鲁斯创办《时代》周刊就是慢新闻路线,其实就是强调体验的重要环节。

体验与回忆不同。虚构论将美的艺术当作是一种回忆,认为人们肉体感官感受都不是真实的,而理性世界才是最为真实的,只有依靠回忆才可以到达理性世界,从古代神的理性过渡到现代人的理性,这一理路可谓绵延不断。非虚构写作着力强调作家对于现实的真切体验,现实不再理解成理性的化身,而是具有了生动丰富的感性力量。以乡土表现为例,过去的作家都是在离开故土之后,以审视眼光来理性看待乡土,鲁迅在定义乡土文学的时候说是“回忆故乡”的。① 然而,非虚构作家却是完全不同的写作姿态,并不追求理性的判断,而是强调去体验乡土,将获得丰富的感性体验视为“真”的根底。梁鸿认为自己虽然生长在农村,但是因为离开家乡在北京求学工作多年,受到了现代都市文明的熏陶,与家乡有了隔膜,她说:“因此如果说《梁庄》是一部乡村调查的话,毋宁说是一个归乡者对故乡的再次进入,不是一个启蒙者的眼光,而是重回生命之处,重新感受大地,感受那片土地上的亲人们的精神与心灵。它是一种展示,而非判断或结论。”②也就是说,唯有舍弃理性启蒙的观照方式,深入体验才可以真正实现真正重返故乡理解故土。通过文字调查、表格填写的方式,是不可能获得关于故乡真实的状况的,如同熊培云在《一个村庄里的中国》中引用农学家董时进的说法:“我素来认为要知道乡村的秘密和农民的隐情,惟有到乡下去居住,并且最好是到自己的本乡本土去居住。依着表格到乡下去从事调查,只能得到正式的答案。正式的答案,多半不是真确的答案。”③

为了突出现实体验的感性色彩,非虚构写作借鉴人类学介入现实的方法,通过他山之石进一步夯实了根基。现代以来人类学家通过体验摆脱理性预

① 《鲁迅全集》第6卷,人民文学出版社1981年版,第247页。

② 李云雷:《梁庄讨论会纪要》,《南方文坛》2011年第1期。

③ 熊培云:《一个村庄里的中国》,新星出版社2011年版,第7页。

设,“人类学工作者原来以居高临下的态度进行实地调查,但是他们长期沉浸在所调查的人群中间,却破坏了他们的绝对优越感,他们的实际体验证明他们先入为主的基本假设靠不住”[①]。许多人类学家在深入体验现实方面做出了表率,比如马林诺夫斯基大力倡导田野调查,要求人类学家融入其中去体验,他居住的帐篷成为了深度体验社会的一个标志;赫兹菲尔德在写作《一幅希腊想象的肖像:安德雷亚斯·尼内达克斯的民族志式传记》时,和传主尼内达克斯一起生活过,并且经历过很多的事件;女性人类学家贝哈坦承在《被转述的妇女》中有自己的影子;克莱潘扎诺在写作人类学名著《图哈米:一个摩洛哥人的肖像》时,认为图哈米成为了自己诸多情感的化身,而无法摆脱感性的影响。与此相应的是,《人民文学》杂志倡导“非虚构写作计划”,就是号召作家走出书斋,走向民间和生活现场去体验,“借助社会学和人类学‘田野考察’的方法,力图通过‘客观叙述’,从不同的侧面向读者呈现底层生活的真相。警惕价值理念和审美观念上的‘先入为主’,直接进入生活现场去发现生存的秘密[②]”。在梁鸿看来:“写作者必须拥有社会学家和人类学家般的观察力和见微知著的能力。如列维·斯特劳斯那一代人类学家,你必须‘旅行’‘参与’和‘共在’,必须在彼地占有一定的时间长度和空间宽度,这样你才能对你所书写的生活或事件内部更为隐秘的逻辑和纹理有真正的触摸和理解。”[③]可以清晰看出,人类学体验现实的方法启迪了非虚构文学写作的心智。[④]

通过体验会发现现实中的事件没有按照自己预先设计的套路去发展,这种“事”与“愿”违,其实就是关于人的生存的一种新发现,彰显出非虚构文学与一般纪实性写作的差异。张彤禾通过体验生活才发现,中国的农民工并不

① ［美］迈克尔·赫茨菲尔德:《人类学:付诸实践的理论》,任琦译,《国际社会科学杂志》1998年第3期。

② 张柠、徐珊珊:《当代“非虚构”叙事作品的文学意义》,《中国现代文学研究丛刊》2011年第2期。

③ 梁鸿:《文学如何重返现实》,《名作欣赏》2015年第34期。

④ 参见王轻鸿:《非虚构与信息时代的文化逻辑》,《文艺研究》2016年第6期。

是美国的主流媒体报道的那种可怜兮兮的群体，比如她接触到女孩子敏后才发现，敏每天工作时间长达 13 小时，工资低，3 年换了 4 次工作，还因为住在破旧宾馆遭到过抢劫，如果是新闻报道的话，可能会关心如何改善处境，字里行间会充满忧虑和批判等，但是事实上敏正是因为对于城市生活的向往，经过这些波折，才获得发展的空间和成功的机会，所以说漂泊和流动不是像人们想象的那种灾难而是人生的一次机遇；再比如在东莞经常看到简历夸大的现象，按照一般评判会认为这些都属于弄虚作假，是应该遭受抨击的，但是深入到打工者的生活才知道，对于打工者来说任何一点知识和资历都可能转换成商业的机会和成功的优势，那么，那些夸大之词甚至谎言也都有了一丝善意的成分。按照通常的设想，遭遇不幸的时候会十分悲哀，梁鸿却发现，梁庄的人讲到生活的辛酸时，都是一边大笑、一边喝酒、一边诉说，而不是哭哭啼啼，这样一种独特的生命意识完全颠覆了自己对于家乡人的判断。① 一言蔽之，体验颠覆了理性的预设。

其次，分化主体意识。

如果说理性是统率世间万物生灭变化的规律的话，那么主体则是存在、运动、变化的主宰者，笛卡尔、康德、黑格尔等哲学家所持主体观虽然不完全相同，但主体都居于中心地位。在印刷媒介时代，作者的写作与读者的阅读是通过文字作为中介的，从生产到接受基本上是一种单向的运动，作者的思想情感控制着读者，通过理性的桥梁得以沟通。在新媒介时代，则全面改写了这种状态，在信息技术的支持下，作者在创作的过程中时时处处都在接受读者的反馈。② 新

---

① 参见梁鸿、张彤禾：《“非虚构”二人谈》，《南方日报》2013 年 5 月 19 日。

② 以《舌尖上的中国》为例。2012 年第一季播出后，一下子成为了社会性话题，引发了广泛的议论，2014 年 4 月 18 日第二季播出，至 5 月 17 日仅仅一个月的时间官方微博已有 150 多万粉丝，相互转发讨论，分享各种链接，使得意见有了更快捷的反馈。第一季 2012 年首播时，在豆瓣网站得分高达 9.3，参评人数 97720 人次，五星好评 69.7%，但是第二季只是 8.3 分，好评率只有 45.3%。第三季拍摄前听取观众意见，进行较大变革，2018 年春节期间在央视综合频道和纪录频道首播，随后央视财经频道、农业频道、中文国际频道跟播此片，此外，爱奇艺、优酷等新媒体平台也同期播出，由此引发热议，获得了比黄金时段电视剧更高的收视率。

媒介时代作者与读者的互动，使得作品可以有多种方式在人们之间交换，接受过程就是持续的创作过程，数字文本呈现出多重的文本性，制造出“无处不在的作者”，换句话来说，就是作者与读者之间的严格区分已经消失。由此看来，马克·波斯特在《德里达与电子写作》一文中的断言不无道理：“我认为电子写作分散了主体，因此不再是电子写作出现以前那样起着中心作用了。”①

非虚构文学要抑制的就是主体意识的过度膨胀，这是超越传统的报告文学、史传文学等纪实性作品的地方。《人民文学》的编者在“留言”中明确表示：“纪实作品的通病是主体膨胀，好像一个史学家要在史书中处处证明自己的高明。纪实作品的作家常常比爱事实更爱自己，更热衷于确立自己的主体形象——过度的议论、过度的抒情、过度的修辞，好像世界和事实只是为满足他的雄心和虚荣而设。”②在具体的非虚构作品中，已经不再是作家的自言自语，而是通过采访和体验的方式，让作品中的人发出声音，形成的是众声喧哗的场景。

非虚构文学的崛起，是新媒介时代陷入困顿的文学实现突围的策略。主体意识突出的是以自我为中心的意识，为文学虚构的生成提供了土壤和气候。纯文学强调虚构，被当作是作家个人才情的显现，作者作为天才或者精英出现，将读者当作被动的接受者，由此造成了文学与现实、作者与读者的疏离。考德威尔说：“诗在技巧上达到了空前的高水准；它越来越脱离现实世界，越来越成功地坚持个人对生活的感知与个人的感觉，以致完全脱离社会……大多数人不再读诗，不再觉得需要诗，不再懂得诗，因为诗随着它的技巧的发展，脱离了具体的生活……诗从当初作为整个社会（如在一个原始部落）中的一种必要职能，变成了现今的少数特选人物的奢侈品。”③新媒介时代文学市场

① 王逢振主编：《网络幽灵》，天津社会科学出版社2000年版，第65页。

② 《人民文学》2010年第10期卷首留言。

③ ［英］考德威尔：《考德威尔文学论文集》，陆建德等译，百花洲文艺出版社1995年版，第301页。

的运营模式、便捷的发表机制催生出新兴的民主权利,也在促使作者远离印刷媒介时代的权利系统,主动寻求实现与读者的合谋。1984 年中国有关部门就提出文学期刊逐步减少直至取消政府拨款,要求步入自主经营自负盈亏的企业化运作的新轨,到了 20 世纪末期,全国几百种以刊载虚构文学为主的期刊中超过万份的不到 10%。其实,这也是一种普遍的世界性的文学潮流,“在 1982—2004 年间,在美国阅读小说、戏剧和诗歌的读者人数比例下降了 10 个百分点,跌至历史的最低点 47%,而非虚构文学的读者群却在不断扩大”①。可见,正是由于主体的分化,远离现实的纯文学也远离了大众,最终不免陷入困境,非虚构文学潜滋暗长势在必然。

概而言之,非虚构文学观念注重将现实生活中发生的事件表现出来,但是作家不是沉浸在自我小世界的一种想象和虚构,而是强调激发他者的参与热情,只有这样才能够引发大家的广泛关注。为了引发与读者的互动性,非虚构写作特别注意跳出自我的小圈子,在选择鲜活的第一手材料时特别注重重大性和相关性,期待造成读者的心灵震撼和回应。

所谓事件的重大性,就是要求非虚构写作走出自己的独特的想象的狭小的空间。痛苦、战争和斗争是 20 世纪的主题词,成为了非虚构写作的指向,阿列克西耶维奇系列非虚构小说涉猎的都是战争,《战争的非女性面孔》选取的是二战的女兵,《最后的见证者》的受访者则是孩子们。王树增的战争系列《解放战争》《抗日战争》《朝鲜战争》、彭荆风的《解放大西南》、余戈的《1944:松山战役笔记》等,都通过查阅大量的原始资料、重要人物的日记、电报、回忆录等诸多的原始资料来再现硝烟弥漫的战争岁月,在读者中引起了热烈的回应。为了突出“国之大事”,非虚构作品往往以“中国”命名,比如《中国在梁庄》《中国,少了一味药》《中国式农民工》《中国姑娘》《中国男子汉》《奥林匹克的中国盛典》《暂住中国》《国企变法录》等。即使是写一个小地方,也是希

① [美]杰克·哈特:《故事技巧——叙事性非虚构文学写作指南》,叶青、曾轶峰译,中国人民大学出版社 2012 年版,第 4 页。

望小中见大,引起人们广泛兴趣,成为了非虚构写作的追求,阿来说:“我之所以对有清一代瞻对的地方史产生兴趣,是因为觉察到这部地方史正是整个川属藏族地区,几百上千年历史的一个缩影,一个典型样本。”①高宝军的《普兰笔记》发表于《人民文学》2016 年第 4 期,对西藏普兰城独特的地理环境、婚丧习俗等进行了如实的记录,这部非虚构作品的结尾特别说道:“普兰不再单纯作为一方美丽的土地存在,它是与世界沟通的一个纽带。”

所谓事件的相关性,就是要求非虚构写作与读者发生关联,引发读者的兴趣。非虚构需要对于正在发生的事件作出回应,比如农村、乡土等是社会转型时期十分关注和敏感的问题,《中国在梁庄》《中国式农民工》《生死十日谈》《女工记》《词典:南方工业生活》等非虚构作品关注的是乡村、农民工、农民自杀、打工女工、打工群体等。非典、南方冰雪灾害、汶川地震等突发性事件,也成为了人们关注的焦点,纳入到了非虚构写作的视野。非虚构写作涉及的哪怕是历史,也都是现实的一种及时的回应,比如李辉的《封面中国》以美国《时代周刊》上的封面人物,查阅大量资料,传达出作者对于这些人物和历史的思考,如同李敬泽所说:“在历史中发现与提出的问题,大多是在现实中需要面对的问题。”②如果说在文字印刷时代“远方”的奇异事件能够带来震惊效应,更具诱惑力,更具有“诗性”,那么,在新媒介时代只有与人们的生活有了联系,才可能引发关注,就像有的学者说的那样,“决定观众喜爱程度的因素是观众往往关注自己身边的、与自己有关系的事情”③。的确是这样,阿列克西耶维奇的作品在法国之所以受到欢迎,主要是因为法国历史上有“阿尔及利亚战争”,美国读者在“9・11”之后开始特别关注,日本读者是在核电站爆炸之后开始关注,都是因为与自己的生活环境有了关联才出现这样的情形。

最后,淡化终极结论。

---

① 阿来:《瞻对:两百年康巴传奇》,《人民文学》2013 年第 8 期。

② 李敬泽:《文学应该如何书写历史》,《光明日报》2014 年 4 月 15 日。

③ 邵长波:《电视导演基础》,中国国际广播出版社 2008 年版,第 4 页。

非虚构介入现实，关注社会问题的愿望是强烈的，孜孜以求的是对于人的生存状态的深刻把握，希望以此来奠定非虚构写作在整个社会文化系统中的核心价值意义。比如孙惠芬写作《生死十日谈》，是为了调查和了解农民的生存状况和生命观的变化，引发人们对于生命的忧思。《瞻对》表现出对于川属藏区的典型历史样本的浓厚兴趣，突出这片土地上生活的人的生命意识。梁鸿说："试图写出梁庄人的故事，并勾勒、描述梁庄这将近半个世纪的历史命运、生存图景和精神图景。"①

在新媒介语境下，非虚构写作通过现实表现的不再是从观念、理性出发，而在于激活人的感性，要求回归到现实的感性层面来言说，现实成为了非虚构文学创作的源头活水。非虚构文学突出了现实的具体性、当下性，获得的是鲜活的事实，更多人的关注和思考，而不是作家自己推演的结论。在非虚构作家看来，作家的任务并不是寻求答案开出药方，而是去不断发现问题，就如同梁鸿说的那样："我觉得这五年对于我说实际上是非常幸运的五年，不是说我的困顿解决了，而是我的困顿更加深刻了，但是，在这个过程中我发现了真问题，它跟整个社会的逻辑和肌理发生了某种勾连，这种勾连我自己觉得是非常重要的。"②马克思、恩格斯认为，现实的考察固然离不开抽象，但是如果脱离了现实的具体性的抽象，只是一些空洞的形式而已，"对现实的描述会使独立的哲学失去生存环境，能够取而代之的充其量不过是从对人类历史发展的考察中抽象出来的最一般的结果的概括。这些抽象本身离开了现实的历史就没有任何价值。……它们绝不提供可以适用于各个历史时代的药方或公式"③。马克思将感性理解为人的历史性存在，认为现实不是抽象的，感性存在体现出人的生命形式，他认为："人只有凭借现实的、感性的对象才能表现自己的

---

① 梁鸿:《出梁庄记·写在前面》,花城出版社 2013 年版,第 1 页。

② 梁鸿:《文学如何重返现实》,《名作欣赏》2015 年第 34 期。

③ 《马克思恩格斯选集》第 1 卷,人民出版社 2012 年版,第 153 页。

生命。”①

非虚构文学中的特征充分显现了出来，文学观念获得了更新。如果说从“可能发生的事情”出发去驾驭“已经发生的事情”，就是理性的感性显现的话，那么，非虚构写作“可能发生的事情”只是一个引子，引发的是对于“已经发生的事情”的关注，就是在现实的表现中致力于人的感性的深度开掘。《人民文学》开设非虚构写作栏目，是为了激发作家关注现实，使得人与对象建立起诗意的关系，“是希望大家重新思考和建立自我与生活、与现实、与时代的恰当关系”②。作家也是希望通过非虚构寻求重新进入现实的方式，通过丰富关于人的理解，实现了文学观念的更新，阿来在接受采访时说：“对我来讲，文学是引导我进入现实的。不管它把我带到哪里，我都跟随它的脚步。我是通过文学让这个世界在我面前敞开，尽量地敞开，让我写尽人的广大。这个是我要的。所以我不会拘泥于文学的定义。我相信其实文学的定义，从它有定义那一天，不断都有新的作家、新的作品来拓宽它的边界。”③非虚构文学仅仅叙述真实的事情而已，没有对现实进行主观的干预和评判，没有上升到理性的高度，这样一种写作姿态使得现实成为了一种持续的建构，不断维持现实的生动性和丰富性。这样一种人学意蕴成为了醒目的风标，与传统的展现现实的文学观念截然不同。

非虚构文学与现实主义小说不同。现实主义小说注重现实世界冷静的叙述，同时也注重分析，其间不乏理性的强势介入，对于二者的矛盾往往从艺术张力角度来加以解释，韦勒克解释说：“从理论上讲，现实地完全再现会排斥任何种类的社会目的或宣传。显然，现实主义理论上的困难即其矛盾性恰好就在这一点上。对于我们来说这可能是再明显不过的事，但是转而描写当代社会现实这种变化本身就蕴含着一种教训，寓于人类同情、社会改良主义和批

① 《马克思恩格斯文集》第 1 卷，人民出版社 2009 年版，第 210 页。

② 李敬泽：《文学的求真与行动》，《文学报》2010 年 12 月 13 日。

③ 阿来：《我不是写历史，我就是写现实》，《新京报》2014 年 1 月 14 日。

评之中,并且常常表现为对于社会的反抗和憎恶。在描写与开出药方、真实与训诫之间存在着一种张力,这种张力不能在逻辑上加以解决,而是我们正谈论的那种文学的特征。"①现实主义小说强调现实的描写,但是常常依据道德伦理精神进行变形处理,体现出道德伦理的要求即"诗性正义"。这种所谓"正义",在现实生活中并没有出现,这些情景只能发生在戏剧的虚构情节中,说到底是理性活动重新建构的结果。

非虚构文学与纪实类文学不同。报告文学虽然强调客观描摹,但是更注重理性精神的深化和展示。有学者认为:"报告文学的根本特性则是'非虚构性'和理性,它杜绝一切'虚构与想象'。"②形成的共识就是,没有理性就没有报告文学,只有弘扬理性才是当代中国报告文学的基本功能和核心精神。《昨天》《西部在移民》的作者麦天枢直言:"我们把报告文学仅仅作为一种工具,用报告文学的形式,把对社会生活的认知、观察、思考这种理性的结果,用文学形象的方式拓展出来,交代给社会,在社会起启蒙作用。"③意在说明,报告文学寻求思想的深刻性去影响读者,引起读者的共鸣。丁晓原认为,政治对报告文学的制导和报告文学对政治的亲和是一种无法改写的历史存在,"报告文学与政治化现实的对接,并且是以新闻性、叙事性方式加以实现,这就使得这一文体获得了直接地真实地见证历史的优长。政治化的现实意味包含重大历史存量的现实"④。现实成为了理性的形式,往往可以概括为"精神",比如《哥德巴赫猜想》中的科学精神、《梦之坝》《国家行动》中的"移民精神"和"三峡精神"、《中国姑娘》《中国男子汉》《奥林匹克的中国盛典》中的"女排精神"和"奥运精神"、《瘟疫,人类的影子》中的"抗非典精神"、《震中在人心》中

---

① [美]雷内·韦勒克:《批评的概念》,张今言译,中国美术学院出版社 1999 年版,第 232—233 页。

② 章罗生:《中国报告文学发展史·绪论——从冲突走向融合》,湖南人民出版社 2002 年版,第 3 页。

③ 麦天枢、尹卫星等:《1988·关于报告文学的对话》,《花城》1988 年第 6 期。

④ 丁晓原:《文化生态与报告文学》,上海三联书店 2004 年版,第 74 页。

的“抗震精神”、《宝山》中的“宝钢精神”、《沂蒙九章》中的“沂蒙精神”等等。非虚构文学与新闻也不同，新闻是个体表达精神存在的形式，服从的是一定的意识形态的需要，无不带着理性的印记，马克思论及自由新闻特点的时候说：“它不断从现实世界中涌出，又作为越来越丰富的精神唤起新的生机，流回现实世界。”[①]也就是说，现实生活中发生的事件，在通过新闻呈现出来时，凸显的是写作主体要传达的精神内涵。

三

新媒介与非虚构的表现形态。

媒介作为人的感觉的延伸，引发了感知模式的变革。媒介被看作是操练和培养人的感知的方式和手段，麦克卢汉认为：“技术的影响不是发生在意见和观念的层面上，而是坚定不移、不可抗拒地改变人的感觉比率和感知模式。”[②]在传统媒介时代虚构文学以语言为中心，而在新媒介时代非虚构文学以视听为中心，促成了非虚构文学在表现形态上的重大转型。

首先，视觉的分化和变迁。

在西方文化传统中，视觉被奉为智慧之官，与理性紧密结合在一起。视觉感受高于其他感觉，其他的感觉则被当作低级的、动物的感觉受到排斥，这一观念在古希腊时期就已经萌生，并且影响深远。柏拉图认为理性、光明和眼睛是联系在一起的，所谓洞穴寓言喻指原始部落人走出洞穴看到光亮，就是发现了光明，发现了真理。特别是进入 18、19 世纪之后，达尔文、弗洛伊德等进化理论将视觉当作进化文明的感觉极力推崇。从媒介的角度来看，不管是手抄阶段还是口耳相传时代，基本上都是依靠大声朗读来传递信息，到了印刷时代由于大量的复制发出大量的信息，才确保了视觉感官在整个感受系统中的独特地位，开启了西方文学史上的视觉时代。

① 《马克思恩格斯全集》第 1 卷，人民出版社 1995 年版，第 179 页。
② ［加拿大］麦克卢汉：《理解媒介》，何道宽译，商务印书馆 2000 年版，第 46 页。

新媒介时代的视觉形态分化为图像化。20世纪70年代丹尼尔·贝尔指出:当代文化变成一种不同于印刷文化的“视觉文化”,他所说的“视觉文化”特指的是图像文化:“目前居‘统治’地位的是视觉观念。声音和景象,尤其是后者组织了美学,统帅了观众。……当代文化正在变成一种视觉文化,而不是一种印刷文化,这是千真万确的事实。”①其实,在人类文明史上,图像化开启了人类更为悠远的文明,各民族早期文字都具有象形的特点,充满了生动丰富的感性力量,随着历史的发展,语言特别是西方的文字抽象程度越来越高,提供了独特的感知模式。然而,当今时代的图像化兴盛,就如同詹姆逊阐述当代文化转向的特点时所说:“现实转化为影像。”②图像化颠覆了文字模式,有学者认为在电子时代又回到了前文字的时代,就视觉感受而言,这二者的确是一脉相承的。

新媒介时代的图像化与印刷时代的文字阅读不同,虽然文字阅读也是首先作用于人的视觉,但是与新媒介的图像化在表现形态上有明显的区别。按照现代小说观念,小说是孤独的个体创造出来的,文学虚构被称为天才的艺术,通过文字描述建立起逻辑自恰的联系,表现现实时在形态上强调因果联系丝丝入扣,注重起承转合跌宕起伏,通过其内在的统一性连贯地、有序地呈现。就如同弗莱所说:“Fiction一词无疑和poetry(诗歌)一样,从词源上讲,是指‘为自身目的所创造的东西’,在文学批评中本可用于任何一部具有连续形式的文艺作品。”③然而,新媒介时代的图像化则瓦解了这一根基,波斯特认为:“言语通过加强人们之间的纽带,把主体建构为一个群体的成员。印刷文字则把主体建构为理性的自主的自我,建构成文化可靠的阐释者。他们在彼此隔绝的情形下能在线性象征符号之中找到合乎逻辑的联系,媒体语言代替了

① [美]丹尼尔·贝尔:《资本主义文化矛盾》,赵一凡等译,生活·读书·新知三联书店1989年版,第56页。

② [美]詹姆逊:《文化转向》,胡亚敏译,中国社会科学出版社2000年版,第20页。

③ [加拿大]诺斯罗普·弗莱:《批评的解剖》,陈慧、袁宪军、吴伟仁译,百花文艺出版社2006年版,第450页。

说话人群体，并从根本上瓦解了理性自我所必需的话语自指性。”①概而言之，如果说文学虚构是连续性的线性发展，那么图像叙事则是间断性的片段组合。

古代中国有绣像本小说、现代以来有插图本文学史，不过，那个时候图像还属于稀罕之物，只有到了新媒介时代图像叙事才开始兴盛。《小说界》的“纪实文学”栏目、《上海文学》的“日常生活中的历史”“记忆・时间”和“记忆・空间”等栏目都配有大量的图片，《人民文学》《十月》都增加了大量的插图，通过“老照片”方式叙述难忘的岁月的报刊栏目策划、“图说天下”系列图书出版，图像化形成了蔚为大观之势，才真正引发了有关现实叙事形态的变化。图片无法建立起连续的一系列的叙事，只是景观的一瞬间，是碎片化的叙事，桑塔格认为：“由于每张照片只是一个碎片，因此它的道德和情感重量要视它放在哪里而定。一张照片会随着它在什么环境下被观看而改变。”②注重以主观的心态和眼光去感受现实生活的刹那，获得的是非常表面的感悟。莱辛 1766 年在《拉奥孔》中就诗歌与绘画的不同做过深入的阐释，认为前者是时间的艺术形式，后者是空间的艺术形式。时间艺术形式按照事情的发生发展通过起承转合的叙事，呈现的是线性的逻辑的特点，而空间艺术形式的各要素则是同时并存在画面中的，是片段的组合，因此缺少了概括性和抽象性。

特别是电子媒介兴起之后，我们所处的日常生活，已经完完全全被图片包围。图像化以更为快捷、便利的方式，实现了叙事方式的片段组合。在电影电视中最接近语言中“词语”的是镜头，由大量图像并置组合而成，形成“一个单一静止的或是移动取景的连续画面”③。镜头通过画面调动人们的感官感受，通过画面组成链条来影响观众。如果说阅读文字需要读者想象的激活和参与

① ［美］马克・波斯特：《信息方式——后结构主义与社会语境》，范静哗译，商务印书馆 2000 年版，第 66 页。

② ［美］桑塔格：《论摄影》，黄灿然译，上海译文出版社 2008 年版，第 107 页。

③ ［挪威］雅各布・卢特：《小说与电影中的叙事》，徐强译，北京大学出版社 2011 年版，第 12 页。

的话,而电视电影要求“观众去感觉而不是去想象”,需要“观众必须在瞬间内理解画面的意义,而不是延后分析解码”①。以影像快速、连续显示的画面形式呈现,疏离了文字表达的深刻性,即“可视性赋予电影一种奇特的表面特性”②。正如费瑟斯通所说:“观众们如此紧紧地跟随着变换迅速的电视图像,以至于难以把那些形象的所指,连结成为一个有意义的叙述,他(或她)仅仅陶醉于那些由众多画面接连闪现的屏幕图像所造成的紧张与感官刺激。”③

新媒介时代的图文之战,也改变了文字表达的方式。文学被看作是语言的艺术,20 世纪初期兴起的结构主义语言学和语言哲学,将虚构看作是语言的一种特殊的功能,热奈特说:“进入虚构领域,等于走出语言的日常的功能场,后者以关心主导实际规则和言语伦理学的真实和诚信为特点……虚构文联结它与其接受者的互无责任的奇怪合同是著名的美学无功利性的完整标志。如果存在着使语言可靠无误地成为艺术作品的唯一手段。该手段大概就是虚构。”④

而在新媒介时代,非虚构文学语言力图回归到日常的生活语言,消除陌生化的特点,具有了图像化的直观特点。电视是一门语言、影像等综合起来的艺术,如同有的学者所言:“电视给人最大的乐趣,大概就是看到了真实的生活世界。”⑤这种真实是建立在“眼见为实”的基础上的,文字也希望将外在的世界通过可视的方式来表现。以《舌尖上的中国》为例,主要通过画面来展示食物的采摘、捕捞、烹饪、加工、储存,为了使得画面有好的色彩和画面,拍摄用的是索尼的手持摄像机,还使用了水下摄影、摇臂摄影和航拍等设备和技术,电

① [美]波兹曼:《童年的消失》,吴燕莛译,广西师范大学出版社 2004 年版,第 113 页。

② [挪威]雅各布·卢特:《小说与电影中的叙事》,徐强译,北京大学出版社 2011 年版,第 9 页。

③ [英]费瑟斯通:《消费文化与后现代主义》,刘精明译,译林出版社 2000 年版,第 8 页。

④ [法]热拉尔·热奈特:《虚构与行文》,载《热奈特论文集》,史忠义译,百花文艺出版社 2001 年版,第 91—92 页。

⑤ 钟大年:《纪录片创作论纲》,北京广播学院出版社 1997 年版,第 46 页。

视旁白也是在凸显影像。出嫁女儿回家时会做枣花馍，有多个镜头组成，配合文字语言叙述的推出的是面团、筷子、剪子等，都是组合在一起的镜头。在介绍西安肉夹馍时，伴随曹石的说唱乐队，节奏感强，红橙黄为主的暖色调更具视觉冲击力。对兰州拉面是这样描述的："一碗绝佳的牛肉拉面应该具有汤汁清爽，萝卜白净，辣油红艳，香菜翠绿，面条黄亮五个特点。"随着镜头推进，色泽艳丽的食物逐一展示出来。

其次，听觉的回归与超越。

按照语言学界的观点，在文字诞生之前西方文化最初是一种听觉文化。到了柏拉图时代开始盛行视觉模式，并在此后的两千多年的时间里，一直占据主导地位，西方表音文字将意义与同字母的发音分离，以无意义的声音表达无意义的字母，文字的理性意义由此诞生。麦克卢汉指出："《荷马史诗》是听觉智慧的组成部分，文字文化把荷马一笔勾销。在此之前，听觉智慧就是希腊的教育体制，有教养的希腊人就是能够记住《荷马史诗》并且能够在竖琴的伴奏中吟诵《荷马史诗》的人。表音文字诞生以后，柏拉图立即抓住它并且说，'让我们抛弃荷马，追求理性的教育'。可以说，柏拉图对诗人的战争，不是对个人的宣战，而是对教育中口头传统的宣战。"①

海德格尔、德里达、麦克卢汉等学者在对西方的形而上传统发动批判时，从语言的角度对文字的"理性"意义"清淤"，都自觉选择了回归听觉的路径。

新媒介时代说到底就是试图通过回归听觉文化，实现对于小说虚构中的理性的超越。美学的重构在此找到了契机，就如有的学者所言："当代听觉文化的兴起是电子媒介一路畅行的必然结果，它没有视觉文化的延续性和同质性，却具有电子世界的共时性和流动性。"②也就是说，非虚构文学回归听觉，

---

① ［加拿大］麦克卢汉：《麦克卢汉如是说》，何道宽译，中国人民大学出版社 2006 年版，第 155 页。

② ［德］沃尔夫冈·韦尔施：《重构美学》，陆扬、张岩冰译，上海译文出版社 2002 年版，第 8 页。

注重的是共时性特征,缺乏了线性的逻辑特点。按照新媒介文化逻辑,众人要讲述的是偶发的分散的事件,不是按照一定的意图去构思和表达,减少了对于现实的理性认识,增多了自然生发率性而为的成分,理性得到了进一步的控制。

"倾听"是国外非虚构文学经典作家的写作姿态,倾听众声喧哗,就是让不同的声音共时性杂陈,避免了同质化的形成。阿列克谢耶维奇获得诺贝尔文学奖时,授奖词就称之为"倾听文学",她承认受到了陀思妥耶夫斯基强调对话性影响,曾经与几百个采访对象进行细致交流,写作是建立与人交谈的基础之上的,选择口述是最为接近现实生活的一种方式,因此也自称"耳人"。比如,1985 年完成的第一部非虚构作品《战争的非女性面孔》写的是卫国战争的女兵,她出生在 1948 年,对于这场战争本没有记忆,主要依靠采访参加过卫国战争的女兵来再现历史,同时期完成的《最后的见证者》采访的是参加战争的孩子们,通过访谈阿富汗战争中俄罗斯方面的军官、士兵、护士、妻子、情人、父母、孩子于 1991 年完成了《锌皮娃娃兵》,为了写作《切尔诺贝利的回忆:核灾难口述史》则花 3 年时间听取了事故现场摄影师、医生、官员、救援人员等百名幸存者的口述,她希望"爱情故事"成为"苏联乌托邦"的收官之作,由此采访了很多的普通人,听取他们讲述自己的爱情故事。杜鲁门·卡波特写作《冷血》,花了 6 年时间采访了众多当事人,完全以访谈的方式写出了这部作品,在这一书的"致谢"中说:"本书所有资料,除去我的观察所得,均是来自官方记录,以及本人对于案件直接相关人士的访谈结果。这些为数众多的采访是在相当长一段时间内完成的。"[①]1976 年美国作家阿历克斯·哈利写作了《根》,被定性为非虚构小说的经典作品之一,主要采取的也是调查和访问的方式。

在中国亦如此。《中国在梁庄》以梁庄人的讲述展现农村生活,梁鸿也是将自己定位在一个倾听者,她说:"面对矛盾、复杂、充满疼痛的梁庄,我所有

① [美]杜鲁门·卡波特:《冷血》,夏杪译,南海出版公司 2010 年版,后记。

的知识储备，社会学的、人类学的、政治学的，都是失效的，它无法解释我所看到的、听到的和感受到的乡村，更无法进行某种历史的建构，我唯有倾听并记录。”[1]《瞻对》收录了大量的民间传说和口头故事，阿来说：“我出生在一个藏人聚居的偏僻山村。在那样一个山村里，除了一所教授着汉文的乡村小学，不存在任何书面形式的文化。但在那个时期，口头的文学却四处流传。……这些故事有关于家族的历史，村落的历史，部族的历史，但每一个讲述者，都依据自己的经验，自己的好恶，自己的想象，随时随地改造着这些故事。文本变动不居，想象蓬勃生长。”[2]林白在湖北挂职期间，根据湖北浠水方言写作了的《妇女闲聊录》，所谓“闲聊”其实就是表明说话人作为主角来讲述，作者则是去倾听当代农村人的声音，作者解释说：“我听到的写下的，都是真人的声音，是口语，它们粗糙、拖沓、重复、单调，同时也生动朴素，眉飞色舞，是人的声音和神的声音交织在一起，没有受到文人更多的伤害。”“她讲她的世界时的那种生动、泼辣、生机勃勃的感觉，跟文人脑子里的想象的农民形象差别太大了。”[3]《舌尖上的中国》有很多的讲述者，陕北的商贩、查干湖的捕鱼老者、云南的火腿匠人、兰州的拉面师傅等，都是在用鲜活的语言讲述老百姓自己的经历和感受。

与听觉相一致的是，非虚构文学文本强调了故事性。传媒经历了口头语、书面语、电子媒介三个阶段，文学作品也经历了故事讲述、小说写作和新故事讲述等三个阶段。故事性在新媒介时代的非虚构作品中备受青睐，“重故事性已经成为一种共识，通过具体的故事讲述人生的命运、生活经历和社会事件，成为纪录片创作的普遍思路。”[4]杰克·哈特在《故事技巧——叙事性非虚构文学写作指南》中，将故事作为非虚构文学写作最为重要的技巧，在第一章中讲述的是“故事”，发现有些非虚构作家第一次写作就获得成功，甚至获得

---

① 李云雷：《梁庄讨论会纪要》，《南方文坛》2011 年第 1 期。

② 阿来：《民间传统帮助我们复活想象——在深圳市民大礼堂等的演讲》，载《看见》，湖南文艺出版社 2011 年版，第 202—203 页。

③ 林白：《林白闲聊录》，新星出版社 2008 年版，第 241 页。

④ 朱景和：《纪录片创作》，中国人民大学出版社 2002 年版，第 81 页。

了普利策奖,他说:“在长达25年的非虚构故事写作生涯中,我还有一个发现,那就是成功的大众故事叙事写作,既不需要作者才华横溢,也不需要笔法老练。如果你有兴趣讲述真实的生活故事,那么,就不要被缺乏经验吓到。”①讲故事成为了电子媒介时代写作的潮流,反叛现实主义和现代主义的新小说写作也加入到讲故事的行列,认为故事赋予了现实的意义,甚至将故事作为人的存在方式来看待,借主人公之口这样说道:“人类——让我给你们下个定义——一种讲故事的动物。”②

讲故事与小说叙事不同。如果说小说叙事是理性的表达的话,那么故事则淡化了理性色彩。故事在英语中为“story”,出自中古英语“storie”,作为文学术语指文艺复兴以前的口头叙事形式,而小说叙事的传达媒介则是书面语。现代以来的小说写作虽然离不开故事,但是与传统口耳相传的讲故事却存在高下之别,英国著名作家毛姆说:“有史以来人们就一直聚集在篝火旁或者市井处相互听讲故事。这种欲望始终很强烈,这可以从当今侦探故事的泛滥中得到证明,虽然把小说家仅仅看作是故事员是对他的轻视和侮辱,但小说家要讲故事仍是事实。”③按照纯文学观点,小说家高于讲故事的人,小说是通过虚构将对于生活的深刻理解传达出来的,故事被看作是最为简单的低级的文学,小说家福斯特指出:“故事不会给予我们像作家的个性那么重要的因素。作家的个性——如果他有个性的话——是通过更高贵的媒介,如人物,或者情节,或者他对生活的评论,传达出来的。”④故事属于集体性的或者是佚名的,是一种集体叙述活动,“故事产生于集体生活,小说产生于中产阶级的孤独”⑤。

---

① [美]杰克·哈特:《故事技巧——叙事性非虚构文学写作指南》,叶青、曾轶峰译,中国人民大学出版社2012年版,第4页。

② [英]格雷厄姆·斯威夫特:《水之乡》,郭国良译,译林出版社2009年版,第55页。

③ [英]毛姆:《读书随笔》,刘文荣译,上海三联书店1999年版,第25页。

④ [英]爱·福斯特:《小说面面观》,载《小说美学经典三种》,方土人、罗婉华译,上海文艺出版社1990年版,第233页。

⑤ [美]杰姆逊:《语言的牢笼·马克思主义与形式》,钱佼汝、李自修译,百花洲文艺出版社1995年版,第65页。

如果说小说在作品中将自己个性化的理念、意图传达出来，表现的正是虚构文学的理性特点，那么非虚构文学的故事由讲述者和听众共同完成，采用的是发散的方式，激发了大家的参与热情。

需要补充的是，非虚构文学与口传时代的故事也存在不同之处，就在于进一步淡化了理性的色彩。口传时代的故事并没有讲述一个完整的情节，而是若干个小故事依据大体相同的场景依次展开，主要是按照不同主题将故事分类组合而成，《一千零一夜》就是典型的代表，一类的故事形成同构的关系，强化了道德劝诫的意味。而在非虚构写作中，故事的主题思想被淡化了，故事共时性地组合在一起。《舌尖上的中国》第一季第一集开篇就谈到了通过讲故事的方式："为了得到这份自然的馈赠，人们采集，捡拾，挖掘，捕捞。穿越四季，本集将展现美味背后人和自然的故事。"在《自然的馈赠》中主要介绍的是松茸、笋、诺邓盐、藕四种食材，展示了四个场景的故事，包括藏民丹增卓玛和妈妈凌晨三点出发去采集松茸，老包准确判断笋的位置，云南山里人老黄熬盐制作火腿，从安徽来的圣武和茂荣兄弟到有藕的地方等，故事平行串联在一起，很难寻求到内在的关联。与此相反的是，介绍红烧肉的时候，讲述了母女一起学琴的故事，因为有意加入了道德训诫，而受到了批评。周述恒的《中国式民工》主要在讲述民工自己的故事，会插入一些议论、关于民工现状、工伤、城管、留守儿童等问题的调查、统计与社会新闻等，总体来看，通过一系列的故事并联在一起。程雪莉的《寻找平山团》是由一个个独立成篇的故事组成的，每一篇都附有作家的采访手记。萧相风的《词典：南方工业生活》则以"词条"形式记录生活中的一个个故事，平行展开。

最后，感官感受的综合。

事实上新媒介时代视听感受具有共同的特征，是完全可以沟通的。前面说过，视觉和听觉的感受，在新媒介时代得到强化之外，其实除了视听之外，更是各种感觉器官的综合。麦克卢汉将塞尚以来的现代主义艺术，包括毕加索的立体派绘画、法国象征主义诗歌和乔伊斯的文学创作等视为强调整体感的而非视觉性的图像艺术的代表,因为图像模式不只是视觉再现,而是整体性的、通感的。他所说的电子媒介时代,是先从“听觉”“触觉空间”开始的,他以艺术家的敏感得出了计算机化将引起触摸效果的语言,高清晰度和快速传输,人工智能的感知,互联网以巨量连接的计算机被看作是“中枢神经的延伸”。[①]按照德克霍夫的理论,那就是“集成即触摸”。[②]

正是新媒介对于人的感官的综合影响,造成了文学虚构走下神龛,尼葛洛·庞蒂说:“互动式多媒体留下的想象空间极为有限。像一部好莱坞电影一样。多媒体的表现方式太过具体,因此越来越难找到想象力挥洒的空间。相反地,文字能够激发意象和隐喻,使读者能够从想象和经验中衍生出丰富的意义。”[③]杰克·哈特在阐述非虚构的写作技巧时,强调了报道的重要性,并且引用汤姆·沃尔夫的话说:“无论是在小说、电影或是其他非虚构作品的故事叙述中,报道都发挥着至关重要的作用,与其说人们忽视了报道,倒不如说他们根本不理解报道的重要性”,而要做到这一点,必须全身心投入,沉浸其中,获得的不是单一的感官感受,而是多方面的感官感受的综合,“作者要身临其境地去观察,去倾听,去嗅闻,去触摸。这就是叙事新闻报道的标志性方式——沉浸式报道”[④]。

综上所述,新媒介将现实与人联系起来,通过现实来表现人的存在,为非虚构文学观念的形成奠定了哲学基础,着眼于现实书写的非虚构写作才可以被纳入到文学的视域;新媒介实现了人的感知的延伸,现实不再是超越的对象和理性的化身,而是被引入到人的感性的存在中,强化个性体验、分化主体意识、淡化终极结论等丰富了人学的意义,形成了非虚构的内在特质;新媒介强

---

① [加拿大]麦克卢汉:《理解媒介——论人的延伸》,何道宽译,商务印书馆2000年版,第428页。

② [加拿大]德克霍夫:《文化肌肤》,汪冰译,河北大学出版社1998年版,第60页。

③ [美]尼葛洛·庞蒂:《数字化生存》,谢泳译,海南出版社1997年版,第17页。

④ [美]杰克·哈特:《故事技巧——叙事性非虚构文学写作指南》,叶青、曾轶峰译,中国人民大学出版社2012年版,第150、151页。

化人的视听等多重感官感受，图像化、故事性对于现实的表现与语言文字遵循的线性逻辑不同，更注重片段的组合，呈现出非虚构鲜明的外在形态特点。

毫无疑问，新媒介时代为文学观念的变革提供了动力和能源，这固然是一次历史机遇，当然，也应该看到的是，这更是一次人类文化史上的挑战。对于新媒介的崇拜与对于印刷文字的冷落，也滋生出了文学观念的泛化、人的理性精神的失落等新的问题。“日暮乡关何处是，烟波江上使人愁。”如何重建新媒介时代的文学话语体系，有待于进一步探求，也就是说，关于非虚构文学观念的阐释还是一个期待继续关注的理论话题。

第二节　新媒介的文学性

“文学的时代将不复存在！”“文学将要终结！”信息时代似乎为文学敲响了丧钟。人们在悲悯经典文学“无可奈何花落去”的命运的同时，又惊奇地发现，叙事、虚构、隐喻、陌生化、符号化、图像化等“文学性”因素在当前的哲学、历史、宗教、法律等其他的人文社会科学研究中蔓延开来，在审美化的日常生活中扩散开来，也就是说，信息时代又为“文学性”提供了起死回生的契机。“文学的终结与文学性蔓延”，这一股从异域吹来的风，在中国文学理论界掀起了巨大的波澜，成为了当前文学理论研究的热点问题。如何从科学精神的角度来理解“文学性”观念的变革？这个问题不仅关系到文学本质的认识，也关系到文学理论进一步发展的学理基础。

一

首先，探讨的是新媒介时代文学性的话语语境。

信息产业在 20 世纪 50 年代中期首先在发达国家兴起，半个世纪以来，在全球范围内得到了迅猛的发展。公用数据传输网和卫星通信系统的建立，计算机的跨国联网，使得政务、商务等公务活动实现了“全球通”；电视、手机、

MP3 等早已“飞入寻常百姓家”，成为了人们日常生活无法离开的工具。毋庸置疑，“信息”一词已经成为描述当代社会特征的关键词。爱因斯坦在《科学与社会》一文中说：“科学对于人类事务的影响有两种方式。第一种是大家都熟悉的：科学直接地、并且在更大程度上间接地生产出完全改变了人类生活的工具。第二种方式是教育性质的——它作用于心灵。”①

现代信息技术的广泛运用，在导致人类政治、经济乃至日常生活发生巨大变革的同时，也催生出了一种新的精神文化形态。

“文学性”转型论的提出就是基于这样一种事实的判断。以电视为例，据《传媒手册》的说法，1979 年春天，美国男人平均每周看电视超过 21 小时，而美国女人平均每周看电视的时间超过了 25 小时。② 到了 2004 年，调查的结果是美国人每天看电视的时间已经达到了 5 个小时。看电视的时间越来越多，使得文学作品的阅读相形见绌。信息时代众多媒体的出现，自然就使得曾经对于人的精神文化生活起到引领作用的文学阅读被取代了。另一方面，接收的大量信息中却不乏“文学性”因素的渗透，塞尔托在《日常生活实践》中以“叙事”为例作了具体分析：“从早晨到夜晚，各种叙事不断在街道上和楼房里出现……听者一醒就被收音机所俘获（声音就是法律），他一整天都在叙事的森林中穿行，这些叙事来自于新闻报道、广告和赶在他准备上床睡觉时从睡眠的门下悄悄塞进最后几条信息的电视。……我们的社会在三层意义上变成了一个叙述的社会：故事（即由广告和信息媒体组成的寓言），对故事的引用以及无休无止的故事叙述定义了我们这个社会。”③

追溯“文学性”转型话语理论的缘起，不难发现，是不能脱离信息时代转型这个逻辑起点的。最早发现“文学性”转型的是大卫·辛普森，他早在 1995

① 黎先耀：《现代人的智慧》（人与科学卷），科学普及出版社 1999 年版，第 155 页。

② ［美］伯格：《通俗文化、媒介和日常生活中的叙事》，姚媛译，南京大学出版社 2000 年版，第 42 页。

③ ［美］伯格：《通俗文化、媒介和日常生活中的叙事》，姚媛译，南京大学出版社 2000 年版，第 6 页。

年出版的《学术后现代与文学统治》一书中，针对后现代时期“文学终结论”的判断就提出了“文学统治”的观点，所谓“文学统治”指的就是文学因素在非文学领域的统领意义。从书名就可以看出，特别强调的是，“文学统治”是后现代社会的独特景观，“后现代社会”“后工业社会”“第三次浪潮”“信息社会”等说法不同，都是关于转型后的当今社会的命名，从科学技术的层面来看，则是以信息技术为基本特征的。乔纳森·卡勒受此启发作了系统的阐述，将“文学”用“文学性”概念置换以示区别，表述更加明晰，在《理论的文学性成分》一文中说：“文学可能失去了其作为特殊研究对象的中心性，但文学模式已经获得胜利；在人文学术和人文社会科学中，所有的一切都是文学性的。”这段话成为了“文学性”转型论的经典论述。

关于“文学性”转型问题，对于中国影响最大的是美国著名学者希利斯·米勒，他多次来中国讲学，和中国学者直接对话，一再强调“文学性”话语的背景。2000年他在北京召开的“文学理论的未来：中国与世界”国际学术研讨会上，一开始就引述了雅克·德里达《明信片》中的一段话：“在特定的电信技术王国中（从这个意义上说，政治影响倒在其次），整个的所谓文学的时代（即使不是全部）将不复存在。哲学、精神分析学都在劫难逃，甚至连情书也不能幸免。”那么，“文学存在的前提和共生因素”发生了怎样的“改变”呢？具体来说就是：“照相机、电报、打印机、电话、留声机、电影放映机、无线电收音机、卡式录音机、电视机，还有现在的激光唱盘、VCD和DVD、移动电话、电脑、通信卫星和国际互联网——我们都知道这些装置是什么，而且深刻地领会到了它们的力量和影响怎样在过去的150年间，变得越来越大。”①他在2003年到北京时带来了《论文学》一文，文中说：“文学的终结就在眼前。文学的时代几近尾声。该是时候了。这就是说，该是不同媒介的不同纪元了。”②他在2004年来

① ［美］希利斯·米勒：《全球化时代文学研究还会继续存在吗》，国荣译，《文学评论》2001年第1期。

② J.Hillis Miller, *On Literature*, London and New York: Routledge, 2002, p.1.

北京参加“多元对话语境中的文学理论建构国际研讨会暨中国中外文艺理论学会第三届代表大会”，发表演讲时说：“我们正处在向其他媒介进行彻底而迅猛的转向过程中，因为我所说的文学性被转移到了诸如电影之类的媒介上，其中也包括电脑游戏。大量的文学创意进入到电脑游戏之中。对此我没有丝毫的怀疑。在文学的印刷文本周围，将会出现形形色色的‘文学性’形式。小说、诗歌和戏剧等传统意义上的文学，在普通百姓的文化生活中已经明显今不如昔，至少在美国是这样，欧洲基本上也是如此。”

2006 年他又在武汉大学召开的“文化研究与现代性”国际高层学术论坛上，明确提出全球化时代文学研究转向了文化研究，文化研究最紧迫的任务就是：“对这些全球化的基本必需品（注：指无线网络、光缆、通信卫星、计算机、手机、iPads 等）、这些新的传播装置究竟对人们的日常生活产生什么影响进行本土的、然后是比较的和高度经验化的研究。”①

新时期中国迎来了一个“科学的春天”，缪斯女神与赛先生却分道扬镳，文学研究并没有吸取科学的精气孕育出宁馨儿。20 世纪 80 年代中期将信息论、控制论、系统论、熵、热力学定理等科学方法嫁接到文学研究中，却如昙花一现便香消玉殒，有个说法很形象，当年用信息论、控制论、系统论等科学思想来研究文学的一下子“成了英雄”，但是现在，“大家会觉得好笑了”。②

国内学者从不同的角度来参与“文学性”转型论的讨论，遗憾的是，对于从科学观念变革的角度来分析“文学性”转型的做法却讳莫如深，认为国外学者陷入了“媒介决定论”“技术决定论”的怪圈，因此，对话没有在同一话语语境中深入展开。

二

接下来我们要讨论的是理论基础。

---

① 高文强：《文化研究与现代性国际高层学术论坛述评》，《文学评论》2006 年第 5 期。

② 孙绍振、夏中义：《从工具论到目的论》，《文艺理论研究》1997 年第 6 期。

100 多年前马克思就曾经预言，自然科学和社会科学今后“将是一门科学”，还特别指出：“自然科学是一切知识的基础。”①五四时期，伴随着西方科学主义的浪潮，输入了牛顿定律、进化论等以理性主义为深层基础的科学观念，成为了中国社会现代转型的一股强大的驱动力，也推动了“文学性”观念的现代转型，受到了学术界的广泛关注。“文学性”观念转型问题，如果只是依据一种信息社会出现的现象的花絮而作出的判断，就显得简单、肤浅了，迫切需要从学理的层面来解析。

17 世纪随着理性主义的确立，人们对于语言的认识主要受制于自然科学数理逻辑的模式，重视的是语言的理性意义，莱布尼茨甚至想通过人工语言来消除语言多义化的发生。发掘语言的非理性意义，将人类原初的、未经理性浸染的语言看作是“诗性智慧”，在 18 世纪的维柯的《新科学》中就已经萌生，当 20 世纪初期俄国形式主义理论从“虚构”“想象”“陌生化”等非理性的角度来阐述文学语言的合法性存在时，诗性语言与实用语言形成了分庭抗礼之势，“文学性”观念便由此滋生。

语言是信息交流的工具，也是信息存在的形式，与信息主义的“视界融合”，语言观念有了进一步的拓展。申农创立的信息论只对信息作了定量的描述，而没有考虑信息的其他方面，如信息的语义和信息的效用等问题。非确定概念的接受，使得卡尔纳普从先前的逻辑句法转向了语义学研究，1964 年他就自称是信息论学家，尝试把申农的信息论引向语义研究，通过语言分析达到对于世界的认识，不过，仍然没有超越分析哲学的理性主义范式。20 世纪 80 年代初，英国哲学家埃文思提出了信息是比知识更为基本的思想，他认为知觉经验先于概念内容，知觉经验就是一种信息状态。埃文思的这一观点得到了国际著名哲学家达米特的肯定，认为信息的层面要比理性、知识的获取和传播更为基本，知识、理性无法把握世界，信息才是统一世界的基础。语言建

---

① 马克思：《机器、自然力和科学的应用》，人民出版社 1978 年版，第 208 页。

构论的崛起,不再把语言当作理性认识的工具,认为世界不是先于语言而确立的,而是在语言中确立自身的,具体来说,象征具有建构世界的功能,把语言看作是象征符号最重要的代表,语言符号与实在之间没有必然联系,为诗性语言观的勃发打开了突破口。在信息主义观念的引导下,诗性语言独占鳌头,具有了本体意义,使得“文学性”问题的讨论,呈现出“柳暗花明又一村”的前景。

当后期维特根斯坦提出“语言的界限就是世界的界限”、伽达默尔提出“能理解的存在就是语言”的时候,实际上已经瞄准了语言研究的反逻辑的、反理性的终极目标,力图通过诗性语言来言说世界。海德格尔认为,“语言就是存在的家园”,要义在于除了诗性语言的存在之外,不再承认其他任何东西能够使人“诗意的栖居”。德里达继承了海德格尔的观念,其核心就是反逻各斯中心主义,他认为西方语言强调声音的中心地位是错误的,真正应该重视的是文字,因为文字具有多样性、多元性、非中心性和不确定性的特点,是一种充满延异、间隔和间隙的游戏,能够很好地传达意义,“正是通过‘间隔’,要素们之间才相互联系起来。这一间隙的积极的,同时又是消极的产物,没有间隙,‘完满的’术语就不能产生表征作用,也不能发挥作用”①。所谓“延异”“间隔”,就是文字所表现出来的间接性、差异性、含混性,这就是“文学性”。米勒与其宗师德里达一脉相承,他十分重视陌生化语言的修辞性表达技巧,在他看来,语言的传达本身构成的巨大的障碍和阻隔,形成了陌生化效果,造成了语言传达的无限可能性,这就是“文学性”的具体表现。

这的确是沧海桑田的变化。如果说俄国形式主义在20世纪初期提出“文学性”,主要是为了寻求文学语言与非文学语言的区别,把诗性看作是语言的一种特殊用法;那么,“文学性”之再生,则把人类的整个文化、整个存在都看作是语言性的,都具有反逻辑功能,“文学性”成为了语言的普通用法。也就是说,在语言得以存在的地方,“文学性”就得以存在,反之亦然,一旦离

① [法]雅克·德里达:《一种疯狂守护着思想》,何佩群译,上海人民出版社1997年版,第76—77页。

开了"文学性",语言就失去了言说的功能,哲学、历史、政论、法律文书等非文学文本中也无从表达。这样,"文学性"终于翻身获得了彻底的解放,不仅扩充到其他的非文学的社会科学领域,获得了立足之地,还占据了统帅的位置。

顺理成章的是,传统的语言文学文本就要终结了,因为图画、图像、声音等汇聚而成的多媒体,比起单纯文字的感性,具有更明显的优势,将要取代文字占据主流地位。米勒就是根据这种理路来推断文学文本终结的命运的,"新形态的文学越来越成为混合体。这个混合体是由一系列的媒介发挥作用的,我说的这些媒介除了语言之外,还包括电视、电影、网络、电脑游戏……诸如此类的东西,它们可以说是与语言不同的另一类媒介。然后,传统的'文学'和其他的这些样式,它们通过数字化进行互动,形成了一种新形态的'文学',我这里要用的词,不是'literation'(文学),而是'literily'(文学性),也就是说,除了传统的文字形成的文学之外,还有使用词语和各种不同符号而形成的一种具有文学性的东西。"①"视图时代""读图时代"等理论的出现就是文字的感性化特征的延伸,海德格尔把这个世界称为"图像世界",布尔迪厄注意到了电视对于传统报纸的挑战,都是突出了图像、电视的感性的意义。购物广场、街心花园、时装模特等"日常生活的审美化",将人们阅读文学的视线吸引了过去,也正是由于审美化的日常生活与需要、满足、消费、欲望、快感这样的一些感官功能的联系起来的缘故。

三

最后,我们需要深究的是深层动因。

进入现代以来,两次大的科学技术变革都具有划时代意义,一是 18 世纪中叶以来以探索机械、动力等为标志的工业革命时代,二是 20 世纪中叶以来以信息技术为代表的后工业革命时代。科学技术作为时代的精华,引发的是

---

① ［美］希利斯·米勒:《我对文学的未来是有安全感的》,周玉宁等译,《文艺报》2004 年 6 月 24 日。

哲学思维的革命，唯物史观是建立在一定的科学技术的基础之上的，恩格斯指出："随着自然科学领域中每一个划时代的发现，唯物主义也必须要改变自己的形式。"①从对信息科学本质深刻理解所建立起来的信息思维的高度，能觅求到"文学性"观念变革的深层动因。

工业文明时代的科学思想注重实体、能量，通过分类、揭示属性来达到认识事物的目的，贯穿其中的是理性分析的思维方式。"文学性"在20世纪初期诞生，所遵循的就是这种思维方式。康德把人的心理分为知、情、意三个方面，并且与相应的科学、美学、伦理学三门学科对应，巴托被认为是第一个区分出"美的艺术"的人，1746年，他将艺术细分为音乐、诗歌、绘画、雕塑和舞蹈，俄国形式主义文论派提出"文学性"这个概念，用罗曼·雅各布森的话说，就是为了寻求"使一部既定作品成为文学作品的特性"，从俄国形式主义到英美新批评、法国结构主义，为文学插上了"陌生化""隐喻""张力""反讽""虚构""结构"等一系列的标签，试图来作为"文学之为文学"的属性，划定属于文学自己的疆域。"科学"一词是从西方传入中国的，在新文化运动时期被尊称为"赛先生"，体现了对西方科学技术的尊重，分析思维被作为科学的精髓所接受，科玄大战的主将、地理学家丁文江说："我们所谓科学方法，不外将世界上的事实分起类来，求他们的秩序。等到分类秩序弄明白了，我们再想出一句最简单明了的话来，概括这许多事实，这叫做科学的公例。"②注重分析的思维方式渗透到了文史哲领域，王国维说："凡学问之事，其可称科学以上者，必不可无系统。系统者何？立一系以分类是已。分类之法，以系统而异。"③梁启超说："学也者，精密而有系统之智识也。""力于是焉谓之学，分科而研究之谓之科学，由是而所得之智识谓之学识。"④在中国古代，文学就是"文章博学"的

① 《马克思恩格斯全集》第4卷，人民出版社1972年版，第224页。

② 张君劢、丁文江：《科学与人生观》，山东人民出版社1997年版，第42页。

③ 王国维：《静安文集》，辽宁教育出版社1997年版，第113页。

④ 梁启超：《饮冰室合集集外文》，北京大学出版社2005年版，第486—487页。

意思，包含了许多非文学的作品，五四以后，文学与哲学、历史等学科区别开来自立门户，正是在分析思维方式的支配下进行清理的结果。

信息思维是一种有别于实体、能量的思维方式。著名物理学家、普林斯顿大学教授约翰·惠勒提出“万物源于比特”这个著名论断，也就是说万物源于信息，认为物理世界的所有单元（item）在最根本、最基础的意义上具有非物质的来源和解释，那就是信息，从而架通了从物质论过渡到信息论的桥梁。目前，关于信息思维是否代替认识论来解释世界尚有争议，就信息科学的哲学观而言，也有认识论上的弱信息主义和本体论上的强信息主义之分，但是，信息科学对于科学哲学产生的巨大影响是学术界公认的，信息概念的使用被认为是 20 世纪下半叶哲学领域最成功的事情。

媒体技术和编码规则加工为信息的虚构提供了方便，将“现实”处理成“信息”传递给受众，实际上完成了一个化实为虚的转变，取代了由物质实体搭建的传统意义上的真实世界。如同韦尔斯所说的那样，经现代传媒尤其是经电视传媒中介化处理过的社会现实不再是现实的纪实见证，而是可“虚拟”的。在形式主义文论中，“虚拟”的文学世界是一个与现实世界截然不同的世界。信息论提供的世界观则着力于把这个边界消融，“虚拟”的语言即“文学性”语言承担起了营构真实世界的重任，米勒说：“现在终于达成了一种观点，即文学的权威性源于语言的表演性使用，语言的这种使用使读者在阅读一部作品的时候对它所营造的虚拟世界产生信赖感。”“对我来说，那些书页上的文字简直就像一种神奇的地方，使我们能够达到一个只有通过英语单词才能够达到的先验的虚拟的世界。”①而一切哲学社会文本的读解，如果缺乏了“文学性”的参与，所看到的那个世界再美好，也毕竟只是有缺陷的天堂，如同有的学者所说：“指出下面一点是极其重要的，即对某一哲学作品的最真实的哲学读解，就是把该作品当作文学，当作一种虚构的修辞学构造物，其成分和秩

① ［美］希利斯·米勒：《论文学的权威性》，《文艺报》2001 年 8 月 28 日。

序是由种种本文的强制要求所决定的。”①

虚拟世界与现实世界的边界销蚀，从根本上颠覆了传统的物质与精神世界二分的世界模式，这是一次深层的思维转型。信息时代的到来，不仅造成了地理空间上的距离的消失，地球变成了地球村，更重要的是造成了思维方式上的整体性、综合性。在信息思维的支配下，文学与哲学社会科学的区别就被取消了，虚构与现实的边界模糊了，文学与非文学的差别界限被模糊了。信息思维要求从整体性、综合性思维方式出发，就是要消除有形的和无形的边界，不是把对象从环境、系统中孤立出来，而是从中寻求相互关系和内在统一。“文学性”存在的意义不是画地为牢，而是与非文学交融渗透，因此，固有的分类失去了意义，辛普森、卡勒一致认为，给文学下定义就失去了必要，道理就在这里。

就思维方式的民族特点而言，西方人“长于抽象精于分类”，中国人“于理论之方面则以具体懂得知识为满足，至分类之事，则除被迫于实际之需要外，殆不欲穷究之也”②，中国传统的思维方式强调的是“和”，注重部分之间、部分与整体之间的相互关系，强调整体的结构性、关联性、协调性，体现了信息思维的特点。德里达认为，中国的语言汉字摆脱了西方逻各斯中心主义的束缚，是逻各斯中心主义之外的伟大文明，为西方语言和西方哲学提供了反思的参照。德里达的结论是否正确，还是一个值得继续讨论的问题，不过可以肯定的是，当前的“文学性”转型的争论，激活了中国传统文论的生命的活力。在我看来，民族思维的积极参与能够契合信息思维，能够推动“文学性”研究的深入开展。③

---

① ［美］理查·罗蒂：《自然与哲学之境》，李幼蒸译，商务印书馆 1987 年版，第 376 页。

② 姚淦铭、王燕编：《王国维文集》第 3 卷，中国文史出版社 1997 年版，第 40 页。

③ 王轻鸿：《关于文学文艺学研究转型论的解析》，《天津社会科学》2007 年第 4 期。

第十七章　非虚构与信息时代的批评范式

“信息转向”作为一种社会思潮,对于人文社会科学领域中的学术研究产生了巨大的影响。当前的文学研究发生了从“向内转”到“向外拓”的范式转型,从囿于文学文本的语言研究,拓展到了逾越纯文学边界的文化研究,即文学研究的对象从虚构文学转向了边界更为宽广的文化意义上的非虚构文学,建立起了新的文学批评范式。

这种沧海桑田的变化,是诸多因素促成的,而信息时代的变革就是其中的一个重要因素,然而,从这个角度来阐述文学转型并没有充分展开,还是一个需要深入探究的问题。

第一节　形式层面

语言是文学存在最直接的方式,有关语言的知识形成了文学研究的逻辑起点和理论增长点。科学活动的直接成果就是有关自然的知识体系,是 17 世纪在欧洲随着自然科学的兴起而形成的。被称为“科学史之父”的乔治·萨顿说:“没有同人文学科对立的自然科学,科学或知识的每一个分支一旦形成都既是自然的也同样是人文的。”①现代以来,人类最为权威的知识形态是科学知识,科学知识成为人们的认知基础和标准,对于语言知识的生产产生了直接的影响。

工业革命以来,随着牛顿经典力学、达尔文物种起源说等科学知识的确立,对于语言的认识也受制于这些自然科学的逻辑模式。普遍的观点就是将语言的本质看作是理性的,主张通过语言的逻辑分析去认识世界,因此,寻求确定性、明晰性,成为了语言的目标,莱布尼茨甚至设想一种“人工语言”来消除语言的歧义、多义现象。科学理性注重的是分类、比较,对于文学语言的认识是在与科学语言的比较中产生的,文学语言反逻辑的特点受到了关注,从俄国形式主义批评一直到英美新批评、法国结构主义,将“陌生化”“含混”“张力”“悖论”“反讽”“隐喻”“象征”“肌质”“复义”等作为了文学语言的内在规定,在知识形态上呈现的是反理性的特征。也就是说,文学语言只是语言的一种特殊用法,与科学语言是大相径庭的。因此,有关文学语言的特征,也只能在文学作品范围内进行有效的分析。

信息科学是在取得重大突破的量子电子学、分子生物学、海洋工程学、核子学、生态学以及太空科学的综合科学理论基础上发展起来的。信息论的创始人申农只是将科学理论和工程技术问题结合,被称为狭义的信息论,1959年美国宾夕法尼亚大学电子工程学院首先运用了“信息科学”概念,信息问题的研究更加普遍化、复杂化,延伸到了人文社会科学领域,标志着广义信息论的诞生。科学的发展与语言的认识息息相关,法国当代哲学家利奥塔说:“我们可以说,40 年来的所谓尖端科技都和语言有关,如音位学与语言学理论、交流问题与控制论、现代代数与信息学、计算机与计算机语言、语言翻译与机器语言兼容性研究、存储问题与数据库、通信学与智能终端的建立、悖论学:以上是明显的证据,这还不是完整的清单。”②

---

① [美]乔治·萨顿:《科学史与新人文主义》,陈恒六等译,华夏出版社 1989 年版,第 49 页。

② [法]利奥塔:《后现代状态》,车槿山译,生活·读书·新知三联书店 1997 年版,第 1 页。

“语言即信息”成为了一个时代的命题，成为了强势话语，在科学家看来：“语言，从某种意义上讲，就是通信自身别称，更不用说，这个词可以用来描述通信得以进行的信码了。”[①]这里所说的“通信”，就是我们今天所说的“信息”。

信息科学知识体系的形成和完善，为摆脱理性的束缚去认识语言提供了理论基础。马克·波斯特指出：“信息方式促进了语言的彻底重构，这种重构把主体构建在理性自律个体的模式之外。这种人所熟知的现代主体被信息方式置换成一个多重的播撒的和去中心化的主体，并被不断质询为一种不稳定的身份。在文化层面上，这种不稳定性既带来危险又提出挑战。”[②]

这就是文学语言身份的变化，在形式主义文论中文学语言只是在文学世界中呈现，按照信息主义的观点，文学语言不再是传统的诗歌、戏剧、小说等经典文学作品的专利，而是越出了文学的疆界，对整个世界的言说中都离不开文学语言。

在科学领域，语言的文学性破门而入，并占据了话语的中心位置，正显示了语言的信息转向。库恩把“范式的转换”称为“科学革命”，把科学的发展看作是一个“类隐喻过程”，认为科学语言不能直接描述事物，而是依靠颇具文学性色彩的“隐喻”来描述的。罗蒂自称受了玛丽·海西把科学革命看作是“对自然的隐喻重描”的影响，才把人类的历史看作是成功的隐喻的历史，还主张将之运用到理解整个人类文化的语言中去。

不仅科学语言如此，在经济、政治、新闻等诸多非文学领域，语言的文学性都纷纷登堂入室。经济学被认为是“最硬的”“严格冷峻”的社会科学，人们惊奇地发现，语言蒙上了文学性的面纱，“经济学家是不证自明的语言表演者，而对他的表演可以用文学批评家肯尼思·伯克的戏剧概念来予以讨论，或哲学家奥古斯丁和约翰·西尔尼的语言哲学概念来讨论”，“经济科学家用了许

---

① ［美］维纳：《人有人的用处》，陈步译，商务印书馆1978年版，第22页。

② ［美］马克·波斯特：《第二媒介》，范静哗译，南京大学出版社2000年版，第83页。

多装备进行说服,就像一个大庭广众之上的演讲者”。[①] 文学性语言蔓延到非文学领域,成为了一种普遍现象,对此,乔纳森·卡勒作了如下总结:

如今理论研究的一系列不同门类,如人类学、精神分析、哲学和历史等,皆可以在非文学现象中发现某种文学性。西格蒙德·弗洛伊德和雅克·拉康的研究显示了诸如在精神活动中意义逻辑的结构作用,而意义逻辑通常最直接地表现在诗的领域。雅克·德里达展示了隐喻在哲学语言中不可动摇的中心地位。克罗德·莱维——斯特劳斯描述了古代神话和图腾活动中从具体到整体的思维逻辑,这种逻辑类似文学题材中的对立游戏(雄与雌,地与天,栗色与金色,太阳与月亮)。似乎任何文学手段、任何文学结构,都可以出现在其他语言中。[②]

20 世纪中叶以后语言观念发生了颠覆性变化,后期维特根斯坦、海德格尔等人文学者的语言学理论被认为带来了“哥白尼式的革命”,成为了文化研究的理论基础。语言学观念发生的这种变化,与信息转向不只是时间上的契合,更是内在精神上的相通。众所周知,后期维特根斯坦、海德格尔等人的语言学理论是在对于科学知识的合法性批判中展开论述的。看似与科学知识分道扬镳了,实则是与科学知识的又一次握手言和。他们把“科学的危机”归结为实证主义、逻各斯,矛头指向的只是以理性为根基的现代科学知识,然而,他们所宣称的“语言的界限就是世界的界限”“语言是存在的家”,就是主张语言弃绝理性化色彩,回归到原初状态,来寻求语言背后更本真更深刻的东西,显而易见,与信息科学知识是情投意合的。雅克·德里达一再强调文字的“延异”“间隔”“空隙”,就是要去除语言的逻各斯中心主义,希利斯·米勒反复阐述语言的“虚拟”,他们的论述都一再强调了“电子信息时代”这个特殊的语

① [美]黛尔·德拉·迈克洛斯基:《经济学的花言巧语》,石磊译,经济科学出版社 2000 年版,第 33 页。

② [美]卡勒:《文学性》,载马克·昂热诺等:《问题与观点:20 世纪文学理论综论》,史忠义等译,百花文艺出版社 2000 年版,第 40—41 页。

境，与信息科学发生了直接联系。信息科学带来了关于语言的新的体认，使得局限于文学文本的文学研究的知识堡垒被攻破了，为文化研究突破文学研究封闭、自律的疆域开掘出了知识资源。

第二节　思想层面

文学研究范式转型在思想层面上表现为美学观念的突破。美学作为一门独立的学科与包括文学在内的艺术的自律是有着内在联系的，审美性探求形成了文学研究的基本模式。而支撑文化研究的不再是这种传统的美学思想了，代之而起的是博德里亚的"审美的内爆"、费塞斯通的"日常生活的审美化"、国内学者提出的"新的审美原则"等，一致主张"审美"走出艺术，在与现实、与非文学领域的融合中获得新的意义。卡西尔说："在变动不居的宇宙中，科学思想确立了支撑点，确立了不可动摇的支柱。在古希腊语中，甚至连科学这个词从词源学上说就是源于一个意指坚固性和稳定性的词根。科学的进程导向一种稳定的平衡，导向我们的知觉和思想世界的稳定化和巩固化。"①

科学思想主要不是具体的科学事实、定律和理论，而是科学的深层的文化内涵，即科学知识体系的精华和精髓。美学思想的变革，并非个人的随意而为，科学思想犹如一股潜流产生了巨大的推动作用。

工业文明时代诞生的进化论、机械论，反映了自然界演化、运动的规律，培育了系统化思想。20 世纪初期的工具书中，比如 1908 年出版的《辞源》、1918 年出版的《简明牛津字典》，都将科学解释为"系统化的知识"。这种"系统"的内涵是由当时的进化论、细胞说、机械论等自然科学提供的，大致来说就是，注重对于个体事物的发生发展作历时性的考察，强调孤立的研究事物的内部

① ［德］卡西尔：《人论》，甘阳译，上海译文出版社 2004 年版，第 263—264 页。

要素，恩格斯将之概括为："关于过程、关于这些事物的发生和发展以及关于这些自然过程结合为一个伟大整体的联系的科学。"①系统化思想渗透到了人文学科后，各门学科对于研究对象进行了清理，美学就是在这种系统思想的影响下自立门户的。艺术之所以被冠以"美的艺术"的名义，主要是因为它们共同的目的是给人以感性的愉悦，就是通过感性的审美性特征获得了自律自主的价值，艺术与非艺术的根本区别就是审美与非审美的差异。

而在信息时代，信息科学技术运用模型和符码构成的"类像世界"，消融了虚拟世界和物质真实世界的边界，消除了一切内在的和外在的、有形的和无形的边界，获得了整体性效应，一种有别于传统的系统思想应运而生。

信息科学融汇于现代科学思想，尤其融汇于现代系统科学的兴起和发展之中。20 世纪 40 年代发展起来的分子生物学运用了信息科学原理，通过 DNA 结构的信息编码、生物大分子间的信息传递的研究，来揭示整个生物界包括微生物、植物、动物以及人类在遗传密码及生命信息传递和表达方式上所呈现出来的一致性，诞生了"生物学的整体有机论"思想。20 世纪 50 年代以来的信息论、控制论、系统论被称为"老三论"，系统论的创始人贝塔朗菲特别强调系统论和信息论思想上的一致性，著名科学家钱学森甚至反对将信息论、控制论、系统论合称"三论"的说法，在《关于马克思主义哲学和文艺学美学方法论的几个问题》一文中认为："不是三论而是一论，即系统论。"②贝塔朗菲的系统论思想，是建立在生物学专业基础上的，他认为传统的生物学理论指出了生命发生的物理、化学过程，却没有说明生命的整体有机过程，他提出的系统论的要义就是："不仅要知道各个部分，还必须知道关系。""'整体大于部分之和'这个有点神秘的说法的意思简单说就是，构成特征不能由孤立的各部分的特征来说明。因此复合体的特征与元素特征相比是'新的'或'突

① 《马克思恩格斯选集》第 4 卷，人民出版社 1995 年版，第 241 页。

② 钱学森：《关于马克思主义哲学和文艺学美学方法论的几个问题》，《文艺研究》1986 年第 1 期。

然发生的'。"[①]20 世纪 70 年代以来的耗散结构理论、突变论、协同学被称为"新三论",这三种理论的共同特点是,以系统为对象,研究其有序与无序、平衡与非平衡等状态的内在机制及转化条件,看到了系统与外部环境的交换的重要意义,"新三论"为了实现系统的整体性,更加重视系统的开放性。

可见,信息时代的系统思想,不只是要求事物内部要素的协调,而是迫切需要个体超越边界,走出自律的境地,力求实现更深层次、更广范围内的系统性。普利高津对耗散结构形成的条件,是这样说明的:生物和社会组织包含着一种新型的结构,社会和生物的结构的一个共同特征是它们产生于开放系统,而且这种组织只有与周围环境的介质进行物质和能量的交换才能维持生命力。然而,只是一个开放系统并没有充分的条件保证实现这种结构。只有在系统保持"远离平衡"和在系统内的不同元素之间存在着"非线性"的机制的条件下耗散结构才能实现。[②]

信息科学的系统思想成为了文化研究的支点。在德里达、米勒这些学者看来,电视、因特网等电信技术造成了一系列界限的消失和模糊,内心与外部世界、现实与再现、文学文体与非文学文体等区别都一笔勾销了,这就是他们所说的"文学终结论"的前提,声称文学研究不可能再固守边界,于是催生了一种新的文学研究取向即文化研究。关于文化研究的美学思想的变革,学术界从消费理论、符号学、社会学等角度作了多维的阐释,然而,信息科学的系统思想如一根红线贯穿在其中。博德里亚所说的"审美的内爆""实在与类像之间的界限的消弭",就是说的电子影像与客观真实的界限的取消,费塞斯通认为:"对博德里亚来说,正是现代社会中影像生产能力的逐步加强、影像密度的加大,它的致密程度,它所涉及到的无所不在的广泛领域,把我们推向了一

---

① [奥地利]贝塔朗菲:《一般系统论》,秋同等译,社会科学文献出版社 1987 年版,第 45—46 页。

② [比利时]普利高津:《复杂性的进化和自然界的定律》,《自然科学哲学问题》1980 年第 3 期。

个全新的社会。在这个社会中，实在与影像之间的差别消失了，日常生活以审美的方式呈现了出来，也即出现了仿真的世界或后现代社会。”①可见，“日常生活以审美的方式呈现”就是信息科学思想生成的效果。维尔什对于当前社会现实的审美化现象颇有研究，他说：“近来我们无疑在经历着一种美学的膨胀。它从个体的风格化、城市的设计与组织，扩展到理论领域。越来越多的现实因素正笼罩在审美之中。作为一个整体的现实逐渐被看作是一种审美的建构物。”②维尔什立足整体性、开放性的系统观，将现实看作是审美的一个整体，走向了和现实融合的美学，美学思想的变迁正体现了信息科学时代的系统思想。丹尼尔·贝尔的“距离的消蚀”、苏珊·桑塔格的“新的整体感”、费德勒的“跨越边界，填平鸿沟”等引入到了文化研究中，虽然说法不同，却共同应和了信息科学的系统思想。

一定的思想都是要通过一定的形式表现出来的，我们通过形式的比较可以更清晰地看到其中的差别。进化论、机械论中的系统思想，主张对于单个事物发生、发展的过程进行研究，与这种系统思想相匹配的是分析思维形式。《大趋势》的作者奈斯比特对现代科学曾经有过这样一个描述：“对越来越少的东西知道得越来越多。”这就是西方实证科学所走的“专业知识”的道路，在专业越分越细的同时，某一种专业的知识面也变得越来越窄，也就是越来越只见树木而不见森林，越来越不识庐山真面目了。正如《从混沌到有序》一书的前言中说的那样：“在当代西方文明中得到最高发展的技巧之一就是拆零，即把问题分解成尽可能细小的部分。我们非常擅长此技，以至我们竟时常忘记把这些细部重新装到一起。”

巴托将艺术分为音乐、诗歌、绘画、雕塑和舞蹈，一直到20世纪40年代韦勒克将文学研究分为文学理论、文学批评、文学史三大块，都是通过严格的区

---

① ［英］费塞斯通：《消费主义与后现代文化》，刘精明译，译林出版社2005年版，第98页。

② 转引自陶东风：《日常生活的审美化与文化研究的兴起》，《浙江社会科学》2002年第1期。

分来开展文学研究，寻求文学自身的特点和发展规律，显现了第二次浪潮文明时代文学研究的思维特征。"赛先生"在五四时期给中国带来了分析思维方式，在文学研究中广泛使用，正是当时的系统思想的体现。梁启超说："学也者，精密而有系统之智识也。""力于是焉谓之学，分科而研究之谓之科学，由是而所得之智识谓之学识。"①王国维说："凡学问之事，其可称科学以上者，必不可无系统。系统者何？立一系以分类是已。分类之法，以系统而异。"②据此，他将学问分成科学、史学和文学三个大类，科学就是求其定理，史学是说明因果，文学则是赏物适情。

信息科学的系统思想却不同，而是力求在更大的范围内获得整体性、开放性，与之相应的是综合思维的诞生。托夫勒在《第三次浪潮》一书中，将第二次浪潮和信息科学的思维方式作了对比："第二次浪潮文明特别看重提高我们把问题分解成各个部分的能力，从而对把各个部分重新综合的能力，却很少予以鼓励。……今天，我相信我们已处在一个新的综合时代的边缘。在所有的知识领域里，从严谨的自然科学到社会学，心理学，以及经济学——特别是经济学——我们将看到广泛思考和全面理论的恢复，看到重新将各个部分的再度综合起来。"③文化研究关注文学在文化整体中的地位和关系，将文学研究与日常生活，与政治、经济等非文学文本联系起来，充分体现出了综合思维方式。

比如"场域"，是布迪厄文化社会学研究的一个关键词，定义为在各种位置之间存在的关系结构，被引入到了文化研究中，"一个场域可以被定义为在各种位置之间存在的客观关系的一个网络，或一个构型。正是在这些位置的存在和它们强加于占据特定位置的行动者或机构之上的决定因素中，这些位

① 梁启超：《饮冰室合集》集外文，北京大学出版社 2005 年版，第 486—487 页。

② 王国维：《静安文集》，辽宁教育出版社 1997 年版，第 113 页。

③ ［美］托夫勒：《第三次浪潮》，朱志炎等译，生活·读书·新知三联书店 1984 年版，第 198 页。

置得到了客观的界定，其依据是这些位置在不同类型的权力（或资本）——占有这些权力就意味着把持了在这一场域中利害攸关的专门利润的得益权——的分配结构中世纪的和潜在的处境，以及它们与其他场域之间的客观关系（支配关系、屈从关系、结构上的对应关系，等等）。”建构的对象是怎样的，范围和界限是不断变化的，他的反思性思维被称为关系思维。① 布迪厄的研究者斯沃茨作了这样的解释：“场域被看作是一个系统，在这个系统中，每个特定的要素（机构、组织、群体、个体等）都是从其与别的要素的关系中获得自己的特点的。”②

“场域”这种系统所表达的是，离开了他者，离开了综合思维的方式，对象将无法获得说明。需要指出的是，如果仅仅联系当代社会生活中出现的广告、广场、时装模特、街心花园等现象，来说明审美因素在日常生活中扩展开来了，不免肤浅、表面化了。中国古代的亭台楼榭的精美、琴棋书画的高雅，也在吸引人的眼球刺激人的耳膜，为什么不能说是“日常生活的审美化”呢？可见，文化研究的美学思想的划时代意义，如果只是进行现象的描述的话，是缺乏说服力的。信息科学技术的发展，从物质、技术层面深入到了精神、文化层面，引发的是一场深刻的美学思想革命。沙利文说：“一个科学家理论成就的大小，事实上就是它的美学价值的大小……一个科学理论之被认可，一个科学方法之被证实，是在于它的美学价值。因为没有规律的事实是索然无味的，而没有理论的规律至多只有实用意义，我们看到引导科学家的动力归根到底是美学冲动的表示。”③将文化研究的美学思想，与科学思想的变革联系起来，其内在的逻辑更充分地彰显了出来。

---

① [法]布迪厄、[美]华康德：《实践与反思——反思社会学引论》，李猛译，中央编译出版社1998年版，第133—134页。

② [美]斯沃茨：《文化与权力——布迪厄的社会学》，陶东风译，上海译文出版社2006年版，第142页。

③ 梁国钊主编：《诺贝尔奖获得者论科学思想、科学方法与科学精神》，中国科学技术出版社2001年版，第34页。

第三节　哲学层面

虚构、非虚构本身就是与现实关系的认识的直接表述。如果说印刷时代是对于现实的超越作为审美性的标志，定义为文学的基本特征的话，那么，当今时代非虚构则是依靠人与现实的融合，更新了关于文学特征的理解。非虚构介入现实，关注社会问题的愿望是强烈的，孜孜以求的是对于人的生存状态的深刻把握，希望以此来奠定非虚构写作在整个社会文化系统中的核心价值意义。比如孙惠芬写作《生死十日谈》，是为了调查和了解农民的生存状况和生命观的变化，引发人们对于生命的忧思。《瞻对》表现出对于川属藏区的典型历史样本的浓厚兴趣，突出这片土地上生活的人的生命意识。梁鸿说："试图写出梁庄人的故事，并勾勒、描述梁庄这将近半个世纪的历史命运、生存图景和精神图景。"但是他们的非虚构写作，重在写出现实，并没有给出终极的结论，而是引发人们的关注和重新思考，在现实中蕴含着本质，或者说，本质就在现实中。

文学研究范式转型从根本上来说，涉及的是哲学思维的革新。文化研究的兴起对于固守先验的、固有的本质主义发动了猛烈的攻击：福科的历史"事件化"方法，就是要摈弃永恒性，把所谓的普遍真理还原为一个特殊的"事件"；布迪厄所倡导的社会科学的"反思"方法，就是通过历史化来消解固定的本质；伊格尔顿甚至认为有一天莎士比亚的作品会被排挤出文学的大门，就是因为文学是一个历史变化的问题……在国内，文化研究对于文学研究进行了深刻的反思，普遍的看法是，强调固有本质，崇尚客观主义，从而丧失了学科的自我反思能力，无法回应当前的文艺实践提出的新的问题。

科学哲学是科学文化和人文文化的桥梁，著名科学哲学家瓦托夫斯基说："科学和哲学之间的关系不仅涉及科学是什么，或科学思想是如何发生的问题，而且也涉及到科学思想与其他类型的思想——常识、文学艺术中的人性研究以及创造性的艺术家的思维的非常方式等——的关系。因此,科学哲学提供了两种文化之间的联系,力图以某种首尾一贯的方式将它们彼此联系起来。”①信息科学动摇了绝对的、固有的本质主义,为文化研究所信奉的历史化、关系化的本质论提供了哲学依据。

爱因斯坦一贯强调科学对于人类的世界观的影响,他和英费尔德特意为没有物理学知识背景但是对于物理学有一定兴趣的人写了一本通俗读本《物理学的进化》。这本书在介绍从伽利略、牛顿时代的力学到量子力学的发展过程的同时,试图说明科学是如何影响人们建立起关于世界的认知的。他们对于科学与哲学之间的互动关系做过这样的说明:“哲学的推广必须以科学成果为基础。可是哲学一经建立并广泛地被人们接受以后,它们又常常促使科学思想的进一步发展,指示科学如何从许多可能的道路中选择一条。”②

机械论、进化论等研究的是实体、能量,相信通过推理、实证可以把握客观事物的发生、发展和结果,从而把握事物的本质。工业革命时代诞生的这种本质主义,在认识论上坚信,只要掌握了科学的、理性的分析方法,就可以获得绝对正确的对于本质的认识。前面已经说过,19 世纪以来的文艺社会学是从社会、经济决定论的思路来阐释文学的本质规律的,20 世纪初期诞生的形式主义批评是从批判文艺社会学开始的,但是,由于受共同的哲学的支配,仍然未脱这种本质论的窠臼。形式主义批评认为文学的本质就是其他学科不具备的性质,这种特殊性就是使得一部作品成为文学作品的东西,即文学的内在规定性。如果说文艺社会学是从社会、经济等外部因素来阐述文学的话,形式主义批评则主要是从文学形式、文学语言即内部要素来解释文学,对于固有本质的认同可谓殊途同归。

---

① [美]M.W.瓦托夫斯基:《科学思想的概念基础——科学哲学导论》,范岱年等译,求实出版社 1982 年版,第 7 页。

② [美]爱因斯坦、[波]英费尔德:《物理学的进化》,周肇威译,上海科学技术出版社 1962 年版,第 39 页。

科学的革命往往能够引发哲学的变革，信息哲学越出了信息论，扩散到系统论、控制论、耗散结构理论、协同学、超循环理论、突变理论、混沌学，引发了科技哲学的变革，信息概念的使用因此被看作是20世纪下半叶哲学领域最成功的事情。如耗散结构理论的创始人普里戈金说："热力学第二定律的这种表述是在19世纪中完成的，但从那时以来，研究复杂系统的倾向一直延续着。今天我们可以说，我们的兴趣正从'实体'转变到'关系'，转变到'信息'，转变到'时间'上。"①美国物理学家惠勒1989年提出"万物源于比特"的著名论断，直接把世界的本源看作了信息。信息科学引发的哲学变革，既是标志性的，又是整体性的。

"信息不是物质"，即客观实在性遭到了解构。在强调绝对、固有本质的哲学体系中，"科学""合理性""客观性"和"真理性"这样一些概念都是搅在一起的，"总是把追求'客观真理'与'运用理性'相等同，因而把自然科学看作是'合理性'的典范。"②信息时代则不同，依靠媒体技术和编码规则建构"虚拟现实系统"，将"现实"处理成"信息"传递给受众，完成了化实为虚的过程，取代了由物质实体建构的传统意义上的真实世界，经现代信息技术处理过的世界，更能使人感到可信，这就是对于客观实在性的颠覆，文化研究从这里找到了立足之本。

费塞斯通认为，理解博德里亚就要读他的《模拟》《沉闷多数的阴影》，这些论著强调拟像就是真实，拟像先于原本。希利斯·米勒认为，以网络为代表的电信时代的文学，就是借助文字的指称能力而建构的虚拟现实，这种虚拟现实提供了补缺的无限可能，作品的意义依赖于永远无法了解的东西。③ 文化研究不把文学的意味看作是一种客观实在，与文学研究、文艺社会学的差别昭然若揭。与文学研究的策略完全不同，不是在文本范围内通过对话语游戏、修

① 湛垦华等编译：《普里戈金与耗散结构理论》，陕西科学技术出版社1982年版，第204页。

② [美]R.巴蒂：《后哲学文化》，黄勇编译，上海译文出版社1992年版，第75页。

③ [美]米勒：《文学死了吗》，秦立彦译，广西师范大学出版2007年版，第29—61页。

辞策略进行分析，来寻找隐喻对应的固有意义，而是超越文本的界限使得意义不断衍生。文化研究也不是传统的文艺社会学的翻版，虽然都主张探寻文学与社会的联系，但是，文化研究不是把环境、种族、时代等客观的社会因素看作解读文学的密码，而是主张文学与社会之间保持一种复杂的互动关系。和对于客观实在论的质疑相应的是主体精神的勃发、参与，“精神与自然也不再像经典力学中那样是明确可分的。……科学对世界图像的构造作用以及由此形成的科学主义如今已令人怀疑”①。在信息时代，文化研究取代文学研究的根本前提，就如米勒所说：“德里达在《明信片》这本书中表述的一个主要观点就是：新的电信时代的重要特点就是要打破过去在印刷文化时代占据统治地位的内心与外部世界之间的二分法。”②因此，文学研究就无法固守客观分析的视界了。

“信息不是能量”，即可能性代替了必然性。信息科学强调了信息运动并不严格遵守能量守恒的运动规律，打破了机械的决定论，使得必然规律变成了或然律，一幅关于世界的新的图景产生了：混沌后面有更奇异的秩序，强调决定论与非决定论并存、必然世界与偶然世界并存、现实世界与可能世界并存。文化研究反对绝对的、先验的本质主义，并不是反对对于文学的本质特征的探寻，而是将本质看作是不确定的、相对的，与信息科学哲学的视界是融合的。这样的哲学思维使得包括文学在内的人文学科中的“可能”的图景的魅力倍增，在科学家看来，可能性、偶然性、历史性等思想被认可。文化研究关于“文学是什么”的追问，不再只是寻求唯一的答案，对于“可能”予以了高度的关注。英国当代文学理论家彼得·威德森说：

“事到如今，即使是最彻底的文学批评家也不会轻易接受那种单一的‘文

① ［德］彼得·科斯洛夫斯基：《后现代文化——技术发展的社会文化后果》，毛怡红译，中央编译出版社1999年版，第43页。

② ［美］米勒：《全球化时代文学研究还会继续存在吗？》，国荣译，《文学评论》2001年第1期。

学’观念了，或者认为关于文学这个概念只能有一种基本定义，即只存在某种天生的、自我确证的文学‘要素’的定义……表明了事实上的确存在许许多多的文学，而不是只有一个单一的文学。”①

在文化研究看来，对于文学作品的意义的追寻是相对的，在不同的参照中获得不同的意义，文学的意义被关系化了，成为了一个持续建构的过程。

文化研究的兴起往往被看作是后现代文化的产物，后现代文化的核心是“不确定性”和“内在性”，所谓“不确定性”就是指含混、不连续性、异端、多元性、随意性、变态、变形、反创造、分裂、解构、离心移位、差异、分离、分解、解定义、解秘、解合法性等；所谓“内在性”就是指强化人的心灵的能力。② 尽管后现代文化与信息哲学有相通的地方，然而在一些学者看来，现代、后现代概念比较复杂、模糊而无法厘清，更重要的是，信息转向是包括现代性和后现代性在内的“所有这些领域的决定性因素”。因此，对于信息科学的关注，成为了考察文学研究范式从关注纯文学向非虚构文学转型的一个新的学术视野。

---

① ［英］彼得·威德森：《现代西方文学观念简史》，钱竞、张欣译，北京大学出版社 2006 年版，第 10 页。

② ［美］伊哈布·哈桑：《后现代转向》，刘象愚译，台湾时报文化出版企业有限公司 1993 年版，第 155—156 页。

参 考 文 献

1. 主要中文参考文献

[1]曹顺庆:《中西比较诗学史》,巴蜀书社 2008 年版。

[2]陈大康:《古代小说研究及方法》,华东师范大学出版社 2006 年版。

[3]陈果安:《明清之际小说评点学之研究》,北京大学出版社 1999 年版。

[4]陈洪:《"四大奇书"话题》,江苏人民出版社 2015 年版。

[5]陈来:《古代宗教与伦理:儒家思想的根源》,生活·读书·新知三联书店 1996 年版。

[6]陈梦家:《殷墟卜辞综述》,中华书局 1988 年版。

[7]陈平原:《从文人之文到学者之文》,生活·读书·新知三联书店 2004 年版。

[8]陈谦豫:《中国小说理论批评史》,华东师范大学出版社 1989 年版。

[9]陈晓明:《守望剩余的文学性》,新星出版社 2013 年版。

[10]陈寅恪:《书信集》,生活·读书·新知三联书店 2001 年版。

[11]陈锺凡:《中国文学批评史》,中华书局 1927 年版。

[12]成复旺:《中国古代的人学与美学》,中国人民大学出版社 1992 年版。

[13]程金城:《西方原型美学问题研究》,黑龙江人民出版社 2007 年版。

[14]党圣元:《在传统与现代之间古代文论的现代遭际》,山东教育出版社 2009 年版。

[15]丁传靖:《宋人轶事汇编》,中华书局 2003 年版。

[16]丁帆:《文学史与知识分子的价值观》,人民文学出版社 2014 年版。

[17]丁放:《元明清诗词理论史》,安徽大学出版社 2000 年版。

[18]丁山:《中国古代宗教与神话考》,上海龙门联合书局 1961 年版。

[19]丁锡根:《中国历代小说序跋集》,人民文学出版社 1996 年版。

[20]杜桂萍:《文献与文心——元明清文学论考》,中华书局 2009 年版。

[21]杜书瀛:《李渔美学思想研究》,中国社会科学出版社 1998 年版。

[22]杜书瀛:《中国 20 世纪文艺学学术史》,上海文艺出版社 2001 年版。

[23]范文澜:《文心雕龙注》,人民文学出版社 1958 年版。

[24]方克强:《文学人类学批评》,上海社会科学院出版社 1992 年版。

[25]方立天:《中国佛教哲学要义》,中国人民大学出版社 2002 年版。

[26]冯川:《神话人格》,长江文艺出版社 1996 年版。

[27]傅修延:《先秦叙事研究——关于中国叙事传统的形成》,东方出版社 1999 年版。

[28]高建平:《中华美学精神》,中国社会科学出版社 2018 年版。

[29]葛兆光:《中国思想史》,复旦大学出版社 2001 年版。

[30]关爱和:《古典主义的终结——桐城派与“五四”新文学》,上海文艺出版社 1998 年版。

[31]郭瑞:《金圣叹小说理论与戏剧理论》,中国文联出版公司 1993 年版。

[32]郭绍虞、王文生:《中国历代文论选》,上海古籍出版社 1979 年版。

[33]过常宝:《楚辞与原始宗教》,东方出版社 2007 年版。

[34]胡适:《胡适文集》,北京大学出版社 1998 年版。

[35]胡亚敏:《西方文论关键词与当代中国》,中国社会科学出版社 2015 年版。

[36]胡益民:《张岱评传》,南京大学出版社 2002 年版。

[37]黄金明:《汉魏晋南北朝诔碑文研究》,人民文学出版社 2005 年版。

[38]黄霖:《〈文心雕龙〉汇评》,上海古籍出版社 2005 年版。

[39]黄人:《中国文学史》,杨旭辉点校,苏州大学出版社 2015 年版。

[40]季水河:《新闻美学》,新华出版社 2001 年版。

[41]姜书阁:《先秦辞赋原论》,齐鲁书社 1983 年版。

[42]蒋承勇:《人性探微——西方文学与人文传统》,中央编译出版社 2014 年版。

[43]蒋洪新:《世纪回眸——外国文学研究在中国》,湖南人民出版社 2007 年版。

[44]蒋述卓:《佛经传译与中古文学思潮》,江西人民出版社 1990 年版。

[45]金莉、李铁:《西方文论关键词》第 2 卷,外语教学与研究出版社 2017 年版。

[46]李继凯:《20 世纪中国文学的文化创造》,中国社会科学出版社 2009 年版。

[47]李建中:《古代文论的诗性空间》,湖北人民出版社 2005 年版。

[48]李怡:《文史对话与大文学史观》,花城出版社 2019 年版。

[49]李泽厚:《美的历程》,天津社会科学院出版社 2001 年版。

[50]李泽厚:《说巫史传统》,上海译文出版社 2012 年版。

[51]林海权:《李贽年谱考略》,福建人民出版社 2005 年版。

[52]林语堂:《林语堂全集》,东北师范大学出版社 1994 年版。

[53]刘锋杰等:《文学政治学的创构——百年来文学与政治关系论争研究》,复旦大学出版社 2013 年版。

[54]刘经庵:《中国纯文学史纲》,北平著者书店 1935 年版。

[55]刘守华:《中国民间故事史》,湖北教育出版社 1999 年版。

[56]楼宇烈:《中国文化的基本精神》,中华书局 2016 年版。

[57]路文彬:《视觉文化与中国文学的现代性失聪》,安徽教育出版社 2008 年版。

[58]罗宗强:《魏晋南北朝文学思想史》,中华书局 1996 年版。

[59]骆冬青:《道成肉身——明清小说美学导论》,安徽文艺出版社 2000 年版。

[60]马积高:《赋史》,上海古籍出版社 1987 年版。

[61]梅新林:《中国古代文学地理形态与演变》,复旦大学出版社 2006 年版。

[62]聂珍钊:《英国文学的伦理学批评》,华中师范大学出版社 2007 年版。

[63]宁宗一:《中国小说学通论》,安徽教育出版社 1995 年版。

[64]钱理群:《中国现代文学编年史:以文学广告为中心 1915—1927》,北京大学出版社 2013 年版。

[65]钱穆:《中国文学论丛》,生活·读书·新知三联书店 2002 年版。

[66]钱锺书:《谈艺录》,中华书局 1984 年版。

[67]任继愈:《佛教经籍选编》,中国社会科学出版社 1985 年版。

[68]任俊华:《易学与儒学》,中国书店 2001 年版。

[69]尚永亮:《生命在西风中骚动——中国古代文人与自然之秋的双向考察》,陕西人民教育出版社 1989 年版。

[70]申丹:《叙述学与小说文体学研究》,北京大学出版社 1998 年版。

[71]沈文倬:《宗周礼乐文明考论》(增补本),浙江大学出版社 2006 年版。

[72]孙福轩:《中国古体赋学史论》,浙江大学出版社 2013 年版。

[73]孙郁:《鲁迅与胡适》,长江文艺出版社 2007 年版。

[74]谭帆:《中国小说评点研究》,华东师范大学出版社 2001 年版。

[75]谭桂林:《本土语境与西方资源现代中西诗学关系研究》,人民文学出版社 2008 年版。

[76]唐锡仁等:《徐霞客及其游记研究》,中国社会科学出版社1987年版。

[77]陶东风:《文学史哲学》,河南人民出版社1994年版。

[78]童庆炳:《文体与文体的创造》,云南人民出版社1994年版。

[79]童庆炳等:《现代学术视野中的中华古代文论》,北京出版社2002年版。

[80]童庆炳:《新时期高校文学理论教材编写调查报告》,春风文艺出版社2006年版。

[81]万光治:《汉赋通论》,巴蜀书社1989年版。

[82]汪曾祺:《汪曾祺文集》,江苏文艺出版社1994年版。

[83]王德华:《唐前辞赋类型化特征与辞赋分体研究》,浙江大学出版社2011年版。

[84]王德威:《抒情传统与中国现代性》,生活·读书·新知三联书店2018年版。

[85]王杰:《儒家文化的人学视野》,中共中央党校出版社2000年版。

[86]王靖献:《钟与鼓:〈诗经〉的套语及其创作方式》,谢谦译,四川人民出版社1990年版。

[87]王力等:《中国古代文化史讲座》,中央广播电视大学出版社1984年版。

[88]王连龙:《新见北朝墓志集释》,中国书籍出版社2013年版。

[89]王蒙:《王蒙谈小说》,崔建飞选编,江西高校出版社2003年版。

[90]王宁:《汉字与中国文化十讲》,生活·读书·新知三联书店2018年版。

[91]王宁:《西方当代文学批评在中国》,百花文艺出版社2000年版。

[92]王文生:《论情境》,上海文艺出版社2001年版。

[93]王先霈等:《明清小说批评史》,花城出版社1988年版。

[94]王晓路:《中西诗学对话——英语世界的中国古代文论研究》,巴蜀书社2000年版。

[95]王晓路:《西方汉学界的中国文论研究》,巴蜀书社2003年版。

[96]王兆胜:《天道与人道——中国新文学创作与研究反思》,河南大学出版社2018年版。

[97]温儒敏:《新文学现实主义的流变》,北京大学出版社1988年版。

[98]闻一多:《闻一多全集》,生活·读书·新知三联书店1982年版。

[99]吴承学:《中国古代文体形态研究》,北京大学出版社2013年版。

[100]吴敢:《张竹坡与〈金瓶梅〉研究》,文物出版社2009年版。

[101]吴义勤:《长篇小说与艺术问题》,人民文学出版社2005年版。

[102]吴子林:《经典再生产——金圣叹小说评点的文化透视》,北京大学出版社

2009 年版。

[103]吴子林:《文学问题:后理论时代的文学景观》,海峡文艺出版社 2016 年版。

[104]徐锴:《说文解字系传》,中华书局 1987 年版。

[105]徐燕琳:《明代剧论与画论》,广东高等教育出版社 2007 年版。

[106]许建平:《二十世纪中国文学史论文精粹 · 文学史方法论卷》,河北教育出版社 2001 年版。

[107]许结:《赋体文学的文化阐释》,中华书局 2005 年版。

[108]杨朝明:《鲁文化史》,齐鲁书社 2001 年版。

[109]杨栋:《中国散曲学史研究》,高等教育出版社 1998 年版。

[110]杨宽:《古史新探》,中华书局 1965 年版。

[111]杨明照:《文心雕龙校注》,中华书局 2000 年版。

[112]杨向奎:《宗周社会与礼乐文明》,人民出版社 1992 年版。

[113]姚文放:《中国戏剧美学的文化阐释》,中国人民大学出版社 1997 年版。

[114]姚文放:《当代性与文学传统的重建》,人民文学出版社 2004 年版。

[115]叶舒宪:《诗经的文化阐释:中国诗歌的发生研究》,湖北人民出版社 1994 年版。

[116]余英时:《士与中国文化》,上海人民出版社 1987 年版。

[117]袁行霈、罗宗强:《中国文学史》第 2 卷,高等教育出版社 1999 年版。

[118]臧克和:《说文解字的文化说解》,湖北人民出版社 1994 年版。

[119]詹福瑞:《自然生命与文学》,人民出版社 2018 年版。

[120]张伯伟:《中国古代文学批评方法研究》,中华书局 2002 年版。

[121]张岱年:《中国知识分子的人文精神》,河南人民出版社 1994 年版。

[122]张东荪:《理性与良知——张东荪文选》,张汝伦编选,上海远东出版社 1995 年版。

[123]张法:《中国美学史》,四川人民出版社 2006 年版。

[124]张福贵:《民国文学:概念解读与个案分析》,花城出版社 2014 年版。

[125]张江:《阐释的张力》,中国社会科学出版社 2017 年版。

[126]张毅:《儒家文艺美学:从原始儒家到现代新儒家》,南开大学出版社 2004 年版。

[127]张瑜:《可能世界理论与文学理论》,人民出版社 2021 年版。

[128]张政文:《历史视域下的西方古代文化与文学》,黑龙江人民出版社 1999 年版。

[129]赵伯陶:《明清小品·个性天趣的显现》,广西师范大学出版社1999年版。

[130]赵敏俐:《古典文学的现代阐释及其方法》,商务印书馆2013年版。

[131]赵宪章:《文体与图像》,人民文学出版社2014年版。

[132]赵毅衡:《符号学原理与推演》,南京大学出版社2011年版。

[133]钟敬文:《民俗学概论》,上海文艺出版社2009年版。

[134]钟锡南:《金圣叹文学批评理论研究》,上海古籍出版社2006年版。

[135]周宪:《历史情境与文化空间》,生活·读书·新知三联书店2015年版。

[136]周振甫:《文心雕龙今译》,中华书局1986年版。

[137]朱光潜:《西方美学史》,人民文学出版社2002年版。

[138]朱立元:《新时期以来文学理论和批评发展概况的调查报告》,春风文艺出版社2006年版。

[139]朱立元:《文学与历史之谜的求解》,上海人民出版社2014年版。

[140]朱万曙:《明代戏曲评点研究》,安徽教育出版社2002年版。

[141]朱晓进:《文化自觉与文学研究》,中国文史出版社2017年版。

[142]朱志荣:《中国古代文论与文学经典阐释》,上海古籍出版社2012年版。

[143]宗白华:《美学散步》,上海人民出版社1981年版。

[144]宗白华:《美学与意境》,人民出版社1987年版。

[145]邹广胜:《中国传统文论的现代意义》,商务印书馆2012年版。

[146]左东岭:《中国文学思想史研究论集》,人民出版社2019年版。

[147][俄]马·阿·波娃:《精神分析学派的宗教观》,张维平译,上海人民出版社1992年版。

[148][俄]普列汉诺夫:《没有地址的信·艺术与社会生活》,人民文学出版社1962年版。

[149][俄]普罗普:《故事形态学》,贾放译,中华书局2006年版。

[150][德]艾伯华:《中国民间故事类型索引》,王燕生、周祖生译,商务印书馆1999年版。

[151][德]沃尔夫冈·伊瑟尔:《虚构与想象——文学人类学疆界》,陈定家、汪正龙译,吉林人民出版社2011年版。

[152][法]列维·布留尔:《原始思维》,丁由译,商务印书馆1981年版。

[153][法]让·波德里亚:《象征交换与死亡》,车槿山译,译林出版社2009年版。

[154][古希腊]柏拉图:《理想国》,郭斌和、张竹明译,商务印书馆2002年版。

[155][古希腊]希罗多德:《历史》,王以铸译,商务印书馆1979年版。

[156][加拿大]诺斯罗普·弗莱:《批评的解剖》,陈慧、袁宪军、吴伟仁译,百花文艺出版社 2006 年版。

[157][美]安妮特·西蒙斯:《故事思维》,俞沈彧译,江西人民出版社 2017 年版。

[158][美]杰克·哈特:《故事技巧——叙事性非虚构文学写作指南》,叶青等译,中国人民大学出版社 2012 年版。

[159][美]杜鲁门·卡波特:《冷血》,夏杪译,南海出版公司 2010 年版。

[160][美]勒内·韦勒克、[美]奥斯汀·沃伦:《文学理论》,刘向愚、邢培明、李哲明译,文化艺术出版社 2010 年版。

[161][美]浦安迪:《中国叙事学》,北京大学出版社 1996 年版。

[162][美]孙康宜、宇文所安主编:《剑桥中国文学史》,刘倩等译,生活·读书·新知三联书店 2013 年版。

[163][美]希利斯·米勒:《文学死了吗》,秦立彦译,广西师范大学出版社 2007 年版。

[164][美]宇文所安:《中国文论:英译与评论》,王柏华等译,上海社会科学出版社 2003 年版。

[165][美]约翰·霍洛韦尔:《非虚构小说的写作》,仲大军、周友皋译,春风文艺出版社 1988 年版。

[166][日]吉川幸次郎:《中国诗史》,章培恒、骆玉明等译,复旦大学出版社 2001 年版。

[167][日]笠原仲二:《古代中国人的美意识》,魏常海译,北京大学出版社 1987 年版。

[168][日]遍照金刚:《文镜秘府论汇校汇考》,中华书局 2006 年版。

[169][瑞典]林西莉:《汉字王国》,李之义译,生活·读书·新知三联书店 2017 年版。

[170][瑞士]荣格:《心理学与文学》,冯川、苏克译,生活·读书·新知三联书店 1987 年版。

[171][英]泰勒:《原始文化》,连树声译,上海文艺出版社 1992 年版。

[172][英]唐·库比特:《新的大故事》,王志成译,浙江大学出版社 2013 年版。

[173]陈鼓应:《〈庄子〉抒情传统的后代回应》,《哲学研究》2016 年第 2 期。

[174]曾繁仁:《中国文艺美学学科的产生及其发展》,《文学评论》2001 年第 5 期。

[175]程金城:《简论阿来的长篇小说与“非虚构”文学》,《兰州大学学报》2014 年第 9 期。

[176]丁国旗:《文艺的“教化”作用论纲》,《长江文艺评论》2016 年第 4 期。

[177]丁晓原:《非虚构文学:时代与文体的“互文”》,《东吴学术》2018 年第 5 期。

[178]段崇轩:《重建文学的“虚构”诗学——兼谈“非虚构”思潮》,《扬子江评论》2019 年第 4 期。

[179]冯天瑜:《史传文学与信史的联系与区隔——以“三国”为例》,《华中师范大学学报(人文社会科学版)》2015 年第 6 期。

[180]傅其林:《后现代历史意识与审美形式》,《文学评论》2014 年第 6 期。

[181]高建平:《从当下实践出发建立文学研究的中国话语》,《中国社会科学》2015 年第 4 期。

[182]洪治纲:《论非虚构写作》,《文学评论》2016 年第 3 期。

[183]李少雍:《中国古代的文史关系——史传文学概论》,《文学遗产》1996 年第 2 期。

[184]刘大先:《当代经验、民族志转向与非虚构写作》,《小说评论》2018 年第 5 期。

[185]刘勇:《新闻与文学的交响与变奏:基于对“非虚构写作”的历时性考察》,《现代传播(中国传媒大学学报)》2017 年第 8 期。

[186]南帆:《魔幻与现实的寓言》,《当代作家评论》2013 年第 1 期。

[187]彭亚非:《论中国叙事文学传统中虚构观念的形成》,《社会科学辑刊》2019 年第 4 期。

[188]王晖、南平:《对于新时期非虚构文学的反思》,《华中师范大学学报(哲学社会科学版)》1987 年第 1 期。

[189]王轻鸿:《非虚构与信息时代的文化逻辑》,《文艺研究》2016 年第 6 期。

[190]王轻鸿:《中国传统故事诗学的现代重构》,《文学评论》2021 年第 3 期。

[191]王确:《关于文学历史主义的思考》,《吉林大学学报》2002 年第 6 期。

[192]吴子林:《“文以化成”:存在境域的提升——孔子审美教育思想诠论》,《文艺理论研究》2011 年第 4 期。

[193]姚文放:《文学传统重建的现实价值本位》,《中国社会科学》2007 年第 6 期。

[194]尹均生:《中国报告文学不是美国的“非虚构”写作》,《中华文化论坛》2015 年第 1 期。

[195]张少康:《刘勰的文学观念——兼论所谓杂文学观念》,《北京大学学报(哲学社会科学版)》2000 年第 4 期。

[196]张新科:《史记文学经典化的重要路径》,《文史哲》2014 年第 2 期。

[197]张政文:《理论转场与转场的本土化、当下化——构建当代美学理论话语体系的基本路径》,《天津社会科学》2016 年第 4 期。

[198]祝晓风:《中国古典小说的非虚构化倾向》,《学术界》2011 年第 7 期。

2. 主要外文参考文献

[1]Arthur F., *Wright Studies in Chinese Though*, Chicago: University of Chicago Press, 1987.

[2]Behdad Ali & Dominic, Thomas, *A Companion to Comparative Literature*, John Wiley & Sons, 2014.

[3]Billeter J.F., *Contre François Jullien*, Editions Allia, 2006.

[4]Capote T., *In Cold Blood: A True Account of a Multiple Murder & its Consequences*, New American Library, 2000.

[5]Eoyang E.C., *The Transparent Eye: Reflections on Translation, Chinese Literature & Comparative Poetics*, University of Hawaii Press, 1993.

[6]Eoyang E.C., *Two-way Mirrors: Cross-cultural Studies in Glocalization*, Lexington Books, 2007.

[7]Ernest F.Fenollosa, *The Chinese Written Language as a Medium for Poetry*, Fordham University Press, 1987.

[8]Fisk C., *Formal Themes in Medieval Chinese & Modern Western Literary Theory: Mimesis, Intertextuality, Figurativeness & Foregrounding*, University of Wisconsin-Madison, 1976.

[9]Géfin L.K., *Ideogram: History of a Poetic Method*, University of Texas Press, 2012.

[10]Gernet J., *A history of Chinese Civilization*, Cambridge University Press, 1996.

[11]Gernet J., *China & the Christian Impact: A Conflict of Cultures*, Cambridge University Press, 1985.

[12]Huters, Theodore, Roy Bin Wong et al., *Culture & State in Chinese History: Conventions, Accommodations & Critiques*, Stanford University Press, 1997.

[13] Jullien F., Marchaisse T., *Penser d'un Dehors (la Chine): Entretiensd'Extrême-Orient*, Seuil, 2000.

[14]Jullien F., *Le détour et l'accès: Stratégies du sensen Chine, enGrèce* , Paris: Seuil, 1989.

[15] Jullien F., *La Valeur allusive: Des categories originales de l'interprétationpoétique*

dans la tradition chinoise, Paris: Ecole française d 'Extrême-Orient, 1985.

[16] Liu J.J.Y., *Language-paradox-poetics*, Princeton University Press, 2014.

[17] Liu J.J.Y., *Chinese Theories of Literature*, Chicago: University of Chicago Press, 1975.

[18] Liu J.J.Y., *The Art of Chinese Poetry*, Chicago: University of Chicago Press, 1983.

[19] Liu J.J.Y., *The Interlingual Critic: Interpreting Chinese Poetry*, Indiana University Press, 1982.

[20] Lynn R.J., *Orthodoxy and Enlightenment: Wang Shih-chen's Theory of Poetry and Its Antecedents*, Columbia University Press, 1975.

[21] Nienhauser W.H., *The Indiana Companion to Traditional Chinese literature*, Indiana University Press, 1986.

[22] Nylan M., *The Five "Confucian" Classics*, Yale University Press, 2008.

[23] Owen S., *Traditional Chinese Poetry & Poetics: Omen of the World Madison*, Wis.: University of Wisconsin Press, 1985.

[24] Owen S., *Readings in Chinese Literary Thought*, Harvard University Asia Center, 1996.

[25] Owen S., *The Making of Early Chinese Classical Poetry*, Cambridge, MA: Harvard University Asia Center, 2006.

[26] Owen S., *The Self's Perfect Mirror: Poetry as Autobiography*, 1986.

[27] Pauline Yu, *Formal Distinctions in Chinese Literary Theory*, Princeton: Princeton University Press, 1985.

[28] Pauline Yu, *The Reading of Imagery in the Chinese Poetic Tradition*, Princeton: Princeton University Press, 1987.

[29] Pauline Yu, *The poetry of Wang Wei: New Translations & Commentary*, Indiana University Press, 1980.

[30] Pound E.& Fenollosa, E., *Instigations of Ezra Pound: Together with an Essay on the Chinese Written Character*, Boni & Liveright, 1920.

[31] Saussy H., *The Problem of a Chinese Aesthetic*, Stanford University Press, 1995.

[32] Schaberg D., *A patterned past: form & thought in early Chinese historiography*, Harvard University Asia Center, 2001.

[33] Shankman, Steven & Stephen, W.Durrant, eds., *Early China/ancient Greece: Thinking through Comparisons*, SUNY Press, 2002.

[34]Tom W.& Johnson E.W.,*The New Journalism*,The New Journalism,New York,Harper and Row,1973.

[35]Weber S.,*Theatricality as Medium*,Oxford University Press,2004.

[36]Wright A.F.,*Confucianism & Chinese Civilization*,Stanford University Press,1975.

[37]Wright A.F.,*Confucianism in Action*,Stanford University Press,1959.

[38]Yeh M.,"Metaphor and Bi:Western and Chinese Poetics",*Comparative Literature*,1987,39(3).

[39]Yoshikawa K.& Wixted J.T.,*Five Hundred Years of Chinese Poetry*,1150-1650:*The Chin*,*Yuan & Ming Dynasties*,Princeton University Press,2014.

[40]吉川幸次郎,一つの中国文学史,中国文学論集,東京:新潮社,1966。

后　记

我对于中国非虚构诗学的研究，完全是学术兴趣使然，从事文学理论教学和研究 20 多年来一直关注这个问题。

2002 年我有幸在北京师范大学资深教授童庆炳先生指导下研究中国文学原型问题。在西方兴起的原型批评，将文学置于社会、习俗、仪式等人类整体的文化精神活动背景去考察，对纯文学观念产生了一定冲击，被称为 20 世纪最有影响的三种批评模式之一。我将这一理论方法与中国传统文化、文学观念联系起来研究，力图超越“文学即虚构”的文论模式，重新探讨中国文学的审美性、文学性问题。拙著《汉语语境中的原型阐释》出版时，恩师欣然作序，对于研究思路和方法给予充分肯定和极大鼓励。

文艺学范式转型是 21 世纪以来十分重要的文学理论命题之一，德里达、米勒等学者提出的“电信时代文学和文学研究将要终结”即“文学终结论”观点，引发了文学理论界激烈争论。我密切关注这场讨论，没有从西方纯文学观念出发来思考文学是否终结的问题，而是从信息时代的哲学观念、人学思想、语言媒介等变革的角度来重新解析文学的意义，试图为中国传统的非虚构文学、诗学在信息时代转型寻求结合部和增长点。

2017 年和 2019 年我分别申请到中国非虚构诗学研究方面的国家社科基金重点项目、重大项目，有条件开展更为系统的研究。可惜事务性工作太多，能够宁静地坐在书桌旁读书思考的时间有限，有些著作未能精读，有些思考仍觉肤浅，加之本人水平有限，书中虚妄之言在所难免，期待读者批评指正。

本书部分章节主要内容在刊物上发表过，分别是：第三章第二节（《外国文学》）、第五章第一节（《孔子研究》）、第七章第二节（《湘潭大学学报》）、第八章第三节（《文艺研究》）、第九章第一节（《江海学刊》）、第十章第二节（《天津社会科学》）、第十一章第二节（《文艺研究》）、第十三章第二节（《文学评论》）、第十四章第一节（《外国文学》）、第十四章第二节（《外国文学》）、第十五章（《文艺研究》）、第十六章第一节（《浙江社会科学》）、第十六章第二节（《浙江社会科学》）、第十七章（《文学评论》）。从期刊编辑、匿名审稿专家以及读者中获得了不少鼓励和赐正，在此深表谢意。

感谢青年才俊齐童巍博士、何书卿博士、赵晓斌博士、夏勇博士和王思源硕士，为本书成稿在资料查询和校对方面付出了辛勤劳动。感谢人民出版社张双子老师，为本书出版精心编辑热情相助。

王轻鸿

2022 年 9 月于金沙学府

策划编辑：张双子
责任编辑：周文婷
封面设计：常　帅
版式设计：胡欣欣

图书在版编目(CIP)数据

中国非虚构诗学研究/王轻鸿 著. —北京:人民出版社,2022.12
ISBN 978-7-01-025364-0

Ⅰ.①中…　Ⅱ.①王…　Ⅲ.①中国文学-文学研究　Ⅳ.①I206

中国版本图书馆 CIP 数据核字(2022)第 257989 号

中国非虚构诗学研究
ZHONGGUO FEI XUGOU SHIXUE YANJIU

王轻鸿　著

人民出版社 出版发行
(100706　北京市东城区隆福寺街 99 号)

中煤(北京)印务有限公司印刷　新华书店经销

2022 年 12 月第 1 版　2022 年 12 月北京第 1 次印刷
开本:710 毫米×1000 毫米 1/16　印张:43.75
字数:604 千字

ISBN 978-7-01-025364-0　定价:129.00 元

邮购地址 100706　北京市东城区隆福寺街 99 号
人民东方图书销售中心　电话 (010)65250042　65289539